죽음의 집의 기록

죽음의 집의 기록
Записки из Мертвого дома

표도르 도스또예프스끼 장편소설

이덕형 옮김

ZAPISKI IZ MIORTVOGO DOMA
by FEDOR DOSTOEVSKII (1860~1862)

일러두기

1. 번역 대본은 F. M. Dostoevskii, *Sobranie sochinenii v dvenadtsati tomakh* (Moskva: Pravda, 1982)와 F. M. Dostoevskii, *Polnoe sobranie sochinenii v tridtsati tomakh*(Leningrad: Nauka, 1972~1990)를 주로 사용하였습니다. 다만 판본에 차이가 없는 한 옮긴이가 번역 대본을 임의로 선택하였습니다.
2. 러시아어의 로마자 표기와 우리말 표기는 〈열린책들〉에서 정한 표기안을 따르되, 관행적으로 굳어진 일부 용어만 예외로 하였습니다.

이 책은 실로 꿰매어 제본하는 정통적인 사철 방식으로 만들어졌습니다.
사철 방식으로 제본된 책은 오랫동안 보관해도 손상되지 않습니다.

제1부

7

제2부

265

러시아적인 선을 찾아가는 도정 : 악의 꽃들 · 역자 해설

459

『죽음의 집의 기록』에서 양심과 고통의 문제 · 작품 평론
로버트 루이스 잭슨/홍지인 옮김

475

도스또예프스끼 연보

505

제1부

서론

궁벽한 시베리아[1]의 오지, 스텝과 산들과 혹은 전인미답의 숲들 사이에는 이따금씩 작은 도시들이 눈에 띈다. 1천 또는 많아야 2천 정도의 주민들이 사는 목조로 된 초라한 도시, 도시 안쪽과 묘지에 각각 하나의 교회가 있는 도시, 그래서 도시라기보다는 모스끄바 근교의 아름다운 촌락들과 더욱 닮은 그런 도시들 말이다. 그런데도, 대개 이런 도시에는 경찰서장과 지방 의원과 모든 여타의 하급 관리들이 넘친다 싶을 정도로 많이 배치되어 있다. 혹독한 추위에도 불구하고 일반적으로 시베리아에서 근무하는 것은 극히 따사로운 일이었다. 사람들은 소박했지만, 그리 자유스럽지는 못했다. 예로부터 전해져 온 제도들은 시대의 흐름에 따라 더욱 성스러워지고 견고해졌다. 당당하다 할 만큼 시베리아의 귀족 역할을 맡

---

[1] 시베리아는 우랄 산맥에서 시작하여 동부의 태평양 연안까지 이르는 광대한 지역으로 제6의 대륙이라고도 불린다. 우랄 산맥을 기점으로 서부 시베리아, 중부 시베리아, 극동 시베리아로 나뉘는데, 이 작품에서 묘사되고 있는 시베리아는 서부 시베리아의 옴스끄 지방이다. 제정 러시아 시대에 시베리아는 거의 유형지로만 이용되었다.

고 있던 관리들은 — 시베리아에 뿌리내리고 있던 토박이들, 혹은 대부분이 수도에서 파견되었거나 러시아에서 이주해 온 관리들 — 월급에 포함되지 않은 두 배 가량의 여비와 미래에 대한 유혹적인 희망에 마음이 끌려 있었다. 그들 중에서도 인생의 수수께끼를 풀 수 있는 사람들은 거의가 시베리아에 남아서, 만족스럽게 뿌리를 내린다. 그 결과 그들은 풍부하고 감미로운 열매를 얻게 되지만, 다른 사람들, 생각이 짧고 인생의 수수께끼를 풀 수 없는 사람들은 곧 시베리아에 싫증을 내고, 우울에 젖어 이렇게 자문하곤 한다. 어째서 이런 곳까지 오게 됐을까? 그들은 법정 근무 기한인 3년을 초조하게 기다린 끝에, 그 기한이 지나면 곧바로 전근에 마음을 쏟으며, 시베리아를 헐뜯고 비웃으면서 자기 집으로 돌아가 버렸다. 그들은 근무의 측면에서나 시베리아에서 행복을 즐길 수 있는 수많은 관점으로나 달갑지 않은 사람들이다. 더할 나위 없이 훌륭한 기후, 손님을 환대하는 수많은 부유한 거상(巨商)들, 특히 수많은 이민족들이 그곳에 살고 있었다. 아가씨들은 장미처럼 피어나고, 몸가짐 또한 극히 단아하다. 들새는 거리를 따라 날아다니고, 스스로 사냥꾼에게 뛰어들기도 한다. 샴페인을 무척이나 많이 마실 수 있고, 이끄라[2]도 훌륭하다. 수확은 장소에 따라 뿌린 것의 열다섯 배도 가능하다……. 대체로 토지는 비옥했다. 오직 그것을 이용할 수만 있으면 된다. 시베리아에서는 그것을 이용할 수 있는 것이다.

그렇듯, 말할 수 없이 정겨운 주민들이 살고 있는 즐겁고 만족스러운 도시들 중의 하나에서 만들어진 추억은 아직도 내 마음속에서 지워지지 않고 남아 있다. 그곳에서 나는 알렉산드르 뻬뜨로비치 고랸치꼬프[3]라는 이주민을 만나게 되

---

2 물고기의 알. 러시아에서는 주로 철갑상어나 연어 알을 많이 먹는다.

었다. 귀족이자 지주로 러시아에서 출생한 그는 자기의 부인을 살해한 죄목으로 제2급 노동 유형수가 되어 이곳에 왔지만, 법으로 규정된 10년의 형기를 마치자, K[4]시에서 이주민으로서 겸허하고 조용하게 일생을 보냈다. 그는 원래 시외의 한 읍에서 살도록 등록되어 있었지만, 아이들을 가르치는 것으로나마 생계를 꾸려 갈 수 있는 가능성을 찾아보기 위해 도시에 살고 있었다. 유형 이민 출신의 선생들을 시베리아의 도시들에서는 자주 만날 수 있었지만, 사람들은 이들을 경멸하지 않았다. 그들은 대개 인생의 항로에서 어느 정도 요긴한 프랑스 어를 가르치고 있었는데, 이들이 없었다면 이 궁

3 10년 동안 유형 생활을 한 알렉산드르 뻬뜨로비치 고란치꼬프는 도스또예프스끼 자신의 이미지를 반영하고 있다. 그러나 도스또예프스끼는 제2급 노동 유형수가 되어 1850년부터 1854년까지 4년 동안만 유형 생활을 했다. 도스또예프스끼는 1847년경부터 푸리에(1772~1837)주의자인 뻬뜨라셰프스끼(1821~1866)의 사회주의 그룹에 가담하여 농노제의 폐지와 검열 제도의 철폐 등에 관한 토론에 참여하기도 했으며, 스뻬쉬네프(1818~1882) 비밀 조직에 참가하여 이러한 내용이 담긴 인쇄물을 만들려고도 하였다. 그러나, 1849년 뻬뜨라셰프스끼 그룹에 대한 탄압 때 검거되어 사형이 언도되었으나, 사형 집행 직전 사면을 받고, 황제의 특사에 의해 감형되어 시베리아의 옴스끄로 1850년 유형되었다. 이곳에서의 유형 체험을 통해 도스또예프스끼는 러시아의 민중들을 새롭게 인식하기 시작했다. 1854년 2월 출감하여 세미팔라친스끄 수비대에서 근무하게 되는데, 그 이후 도스또예프스끼는 1859년이 되어서야 뻬쩨르부르그로의 귀환이 허용되었으며, 1861년~1862년에 시베리아 유형 생활의 체험을 담은 이 작품을 간행한다.

도스또예프스끼는 1850년 1월 23일 서부 시베리아의 옴스끄에 있는 유형지에 도착하는데, 그의 형 미하일에게 보낸 편지에서 이 4년 동안의 기간을 마치 산 사람이 관 속에 있는 것과 같은 시간이었다고 회상하고 있다. 4년 동안의 유형 뒤에 도스또예프스끼는 이 지방에서 병사로 근무하면서 마리야 이사예바라는 유부녀를 만나 사랑에 빠져, 그녀의 남편이 죽고 나자 1857년 그녀와 결혼을 하게 된다.

4 이 도시는 도스또예프스끼가 1857년 마리야 이사예바와 결혼을 한 서부 시베리아의 꾸즈네츠끄 시인 것으로 알려지고 있다.

벽한 벽지의 시베리아에서는 그런 것에 관해 아무런 지식도 가질 수 없었을 것이다. 나는 알렉산드르 뻬뜨로비치 씨를 이반 이바니치 그보즈지꼬프라는, 사람 좋아하고 공적 많은 늙은 관리의 집에서 처음 만났다. 그에게는 아름다운 희망을 가져다 주는 다섯 명의 터울진 딸들이 있었으며, 알렉산드르 뻬뜨로비치 씨는 이 집에서 일주일에 네 번, 하루 수업에 은화를 30꼬뻬이까씩 받으며 그녀들을 가르치고 있었다. 그의 외모는 나의 관심을 불러일으켰다. 몹시 창백하고 말랐으며, 서른대여섯의 나이로 아직 그리 늙지는 않았지만, 왜소하고 허약해 보이는 그런 사람이었다. 그렇지만 그 사람은 언제나 깔끔하게 유럽 식으로 차려 입고 있었다. 만일 당신이 그 사람과 몇 마디 말이라도 나눈다고 가정해 본다면, 그는 당신을 뚫어져라 주의 깊게 바라보며, 당신의 모든 말을 마치 그 말에 심사숙고라도 하는 듯이 극히 공손한 태도로 경청하고 있으리라. 마치 당신이 질문을 통해서 그에게 과제를 낸다거나, 혹은 당신이 그에게서 어떤 비밀을 캐내고 싶어했는데, 그가 마침내는 짧고 분명하게 대답은 했지만, 대답하는 그의 모든 말에 무게가 실려 있어 갑자기 당신은 뭔가 편치 않은 기분을 갖게 되고, 그래서 결국 당신 스스로가 어서 대화가 끝났으면 하고 바라는 것처럼 말이다. 그때 나는 그가 어떤 사람인가를 이반 이바니치 씨에게 물어보았고, 그래서 이 알렉산드르 뻬뜨로비치 고란치꼬프는 비난 하나 받지 않는 도덕적인 생활을 하고 있다는 것, 만일 그렇지 않았다면 이반 이바니치 씨가 자기 딸애들을 위해 그를 불러들이지도 않았을 테지만, 그러나 그는 무척이나 사람을 싫어해서 모든 사람들로부터 숨어 지내고 있다는 것과, 대단한 학식을 갖추고 있고, 많은 책을 읽었으며, 아주 과묵한 사람이며, 그와 말을 나누기란 대체로 어려운 일이라는 사실도 알게 되었다. 다른 사람들은 그를 완전히 미친 사람이라고 단언하고 있었지만, 나는 이것이 본질적으로 그렇게 중요한 결점은 아니며, 도시의 명망 있는 사람들 중의 대다수는 알렉산드르 뻬뜨로비치에게 어떻게든 친절하게 대하려 했고, 그는 오히려 청원서 등도 쓸 수 있는 유용한 사람이 될 수 있으리라 생각하고 있었다. 그에게는 러시아에 결코 하류의 사람들이 아닌 번듯한 친척들이 있을 것이라고 추측했으며, 그러나 유형을 받자마자 그가 고집스럽게 그들과의 모든 관계를 끊어 버렸고, 그래서 한마디로 그가 자기 자신을 학대하고 있다는 것을 나는 알았던 것이다. 더욱이 우리 모두는 그가 결혼한 지 채 1년도 지나지 않아서 질투 때문에 자기 아내를 살해하고 자수를 했다는(그래서 그의 형량은 극히 경감되었는데) 이력을 알고 있었다. 그런 범죄들을 사람들은 항상 불행으로 간주했고, 그래서 동정을 보이기까지 한다. 그러나 이 모든 것에도 불구하고, 이 기인은 고집스럽게 모든 사람들을 멀리했으며, 오로지 가르치기 위해서만 사람들 앞에 나타났다.

처음에 이 사람에게 특별한 주의를 기울이지 않았음에도 어째서 그가 조금씩 나의 흥미를 끄는지 나 자신조차도 알 수 없었다. 그에게는 무엇인가 수수께끼 같은 것이 숨어 있었던 것이다. 그와 말을 나눌 수 있는 최소한의 가능성조차도 없었다. 물론, 그는 나의 물음들에 대해 마치 자기의 최우선적인 의무라고 생각하는 듯한 그런 태도로 항상 대답을 했지만, 그의 대답을 듣고 나면 나는 더 이상 질문을 하기가 어쩐지 거북스러워지곤 했다. 사실이지 이런 이야기들을 나누고 나면 그의 얼굴에는 항상 어떤 고통과 피로의 기색이 엿보이곤 했다. 어느 아름다운 여름날 저녁 그와 함께 이반 이바니치 댁에서 나와 걷게 되었던 것을 나는 기억하고 있다. 갑자기, 나는 잠시 우리집에 들러 궐련이라도 한 대 태우고 가라고 그를 붙들려고 했다. 그러나 그때 그의 얼굴에는 공포가 서려 있었고 지금도 나는 그 모습을 묘사할 수가 없다. 그는 완전히 제정신이 아닌 채로 앞뒤도 맞지 않는 어떤 말들을 중얼거리기 시작하다가 별안간 나를 증오하듯 쳐다보며, 반대 방향으로 재빨리 뛰어가 버리는 것이었다. 나도 놀라고 말았다. 그때부터 나를 만나기만 하면, 그는 마치 경악하는 듯한 시선으로 나를 쳐다보았다. 그러나 내 마음은 가라앉지 않았다. 무엇인가가 나를 그에게로 끌어당기고 있었기 때문에, 한 달 정도 흐른 뒤 나는 아무런 이유도 없이 고랸치꼬프에게 들렀다. 아무래도 내 행동은 어리석고 섬세하지 못했던 것 같다. 그는 도시의 변두리에 위치한 평민 노파의 집에 살고 있었는데, 그 노파에게는 폐병을 앓고 있는 딸과, 그 딸의 열 살쯤 되어 보이는 이쁘고 명랑한 사생아 여자애가 딸려 있었다. 내가 집 안에 들어섰을 때, 알렉산드르 뻬뜨로비치는 그 여자애와 나란히 앉아서 읽는 법을 가르쳐 주고 있었다. 그는 나를 보자마자 마치 내가 무슨 범죄로 자기를 잡으러 온 것처럼 당황해 하더니, 완전히 정신이 나간 듯 의자에서 벌떡 일어나 나를 노려보았다. 마침내, 우리는 자리에 앉게 되었다. 그는 주의 깊게 나의 모든 시선을 뒤좇았다. 마치 무엇인지 모를 특별히 비밀스런 의미를 의심하는 듯했다. 나는 그가 미치기 직전의 의심 많은 사람이 아닐까 생각했다. 그는 〈자, 너는 여기서 어서 사라져 주지 않을래?〉 하고 말하는 듯, 증오에 가득 찬 시선으로 나를 쳐다보고 있었다. 나는 우리의 도시와 항간에 떠도는 소식들에 대해 말하며 그의 말문을 열어 보려고 했지만, 그는 입을 꼭 다문 채 증오 서린 미소만 지을 뿐이었다. 나중에야 밝혀진 일이지만, 그는 모든 사람에게 알려진 도시의 가장 일상적인 소식들조차 모르고 있을 뿐만 아니라 심지어는 그것을 알고 싶어하는 흥미조차도 없었다. 이어서 나는 이 벽지에 관해, 이 벽지에서 필요로 하는 것에 관해 말을 하기 시작했지만, 그는 잠자코 나의 말에만 귀를 기울일 뿐 나의 눈동자를 이상하다는 듯이 바라보고 있어서, 마침내 나는 말하는 것이 무안해졌다. 그렇지만, 나는 방금 우체국에서 찾아와 내 손에 들려 있던 신간 서적과 잡지들을 가지고 그를 유혹해 볼 수가 있었다. 아직 뜯지도 않은 그 책들을 그에게 내밀어 보았던 것이다. 그는 탐욕스러운 시선을 보냈지만, 곧 마음을 바꾸고 바쁘다는 핑계로 제안을 거절해 버렸다. 드디어 그와 작별 인사를 나누고 그의 집에서 나오자, 나는 마음속에서부터 무엇인가 감당할 수 없으리만큼 무거운 하중이 사라져 버린 듯한 느낌을 받았다. 가능하다면 세상의 모든 것으로부터 멀찌감치 숨어 버리고 싶어하는 것을 제일 중요한 과제로 삼고 있는 사람에게 가까이 다가가려는 것은 지극히 어리석은 일이라고 생각했고 수치스럽기까지 했다. 그러나, 이미 엎질러진 물이었다. 그의 방에서 책들은 거의 찾아볼 수가 없었다는 것을 이제서야 기억하는데, 그렇다면 그가 많은 책을 읽었다고 생각하는 것은 틀렸을지도 모른다. 그러나 아주 깊은 밤중에 두 번쯤 그의 집 창문 옆을 지나가면서 나는 불빛을 본 적이 있다. 새벽녘까지 밤새껏 책상에 앉아 그는 무엇을 하고 있는 것일까? 글을 쓰고 있었던 것은 아닐까? 만일 그렇다면, 그것은 무엇을 뜻하는 것일까?

 석 달 가량 나는 피치 못할 사정으로 도시를 떠나 있었다. 이미 겨울이 되어서야 집으로 돌아오던 나는 알렉산드르 뻬뜨로비치 씨가 고독 속에서 약사조차 한번 부르지도 않고, 가을에 세상을 떠났다는 것을 알게 되었다. 도시의 사람들은 벌써 그를 잊고 있었다. 그의 방은 텅 비어 있었다. 세들어 있던 사람이 무엇에 열중하고 있었으며, 무엇인가를 쓰고 있었던 건 아닌가 하는 것을 알아내고 싶은 마음에, 나는 고인의 집주인과 재빨리 인사를 나눴다. 20꼬뻬이까짜리 은화 한 닢에 주인 노파는 고인이 남기고 간 종이 바구니를 모두 가져다 주었다. 두 권의 공책은 이미 써버렸다고 자백을 하면서. 주인 노파는 침울하고 과묵한 아낙네였기 때문에 그녀로부터 무엇인가 쓸모 있는 사실을 알아내기란 어려울 것 같았다. 자기 집에 세들어 살던 사람에 관하여, 이 노파는 특별히 어떤 새로운 이야기는 아무것도 해주지 않았다. 그녀의 말에 따르면, 그 남자는 거의 아무 일도 하지 않았으며 몇 달씩이나 책을 펼치기는커녕, 손에 펜 한번 잡아 본 적이 없었다고 한다. 반면에, 밤새도록 방 안을 왔다갔다하면서 줄곧 무엇인가를 생각하다가 이따금씩 혼자서 말을 하더라는 것이다. 그는 특히 노파의 손녀가 까쨔라는 이름을 가졌다는 것을 알고 난 뒤부터는 까쨔를 몹시 사랑하고 귀여워했으며, 까쩨리나의 영명 축일에는 매번 교회에 예배를 드리러 가기도 했다는 것이다. 그는 손님들을 못 견뎌했으며 오직 아이들을 가르치기 위해서만 마당 밖으로 빠져나갈 뿐, 심지어 일주일에 한 번, 노파가 그의 방을 대충 치우러 올 때도 눈살을 찌푸리고 거의 3년 내내 그녀와 단 한 마디 말조차 하지 않았다고 했다. 나는 까쨔에게 자기 선생님을 기억하고 있는지 물어보았지만, 그 여자애는 물끄러미 나를 쳐다보고 있다가는 벽으로 몸을 돌리고 흐느끼기 시작했다. 어쩌면, 이 사람도 누군가로 하여금 자신을 사랑하도록 할 수 있었는지도 모른다.

나는 그 종이들을 가져다가 하루 종일 분류했다. 이 종이들의 4분의 3 정도는 하찮고 의미 없는 부스러기들이거나 학생용 습자 연습장이었다. 그러나 거기에는 작은 글씨가 촘촘히 적힌 채 미처 끝까지 쓰지 못한, 아마도 저자 자신에 의해 중도에 잊혀지고 버려진 듯한, 꽤 두툼한 공책이 한 권 있었다. 이것은 비록 두서없지만, 알렉산드르 뻬뜨로비치 씨가 체험한 10년 동안의 유형 생활을 적어 놓은 기록이었다. 이 기록은 군데군데 마치 무엇인가 강제적인 것으로 인해 경련하듯 고르지 않게, 되는 대로 씌어진 듯한, 어떤 다른 이야기나 이상하고 무서운 회상기에 의해 끊겨 있기도 했다. 나는 몇 차례 이 단편들을 읽어 보았고, 그럴 때마다 나는 이 글들이 거의 미친 상태에서 씌어진 것이라고 확신하게 되었다. 그러나 유형의 기록은, 그 자신이 자기의 원고 어딘가에서 일컫듯 〈죽음의 집의 광경들〉은, 내게 결코 재미없는 것은 아니었다. 지금까지 그 누구에게도 알려지지 않은 완전히 새로운 세계, 색다른 사실들의 기이함, 죽어 가는 민중에 대한 몇 가지 특이한 기록들이 내 마음을 끌었으며, 어떤 것은 호기심에 사로잡혀 통독을 하기도 했다. 생각해 보면, 내가 틀릴 수도 있다. 우선 시험삼아 나는 두세 장(章)을 뽑아 보려고 한다. 판단은 세상에 맡기기로 하고……

1. 죽음의 집

우리들의 감방은 요새 끝, 장벽 바로 옆에 있었다. 담장 틈새로 혹시 무엇인가 보이지 않을까 해서 신이 창조한 세상을 바라보노라면, 여기서는 단지 하늘의 가장자리와 굵은 잡초가 자라고 있는 높다란 토성(土城)과 밤낮 그 위를 오가는 보초들만 볼 수 있을 것이다. 그리고 여기서는, 한 해가 모두 지나가 버려도 여전히 이전과 마찬가지로 담장의 틈새를 통해 무엇인가를 보러 가서는 똑같은 토성과 똑같은 보초들과 아주 작은 하늘의 가장자리만을 볼 뿐인데도, 그 하늘은 감방 위의 하늘이 아니라 저 먼 곳의 또 다른 자유의 하늘이라고 생각하게 된다. 2백 걸음 정도의 길이와 1백 50걸음의 폭, 높다란 울타리로 둘러싸인 고르지 못한 육각형 모양의 커다란 마당, 즉 높다란 말뚝에 버팀목을 기대어 땅속 깊숙이 박아 놓고, 윗부분을 예리하게 잘라 놓은 다음, 그것을 횡목으로 단단하게 조여서 세로로 세워 놓은 울타리를 상상해 보라. 바로 이것이 감방의 바깥 울타리이다. 울타리의 다른 한쪽은 늘상 잠긴 채, 보초들이 밤이고 낮이고 지키고 서 있는 견고한 출입문이 달려 있다. 이 문은 일터로 나가기 위해, 요구에 의해서만 열리곤 했다. 이 출입문 너머에는 여느 누구와 다름없는 보통의 사람들이 살고 있는 광명과 자유의 세계가 펼쳐져 있다. 그러나 울타리의 안쪽에서는 그곳을 마치 환상적인 이야기 속의 세계처럼 상상했다. 이곳은 독특한 자기만의 세계를 가지고 있어서, 그 어느 곳과도 더 이상 비교될 수 없었다. 그곳에는 자기만의 특별한 법칙들과, 복장과 풍습과 관습 등이, 그리고 살아 있으나 죽은 집이, 어느 곳에도 존재하지 않는 삶과 특별한 사람들이 있었다. 바로 이 특별한 구석의 이야기를 나는 지금 쓰기 시작하려는 것이다.

울타리 안으로 들어서게 되면, 몇 개의 건물이 눈에 들어온다. 널따란 마당의 내부 양쪽 편에는 두 채의 기다란 단층 통나무 집이 펼쳐져 있다. 이곳이 바로 옥사(獄舍)이다. 여기서 등급별로 분류된 죄수들이 살고 있다. 그리고 울타리 깊숙한 곳에는 이와 유사한 통나무 집이 한 채 더 있다. 그것은 협동 조합처럼 두 개로 나뉜 취사장이었다. 그리고 또 한 채의 건물이 있는데, 같은 지붕 밑에 움, 창고, 헛간이 자리잡고 있었다. 그리고 텅 빈 마당의 한복판에는 평평하고 꽤 커다란 광장이 있었다. 죄수들은 아침, 점심, 저녁마다 여기서 정렬하고, 가끔은 보초들이 의심스럽다고 생각할 때마다 하루에도 몇 번씩 숫자를 빨리 셀 수 있는 능력을 가진 그들의 검사와 점호를 받았다. 건물들과 울타리 사이의 주변에는 꽤 커다란 공간이 남아 있었다. 성격이 음울하고 사람들을 싫어하는 죄수들 중 몇몇은 일을 하지 않는 시간에 다른 사람들의 눈을 피할 수 있는 건물 뒤편의 이곳을 찾아, 생각에 잠기거나 거닐기를 좋아했다. 이러한 산책 시간에 그들과 마주치면서, 나는 그들의 침울하고 낙인 찍힌 듯한 얼굴을 바라보며, 그들은 무엇을 생각하고 있을까 추측해 보기도 했다. 자유 시간이 되면, 말뚝의 숫자를 헤아리는 것을 재미있어 하던 유형수가 있었다. 말뚝은 모두 1천 5백 개쯤 되며, 그는 그것들을 모두 셈했을 뿐더러 훤히 꿰고 있기까지 했다. 그에게 말뚝 하나하나는 하루를 뜻했다. 그는 매일 말뚝을 하나씩 빼 나갔고, 그래서 나머지 셈하지 않은 말뚝 숫자로 감옥에서 노동해야 하는 기간이 며칠이나 더 남아 있는지를 일목요연하게 알 수 있었다. 그는 육각형의 어느 한 면을 셀 때 유난히 기뻐했지만, 아직도 여러 해를 기다려야만 했다. 그러나 감옥에서는 인내를 배울 수 있는 시간이 있게 마련이다. 한번은 20년이나 유형 생활을 하다가 마침내 자유의 몸이 되어 다른 동료들과 작별 인사를 나눈 죄수를 본 적이 있다. 처음 감옥에 들어와서는, 자기의 죄에 대해서나 자기의 형량에 대해서는 생각조차 하지 않던 무심한 젊은이로 그를 기억하는 사람들이 있었는데, 우울하고 슬픈 얼굴을 띤 백발의 노인이 되어 세상에 나가게 되었다. 그는 말없이 여섯 동의 옥사를 모두 돌았다. 옥사에 들어갈 때면 매번 그는 성상(聖像)[5]에 대고 기도를 올렸으며, 자기에 대해 나쁘게 생각지 말아 달라고 부탁을 하면서 동료들에게 허리까지 머리를 숙이며 인사를 하는 것이었다. 기억을 더듬어 보니, 예전의 어느 날인가는 시베리아의 부유한 농부였던 한 죄수가 저녁 무렵 출입문께로 불려 갔던 일도 떠오른다. 그날보다 반년 정도 전에 그는 자기의 아내가 시집을 가버렸다는 소식을 접하고 너무나도 슬퍼했지만, 이제는 그녀 스스로가 감옥에 와서 그를 불러내어 기꺼이 그에게 기쁨을 주었다. 2분 가량 이야기를 나누자 그 둘은 이내 울음을 터뜨렸고, 영원히 작별을 하고 말았다. 나는 그가 감옥으로 되돌아왔을 때, 그의 얼굴을 보았다……. 그렇다. 이곳에서는 인내를 배울 수 있는 것이다.

[5] 러시아 정교의 전례물인 성인(聖人)들의 모습을 담은 이콘을 걸어 놓은 성소(聖所)로 〈아름다운 구석〉이라고도 불린다.

어둠이 깃들자 우리는 모두 밤새도록 빗장이 걸리는 옥사 안으로 들어갔다. 마당에서 우리의 옥사로 돌아오는 일은 내겐 언제나 괴로운 일이었다. 옥사는 유지로 만든 양초가 희미하게 비추고 있고, 숨막힐 듯한 무거운 냄새로 가득 찬, 길고 좁고 후텁지근한 방이었다. 지금 생각해 보면, 어떻게 내가 이곳에서 10여 년을 살아왔는지 이해할 수가 없다. 평상 위에 나의 몫이란 세 장의 판자뿐이었다. 그렇지만 이것이 나의 모든 공간이었다. 이 방 안의 평상에만도 30명이 자리를 잡고 있는데, 겨울에는 일찍 빗장을 지르는 까닭에 모두들 잠들 때까지 네 시간이나 기다려야만 했다. 하지만 그전까지는, 웅성거리는 시끄러운 소리와 웃음, 욕설, 쇠사슬소리, 악취와 그을음, 삭발한 머리들과 낙인 찍힌 얼굴들, 남루한 의복, 이 모든 것이 욕설과 혹평의 대상이 되곤 했다……. 그렇다, 인간은 불멸이다! 인간은 모든 것에 익숙해질 수 있는 존재이며, 나는 이것이 인간에 대한 가장 훌륭한 정의라고 생각한다.

모두 2백 50명 정도가 이 감옥에 수용되어 있었다. 항상 거의 이 숫자를 유지하고 있었다. 새로운 죄수들이 도착하면, 다른 죄수들은 형기를 마치거나 죽어 갔다. 여기에는 별의별 종류의 사람들이 다 모여 있었다! 생각해 보니, 여기서는 러시아의 모든 현(縣),[6] 모든 지방이 각기 자신의 대표자들을 갖고 있는 것 같았다. 이민족들도 있었고, 심지어 까프까즈의 산간 지방에서 유형 온 사람들도 더러 있었다. 이 사람들은 모두 범죄의 정도에 따라, 즉 범죄에 따른 형기의 햇수에 따라 분류되었는데, 여기에는 자기의 대표자를 가지지

---

[6] 제정 러시아 시대의 행정 구분은 우리 나라의 도(道)에 해당하는 100여 개의 현(縣, guberniia)으로 나뉘고 그 밑에 군(郡, uezd), 향(鄕, volost'), 촌(村, selo)을 두고 있었다.

않는 그런 범죄는 존재하지 않는다는 점을 염두에 두어야 한다. 여기서 감옥 생활을 하는 유형수의 대부분은 공민권에 유형수로 나와 있는 부류였다(죄수들 스스로는 이것을 천진하게도 중죄수라고 발음[7]하였다). 이들은 모든 권리를 완전히 박탈당한 상태로 사회로부터 외떨어져 있었으며, 그 버려짐을 영원히 증명하기 위해 얼굴에 낙인까지 찍힌 죄수들이었다. 그들은 8년에서 12년까지의 징역에 처해지며, 그 다음에는 유형 이주민으로서 시베리아 각지에 보내지곤 했다.[8] 그리고 대개 러시아의 군 죄수 중대(軍罪囚中隊)처럼, 권리를 박탈당하지 않은 상태인 군인 신분의 죄수들도 있었는데, 그들은 단기간으로 유형되곤 했다. 형기를 마치면 그들은 처음 끌려왔던 그곳, 시베리아 전선 대대에 다시 병사로 복귀했다. 그들 중 다수는 거의 모두가 또다시 저지르는 중범죄 때문에 곧 이어 되돌아오곤 했지만, 이런 경우 이미 형기는 단기가 아니라 20년으로 불어났다. 이러한 계층은 〈단골 손님〉이라고 불렸다. 그러나 이 〈단골 손님〉도 아직 모든 권리를 완전히 박탈당한 상태는 아니다. 마지막으로, 가장 무서운 죄수들로 주로 군인이며, 꽤 많은 숫자를 차지하고 있는 특수한 부류가 아직 하나 더 있다. 그것은 〈특별 분과〉라고 불렸다. 죄수들은 러시아의 전역에서 유형왔는데 그들은 스

7 유형수 ssyl'nokatorzhnie와 중죄수 sil'no katorzhnie는 발음이 비슷하다.
8 러시아의 형벌 제도는 뾰뜨르 대제의 개혁 이후 정착되었는데, 최고형인 사형은 일반 범죄에는 적용되지 않고 반역죄나 황족에 대한 살인 또는 살인 미수일 경우에만 적용되었다. 일반적으로 형사범의 최고형은 징역형 katorga이었는데 러시아에서는 1822년 〈유형수에 관한 법률〉과 〈시베리아 현들의 숙영(宿營)에 관한 법률〉이 공포되어 각 현에 유형수를 담당할 관청이 세워졌다. 유형수들은 유기 또는 무기 징역수, 강제 이주수, 추방수 등 세 가지 부류로 나뉘는데, 유기 또는 무기 징역수는 형기 만료 후 강제 이주수처럼 시베리아의 각지에 흩어져 경작지를 분배받고 유형 이주민이 된다.

스로 자신들을 무기 유형수로 생각했으며, 강제 노동의 형기도 알지 못했다. 법에 따르면, 그들은 남보다 두세 배는 더 많은 노역을 해야만 했다. 그들은 앞으로 시베리아에 가장 고된 강제 노동 수용소가 생길 때까지 이 감옥에서 지내야 했다. 그들은 다른 죄수들에게 〈너희에게는 형기가 있지만, 우리는 징역만을 따라간다〉고 말하곤 했다. 훗날 나는 이 제도뿐만 아니라, 이외에도 우리 요새에 있던 공민권 제도 역시 폐지되었다는 것을 듣게 되었다. 단지 일반 군 죄수 중대 하나만이 운영되고 있다는 것과 함께. 물론 관리들도 이러한 새 제도와 함께 경질되었으리라. 그러므로 아마도 나는 이미 지나가 버리고, 흘러가 버린 옛일을 쓰고 있는 것이리라……

이것은 이미 오래 전의 일이다. 마치 꿈속에서처럼, 나는 지금 이 모든 것을 꿈꾼다. 내가 감옥에 들어가던 때가 기억난다. 10월의 어느 저녁 무렵, 이미 땅거미가 지고 있었다. 사람들은 일터에서 돌아와 검사받을 준비를 하고 있었고, 콧수염을 기른 하사관 한 명이 마침내 내가 몇 해를 보내야 하고, 실제로 내가 체험하지 않았다면 상상조차 할 수 없었을 그런 감각을 가져다 주는, 이 이상한 집의 문을 열어 주었다. 나는 유형살이를 해야 할 10년 동안 결코 한 번도, 결코 1분도 나 혼자 있을 수 없다는 가공스럽고 고통스러운 사실을 조금도 상상할 수가 없었던 것이다. 일터에서는 항상 감시병의 눈길 아래, 옥사에서는 2백여 명의 동료들과 함께 있어서 한 번도, 결코 한 번도, 혼자가 아니었던 것이다! 그렇지만, 나는 오직 이 일에만 길들여져야 하는 것이었을까!

이곳에는 우발적인 살인범과 계획적인 살인범, 도둑들과 도둑의 두목들이 있었다. 단순한 소매치기들과 날치기를 하거나 패거리로 몰려다니며 돈을 터는 기업가 같은 부랑자들도 있었고, 무슨 죄를 지어 이곳에 오게 되었는지 단정을 내리기가 곤란한 그런 사람들도 있었다. 그렇지만, 사람들은 모두 제각기 전날의 취기로 인해 나타나는 중독과 같은 음산하고 고통스러운, 자기만의 이야기들이 있게 마련이었다. 대개는 자기의 과거에 대해서 입을 다물고, 별로 이야기하는 것을 좋아하지 않으며, 그 흘러가 버린 일에 대해서는 생각지 않으려는 모습이 역력했다. 나는 그들 중에서, 내기를 할 수도 있을 정도로, 결코 한 번도 양심의 질책을 받아 본 적이 없고 생각에조차 잠긴 적이 없는 유쾌한 살인범도 있다는 것을 알고 있었다. 그러나 얼굴에는 그늘이 져 있고, 거의 늘상 말이 없는 사람들도 있었다. 보통 자기 인생에 관해 말하는 사람은 드물었고, 그래서 호기심 역시 유행이 아니었으며 그것은 습관이 되지 못해 받아들여지지 않았다. 이따금씩 누군가가 무료함 때문에 말을 하면 모를까, 다른 사람들은 냉담하고 음울하게 듣고만 있을 뿐이었다. 여기서는 어느 누구도 다른 사람을 놀라게 할 수 없었다. 〈그래도 우리는 읽고 쓸 수 있는 사람이라고!〉 가끔 그들은 이렇게 어떤 이상스러운 자기 만족감 속에서 말을 하곤 했다. 어느 날 술에 취한 한 강도가(유형 생활 중에도 이따금 술을 마실 수 있었다) 어떻게 자기가 다섯 살 난 어린아이를 참살했으며, 처음에 어떻게 장난감을 가지고 꼬드겼고, 어딘가의 빈 헛간으로 끌고 가 거기서 어떻게 죽였는가를 말하기 시작했다. 이때까지 그의 농담에 웃고 있던 옥사의 모든 사람들이 마치 한 사람이 그러듯 이구동성으로 고함을 치자 이 강도도 입을 다물고 말았는데, 전 옥사가 소리치기 시작한 것은 분노 때문이 아니라 〈그런 이야기〉는 말할 필요가 없었을 뿐만 아니라 용납되지 않았기 때문이다. 그런데 사실 이 강도는, 〈비유적인 의미〉[9]

---

[9] 세상의 풍파를 모두 경험했다는 비유적 의미.

에서가 아니라 글자 그대로의 의미로, 실제로 읽고 쓸 수 있는 사람이었다는 것을 알게 되었다. 아마도 그 강도들 중에서 반수 이상은 읽고 쓸 수가 있었을 것이다. 러시아 인들이 아주 많이 모여 있는 어느 다른 지역에서 그들의 다수를 2백 50명으로 나누어 본다면, 과연 그들 중의 절반이 읽고 쓸 수가 있을까? 훗날 나는 누군가가 이와 유사한 사실들에서 유추하여 교육은 민중을 파멸시킨다는 결론을 내리게 되었다는 말을 들었지만, 이것은 실수였다. 여기에는 전혀 다른 이유들이 있을 것이다. 비록 그렇다 해도, 교육이 민중들의 자기 과신을 부추긴다는 사실에는 동의할 수 없다. 그러나 보다시피 이것은 결코 결점이 아닌 것이다. 죄수들은 복장에 따라 부류가 구별되고 있었다. 한 부류는 상의 재킷이 절반은 짙은 갈색이었고 다른 한 부류는 회색이었으며, 바지도 마찬가지로 다리 한쪽은 회색, 다른 쪽은 짙은 갈색이었다. 한번은 작업장에서, 죄수들에게 다가와 흰 빵을 파는 여자애가 나를 물끄러미 오랫동안 바라보다가 갑자기 깔깔 웃기 시작했다. 〈후, 잘 어울리는군!〉 여자애가 소리쳤다. 〈회색 옷감도 모자라고, 검은 옷감도 모자랐단 말이지!〉 거기에는 재킷이 모두 회색 옷감으로만 되어 있고, 다만 소매만이 짙은 갈색인 사람들도 있었다. 머리 역시 제각기 다양하게 깎고 있어서, 어떤 사람들은 머리의 절반이 세로로 두개골까지 깎여 있었으며, 어떤 사람들은 가로로 깎여 있었다.

이 이상스러운 가족들은 모두 첫눈에 언뜻 보면, 몇 가지 두드러지는 공통점을 발견할 수 있었다. 심지어는 고의가 아니더라도 다른 사람들을 지배하고 있는 가장 두드러진, 가장 특색 있는 인물들조차도 감옥의 모든 공통적인 색조에 빠져들려고 하는 것이었다. 대체로 말해서 이곳의 대부분의 죄수들은, 물론 지나치게 쾌활하여 이 때문에 경멸을 받는 몇몇

소수를 제외하고, 음산하며 시기를 잘하고, 무섭도록 허세를 부리며 오만하고 화를 잘 낼 뿐만 아니라 지나칠 정도로 형식주의자들이었다. 아무것에도 놀라지 않는 능력이 최상의 미덕이었다. 모든 사람들은 어떻게 자기의 체면을 지키는가에만 열중해 있었다. 그러나 심심치 않게, 가장 오만불손한 모습이 전광석화처럼 빠르게 제일 소심한 표정으로 바뀌었다. 정말로 강한 사람들이 몇몇은 있었다. 그들은 우직하고 젠체를 하지 않았다. 그러나 이상한 일이다. 이렇게 강한 사람들 중에서도 거의 병적이라 할 정도로, 극히 허세를 부리는 사람들이 있으니 말이다. 대개 허세와 체면이 제일 중요시된다. 대다수는 타락했고 아주 비열해지곤 했다. 거짓 소문과 험담이 그칠 새가 없었고, 그래서 이곳은 칠흑 같은 어둠의 지옥이었다. 그러나 감옥 내부의 규칙이나 받아들여지고 있는 습관에 대항할 수 있는 사람들은 아무도 없었다. 모든 죄수들이 여기에 복종하고 있었던 것이다. 아주 독특한 성격을 지니고 있어서 어렵사리 애를 써서 복종을 하는 사람들도 있곤 했는데, 어쨌든 모두들 복종하고 있었다. 감옥에는, 너무나 도에 지나치게 행동을 하고 멋대로 굴 수 있는 생활에서부터 너무나 틀에 박힌 듯한 곳으로 불쑥 뛰쳐들어왔기 때문에, 궁극에는 죄를 저지른 사람은 자기가 아니라고 생각하며, 자기 자신도 왜 그런지를 모르면서 혼미함과 망연자실 속에 빠져 있는 사람들도 들어오곤 했다. 이것은 종종 극도로 자극된 허세 때문이었다. 그러나 감옥에 오기 전까지는 온 도시와 마을에 공포의 대상이었던 그러한 사람들도 이곳에서는 이내 길들여지곤 했다. 신출내기도 주위를 한번 살펴보고는 자기가 처한 곳이 그리 만만한 곳이 아니며, 이곳에서는 이미 아무도 놀라게 할 수 없다는 것을 눈치채고 눈에 띄지 않게 수그러들어 공통의 색조에 빠져 드는 것이다. 이 공통의 색조는 겉보기에 감옥의 모든 거주자들에게 스며 있는 어떤 독특하고 고유한 가치로 이루어져 있었다. 사실을 정확히 말한다면, 유형수나 기결수라는 호칭은 어떤 관등, 그렇다, 존경스러운 관등이었던 것이다. 결코 수치와 후회의 지표는 아니었다! 더욱이 여기에는 어떤 표면적인 겸손, 말하자면, 관등상의 어떤 조용한 달관 같은 것이 배어 있었다. 〈파멸한 민초인 우리들은.〉 그들은 말했다. 〈자유의 세상에서 살 수 없으니, 이제 푸른 거리는[10] 그만 하고, 줄이나 잘 서세〉,[11] 〈어머니와 아버지 말씀 듣지 않았으니, 이제 북가죽소리나 들으세〉, 〈금실 잣기가 싫다더니, 이제 망치로 돌이나 깨야 하는구나〉. 모두들 이따금씩 교훈이나 일상적인 속담과 경구의 형식을 빌어 이렇게 말하곤 했지만, 결코 심각한 생각에서 말하는 건 아니었다. 이 모든 것은 단지 말뿐이었다. 과연 그들 중의 한 명이라도 자기의 죄를 마음속 깊이 새기는 사람이 있었을까? 만일 유형수가 아닌 어떤 다른 사람에게 죄수들의 범죄를 비난하도록 해본다면 (비록 러시아적인 정신에서 죄수를 비난하는 것은 존재하지 않지만), 죄수들의 욕설은 끝이 없을 것이다. 그들 모두는 얼마나 욕설의 명수들인지! 그들은 욕도 세련되고 예술적으로 한다. 그들에게서 욕설은 하나의 학문으로까지 고양되어, 모욕적인 단어보다는 모욕적인 의미와 정신과 사고를 붙들려고 애썼는데, 이것이 보다 더 미묘하고 독설스러운 것이었다. 쉴 새없는 말다툼으로 이 학문은 그들 사이에서 한층 더 발전했던 것이다. 죄수들은 모두 몽둥이 밑에서 일을 했으므로 결과

---

10 길 양옆에 늘어서서 죄수로 하여금 그 사이를 지나가게 하여 태형을 가하는 병사들의 대열을 말함. 제정 러시아 시대의 황족에 대한 살인 또는 살인 미수를 제외하고는 사형 제도가 폐지되었으나, 죽기 직전까지 태형에 가하는 일은 묵인되고 있었다.
11 태형을 받느니, 유형 생활을 잘하는 게 차라리 낫다는 의미임.

적으로 태만하고 방탕하게 마련이었다. 이전에는 방탕한 사람이 아니었을지라도, 감옥에서는 방탕하게 되었다. 그들은 모두 자기의 의지에 따라 여기에 모인 것이 아니며, 그들은 모두 서로 타인이었던 것이다.

〈우리를 한곳에 모아 놓을 때까지, 악마는 짚신을 세 켤레나 닳아 없앴을 거라고.〉 이렇게 그들은 자기들끼리 말하곤 했다. 유언비어, 음모, 아낙네와 같은 중상, 시기, 말다툼, 악의가 언제나 이 절망적인 생활 속에서 제일 중요시되고 있었기 때문이다. 어떤 아낙네도 이러한 살인자들 중 몇몇 사람과 같은 아낙네가 될 수는 없을 것이다. 다시 한번 말하건대, 그들 가운데는 자기의 모든 삶을 파괴하고 지배하는 데 익숙해서 강하고 무서움을 모르는 단련된 성격을 지닌 사람들도 있었다. 이런 사람들은 무의식중에 존경을 받게 마련이었다. 그들의 측면에서 본다면, 그들도 비록 이따금씩 자기 명예에 아주 강한 질투심을 보이곤 했지만, 대개는 남을 곤경에 빠뜨린다거나 공연한 욕설에 끼어들지 않으려고 애썼으며, 범상치 않은 자존심을 지닌 채 처신했고, 사려가 깊었으며, 거의 언제나 간수들에게 순종했다. 이것은 순종의 법칙이나 의무 의식에서 나온 것이 아니라, 마치 일종의 계약처럼 상호 이익을 의식한 데서 비롯된 것이었다. 더욱이 그들은 조심스레 다루어야 했다. 아직도 기억할 수 있지만, 이러한 죄수들 중 한 명이었던, 단호하고 두려움을 모르며 간수들에게도 야수적인 성질을 잘 드러내던 한 사람이 어떤 잘못 때문에 체벌을 받기 위해 호출받은 적이 있다. 여름날의 노동이 없는 휴식 시간이었다. 감옥의 직접적인 책임자와 가장 가까웠던 한 참모 장교[12]가 체벌에 입회하기 위해 감옥의 출입문 바로 옆에 있던 위병 초소까지 몸소 찾아왔다. 이 소령은 죄수들에게 어떤 운명적인 존재였으며, 공포로 전율할 때까지 죄수들을 몰아붙이곤 했다. 그는 정신 나간 사람으로 보일 정도로, 그래서 죄수들이 〈사람에게 달려든다〉고 말할 만큼 엄격했다. 이외에도 죄수들이 두려워하는 것은, 결코 아무것도 숨길 수 없이 꿰뚫어 보는 듯한 그의 살쾡이 같은 시선이었다. 그는 안 보는 척하면서도 보는 것이었다. 감옥 안에 들어오면, 그는 이미 저쪽 끝에서 무슨 일이 일어났는지 알고 있었다. 죄수들은 그를 여덟 눈이라고 불렀다. 그의 방법은 잘못된 것이었다. 오직 그는 광포하고 사악한 행동으로 이미 화가 난 사람을 더욱더 화나게 만들곤 했는데, 만일 그 사람 위에 가끔 그의 잔혹한 언동을 무마시켜 주는 선량하고 생각이 깊은 지역 사령관[13]이 없었다면, 그는 아마도 자기의 그런 지배 때문에 커다란 화를 자초했을 것이다. 그가 어떻게 무사히 임기를 마칠 수 있었는지는 나도 이해할 수 없는데, 어쨌든 재판에 회부된 적은 있지만 그는 건강하게 살다가 퇴직을 했다.

그 죄수는 자기의 이름이 큰소리로 호명되자, 얼굴이 하얗게 질렸다. 그는 보통 때 같으면, 아무 말 없이 결연한 표정으로 태형을 맞이해 묵묵히 징벌을 참아 내고, 이 벌이 끝나면 천연덕스럽게 냉정하고 철학적으로 자신에게 일어났던 실수를 바라보며 자리를 털고 일어났을 것이다. 그래도 간수들은 그를 항상 조심스럽게 다뤘다. 그러나 이번만은 그도 자기가 웬일인지 옳다고 생각했다. 하얗게 얼굴이 질려 있던 그는,

---

12 제정 러시아의 군 계급에서 참모 장교는 소령에서 대령 사이에서 임명됨. 뾰뜨르 대제에 의해 처음 정해진 러시아의 문관과 무관의 관등은 14계급으로 이루어지는데, 1~5등관은 장성급, 6~8등관은 영관급, 9~14등관은 외관급으로 이루어져 있다. 대위 계급의 9등관 이하 10등관은 2등 대위이며, 11등관은 폐지되었다. 제일 하위 관등인 14관등은 소위보이다.

13 실제 인물. 옴스끄 요새 사령관이었던 A. F. 그레이브(1793~1864) 대령으로 알려지고 있다.

호송병 모르게 가만히 예리한 영국제 구두칼을 소매에 집어 넣었다. 칼뿐만 아니라 모든 날카로운 도구들은 감옥에서 엄격하게 금지되어 있었다. 예기치 않은 진짜 특별 수색도 자주 있었고, 벌 또한 가혹했다. 그러나 도둑이 무엇인가를 특별히 숨기려고 할 때 그것을 찾아내기란 어려운 일이었고, 칼이나 도구들은 감옥에서도 늘상 필요한 물건이었기 때문에 수색을 한다고 해도 그것들은 없어지지 않았다. 설령 빼앗긴다 해도 즉시 새것이 생기곤 했다. 감옥의 죄수들은 모두 울타리로 달려가 마음을 진정시키고 말뚝 틈새로 바라보기 시작했다. 이번에는 뻬뜨로프가 태형을 받지 않으려 하고 있었고, 소령에게도 마지막 순간이 도래했다는 것을 모든 죄수들은 알고 있었다. 그러나 제일 결정적인 순간에 우리의 소령은 다른 장교에게 태형의 집행을 위임하며 마차를 타고 자리를 떠나 버렸다. 그 후에 죄수들은 〈신이 구해 주셨다!〉고 말하곤 했다. 뻬뜨로프는 아주 조용히 체벌을 견디어 냈다. 소령이 사라지자 그의 두려움도 사라졌던 것이다. 죄수는 어느 정도까지는 순종적이고 길들여지지만 넘지 말아야 할 한계도 있는 것이다. 그런데 이러한 끈질김과 참을성 없는 이상스런 감정의 폭발보다 더 호기심을 끄는 것은 있을 수 없다. 사람은 흔히 몇 년씩 참고 굴복하며 가장 가혹한 체벌도 이겨 내지만 갑자기 어떤 사소하고 하찮은, 거의 아무것도 아닌 일에 폭발하는 법이다. 다른 관점에서 본다면, 그를 미친 사람이라고도 부를 수 있겠다. 실제로 그래서 일을 저지르기도 하니까 말이다.

이미 말했지만, 몇 해가 흐르는 동안에 나는 이러한 사람들의 틈바구니 속에서 조그마한 참회의 징후나, 자신의 죄에 대한 고통스러운 생각들을 조금도 찾아볼 수 없었으며, 오히려 그들의 대부분이 마음속으로 자기가 완전히 옳다고 생각하고 있다는 것을 알게 되었다. 이것은 사실이다. 물론 대부분의 경우 허세, 악질적인 예들, 대담성, 잘못된 수치감이 그 원인이긴 하지만, 다른 측면에서 본다면, 누가 이 파멸해 가는 사람들의 마음속 깊은 곳을 헤아려 그들에게 숨겨져 있는 모든 세상의 비밀을 읽었다고 말할 수 있겠는가? 그러나, 몇 해 동안에 누군가 이러한 사람들의 마음속에서 그들 내부의 고독과 고통을 증명할 수 있는 어떤 특징을 포착하고 이해하고 눈치챘을 수도 있지만, 이러한 것은 결코 존재하지도 않는다. 그렇다, 범죄라는 것은 이미 준비되고 주어진 관점에서 본다면, 이해할 수가 없을 듯싶다. 범죄의 철학은 보통 생각하는 것보다 좀 어려운 것이다. 물론, 감옥이나 강제 노동과 같은 제도가 범죄자를 교화시키는 것은 아니다. 이러한 것들은 단지 범죄자를 벌하고, 평온한 사회를 향후에 있을 죄인의 음모로부터 안전하게 할 뿐이다. 감옥의 죄수에게 가장 힘든 강제 노동은 오히려 증오와 금지된 향락에 대한 욕망과 무서운 경솔함을 부추기는 역할을 할 뿐이다. 그리고 단호히 확신컨대, 그 유명한 독방 제도[14]도 단지 위선적이고 기만적이며 표면적인 목적만을 달성할 뿐이다. 이 제도는 사람에게서 생명의 즙을 짜내고 영혼을 소진케 하여 영혼을 나약하고 놀라게 만든 다음, 반쯤 미치광이가 된 바싹 마른 미라를 교화와 참회의 본보기로 보여 주는 것에 불과하다. 물론, 사회에 대항했던 죄수는 사회를 증오하고, 거의 언제나 자기가 옳다고 생각하며, 잘못한 것은 사회라고 여긴다. 더욱이 그는 이미 사회로부터 형벌을 받았기 때문에 이를 통해 자신은 거의 정화되었고 빚을 갚았다고 생각한다. 이러한 관점에서 본다면, 마침내 죄수가 자신을 정당화하고 있는 것은

14 1825년에서 1855년까지 즉위한 니꼴라이 1세의 반동 정치의 일환으로 영국 런던 형무소의 독방 제도를 본떠 만든 제도.

아닌가 하는 판단도 가능하다. 그러나, 이렇듯 모든 가능한 관점에도 불구하고 사람이면 누구나, 어느 곳에서나 항상 모든 가능한 법률에 따라, 세상의 태초에서부터 두말할 것도 없는 범죄로 간주되며, 인간이 인간으로 남아 있을 그때까지도 그렇게 간주될 수 있는 범죄가 존재한다는 것에는 동의할 것이다. 가장 무섭고 가장 자연에 거스른 행위와 가장 터무니없는 살인에 관한 이야기를, 어린애처럼 천진한 웃음을 지으며 참지 못해 말하는 것을 들었던 곳은 감옥뿐이다. 특히 아버지를 죽인 살인자의 기억이 나의 뇌리에서 떠나지 않는다. 귀족 출신이었던 그는 어디선가 근무를 하다가 예순이나 되는 자기 아버지 집에서 탕자처럼 살고 있었다. 그는 품행이 아주 방탕해서 빚더미에 올라앉고 말았다. 아버지가 그를 붙들고 설득했지만, 아버지에게는 집도 있고, 농장도 있으며, 돈도 많아 보였기 때문에 아들은 유산이 탐나 아버지를 살해했던 것이다. 이 범행은 한 달 만에 들통이 나버렸다. 자기 아버지가 알리지도 않은 채 어디론가 사라졌다고 살인자 자신이 경찰에 신고를 했던 것이다. 이 한 달 내내 아들은 몹시 방탕한 생활을 했는데, 그가 집을 비운 틈에 경찰은 마침내 시체를 찾아내고 말았다. 마당에는 더러운 시궁창을 판자로 덮은 하수도가 마당의 길이만큼 길게 지나가고 있었다. 시체는 이 하수도에 버려져 있었다. 단정한 옷차림에 잘린 잿빛 머리는 몸통 쪽에 붙어 있었고, 머리 밑에는 살인자가 베개를 받쳐 놓았다. 그는 자백을 하지 않았다. 그러나 귀족의 신분과 관직을 박탈당했고, 20년의 징역이 선고되었다. 나와 함께 사는 동안 줄곧 그는 괜찮은 사람이었고, 쾌활한 영혼을 지니고 있었는데, 절대 바보는 아니라고 해도 극히 무분별하고 경솔하며 판단력이 없는 사람이었다. 나는 결코 한번도 그에게서 어떤 특별한 잔혹성을 발견하지 못했다. 죄수들은 죄 때문이 아니라, 그런 일은 전혀 없었지만, 오히려 멍청한 행동 때문에, 그가 처신을 잘하지 못하기 때문에 그를 경멸했다. 말을 하다가도 그는 이따금 자기의 아버지를 떠올렸다. 한번은 나와 그들의 가계에 내려오는 건강한 체격에 관해 이야기를 나누다 말고 이렇게 덧붙이는 것이었다. 《우리 아버지는 죽을 때까지 한번도 병 때문에 아프다고 하소연한 적이 없는 사람이었지.》 이러한 금수 같은 무감각은 가당치도 않은 말이리라. 이것은 기이한 현상이나 다름없다. 이것은 어떤 배합의 결함이나 아직 과학에도 알려지지 않은 어떤 육체적·도덕적 불구 때문이지, 단순한 범죄는 아닌 것 같다. 나는 이러한 범죄를 믿을 수 없을 것 같았다. 그러나 그의 이력의 모든 상세한 부분을 알고 있던 그와 같은 도시 출신 사람들은 내게 사건의 전말을 이야기해 주었다. 믿지 않는 것이 불가능하리만큼 명백한 그런 사실들이었다.

죄수들은 어느 날 밤, 꿈속에서 그가 소리치는 것을 들었다. 〈저놈 잡아라, 잡아! 저놈의 머리를 베라, 머리, 머리……!〉

죄수들도 거의 모두가 밤새도록 말을 지껄였고, 헛소리를 해댔다. 욕설과 도둑들의 은어와 칼과 도끼가 헛소리를 하는 그들의 혓바닥에 제일 자주 오르내렸다. 〈우리는 학대받는 사람이다.〉 그들이 말했다. 〈우리는 매맞은 내장을 가져서, 그렇게 밤마다 소리치는 것이다.〉

관급 공사를 위한 노동은 과제가 아니라 의무였다. 죄수는 자기가 맡은 일을 하거나 규칙에 정해진 노역 시간을 끝내고서야 감옥으로 돌아왔다. 모두들 노역을 증오했다. 자기 자신의 모든 지혜와 생각을 바칠 수 있는 특별하고 독특한 일이 없다면, 감옥 속의 인간은 정말이지 살 수가 없을 것이다. 결국, 성숙하며, 강하게 살아왔고, 또한 살기를 바라며, 강제로 사회와 정상적인 삶에서 격리되어 이곳으로 끌려와 한 무리가 된 이 모든 민중들은, 무슨 방법으로 정상적이며 규칙적으로 자기의 자유와 기호를 가지고 여기서 눌러 살 수가 있을까? 오히려 이곳에서는 무위도식 때문에 그들의 마음속에, 이전에 지니고 있지도 않던 개념인 범죄적인 특성이 자라날지도 모른다. 노동이 없고, 합법적이며, 정상적인 소유물이 없다면 인간은 생존할 수 없으며, 타락하고, 동물로 변하고 말 것이다. 그래서 감옥의 모든 죄수들은 자연적인 요구와 자기 보존의 감정 때문에 자기의 일과 기능을 가지게 된다. 길고 긴 여름날에는 거의 모든 죄수들이 관급 공사를 위한 노역에 충원된다. 그 짧은 밤은 겨우 잠을 자는 시간에 불과하다. 그러나 겨울철에 죄수들은 규정에 따라 해가 지자마자 감옥 속에 갇혀 있어야만 했다. 이 길고 지루한 겨울 밤의 시간 동안에 무엇을 해야 했을까? 그래서 거의 모든 옥사는, 금지에도 불구하고 거대한 작업장으로 바뀌는 것이다. 본래 작업과 일이 금지되어 있는 것은 아니었다. 그러나 감옥에서 도구들을 개인적으로 소유하는 것은 엄금하고 있었는데, 그래도 이것들이 없었다면 일은 불가능했으리라. 그러나 너무들 소리 없이 일을 하니까, 간수들은 웬만한 경우가 아니면 이것들을 대수롭지 않게 보아 넘겨 주곤 했다. 죄수들 중 많은 사람들은 아무것도 모른 채 감옥에 오게 되지만, 다른 사람들에게 배워서 뒤에는 훌륭한 장인이 되어 세상에 나가곤 했다. 여기엔 장화공도, 단화공도, 재봉사도, 목수도, 열쇠공도, 재단공도, 도금사도 있었다. 이사이 붐쉬쩨인이라는 유대 인도 한 명 있었는데, 그는 보석공이면서 동시에 고리 대금업자였다. 그들은 모두 열심히 일을 해서, 꼬뻬이까 동전 하나라도 더 벌려고 했다. 작업의 주문은 도시에서 얻어 왔다. 돈은 주조된 자유였으며, 그래서 자유를 완전히 박탈당한 사람들에게 돈은 열 배나 더 귀중한 것이었다. 만일 돈이 주머니 속에서 짤랑짤랑 소리를 내기만 해도, 비록 그 것을 쓸 수는 없지만, 벌써 반 이상이나 위로를 받게 되는 것이다. 그러나 돈은 언제 어디서나 쓸 수 있었으며, 더욱이 금단의 열매는 두 배나 달콤한 법이었다. 감옥에서도 술을 구할 수 있었으니까 말이다. 파이프 담배도 아주 엄격하게 금지되어 있었지만 모두들 그것을 피우고 있었다. 돈과 담배는 괴혈병과 그 밖의 다른 질병으로부터 죄수들을 구해 주었다. 일도 그들을 범죄로부터 구해 주었다. 일이 없었다면, 죄수들은 유리병 속의 거미처럼 서로가 서로를 잡아먹었을지도 모른다. 그럼에도 불구하고, 일도 돈도 모두 금지되어 있었다. 가끔 밤중에 갑작스레 수색을 벌여 금지된 모든 것을 압수하기도 하는데, 돈은 아무리 숨기려고 애쓰는데도 불구하고 가끔 검사관에게 발각되기도 한다. 그들이 돈을 저축하지 않고서 곧바로 술을 마셔 버리는 이유의 일부분은 바로 여기에 있다. 바로 이 때문에 감옥에 술을 공급하기도 하지만 말이다. 일단 수색이 끝나면, 잘못이 있는 사람들은 자기의 모든 재산을 빼앗김과 동시에 가혹한 벌을 받았다. 그러나 수색이 끝나자마자 부족한 물품들은 즉시 보충되었고, 새로운 물건들도 지체 없이 준비되었으므로 모든 것은 이전과 다름없었다. 간수들도 이것을 알고 있었고, 그러한 생활이 베수비오스 화산[15] 옆에 거주하는 생활과 다름없다고 해도, 죄수들은 벌에 대해 불만을 터뜨리지는 않았다.

  기술이 없는 사람들은 다른 방법을 생각해 냈다. 아주 독창적인 방법들로, 예를 들어 넘겨다 파는 전매(轉賣) 같은 것으로 감옥의 울타리 바깥에서는 사고 파는 것뿐만 아니라, 그 어느 누구도 그게 물건이라고 생각되지 않을 그런 물건들

---

15 이탈리아 남부의 활화산.

까지도 팔아먹곤 했다. 그러나 강제 노역은 무척이나 참혹했기 때문에 여러 가지 궁리를 짜내야만 했다. 버리기 직전의 걸레도 값이 매겨져 있었으며, 또 어떤 일에는 쓸모도 있었다. 그러한 궁핍 때문에, 감옥에서는 돈도 바깥 세상과 완전히 다른 가치를 가지고 있었다. 크고 복잡한 일에 대해서도 푼돈만을 지불했다. 몇몇 사람들은 고리 대금업을 생각해 내어 재미를 보고 있었는데, 돈을 낭비했거나 다 써버린 죄수는 자기의 마지막 물건까지 고리 대금업자에게 가지고 와서는, 그로부터 엄청난 이자를 대가로 몇 개의 동전을 받아 가는 것이었다. 만일 기한 내에 그가 이 물건을 되찾아가지 않으면 고리 대금업자들은 이것을 무정하게도 지체 없이 팔아 버리는 것이었다. 고리 대금업은 가끔 검사를 받는 관급품까지도, 이를테면 지급된 속내의와 장화 등등 한순간도 모든 죄수에게는 없어서는 안 될 그런 물건까지도 저당 잡을 만큼 번성했다. 그러나 이러한 물건들을 저당 잡힐 때에는, 예기치 못했던 것은 아니지만, 뜻밖에 다른 일이 벌어지기도 했다. 저당을 잡히고 돈을 받은 사람이 더 이상 아무 말도 없이, 즉시 감옥의 관리와 제일 가까운 고참 하사관에게로 달려가 검사 대상인 관급품을 저당 잡혔다고 보고해 버리면, 이들은 상급자에게 신고도 하지 않고 곧바로 고리 대금업자에게서 물건을 되찾아다 주는 것이었다. 재미있는 것은 이러한 경우에도 말다툼 한번 일어나지 않는다는 사실이다. 고리 대금업자는 잠자코 얼굴만 찌푸릴 뿐, 마치 응당 그래야 하는 것처럼, 자기 자신은 이미 그렇게 될 것을 기다리고 있었다는 듯이 되돌려주는 것이었다. 아마도 그는, 자신도 저당 잡힌 사람의 입장이 된다면 그렇게 할 수밖에 없으리라고 스스로도 자인하는 모양이었다. 그래서 만일 나중에라도 상대방에게 욕설을 퍼붓는다면, 그것은 어떤 악의에서라기보다는 단지 나중에 후회하지 않기 위해 그러는 것이리라.

  모든 죄수들은 대개가 서로의 물건을 무던히도 훔쳐 댔다. 거의 대부분의 죄수에게는 관급품을 보관할 수 있는 자물쇠 달린 상자가 용인되고 있었는데, 이 상자라고 해서 안전할 수는 없었다. 생각해 보면, 그곳에 얼마나 재주 좋은 도둑들이 득실거리고 있었는지 상상할 수 있을 것이다. 내게 진심으로 충실했던(과장 없이 말하는 것이다) 한 죄수는 감옥 속에서 소유가 허락된 유일한 책인 성서를 내게서 훔쳐가 버렸다. 그는 바로 그날, 참회 때문이라기보다는 내가 그것을 그토록 오래 찾는 것이 가련해 보여 스스로 내게 자백을 했다. 또 술을 팔아 순식간에 부자가 된 술장수도 있었다. 이 사람에 관해서는 언젠가 상세히 말하겠지만, 그것은 정말 주목거리였다. 감옥에는 밀수 때문에 들어온 사람들이 많았고, 그러므로 호위병들의 감시 속에서도 어떻게 해서든지 감옥으로 술을 들여오는 것은 그리 놀랄 만한 일이 못 되었다. 그런데 밀매는 성격상 어떤 독특한 범죄였다. 밀매업자들에게 돈이나 이익 같은 것은 이차적인 역할을 하며, 부차적인 입장에 있다는 것을 상상할 수나 있겠는가? 그런데, 실상은 이렇다. 밀매업자는 정열과 소명에 따라 그 일을 했다. 이것은 시인의 한 편린을 보여 준다. 그는 모든 것을 무릅쓰고 아주 위험한 곳으로 다가가서는, 꾀를 쓰고 궁리하다가, 궁지에서 벗어난다. 가끔은 어떤 영감에 따라 행동하기도 한다. 이것은 마치 카드 놀이 같은 강렬함을 가진 정열이다. 나는 감옥에서, 몸집은 아주 거대하지만 어떻게 그가 감옥에 들어오게 되었는지 상상할 수 없을 정도로 얌전하고, 조용하며, 온화한 한 죄수를 알고 있었다. 그는 감옥에 들어와 사는 동안 내내 한번도 남과 다툰 적이 없을 만큼 악의가 없고 붙임성이 좋은 사람이었다. 그는 서부의 국경에서 밀수를 하다가 잡혀

왔는데, 여기서도 참지를 못하고 술을 들여오기 시작했다. 이 때문에 그는 몇 차례나 징벌을 당했고, 그가 또 얼마나 매를 무서워했는지! 사실 술을 몰래 들여오는 일 자체는 그에게 하찮은 수입을 올려 줄 따름이었고, 이를 통해 부자가 되는 것은 오로지 극단 주인일 뿐이었다. 이 기인(奇人)은 예술을 위한 예술을 사랑했던 것이다. 그는 아낙네들처럼 울기를 잘 했고, 벌을 받고 난 뒤에는 수차례나 밀매를 하지 않겠다고 맹세하고 또 맹세했다. 용기를 내서 그는 한 달 내내 자기를 이겨 내기도 했지만, 결국에는 자제를 하지 못하고 마는 것이었다……. 이 사람 덕분에 감옥에서도 술은 궁핍하지 않았다.

마지막으로 또 한 가지, 죄수들을 부유하게 만드는 것은 아니었지만, 지속적인 혜택을 가져다 주는 수입이 있었다. 그것은 의연품(義捐品)이었다. 우리 사회의 상류 계급은 상인들과 서민들과 민중들이 얼마나 〈불행한 사람들〉에게 마음을 쓰는지 모르고 있다. 의연품은 그치지 않고 거의 항상 들어왔는데, 금품은 아주 드물었고 빵과 흰 설탕빵, 둥근 빵이 주류를 이루고 있었다. 만일 도처에서 죄수들에게 보내오는 이러한 의연품이 없었다면, 기결수보다도 훨씬 엄격한 통제를 받고 있던 미결수는 지내기가 더 어려웠을 것이다. 의연품은 죄수들에게 종교 의식처럼 고루 배분되었다. 모든 죄수들에게 부족하기는 했지만, 둥근 빵을 때로는 여섯 등분으로 잘라, 모든 죄수들이 반드시 자기 몫의 조각은 받을 수 있었다. 처음으로 의연금을 받던 날이 기억난다. 내가 감옥에 도착한 지 얼마 되지 않은 때였다. 나는 오전 작업을 마치고 호송병과 함께 혼자서 감옥으로 돌아가고 있었다. 천사처럼 고운 열 살 정도 되었을까 싶은 한 어린 소녀가 자기 어머니와 함께 나를 향해 다가오고 있었다. 나는 그들 모녀를 이미 여러 번 본 적이 있었다. 어머니는 병사의 아내였던 과부였다. 젊은 병사였던 그 여자의 남편은 재판 계류 중 한 병원의 죄수 병동에서 죽었는데, 바로 그때 나도 그곳에 환자로 누워 있었다. 그 아내와 딸은 남편에게 작별 인사를 고하러 와서는 두 사람 다 서럽게 흐느껴 울고 있는 것이었다. 나를 보자 어린 소녀는 얼굴을 붉혔고, 자기 어머니에게 무엇인가를 소곤거리자 어머니는 멈춰 서서 보따리 속에 있는 4분의 1짜리 꼬뻬이까를 찾아내 소녀에게 주었다. 그러자 소녀는 내 뒤를 부리나케 쫓아와서는…… 〈불행한 아저씨, 그리스도를 위해 한푼 받으세요〉라고, 내 앞으로 달려와 동전을 내 손에 쥐어 주며 외쳤다. 내가 꼬뻬이까를 받자, 소녀는 무척이나 흡족해 하며 어머니에게로 돌아갔다. 나는 이 꼬뻬이까 동전을 오래도록 소중히 품에 간직하고 있었다.

2. 첫인상

대체로 내가 감옥 생활을 시작하던 초창기와 처음의 한 달은 이제 나의 상상력을 새롭게 해주고 있다. 그 다음의 감옥 생활은 나의 기억 속에서 훨씬 어슴푸레 명멸하고 있다. 그러나 다른 기억들은 힘겹고 단조로우며 숨막히는 듯한 하나의 총체적 인상을 내게 남기며, 서로 뒤엉켜 그늘을 드리우고 있는 듯하다.

그러나 유형 생활의 초기에 내가 체험했던 모든 것은 이제 마치 어제 일어난 일처럼 내게 떠오른다. 그리고 마땅히 그래야 할지도 모르겠다.

나는 지금도 선명하게 기억하고 있는데, 이러한 생활의 첫걸음부터 나를 놀라게 했던 것은, 여기서 내가 아주 감동적이고 비일상적인, 좋게 말해서 예기치 못한 그런 일을 발견하지 못할 것 같다는 사실이었다. 이 모든 것들은 내가 시베리아에 오면서 내 운명에 대해 짐작해 보려고 애썼을 때 나의 상상 속에서 이전처럼 반짝이고 있었다. 그러나 전혀 예기치 못했고 아주 놀랄 만한 사실들의 심연은 내가 거의 발걸음을 내디딜 때마다 나를 붙들어 놓기 시작했다. 단지 나중에, 내가 꽤 오랫동안 감옥에서 산 후에야, 그러한 생존의 모든 예기치 못함과 모든 의외성을 나는 완전히 이해할 수 있었지만, 그런 일에 놀라고 또 놀랄 뿐이었다. 이러한 경악은 오랜 유형 생활 내내 나를 쫓아다녔지만, 나는 결코 한번도 그것과 화해할 수 없었음을 고백하지 않을 수 없다.

감옥에 도착했을 때, 내가 받은 첫인상은 대체로 아주 부정적인 것이었다. 그러나 참으로 이상한 일은, 그럼에도 불구하고, 내가 오는 길에 스스로 상상했던 것보다 감옥에서 사는 일이 훨씬 수월할 것처럼 생각되었다는 것이다. 죄수들은 족쇄를 차고 있으면서도 자유롭게 감옥 안을 오가고 있었으며, 욕설을 퍼부으면서도 노래를 부르고, 자기 일도 하고, 파이프 담배를 피우면서, 심지어는 술(비록 아주 조금이었겠지만)을 마시기도 했으며, 밤마다 카드를 하는 죄수들도 있었다. 노동 자체는, 사실 강제 노동이라고 할 정도로 그렇게 괴로운 일은 아니라고 생각되었는데, 아주 오랜 기간이 흐르고 나서야 나는 이 강제 노동의 어려움이, 고달픔과 끝없음 때문이 아니라 몽둥이 밑에서 의무적으로, 강제적으로 해야 한다는 점에 있다는 것을 깨닫게 되었다. 바깥 세상에서도 농부는 이와 비교할 수 없을 정도로 많은 일을, 특히 여름이면 가끔 밤에도 일을 한다. 그러나 농부는 자기 자신을 위해, 합리적인 목적을 가지고 일을 하는 것이므로, 자기 자신을 위해서는 완전히 아무런 소용도 없는 강제 노동에 시달리는 죄수보다 훨씬 수월할 것이다. 만일 사람을 완전히 짓밟아 버리거나 없애 버리고 싶어서 가장 참혹한 형벌로 그를 벌하고 싶다면, 그래서 극악한 살인자도 이 벌 때문에 전율하고 미리부터 그를 위협하는 벌이 있다면, 그것은 아주 전적으로 쓸모 없고 무의미한 성격을 노동에 덧붙이는 것만으로도 충분하리라는 생각이 여러 번 들었다. 만일 지금의 강제 노동이 유형수들에게 재미없고 지루한 것이라면, 그것은 강제 노동으로는 적합한 일이다. 죄수들은 벽돌을 만들고, 땅을 파며, 회반죽을 칠하고 집을 짓는데, 이 일에는 생각과 목적이 따르게 마련이다. 유형수들은 가끔 이러한 일에 열중을 해서는, 빈틈없고 재빠르며 훌륭하게 일을 마치고 싶어한다. 그러나 만일 죄수들에게 강제로, 예를 들어 나무통 하나에서 다른 통으로 물을 옮겨 담고, 다른 통에서 첫번째 통으로 다시 옮기라고 시킨다든가, 모래를 빻거나 흙더미를 한 곳에서 다른 곳으로 옮겨 쌓게 하고 다시 반대로 하라고 시킨다면, 아마도 죄수들은 며칠 뒤에 목을 매달거나 혹은 그런 모욕과 수치와 고통에서 벗어나 죽어 버리기 위하여 다시 수천 가지의 범죄를 저지를지도 모르는 일이다. 그러한 형벌은 고문과 보복으로 변해 버리고, 어떤 합리적 목적도 성취할 수 없는 것이므로 무의미한 것처럼 보인다. 그러나, 그러한 고문과 무의미함과 모욕과 수치는 모든 강제 노동에서 없어서는 안 될 한 부분이므로 강제 노동은 자유로운 어떤 일보다도, 즉 강제라는 것 때문에 비교할 수 없을 정도로 훨씬 고통스러운 것이다.

  그렇지만 나는 한겨울인 12월에 감옥에 갔기 때문에 다섯 배나 더 고되다는 여름날의 노동을 아직 이해할 수가 없었다. 우리 요새에서도 겨울철에는 관급 공사를 위한 노동이 대체로 적은 편이었다. 죄수들은 이르띠쉬 강가에 낡은 관용 수송

선을 해체하러 가기도 했고, 작업장에서 일하기도 했으며, 눈보라에 쓸려 온 관청 건물 주변의 눈을 치우기도 했을 뿐 아니라, 설화 석고를 잘게 빻아서 태우기도 하는 등의 일을 했다. 겨울은 낮이 짧았기 때문에 작업은 일찍 끝났고, 그래서 우리 모두는, 특별히 자기의 일이 없다면, 거의 할 일이 없는 감옥으로 일찌감치 돌아왔다. 그러나 자기의 일을 하는 사람은 아마도 죄수들 중의 3분의 1에 불과했으리라. 나머지 사람들은 빈둥거리며 쓸데없이 감옥의 옥사를 어슬렁거렸고, 욕을 해대다가 자기들끼리 음모와 사건을 꾸미기도 하였으며, 만일 어쩌다가 예기치 않게 돈이라도 생기면 술을 마셨다. 밤마다 카드 노름으로 마지막 남은 셔츠까지 잃기도 했는데, 이 모든 것은 고독과 공허함과 무력감 때문이었다. 뒷날에 가서야 나는 자유의 박탈과 강제 노동 이외에도, 유형 생활에는 다른 무엇보다 더욱 힘든 고통 하나가 더 있다는 것을 깨달았다. 그것은 〈강제적인 공동 생활〉이었다. 물론 공동 생활은 다른 곳에도 존재한다. 그러나 감옥에는 어느 누구도 그들과는 친숙해지고 싶지 않았을 사람들도 들어오게 마련인데, 나는 모든 죄수들이, 물론 그것이 대부분 무의식적이라고는 해도, 이러한 고통을 느꼈을 것이라고 생각한다.

또한 음식도 내게는 꽤 충분하다고 생각되었다. 죄수들은 유럽 근방에 위치한 러시아의 죄수 중대라도 그렇지는 못했을 것이라고 확신했다. 하지만 나는 그곳에 가보지 못했으므로 그에 관해 판단을 내릴 입장은 되지 못했다. 그러나 많은 죄수들이 사식(私食)을 마련할 수 있는 가능성을 가지고 있었다. 쇠고기는 우리 감옥에서 1푼뜨[16]에 그로쉬[17] 한 닢, 여름에는 3꼬뻬이까를 주면 구할 수 있었다. 그러나 사식을 마

16 러시아의 중량 단위로 0.4킬로그램.
17 19세기 중반에 쓰이던 2꼬뻬이까 동전.

련할 수 있는 사람들이란 오로지 고정 수입이 있는 그런 죄수들뿐이었고, 대다수는 급식을 먹고 있었다. 그렇지만 죄수들은 자기들의 음식을 칭찬하면서도 오로지 빵 한 가지에 관해서만은 말을 안 할 수 없었는데, 즉 저울에 따라 배분하는 것이 아니라 우리들의 몫을 공동으로 내준다는 점에 대해서 덕담을 하는 것이었다. 죄수들은 저울을 두려워했는데, 저울에 달아 빵을 배급하면 3분의 1은 늘 배가 고팠을 테지만, 단체로 받으면 모두에게 넉넉했기 때문이다. 우리의 급식 빵에는 어떤 독특한 맛이 배어 있어서 도시 전체에서도 칭찬을 하고 있었다. 감옥에 있는 훌륭한 가마 설비 덕분이었다. 그러나 양배추 수프는 아주 형편없었다. 공용 가마에서 껍질을 벗긴 귀리를 조금 넣고 이 수프를 끓였는데, 특히 평일에는 멀겋고 빈약하기 이를 데 없었다. 수프에 수많은 바퀴벌레가 있는 것을 보고 나는 무척이나 놀랐지만, 다른 죄수들은 여기에 조금도 신경을 쓰지 않았다.

처음 3일 동안 나는 노역에 나가지 않았는데, 여독을 풀게 하기 위해 모든 신참자들은 이렇게 대접하는 것이었다. 그러나 그 다음날, 나는 족쇄를 갈기 위하여 감옥 밖으로 나가야만 했는데, 내 족쇄는 정식의 것이 아니라 고리가 달려 죄수들이 〈작은 소리〉라고 부르는 곁에 차는 족쇄였다. 노역에 편리하도록 만든 정식 감옥 족쇄는 고리 사슬이 아니라 거의 손가락만 한 굵기의 철선 네 가닥을 서로 세 개의 고리로 연결시켜 놓은 것으로, 그것들은 바지 밑에 차게 되어 있었다. 혁대는 중간의 고리에 매게 되어 있어서, 이번에는 거꾸로 그것을 루바쉬까[18] 셔츠 위에 직접 입는 허리 혁대에 고정시켜야 했다.

---

18 헐렁한 긴 소매의 러시아 남성용 전통 상의.

감옥에서의 첫날 아침이 기억난다. 감옥 출입문 옆의 초소에서 아침 점호를 알리는 북소리가 들리자, 10여 분 뒤에 당직 하사관이 옥사의 빗장을 벗기기 시작했고, 죄수들은 눈을 뜨기 시작했다. 여섯 개에 1푼뜨밖에 되지 않는 유지 양초의 희미한 빛을 받으며, 죄수들은 추위에 몸을 떨면서 자기의 널빤지에서 일어났다. 대부분은 입을 다문 채 막 잠에서 깨어 언짢은 얼굴을 하고 있었다. 하품을 하기도 하고 기지개를 켜기도 하면서 낙인 찍힌 이마를 찌푸리는 것이었다. 성호를 긋는 사람도 있었고, 벌써부터 다투기 시작하는 사람들도 있었다. 정말이지, 숨이 막힐 것 같았다. 신선한 겨울의 공기가 문틈을 비집고 들어와, 옥사 안을 안개로 자욱하게 만들었다. 죄수들은 물통 주변에 몰려들어 차례로 국자를 들어 입에 물을 가득 물고는, 조금씩 뱉으면서 자기의 손과 얼굴을 씻었다. 물은 변기 담당 죄수가 어제 준비해 놓은 것이다. 모든 옥사에서는 규정에 따라, 옥사에서 심부름을 할 죄수 한 명을 죄수 조합을 통해 뽑아 놓고 있었다. 그는 변기 담당 죄수라 불렸고, 노역은 면제되었다. 옥사를 깨끗이 하고, 판자 침대를 마름질하고 닦으며, 밤에 쓰는 변기통을 들여놓고 내가기도 할 뿐만 아니라, 두 개의 양동이에 아침에는 세숫물로 쓰고 낮에는 마실 수 있게 새 물을 채워 놓는 것이 그의 일이었다. 하나밖에 없는 국자 때문에 곧 말싸움이 시작되었다.

「어딜 끼어드는 거야, 이 황어 대가리 같은 놈아!」 험상궂고 키가 크며 여위고 거무스름할 뿐만 아니라, 면도를 한 두개골 위에 어떤 이상스런 돌기가 나 있는 죄수 한 명이 살찌고 땅딸막한 쾌활하고 혈색 좋은 안색의 죄수를 밀치며 으르렁거렸다. 「기다려!」

「뭐라고 떠드는 거야! 우두커니 기다리고 서 있으려면 여기선 돈을 내야 해, 네놈이나 꺼져! 비석처럼 서 가지고서는.

형제들, 이놈에게 꿀 같은 구석이라곤 한치도 없다네.」

〈꿀 같은 구석〉이라는 말은 약간의 효과가 있었다. 많은 죄수들이 웃음을 터뜨리기 시작했다. 감옥에서 자진해 어릿광대 같은 짓을 벌이곤 하던 이 쾌활한 뚱뚱보에게는 바로 이것이야말로 절호의 기회였다. 키가 큰 죄수는 몹시 경멸하는 듯한 눈초리로 그를 바라보았다.

「살찐 암소 같은 놈!」 그는 마치 혼잣말을 하듯 중얼거렸다. 「보아하니, 감옥의 흰 밀가루[19] 속에서도 저렇게 살이 쪘구나! 사순절까지 새끼 돼지를 열두 마리나 칠 수 있으면 좋으련만.」

드디어 뚱뚱보가 화를 내기 시작했다.

「그렇다 치고, 그럼 너는 무슨 새지?」 얼굴이 새빨개지면서 그가 갑자기 소리를 쳤다.

「바로 그런 새다!」

「어떤 새 말이야?」

「그런 새.」

「그런, 어떤 새 말이야?」

「말하자면, 그런 새라고.」

「그게 어떤 거냐고?」

서로 상대방을 삼킬 듯이 노려보았다. 뚱뚱보는 대답을 기다리면서 당장이라도 주먹다짐을 할 것처럼 주먹을 불끈 쥐었다. 사실 처음에 나는 금방이라도 주먹다짐이 시작될 것이라고 생각했다. 나로서는 이 모든 것이 새로웠고, 그래서 호기심을 가지고 바라보았던 것이다. 그러나 그 후에 나는 이와 유사한 모든 장면들이 극히 아무런 악의 없는 일이며, 모든 사람들에게 만족을 주려고 마치 코미디를 하듯 행동하는

---

19 아무것도 섞지 않은 순수한 곡식 가루로 만든 빵을 이렇게 부름.

것이란 사실을 알게 되었다. 결코 한번도 주먹다짐까지 벌어지지는 않았다. 이 모든 것은 감옥의 풍습을 묘사하고 있는 특징의 하나였다.

키가 큰 죄수는 말없이 당당하게 서 있었다. 그는 사람들이 자기를 바라보며 대답을 기다리고 있고, 대답이 없으면 자신의 이름이 더럽혀질지도 모를 뿐만 아니라, 자신을 지탱해서 자신이 실제로 새라는 것을, 어떤 새라는 것을 입증하고 보여 주어야 한다고 느끼고 있었다. 표현할 길 없는 경멸의 태도로 자기의 적수에게 눈동자를 비스듬히 내리깐 그는 심한 모욕을 주기 위해 마치 상대방이 작은 벌레라도 된 듯이, 어깨 너머로 웬일인지 위에서 아래로 그를 훑어보면서 천천히 또박또박 이렇게 발음했다.

「까간⋯⋯.」[20]

즉, 그는 까간이라는 새라는 것이다. 커다란 폭소가 죄수의 재치에 축하를 보냈다.

「까간이 아니라, 너는 비열한 놈이야!」 뚱뚱보는 말끝마다 모욕당했다는 것을 느끼자, 극도의 광란에까지 치달아 울부짖었다.

그러나 말싸움이 심각해지자마자, 죄수들은 지체 없이 이 두 젊은이를 에워쌌다.

「뭐라고 떠드는 거야!」 그 둘에게 모든 죄수들이 소리치기 시작했다.

「너희들 말싸움만 하지 말고, 한번 붙어 봐!」 누군가가 구석에서 고함을 쳤다.

「이제 그만 말려라, 주먹질하겠다!」 이런 대답도 들려왔

---

20 이런 이름을 가진 새는 실제로 존재하지 않는다. 북아시아 유목민들 사이에서 불리는 〈칸〉이라는 군주의 호칭을 러시아 어로 까간이라고 부른다. 여기서는 이를 빗대어 자신이 군주 새라는 것이다.

다. 「우리는 민첩하고 싸움을 좋아하는데, 일곱이 한 놈을 무서워하겠냐……」

「둘 다 훌륭한 놈들이야! 한 놈은 빵 1푼뜨 때문에 감옥에 왔고, 다른 놈은 닳고 닳은 유리 항아리에 환장을 해 아낙네의 산유(酸乳)를 먹어 버렸다니,[21] 태형도 싸지.」

「자, 자, 자! 됐어.」 질서를 잡기 위해 옥사에 거주하고 있던, 그래서 구석의 특별 침대에서 자고 있던 상이 군인이 소리쳤다.

「얘들아, 물 가지고 와라! 네발리드[22] 뻬뜨로비치 씨께서 일어나셨다! 친애하는 형제 네발리드 뻬뜨로비치 씨께 물을!」

「형제라니…… 어째서, 내가 네놈들 형제란 말이냐? 1루블어치도 너희와 함께 마신 적이 없는데, 형제라니!」 상이 군인은 외투의 소맷자락을 잡아당기며 투덜거렸다…….

점호 준비를 했고, 새벽이 동트기 시작했다. 취사장에는 빈틈없이 사람들의 무리가 빽빽이 들어찼다. 죄수들은 반은 다른 헝겊으로 기운 모자와 반외투를 걸치고서, 취사 당번 중의 한 명이 그들에게 잘라 주는 빵 옆에 몰려들고 있었다. 취사 당번은 죄수 조합에서 선출되었고 매 취사장에 두 명씩 배치되었다. 그들은 빵과 고기를 자르는 부엌용 칼도 부엌마다 하나씩 보관하고 있었다.

구석구석마다 식탁 주위에는 모자를 쓰고, 반외투를 걸치고 혁대를 맨 채, 곧 일터로 나갈 채비를 하고 있는 죄수들이 자리를 잡고 있었다. 몇몇 사람 앞에는 끄바스[23]가 담긴 목제 잔이 놓여 있었는데, 끄바스에 빵을 잘게 부숴 넣고 홀짝홀

21 사소한 죄로도 시베리아에까지 유형을 오게 되었으며, 탈옥을 했지만 그 자리에서 붙잡히고 말았다는 뜻.
22 러시아 어로 〈인발리드〉로 발음하는 상이 군인의 별명.
23 곡류로 만든 러시아의 청량 음료.

짝 마셔 댔다. 왁자지껄 떠드는 소리들은 참을 수 없었지만, 그래도 몇몇은 구석에서 사려 깊고 차분하게 말을 주고받고 있었다.

「안또니치 노인에게도 빵과 소금[24]을 주게나, 안녕하시오!」 젊은 죄수 한 명이 깊게 주름이 패고 이가 빠진 죄수 옆에 앉으며 이렇게 지껄였다.

「그래, 안녕하시다. 네놈이 희롱하는 게 아니라면.」 쳐다보지도 않고, 자기의 이빨 빠진 잇몸으로 빵을 깨물려고 애쓰면서, 그 사람이 대답했다.

「안또니치, 나는 정말이지 댁이 죽은 줄 알았지 뭐야.」

「아니야, 네놈이 먼저 죽고 나면, 나는 다음에……」

나는 그들 옆에 앉았다. 내 오른쪽에서는 몸가짐이 흐트러지지 않은 두 죄수가 상대방 앞에서 자기의 체면을 잃지 않으려고 애쓰는 것이 금방 드러나듯 말을 주고받고 있었다.

「설마, 누가 내 물건을 훔쳐 가지는 않았겠지.」 한 사람이 말을 꺼냈다. 「이봐, 어떻게 해서든 무엇을 훔치지나 않을까, 이제 내가 두렵네.」

「그래, 맨손으로 나를 만지면 안 되지, 화상을 입히고 말 테니까.」

「화상을 입힌다고! 저런 유형수 같은 놈을 봤나, 우리에게 이제 이름이라는 것은 없어……. 그녀가 네놈을 우려내도, 그래 인사치레 하나 없을 거다. 이봐, 거기선 내 꼬삐이까도 낯을 씻은 듯 사라졌어. 요즘엔 그 여자가 직접 찾아오더라고. 어디 같이 숨을 데가 있어야지? 표도르 형리(刑吏)에게 부탁을 시작했지. 그자에겐 도시의 교외에 옴에 걸린 솔로몬까라는 유대 인 녀석에게서, 그놈은 뒤에 목매달았지만, 사들인

---

[24] 러시아에서는 손님을 환영한다는 뜻으로 쟁반에 빵과 소금을 내놓는 풍습이 있음.

집이 한 채 있단 말이야……」

「알고 있어. 그놈은 재작년 여기선 그리쉬까라는 별명으로 불리던 비밀 술집에 앉아 있던 놈이었어. 알고 있지.」

「모르는 소리. 이건 다른 비밀 술집 얘기야.」

「뭐가 다르다는 거야! 네놈도 잘 알고 있잖아! 그렇다면, 네놈에게 얼마든지 증인들을 데리고 올 수 있어……」

「데리고 온다고! 네놈이 어디서, 나는 누구를 데려오지?」

「누구라니! 나는 네놈을 때려 주고도 우쭐대지 않았어. 그런데 아직도 누구라니!」

「네놈이 때렸다고! 나를 때릴 만한 놈은 아직 태어나지도 않았어. 때린 놈이 있다면, 아마 그때 땅속에 묻었을 거다.」

「벤제리[25]의 페스트 같은 놈!」

「시베리아 탄저병(炭疽病)[26]에 썩을 놈!」

「터키 군도(軍刀)에나 대고 주절거려라……!」

이렇게 욕설이 나오기 시작했다.

「저런, 저런, 저런! 또 시작이군!」 사방에서 외쳐 댔다. 「세상에서는 살 수 없으니까, 여기서는 빵 한 조각만 얻어도 저리 기뻐하니……」

곧 잠잠해진다. 욕하고 독설로 〈찔러 대는 것〉은 허용된다. 이것은 모든 죄수들에게 마음을 풀게 하는 일의 일부분이었다. 그러나 주먹다짐이 항상 허용되는 것은 아니어서, 오직 특별한 경우에만 싸움을 벌인다. 싸움을 하면 소령에게 보고되고, 신문을 시작할 뿐만 아니라 소령이 직접 나타나기도 한다. 한마디로, 모든 사람에게 별로 좋을 리 없으므로 주먹다짐은 용납되지 않는다. 그래서 원수들은 마음을 풀고 말

---

25 러시아의 남서부 몰다비아 지방의 벤제리라는 도시로, 1765~1772년 동안 이 지역에서 페스트가 창궐한 까닭에 이를 빗대어 욕을 하고 있음.
26 탄저균의 감염에 의한 패혈증으로 주로 초식 동물에게서 발병함.

연습을 할 생각으로 저희들끼리 욕을 점점 더 하는 것이다. 심심치 않게 그들은 스스로를 기만하기도 하고, 열중하기도 하며, 격노하기 시작한다. 생각해 보면, 서로 무턱대고 달려들어 싸울 것 같은데도, 결코 그런 일은 벌어지지 않는다. 어느 정도 모두들 알고 있는 수준에까지 이르면 곧 그만두고 만다. 처음에는 이 모든 것이 나를 무척이나 놀라게 만들었다. 지금 나는 여기에 가장 일반적인 유형수들의 대화를 예로 들었을 뿐이다. 어떻게 기분을 풀려고 욕설을 하고, 여기서 위안과 말 연습과 통쾌함을 찾을 수 있는지 내가 상상이나 할 수 있었을까? 그러나 허세라는 것을 잊지는 말아야 한다. 욕설의 변증법자들은 존경을 받는다. 단지 배우에게 하듯 그에게 갈채를 보내지만 않을 뿐이다.

이미 전날 밤부터, 나는 다른 죄수들이 싸늘하게 나를 바라보고 있다는 것을 느끼고 있었다.

나는 이미 몇몇의 음산한 시선을 눈치채고 있었던 것이다. 그러나 반대로 내가 돈을 가지고 왔을 것이라고 의심을 하면서 내 주변을 어슬렁거리는 다른 죄수들도 있었다. 그들은 이내 내게 알랑거리면서 새 족쇄를 어떻게 차고 다녀야 하는지 가르쳐 주기 시작했다. 물론 그들은 내게서 돈을 받아 갔지만, 감옥에 내가 가지고 온 몇 가지 속옷과 이미 내게 지급된 관급품들을 감출 수 있도록 자물쇠 달린 상자를 구해다 주었다. 다음날 그 상자를 훔쳐 가 술 마시는 데 써버렸지만 말이다. 그래도 그들 중의 한 명은, 비록 이와 유사한 모든 경우에 처하더라도, 내 물건을 계속해 훔쳐 가기는 했지만, 뒤에 가서는 내게 충실한 사람이 되었다. 그는 조금도 당황하지 않고 거의 무의식적으로, 마치 무슨 의무라도 되는 것처럼 이런 짓을 했지만, 그에게 화를 내는 것은 불가능한 일이었다.

그건 그렇다고 치더라도, 그들은 내게 자기 입에 맞는 차를 마셔야 하므로 찻주전자를 마련하는 것이 그리 나쁜 일은 아닐 것이라고 가르쳐 주었고, 실제로 잠시 동안은 내게 다른 사람의 것을 빌려다 주기도 했으며, 만일 사식을 먹고 싶어 음식물을 사온다면, 한 달에 30꼬뻬이까 정도면 무엇이든 내가 원하는 것을 요리해 줄 수 있다는 요리사를 소개해 주기도 했다……. 물론 그들은 내게서 돈을 빌려 갔고, 그들 중의 대부분은 첫날 하루 동안에도 세 번씩이나 돈을 빌리러 오곤 했다.

대개 귀족이었던 사람들에게 감옥에서는 호의는커녕 곱지 않은 눈길을 보내게 마련이다.

자신의 모든 신분상의 권리를 이미 박탈당하고 이제는 다른 죄수들과 완전히 같아졌는데도 불구하고, 죄수들은 결코 한번도 그들을 자기들의 동료로 인정하지 않는다. 이것은 의식적인 선입견 때문이 아니라 아주 솔직히 말해서, 무의식적으로 생기는 것이다. 죄수들은 우리의 몰락에 대해 약올리길 좋아했지만, 진심으로는 우리들을 귀족으로 인정하고 있었다.

「아냐, 이제는 충분해! 끝장이라고! 옛날에는 모스끄바를 마차로 달렸던 뾰뜨르도 이제는 밧줄을 꼬고 있잖아.」 이런 등등의 아첨도 섞어 가면서 말이다.

죄수들은 우리가 그들에게 보이지 않으려고 애쓰는 고통을 고소하다는 듯이 바라보았다. 특히 처음으로 노역에 나가 우리가 알 수 있었던 것은, 우리는 그들처럼 힘이 없고, 우리는 그들에게 아무런 도움도 되지 못한다는 사실뿐이었다. 민중의, 특히 이러한 죄수들과 같은 민중의 신뢰를 얻고 그들의 사랑을 받는 것처럼 어려운 일은 결코 아무것도 없으리라.

감옥에는 귀족 출신이 몇몇 있었다. 첫번째로, 다섯 명 정도의 폴란드 인 귀족이 있었는데, 언젠가 나는 이들에 관해 별도로 다시 이야기를 할 것이다. 죄수들은 폴란드 인들을 러시아 귀족 출신 죄수들보다도 훨씬 싫어했는데, 폴란드 인들은(나는 어떤 정치범들에 관해서만 말하는 것이다) 죄수들에게 웬일인지 아주 우아하고 불쾌할 정도로 예의 바르게 굴다가도 극도로 과묵해져서는, 죄수들의 면전에서 그들에 대한 자신들의 혐오감을 결코 감추지 못하곤 했는데, 이것을 아주 잘 알고 있던 사람들은 같은 방법으로 되갚아 주곤 했던 것이다.

감옥에서 거의 2년이나 보내고 나서야 나는 유형수 몇몇의 호의를 얻을 수 있었다. 그리고 그들 중의 대부분은 마침내 나를 사랑하게 되었고 나를 〈좋은〉 사람으로 인정해 주었다.

러시아 귀족 출신은 나를 제외하고 네 명이 이곳에 더 있었다. 한 명은 천박하고 비열한 인간으로, 무척이나 타락했으며 스파이 짓과 밀고로 돈벌이를 하고 있는 사람이었다. 나는 감옥에 도착하기 전부터 이미 그에 관한 이야기를 듣고 있었으며, 처음부터 그와는 모든 교제를 끊어 버렸다. 다른 한 명은 내가 이미 이 기록에서 언급했던, 바로 그 부친 살해범이었다. 세 번째는 아낌 아끼미치였는데, 나는 이 아낌 아끼미치 같은 기인(奇人)을 본 적이 없다. 나의 기억 속에 그는 아주 강렬한 인상을 남기고 있다. 큰 키에 피골이 상접할 만큼 마른 그는, 우둔하고 한심할 정도로 무식하면서도 설교는 무척이나 좋아하고, 독일 사람처럼 빈틈이 없었다. 유형수들은 그를 비웃었지만, 몇몇은 트집을 잘 잡고 까다로우며 다투기 좋아하는 그의 성격 때문에 그와 연관되는 것을 두려워하였다. 첫걸음을 내디딜 때부터 그는 죄수들과 흉금을 터놓고 지내며, 서로 욕을 해대고, 심지어는 주먹질까지도 해댔지만 보기 드물게 정직한 사람이었다. 부당함을 발견하면 비록 자기의 일이 아니더라도 곧바로 참견을 했고, 지극히 소박한 사람이어서, 예를 들면 그는 죄수들과 욕설을 주고받다가도 그들이 도둑이었다는 것에 대해 이따금 그들을 비난하고, 도둑질하지 말라고 심각하게 그들을 타이르는 것이었다. 그는 까프까즈에서 소위보[27]로 근무했는데, 우리와는 첫날부터 친해졌던 까닭에 그날 바로 자기의 일을 나에게 이야기했다. 까프까즈의 보병 연대에서 사관 후보생으로부터 시작하여 오랫동안 이 고생 저 고생 다 하다가, 마침내 장교로 임관하여 어느 한 요새에 지휘관으로 파견되었다. 화평하게 지내던 근방의 어느 공후(公侯)가 그의 요새에 불을 지르고, 밤에 기습을 해왔지만 그것은 실패로 그치고 말았다. 이것이 성공을 거두지는 못했지만 아낌 아끼미치는 꾀를 부려 간계를 품고 있는 자가 누구인지 아는 기색을 조금도 하지 않았다. 사건은 전투에 가담하고 있는 다른 자들의 소행으로 전가되었지만, 한 달쯤 뒤 아낌 아끼미치는 그 공후를 우호의 표시로 초대하였다. 아무런 의심도 하지 않고 그자가 도착했다. 아낌 아끼미치는 자기 부대를 정렬시킨 다음, 공개적으로 공후의 죄상을 폭로하고 비난했으며, 요새에 불을 지르려는 것이 얼마나 수치스러운 짓인가를 그에게 납득시켰다. 거기서 그는 먼저 화평할 것을 서약한 공후들이 어떻게 처신해야 하는가에 대한 내용이 상세히 적힌 훈령을 그에게 읽어 준 다음, 결론으로 그를 총살하였고, 이에 관해서는 아주 상세한 내용을 적어 지체 없이 상관에게 보고하였다. 이 모든 일 때문에 그는 재판을 받았고, 총살형을 선고받았지만 감형되어 시베리아의 제2부류 강제 노동 요새에 12년 형을 받고 오게 된 것이다. 그는 자기의 행동이 옳지 않았다는 것을 전적으로 인식하고 있었고, 그것도 공후를 총살하기 전부터 이미 알고 있었으며, 또한 화평을 서약한 공후들은 마땅히 법

---

[27] 제정 러시아의 군 계급 중에서 14관등에 속하는 가장 서열이 낮은 장교 계급.

에 따라 처벌해야 한다는 것도 알고 있었다고 내게 말하기도 했다. 그러나 이러한 것을 알고 있었음에도 불구하고, 지금 그의 모습을 보면, 그는 마치 자기의 죄를 결코 하나도 이해할 수 없다고 생각하는 것 같았다.

「그래, 생각을 좀 해보시오! 그놈이 내 요새에 불을 질렀는데, 대체 이런 짓에 대해 나는 그놈에게 어떤 인사를 해야 한단 말이오!」 나의 반박에 대답을 하면서, 그는 이렇게 말했다.

그러나 죄수들은 아낌 아끼미치의 우둔함을 비웃으면서도, 그의 빈틈없음과 교묘함에는 존경을 표하지 않을 수 없었다.

아낌 아끼미치가 하지 못하는 손 일이란 아무것도 없었다. 그는 목수이자 제화공, 구두 직공이었고, 칠장이이자 도금공이었으며 자물쇠공이었는데, 그는 이 모든 것을 감옥에서 익혔다. 그는 모든 것을 독학으로 익혔는데, 한 번만 보면 만들어 내었다. 그는 또한 여러 가지 상자와 바구니, 제등(提燈)과 어린이들의 장난감도 만들어 그것들을 도시에 내다 팔기도 했다. 그렇게 해서 푼돈이 쌓이게 되면, 그는 곧바로 그것을 여벌의 속옷과 부드러운 베개를 구하는 데 이용하기도 하고, 볼품 있는 궤짝을 들여놓는 데 쓰기도 했다. 그는 나와 같은 옥사에 기거를 했으므로, 내 유형 생활의 초기에 여러 가지로 많이 나를 도와주었다.

감옥에서 나와 노역을 나갈 때면, 초소 앞에서 죄수들을 두 줄로 정렬시켰다. 죄수들의 맨 앞과 맨 뒤에는 무장 소총을 든 호송병이 정렬을 했다. 공병 장교와 기사[28]와 몇 명의 하급 공병 기술자들과 감독관이 나타났다. 기사는 죄수들의 수를 세어, 그들을 조별로 필요한 작업장으로 내보냈다.

다른 죄수들과 함께 나는 공병 작업장으로 나갔다. 이곳은

---

28 주로 공병 하사들을 이렇게 부른다.

갖가지 장비들이 쌓여 있는 커다란 마당에 위치한 낮은 석조 건물이었다. 이곳에는 대장간, 자물쇠 공장, 칠 공장 등이 있었다. 아낌 아끼미치는 이곳에 와서 칠 공장에서 일하며, 올리브유를 끓이기도 하고 도료를 섞기도 하며 탁자와 가구들에 호두나무색을 바르기도 했다.

다시 불에 달궈 두드리는 것을 기다리며, 나는 아낌 아끼미치와 감옥에서 내가 받은 첫인상에 관해 이야기를 나누었다.

「그렇습니다, 그들은 귀족들을 좋아하지 않아요.」 그가 지적했다. 「특히 정치범을 싫어하고 그들을 괴롭히길 좋아하지요. 당연합니다. 첫번째, 귀족과 민중은 전혀 닮은 데가 없는 별개의 사람이니까 말이지요. 둘째, 그들은 이전에는 모두가 농노이거나, 아니면 병사 신분이었지요. 그들이 당신을 좋아하게 될지는 한번 스스로 판단해 보시지요? 당신에게 한 가지 말해 둘 점은, 여기서는 살기가 힘들다는 것입니다. 하지만 러시아 죄수 중대는 더 힘들다더군요. 바로 이곳에도 거기서 온 죄수가 있는데, 그렇다고 해도 마치 지옥에서 천국으로 건너온 듯이 우리 감옥에 대해 칭찬을 하지는 않더군요. 고통은 노역에 있는 것이 아니지요. 그곳에서는 제1등급이라도 간수는 전부가 군인이 아니어서, 최소한 이곳과는 다른 방법으로 다룬다고 하더군요. 거기에서는 죄수가 자기의 작은 집에서 살 수 있다고 해요. 나도 그곳에 가보진 못했고, 그렇게들 말하더라고요. 머리를 빡빡 깎지도 않고, 죄수복도 입지 않는답니다. 비록 그렇기는 하나 그들이 여기서 죄수복을 입은 모습에 머리를 밀고 있는 것이 낫지, 그렇게 하면 질서도 잡히고 눈에도 잘 띄니까 말이지요. 그런데 오직 이것이 그들에게는 마음에 들지 않는 겁니다. 자 보세요, 별의별 어중이떠중이가 다 있는 겁니다! 강제로 동원된 소년병[29] 출신이 있는가 하면, 체르께스 인도 있고, 셋째는 분리파 교도[30] 출신, 넷째는 가족과 사랑하는 자식을 고향에 남겨 둔 정교회의 농부, 다섯째는 유대인, 여섯째는 집시, 일곱째는 누군지 출신이 불분명하고, 이 모든 죄수들이 무슨 일이 일어나도 함께 살아야 하고, 서로서로 동의해서 같은 찻잔으로 마시고, 한 침상에서 같이 잠을 자야 하니, 이게 웬 자유란 말입니까. 남은 빵 조각도 몰래 먹어야만 하고 푼돈도 모두 장화 속에 감추어야 하니, 그게 있는 것의 전부이니, 감옥은 감옥이야······. 그러니 멍청한 생각만이 머리를 지나갈 수밖에 없지 않겠습니까.」

그러나 나는 이것을 이미 알고 있었다. 나는 특별히 우리의 소령에 대해서 물어보고 싶었을 뿐이다. 아낌 아끼미치는 비밀 없이 다 말해 주었다. 그때 내가 받은 인상이 결코 유쾌한 것은 아니라는 것을 지금도 나는 기억하고 있다.

그러나 아직도 나는 2년이나 그의 감독하에 살아야 할 운명에 놓여 있었다. 아낌 아끼미치가 그에 관해 내게 들려준 모든 것은 전적으로 틀리지 않은 것이었고, 차이가 있다면 이야기를 들으며 단순히 받은 인상보다 실제의 인상이 항상 더 강렬하다는 점이었다. 이 소령은 무서운 사람이었다. 왜냐하면 그 사람은 2백 명이나 되는 사람들 위에 군림하는 거의 무제한적인 권력을 가진 사령관이었기 때문이다. 인간으로서도 그는 난폭하고 악한 사람일 뿐, 그 이상은 결코 아무것도 아니었다. 그는 죄수들을 마치 자기의 천적처럼 바라보았는데, 바로 이 점이 그의 첫번째 주요한 실수였다. 실제로 그는 몇 가지 재능을 가지고 있긴 했으나, 그 모든 좋은 점들도 그에게서는 왜곡된 모습으로 나타났다. 방자하고 간악한 그는 간

---

29 1856년경까지 군적을 가지고 있는 사병들의 자제 중에서 강제로 모병한 소년병.

30 17세기경부터 러시아 정교 내부의 개혁을 거부하고, 독특한 신비주의적 의식을 올리던 종파의 신자로 구교도라고도 불린다.

혹 밤중이면 갑자기 감옥에 들이닥쳐서, 만일 죄수가 왼쪽으로 비스듬히 누워 있거나 반듯이 고개를 위로 하고 자고 있는 것을 발견하면 아침에 그를 처벌하는 것이었다. 〈내가 명령한 것처럼 오른쪽으로 기대서 자란 말이다〉라고 말하면서. 감옥에서는 모두들 그를 마치 역병처럼 증오하고 두려워했다. 그의 얼굴은 푸른색을 띤 적자색이었고 악해 보였다. 그렇지만, 그가 정작 페지까라는 시중드는 졸병의 손아귀 속에 완전히 빠져 있다는 것을 모두 알고 있었다. 그는 누구보다도 푸들 종인 뜨레조르까라는 자기 개를 사랑하고 있었는데, 이 뜨레조르까가 병이 났을 때에는 슬픔에 거의 미쳐 버릴 지경에 이르는 것이었다. 그는 마치 자기 아들이나 되는 것처럼 그 개 앞에서 흐느끼더라는 것이다. 어느 수의사를 쫓아 버릴 때는, 자기 버릇대로 그와 싸움이라도 벌일 것 같았는데, 페지까에게서 감옥에서 독학으로 공부한 수의사 죄수 한 명이 아주 잘 고친다는 말을 듣고서 곧바로 그를 불러들였다.

「고쳐! 돈은 후하게 줄 테니, 뜨레조르까를 고쳐 주게!」 그는 이렇게 죄수에게 고함을 쳐댔다.

이 사람은 시베리아의 농부 출신으로 교활하고 영리했으며 실제로 아주 유능한 수의사였지만, 실제로는 한낱 농부일 뿐이었다.

「내가 뜨레조르까를 보니까……」 그는 자기가 소령을 방문한 뒤로도 한참이나 지나서, 이 일이 거의 잊혀 갈 무렵에 가서야 죄수들에게 이 이야기를 해주었다. 「그 개는 하얀 거품을 입에 물고 소파에 누워 있더군. 염증이 있어서 피를 뽑아 준다면 개는 나을 것 같다고, 정말 신에게 맹세코 그렇게 말했다고! 그런데 곰곰이 생각해 보니 만일 고치지 못하고 개가 죽어 버리면 어떻게 되겠어? 안 되지, 그래서 이렇게 말했어. 〈사령관님, 저를 너무 늦게 부르셨습니다. 어제나 그저께 정도면 개를 치료해 볼 수도 있었을 텐데, 지금으로선 고쳐 볼 방도가 없군요……〉라고 말이야.」

그렇게 해서 뜨레조르까는 죽어 버리고 말았다.

죄수들은 얼마나 소령을 죽여 버리고 싶어하는지를 내게 상세히 이야기해 주곤 했다. 감옥에 한 죄수가 있었다. 그는 여기서 벌써 몇 해를 보냈고, 온화한 행동거지가 두드러지는 사람이었다. 또한 거의 누구와도 말을 하지 않는다는 점이 사람들의 주목을 끌었다. 사람들은 그를 일종의 유로지비[31] 신자라고 생각하고 있었다. 그는 물론 읽고 쓸 줄을 알고 있을 뿐 아니라, 최근까지도 성서를 밤이나 낮이나 줄곧 읽고 있었다. 모두들 잠이 들었을 때도 그는 한밤중에 일어나 교회용 밀랍 양초를 밝힌 후 뻬치까에 올라가 아침 무렵까지 책을 읽는 것이었다. 어느 날 하루는 그가 하사관에게로 가서 노역을 나가기가 싫다고 밝혔다. 소령에게 보고를 하자 소령은 분노가 끓어올라 몸소 달려왔고, 이 죄수는 소령에게 미리 자신이 준비한 벽돌을 던졌으나 빗나가고 말았다. 그는 붙잡혀 재판을 받고 처벌을 받았다. 이 모든 일이 아주 신속히 진행되었다. 그는 3일 후 병원에서 죽고 말았는데, 죽으면서 말했다. 어느 누구에게도 악의는 없으며, 오직 고난을 받고 싶을 뿐이었다고. 그러나 그는 어떤 분리파 교도의 종파

---

31 우매한 백성을 위해 희생을 했다는 그리스도의 덕성 중의 하나를 체현하려는 러시아 정교의 고행자들을 유로지비, 즉 성자 바보라고 부른다. 이들은 종종 자신이 백치인 것처럼 처신했으며, 지상의 모든 행복을 포기하고 현실 사회의 모든 영향에서 자유스러워지려고 노력했는데, 러시아 정교의 수도 생활에서는 고독을 추구하는 은둔 생활이 하나의 이상으로 간주되고 있었다. 그래서 세속 생활에서도 미치광이 행세를 하면 완전한 고독을 얻을 수 있다고 생각하는 사람들이 생겨나기 시작했고, 러시아 정교회는 36명의 유로지비를 성인으로 추앙했다. 이러한 유로지비의 이미지는 도스또예프스끼의 작중 인물들에게서 자주 찾아볼 수 있다.

에도 속해 있지 않았다. 감옥에서는 그에 대해 존경심을 가지고 추억하고 있었다.

마침내 나는 족쇄를 바꿔 달게 되었다. 그러는 사이에 작업장으로 흰 빵을 파는 여자들이 하나둘 나타났다. 아주 어린 소녀들도 있었다. 성인이 될 때까지 어린 소녀들은 주로 흰 빵을 팔러 다녔다. 어머니가 빵을 굽고 그들은 팔러 다니는 것이다. 나이가 차더라도 그들은 팔러 다니지만, 이미 빵은 없다. 대부분 항상 그렇게 사는 것이다. 더 이상 어린 소녀가 아닌 것이다. 빵은 2꼬뻬이까였으며, 거의 모든 죄수들이 그것을 사주었다.

백발은 이미 성성하지만 혈색이 불그스레 좋은 어느 목공 죄수 한 명이 빵을 파는 여자들과 시시덕거리는 것을 나는 본 적이 있다. 그들이 도착하기 바로 전에 그는 목에 붉은 직물로 짠 수건을 두르는 것이었다. 뚱뚱하고, 마마 자국이 얼굴에 있는 한 아낙네가 그의 작업대에 자기의 쟁반을 내려놓았다. 그들 사이에 대화가 시작되었다.

「어제는 왜 거기에 오지 않았어?」 죄수가 잘난 체하는 듯한 미소를 지으며 말했다.

「저런, 왔어요. 하지만 당신을 미찌까라고들 부르던데요.」 꾀가 좋은 아낙네가 대답했다.

「우리를 요구하면, 우리는 변함없이 그 자리에 가 있지요……. 하지만 그저께 당신은 나한테 왔잖아요.」

「누구누구가 와 있었지?」

「마리야쉬까도 오고, 하브로쉬까도 오고, 체꾼다도 오고, 드부그로쇼바야도 왔어요…….」

「이게 도대체 뭐야?」 나는 아낌 아끼미치에게 물어보았다. 「과연, 그럴 수 있는 일이오……?」

「이따금씩 그렇지.」 순진하게 눈을 내리깔면서 그는 대답을 했다. 왜냐하면, 그는 아주 순박한 사람이었기 때문이다.

물론 이런 일이 있기는 했지만, 극히 드물고 아주 어려웠다. 그래서 대개는, 강제된 삶 속의 자연스러운 욕구에도 불구하고, 그런 일보다는 마시는 일을 좋아하는 사람들이 훨씬 많았다. 여자를 얻는 것이 그리 쉬운 일은 아니었다. 때와 장소를 잘 골라야 하고, 흥정을 하고, 만날 약속을 정해야 할 뿐만 아니라, 특히 어려운 것은 외진 곳을 찾아야 하는데, 게다가 훨씬 더 어려운 일은, 호송병까지 매수해야 하기 때문에 대충 판단을 해보아도 대개는 돈을 밑바닥까지 다 써버려야 한다는 것이다. 그러나 그럼에도 불구하고 그 뒤에 나는 가끔 연애하는 장면의 증인이 되기도 했다. 지금도 기억이 나는데, 어느 여름날 우리들은 셋이서 이르띠쉬 강변의 어떤 헛간에서 가마용 화덕에 불을 지피고 있었다. 호송병들은 선량한 사람들이었다. 마침내, 죄수들이 그렇게 부르고 있던 두 명의 〈프롬프터〉[32]가 나타났다.

「왜 그렇게 오래 있었지? 아마 즈베르꼬프한테 가 있었겠지?」 이미 오래 전부터 그들이 도착하기를 기다리고 있던 한 죄수가 그들을 만나자 말했다.

「내가 오래 있었다고요? 내가 거기 앉아 있던 것보다 까치가 훨씬 더 오래 말뚝 위에 있었을 거예요.」 처녀 한 명이 즐겁다는 듯이 대답했다.

이 처녀는 세상에서 제일 더러운 여자였다. 그녀가 바로 체꾼다였다. 그녀와 같이 드부그로쇼바야가 왔다. 이 여자도 이루 형언할 수 없을 정도의 여자였다.

「너희들을 오랫동안 보지 못했구나.」 이 호색한이 드부그로쇼바야에게로 향하면서 말을 계속했다. 「조금 여윈 것 아

---

[32] 무대 뒤에서 극중의 대사를 잊은 배우에게 대사를 일러 주는 사람을 의미하나, 여기서는 품행이 단정치 못한 여자를 일컫는다.

니냐?」

「그럴지도 모르죠. 전에는 뚱뚱했는데, 지금은 마치 바늘이라도 삼킨 것 같으니.」

「모든 게 병사들 때문이겠지?」

「아니에요, 나쁜 놈들이 당신에게 우리에 대해 부풀려 놓았기 때문이에요. 그런데 뭐라고요? 〈갈비뼈 한 대쯤 없이 다녀도 병사들을 사랑할 수는 있다고요!〉[33]」

「병사들은 버려 두고, 우리를 사랑해 다오. 우리는 돈도 있으니까 말이야……」

이러한 광경을 완성하려면, 호송병의 감시 아래 머리를 밀고, 족쇄를 찬 채, 줄무늬 수의를 입고 있는 한 호색한을 상상해 보면 된다.

나는 감옥으로 되돌아올 수 있다는 것을 알고, 아낌 아끼 미치와 작별을 한 채, 호송병을 대동하고 옥사로 향했다. 죄수들은 이미 모여 있었다. 작업장에서 제일 먼저 돌아온 사람들은 과제를 맡아 일을 하는 죄수들이었다. 죄수들로 하여금 열심히 일을 하게 하는 자연스러운 방법은 그들에게 과제를 주는 것이다. 이따금 과제가 너무 많기도 했지만, 그들은 점심 식사 북이 울릴 때까지 일을 시키는 것보다도 두 배는 빨리 일을 끝마치는 것이었다. 과제를 마치고 나면 죄수들은 별 제지 없이 집으로 돌아올 수 있었기 때문에 아무도 그들을 붙들지 않았다.

점심은 함께 먹는 것이 아니라 누구든 먼저 오는 사람부터였다. 물론, 취사장에 모든 사람이 한꺼번에 들어갈 수도 없었을 것이다. 나는 야채 수프를 맛보았지만 입맛에 익지 않은 탓인지 먹을 수가 없어서 차를 끓이기 시작했다. 우리는

---

33 민중들의 춤곡에 나오는 2행시.

식탁의 끝에 앉아 있었다. 내 옆에는 나와 같은 귀족 출신의 동료가 있었다.

죄수들이 들락거렸다. 그러나 아직 전부 모이지 않았으므로 거의 텅 비어 있었다. 다섯 명 정도 되는 무리가 아주 큰 식탁을 차지하고 앉아 있었다. 취사 당번이 그들에게 야채 수프를 두 찻잔 정도 부어 주었고, 생선 구이가 담긴 큰 접시를 식탁에 올려놓았다. 그들은 무엇인가를 축하하는 듯하더니 사식을 먹기 시작했다. 그들은 우리 쪽을 계속 곁눈질했다. 한 폴란드 인이 들어와 우리 옆에 앉았다.

「나는 집에 없었지만 다 알고 있다고!」 키가 큰 죄수 한 명이 취사장에 들어오면서 그곳에 있는 사람들에게 시선을 던지며 큰소리로 외치기 시작했다.

그는 쉰 살쯤 되었을까 싶은 근육질의 여윈 사람이었다. 그의 얼굴에는 어떤 약삭빠름이 명랑함과 교차되고 있었다. 특히 그의 두툼하고 축 처진 아랫입술이 눈에 띄었다. 그 입술이 그의 얼굴을 왠지 모르게 아주 우습게 만들고 있었다.

「자, 밤새들 안녕하신가! 왜 인사를 하지 않나? 같은 꾸르스끄 사람에게!」 사식을 먹고 있던 사람들 옆에 앉으며 그가 말했다. 「빵과 소금을! 손님을 환영해야지.」

「우리는 꾸르스끄 사람이 아닐세.」

「아, 땀보프였던가?」

「땀보프도 아니야. 우리들에게서 가져갈 것은 아무것도 없으니, 저기 부자 농군에게나 가보시지.」

「형제 여러분, 오늘 내 뱃속은 삼색 오랑캐꽃이 되어 있다네.[34] 그런데 그 부자 농군은 어디에 살지?」

「부자 농부 가진한테나 가봐, 그 사람에게나 가보라고.」

---

34 제대로 조리되지 못한 음식과 배고픔 때문에 죄수들 사이에서 번지고 있는 질병을 비유적으로 표현한 것.

「가진은 오늘 즐기고 있다니까, 마시기 시작했어. 바구니를 몽땅 털어 마실 거라고.」

「1루블짜리 은화를 스무 개나 가지고 있어.」 다른 사람이 말했다. 「은화 편이 되는 게 유리할걸.」

「손님을 이렇게 접대하긴가? 그렇다면 배급 수프나 훌쩍 마셔야겠는걸.」

「그래, 저리 가서 차나 좀 달라고 그래 봐. 나리들이 마시고 계시니까.」

「무슨 나리야, 여기에 귀족은 없어. 지금은 모두 우리 같은 사람들뿐이라고.」 구석에 앉아 있던 죄수 한 명이 침울한 목소리로 말했다. 그때까지 그는 한마디도 말을 하지 않았다.

「차를 실컷 마시고는 싶지만, 달라고 하기는 무안한걸. 나도 자존심이 있지.」 입술이 두툼한 죄수는 우리를 선량한 눈빛으로 바라보며 말했다.

「원하신다면 드리지요.」 죄수를 부르며 내가 말했다. 「드릴까요?」

「원하냐고요? 어떻게 원하지 않겠습니까!」 그는 식탁 쪽으로 다가섰다.

「쳇, 집에서는 짚신이나 신고 야채 수프나 홀짝거리던 주제에, 여기 와서 차 맛을 알게 되더니 나리들의 음식까지 침을 흘리는군.」 음울한 표정의 죄수가 말을 했다.

「정말로 여기서는 아무도 차를 마시지 않나요?」 그에게 물어보았지만, 그는 내게 대답을 하지 않았다.

「자, 흰 빵을 가지고 왔습니다. 흰 빵도 좀 알아주셔야지요!」

젊은 죄수 한 명이 빵 한 뭉치를 들여와 감옥을 돌아다니며 팔고 있었다. 빵을 만드는 여자가 그에게 열 개에 한 개씩 값을 깎아 주었으므로, 그는 이 빵에 기대를 걸고 있는 것이었다.

「흰 빵이오, 흰 빵!」 취사장으로 들어오며, 그가 외쳤다. 「뜨거운 모스끄바 제 흰 빵이오! 나도 먹고는 싶지만 돈이 없어요. 자, 여러분, 빵이 딱 하나 남았어요. 누구 어머니 오신 분 없나요?」

모성애에 대한 이러한 호소가 모든 사람들을 웃겼고, 그러자 몇몇 사람들이 그에게서 빵을 사갔다.

「그런데, 이봐.」 그가 말했다. 「가진 녀석은 오늘도 끝장을 볼 모양이야! 언제 그런 생각을 했을까 몰라. 아마 여덟 눈이 올지도 몰라.」

「숨겨 주지. 그런데, 완전히 취해 있나?」

「완전히! 사나워지고 성가시게 굴더군.」

「그럼, 주먹다짐이 벌어질 텐데……」

「저 사람들이 누구에 대해 이야기하고 있소?」 내가 옆에 나란히 앉아 있던 폴란드 사람에게 물어보았다.

「가진이라는 죄수입니다. 여기서 술을 팔고 있는 사람이지요. 돈을 조금만 벌면, 곧 그것을 술 마시느라 써버리지요. 그는 난폭하고 사납습니다. 평상시는 온순한데 술만 마셨다 하면 모든 게 드러나지요. 사람들에게 칼을 가지고 덤비기도 해요. 그러면 사람들이 그를 진정시킵니다.」

「어떻게 진정시킨다는 거지요?」

「그에게 한 열 명쯤의 죄수가 덮쳐서, 그가 정신을 잃을 때까지 무자비하게 때리는 거죠. 말하자면, 반쯤 죽을 정도로 때리는 겁니다. 그런 다음, 그를 침상 위에 올려놓고 반외투로 가려 놓지요.」

「그러다가 그를 죽이는 게 아닙니까?」

「다른 사람 같으면 죽을지 모르지만, 그는 아닙니다. 그는 아주 건장한 사람이고, 감옥 안의 그 누구보다도 힘이 셀 정도로 단단한 골격을 가졌습니다. 다음날이면 그는 완전히 멀쩡한 사람처럼 일어납니다.」

「죄송합니다만, 하나만 더 대답해 주십시오.」 나는 계속해 폴란드 인에게 물어보기 시작했다. 「보다시피 그들도 사식을 먹고 있고 나도 차를 마실 뿐인데, 그들은 마치 이 차를 부러워하듯 바라보니 이게 무슨 의미죠?」

「그것은 차 때문이 아닙니다.」 폴란드 인이 대답했다. 「당신이 그들과 닮지 않았다는 것과 귀족이라는 것 때문에 당신에게 적의를 품고 있는 것입니다. 그들 중에 여러 사람이 당신에게 시비를 걸고 싶어해요. 그들은 당신을 경멸하고 모욕하고 싶어 안달이지요. 당신은 앞으로도 계속 좋지 않은 일을 여기서 보게 될 것입니다. 이곳은 우리들 모두에게 정말로 고통스러운 곳입니다. 우리들은 모든 관계 속에서 다른 누구보다도 힘이 들지요. 여기에 익숙해지려면, 많은 일에 냉정해지는 것이 필요합니다. 다른 사람들은 아주 자주 여기서 사식을 먹으면서도, 그리고 몇몇은 늘상 차를 마시면서도, 당신이 차를 마시거나 사식을 먹는다면, 당신은 아직도 몇 차례나 더 욕설과 좋지 않은 일에 부딪혀야 할 것입니다. 자기들은 되지만 당신은 안 된다는 것이죠.」

이런 말을 하고 나서 그는 일어나 식탁에서 물러났다. 몇 분 후에 그의 말은 적중했다…….

3. 첫인상

M-쯔끼[35] (나와 이야기를 나누던 바로 그 폴란드 사람) 씨가 나가자마자, 완전히 술에 취한 가진이 취사장으로 굴러들어왔다.

휴무일도 아니고 모두 일터로 나가야 하는 날, 그것도 백주 대낮에, 언제 불쑥 감옥에 들이닥칠지 모르는 엄격한 사령관이 있고, 유형수들을 관리하는 하사관이 감옥에 상주하고, 보초와 상이 군인이 있는데도, 한마디로 말해 이 모든 엄정함이 있음에도 불구하고 술에 취한 죄수를 보는 것은, 죄수 생활에 관해 나의 생각 속에서 자라고 있던 모든 개념들을 혼란스럽게 만들었다. 그래서 감옥 생활의 초기에 그처럼 신비스럽기조차 한 모든 일들이 내게 명료해지기까지 나는 감옥에서 오랜 기간을 살아야만 했다.

이미 말했던 것처럼, 죄수들에게는 언제나 자기들의 일이 있었고 이 일은 감옥 생활의 자연스러운 요구였지만, 이러한 요구 말고도 죄수들은 돈을 무척이나 좋아해서 돈을 모든 것 이상으로, 자기의 자유와도 견줄 만한 것으로 평가했으며, 그래서 만일 돈이 호주머니 속에서 딸그랑거리면 그들은 벌써 위안을 받을 정도가 되는 것이었다. 반대로 돈이 없으면 그들은 슬프고 우울하고 불안하고 용기를 잃고 말아서, 단지 돈만을 구하기 위해 도둑질도 마다하지 않을 지경에까지 이르렀다. 그러나 감옥에서 돈이 그만큼 귀중한 가치가 있다고는 하지만, 돈이라는 것이 그것을 소유하고 있는 행복한 사람의 곁에 그렇게 오래 머물러 있지는 않았다. 첫째로, 그것을 도둑맞거나 몰수되지 않게 보관하기가 수월치 않았다. 만일 소령이 불시에 수색을 나와서 돈을 보기라도 한다면, 그것은 지체없이 압수되어 버렸다. 아마도 그는 그 돈을 죄수들의 음식을 개선하는 데 썼을지도 모를 일이지만, 대부분 그 돈은 그의 수중으로 들어가 버리고 말았던 것이다. 그러나 무엇보다도

---

35 10년의 형을 언도받고 1846년부터 도스또예프스끼와 같이 유형 생활을 했던 폴란드 인 혁명가 알렉산드르 미레쯔끼를 말한다. 그는 유형 생활이 끝나고 옴스끄에서 유형민으로 거주하면서 프랑스 어를 가르친 것으로 알려지고 있다.

도둑맞는 것이 제일 빈번한 일이었다. 누구 하나 믿을 수가 없었다. 물론 뒷날에 가서는 돈을 아주 안전하게 보관하는 방법을 찾긴 했지만. 언젠가 베뜨까 사람들이 거주했던 스따로두보프 마을에서 이곳에 오게 된 한 구교도[36] 노인에게 그것을 맡겼던 것이다……. 그리고 비록 이것이 주제에서 벗어난 일이긴 해도 나는 그에 관해 몇 마디 말을 하지 않을 수 없다.

예순 살쯤 되었을까, 그는 백발의 왜소한 노인이었다. 그는 첫눈에 나를 몹시 놀라게 했다. 시원스러운 잔주름에 둘러싸인 그의 맑고 빛나는 눈동자를 즐거운 마음으로 바라보던 것을 나는 지금도 기억하고 있지만, 그의 시선에는 고요하고 차분한 그 무엇이 깃들어 있어 그는 다른 죄수들과는 조금도 닮아 보이지가 않았다. 나는 그와 자주 이야기를 나누었는데, 살면서 그렇게 온화하고 선량한 사람을 만난 적이 없었다. 그

---

36 러시아는 988년 콘스탄티노플로부터 동방 정교를 수용하며, 비잔틴의 기독교 문화를 도입하였다. 따라서 동방 정교의 문화가 러시아 문화의 기반이 된다. 1449년까지 러시아는 콘스탄티노플 총주교 관구 중의 하나였으나, 그 이후 자치 독립 교회임을 선포하게 된다. 비잔틴 제국이 쇠퇴하자 러시아의 정교회는 모스끄바를 제3의 로마라고도 주장하였으며, 1598년에는 모스끄바에 총주교제가 창설되기도 하는데, 1656년경에는 니꼰이라는 사제가 총주교의 직위에 오르면서 러시아의 정교회는 둘로 분열되기 시작한다. 니꼰은 그리스 정교가 러시아로 전파되면서 발생한 교회 의식의 차이점을 원래 그리스 정교의 관행대로 고칠 것을 주장한다. 성호를 긋는 방식을 포함한 예배 절차가 그리스 풍으로 바뀌어야 한다고 생각한 니꼰의 교회 의식 개혁은 신도들과 성직자들의 반대에 부딪히게 되었다. 이 반대파들은 정교회에서 분리되었고, 이 분리파 교도들을 구교도라고 부르는데, 이를 반대하는 구교도들은 박해를 받기 시작한다.

17세기 말 〈베뜨까〉라는 마을은 폴란드의 영토에 위치하고 있었지만 지금은 러시아의 서부 모일레프 지방에 편입되어 있다. 이곳은 오랜 기간 동안 니꼰의 개혁에 반대하는 구교도들의 주요한 피난처였다. 그러나 1734년의 폴란드 계승 전쟁시 러시아 군은 이 〈베뜨까〉 지역의 피난처 중의 하나인 스따로두보프 마을을 파괴하였다.

는 중죄를 지어 이곳에 오게 되었다. 스따로두보프 마을의 구교도들 사이에서 개종자들이 생기기 시작하자, 정부에서는 그들을 고무하여 앞으로 있을 또 다른 개종자들과 반대파들을 위해 모든 힘을 기울여 이용하고자 했다. 다른 광신자들과 함께, 노인은 그가 표현한 바처럼 〈신앙을 수호〉하기로 결심했던 것이다. 그래서 정교 신자들의 교회가 건축되기 시작하자 그들은 거기에 불을 질러 버렸다. 주동자의 한 사람으로 노인은 강제 유형에 보내졌다. 그는 부유한 상인이었지만 집에 처자를 남겨 둔 채 마음을 굳게 먹고 유형을 온 것인데, 그러한 일을 맹목적으로 〈믿음에 따른 고통〉이라 생각했다. 어떻게 이 어린아이처럼 온화하고 겸손한 사람이 폭도가 되었을까, 그와 얼마간 살게 되면 어느 누구도 이런 의문을 가지지 않을 수 없으리라. 나는 몇 차례 그와 〈신앙〉에 관해 이야기를 나누었다. 그는 자기의 신념을 조금도 양보하지 않았지만, 그렇다고 그의 항변에서 결코 어떠한 원한이나 증오는 찾아볼 수 없었다. 그런데도 그는 교회를 파괴했고 이 일을 부인하지 않았다. 아마도 자기의 신념에 따른 행동과 그 때문에 받게 된 〈고통〉을 영광스러운 일로 생각하고 있는 것 같았다. 그러나 아무리 자세히 그를 들여다보고 연구해 보아도 그에게서 어떤 허세와 자만의 징후를 나는 발견할 수 없었다. 우리의 감옥에는 대부분이 시베리아 출신인 다른 구교도들도 몇 명 더 있었다. 그들은 아주 성숙한 사람들이었으며, 교활한 농부들이고 유식할 뿐더러, 나름대로는 성서 해석에 일가견이 있는 자들이었다. 오만하고 건방지며 교활한 데다가 몹시 도량이 좁은 사람들이었다. 그러나 노인은 전혀 달랐다. 신학 서적을 많이 읽은 사람이긴 하지만, 오히려 그들 이상으로, 그는 논쟁을 회피하고 있었으며 아주 격의 없는 성격을 가진 사람이었다. 그는 쾌활하고 웃음을 자주 지어 보였는데, 그것은 죄수들이 웃는 것처럼 음산하고 냉소적인 웃음이 아니라, 아이들의 천진함과 백발이 희끗한 노인에게 아주 걸맞는 그런 고요하고 환한 웃음이었다. 어쩌면 내가 틀렸는지도 모르지만, 웃음을 보면 그 사람을 알 수 있는데, 만일 전혀 알지 못하는 사람의 웃음이 처음 만나서부터 만족스러운 것이라면 그 사람은 좋은 사람일 것이다. 감옥에서 노인은 누구에게나 존경을 받았지만 결코 허세를 부리지 않았다. 죄수들은 그를 할아버지라고 불렀으며, 그에게 조금도 무례하게 굴지 않았다. 나는 그가 자기와 같은 믿음을 가지고 있는 사람들에게 어떠한 영향을 주고 있는지도 조금은 이해하고 있었다. 그러나 자신의 유형 생활을 참아 내고 있던 그 외적인 완고함에도 불구하고, 그의 내부에는 그가 모든 사람들로부터 감추려고 애쓰던 깊고 치유할 수 없는 슬픔이 숨겨져 있었다. 나는 그와 같은 옥사에서 생활하고 있었다. 어느 날 새벽 세 시쯤인가, 나는 잠에서 깨어나 소리 죽여 우는 낮은 흐느낌을 들은 적이 있다. 노인은 벽난로[37](이전에 소령을 죽이고 싶어했던 죄수가 밤마다 기도를 올리던 바로 그곳이다) 위에 앉아서, 자기가 옮겨 적은 필사본을 보면서 기도를 올리는 것이었다. 그는 울고 있었다. 들어 보니, 그는 이렇게 말하는 것이었다. 〈하느님, 저를 버리지 마소서! 하느님, 저를 강하게 해주소서! 내 어린 자식들, 내 사랑스러운 자식들과 이제 다시는 만나지 못하리!〉 얼마나 슬픈 느낌이 드는지 나는 말을 이을 수가 없을 듯하다. 그래서 바로 이 노인에게 거의 모든 죄수가 점차 자

---

37 러시아 어로는 뻬치까라고 한다. 러시아 식 벽난로로 유럽 동부에서 유래하여 러시아로 퍼져 나갔다. 19세기에 들어서서는 굴뚝이 달린 뻬치까가 농가에도 보급되기 시작했다. 전통적으로 이 뻬치까는 성화가 걸려 있는 〈아름다운 구석〉, 즉 성소와 대각선으로 마주보는 곳에 설치되어 있으며, 난방 이외에도 빵을 굽고, 옷을 말리고, 물을 데우는 데도 사용되었다.

기의 돈을 맡기게 되지 않았나 싶다. 감옥에서는 거의 모든 죄수가 도둑이었다. 그러나 웬일인지 갑작스레 모든 죄수들은 노인이 결코 도둑질을 하지 않을 것이라고 믿는 것이었다. 노인은 어딘가에 자기에게 맡긴 돈을 감추고 있지만, 그곳은 어느 누구도 찾아낼 수 없는 그런 은폐 장소라는 것을 모두 알고 있었다. 뒤에 가서야 노인은 나와 폴란드 사람 몇에게 자기의 비밀을 일러 주었다. 말뚝 한쪽 구석에는 얼른 보기에 나무에 꽉 달라붙어 있는 듯한 옹이가 있는데, 그것을 뽑아내면 나무에 커다란 구멍이 생겼다. 이 할아버지는 거기에 돈을 숨긴 다음, 다시 그 옹이를 박아 놓았기 때문에 어느 누구도 찾아낼 수 없었던 것이다.

나는 지금 이야기의 주제에서 벗어나 있다. 나는 왜 죄수들의 주머니에는 돈이 남아나지를 않는가 하는 데에서 말을 멈췄다. 그러나 돈을 간수하는 노력 이외에도, 감옥에는 그만한 근심이 있었다. 죄수들이란 자기의 본능에 따라 자유를 갈망하는 존재이기도 하지만, 결국에 가서는 잠시라도 자기의 근심을 잊기 위해 갑작스레 〈모든 것을 뒤엎어 버리고〉, 음악과 고함소리에 맞추어 재산을 모두 탕진해 버리는 것에 마음을 쏟는 그런 경솔하고 무질서한 존재이기도 한 것이다. 그런 사람들 중의 어떤 사람은 이따금씩 몇 달 동안을 목 한 번 펴지 않고 일을 하는데, 그것은 오직 하루 동안에 자기가 벌어 놓았던 것을 모두 남김없이 써버리기 위해서이며, 또다시 새로운 주연을 벌일 때까지는 몇 달 동안이고 일에 열중하는 것이었다. 이런 것을 볼 때마다 참으로 이상스러운 생각이 들었다. 그들 중의 대다수는 새로운 물건을 마련하여 사적(私的)인 특징을 드러내길 좋아했다. 예를 들면 죄수복이 아닌 어떤 검은 바지라든가 반외투, 주름 잡힌 짧은 외투 같은 것들이었는데, 아주 자주 이용되던 것으로는 날염한 루바쉬까나 구리 장식이 달린 혁대 같은 것들도 있었다. 축제일에는 옷치장을 하곤 했는데, 성장을 하고는 반드시 모든 감옥 안을 어슬렁거리며 자기를 온 세상에 드러내 놓는 것이었다. 옷을 잘 차려 입었을 때의 만족감은 어린아이와 다를 바 없었는데, 사실이지 여러 가지 면에서 죄수들은 완전히 아이들이었다. 실제로 이 모든 훌륭한 물건들은 웬일인지 갑작스레 주인에게서 사라져 버리기도 하는데, 저당을 잡히거나 헐값에 내놓기 때문이었다. 그렇지만 주연은 점차 무르익게 마련이다. 대개 이러한 일은 축제일이나 영명 축일에 맞추어 일어나곤 했는데, 이날을 맞은 죄수는 아침 일찍 일어나 성상에 초를 봉헌하고 기도를 한 다음, 성장을 하고 사식을 주문한다. 쇠고기와 생선을 사들이고, 시베리아 식의 고기 만두를 만들어 황소처럼 포식을 하는데, 거의 대개는 혼자서 먹지만 가끔 동료들을 초대하여 자기의 식사를 나눠 주기도 한다. 그 다음에 술이 나오는 것이다. 영명 축일을 맞은 사람은 곤드레만드레 취해서 반드시 옥사 안을 걸어다니는데, 휘청거리고 비틀거리면서, 자신이 취했고, 거닐고 있다는 것을 모든 사람에게 보여 주려고 애씀으로써 다른 사람들의 존경을 받을 수 있다고 생각하는 것이다. 어디서나 러시아 민중은 술 취한 사람들에게 동정심을 느끼고 있지만, 감옥에서는 이처럼 먹고 마시는 사람에게조차도 존경심을 갖는 것이다. 감옥에서의 이러한 밑빠진 주연은 나름의 귀족주의적인 성격이 배어 있다. 마음이 한번 들뜨기 시작하면 죄수는 대부분 음악을 청하기도 한다. 감옥에는 아주 혐오스러운 탈주병 출신의 폴란드 사람 한 명이 바이올린 — 바로 그것이 자기가 가지고 있던 유일한 소유물이자 도구였는데 — 을 켤 줄 알았다. 그는 아무것도 내세울 만한 기술이 없어서, 생각다 못해 찾아낸 일이 술 취한 사람에게 고용되어 흥겨운 무곡을 연주하는 일이었다. 그의 임무는 자기의 술 취한 주인 뒤를 이 옥사에서 저 옥사로 줄곧 따라다니며, 있는 힘을 다해 바이올린을 켜는 것이었다. 때때로 그의 얼굴에는 고통과 우수의 빛이 떠오르곤 했다. 그러나 〈연주를 계속해, 돈을 받았잖아!〉라는 외침소리에 그는 바이올린을 켜고 또 켜야 했다. 이렇게 돌아다니기 시작하는 죄수는 만일 자기가 이미 만취했다고 해도, 필시 누군가가 자기를 주시하고 있으며, 그래서 적당한 때에 잠자리에 눕혀 줄 것이고, 간수가 나타났을 때에는 어딘가에 숨겨 줄 것이라고 확신하고 있었는데, 이 모든 일은 완전히 사심 없이 이뤄지고 있었다. 또한 감옥의 질서를 유지하기 위해 거주하고 있던 하사관과 상이 군인의 입장에서 보더라도, 주정뱅이가 절대로 질서를 문란하게 할 수는 없다고 생각했기 때문에 역시 안심하고 있었다. 감옥 안의 모든 죄수들도 이 주정뱅이를 주시하고 있어서, 만일 그가 소란을 부리고 포악해지기 시작하면, 즉시 그를 진정시키거나 쉽게 결박해 버렸을 것이다. 그렇기 때문에 하급 관리들도 음주만큼은 보고도 못 본 척했으며, 주목하려고도 하지 않았다. 만일 술을 금지한다면 훨씬 더 나쁜 일이 벌어질 것이라는 것을 그들도 아주 잘 알고 있었기 때문이다. 그러나, 어디서 술을 구해 오는 것일까?

감옥에서도 술은 이른바 술장수에게서 살 수 있었다. 술장수는 감옥에 몇 명이 있었는데, 주연을 벌이려면 돈이 들고 죄수들은 돈을 벌기가 어려웠기 때문에 술을 마시고 돌아다니는 사람이 대체로 많지 않았음에도 불구하고, 그들은 끊임없이 자기의 거래를 잘해 나가고 있었다. 거래는 아주 특이한 방법으로 시작되어 진행되고 결말이 났다. 예컨대, 별다른 기술은 없는 데다 일하기를 싫어하면서도(그런 일은 흔히 있었지만) 돈은 탐이 나고, 게다가 참을성이 없어서 빨리 돈을 모으고 싶어하는 어떤 죄수가 있다고 치자. 그에게는 거래를 시작할 최소한의 돈이 있고, 그래서 술장수를 시작할 결심이, 커다란 위험을 수반하는 대담한 계획이 서게 된다. 잘못하다가는 그 때문에 태형을 받아 등허리로 보상을 해야 하기도 하고, 자본과 물건을 순식간에 날리기도 한다. 그러나 술장수는 일을 시작한다. 처음에는 돈이 별로 없기 때문에, 자기 스스로가 감옥으로 술을 들여와 이익을 남기고 팔아 버린다. 두 번, 세 번 경험을 살려 되풀이하다 보면 간수에게 들키지도 않고 재빨리 돈을 모으게 되며, 비로소 현재의 거래를 보다 넓은 기반 위에 놓게 된다. 그는 주인이자 자본가가 되고, 대리인과 조수들을 쓰게 되므로 그만큼 위험 부담을 덜게 되며, 돈을 점점 더 많이 벌게 되는 것이다. 오히려 그 때문에 위험은 조수들이 안게 된다.

감옥에는 언제나 노름에 져서 돈을 탕진해 버리기도 하고, 마지막 한푼까지 털어서 놀고 싶어하는 사람들뿐만 아니라, 그러면서도 별다른 기술조차 없어 처량해 보이기도 하지만, 어느 정도 용기와 결단성을 부여받은 사람들도 많이 있었다. 그런 사람들에게도 자기의 등허리만큼은 고스란히 자본의 한 형태로 남아 있는 법이어서, 이 등허리는 아직도 어떤 일에 쓸 수가 있는데, 바로 이 마지막 재산을 탕아는 감옥에서 탕진해 버린다. 그는 주인에게로 가서 감옥으로 술을 들여오기 위해 그에게 고용되는 것이다. 부자인 술장수에게는 그런 일꾼이 몇 명씩이나 있었다. 감옥의 바깥 어딘가에도 병사나 상인 출신, 심지어 품행이 좋지 않은 여자들에 이르기까지 그러한 사람들이 있었는데, 그들은 비교적 적지 않은 프리미엄을 받기 위해 주인의 돈으로 주막에서 술을 산 다음, 그것을 죄수들이 노역 나오는 아주 한적한 곳에 숨겨 두었다. 거의 언제나 이 청부업자는 자기가 먼저 술맛을 보곤 하는데,

마셔 버린 부분은 가차없이 물로 채워 넣었다. 받든 안 받든 죄수들은 너무 까다롭게 굴 수 없었다. 자기의 돈을 몽땅 날려 버리지 않고 술을 받은 것만으로도 좋은데, 하물며 그게 어떤 것이건 보드까는 보드까니까 말이다. 이 청부업자에게 감옥의 술장수로부터 미리 연락받은 운반책들이 소의 내장을 가지고 나타난다. 먼저 내장을 씻어 낸 다음 물을 붓고, 그렇게 해서 때가 되면 보드까를 담기 편하게 원래의 습기와 신축성을 보존하는 것이다. 보드까를 담은 내장을 죄수는 자기 몸의 가장 숨기기 좋은 곳에다 감는다. 여기에는 물론 밀매업자들 특유의 도둑과 같은 민첩함과 교활성이 나타나고 있다. 그것은 어찌 보면 명예에 해당하는 일이므로, 그는 호송병과 보초의 눈을 속이지 않으면 안 된다. 그는 그들을 속이고 만다. 특히 솜씨 좋은 도둑이라면, 이따금 신참인 경우 호송병은 항상 하품만 하다 놓치고 마는 것이었다. 물론 그들은 호송병을 사전에 연구할 뿐 아니라 시간과 작업 장소도 고려해 놓는다. 예를 들어, 난로공인 죄수가 벽난로 위로 기어올라간다면 거기서 그가 무엇을 하는지 누가 알 수 있겠는가? 호송병이 설마 그를 따라 올라가려고는 하지 않을 것이다. 감옥에 가까이 오면서 그는 모든 경우를 대비해 손에 15꼬뻬이까나 20꼬뻬이까짜리 은화 동전 하나를 움켜쥔다. 정문 옆에 상등병이 기다리고 있기 때문이다. 일터에서 돌아오는 모든 죄수들을 이 상등병 보초는 면밀히 들여다보고 만질 뿐만 아니라, 그러고 나서야 감옥의 문을 열어 준다. 술을 들여오는 사람은 대개 어떤 부분은 그렇게 세밀히 만지지 말았으면 하고 바라게 된다. 그러나 교활한 상등병은 때때로 이 장소에까지 손을 뻗쳐서는 술을 찾아낸다. 그때 마지막 한 가지 수단이 남게 된다. 이 밀매업자는 조용히 입을 다문 채, 호송병의 눈을 피해 자기의 수중에 숨겨져 있던 은화를 슬쩍 상등병의 손에 쥐어 준다. 그러한 방법을 쓰고 나서야 그는 감옥을 무사히 통과할 수 있으며, 술을 가지고 들어올 수 있다. 그러나 이따금 그 방법이 통하지 않을 때도 있는데 그때는 자기의 마지막 남은 자본, 즉 등허리로 뒤처리를 해야만 한다. 소령에게 보고를 하고 그 자본에 채찍질을 하고, 그것도 아프게 채찍질을 하고, 술을 압수해 가지만, 이 밀매업자는 모든 것을 자기가 뒤집어쓰고 주인을 배반하지 않는데, 마음에 새겨 둘 것은, 이것이 밀고를 싫어해서가 아니라 밀고가 자신에게 결코 유익할 것이 없다는 생각 때문이다. 그래서 그는 채찍을 맞는다. 둘이서 맞는 것이라면 조금이라도 위로가 되었을지도 모를 텐데 말이다. 그러나 비록 습관이나 미리 해둔 협상에 따라, 채찍을 맞은 등허리에 대해 주인에게서 한푼도 받지 못하게 된다고 할지라도 이 밀매자에게 아직도 주인은 필요한 존재이다. 밀고는 대개 성황을 이루었다. 감옥에서 밀고자는 조금도 멸시를 받지 않으며 그에 대한 분노조차도 생각할 수 없다. 그를 따돌리지도 않을 뿐더러 그와 계속 친밀함을 유지하기 때문에, 만일 당신이 감옥에서의 모든 추악한 밀고를 입증하려고 한다면 사람들은 오히려 당신을 전혀 이해하지 못할 것이다. 내가 모든 관계를 끊고 있던 그 방탕하고 비열한 귀족 출신의 죄수는 소령의 졸병이었던 페지까와 친하게 지내면서 그의 스파이 노릇을 했는데, 페지까는 죄수에 관해 그에게서 들은 모든 소식을 소령에게 보고했다. 감옥에서는 모든 죄수들이 이러한 사실을 알고 있으면서도 어느 누구 하나 이 쓸모없는 자를 벌하거나 아니면 최소한의 비난조차도 하지 않았다.

그러나 나는 또다시 주제에서 벗어나 버리고 말았다. 물론 술이 무사히 반입되는 일도 흔히 있었다. 그러면 주인은 가지고 온 내장을 받아 그들에게 돈을 지불하고 계산을 하기 시작한다. 계산을 해보고 나면, 물건이 무척 비싸다는 것을 알게 된다. 그래서, 그는 이익을 남기기 위해서 다시 한번 다른 그릇에 술을 따라 거의 절반 가량이나 한 번 더 물을 탄다. 그렇게 해서 완전히 준비가 되면 비로소 살 사람을 기다린다. 다음 축제일이나, 이따금 일을 하는 날에도 살 사람이 나타난다. 마치 황소처럼 몇 개월 동안 일만 하던 이 죄수는 미리 생각해 두었던 그날이 오면 모두 마셔 버리려고 꼬뻬이까를 모아 두었던 것이다. 이 불쌍한 일꾼은 꿈속에서도, 일을 하는 동안의 공상 속에서도, 이날이 다가오기 오래 전부터 이날을 꿈꾸기 시작하는데, 바로 이러한 매혹이 지루한 감옥의 일상 생활에서 그의 정신을 지탱하는 힘이 된다. 드디어 광휘 가득한 여명이 동녘에서부터 나타난다. 돈도 모았겠다, 압수당하지도, 도둑맞지도 않았겠다, 그는 그 돈을 가지고 술장수에게로 간다. 술장수도 처음에는 가능하면 진짜 술을, 말하자면 두 번밖에 물을 타지 않은 술을 그에게 준다. 그러나 병에서 술을 따라 내기 시작한 다음에는 빈 부분에 즉시 물을 채운다. 술 한 잔 값이, 그러므로 주막보다 대여섯 배나 비싼 셈이다. 그런 술을 취하도록 마시려면 얼마나 많은 잔을 마셔대야 하고, 또한 얼마나 많은 돈을 지불해야 하는지 상상할 수 있을 것이다! 그러나 술 마시는 습관이 없었고 오랫동안 절제를 해왔기 때문에 죄수는 곧바로 취해 버리고 마는데, 보통은 자기의 돈이 모두 탕진될 때까지 술을 계속 마셔 댄다. 그러다가 돈이 떨어지면 새로 입수한 물건을 흥정한다. 술장수는 동시에 고리 대금업자이기도 하다. 처음에 그에게로 가지고 오는 것은 새로 마련한 개인 물품이지만 다음에는 오래 묵은 잡동사니까지, 드디어는 관급품에까지 손을 댄다. 마지막 남은 걸레까지 맡기고 다 마셔 버리면 술꾼은 잠이 들어 버리고, 그 다음날에는 머리가 빠개지는 듯한 고통을 받으면서 잠에서 깨어나, 술장수에게 공연히 해장술 한잔을 청하기도 한다. 그는 가엾게도 불행을 참아 내면서 바로 그날부터 또다시 노역을 시작해 몇 달 동안을 목 한번 펴지 않고, 다시 돌아오지 않는 영원 속으로 자취를 감춘 행복했던 주연의 날을 꿈꾸며 일을 한다. 조금씩 원기를 회복하기 시작하며 아주 요원한, 그러나 언젠가는 다시 차례가 돌아올 또 다른 날을 기다리는 것이다.

술장수에 대해서 말을 한다면, 그렇게 장사를 하면서 수십 루블이나 되는 큰돈을 벌어 마지막으로 술을 준비하지만, 이번에는 거기에 물을 타지 않는다. 왜냐하면, 그것은 자기가 마실 것이기 때문이다. 장사는 그만하면 충분하니까 이제는 자신이 즐겨 볼 차례인 것이다! 주연과 폭음과 음식과 음악이 시작된다. 자금은 충분하며, 가장 친근한 하급 간수까지 매수해 놓았다. 주연은 이따금 며칠씩 계속된다. 물론 준비한 술은 곧 바닥이 나버린다. 그러면 이 탕아는 자기를 이미 기다리고 있던 다른 술장수들에게로 가서 마지막 한푼 남은 꼬뻬이까까지 털어서 마셔 버린다. 다른 죄수들이 이 흥청거리는 죄수를 지키기는 하지만, 그러다가 때로는 상급 관리나 소령, 혹은 당직 장교의 눈에 띄기도 한다. 그는 위병 초소로 끌려가서 만일 자금을 가지고 있으면 그것을 빼앗기고, 마지막에는 채찍을 맞는다. 몸을 비틀거리며 그는 다시 감옥으로 돌아오지만, 며칠 지나지 않아서 다시 술장수의 기술을 발휘하기 시작한다. 탕자들 중 다른 사람들은, 물론 부자들이지만, 여자에 관해서도 상상을 한다. 많은 돈을 들여 그들은 이따금 일을 나가는 대신에 매수한 호송병과 함께 요새에서 어딘가의 한적한 교외로 슬그머니 잠적해 버린다. 그곳, 도시의 변두리에 있는 한 외딴집에서 그들은 온 세상을 가진 듯 거드름을 피우며 향연을 벌이고, 실제로 말할 수 없을 만큼의 금액을 탕진해 버린다. 돈이라면 누구도 죄수를 혐오스러워하지 않으며, 호송병들도 어떻게 해서든지 사전에 이런 일을 알려고 접근한다. 그런 호송병들은 대개 스스로가 감옥의 후보가 되어 버리고 만다. 그러나 돈이면 모든 것을 할 수 있으므로, 그러한 여정은 거의 언제나 비밀로 남게 된다. 그러한 일들은 아주 드물게 일어난다는 사실을 덧붙여야 하겠다. 이런 일을 하려면 너무나 많은 돈이 들기 때문에 여성 찬미자들은 전혀 위험하지 않은 다른 수단에 매달리게 된다.

감옥 생활의 초기에 아주 잘생긴 소년 죄수 한 명이 특히 나의 호기심을 끌었다. 그의 이름은 시로뜨낀[38]이었다. 그는 여러 가지 면에서 아주 수수께끼 같은 존재였다. 무엇보다도 그의 아름다운 얼굴이 나를 놀라게 했는데, 그는 아직 만 스물세 살도 넘지 않은 것 같았다. 그는 특별실, 말하자면 무기 죄수 옥사에 있었으므로, 가장 중대한 군 범죄자 중 한 사람이었다. 조용하고 얌전하며 말수가 적을 뿐만 아니라 웃는 일도 극히 드물었다. 그는 푸른 눈에 단정한 외모와 청아하고 부드러운 얼굴, 블론드의 머리카락을 가지고 있었다. 절반쯤 깎은 머리도 그를 추하게 만들지는 못했다. 이처럼 그는 잘생긴 미소년이었다. 그는 아무런 손재주도 없었으나 돈은 비록 조금일지언정 이따금씩 가지고 있었다. 그는 눈에 띨 정도로 게을렀으며 방종스럽게 나다니곤 했다. 사실 누군가 다른 사람이 그에게 때때로 붉은색 루바쉬까와 같은 좋은 옷을 입혀 주기라도 한다면, 시로뜨낀은 새 옷 때문에 기뻐서 자랑하느라 아마도 옥사마다 돌아다녔을 것이다. 그는 술도 마시지 않았고, 노름도 하지 않았으며, 거의 누구와도 다투지 않았다. 그는 이따금 두 손을 호주머니에 집어 넣고 조

---

[38] 고아라는 의미를 지닌 이름.

용히 생각에 잠겨 옥사 뒤편을 걷곤 했다. 그가 무엇에 관하여 생각할 수 있을지 상상하는 것은 쉬운 일이 아니었다. 호기심삼아 때로 그를 불러 세우고 무엇에 관해 물어본다면, 그는 죄수라고 생각할 수 없을 정도로 이내 아주 공손하게 대답을 하겠지만, 대답은 항상 간단해서 더 이상 말을 이어 나갈 수가 없었다. 아마도 열 살 난 아이처럼 당신을 쳐다볼 뿐이리라. 돈이 조금이라도 생기게 되면 그는 자기에게 필요한 물건을 사거나 윗도리를 수선한다든지, 아니면 새 장화를 마련하는 것이 아니라, 흰 빵이나 양념을 넣은 당밀 과자를 사서 먹어 치운다. 마치 만 일곱 살 난 아이처럼 말이다. 〈이봐, 시로뜨낀!〉 죄수들은 말하곤 했다. 〈너는 까잔의 고아지!〉 일을 하지 않는 시간이면 그는 주로 다른 옥사를 방황한다. 모든 죄수들이 자기 일에 여념이 없을 때에도 그 혼자만이 아무 일도 하지 않는 것이다. 그에게 무슨 말을 해도, 대개는 항상 농담이었지만, 그렇게 그와 그의 친구들을 이따금 조롱한다고 해도, 그는 아무 대꾸도 하지 않고 돌아서서는 다른 옥사로 가버리고 만다. 때때로 심하게 놀림을 받으면 얼굴이 붉어지기도 한다. 그래서 나는 종종 이렇듯 조용하고 선량한 존재가 어떻게 감옥에 오게 되었을까 생각해 보곤 했다. 한번은 내가 병원의 죄수 병실에 누워 있을 때였다. 시로뜨낀도 역시 병을 앓고 있어서 내 옆에 누워 있었다. 어느 날 저녁 무렵 나와 그는 이야기를 나누게 되었는데, 그는 뜻밖에도 마음이 격해지는지, 이를테면 어떻게 자신이 병사로 선발되었으며, 그래서 자기의 어머니가 자기를 전송하며 울던 것이며, 신병 생활이 얼마나 고되었던지를 나에게 이야기하는 것이었다. 그는 신병 생활은 정말로 견딜 수 없었노라고 덧붙였다. 왜냐하면, 그곳에는 모든 사람들이 화를 잘 내고 엄격했으며, 지휘관들도 거의 언제나 그를 마음에 들어 하지 않았기 때문이라는 것이었다…….

「그래서 일은 어떻게 끝이 났나?」 내가 물었다. 「어쩌다가 이런 구석까지 오게 되었지? 그것도 특별실에 말이야……. 이봐, 시로뜨낀, 시로뜨낀!」

「그래요. 알렉산드르 뻬뜨로비치 씨, 보병 대대에는 1년도 채 있지 못했습니다. 내가 이곳에 온 것은 중대장인 그리고리 뻬뜨로비치를 죽였기 때문이지요.」

「그 말은 들었지. 그런데 시로뜨낀, 어떻게 자네가 사람을 죽일 수 있었는지 나는 믿을 수가 없네.」

「그렇게 되고 말았습니다, 알렉산드르 뻬뜨로비치 씨. 무진장 괴롭더군요.」

「그렇다면 다른 신병들은 어떻게 살아가겠나? 물론 처음에는 괴롭겠지만 조금 지나면 익숙해지고, 그러고 나면 자네도 알다시피 훌륭한 병사가 되는 것이 아닌가. 아마도 자네 어머님이 자네를 무척이나 품안에서만 키우신 모양이군. 열여덟 살이나 될 때까지 우유와 당밀 과자만 가지고 기르셨나 봐.」

「사실, 어머니는 저를 무척이나 사랑하셨어요. 내가 신병에 뽑혀 가게 되자, 그 뒤에 소식을 들으니 어머니는 몸져누우시고, 일어나질 못하셨다는군요……. 그래서 신병 생활이 무척이나 괴로웠지요. 중대장은 나를 미워하고, 무슨 일만 있으면 기합을 주는데, 무엇 때문인지 도대체 알 수가 없었습니다. 나는 모든 사람들의 말을 잘 들었고, 규칙대로만 생활했습니다. 술도 마시지 않았고, 아무것도 빌리지 않았어요. 그런데 알렉산드르 뻬뜨로비치 씨, 만일 사람이 무엇인가를 빌린다면 그것처럼 나쁜 일은 없겠지요. 그렇지만 주위의 모든 사람들이 얼마나 박정한지, 울 곳조차 없더라고요. 그래서 이따금 구석으로 가서 거기서 울곤 했지요. 그러던 어느 날, 나는 보초를 서고 있었습니다. 이미 밤이었고, 나를 초소 옆, 총을 보관하는 곳에 배치시키더군요. 바람이 부는 그런 가을날이었는데, 얼마나 캄캄한지 누가 눈을 잡아 뽑아도 모를 지경이었습니다. 그래서인지 점점 기분이 나빠지기 시작하더군요. 나는 소총을 발에 세우고, 총검을 뽑아 옆에 놓았습니다. 오른쪽 장화를 벗어 놓고, 총구를 가슴에 댄 다음 그 위에 몸을 굽혀 엄지발가락으로 방아쇠를 당겼지요. 살펴보니 불발이더군요! 나는 소총을 검사해서 불구멍을 깨끗이 한 다음, 새 화약을 채워 부싯돌을 다듬고 다시 가슴에 겨누었지요. 아, 그런데 화약은 터졌지만 또다시 발사가 되지 않는 것이었습니다! 이게 웬일인가 하고 생각하면서 나는 장화를 신고, 총검을 다시 꽂은 채 잠자코 주변을 서성거렸지요. 바로 그때 이 일을 결심했던 것입니다. 신병 생활만 아니라면, 어디든 좋다 하고. 30분쯤 지난 뒤, 순찰을 하던 중대장이 곧장 내게로 다가와 이렇게 말하는 것이었습니다. 〈그렇게밖에 보초를 서지 못하나?〉 나는 소총을 손에 집어 들고 총구까지 들어갈 정도로 총검을 그에게 꽂았지요. 그리곤 4천 킬로미터 이상을 걸어서 이곳, 특별실에 오게 되었지요……」

그는 거짓말을 하는 것이 아니었다. 그렇지 않다면 무엇 때문에 그가 이 특별실에 보내졌겠는가? 일반 범죄라면 형량은 훨씬 가볍다. 그러나 오직 시로뜨낀만이 자기의 동료들 중에서 잘생긴 용모를 지니고 있었다. 그와 비슷한 죄를 저지른 다른 죄수들을 보면, 이곳에서는 모두 열다섯 명 정도 되는데, 그들을 바라보는 것조차도 두려울 지경이었다. 두세 명쯤은 그런대로 괜찮지만, 나머지는 모두가 다 귀가 처져 있거나 단정치 못하고 불결한 사람들이었으며 머리가 흰 사람들도 있었다. 만일 사정이 허락한다면, 나는 언젠가 좀 더 자세히 이들에 관해서 이야기를 하고 싶다. 시로뜨낀은 가진과 자주 어울렸다. 가진은 내가 이 장의 서두에서 언급했던 바로 그 인물로, 술에 취해 취사장으로 뛰어들어 감옥 생활에 관해 내가 가지고 있던 원래의 개념을 혼동시켰던 사람이다.

이 가진이라는 사람은 무서운 존재였다. 그는 누구에게나 무섭고 고통스러운 인상을 불러일으켰다. 그 사람보다 더 잔인하고 흉물스러운 것은 결코 아무것도 없을 것 같다는 느낌이 줄곧 들곤 했다. 나는 또볼스끄의 감옥에서 간악하기로 유명한 강도 까메네프를 본 적도 있고, 그 뒤에는 흉악한 살인범이었던 탈주병 출신의 미결수 소꼴로프를 만난 적도 있다. 그러나 그들 중 어느 누구도 가진처럼 그렇게 혐오스러운 인상을 주는 인물은 없었다. 나는 때때로 사람만큼 크고 거대한 거미를 눈앞에서 보고 있는 듯한 느낌을 받았다. 그는 따따르 인이었다. 감옥 안에서는 그의 힘을 따를 사람이 없을 정도로 그는 힘이 장사였다. 키는 보통보다 조금 컸지만 헤라클레스와 같은 골격에 균형이 맞지 않는 큰 머리를 가지고 있었고, 허리를 구부정하게 하고 다니며 눈을 치뜨고 흘끔흘끔 사람들을 쳐다보곤 했다. 감옥에서는 그에 관한 이상한 소문이 떠돌고 있었다. 그가 병사 출신이라고 알고들 있지만, 그는 네르친스끄에서 탈옥한 죄수라고 저희들끼리 해석하는 죄수들도 있었다. 그러나 사실인지 아닌지는 모르겠다. 시베리아로도 이미 여러 차례 보냈지만, 그럴 때마다 탈주를 해서 이름을 바꾸고는 마침내 우리 감옥의 특별실에 오게 되었다는 것이다. 예전에는 그가 단지 재미삼아 어린아이를 무참하게 죽이길 좋아했다는 이야기도 떠돌고 있었다. 어린아이를 어딘가의 한적한 곳으로 데리고 가서 처음에는 놀라게 한 다음, 고통스럽게 만들어 이 어린 제물의 끝없는 공포와 전율을 완전히 즐기고 나서 천천히 조용하게 베어 버린다는 것이다. 아마도 이 모든 것은 대체로 가진의 험악한 인상이 사람들에게 불러일으킨 상상일 테지만, 이러한 상상들은 그에게 어울렸으며, 그의 인상과도 어쩐지 맞아떨어졌다. 그런데 그는 감옥 안에서 술에 취하지만 않는다면, 보통 시간에는 아주 분별 있게 처신을 하고 있었다. 언제나 조용하고, 누구와도 다투지 않으며, 말싸움도 피하고 있었는데, 그것은 마치 다른 사람을 멸시하거나 자신을 다른 나머지 사람보다 우월하다고 생각하는 데서 비롯되는 것 같았다. 그는 무척이나 말수가 적었고 웬일인지 일부러 마음을 닫고 있는 듯이 보였다. 그의 모든 행동은 느리고 차분했으며 자신에 차 있는 듯했다. 그렇지만 그의 눈에는 무척이나 영리하고 교활한 것이 나타났다. 그의 얼굴과 미소에는 언제나 거드름과 같은 조소와 잔인함이 서려 있었다. 그는 술을 팔고 있었으며, 감옥에서는 제일 부유한 술장수 중의 한 명이었다. 그러나 1년에 한두 번쯤은 자신도 술에 취하게 마련이어서, 그때가 되면 그의 야수적인 본성이 모두 드러났다. 취기가 조금씩 돌면서, 우선 그는 마치 오래 전부터 준비하고 계산해 왔던 것처럼 사람들에게 몹시 악의에 찬 조소를 보내며 싸움을 걸기 시작하는데, 결국에는 완전히 인사불성으로 취해 광포해져서는 칼을 집어 들고 사람들에게 덤벼들었다. 죄수들은 그의 무서운 힘을 알고 있었기 때문에 그를 피해 숨어 버리고, 그는 닥치는 대로 모든 사람들을 집어 던져 버리는 것이었다. 그러나 사람들은 이내 그를 조용히 진정시키는 방법을 찾아냈다. 그와 같은 옥사의 열 명쯤 되는 사람들이 갑자기 단숨에 그를 덮쳐 때리기 시작하는 것이다. 이렇게 때리는 것보다 더 가혹한 것을 상상하기란 불가능하리라. 그의 가슴을 때리고, 심장을 때리고, 명치와 배를 때렸다. 오랫동안 수없이 두들겨 패서 그가 정신을 잃고 죽은 사람처럼 되어 버리면, 그제서야 비로소 중단되었다. 다른 사람이었으면 그렇게까지 패지는 않았으리라. 그렇게 맞는다는 것은 죽음을 의미하지만, 오직 가진만은 죽지 않았다. 사람들은 그를 때리고 나서는 완전히 정신을 잃은 그를 반외투에 싸서 침상 위로 옮겨 놓았다. 〈좀 자고 나면 된단 말씀이야!〉 실제로 아침이 되면 그는 거의 몸을 회복한 채 일어나 말없이 얼굴을 찡그리고서 노역에 나간다. 그래서 감옥에서는 가진이 술에 취하는 날이면 틀림없이 구타로 하루가 끝난다는 것을 모두 알고 있었다. 사실 이러한 것은 그도 알고 있었지만, 계속 술을 마셔 대는 것이었다. 그렇게 몇 년이 흘렀다. 마침내 사람들은 가진이 굴복하기 시작했다는 것을 눈치채게 되었다. 그는 이곳저곳의 통증을 호소하기 시작했고 눈에 띄게 쇠약해졌다. 무척이나 자주 병원에 드나드는 것이었다……. 〈그렇게 무릎을 꿇는구먼!〉 죄수들은 혼잣말을 했다.

그는 유흥을 돋우기 위해 주로 술꾼들이 고용하는 바이올린을 가진 그 더러운 폴란드 인을 대동하고 취사장에 들어와, 말없이 그곳에 있던 모든 사람들을 주의 깊게 바라보며 취사장 중간에 버티고 섰다. 모두 입을 다물었다. 그는 드디어 나와 내 동료들을 발견하고 악의와 조소의 빛을 띠며 우리를 바라보다가는, 마치 무엇인가 생각해 둔 것이 있다는 듯이 득의에 찬 미소를 짓고 몸을 몹시 휘청거리면서 우리들의 탁자로 다가왔다.

「한 가지 물어봅시다.」 그는 말을 시작했다(그는 러시아어로 이야기했다). 「당신들은 무슨 수입으로 여기서 차를 마시는 겁니까?」

나는 입을 다물고 그에게 대답을 하지 않는 것이 좋을 것 같다고 생각하며 말없이 동료들을 마주보았다. 조금이라도 수가 틀리면 그가 난폭해지리라는 것을 알고 있었기 때문이다.

「아마도 당신네들에게는 돈이 있나 보지요?」 그는 계속 캐물었다. 「아마도, 당신네들은 돈 더미를 끼고 있나 보지,

응? 당신네들은 정말 감옥에 차를 마시러 온 모양이지? 차를 마시러 왔어? 어서 말을 해봐, 이것들을 그냥……!」

그러나 우리들이 입을 다물고 자기를 상대하려고 들지 않는다는 것을 알자, 그는 얼굴이 붉게 달아올라 분노에 몸을 떨었다. 그의 옆 한구석에는 죄수들의 점심과 저녁을 위해 썰어 놓은 빵 전부를 담아 두는 커다란 쟁반(나무판으로 만든)이 놓여 있었다. 그 쟁반은 감옥 안의 죄수들 반수 이상을 위해 빵을 담아 둘 수 있을 정도로 컸지만 지금은 비어 있는 상태였다. 그는 그것을 두 손으로 움켜쥐고 우리들의 머리 위에서 휘둘러 댔다. 까딱했다간 우리 머리를 박살낼 것 같았다. 살인 혹은 살인의 음모는 지극히 불쾌한 일로 감옥 전체를 위협하는 것임에도 불구하고, 만약 그리 되면 심문과 수색과 가혹함이 강화되기 시작할 것이므로 죄수들은 전력을 기울여 대개 이러한 극단에까지 이르지 않도록 자제하려고 애쓰는데, 이러한 분위기에도 불구하고 지금은 모두가 잠잠해져서는 관망만 하고 있었다. 우리를 옹호해 주려는 단 한 마디 말조차 없었다! 아무도 가진에게 한 마디도 외치지 않았다! 그 정도로 다른 죄수들의 마음에는 우리에 대한 증오가 거셌던 것이다! 우리의 이 위험스러운 상황이 그들에게는 즐거운 일이었다……. 그러나 일은 무사히 끝났다. 그가 쟁반으로 내리치려 할 때, 누군가가 출입구에서 소리를 쳤던 것이다.

「가진! 술을 도둑맞았다!」

그는 쟁반을 마룻바닥에 내던지고, 미친 사람처럼 취사장 밖으로 뛰어나갔다.

「그래, 하느님이 구해 주셨어!」 죄수들은 저희들끼리 말을 주고받았다. 그 뒤 오랫동안 죄수들은 이 이야기를 꺼내곤 했다.

술 도둑에 관한 소식이 사실이었는지, 아니면 우리를 구해 주기 위해 일부러 꾸민 것인지 그 뒤에도 나는 그것을 알 수 없었다.

저녁 무렵, 이미 어둠이 깔려 있었지만 아직 옥사의 빗장은 채워지지 않고 있을 때, 나는 울타리 부근을 거닐고 있었다. 무거운 슬픔이 내 마음을 파고들었다. 나의 감옥 생활을 통틀어 보아도, 그와 같은 슬픔은 그 이후에 결코 한 번도 체험하지 못했다. 유폐의 첫날은 감옥이든, 독방이든, 유형지든 그곳이 어디일지라도 힘들게 보내게 마련이다. 생각해 보면, 내가 감옥 생활을 하던 그 모든 시간 속에서 줄곧 나를 성가시게 따라다니던 생각 하나가 그날도 다른 어느 것보다 더욱 나를 붙들고 있었다. 그것은 일부분이라도 지금의 나로서는 해결할 수 없는 그런 생각이다. 그것은 동일한 범죄에 대한 형벌의 불공평성에 관한 것이다. 사실, 한 가지 범죄를 대략적으로라도 다른 범죄와 비교할 수는 없다. 예를 들어, 한 사람과 다른 사람이 각각 살인을 했다고 한다면, 두 가지 사건 모두 상황이 참작된다. 그렇지만 한 사건과 다른 사건에 거의 동일한 형벌이 내려진다. 그렇다면 범죄에 어떠한 차이가 있단 말인가. 예를 들어, 어떤 사람은 아주 하찮은 것, 양파 하나 때문에 사람을 참살한다. 갑자기 한길로 나가 지나가던 농부 한 명을 참살했지만, 그에게는 불과 한 개의 양파밖에 없는 것이다. 〈이봐 영감! 당신이 나보고 전리품을 구하라고 내보내서 농부를 죽였지만, 양파 한 개밖에 찾질 못했잖나.〉〈바보 같은 놈! 양파 한 개에 1꼬뻬이까야! 1백 명이면 양파가 1백 개고, 그러면 1루블이잖아!〉 이것은 감옥의 전설이다. 하지만 다른 사람은 음탕한 폭군으로부터 약혼녀와 누이와 딸의 정조를 보호하기 위하여 살인을 한다. 한 사람은 방랑을 하던 중 수색 부대에 포위되어 자기의 자유와 생명을 지키기 위하여, 또는 드물지만 굶어 죽지 않으려고 살인을 한다. 다른 사람은 자기의 만족을 채우려고 어린아이들을 죽인다. 자기 손에 묻은 따뜻한 피를 느끼고 그들의 공포와 자기의 칼 밑에서 떠는 그들의 비둘기 같은 마지막 전율을 즐기기 위해서 말이다. 이게 무엇이란 말인가? 이렇듯 별의별 사람들이 다 같은 감옥에 갇힌다. 사실 선고된 형기에는 변수가 있지만, 이러한 변수는 비교적 적은 편이다. 변수는 오히려 같은 종류의 범죄에서 헤아릴 수 없이 다양하다. 특징적인 것이 많은 만큼 변수도 많은 법이다. 그러나 이러한 차이를 화해시키고 없애 버리는 것은, 마치 원과 같은 면적의 정방형 사각형을 구하려고 하듯 해결될 수 없는 과제를 상정하는 것과 마찬가지이다! 그러나, 만일 이러한 불평등이 존재하지 않는다고 하면, 다른 차이점, 가장 최후의 형벌 속에 있는 차이점을 보도록 하자……. 감옥에서 마치 양초처럼 녹아내리고 쇠약해진 사람들이 있다. 그러나 다른 한쪽에는 감옥에 들어오기 전까지 세상에 이렇게 재미있는 인생이 있으며, 이렇게 용맹스러운 동료들의 유쾌한 클럽이 있는지 미처 몰랐다고 생각하는 사람도 있다. 그렇다. 감옥에는 이러한 사람들도 들어온다. 예를 들면, 깨끗한 양심과 따뜻한 마음을 가진 교양 있는 사람이 있는 것이다. 자기 마음의 아픔 때문에, 그는 어떤 형벌을 받기도 전에 고통으로 죽을지도 모른다. 그는 스스로 자신의 죄를 가장 무서운 법률보다 훨씬 더 가혹하고 무자비하게 판결한다. 하지만 이러한 사람과 나란히, 자기가 저지른 살인에 대해서는 결코 한 번도 되새겨 보지 않고서 자신의 일생을 전부 감옥에서 보내는 사람도 있다. 심지어 그는 자기가 정당하다고 생각한다. 그러나 감옥 생활보다도 비교할 수 없으리만큼 훨씬 못한 자유로운 세상에서 벗어나, 오로지 감옥에 들어오기 위하여 일부러 죄를 저지르는 그런 사람도 있다. 그러한 사람은 자유로운 세상에서 멸시의 극한을 겪으며 결코 한 번도 배불리 먹은 적도 없고, 아침부터 저녁까지 자신의 주인을 위해 일을 해야만 한다. 하지만 감옥에서는 집에서보다 일하기가 쉽고, 빵도 그가 결코 한 번도 먹어 본 적이 없을 만큼 마음껏 먹는다. 축일마다 쇠고기를 먹으며, 적선도 받을 수 있고, 몇 푼이나마 일을 해서 돈을 벌 수도 있다. 하지만 과연 어떠한 집단인가? 교활하고, 약삭빠르고, 모든 것을 다 아는 사람들의 집단이 아닌가. 그리하여 그는 존경스러운 경탄의 시선으로 자기의 동료들을 바라보게 된다. 그는 결코 한 번도 그러한 사람들을 본 적이 없었던 것이다. 그는 그러한 사람들의 집단을 이 세상에서 오직 유일하게 존재할 수 있는 가장 고상한 사회로 간주하게 된다. 과연, 이러한 두 가지 종류의 다른 사람들에게 동일한 형벌이 주어져야 하는 것인가? 그러나 해결할 수 없는 문제를 붙들고 무엇 하겠는가! 북소리가 울린다. 감옥으로 돌아가야 할 시간이다.

4. 첫인상

마지막 점호가 시작되었다. 이 점호가 끝나고 나면 특수한 자물쇠로 모든 감옥들은 잠길 테고, 그러면 죄수들은 새벽까지 줄곧 갇혀 있게 된다.

점호는 두 명의 병사와 함께 하사관이 맡는다. 점호를 위해 때때로 죄수들을 마당에 정렬시키기도 하는데, 그때는 당직 장교가 오기도 한다. 그러나 이 모든 의식은 대개 간소하게 처러진다. 감옥마다 점검을 하는 식으로 말이다. 지금도 그렇게 하고 있다. 숫자를 세는 병사는 자주 틀려서 잘못 헤아려 나가다가 다시 돌아오는 일이 잦다. 그리고 마침내 이 불쌍한 점호병이 바라던 숫자에 이르게 되면 감옥을 잠근다. 감옥 안의 나무 침대 바닥 위에서는 무척이나 비좁게 서로 밀치며 30명의 죄수들이 자리잡고 있었다. 아직 잠자리에 들기는 이른 시간이다. 누구나 무엇인가에 골몰하고 있어야만 할 것처럼 보였다.

간수들 중에서 감옥 안에 남아 있는 사람은 이미 내가 앞에서 이야기했듯이 상이 군인뿐이다. 모든 감옥에는 아마도 선행을 기준으로 삼아 요새의 소령에 의해 임명된 듯한 죄수장도 있다. 그러나 죄수장들이 자기 쪽에서 심각한 장난을 벌이는 일도 흔히 있다. 그때는 태형을 받고 즉시 그 밑으로 강등당하며, 다른 사람으로 교체된다. 우리 감방의 죄수장은 놀랍게도 죄수들에게 자주 소리를 지르는 아낌 아끼미치였다. 죄수들은 대개 그에게 조소를 보냈다. 상이 군인은 그보다는 좀 더 현명해서 무슨 일이건 간섭을 하지 않았으며, 만일 말을 조금만이라도 할 경우가 생긴다면 그것은 체면상 그런 것이거나 나중에 후회하지 않기 위해서였다. 그는 잠자코 자기의 침상에 앉아 장화를 집곤 했다. 죄수들은 그에게 거의 아무런 주의도 기울이지 않았다.

감옥 생활을 시작하는 첫날, 나는 어떤 한 가지 일을 관찰하게 되었는데 그 다음부터는 그것이 옳다는 것을 확신하게 되었다. 즉 호송병이나 보초병들처럼 죄수들과 직접적인 관계를 가지고 있는 사람들로부터 시작하여 감옥 생활의 어떤 일과 관계하고 있는 보통의 사람들 모두에 이르기까지 누구를 막론하고, 죄수가 아닌 모든 사람들은 죄수들을 어쩐지 과장해서 바라보고 있다는 점이다. 마치 그들은 죄수들이 갑자기 불쑥 자신들 중의 누군가에게 칼을 들고 덤벼들지나 않을까 하는 불안 속에서 매순간을 기다리고 있는 것 같았다.

그러나 주목할 만한 것은 죄수들 스스로가 사람들이 자기들을 두려워하고 있다는 것을 인식하고 있다는 것으로, 바로 이 점이 아마도 죄수들에게 배짱과 같은 어떤 것을 가지게 하는지도 몰랐다. 그러나 죄수들에게 가장 훌륭한 간수는 그들을 두려워하지 않는 사람이었다. 대개 이러한 배짱에도 불구하고, 죄수들은 자기들을 신뢰해 줄 때 비할 바 없이 유쾌해진다. 바로 이러한 신뢰를 통하여 그들을 자신에게로 이끌어 들일 수 있는 것이다. 내가 감옥 생활을 하는 동안에 그런 일은 아주 드물게 일어났지만, 간수 중의 어떤 사람은 호송병 없이 옥사 안으로 들어오기도 했다. 이것이 죄수들을 얼마나 놀라게 하는지, 즉 좋은 측면에서 얼마나 놀라게 하는지를 주목해야 한다. 그런 겁 없는 방문객은 항상 존경심을 불러일으켜서, 실제로 어떤 좋지 않은 일이 일어난다 해도, 그가 들어와 있을 때에는 그런 일이 결코 일어나지 않을 것 같았다. 죄수들을 볼 때 생기는 공포심, 죄수들이 있는 곳이면 어느 곳에나 있는 것이지만, 사실 나는 그 공포심이 근본적으로 어디서 유래하는지 알지 못한다. 몇 가지 이유는 물론 강도를 연상시키는 죄수들의 외모 자체에서부터 시작되는 것 같다. 그러나 이것 말고도 감옥에 다가오는 사람들은 누구나 이곳에서는 모든 사람들의 무리가 자기 뜻대로 모여 있는 것이 아니며, 어떠한 수단을 쓰더라도 살아 있는 사람을 송장으로 만들 수는 없다고 느끼고 있다. 죄수들도 감정과 복수와 삶에의 갈망과, 그것을 만족시킬 필요성과 정열을 지닌 사람들이라고 생각하는 것이다. 그러나 그럼에도 불구하고, 죄수들을 두려워할 필요는 전혀 없다고 나는 확신한다. 사람이 그렇게 쉽사리, 그리고 그렇게 재빨리 칼을 가지고 다른 사람한테 덤벼들 수는 없는 법이다. 한마디로 말해서 드물지만 어떤 불행한 경우에 위험이 있다 해도, 그것은 사소한 것이라고 단언할 수 있다. 물론 지금 나는 감옥에 들어오게 된 것을 오히려 무척이나 기뻐하고 있는 기결수에 관해서만 말하고 있다. (새로운 인생이라는 것은 때로 그렇게 좋은 점도 있는 것이다!) 따라서, 그들은 조용하고 평화롭게 살려고 마음먹고 있다. 이외에도, 실제로 자기의 동료들 중에서 얌전히 굴지 않는 사람들이 있으면 추태를 부리지 못하게 하기도 한다. 모든 죄수들은 아무리 자기들이 뻔뻔하고 용감한 사람들이라 할지라도, 감옥에서는 모든 것을 무서워한다. 그러나 미결수는 또 다른 문제이다. 이러한 죄수들은 사실 자기에게 관계없는 사람에게도 덤벼들 수 있다. 아무런 이유도 없이 오로지, 예를 들면 내일 형벌을 받으러 가야 하기 때문에 말이다. 만일 새로운 일이 벌어지면 형벌은 틀림없이 늦추어지게 된다. 바로 여기에 원인이 있는 것이며, 습격의 목적이 있다. 〈자기의 운명〉을 가능하다면 어떻게 해서든지 빨리 〈바꾸어〉 보고 싶은 것이다. 나는 바로 이러한 종류의 어떤 이상한 심리적인 사건도 알고 있다.

우리 감옥의 군인 옥사에는 신분권이 박탈되지 않고 2년여의 형기로 감옥에 온, 허풍쟁이이자 눈에 띄게 겁이 많은 병사 출신의 죄수 한 명이 있었다. 허풍쟁이와 겁쟁이를 러시아 병사들 사이에서 만나기란 대체로 무척이나 드문 일인데, 그렇게 하고 싶어도 허풍을 떨 시간이 없을 정도로 바쁜 것이다. 그러나 그가 허풍쟁이라는 것은, 그가 언제나 게으름뱅이이며 겁쟁이라는 것을 말한다. 그 죄수의 성은 두또프로 마침내 자기의 짧은 형기를 마치고 다시 상비 대대로 복귀했다. 그러나 교정을 받기 위해 감옥에 온 그와 같은 죄수들은 감옥에서 오히려 버릇이 나빠져 2, 3주 정도를 바깥 세상에서 보내다 보면 재차 법정에 서게 되어 감옥에 다시 들어오는 일이 가끔 있는데, 그때는 이미 2, 3년이 아니라 15년이나 20년의 형기를 받게 되며, 〈단골〉의 무리에 끼게 된다. 그런 일이 또 일어났다. 출옥한 지 3주 만에 두또프는 자물쇠를 부수어 물건을 훔쳤고, 더욱이 폭언을 하고 망나니 짓을 한 것이다. 그는 재판에 회부되었고, 엄벌에 처해졌다. 무척이나 소심한 겁쟁이 아니랄까 봐 형벌을 눈앞에 두고 몹시 두려워하던 그는, 대열 사이를 빠져나가 태형을 받기 전날 밤에 옥사 안으로 들어오고 있던 당직 장교에게 칼을 가지고 덤벼들었다. 물론 그는 그러한 짓이 자신의 형량과 강제 노동 기간을 무척이나 늘린다는 것을 잘 알고 있었다. 그러나 비록 며칠 동안만이라도, 아니 몇 분만이라도 형벌을 받는 그 무서운 순간에서 도망쳐 버리고 싶은 심정이었던 것이다! 그는 칼을 가지고 덤비면서도 장교에게 상처 하나 입히지 못할 정도로 겁쟁이였으므로, 이 모든 행동은 겉으로 보이기 위한 것이었고, 그 때문에 또다시 재판을 받아야 할 새로운 범죄를 추가한 것에 불과했다.

형벌을 눈앞에 둔 시간은 물론 선고를 받은 사람들에게는 무서운 시간일 테지만, 몇 년 동안 나는 이 숙명적인 날의 전야를 맞은 피고들을 많이 볼 수 있었다. 대체로 나는 이 피고 죄수들을 내가 환자로 누워 있을 때 병원의 죄수 병동에서 자주 만났다. 죄수들에게 가장 동정적인 사람이 바로 의사들이라는 것은 러시아 전역의 모든 죄수들에게 잘 알려진 사실이다. 의사들은, 다만 일반 민중들을 제외한 거의 모든 사람들이 그렇게 무의식중에 나타내는 차별을 죄수에게도 결코 두지 않는다. 민중들은 아무리 그것이 무서운 것이라 할지라도 죄수의 죄를 결코 책망하는 법이 없으며, 그들이 받은 형벌과 그들의 불행을 대개는 용서한다. 러시아 전체에서 모든 민중들이 죄를 불행이라고 부르며, 죄수를 불행하다고 여기는 것은 바로 이러한 까닭이다. 이것은 아주 의미심장한 생각이다.

이것은 무의식중에 본능적으로 그렇게 된다는 점에서도 무척이나 중요하다. 의사들의 경우에도 이들은 여러 가지 면에서 죄수들의 진정한 도피처이다. 특히 기결수보다도 엄중하게 감금되는 미결수에게는 더욱 그렇다……. 그래서 이 미결수 피고는 자기가 보내야 하는 그 무서운 날들의 확실한 듯한 기간을 계산하고, 이 고통의 순간에서 조금이라도 벗어나길 바라며 때때로 병원으로 도망가는 것이다. 그리고 다시금 퇴원을 해야 할 때가 되면, 운명의 날이 내일이라는 것을 거의 확실하게 알고서 극심한 동요를 하게 된다. 다른 사람들은 자존심 때문에 자기의 감정을 숨기려고 애쓰지만, 그런 난처하고 거짓된 허세를 가지고 자기의 동료들을 속일 수는 없다. 그들은 모든 일을 알고 있지만, 인정상 입을 다물고 있는 것이다. 나는 병사 출신의 살인자로 최고형의 태형에 처해진 젊은 죄수 한 명을 알고 있다. 그는 너무나 두려운 나머지, 벌을 받기 전날 밤에 코담배를 담가서 맛을 낸 술 한잔을 마시기로 마음먹었다. 벌을 받기 직전의 미결 죄수들은 언제나 술을 마시곤 했다. 술은 많은 돈을 들여서 그날보다도 훨씬 이전에 구해 놓는데, 이 피고 죄수는 자기에게 가장 필요한 것들을 반년이나 자제하면서, 벌을 받기 15분 전에 4분의 1쉬또프[39]의 술을 마셔 버리기 위하여 필요한 돈을 모은 것이다. 취해 있으면 태형이나 채찍이 그다지 아프게 느껴지지 않는다는 신념이 죄수들 사이에 퍼져 있었다. 나는 또다시 주제에서 벗어나고 말았는데, 그 가련한 젊은이는 술을 한잔하고 정말로 병이 나 버렸다. 그는 각혈을 하기 시작했고, 병원으로 데리고 갔을 때는 거의 의식을 잃고 있었다. 이 각혈 때문에 그의 가슴은 거의 못쓰게 되었으며, 며칠 뒤에는 폐병 징후가 나타나 반년

---

39 러시아의 옛 주량 단위로 1쉬또프는 약 1.23리터.

뒤에 죽고 말았다. 그를 치료했던 의사들도 그에게 왜 폐병이 생겼는지 이유를 몰랐다.

그러나 이따금 마주치는, 형벌을 받기에 앞서 그처럼 소심해지는 죄수들에 관하여 말을 하면서 나는 또한 반대로, 보기 드문 대담성으로 사람들을 놀라게 한 몇 사람에 관해서도 덧붙여야겠다. 어떤 무신경에 가까울 정도까지 가버리고 마는 몇 가지 용감한 예도 있었는데, 그러나 이러한 예는 아주 드물었다. 나는 특히 어느 무서운 죄수와의 만남을 기억하고 있다. 어느 여름날, 죄수 병실에는 탈영병이며 유명한 강도였던 오를로프가 저녁에 태형을 받고 내가 있던 병실로 오게 될 것이라는 소문이 떠돌았다. 오를로프를 기다리는 가운데 환자 죄수들은 태형이 무척이나 가혹했을 것이라고 확신하고 있었다. 모두들 조금씩 동요를 보이고 있었고, 고백컨대 나 역시 그 유명한 강도가 나타나기를 호기심에 가득 차서 기다리고 있었다. 나는 오래 전부터 그에 관한 이상한 말을 듣고 있었다. 그는 노인들과 어린아이들을 냉혈하게 참살한 극소수의 악한 중 한 명이었고, 무서운 의지력과 자기 힘에 대한 오만한 의식을 가진 사람이었다. 그는 숱한 살인을 자인하고 대열을 통과해 몽둥이 찜질을 받는 형벌을 선고받았다. 그는 저녁 무렵이 되자 병실에 실려 왔다. 병실은 이미 어두웠고, 촛불이 밝혀져 있었다. 오를로프는 거의 의식이 없었고, 무척이나 파리해 보였으며, 숱이 많은 칠흑 같은 머리카락은 산발을 하고 있었다. 그의 등은 부풀어올라 시퍼런 색을 하고 있었다. 죄수들은 마치 그가 혈육이나 은인이라도 되는 것처럼 물을 갈아 주고, 다른 방향으로 몸을 옮겨 누이고, 약도 주면서 밤새도록 그를 보살폈다. 그런데 그 다음날 그는 완전히 정신을 차리고, 두어 번 정도 병실을 거니는 것이 아닌가! 나는 매우 놀랐다. 그가 병원에 실려 왔을 때는 무척이나 쇠약하고 기진맥진한 상태였기 때문이다. 그는 단번에 그에게 정해진 태형의 반수 이상을 받은 것이다. 의사가 그 이상의 형벌을 계속할 경우 죄수가 죽음에 이르는 것을 피할 수 없다고 판단내리면 비로소 집행은 중단된다. 더구나 오를로프는 키가 작고 왜소한 체구였으며, 재판에 회부되기 전의 오랜 감금 생활로 쇠약해져 있었다. 누구든지 미결수를 한번 만날 기회가 생긴다면, 아마도 그들의 여위고 핼쑥하며 창백한 얼굴과 신열을 앓는 듯한 시선을 틀림없이 오랫동안 기억할 것이다. 그럼에도 불구하고 오를로프는 즉시 몸을 회복했다. 그의 내부의 정신적인 활력이 그를 도와준 듯했다. 실제로 그는 보통 사람이 아니었다. 호기심 때문에 나는 그와 가깝게 지냈고, 일주일 내내 그를 관찰했다. 단언할 수 있는데, 나는 살면서 그처럼 강하고 강철 같은 성격을 가진 사람을 만나 본 적이 없다. 나는 이미 또볼스끄에서 강도의 두목이었다는 그와 같은 부류의 어떤 유명한 사람을 만나 본 적이 있지만, 그 사람은 완전히 짐승이어서, 만일 당신이 미처 그 사람의 이름도 모른 채 그 옆에 서 있다고 한다면, 벌써 당신은 본능적으로도 당신 옆에 무서운 존재가 있다는 것을 예감할 수 있을 것이다. 그러나 정작 그가 나를 놀라게 한 것은 정신적인 우둔함이었다. 육(肉)이 그의 모든 영(靈)적 특성을 제압하고 있었으므로, 그의 얼굴을 한번만 보아도 거기에는 오직 육체적 향락의 야수적인 욕망과 정욕과 육욕만이 남아 있을 뿐임을 알 수 있다. 나는 꼬레네프(그 강도의 이름이다)가 심지어는 눈 하나 깜박거리지 않고 사람을 베어 버리면서도, 형벌을 앞두고는 공포로 몸을 떨고 기가 죽었을 것임을 확신하고 있었다. 그러나 오를로프는 그와 정반대였다. 이것은 실제로 육에 대한 영의 완전한 승리이다. 이 사람은 자기 자신을 무제한으로 통제할 수 있었고, 어떤 종류의 고통과 형벌도 무시했으며, 이 세상에서 두려워하는 것은 아무것도 없는 듯 보였다. 그에게서는 끝없는 어떤 에너지와 활동의 욕망과 복수의 욕망, 예정된 목적을 달성하려는 욕망을 찾아볼 수 있었다. 게다가 나는 그의 이상스러운 오만함 때문에 당혹스럽기도 했다. 그는 믿기 어려울 만큼 오만하게 모든 것을 바라보았는데, 그것은 일부러 허세를 부리느라 그러는 것이 아니라 자연스러운 것이었다. 나는 어떤 권위를 가지고 그에게 영향력을 미칠 수 있는 존재는 이 세상에 아무것도 없다고 생각한다. 그는 자신을 놀라게 할 수 있는 것이 이 세상에는 결코 없다는 듯이, 모든 것을 예기치 않은 침착함으로 바라보곤 했다. 그는 다른 죄수들이 자신을 존경한다는 듯이 바라보는 것을 아주 잘 이해하고 있었지만, 그들 앞에서는 결코 어떤 내색도 보이지 않았다. 하지만 허세와 오만은 예외 없이 거의 모든 죄수들의 특질이기도 하다. 그는 상당히 영리했으며, 결코 수다스럽다고 할 수는 없었지만 웬일인지 무척이나 솔직했다. 내가 물어보면 그는 내게 솔직하게, 빨리 남은 형기를 마치기 위해 건강 회복을 기다리는 중이며, 자신도 역시 형벌을 받기 전에는 그것을 참아 낼 수 있을지 처음에는 두려웠다고 대답했다.

〈그러나 이제는.〉 그는 눈을 찡긋거리며 덧붙였다. 〈끝난 일이야. 나머지 매를 맞고 나면 곧바로 다른 무리들과 함께 네르친스크로 가게 되겠지. 하지만 이번에도 중도에 도망친다! 반드시 도망친다고! 등만 곧 나아 봐라!〉 이렇게 닷새 동안, 그는 퇴원을 요구할 수 있을 때를 목마르게 기다리고 있었다. 기다리는 동안 그는 때때로 몹시 잘 웃고 즐거워했다. 나는 그의 사건에 대해서 그에게 말을 걸어 보기도 했다. 그는 이러한 질문에 눈살을 조금 찌푸리는 듯했지만 그래도 대답은 항상 솔직했다. 그러나 내가 그의 양심을 파악하거나,

그에게서 어떤 참회의 빛을 파악해 보려는 낌새를 눈치채면, 그는 마치 내가 갑자기 그의 눈에 어른들처럼 말을 나눌 수 있는 상대가 아니라 작고 어리석은 아이가 보이는 것인지 나를 경멸하듯 쳐다보는 것이었다. 심지어 그의 얼굴에는 나를 가련하게 여기는 듯한 표정이 깃들기도 했다. 그러나 1분도 채 지나지 않아, 그는 내게 아주 소박한 웃음을 지어 보이며 아무런 비꼼도 없이 껄껄 웃어대는 것이었다. 그래서 아마도, 그는 혼자 남아서 내가 한 말들을 돌이키며 몇 번이나 웃었을 것 같다는 생각이 든다. 마침내 그는 등이 완전히 낫지도 않았는데 퇴원을 했다. 그때 나도 퇴원을 하게 되었으므로, 우리는 병원에서 함께 돌아오게 되었다. 나는 감옥으로 돌아왔지만 그는 전에 감금되어 있던 우리 감옥 옆의 초소로 가게 되었다. 나와 헤어지면서 그는 나의 손을 잡았는데, 이것은 그의 관점에서 본다면 깊은 신뢰의 표시였다. 생각해 보면, 그가 그렇게 한 것은 자신과 현재의 순간에 몹시 만족했기 때문이 아닌가 싶다. 본질적으로 그는 나를 멸시하지 않을 수 없었고, 나를 마치 모든 면에서 나약하고 가련하고 유순한 존재라고 생각했음에 틀림없다. 다음날 그는 두 번째 형벌을 받았다⋯⋯.

옥사가 잠기고 나자, 우리 옥사는 갑자기 어떤 특이한 모습을 띠었다. 진짜 집, 가정과 같은 모습 말이다. 그제서야 비로소 나는 죄수들과 나의 동료들을 집에 있는 듯한 기분으로 바라볼 수 있었다. 낮에는 하사관들과 보초들과 간수들이 계속해서 감옥에 들러붙어 있었으므로, 그 때문에 감옥에 거주하는 모든 사람들은 매순간 무엇인가를 기다리면서 전전긍긍하듯, 왠지 침착하지 못하게 처신하고 있었다. 그러나 감옥의 문이 잠기고 나면, 모든 사람들은 즉시 자기 자리에 자리를 잡고서 거의 모두가 어떤 일에 착수했다. 옥사 안은 별안간 밝아지는 듯했다. 모든 사람들이 자기의 양초를, 그리고 대부분은 나무로 만든 자기의 촛대를 가지고 있었다. 앉아서 장화를 꿰매는 사람도 있었고, 옷을 깁는 사람도 있었다. 감옥의 악취는 시시각각으로 심해졌다. 방종한 무리들은 카드를 하기 위해 깔아 놓은 양탄자 앞의 한구석에 쭈그리고 앉아 있었다. 거의 모든 옥사에는 믿기지 않을 정도로 기름때에 절은 카드와 양초, 1아르신[40] 정도의 조잡한 양탄자를 가진 죄수가 있었다. 이것을 죄수들은 모두 마이단[41]이라고 불렀다. 그것을 가지고 있는 사람은 하룻밤에 15꼬뻬이까씩 노름꾼들로부터 사용료를 받았다. 장사를 했던 것이다. 노름꾼들은 주로 세 장 패보기나 고르까 놀이를 했다. 노름은 모두 운에 맡긴 도박이었다. 노름꾼들은 모두 자기 앞에 동전 더미를 뿌려 놓았는데, 주머니에 들어 있던 돈까지도 모조리 잃거나, 혹은 동료의 돈을 몽땅 따고서야 비로소 자리에서 일어났다. 노름은 거의 밤늦게 끝났지만 간혹 가다 새벽녘까지, 옥사의 문이 열리는 바로 그 순간까지 지속되기도 했다. 다른 모든 감옥의 옥사에서처럼, 우리 옥사에도 돈을 몽땅 잃거나 아니면 술을 마셔 버려 빈털터리가 된 거지와 원래부터 거지인 사람들이 항상 있었다. 나는 〈원래부터〉라고 말하며, 특히 이러한 표현을 강조한다. 실제로 우리 민중들 속에는 어디를 가나 환경이 어떻든, 사회적 조건이 어떻든, 온순하며 결코 게으르지도 않은데 영원히 거지로 남아 있을 운명을 지닌 이상스러운 사람들이 항상, 그리고 앞으로도 계속 존재할 것이다. 그들은 언제나 지독히 가난한 농부들이었으며, 늘 불결할 뿐만 아니라, 항상 학대받고 고통당하는 시선으로

40 러시아의 옛 척도 단위로 1아르신은 71.12센티미터.
41 터키 어로 까자끄 인들의 마을에 들어선 시장을 의미하나 여기서는 비밀 도박장 또는 비밀 술집이라는 뜻으로 사용된다.

바라보며, 영원히 누군가의 심부름꾼이 되고 마는 그런 사람들인데, 그들은 주로 탕자들이나 갑자기 돈을 벌어들인 부자들, 벼락 출세한 사람들에게 부쳐지내고 있었다. 모든 종류의 발의나 주도권은 그들에게는 슬픔이자 괴로움이었다. 그들은 마치 자기 스스로는 아무것도 시작할 수 없고, 오직 남의 시중만을 들며, 자기의 의지대로 사는 것이 아니라 남의 장단에 춤을 출 뿐인 그런 조건을 가지고 태어나는 것 같았다. 그들의 사명은 오직 타인의 명령을 수행하는 것이다. 게다가 어떠한 환경도, 어떠한 전환도 그들을 부자로 만들지는 못했다. 그들은 언제나 거지였다. 나는 그러한 인물들이 민중들뿐만 아니라 모든 사회, 계층, 당파, 잡지, 모임 속에 들어 있다고 본다. 모든 옥사, 모든 감옥에도 바로 그런 일들이 생기기는 마찬가지여서, 마이단이 시작되자마자 그런 사람들 중의 한 명이 시중을 들려고 나타났다. 정말이지 어떤 마이단도 시중꾼 없이는 일을 벌일 수가 없다. 모든 노름꾼들은 대개 심부름꾼을 하룻밤에 은화 5꼬뻬이까를 주고 고용하는데, 그의 주요 임무는 밤새 망을 보는 것이다. 대부분의 경우, 심부름꾼은 모든 종류의 두드리는 소리라든지 종소리, 마당의 발자국소리에 귀를 기울이면서, 영하 30도나 되는 어둠 속의 문 덮개 밑에서 예닐곱 시간이나 얼어붙은 채 서 있어야 했다. 이따금 소령이나 보초들이 아주 늦은 시간에도 감옥에 나타나 슬그머니 들어와서는 노름꾼들과, 자기 일을 하는 사람들과, 마당에서도 보이는 개인 양초를 불시에 덮치기 때문이다. 적어도 마당 쪽의 문 덮개에서 갑자기 자물쇠 여는 소리가 날 때는 이미 숨는 것도, 양초를 끄고 판자 침대 위에서 자는 척하는 것도 늦고 만다. 그러나 그런 일이 벌어지면 보초를 서던 심부름꾼은 마이단 패에게 혼쭐이 나므로 그런 실수가 생기는 일은 극히 드물었다. 5꼬뻬이까는 물론 감옥에서도 우스울 정도로 보잘것없는 돈이지만, 오히려 나를 줄곧 놀라게 한 것은 이번뿐만이 아니라, 다른 모든 경우에도 볼 수 있는 고용주들의 가혹함과 무자비함이었다. 〈돈을 받았으니 그만큼 일을 해야지!〉이것은 어떠한 반박도 용인하지 않는 논거였다. 그에게 준 5꼬뻬이까짜리 동전만큼, 고용주들은 착취할 수 있는 것은 모두 착취하고, 가능하다면 여분의 것까지 착취하면서도, 그는 고용주가 은혜를 내리고 있다고 생각했다. 탕자, 술꾼들은 돈을 좌우 사방에 셈도 하지 않고 뿌리면서도 자기의 심부름꾼에게는 반드시 셈을 속이려고 드는데, 나는 이것을 감옥에서만, 마이단 노름에서만 본 것은 아니다.

내가 이미 말했던 것처럼 옥사에서는 거의 모두가 어떤 일을 하느라 분주했다. 노름꾼 이외에 일을 하지 않고 완전히 노는 사람은 다섯 명도 안 되었는데, 그들은 이내 잠자리에 들곤 했다. 판자 침상 위의 내 자리는 문 바로 옆에 있었다. 침상의 다른 편에 나와 머리를 맞대고 있던 사람은 아낌 아끼미치였는데, 그는 열 시, 열한 시까지 일을 했고, 도시로부터 꽤 괜찮은 보수를 받고 주문받은 중국식 채색등을 칠하고 있었다. 그는 등을 아주 잘 만들었고, 눈 한번 떼지 않고 체계적으로 일을 했다. 일이 끝나면 제자리에 정돈을 하고, 자기의 요를 깔고, 신에게 기도를 한 다음 단정하게 자리에 누웠다. 생각해 보면, 그는 단정함과 정돈을 소심한 현학주의에까지 연장시키고 있는 것 같았다. 보통 어리석고 답답한 사람들이 그렇듯, 그는 자기 자신을 무척이나 똑똑한 사람이라고 생각하고 있음에 틀림없었다. 나는 첫날부터 그가 별로 마음에 들지 않았는데, 바로 그 첫날 나는 그에 관해 많은 것을 생각해 보았고, 더욱이 그와 같은 인물이 세상에서 성공하지 못하고 감옥에 들어와 있는 것에 무척이나 놀라워했던 것이 기억난다. 이후에도 나는 여러 번 아낌 아끼미치에 관해 이야기를 해야 할 것 같다.

나는 우리 옥사의 구성원에 관해 간단히 기술하고자 한다. 나는 감옥에서 오랜 기간을 보내야 했으므로, 여기 열거하는 사람 모두는 앞으로 내 동거인이자 동료이다. 내가 그들을 강한 호기심에 이끌려 바라보았던 것만큼은 분명하다. 침상의 내 자리 왼쪽에는 대부분이 강도 짓으로 이곳에 온, 형기도 제각기 다른 까프까즈 출신의 무리들이 자리잡고 있었다. 두 명은 레즈긴 족,[42] 한 명은 체첸 족,[43] 세 명은 다게스딴의 따따르 인이었다. 체첸 인은 음산하고 침울한 사람이어서 거의 어느 누구와도 말을 하지 않았으며, 계속해서 증오에 찬 시선으로 자기 주변을 흘겨볼 뿐만 아니라 악의에 찬 조소를 보내는 것이었다. 레즈긴 사람들 중 한 명은 이미 노인이었지만, 길고 가는 매부리코가 보기에도 강도의 인상을 숨길 수 없는 인물이었다. 다른 사람들과는 달리, 누라라는 사람은 첫날부터 무척이나 위안을 주는 듯한 다정한 인상을 내게 주었다. 그는 아직 늙은이는 아니었지만 그리 크지 않은 키에 헤라클레스와 같은 체구를 지녔고, 맑고 푸른 눈에 완전한 금발, 낮은 코에 핀란드 사람과 닮은 얼굴을 하고 있었으며, 이전에 오랜 기간 말을 타고 다녀서 구부러진 다리를 하고 있었다. 그의 온몸은 총검과 탄환의 상처로 만신창이였다. 까프까즈에서 그는 귀순한 사람들의 편에 속해 있었지만, 슬그머니 산에 있는 귀순하지 않은 사람들에게로 도망을 쳐 거기서 그들과 함께 러시아 인들을 습격했다. 감옥에서는 모두가 그를 좋아했다. 비록 죄수 생활에서의 더러운 면이나

---

42 까프까즈, 즉 코카서스의 다게스딴 지방에 거주하는 종족.
43 북까프까즈에 거주하는 회교족으로 러시아 인들과는 종교, 경제 등의 제반 문제로 오랜 반목과 불화를 보이고 있다.

추악한 짓을 보았을 때는 자주 격분하고, 갖가지 도둑질이라든가 사기, 주정 등 대체로 부정한 모든 것에 대해 포악해질 정도로 흥분을 했지만, 그는 항상 쾌활했으며 모든 사람에게 상냥했을 뿐만 아니라, 불평 없이 일하고 침착하며 맑은 사람이었다. 그러므로 싸움을 벌일 의사는 조금도 없었는데, 단지 화가 치밀면 고개를 돌려 버렸다. 그 자신도 감옥 생활을 하는 동안에는 아무것도 훔치지 않았으며, 아무런 나쁜 짓도 하지 않았다. 그는 독실한 신자였던 것이다. 그는 경건하게 기도를 올렸으며, 이슬람 교의 제일(祭日) 전의 재계 기간에는 광신도들처럼 단식을 하고 밤새도록 기도에 헌신하는 것이었다. 모든 사람들이 그를 사랑했으며, 그의 정직함을 믿고 있었다. 〈누라는 사자다〉라고 죄수들은 말했다. 그래서 사자라는 이름이 그 사람 뒤에 남아 있게 되었다. 그는 감옥에서의 형기만 마치면 까프까즈에 있는 집으로 돌아갈 수 있다고 확신하고 있었으며, 오직 그 희망만으로 살고 있었다. 만일 그 희망을 상실하게 된다면 그는 죽어 버렸을 것이라고 나는 생각했다. 감옥에서의 첫날부터 나는 그를 주목하고 있었다. 사악하고 험상궂으며 조소가 섞인 듯한 나머지 죄수들의 얼굴들 사이에서 그의 선량하고 동정 어린 얼굴을 주목하지 않을 수 없었다. 내가 감옥에 막 도착했던 바로 그 첫 30분 동안에, 그는 내 옆을 지나가며 선량한 미소를 지어 보이면서 어깨를 툭 쳤다. 처음에 나는 이것이 무엇을 의미하는지 알 수가 없었다. 그는 러시아 어가 몹시 서툴렀다. 그러고 나자 그는 곧 또다시 내게로 다가와 웃으면서 친하다는 듯이 내 어깨를 쳤다. 그 이후 또다시 그러기를 몇 차례, 사흘 동안 계속 그렇게 하는 것이었다. 나중에서야 나는 이것을 짐작하고 알게 되었는데, 그의 눈에 내가 불쌍해 보이고 감옥 생활에 익숙해지기가 힘들 것같이 느껴져서, 내게 자기의 우정을 보여 주고 용기를 북돋아 주고 싶을 뿐만 아니라, 자기가 보호해 주겠다는 것을 믿게끔 해주고 싶다는 뜻이었다. 선하고 착한 누라여!

다게스딴의 따따르 족은 세 사람이었으며, 그들은 모두 한 형제였다. 그들 중 두 명은 이미 중년이었지만 셋째 알레이는 스물두 살쯤 되었을까. 하지만 얼굴은 훨씬 앳되게 보였다. 그는 내 침상의 옆자리에 있었다. 그의 잘생기고 솔직하며 슬기로워 보이는 동시에 선하고 착한 얼굴은 첫눈에 내 마음을 사로잡았는데, 운명이 이웃으로 다른 사람 아닌 바로 그를 보내준 것이 나는 무척이나 기뻤다. 그의 모든 영혼은 그의 아름다운, 무척이나 아름답다고 할 수 있는 그의 얼굴에 잘 나타나 있었다. 그의 미소는 호감을 주었고 어린애처럼 순박해 보였으며, 크고 검은 눈동자는 몹시 부드럽고 상냥해 보여서, 그를 바라볼 때면 나는 늘상 슬픔과 애수 속에서 독특한 만족감이나 위안 같은 것을 느끼곤 했다. 고향에 있을 때 그의 형이(그에게는 다섯 명의 형이 있었는데, 다른 두 명은 어떤 공장에 가 있었다) 어느 날 그에게 어떤 원정에 함께 가자며 칼을 가지고 말을 타라고 일렀다. 산사람들의 일가에서 연장자에 대한 존경심은 지대한 것이어서, 소년은 어디로 가는 것인지 물어볼 수도, 감히 물어볼 생각조차도 할 수 없었다. 형들도 이것을 알려 주는 것이 필요하다고 생각지 않았다. 그들은 모두 길가에 숨어서 부유한 아르메니아의 상인을 기다리고 있다가 강탈하는, 강도질을 하려고 떠나는 것이었다. 일은 그렇게 벌어지고 말았다. 그들은 호송하는 사람을 베어 버리고, 아르메니아 인을 죽인 다음, 그의 물건을 약탈했다. 그러나 사건은 곧 들통나고 말았다. 그들 여섯 명은 모두 붙잡혀 재판에 회부되어 유죄 판결을 받고 벌을 받았으며, 이어서 시베리아에서의 강제 노동에 처해졌다.

법정이 알레이를 위해 베푼 호의는 형기의 단축이 전부였다. 그는 4년의 유형에 처해졌다. 형들은 형제의 사랑이라기보다는 오히려 부성애에 가까울 정도로 그를 몹시 사랑하고 있었다. 그는 형들의 유형 기간 동안 유일한 위안이 되었는데, 형들은 대개가 음산하고 험상궂었지만 그를 바라볼 때면 늘 미소를 지어 보였다. 때때로 그와 이야기를 나눌 때면(그들 모두는 그와 이야기를 거의 나누지 않았는데, 아마도 그를 아직 심각한 일에 관해 같이 말을 주고받을 수 없는 어린애로 간주하는 것 같았다) 그들의 준엄한 얼굴이 금세 펴지는 것을 보고서, 나는 그들이 애들처럼 그와 무슨 우스운 농담을 나누는 것이라고 짐작했다. 적어도 그의 대답을 들을 때면 그들은 항상 서로 눈짓을 하거나 선량한 미소를 지었다. 그 역시도 형들에게 먼저 선뜻 말을 꺼내려고 들지 않았다. 형들에 대한 그의 존경심이 그 정도에까지 미치고 있었다. 어떻게 감옥 생활을 하는 동안에도 줄곧 이 소년이 그처럼 부드러운 마음씨를 간직하고, 그처럼 정직함과 성실함과 동정심을 거칠어지지도 타락하지도 않으면서 자신 속에 만들어 나갈 수 있었는지 상상하기란 어려운 일이다. 그러나 이 모든 것은 그의 모든 외면적인 부드러움에도 불구하고, 강하고 단단한 그의 성격 때문이었다. 그 이후에 나는 그를 잘 알 수 있게 되었다. 그는 처녀처럼 순결했으므로, 감옥에서의 어떤 추악하고 파렴치하고 더럽고 혹은 공정치 못한 강제적인 행위를 보면 그의 아름다운 두 눈에는 분노의 불길이 일었다. 이 때문에 그의 눈은 더욱 아름다워지는 것이었다. 그는 자기를 옹호할 줄도 알았으며 모욕을 당하고 가만히 있는 그런 사람은 아니었지만, 싸움이나 욕설은 되도록 피하는 편이었다. 그리고 그는 아무하고도 싸우지 않았다. 모든 사람들이 그를 사랑했으며 후대했기 때문이다. 처음부터 그는 나에게 공손했다. 점차로 나는 그와 말을 나누기 시작했다. 그의 형들이 감옥에 있는 동안 내내 이루지 못했던 러시아 어를 그는 몇 달 만에 배워 훌륭하게 말하는 것이었다. 그는 내게 무척이나 명민하고 겸손하며 섬세할 뿐만 아니라, 이미 많은 것을 판단할 수 있는 소년으로 비쳤다. 미리 대강 말하자면, 나는 알레이를 범상치 않은 존재라고 생각했으며, 그와의 만남을 내 삶에서 가장 소중한 만남 중의 하나로 추억하고 있다. 언젠가는 나쁜 쪽으로 변하리라고는 생각조차 할 수 없는, 신이 부여한 본래부터 아름다운 천성을 가진 그런 사람들이 있다. 그러한 사람들은 언제나 평화로울 수 있다. 나는 지금도 알레이를 생각하면 평화롭다. 지금쯤 그는 어디에 있을까……?

언젠가 한번, 감옥에 온 지 꽤 한참 지나서, 나는 나무 침상 위에 누운 채 무엇인가 몹시 고통스러운 일을 생각하고 있었다. 항상 일을 하던 근면한 알레이도 그때는 웬일인지 아직 잠자리에 들기 이른 시간인데도 일을 하지 않고 있었다. 그날은 회교의 제일이었으므로, 그들은 일을 하지 않고 있었던 것이다. 그는 한 손으로 머리를 받치고 누워서 무엇인가 생각에 잠겨 있었다. 갑작스레 그는 나에게 이렇게 물어보았다.

「지금 무척이나 괴로워 보이는데요?」

나는 호기심에 차서 그를 바라보았다. 언제나 섬세하고, 언제나 조심스러우며, 언제나 슬기로운 마음씨를 지닌 알레이로부터 이런 재빠르고 직선적인 물음을 받는다는 것이 이상스러웠던 것이다. 그러나 좀 더 주의 깊게 바라보자, 그 역시 바로 그 순간에 무척이나 괴로워하고 있다는 것을 발견할 수 있을 정도로 그의 얼굴에서 추억의 고통과 우수를 읽을 수 있었다. 나는 그에게 내가 추측하고 있던 것을 말했다. 그는 한숨을 쉬며 슬픈 미소를 지었다. 나는 온화하고 마음이 담긴 듯한 그의 미소를 언제나 사랑했다. 뿐만 아니라 그는 미소를 지을 때, 세상에서 제일 예쁜 미녀라도 시기했을 진주같이 아름다운 두 줄의 치아를 드러냈다.

「알레이, 자네는 지금 다게스딴에서는 어떻게 이 축제일을 보내고 있을까 생각하고 있음에 틀림없어. 그곳에서는 재미있게 보내고 있음에 틀림없겠지?」

「그래요.」 기쁜 마음에 대답을 하는 그의 두 눈이 반짝이고 있었다. 「하지만, 제가 그 생각을 하고 있는지 어떻게 아셨죠?」

「아직도 모를까 봐! 여기보다 거기가 훨씬 좋겠지?」

「아, 왜 그런 말씀을 하세요……」

「아마도 지금쯤이면 그곳엔 꽃이 만발했겠군, 천국이겠어……!」

「아, 이제 그만 하세요.」 그는 몹시 흥분해 있었다.

「이봐, 알레이, 자네 누이동생이 있나?」

「있어요, 그런데 왜 그러시죠?」

「아마, 자네를 닮았다면 미인일 거야.」

「나를 닮았어요! 온 다게스딴을 다 뒤져 봐도 그만한 미인이 없을 만큼 누이는 예쁘거든요. 내 누이는 정말로 예쁘지요! 당신도 그런 미인은 보지 못했을걸요! 게다가 우리 어머니도 미인이었어요.」

「어머니가 자넬 사랑했나?」

「아니, 그게 무슨 말씀이세요! 어머니는 지금쯤 나 때문에 슬퍼서 돌아가셨을지도 몰라요. 나는 어머니에게 사랑받는 아들이었어요. 어머니는 누이보다도, 다른 누구보다도 나를 사랑하셨어요……. 어머니는 어젯밤에도 꿈속에 찾아와 나 때문에 우셨어요.」

그는 곧 입을 다문 채, 그날 밤은 한마디도 하지 않았다. 그러나 비록 나는 잘 모르겠지만, 그 자신이 나에게서 받은 존경심 때문에 결코 한 번도 먼저 말을 거는 법은 없었으나, 이때부터 그는 매번 나와 함께 이야기할 기회를 찾고 있었다. 그리고 내가 그에게 말을 걸어 주면 그는 몹시 기뻐했다. 나는 까프까즈와 그의 이전의 삶에 관해서 물어보곤 했다. 그의 형들은 나와 이야기하는 것을 방해하지 않았으며, 오히려 이것을 기뻐하는 것 같았다. 그들도 내가 알레이를 갈수록 사랑하는 것을 보고, 나와 훨씬 더 친근하게 되었다.

 알레이는 감옥에서 할 수 있는 한 내 일을 도왔고, 나를 거들어 주었다. 그는 어떻게 해서든 나를 위로하고 도와주는 것이 무척 기쁜 듯했으며, 이렇게 기쁘게 해주려는 노력 속에는 결코 어떤 경멸감이나 이익의 추구가 아니라, 이미 내게는 감추지 않고 있던 따뜻하고 우정 어린 감정이 역력히 드러나고 있었다. 더욱이 그는 기술적인 재능이 뛰어나 옷을 짓고 장화를 꿰매는 일을 완벽하게 익혔으며, 뒤에 가서는 할 수 있는 한 목공 일까지도 배웠다. 그의 형들은 그를 칭찬하며 자랑스럽게 여겼다.

「들어 봐, 알레이.」 어느 날 나는 그에게 말했다. 「왜 자네는 러시아 어로 읽고 쓰는 것을 배우지 않는 거지? 나중에 이곳 시베리아에서 이것이 얼마나 유용하리라는 것을 자네는 모르나?」

「무척 배우고 싶지만, 누구한테 배우지요?」

「이곳에는 읽고 쓸 줄 아는 사람들이 적지 않아! 원한다면 내가 가르쳐 줄까?」

「아, 제발 배우고 싶어요!」 그는 나무 침상에서 일어나 기도를 하듯 두 손을 거머쥐고 나를 바라보았다.

 우리는 그 다음날 저녁부터 공부를 시작하였다. 나는 감옥에서도 허용된 책인 러시아 역본 신약 성서를 가지고 있었다. 초급 입문서도 없이, 이 책 한 권만 가지고 알레이는 몇 주 동안 읽는 것을 훌륭하게 습득하였다. 석 달 가량 지나자, 그는 벌써 완전하게 문어(文語)를 이해했다. 그는 무척이나 열성을 가지고 배우는 것에 몰두했다.

어느 날 나는 그와 함께 산상수훈(山上垂訓)[44]을 전부 읽은 일이 있다. 나는 그가 그중 몇 구절을 특별한 감정을 가지고 말하고 있다는 것을 알게 되었다.

나는 그에게 읽은 부분이 마음에 드느냐고 물어보았다.

그는 내게 재빨리 시선을 던졌는데, 홍조가 그의 얼굴에 차오르는 것이었다.

「예, 그래요!」 그가 대답했다. 「이사[45]는 성스러운 예언자예요, 이사는 하느님의 말씀을 했습니다. 얼마나 훌륭합니까!」

「어떤 부분이 가장 자네 마음에 들지?」

「그가 〈용서하고 사랑하라, 무례히 굴지 말고 적을 사랑하라〉라고 말하는 부분요. 아, 얼마나 훌륭한 말씀입니까!」

그는 우리의 대화를 경청하고 있던 자기 형제들을 향하더니, 그들에게 무엇인가 열심히 말하는 것이었다. 그들은 서로 오랫동안 심각하게 이야기를 주고받고는 그렇다는 듯이 머리를 끄덕였다. 이어서 무척이나 정중한 호의를 나타내며, 즉 이슬람 교도 같은 순박한 미소를 내게 보내며(나는 이러한 미소를, 즉 이러한 미소의 정중함을 사랑한다) 단언하는 것이었다. 「이사는 하느님의 예언자이며, 그는 위대한 기적을 이루었다. 그가 진흙으로 새를 만들어 입김을 불어넣자, 새는

---

44 신약 성서 마태오의 복음서 5~7장에 실린 예수의 교훈으로, 산 위에서 내린 교훈이라는 뜻을 담고 있다.

45 러시아 어로는 예수를 이수스라고 발음하지만 이슬람 교도들의 코란에서 예수는 이사로 불린다.

하늘로 날아올랐다⋯⋯. 이러한 것들은 우리의 책[46]에도 씌어져 있다.」 이렇게 말하면서, 그들은 예수를 칭송하는 것이 나에게 큰 만족을 가져다 줄 것이라고 확신하고 있었다. 알레이도 자기의 형들이 나를 만족시켜 주고 싶어한다는 것을 알고 무척이나 기뻐했다.

알레이에게 글자를 가르쳐 주는 것도 역시 성공적이었다. 알레이는 종이와(그는 내 돈으로 종이를 사는 것을 용납하지 않았다) 펜과 잉크를 구해서 불과 두 달 만에 완벽할 정도로 쓰는 법을 배웠다. 이것은 그의 형들까지도 놀라게 만들었다. 형들의 자랑과 만족은 한이 없었다. 그들은 내게 무엇으로 감사를 표해야 할지 몰랐다. 만일 우리가 함께 작업장에서 일을 할 때가 생기면, 그들은 앞을 다투어 나를 도와주려고 했고, 그것을 행복으로 생각했다. 형들을 사랑하는 것처럼 나 역시도 그렇게 사랑하고 있었을 알레이에 대해서는 더 말할 필요가 없다. 그가 출옥하던 날을 나는 결코 잊을 수가 없다. 그는 나를 감옥 뒤로 데리고 가더니 그곳에서 나의 목에 매달려 울음을 터뜨리기 시작하는 것이었다. 그는 이전에 결코 한 번도 내게 입을 맞추거나 운 적이 없었다. 〈당신은 제게 해주셨어요.〉 그가 말했다. 〈우리 어머니나 아버지라도 못해 주었을 그런 것을. 당신은 저를 사람으로 만들어 주셨어요. 하느님께서 당신께 보상을 해주시겠지만, 나는 결코 당신을 잊지 못할 거예요⋯⋯.〉

지금도 어딘가에는, 어딘가에는 나의 착하고 사랑스럽고 그리운 알레이가 있으리라⋯⋯!

체르께스 사람들 말고도 우리 감옥에는 완전히 별개의 가족을 이루고 있으면서 다른 나머지 죄수들과는 거의 아무런

---

[46] 경외 성서(經外聖書) 속에 나타나고 있는 이러한 기독교의 전설은 아랍어 역본을 통해 이슬람의 코란에도 전해진 것으로 알려지고 있다.

왕래도 하지 않는 폴란드 인들의 무리가 또 있었다. 내가 이미 위에서 말한 바와 같이, 그들은 자기들의 배타성과 러시아 인 죄수들에 대한 증오 때문에 역으로 모든 사람들의 미움을 받고 있었다. 그들은 쇠약하고 병든 여섯 명의 폴란드 사람들이었다. 그들 중의 몇 명은 교육을 받은 사람들이었는데, 그들에 관해서는 뒤에 가서 좀 더 자세히 말하겠다. 그들로부터 나는 감옥 생활을 마칠 무렵 몇 가지 서적을 구하기도 했다. 내가 읽은 첫번째 책은 강렬하고 이상하며 색다른 인상을 남겼다. 이 인상에 관해서도 언젠가 다시 이야기하겠다. 나에게 그들은 호기심의 대상이었는데, 다른 많은 사람들도 그들을 완전하게 이해하지는 못할 것이라고 나는 확신한다. 경험하지도 않고서, 몇 가지 사물들에 관해서만 판단할 수는 없다. 한 가지만 말해 보자. 정신적인 박탈감은 육체적인 고통보다도 훨씬 괴로운 법이다. 평민에게는 감옥에 오는 것이 자기에게 알맞은 사회에, 아니면 훨씬 더 발달한 사회에 오는 것인지도 모른다. 그런 사람은 물론 많은 것을, 고향이나 가족 등의 전부를 상실하는 것이지만, 그의 환경은 거의 동일한 채로 남아 있다. 법률에 따라 평민과 동일한 형벌을 받게 되는 교육받은 사람은 때때로 그와 비교할 수 없을 정도로 많은 것을 잃게 된다. 그는 자기의 모든 욕구와 모든 습관을 자신 속에 억누르고 있어야만 한다. 자신에게는 충분하지 못한 환경으로 옮긴다는 것은 또 다른 공기를 가지고 숨쉬는 법을 배워야 한다는 말이다. 물 속에서 모래 위로 끌려 나온 생선과 마찬가지이다……. 그러므로 때로는 모든 사람에게 법률상으로 동일한 형벌이 그에게는 열 배나 더 고통스러울 것이다. 이것은 진실이다……. 만일 이러한 일이 희생해야 할 물질적인 습관 하나에만 관련이 된다고 하더라도 말이다.

그러나 폴란드 인들은 아주 특이한 무리를 형성하고 있었다. 그들 여섯 명은 늘 함께 있었다. 우리 감옥을 모두 통틀어 그들은 오직 어느 유대 인 한 명만을 좋아했는데, 그것은 아마도 그가 유일하게 그들을 즐겁게 해주기 때문인 것 같았다. 비록 모든 사람들이 예외 없이 이 유대 인을 조롱했지만, 다른 죄수들 중에도 그를 좋아하는 사람들이 있었다. 그는 우리 감옥에서 유일한 유대 인이었으며, 나는 지금도 웃음 없이는 그를 회상할 수가 없다. 매번 그를 볼 때마다, 나는 항상 고골의 『대장 부리바』[47]에 나오는 유대 인 얀켈을 뇌리에 떠올린다. 한밤중에 자기의 유대 인 여자하고 어떤 장롱 속에 들어가려고 옷을 벗었는데, 바로 그 모습이 무척이나 병아리를 닮은 그 인물 말이다. 우리의 유대 인, 이사이 포미치는 털 뽑힌 병아리와 마치 두 개의 물방울처럼 서로 닮아 있었다. 그는 쉰 살쯤 되었을까, 그리 젊은 사람은 아니었으며, 작은 키에 유약하고 교활했지만 동시에 우둔한 구석도 있었다. 뻔뻔스럽고 방자했지만 동시에 또한 무척 겁쟁이였다. 그는 온몸이 잔주름투성이였고, 이마와 뺨에는 죄인 공시대[48]에서 찍힌 낙인도 있었다. 나는 그가 어떻게 60대의 태형을 견뎌 낼 수 있었는지 전혀 이해할 수가 없다. 그는 살인이라는 죄명으로 이곳에 왔다. 그는 죄인 공시대에서 낙인을 찍힌 뒤 그의 동료 유대 인들이 의사로부터 구해 준 처방전을 숨겨 가지고 있었다. 이 처방전으로는 2주일 정도면 낙인을 지울 수 있는 연고

47 도스또예프스끼의 인용이 틀린 듯하다. 고골이 『대장 부리바』에서 병아리를 닮은 유대 인으로 묘사한 인물은 얀켈이 아니고 붉은 얼굴의 유대 인이다. 도스또예프스끼는 고골이 묘사한 이 얀켈이라는 유대 인의 이미지를 바탕으로 유대 인의 문제를 다루는 소설을 구상했던 것으로도 알려지고 있다.
48 죄인들에게 낙인을 찍을 때, 다른 죄수들에게 보이도록 하기 위해 만들어 놓은 단상.

를 구할 수 있었다. 그러나 그는 이 연고를 감옥에서는 사용하지 않고, 12년의 형기가 끝나기를 기다렸다가 그것이 끝난 다음, 거주지에 가서 반드시 처방전을 사용하리라 작정했던 것이다. 〈그렇지 않으면 결혼을 할 수 없거든.〉 어느 날 그는 내게 말했다. 〈나는 꼭 결혼하고 싶어.〉 나는 그와 친구 이상이었다. 그는 항상 즐거운 마음으로 생활했다. 감옥 생활도 그에게는 용이한 편이었다. 그는 보석 세공 기술을 가지고 있었는데, 도시에는 보석 세공 기술자가 없어서 도시로부터 많은 일거리가 들어왔고, 그래서 그는 힘든 노동에서 면제되곤 했다. 물론, 그는 동시에 이자와 저당을 담보로 감옥 전체에 돈을 빌려 주기도 했다. 그는 나보다 먼저 감옥에 왔는데, 폴란드 사람 중 한 명이 그가 처음 감옥에 오던 날을 상세히 이야기해 주었다. 나중에 다시 이야기하겠지만, 그것은 무척이나 우스운 일이었다. 이사이 포미치에 관해서는 여러 번 이야기하게 될 것이다.

우리 옥사의 나머지 사람들은 스따로두보프 마을 출신의 노인을 포함해서, 신학 서적을 많이 읽은 네 명의 구교도 노인들과, 음침한 사람들인 두세 명의 소러시아[49]인, 스물셋 정도밖에 안 되는데도 벌써 여덟 명이나 사람을 죽인 매부리코에 갸름한 얼굴을 한 젊은 유형수, 화폐 위조범들 일당(그들 중의 한 명은 우리 감옥의 유일한 익살꾼이었다), 그리고 마지막으로 몇몇의 음침하고 험상궂은 인물들로 구성되어 있다. 이들은 머리를 제멋대로 깎고 입을 다문 채 질투심을 내보이며 증오에 찬 듯이 주변을 흘겨보는데, 앞으로 남은 형기도 모두, 아직도 오랜 세월을 그렇게 바라보며 인상을 쓰고 입을 다문 채 증오하면서 살려고 작정한 듯했다. 이 모

---

[49] 우끄라이나 지방을 말함.

든 것들은 기쁨 하나 없는 내 새로운 삶의 첫날밤에 내 앞에서 명멸하던 것들일 뿐이다. 연기와 그을음 사이에서, 욕설과 표현할 길 없는 냉소 사이에서, 악취 나는 공기 속에서, 족쇄의 울림 속에서, 저주와 파렴치한 웃음 속에서 명멸하던 것들일 뿐이다. 나는 나무 침상의 맨바닥에 내 옷가지를 머리에 베고 누워(그때는 아직 베개가 없었다) 가죽 외투로 몸을 감쌌지만, 이 첫날의 모든 기묘하고 예기치 않은 인상 때문에 몹시 피로하고 지쳐 있었음에도 불구하고 오랫동안 잠을 잘 수가 없었다. 그러나 나의 새로운 삶은 이제 시작일 뿐이었다. 결코 생각해 보지도, 미처 예감하지도 못했던 많은 일들이 나를 기다리고 있었다…….

5. 첫 달

감옥에 온 지 사흘이 지나자 노역에 나가라는 명령을 받았다. 이 첫날의 노동은, 비록 일을 하는 도중에 어떤 특별한 일이 일어나지는 않았지만, 최소한 모든 것을 아니면 나의 상황만을 고려해 보더라도 특별한 것이어서 오래도록 나의 기억 속에 남아 있었다. 그러나 이것도 첫인상들 중의 하나에 불과할 뿐이며, 나는 계속해서 모든 사람들을 호기심에 가득 차서 바라보았다. 나는 첫 사흘 동안 내내 무척이나 괴로운 느낌을 받으며 보내야 했다. 〈이제, 내 방랑은 끝이다. 나는 감옥에 갇혀 있다!〉 나는 계속해서 스스로에게 반복했다. 〈이곳이 이제 길고도 오랜 세월을 보내야 할 나의 기항지이다. 내가 불신과 병적인 느낌을 받으며 오게 된 모퉁이이다……. 하지만 그 누가 알겠나? 아마도 몇 해가 흘러 이곳을 떠나야 할 때면, 이곳을 또한 연연해 하게 될지……!〉 나는 이렇게 덧붙였는데, 거기에는 마치 나의 고통을 즐기려고 한다든지 내 모든 불행의 크기가 실제로는 어떤 쾌락을 의식하는 것과 같다고 보는, 말하자면 일부러 나의 상처를 자극하는 것을 요구하고 있는 자괴 어린 감정이 뒤섞여 있었다. 때때로 이 방구석에 연연할지도 모른다는 생각이 나를 제일 두렵게 만들고 있었다. 그럴 때면 나는 이미 인간이란 이상스러울 정도로 어떤 것에 익숙해지기 쉬운 존재라는 것을 예감할 수 있었다. 그러나 그것은 아직 앞으로의 일일 뿐, 지금으로서는 모든 것이 적대적이며 무서울 뿐이었다……. 물론 모든 것이 그런 것은 아니었지만, 내게는 그렇게 느껴졌던 것이다. 나의 새로운 감옥살이의 동료들이 나를 바라볼 때면 내보이는 그 맹렬한 호기심, 갑자기 서로 합심해서 나와 같은 귀족 출신의 풋내기를 대하는 그들의 무자비한 가혹함, 때로는 증오에 가까울 정도의 난폭함, 이 모든 것들은 한시라도 빨리 나의 모든 불행을 단숨에 깨닫고 맛보기 위하여, 그리고 다른 모든 죄수들처럼 어서 그들과 동일한 궤도에 들어가 삶을 시작하기 위하여 나 스스로가 먼저 일을 원했을 만큼 나를 괴롭히고 있었다. 물론 그때 나는 많은 것을 깨닫지 못하고 있었으며, 바로 코앞에서 벌어지는 일조차도 의문을 품어 볼 수가 없었다. 적대적인 것들 가운데도 기쁜 일이 있다는 것을 나는 아직 짐작조차 할 수 없었던 것이다. 그러나 내가 바로 이 사흘 동안 만났던 공손하고 상냥한 몇 명의 사람들은 잠시 동안이나마 나를 무척이나 격려해 주었다. 어느 누구보다도 아낌 아끼미치가 내게 공손하고 상냥했다. 감옥의 나머지 음침하고 증오에 찬 얼굴들 가운데에서도 나는 몇몇의 선량하고 쾌활한 사람들을 언급하지 않을 수 없다. 〈나쁜 사람들은 어디에나 있게 마련이지만, 나쁜 사람들 가운데도 좋은 사람들은 있는 법이지.〉 나는 그렇게 서둘러 내 스스로를 위로하려 했다. 〈누가 알겠나? 이 사람들이 감옥 바깥에 《남아 있는》 다른 사람들보다 결코 나쁜 사람들이 아닐지.〉 나는 이런 생각을 해보고 스스로의 생각에 고개를 끄덕였지만, 오, 하느님, 내가 그때 조금만이라도 이러한 생각이 진실이라는 것을 알고 있었다면 얼마나 좋았겠습니까!

그러니까 예를 들면, 아주 오랜 시간이 흐른 뒤에야 비로소 내가 완전히 알게 된 한 사람이 있는데, 그는 내가 감옥 생활을 하는 동안 줄곧 나와 함께, 바로 내 곁에 있던 사람이다. 그는 수실로프라는 죄수였다. 그는 죄수들 중에서도 다른 사람들보다 〈나쁘지 않은〉 사람들이 있다고 방금 이야기하자마자 내게 무심코 떠오른 인물이다. 그는 내 시중을 들어 주었다. 내 시중을 들어 주는 사람이 또 있었는데, 아낌 아끼미치는 첫날 만나면서부터 죄수 중의 한 명인 오시쁘라는 사람을 소개해 주면서, 만일 내가 급식이 마음에 안 들고 사식을 할 비용만 있다면 한 달에 30꼬뻬이까만 주면 날마다 그가 특별 요리를 만들어 줄 것이라고 말하는 것이었다. 오시쁘는 두 곳의 취사장에서 일하기 위해 죄수들에 의해 선거로 임명된 네 명의 요리사 중 한 명이었다. 그러한 선거를 받아들이느냐 마느냐는 전적으로 죄수들의 자유였지만, 만일 받아들인다고 해도 그 다음날에 가서는 거절을 해버릴 수도 있었다. 요리사들은 노역에 나가지 않았으며, 그들의 임무는 빵을 굽고 야채 수프를 끓이는 일이 전부였다. 감옥에서는 그들을 요리사라고 부르지 않고 요리하는 여자라고 불렀다. 그러나 그렇게 부른 것은 그들을 경멸해서가 아니고, 이해심 많고 가능한 한 정직한 사람을 취사장에서 일하도록 선출했으므로, 친근한 농담일 뿐이지 우리의 요리사들을 모욕하기 위해서는 결코 아니었다. 오시쁘는 거의 언제나 선출되어 몇 년이나 계속하여 줄곧 요리사 일을 해왔는데, 그러나 때때로 울적해지거나 아니면 술을 몰래 들여오고 싶은 기분이 들면 그때서야 비로소 거절을 하는 것이었다. 그는 주류 밀매를 하다가 이곳에 오게 되었지만, 드물게 정직하고 온순한 사람이었다. 이 사람이 바로 내가 앞에서 이미 언급했던 그 큰 키의 건장한 주류 밀매업자이다. 그는 모든 것에 겁을 내고 특히 채찍을 두려워했는데, 온순하고 말수가 적었으며 모든 사람에게 상냥했을 뿐만 아니라 어느 누구와도 〈결코〉 다투는 법이 없었지만, 자기의 그런 소심함에도 불구하고 밀매에 대한 정열 때문에 술을 몰래 들여오는 것만큼은 그만둘 수가 없는 사람이었다. 그는 다른 요리사들과 함께 술을 거래했는데, 물론 가진과 같은 그런 규모는 아니었다. 그는 많은 위험을 무릅쓸 수 있는 용기가 없었기 때문이다. 이 오시쁘와 나는 항상 무척 의좋게 지냈다. 사식을 하는 데 드는 비용은 사실 별것이 아니었다. 물론 뒷날에 가서야 거의 조금씩 먹을 수 있었지만 내가 한 달에 사식으로 지출하는 돈이, 배가 몹시 고플 때면 모를까 내가 무척이나 싫어하던 관급 빵과 이따금 나오는 수프 값을 제외하고라도, 겨우 은화 1루블이라고 말해도 틀린 것이 아니었다. 나는 주로 하루에 1푼뜨 정도의 쇠고기를 샀다. 하지만 겨울에는 쇠고기도 2꼬뻬이까에 불과했다. 쇠고기를 사러 시장에 가는 것은, 질서를 감독하기 위해 각 옥사마다 한 명씩 배치되어 있던 상이 군인들 중 누군가가 하곤 했는데, 그들은 죄수들을 위해 날마다 시장에 물건을 사러 가는 일을 기꺼이 맡아 주었지만, 그렇다고 이 때문에 하찮은 몇 푼 말고는 어떤 보수도 받지 않았다. 그들이 이런 일을 해주는 것은 자신들의 평온함을 유지하기 위해서였는데, 그렇지 않고서는 감옥에서 살아나갈 수가 없었으리라. 그런 식으로 그들은 담배와 벽돌 모양으로 굳힌 하등품 차와 쇠고기와 흰 빵 등등을, 오직 술 한 가지만을 제외하고는 들여오는 것이었다. 가끔 그들에게 술 대접은 하지만 술은 그들에게 부탁하지 않았다. 오시쁘는 거의 몇 년 동안이나 똑같은 구운 쇠고기 요리를 내게 만들어 주었다. 그가 어떻게 굽느냐 하는 것은 또 다른 문제이며, 문제는 그것이 아니었다. 주목할 만한 것은, 내가 오시쁘와 몇 년 동안을 같이 지내면서 거의 두 마디 이상의 말을 해본 적이 없다는 것이다. 나는 여러 번 그와 말을 하려고 시도해 보았지만, 그에게는 말을 이어 나갈 능력이 결여되어 있는 것인지, 미소를 지으며 〈예, 아니오〉라고 대답할 뿐이었다. 만 일곱 살밖에 되지 않은 이 헤라클레스를 바라볼 때면 나는 이상한 생각까지 들었다.

그러나 오시쁘 말고도 나를 도와주는 사람으로는 수실로프가 있었다. 내가 그를 부른 것도 찾은 것도 아니었지만, 웬일인지 그 자신이 나를 발견하고서 내게 파견되어 왔으므로, 언제, 어떻게 그렇게 되었는지 기억조차 희미하다. 그는 내 세탁을 대신 해주었다. 이를 위해 그는 옥사 뒤에 일부러 큰 구정물 구덩이를 만들어 두고 이 구덩이 위의 관급통에서 죄수용 내의를 빨곤 했다. 이외에도 수실로프는 나를 즐겁게 해주기 위해서 스스로 수천 가지나 될 만한 가지가지 일들을 생각해 내곤 했다. 내 찻잔을 준비하기도 하고, 여러 가지 심부름을 하려고 뛰어가기도 하고, 나를 위해 무엇인가를 찾아오기도 하며, 내 장화를 수선해 주기도 할 뿐만 아니라 내 장화에 한 달에 네 번 정도 약칠도 해주었다. 그는 마치 신만이 그에게 내린 임무를 알고 있다는 듯이 이 모든 일들을 열심히 정성껏 했다. 한마디로, 자기의 운명을 나의 운명과 결부시켜서 내 모든 일을 스스로가 떠맡았다. 그는 결코 〈당신은 셔츠가 그만큼 있어요, 당신의 웃옷이 찢어졌군요〉라는 식으로 말하는 법이 없었다. 그 대신 항상 〈지금 《우리는》 몇 벌의 셔츠가 있고, 《우리의》 웃옷이 찢어졌군요〉라고 말했다. 그는 그렇게 나의 눈을 바라보고는, 그것이 자기의 인생에서 중요한 의미를 가지고 있다는 듯이 생각했다. 그는 기술, 혹은 죄수들이 말하는 손재주가 변변치 못해서, 한두 꼬뻬이까를 나에게서만 얻어 쓰고 있는 듯이 보였다. 푼돈이지만 나는 할 수 있는 한 그에게 대가를 지불했고, 그도 항상 아무 소리 없이 만족하고 있었다. 그는 누군가를 위해 일을 하지 않을 수 없는 사람이었으므로 특히 나를 선택한 모양인데, 내가 그래도 다른 사람들보다 좀 더 호감을 주고 보수에 대해서도 정직했기 때문인 것 같다. 그는 결코 부자가 될 수도, 개선될 수도 없으며, 밤마다 혹한의 문지방에 서서 소령의 순찰에 대비해 마당에서 나는 모든 소리에 귀기울이고, 이 일로 밤새도록 있어 봐야 은화 5꼬뻬이까를 받을 뿐, 수색이라도 당하는 날에는 모든 것을 상실하고 대신 등허리로 보상을 해야 하는 마이단 노름의 파수를 보는 사람들 중 한 명일 뿐이었다. 그들에 관해서는 이미 말한 바 있다. 이러한 사람들의 특징은 언제 어디서나 모든 사람 앞에서 자기의 개성을 버리고, 공통의 일에서는 이류조차도 못 되어 삼류의 역할만 한다는 것이다. 그들에게 이 모든 것은 이미 천성이었다. 수실로프도 무척이나 불쌍하고 나약하며, 아무런 반응조차 없고 비열하며, 여기서는 아무도 그를 때리지 않는데도 짓밟힌 것 같은, 천성이 이미 짓밟힌 것 같은 인물이었다. 나는 웬일인지 항상 그가 가여웠다. 나는 그런 감정 없이 그를 바라볼 수가 없었다. 왜 가여운가는 내 스스로 말할 수 있을 것 같지 않다. 나 역시 그와 이야기를 할 수는 없었지만, 그도 또한 말을 할 수가 없는 것 같았다. 아마도 그는 이것이 무척이나 고통스러운 듯했으며, 그래서 그에게 무슨 일을 하라든지, 아니면 어딘가로 뛰어가라고 이르면, 말이 끝나자마자 그때서야 비로소 생기가 도는 것이었다. 마침내 나는 이렇게 하는 것이 그에게 만족을 준다는 것을 확신하게 되었다. 그는 키가 크지도 작지도 않았으며, 착하지도 악하지도 않았고, 우둔하지도 영리하지도 않았을 뿐더러, 젊지도 늙지도 않은 얼굴에 조금 곰보 자국이 있는 엷은 금발이었다. 그는 결코 조금도 규정지을 수 없는 사람이었다. 오직 한 가지, 그는 내가 추측하고 짐작하는 것처럼 시로뜨낀과 같은 부류에 속하는 사람이었으며, 그것은 짓밟혀 있는 듯한 무반응 때문이었다. 죄수들은 가끔 그를 비웃었는데, 그 이유는 그가 다른 무리들과 함께 시베리아로 오는 도중에 붉은색 셔츠와 은화 1루블을 받고 〈바꿔 치기〉를 당했다는 것 때문이었다. 그 보잘것 없는 대가를 받고 그가 자신을 팔아 버린 것을 죄수들은 조소하는 것이었다. 바꿔 치기 당한다는 것은 어느 누구와 이름을, 결국 운명을 교환한다는 것을 의미한다. 아무리 이러한 사실이 믿기지 않는다고 해도 그것은 엄연한 사실이며, 우리 시대만 하더라도 시베리아로 이송되어 오는 죄수들 사이에서, 입에서 입으로 전해질 때마다 신성해지고, 알려진 형식에 의해 규정된 효력을 가지며 줄곧 존재하고 있었다. 처음에는 나도 그러한 사실이 도무지 믿기지 않았으나, 마침내는 그것을 확실히 믿게 되었다.

이것은 바로 다음과 같은 방법으로 이루어진다. 예를 들어 죄수들의 무리가 시베리아로 호송되어 가고 있다고 하자. 그들은 각기 다른 곳으로 가게 된다. 감옥으로, 공장으로, 거주지로. 그러나 갈 때는 모두 같이 간다. 도중의 어딘가에서, 뻬름 현(縣)[50]이라고 치자, 유형수 중의 누군가가 다른 사람과 바꿔 치기를 하고 싶어한다면, 가령 살인 혹은 다른 중대한

50 우랄 산맥 서부 볼가 강 유역의 공업 도시로, 시베리아 개발에 따라 현재는 기계, 조선, 석유 화학 등의 공업이 발달한 곳이지만 당시에는 유형지였음.

범죄를 저지른 미하일로프라는 사람이 자기에게는 하나도 이로울 것이 없는 장기 징역에 끌려 간다고 하자. 만일 그가 교활하고 능구렁이 같은 사람이며 어떻게 일을 벌여야 할지를 알고 있는 사람이라면, 그는 죄수들의 무리 중에서 비교적 형벌이 가벼운, 보다 단순하고 짓밟힌 듯하며 무기력한 사람들 중 하나를 점찍어 둔다. 몇 년 동안 공장이나 유형지로 가든지, 혹은 짧은 기간만 감옥에 가는 사람을 말이다. 마침내 수실로프를 발견한다. 수실로프는 농노 출신이며, 유형지로 가고 있는 중이다. 그는 결코 한 번도 돈이라고는 만져 본 적이 없기 때문에 돈 한푼 없이 1천 5백 베르스따나 걸어왔다. 그는 지치고 피로에 싸여, 오직 관급식 이외에는 지나오는 길에 달콤한 것 한 조각 먹어 보지 못하고, 수의만을 걸친 채 몇 푼의 가련한 돈을 벌어 보려고 모든 사람의 수발을 들면서 걷고 있다. 미하일로프는 수실로프와 친하게 지내면서, 다정스러운 사이로 만들어 마침내 어떤 단계에까지 이르면 그에게 술을 마시게 한다. 그러고는 드디어 이렇게 제안한다. 〈나하고 바꾸지 않을래? 나는 미하일로프라는 사람인데, 이러이러해서 징역을 가는데, 징역이라기보다는 어느 《특별실》에 가고 있는 것일세. 특별실도 감옥이기는 하지만, 특별한 곳이니까 훨씬 수월할 테지.〉 특별실이 엄연히 존재하고 있을 때에도, 그것에 대해서 심지어 뻬쩨르부르그에 있는 관청에서조차도 모르는 사람이 많았다. 이곳은 궁벽한 시베리아의 한구석에 위치한 특별하고 외떨어진 감옥이었으며, 죄수도 무척이나 적어서(내가 있을 때는 70명 정도가 그곳에 있었다), 그곳의 흔적을 찾아내기란 쉽지 않은 일이었다. 시베리아에서 일도 하고 시베리아를 잘 알고 있는 사람들 중에도, 나에게서 처음으로 〈특별실〉의 존재에 대해 듣는다고 말하는 사람들을 나는 그 후에도 만날 수 있었다. 법전에도 특별실에 관해서는 불과 여섯 줄밖에 적혀 있지 않았다. 〈금후, 극형의 중범들을 수용하기 위해 시베리아에 강제 노동소를 개설할 때까지, 어느 한 감옥 안에 특별실을 설치하도록 한다.〉 죄수들조차도 이 특별실에 계속 있어야 하는지, 아니면 일정 기간 동안만 있어야 하는지 알지 못했다. 기간은 명시되어 있지 않았고, 금후 강제 노동소를 개설할 때까지라고만 했으니까 아마도 〈징역에 따라서〉인 것 같았다. 수실로프뿐만 아니라, 죄수들 중 어느 누구도 이것에 대해 모르는 것은 당연했다. 자기가 저지른 중죄 때문에 이미 3, 4천 베르스따나 걸어왔다는 것을 가늠해 보면서, 특별실에 대해서는 약간의 지식을 갖고 있던 유형수, 바로 그 미하일로프를 포함해서 말이다. 그러므로 그가 좋은 곳으로 갈 리는 만무했다. 수실로프도 유형을 가고 있었지만, 무엇이 더 나은 것일까? 〈바꿀 생각 없어?〉 수실로프는 취해 있고 머리가 단순한 데다가, 자기에게 다정히 대해 주었던 미하일로프에게 고마운 마음으로 가득 차 있어서 거절할 생각이 없다. 게다가 그는 다른 죄수들에게서 바꾸는 게 가능하고 다른 사람들도 바꾼다는 이야기를 이미 듣고 있던 터라 그것이 결코 이상하거나 들어 보지 못했던 내용은 아니다. 동의를 한다. 이상할 정도인 수실로프의 순박함을 이용해서 양심 없는 미하일로프는 증인들이 있는 가운데 붉은 셔츠와 은화 한 닢을 주면서 그의 이름을 산다. 다음날 수실로프는 술이 깨지만, 그는 다시 술을 먹인다. 게다가 그렇게 쉽게 거절할 수는 없다. 받은 은화로는 이미 술을 마셔 버렸고, 붉은 셔츠도 조금 지나면 같은 운명이 될 테니 말이다. 싫으면 돈을 다시 돌려다오. 하지만 수실로프가 어디서 은화 1루블을 구해 온단 말인가? 돌려주지 않으면 조합[51]이 강제로 돌려

---

51 제정 러시아 시대에 농민들 사이에 있었던 일종의 민간 협동 조합으로, 우리의 계와 유사한 성격을 가진 자치 모임이라고 볼 수 있다.

주게끔 한다. 이런 일에 대해서는 조합이 무척이나 엄격하다. 약속을 했으면 실천을 하라고 조합은 강조한다. 아니면 해를 입는다. 얻어맞든지 혹은 간단히 죽임을 당하든지 최소한 협박을 당하든지 한다.

실제로 만일 조합이 한 번만이라도 그러한 일을 묵과했다면, 이름 바꿔 치기는 일상적인 일로 끝나 버리고 말았을 것이다. 만일 이미 돈을 받고서도 약속을 거절한다든지, 이루어진 거래를 어긴다든지 하면 누가 그 다음에 그러한 약속을 지키겠는가? 한마디로 그것은 조합에 공통적으로 관련되는 일이기 때문인데, 그래서 나머지 죄수들도 이러한 일에는 엄격했다. 마침내 수실로프는 이제 피할 길이 없다는 것을 알게 되고, 그래서 동의하기로 결심을 한다. 모든 죄수들에게 이러한 사실을 밝힌다. 그리고 만일 필요하다면, 다른 사람들에게도 선물을 하고 술을 마시게 한다. 물론 그들에게는 모든 것이 매한가지이다. 미하일로프이건 수실로프이건 누가 지옥으로 가건 상관이 없는 것이다. 술은 이미 마셨고, 음식도 배불리 먹었으므로, 결국 그들은 입을 다물고 있을 수밖에 없다. 다음번에 호명을 할 때 미하일로프 차례가 와서 〈미하일로프〉 하고 부르면 수실로프가 〈예!〉라고 대답한다. 〈수실로프〉 하고 부르면 이번에는 미하일로프가 〈예!〉라고 대답한다. 그리곤 그렇게 지나간다. 그 일에 관해서는 어느 누구도 더 이상 말을 꺼내지 않는다. 또볼스끄에 도착하면, 죄수들을 분류하는데, 〈미하일로프〉는 유형지로 가지만 〈수실로프〉는 호송병의 엄중한 호위를 받으며 특별실로 가게 된다. 이후에는 어떠한 항변도 불가능하다. 사실 무엇으로 증명한단 말인가? 그런 일은 몇 년이나 계속되는지? 그에게는 무슨 일이 일어날지? 끝으로 증인들은 어느 곳에 있는지? 만일 있다고 해도 거절되었을 것이다. 그래서 결과로 남은 것은 수실로프가 은화 1루블과 붉은 셔츠 한 벌을 받고서 〈특별실〉에 왔다는 것뿐이다.

죄수들은 수실로프를 비웃었다. 하지만 그것은 그가 뒤바뀌었다는 것 때문이 아니라(비록 가벼운 노역을 보다 힘든 노역으로 바꾼 사람들에 대해서, 실수를 해서 곤경에 빠진 바보들이라고 모욕을 주기도 하지만), 그가 단지 붉은 셔츠 하나와 은화 1루블만을 받았다는 것 때문이었다. 너무나 보잘것없는 보수를 받았다는 이유 때문인 것이다. 상대적이기는 하지만, 대부분이 상당한 금액을 받고 바꿔 치기를 해준다. 심지어는 몇십 루블을 받기도 한다. 그러나 수실로프는 너무나도 무기력해 보였고 개성이 없어서, 웬일인지 비웃을 수조차 없을 정도로 모든 사람에게 하찮은 존재였다.

나는 오랫동안 수실로프와 함께, 벌써 몇 년이나 같이 살았다. 점점 그는 나에게 무척이나 애착을 보이고 있어서 나는 그것을 느끼지 않을 수 없었는데, 그래서 나 역시도 그에게 친숙해 있었다. 그러던 어느 날, 나는 그 일에 대해 결코 나 자신을 용서할 수 없다고 생각하고 있는데, 그는 무엇인가 내가 부탁한 일을 들어주지 않으면서 방금 내게서 돈을 받아 갔기 때문에, 나는 그만 가혹하게 말하고 말았다. 〈이봐, 수실로프, 돈을 받아 가고서도 일은 해주지 않는군.〉 수실로프는 아무 말 없이 내 일을 해주려고 뛰어갔지만, 갑자기 슬픈 기색을 보이기 시작하는 것이었다. 이틀이 흘렀다. 나는 〈아마 내가 한 말 때문에 그런 것은 아니겠지〉 하고 생각했다. 나는 안똔 바실리예프라는 죄수가 그에게 몇 푼 되지도 않는 빚을 계속해서 독촉하고 있다는 것을 알고 있었다. 아마도 돈이 없었겠지만, 그는 내게 부탁하는 것을 두려워하고 있는 것 같았다. 사흘째 되던 날, 나는 그에게 이렇게 말했다. 〈수실로프, 자네 안똔 바실리예프에게 갚으려고 내게 돈을 부탁하려는 것 아닌가? 가져가게.〉 그때 나는 침상 위에 앉아 있었고, 수실로프는 내 앞에 서 있었다. 아마도 그는 내가 먼저 자기의 어려운 처지를 생각해 내고, 스스로 돈을 준다고 하자 몹시 놀랐을 것이다. 더욱이, 그도 역시 그렇게 생각하고 있었겠지만, 최근에는 나에게서 너무나 많은 돈을 받아 갔기 때문에 내가 또다시 돈을 주리라고는 기대조차 할 수 없었을 것이다. 그는 돈을 바라보다가 이윽고 나를 보더니, 갑작스레 몸을 돌려 밖으로 나가 버리는 것이었다. 이 모든 것은 나를 무척이나 놀라게 했다. 뒤를 따라가 보니, 그는 옥사 뒤에 있었다. 그는 감옥의 나무 울타리 부근에서 얼굴을 담장으로 향하고, 한 손 팔꿈치로 머리를 그곳에 기댄 채 서 있었다. 「수실로프, 무슨 일이지?」 내가 물었다. 그는 나를 쳐다보지 않았지만 놀랍게도 나는 그가 울려고 한다는 것을 알았다. 「알렉산드르 뻬뜨로비치 씨, 생각해 보세요……」 그는 다른 쪽을 바라보면서, 더듬거리는 목소리로 말을 하기 시작했다. 「내가 당신에게 돈 때문에…… 내가…… 내가…… 아!」 그때 그는 다시 몸을 나무 울타리 쪽으로 향하더니, 이마를 그곳에 부딪치면서 흐느끼는 것이 아닌가……! 나는 감옥에 들어온 후 처음으로 우는 사람을 보았다. 나는 간신히 그를 달랠 수 있었다. 그때부터 그는 가능한 한 더욱 열심히 나를 거들어 주었고 〈나를 보살펴〉 주기 시작했지만, 거의 눈치챌 수 없는 몇 가지 징후에 따르면, 그는 마음속으로 나의 비난을 결코 용서하는 것 같지 않았다. 하지만 다른 사람들은 줄곧 그를 비웃었고, 기회가 있을 때마다 그에게 야유를 보냈으며, 때때로 그에게 심한 욕도 했지만, 그는 그들과 친하고 사이좋게 지냈으며 결코 한 번도 화를 내는 일이 없었다. 그렇다. 아무리 오래 사람을 알고 지낸 뒤라고 해도, 사람을 판별하는 것이란 얼마나 어려운 일인가!

얼른 보아서는 유형에서 나중에 나타나는 것과 같은 실제 모습을 찾을 수 없다. 그렇기 때문에, 모든 것을 그와 같은 탐욕과 강렬한 주의력을 가지고 지켜봐도, 바로 내 코밑의 그러한 수많은 일들조차 나는 볼 수가 없었다고 말하는 것이다. 자연히 처음에는 큼직하고 아주 두드러진 현상들이 나를 놀라게 만들었지만, 그러한 것들도 나에 의해 올바르게 받아들여지지 않고, 나의 영혼 속에서 단지 하나의 괴롭고 희망 없는 슬픈 인상으로만 남아 있는 것이 아닌가 싶다. 그러한 느낌은 A와의 만남으로 더욱 잦아지는 것 같았다. 그는 내가 감옥에 들어오기 전에 감옥에 들어 왔으며, 내가 감옥에 온 바로 그 첫날에 고통스러운 인상으로 나를 놀라게 한 죄수였다. 그러나, 나는 감옥에 오기 전부터 이곳에서 A를 만날 것이라는 사실을 알고 있었다. 그는 나의 이러한 첫번째 괴로운 시간에 독을 뿌렸으며, 나의 정신적 고통을 늘렸다. 그에 관해 입을 다물고 있을 수 없다.

그는 인간이 어느 정도까지 추락하고 타락할 수 있는지, 어느 정도까지 자기의 마음속에 있는 모든 도덕적인 감정을 아무런 어려움이나 참회도 없이 죽일 수 있는지를 보여 주는 가장 혐오스러운 예였다. A는 귀족 출신의 젊은이로, 감옥에서 일어나는 모든 일을 소령에게 일러바치고, 그의 졸병인 페지까와 친하게 지낸다는 것을 나는 이미 부분적으로 언급한 바 있다. 그의 간단한 이력은 다음과 같다. 그는 학교를 마치지 못한 채 모스끄바에서 그의 방탕한 행동에 놀란 부모들과 다투고, 뻬쩨르부르그로 와서 돈을 벌기 위해 비열한 밀고를 하기로 마음먹었다. 즉, 그는 가장 난폭하고 방탕한 향락에 대한 자신의 억제하기 힘든 욕망을 지체 없이 만족시키기 위해 열 사람의 피를 팔아먹으려고 결심한 것이다. 뻬쩨르부르그와 카페와 소시민 근성이 그를 그 지경까지 타락시켰는데, 멍청한 사람이 아니면서도 그러한 부질없고 의미 없는 일에 모험을 걸었던 것이다. 그렇지만 그는 곧 발각되었다. 그는 아무런 죄도 없는 사람을 밀고했으며 다른 사람에게 사기를 쳤던 까닭에, 시베리아의 감옥에 10년 형기를 받고 유형을 오게 된 것이다. 그는 아직도 젊은 사람이었고, 그에게서 인생은 방금 시작한 것이나 다름없었다. 그의 운명 속에서 이러한 참혹한 변화는 그의 천성으로 하여금 어떤 반항이나 곡절을 불러일으키고 타격을 줄 수도 있었을 것이다. 그러나 그는 추호도 동요하는 기색 없이 새로운 운명을 자기 것으로 받아들이고, 조금도 혐오하는 기색 없이 이 운명 앞에서 정신적으로 동요하지 않았으며, 카페와 세 가지 소시민 근성에 작별을 고하고 이제는 노동을 해야 할 필요가 있다는 것을 제외하고는 결코 이 운명의 어느 것에 대해서도 놀라지 않았다. 그는 유형수라는 명칭조차도 자기에게 추악하고 비열한 짓을 더 많이 하도록 손을 풀어 준 것처럼 생각되는 모양이었다. 〈유형수라고 하니, 한번 유형수가 되어 보자. 만일 유형수라면, 비열한 짓을 한다고 해도 후회할 것은 없지 않은가.〉 이것이 문자 그대로 그의 견해였다. 나는 이 추악한 존재를 마치 하나의 현상처럼 기억한다. 나는 몇 년 동안이나 살인자들과 탕자들과 유명한 악당들 사이에서 살아왔지만, 단언하건대 내 인생에서 A처럼 도덕적으로 완전히 타락하고 철저하게 방탕하며 파렴치한 비굴함을 가진 사람은 한 번도 만난 적이 없다. 우리 감옥에는 부친을 살해한 귀족 출신의 죄수도 있다. 그에 관해서는 이미 언급을 했지만, 여러 가지 특징과 사실들로 미루어 볼 때, 그는 A와 비교조차 할 수 없을 정도로 훨씬 선량하고 인간적이라고 나는 확신한다. 감옥 생활을 하는 내내 나의 눈에는, A가 이빨과 위장과 가장 무례하고 가장 짐승 같은 육체적 향락의 억제할 길 없는 욕망을 가진 하나의 고깃덩어리로 보였으며, 이러한 향락 중에서 제일 작고 하찮은 것일지라도 그것을 만족시키기 위해서라면 그는 가장 냉혹한 방법으로 모든 사람들을 죽이고 참살할 것이라는 생각이 들었다. 한마디로 그는 물 속에 꼬리를 숨기고 있는 것이다. 내가 결코 과장하는 것이 아니다. 나는 A를 잘 알고 있다. 이것은 내적인 어떠한 규범, 어떠한 계율로도 억제되지 않는 인간의 육체적인 측면이 어디까지 도달할 수 있는가 하는 예일 뿐이다. 그리고 그의 조소 섞인 미소를 바라보는 것이 얼마나 혐오스러웠는지 모른다. 그는 괴물이자 도덕적인 콰지모도[52]였다. 여기에 좀 더 덧붙인다면, 그는 교활하고 영리한 데다가 잘생기고 어느 정도 교육도 받았으며 능력도 있었다. 그러나 안 된다. 이런 인간이 사회에 존재하느니, 차라리 화재나 질병이나 기근이 더 낫다! 감옥에서는 모든 사람들이 비열해져서 밀정 짓이나 고자질이 성행하고 있으며, 죄수들이 결코 이 때문에 화를 내는 법은 없다고 내가 이미 말한 바 있다. 하지만 반대로 죄수들 모두는 그와 무척이나 친근해서, 우리들과는 비교도 안 될 정도로 그에게 친절하게 굴었다. 우리의 술 주정뱅이 소령이 그에게 베푸는 자비는 죄수들이 볼 때, 뜻과 무게를 더해 주고 있었다. 그는 소령에게 자기가 초상화를 그릴 수 있다는 것을 믿게 하였고(죄수들에게는 자기가 근위대 중위였다는 것을 믿게끔 했다), 그래서 소령은 자기의 초상화를 그리게 하기 위하여 그를 자기 집에서 일하도록 하였다. 거기서 그는 자기의 주인에 대해서, 결과적으로는 모든 사람들과 감옥 안의 모든 것에 대해서 막대한 영향력을 행사하던 졸병 페지까와 어울리게 되었던 것이다. A는 소령의 요구에 따라 우리들을

---

52 빅토르 위고의 작품 『노트르담의 꼽추』에 등장하는 추한 꼽추.

염탐하는 노릇을 했지만, 소령이 술에 취해 A의 뺨이라도 때릴 때면 그에게 스파이니 밀정이니 하며 욕을 했다. 마구 때리고 나서 소령은 의자에 앉아 A에게 계속해서 초상화를 그리라고 명령하는 일이 무척이나 자주 있었다. 소령은 A가 자기가 들은 바 있는 브률로프[53]에 견줄 만한 유명한 화가라고 실제로 믿는 것처럼 보였지만, 그럼에도 불구하고 그의 뺨을 때릴 권리가 있다고 생각하는 것 같았다. 말하자면 네가 예술가라고 하더라도 지금 너는 유형수이고, 네가 진짜 브률로프라 하더라도 나는 너의 상관이니까 너를 내 마음대로 할 수 있다는 식으로 말이다. 게다가 그는 A에게 장화를 벗기라고 시키고, 침실에서 요강과 같은 여러 가지 단지를 내오게도 했는데, 그러면서도 A가 위대한 예술가라는 생각은 오랫동안 저버리지 못하는 것 같았다. 초상화는 한없이 연기가 되어 거의 1년이나 흐르고 말았다. 마침내 소령은 자기가 속고 있다는 짐작을 하게 되었는데, 초상화는 끝날 기미가 보이지 않았고, 날이 갈수록 오히려 자기와는 전혀 닮지도 않은 모습이 드러난다는 것을 확실히 깨닫자, 그는 화가 치밀어 예술가를 두들겨 패고 벌로 감옥에서 제일 힘든 노역을 시켰다. A는 이것을 무척이나 서운하게 생각했다. 그는 하릴없이 놀던 날들과, 소령의 식탁에 음식을 차리는 것, 친구인 페지까, 그리고 그와 함께 둘이서 소령의 부엌에서 궁리를 해내던 모든 향락과 결별하는 것이 몹시 괴로웠다. 소령은 A를 쫓아 버리면서 A가 줄기차게 모함하던 M을 구박하는 것도 그만두었는데, 그 사연은 이렇다. A가 감옥에 도착하였을 때 M은 외톨이였다. 그는 무척이나 외로웠으며, 다른 죄수들과는 아무런 공통점도 가지고 있지 않았을 뿐만 아니라,

---

53 뻬쩨르부르그에서 활동하던 사실주의풍의 러시아 화가(1799~1852).

그들을 항상 공포와 혐오에 찬 듯한 시선으로 바라보았다. 그리고 그는 죄수들 속에 있는, 자신과 친밀하게 지낼 수 있게끔 해주는 모든 것을 주의하지도 않고 간과해 버렸으므로 죄수들과 어울릴 수가 없었다. 죄수들도 그에게 똑같은 증오로 값을 치렀다. 대체로 M과 같은 사람들의 입지는 감옥 속에서 무척이나 어려웠다. M은 A가 무슨 이유 때문에 감옥에 오게 되었는지를 몰랐다. 반대로 A는 M의 됨됨이를 벌써 짐작하고, 자기가 한 밀고와는 아주 정반대되는, M이 유형온 것과 거의 동일한 이유 때문에 자기가 감옥에 온 것이라는 사실을 그로 하여금 곧바로 믿게 만들었다. M은 동료이자 친구가 생겨 무척이나 기뻤다. M은 그의 뒤를 따라다니며 감옥에 들어온 첫날부터 그가 무척이나 고통을 당할 것이라고 생각하면서 그를 위로했고, 그에게 자기의 마지막 남은 돈까지 주어 가면서 먹을 것을 주기도 했을 뿐만 아니라, 그와 필요한 물건들을 나눠 쓰기도 했다. 그러나 A는 그가 선량한 사람이며, 모든 종류의 비열한 짓을 혐오스럽게 바라본다는 것 때문에, 즉 그가 자기와는 전혀 다른 사람이라는 것 때문에 얼마 안 있어 그를 증오하기 시작했으며, M이 그전에 감옥과 소령에 관해 자기에게 했던 모든 말들을 A는 기회가 생기자마자 서둘러 소령에게 고자질했다. 소령은 이 때문에 M을 미워하고 구박했는데, 만일 사령관이 영향을 미치지 않았다면 아마도 그를 불행하게 만들었을지도 모른다. A는 이러한 자신의 비열한 짓에 관해서 뒷날 M이 알게 되었을 때에도 결코 당황하지 않았을 뿐만 아니라, 오히려 그를 만나서 그에게 조소하는 듯한 시선을 보내기를 좋아했다. 이런 일은 아마도 그에게 쾌감을 가져다 주는 듯싶었다. 나에게 M 자신이 이것을 몇 차례나 말한 바 있다. 이처럼 짐승같이 비열한 인간은 나중에 한 명의 죄수와 호송병과 같이 탈주를 하기도 했지만, 이 탈주에 관해서는 뒤에 가서 말하기로 하겠다. 처음에 그는 내가 자기의 이력에 대해 아는 바가 없는 줄 알고 내게 무척이나 아부를 했다. 다시 반복하면, 그는 내 유형의 첫날부터 내게 깊은 우수를 느끼게 만들었다. 그 속으로 빠져들어 강하게 느낄 수 있었던 그 무서운 비열함과 추악함에 나는 몸서리가 쳐졌다. 나는 이곳의 모든 것이 그처럼 비열하고 추악하다고 생각했다. 그러나 그것은 나의 실수였다. A를 기준으로 모든 것을 판단했기 때문이다.

처음 사흘 동안 나는 우수에 잠겨 감옥을 배회했고, 내 침상 위에 누워 있기도 했으며, 아낌 아끼미치가 내게 소개해 준 믿을 만한 죄수에게 감옥에서 배급해 준 천으로 루바쉬까를 지어 달라고 부탁도 하고(물론 돈을 주었는데, 루바쉬까 한 벌당 몇 꼬뻬이까 정도를 준다), 아낌 아끼미치의 집요한 충고대로 밀가루 전처럼 아주 얇은 요(펠트 천으로 만들고, 아마포로 가장자리를 꿰맨)와, 조잡한 양털로 만들어 아직 익숙해지지 않아 불편하기 짝이 없는 베개를 마련하기도 했다. 아낌 아끼미치는 내게 이 모든 물건들을 마련해 주느라 무척이나 분주했으며, 그 자신도 그 일에 참가해서 내가 다른 죄수들에게서 사들인 헌 바지나 윗도리에서 모은 낡은 관급 천 조각들로 담요를 손수 만들어 주기도 했다. 기간이 경과된 관급품들은 죄수들의 사유품이 되었으므로, 아무리 그것들이 닳아빠진 물건이라고 해도 내놓으면 몇 푼이라도 벌 수 있다는 희망이 있었기 때문에, 그것들은 감옥에서 곧바로 매매되었다. 처음에 나는 이 때문에 무척이나 놀랐다. 대체로 이것이 내가 일반 민중들과 처음으로 부대낀 시간이었다. 나 자신도 갑작스레 그들과 같은 보통 사람들이자 그들과 다름없는 유형수가 되어 버린 것이다. 그들의 습관과 생각과 의견과 관습은, 비록 본질적으로 그들과 공유하는 것은 아니었지만 최소한 형식적이고 법률적으로나마, 마치 나의 것이 되어 버린 듯했다. 나는 이러한 것들을 이미 들어서 알고 있었지만, 마치 이전에는 이러한 것들에 대해 결코 의아해 하지도 않았고 소문조차 들어 본 적이 없는 것처럼 놀라고 당황스러워했다. 그러나 현실은 지식과 소문에 비해 전혀 다른 인상을 만들어 내고 있었다. 내가 이전엔 그런 물건들도, 그런 닳아빠진 헌 옷들도 물건 축에 낄 수 있다고 생각했을까? 그러나 나는 지금 이런 닳아빠진 헌 옷으로 내 담요를 만들고 있지 않는가! 어떠한 종류의 천이 죄수의 옷을 만드는 데 쓰이고 있는지는 상상하기조차 어렵다. 얼른 보면 그 천은 마치 실제로 병사용의 두툼한 천 같아 보이지만, 낡기 시작하면 그것은 일종의 그물처럼 변해서 무참히도 찢어지고 만다. 더욱이 이 천으로 만든 의복은 1년 단위로 지급되는데, 이 기간 동안 계속해서 입기란 그리 쉬운 일이 아니었다. 죄수들은 노역을 하고 무거운 것을 나르기 때문에 옷은 곧 닳아서 해지는 것이다. 가죽 외투도 3년에 한 벌씩 배급되는데, 그것은 이 기간 동안 옷으로도 담요로도 요로도 쓰이곤 한다. 비록 3년 동안의 기한이, 즉 착용 기한이 끝나 갈 때쯤이면 누더기 아마포로 기운 가죽 외투를 입은 사람들을 심심치 않게 볼 수 있었지만, 이 가죽 외투는 그래도 질긴 편이었다. 정해진 기간을 넘기고 무척이나 닳아빠진 것이라고 해도 가죽 외투는 은화 40꼬뻬이까에 매매되었다. 보존 상태가 괜찮은 편인 것은 은화 60이나 70꼬뻬이까에 팔리기도 했는데, 감옥에서 이 액수는 아주 큰돈이었다.

  내가 이미 위에서 이에 관해 말했지만, 돈은 감옥에서 가공스러운 의미와 힘을 가지고 있다. 단호히 말할 수 있는데, 감옥에서는 돈을 조금이라도 가진 죄수가 돈이 하나도 없는 죄수보다 열 배나 고통을 덜 받는다. 돈을 가지고 있지 않아도 관리들처럼 모두 관급품을 배급받는데 무슨 돈이 필요하냐고 말할 수도 있지만 말이다. 다시 한번 말하지만, 만일 죄수들이 자기 돈을 가지고 있을 모든 가능성을 박탈당한다면 그들은 미쳐 버리거나 혹은 파리처럼 죽어 버릴 수도 있으며 (모든 것이 배급됨에도 불구하고 말이다), 혹은 들어 보지도 못한 나쁜 짓에 마침내는 빠져 버릴 수도 있을 것이다. 어떤 사람은 우수 때문에, 아니면 어떤 사람은 될 수 있는 대로 빨리 형을 받고 없어지기 위해서, 혹은 〈운명을 바꾸기 위해서〉(전문적인 표현이다) 그럴 수 있다는 말이다. 만일 피땀을 흘려 몇 푼을 벌거나 혹은 가끔 절도나 사기를 동반한 비상한 교활함을 발휘해 돈을 벌려고 마음먹은 죄수가 있다면, 그래서 그가 동시에 아무 생각 없이 어린아이들처럼 무의미하게 그 돈들을 낭비해 버렸다고 해도, 비록 언뜻 보기에는 그렇게 보일지도 모르지만, 이것이 그가 돈의 가치를 과소평가하는 것을 입증하는 것이라고는 결코 볼 수 없다. 죄수들은 경련을 일으키고 이성이 흐려질 만큼 돈을 갈망하고 있으므로, 만일 그들이 방탕할 때 실제로 돈을 나무 조각 내버리듯이 던져 버린다면, 돈 이상으로 생각하고 있는 어떤 것을 얻기 위하여 던져 버리는 것이라고 볼 수 있다. 죄수들에게 돈 이상의 것이란 무엇인가? 그것은 자유 혹은 자유에 관한 어떤 꿈 같은 것이다. 하지만 죄수들은 그 이상의 것을 꿈꾼다. 이것에 관해 나중에 이야기하겠지만, 한마디하고 싶은 것이 있다. 믿을지 모르겠지만, 나에게 〈20년의 형〉을 받은 죄수가 아주 조용하게 이렇게 말한 적이 있다. 〈잠깐만 기다려 봐, 신이 도우셔서 형기만 끝나면, 그때는…….〉〈죄수〉라는 단어는 자유가 없는 인간을 의미한다. 그러나 돈을 쓰면서 죄수는 벌써 〈자기의 자유대로〉 행동하는 것이다. 어떠한 낙인이나 족쇄가 있다고 해도, 그에게 신의 세계를 가로막고 마치 우리 속에 갇힌 짐승처럼 둘러싸는 저주스러운 감옥의 울타리가 있다고 해도, 그는 술을 즉 엄중히 금지된 향락을 얻을 수 있고 여자를 얻을 수도 있으며, 때때로(항상 그런 것은 아니지만) 그가 어기는 법률과 규율을 못 본 체해 줄 수 있는 가까운 간수나 상이 군인, 하사관을 매수할 수도 있다. 그는 장사를 넘어 그들 앞에서 우쭐대기까지 하는데, 죄수들은 뽐내는 것을 무척이나 좋아해서, 즉 동료들 앞에서 자기를 내세우며 〈한순간〉만이라도, 보기보다는 비교도 할 수 없을 만큼 자신이 많은 자유와 힘을 가지고 있다는 것을 자기 스스로도 확신하고 싶은 것이다. 한마디로 말해 방탕할 수도 망나니 짓을 할 수도, 누군가를 파멸시킬 정도로 화나게 할 수도 있을 뿐 아니라, 자기는 이 모든 것을 〈할 수 있으며〉, 이 모든 것이 〈자기의 손아귀〉에 있다는 것을, 즉 그런 것은 돈이 없는 자들은 생각조차 할 수 없다는 것을 스스로도 확신하고 싶은 것이다. 그런데 그 때문에 죄수들에게서는 술에 취하지 않았을 때도 거드름과 오만과 그리고 헛된 망상이기는 하지만 자기 개성의 우습기만 한 외적인 허세에 경도되는 일반적인 경향을 찾아볼 수가 있었다. 마지막으로, 이 모든 주연(酒宴)에는 위험이 따르게 마련이다. 말하자면 이 모든 것은 인생의 어떤 환영과 자유에 대한 요원한 환영을 가지고 있다는 뜻이다. 하지만 자유를 위해서라면 어떤 것이든 넘겨주지 못할까? 어떤 백만 장자가 올가미가 자기의 목을 조르는 마당에 한 숨의 공기를 위해 자기의 모든 재산을 내놓지 않을까?

몇 년 동안이나 온순하고 얌전하게 지내고, 칭찬할 만한 품행으로 죄수들의 대표가 되기도 한 어떤 죄수가 별안간 이유도 없이, 마치 마귀에라도 씌인 듯이, 농담을 해대고 방탕해지고 망나니 짓을 할 뿐만 아니라 심지어는 형사적인 범죄까지 저지른다면, 혹은 상관에게 노골적으로 불손한 짓을 한다든지, 사람을 죽이고 강간 등을 저지른다든지 하면 간수들도 놀라고 만다. 그를 보기만 해도 놀라는 것이다. 하지만 그런 일을 저지르리라고 조금도 생각지 못했던 그 사람의 이러한 돌발적인 폭발의 모든 이유는, 한 개성의 우울하고 경련과도 같은 표명이며 자기 자신에 대한 본능적인 우수이자, 갑작스레 나타나 증오와 광분과 이성의 혼미와 발작과 경련에까지 도달하고 마는, 자기의 억눌린 개성을 드러내고자 하는 바람인지도 모른다. 산 채로 관 속에 들어가 묻힌 사람은, 그 속에서 깨어나 뚜껑을 두드리고, 뚜껑을 열려고 애를 쓸 것이다. 비록 그의 모든 노력은 헛된 일이라는 것을 그의 이성이 납득하고 있더라도 말이다. 그러나 거기에는 이성이 아니라 경련만이 있을 뿐이라는 것이 문제이다. 죄수에게서 거의 모든 자의적인 개성의 표명은 죄로 간주된다는 것을 다시 한번 고려하기로 하자. 그러한 경우 표명이 작건 크건 간에 그것은 자연히 매한가지이다. 방탕을 하는 것은 무작정 방탕하게 노는 것이고, 모험을 하는 것은 모든 것을 심지어는 살인 같은 모험까지도 하는 것이다. 그러므로 오직 시작하는 길만이 있다. 사람은 일단 한번 취하고 나면 결코 자제를 할 수 없게 마련이다! 그렇기 때문에 어찌 되었건 그 지경까지는 가지 않는 편이 좋다. 모든 사람들이 안심할 수 있기 때문이다.

좋다. 그러나 어떻게 이처럼 할 수 있는 것인가?

6. 첫 달

감옥에 들어올 때 나는 얼마간의 돈을 가지고 왔다. 몰수될 위험 때문에 수중에는 조금밖에 가지고 있지 않았지만,

만일의 경우를 대비해서 숨겨 두었다. 즉, 감옥에 가지고 들어올 수 있는 복음서의 표지에 몇 루블을 붙여 두었던 것이다. 속에 돈을 붙여 두었던 그 책은 내가 또볼스끄에 있을 때, 감옥에서 10여 년의 형기를 보내며 같은 고통을 당하고, 모든 불행한 사람들을 오래 전부터 형제로 보는 데 익숙해진 사람들이 내게 준 것이었다. 시베리아에는 〈불행한 사람들〉을 형제처럼 보살펴 주고, 마치 친자식인 양 아무런 사심 없이 성스러울 정도로 그들을 동정하고 불쌍히 여기는 것을 자기 일생의 사명처럼 여기는 사람들이 거의 언제나 그치지 않고 있었다. 여기서 나는 짤막하나마 어느 한 만남에 관해 상기하지 않을 수 없다. 우리 감옥이 위치한 도시에는 나스따시야 이바노브나라는 한 과부가 살고 있었다. 우리 감옥에 살고 있는 사람들 중 어느 누구도 그녀와 개인적인 인사를 나눌 수는 없었다. 그녀는 자기 일생의 사명으로 유형수들을 돕는 것을 선택한 것처럼 보였는데, 실제로는 우리를 그 이상으로 보살펴 주었다. 그녀의 가정에도 이와 유사한 불행이 있었거나 혹은 그녀가 소중하게 생각하고 가깝게 지내던 사람들 중 누군가가 같은 죄를 지어 고통을 받았는지도 모르지만, 그녀는 우리를 위해 할 수 있는 모든 것을 하는 것이 특별한 행복이라고 생각하는 듯했다. 물론 그녀는 많은 일을 할 수는 없었다. 그녀는 무척이나 궁핍했기 때문이다. 그러나 우리는 감옥 안에 있으면서도, 감옥 바깥에 우리에게 가장 충실한 친구가 있다는 것을 느낄 수 있었다. 그녀는 우리가 무척이나 필요로 했던 소식들을 우리에게 자주 전달해 주곤 했다. 감옥에서 나와서 다른 도시로 향할 때 나는 그녀의 집에서 머물 수가 있었으며, 개인적으로도 그녀와 인사를 나눌 수 있었다. 그녀는 도시의 근교에 있는 가까운 친척들 중의 어느 한 명의 집에서 살고 있었다. 그녀는 늙지도 젊지도 않앉으며, 이쁘지도 그렇다고 추하지도 않았다. 그녀가 현명한지, 교육을 받았는지조차 알 수 없을 정도였다. 그녀에게서는 발걸음을 옮길 때마다 하나의 끝없는 선량함과 남을 위하여 무엇인가 반드시 즐거운 일을 해야 하고, 기쁨을 주고 위안을 주어야 한다는 억제하기 어려운 바람만이 눈에 띌 뿐이었다. 이 모든 것은 또한 그녀의 고요하고 선량한 눈길 속에서도 찾아볼 수 있었다. 나는 감옥의 동료들 중 다른 한 사람과 함께 그녀의 집에서 거의 저녁 시간 내내 같이 보낸 적이 있다. 그녀는 우리의 눈을 바라보면서 우리가 웃으면 같이 웃고, 우리가 무슨 말을 하든 모든 것에 성급히 동의하려고 했으며, 할 수 있는 이상으로 우리들을 접대하려고 분주했다. 차와 전채[54]와 당과를 내왔다. 만일 그녀에게 다른 어떤 것이 수천 가지가 있었다면, 그녀는 틀림없이 우리를 보다 더 잘 대접할 수 있고, 감옥에 남아 있는 우리의 동료들을 위로할 수 있다는 이유만으로도 기뻐했을 것 같다. 작별 인사를 하면서 그녀는 우리에게 기념으로 담뱃갑을 하나씩 주었다. 이 담뱃갑은 우리를 위해 그녀가 직접 마분지를 붙이고 (그것들이 어떻게 접착되었는지는 신만이 알고 계시겠지만), 거기에 초등학교용 산수책 표지를 만든 것과 같은 색종이를 덧붙여 만든 것이었다(아마 실제로 어떤 산수책 표지를 붙인 건지도 모르겠다). 이 두 담뱃갑 주위에는 멋을 내느라 금종이로 가늘게 가장자리를 붙여 놓았는데, 이 금종이를 구하러 그녀는 아마도 일부러 가게에 갔을 것 같다. 「담배를 피우시기에, 혹시 필요하실까 해서요.」 마치 우리 앞에 자기의 선물을 내놓는 것이 수줍다는 듯이 미안해 하며 그녀는 말하는 것이었다……. 어떤 사람들은(나는 이런 말을 듣기도 하고

---

54 러시아 어로 자꾸스까라 불리는 전채는 식사 전에 식욕을 돋우기 위해 먹는 일종의 야채 샐러드임.

읽기도 했다) 이웃에 대한 가장 숭고한 사랑은 동시에 가장 커다란 에고이즘이라고 말하기도 하지만, 어떤 에고이즘을 그녀에게서 찾아야 하는 것인지 나는 이해할 수가 없다.

감옥에 들어올 때 결코 많은 돈을 가지고 들어온 것은 아니었지만, 나는 그때 웬일인지 감옥 생활을 시작하자마자 나를 속이며 나에게 두 번, 세 번, 심지어 다섯 번이나 돈을 빌리러 왔던 죄수들에게 순진하게도 심하게 화를 낼 수가 없었다. 그러나 솔직하게 한 가지 고백한다면, 이 모든 사람들이 자기들의 얄팍한 교활함을 가지고, 내게 그렇게 느껴질 정도로 틀림없이 나를 얼간이나 바보로 생각하며, 돈을 다섯 번이나 빌려줬다고 나를 비웃었을 것이라는 데 대해서는 나도 무척이나 화가 났다는 점이다. 그들은 내가 그들의 거짓말이나 교활함에 속아 넘어갔다고 생각함에 틀림없었지만, 만일 반대로 내가 그런 부탁을 거절하고 그들을 쫓아 버렸다면, 확신컨대 그들은 나를 비교할 수 없을 정도로 훨씬 존경하게 되었을 것이다. 화는 났지만 그렇다고 거절할 수는 없었다. 내가 화를 냈던 것은, 앞으로의 감옥 생활을 어떻게 해나가야 할지, 혹은 더욱 정확히 말하자면, 그들과 어떤 관계를 맺으며 살아가야 할지 첫날 신중하게 곰곰이 생각하고 있었기 때문이다. 나는 이 모든 환경이 완전히 새로운 것이며, 내가 완전히 암흑 속에 있다는 것을, 그리고 이러한 암흑 속에서는 몇 해도 살 수 없다는 것을 느끼고 이해하고 있었다. 결국 준비를 해야만 했던 것이었다. 물론 나는 무엇보다도 먼저 내 마음의 감정과 양심이 이끄는 대로 숨김없이 행동해야겠다고 결심했다. 그러나 나는 이것도 오직 경구에 불과한 것일 뿐, 내 앞에는 예기치 않은 실제의 문제들이 나타나리라는 것을 알고 있었다.

그러므로 이미 앞에서 언급한, 주로 아낌 아끼미치가 연루시키고 있던 감옥 안에서의 내 자신의 처신에 대한 이 모든 사소한 염려들에도 불구하고, 그래서 어느 정도는 기분 전환이 되었음에도 불구하고, 두렵고 에는 듯한 우수가 점점 더 나를 괴롭히고 있었다. 때때로 황혼 무렵, 일터에서 돌아와 감옥에서 취사장으로 다시 취사장에서 감옥으로 천천히 감옥 마당의 광장을 따라 어슬렁거리고 있는 죄수들을 감옥의 계단 위에서 바라보면서, 〈죽음의 집이다!〉라고 나는 스스로에게 말하곤 했다. 그들을 바라보면서 나는 그들의 얼굴과 움직임을 통해 그들이 어떤 사람들이고, 어떤 성격을 가지고 있는지 알아보려고 애썼다. 그들은 내 앞에서 이맛살을 찌푸리거나 아니면 무척 쾌활한 듯이 거닐었으며(이 두 가지 유형이 제일 자주 마주치는 부류이며, 거의 감옥의 특징이었다), 욕을 하거나 단순히 대화를 나누거나 아니면 생각에 잠긴 듯 혼자 조용하게 거닐곤 했는데, 어떤 사람들은 피곤하고 권태로운 모습으로, 또 어떤 사람들은(이곳에서도 말이다!) 우월감에 찬 거만한 모습으로 모자를 비스듬히 쓰고 양털 외투를 걸친 채 뻔뻔스럽고 교활한 시선에 철면피 같은 조소를 지으며 거닐고 있었다. 〈이 모든 나의 환경은, 즉 나의 현재의 세계는,〉 나는 생각했다. 〈그와 더불어 좋든 싫든 내가 함께 살아야 하는 것이다······.〉 나는 혼자 있는 것이 싫어서 차를 자주 같이 마시곤 했던 아낌 아끼미치에게 그들에 관해서 여러 번 물어보려고 했다. 잠깐 말을 바꿔 본다면, 차는 내가 처음 감옥 생활을 하던 시기의 거의 유일한 양식이었다. 차를 거절하는 법이 없던 아낌 아끼미치는 M이 내게 잠시 빌려 준, 손수 만들어 우스꽝스러운 작은 양철 사모바르[55]를 직접 준비하기도 했다. 아낌 아끼미치는 주로 차를 한 잔만 마셨는데(그는 자기 잔을 여러 개 가지고 있었다), 조용히 단정하게 차를 마

---

[55] 러시아 고유의 차 끓이는 주전자. 구리 또는 황동으로 만들고 밑부분에는 나무를 태워 물을 끓일 수 있도록 만들어 두었다.

시고는 내게 잔을 돌려주면서[56] 고맙다고 말하며 곧바로 내 담요를 마무리하려고 일을 시작하는 것이었다. 그러나 내가 한 가지 알아야 했던 것은, 그가 알려 줄 수도 없었을 뿐더러, 내가 무엇 때문에 그렇게 우리 주변에 있는 가까운 죄수들의 성격에 관심을 갖는지 그가 이해할 수 없었다는 점이다. 그는 기억에 오래 남는 왠지 모를 교활한 미소를 지으며 내 말을 들을 뿐이었다. 〈아니다. 물어보아서 될 일이 아니다. 스스로 겪어 보아야 할 일인 것이다.〉 나는 그렇게 생각했다.

나흘째 되던 날, 내가 족쇄를 바꾸러 갔을 때처럼, 죄수들은 아침 일찍부터 감옥 출입문 옆의 초소 앞 광장에 두 줄로 열을 지어 서 있었다. 앞에는 죄수들과 얼굴을 맞대고, 그리고 뒤에는 착검을 한 채, 장전을 한 소총을 든 병사들이 늘어서 있었다. 병사들은 만일 죄수가 도망치려고 한다면 그들을 사살할 권리가 있었지만, 극히 필요한 경우가 아니면 발포에 대한 책임을 져야 했다. 죄수들의 공개적인 폭동의 경우도 마찬가지였다. 그러나 누가 대놓고 도망을 치려고 마음먹을 수나 있겠는가? 기사(技師)인 공병 장교와 공병 하사관들과 작업 감독관들이 나타났다. 점호를 마치자 재봉 공장으로 가는 죄수들의 일부가 제일 먼저 떠났다. 공병 간수들은 그들과 관계가 없었다. 그들은 감옥을 위해 일하고, 감옥에서 필요한 의복을 만들고 있었기 때문이다. 그 다음에는 작업장에서 일하는 죄수들이 떠났고, 그 다음에는 주로 잡일을 하는 죄수들이 떠났다. 다른 20명 가량의 죄수들 틈에 섞여 나도 떠났다. 요새 뒤편의 얼어붙은 강 위에는 두 척의 관용 짐배가 있었다. 쓸모없는 배였지만, 오래된 목재라도 못쓰게 되기 전에 해체를 할 필요가 있었던 것이다. 그러나 이처럼 오

---

56 더 이상 차를 바라지 않는다는 표현임.

래된 재목들은 무척이나 가치가 적어서 거의 아무런 쓸모도 없었다. 장작이라면 도시에서도 아주 헐값에 사들일 수가 있었고, 주위에는 숲도 무척이나 많았다. 단지 죄수들을 팔짱을 낀 채 놀릴 수가 없었으므로 일을 내보내는 것이었는데, 죄수들 자신도 그것을 잘 알고 있었다. 그러한 일을 하러 갈 때면 죄수들은 축 늘어지고 권태로운 표정을 지었지만, 만일 일 자체가 요령이 필요하고 가치가 있는 것일 때, 특히 시한부로 맡겨지는 일이라면 사정은 전혀 달라지게 된다. 그러한 경우에 죄수들은 마치 무엇인가에 고무되어, 비록 어떠한 이득도 자신에게 전혀 돌아오는 일이 아니더라도, 내가 목격했던 것처럼, 일을 빨리 잘 끝내려고 있는 힘을 다 쏟았다. 여기에는 그들의 자존심도 한몫 하게 된다. 하지만 필요보다는 오히려 형식 때문에 하게 되는 지금과 같은 일은 시한 내에 하겠다고 요구하기도 어려운 까닭에, 오전 열한 시가 되어 옥사로 돌아가라는 신호를 알리는 북소리가 들릴 때까지 꼬박 일을 하지 않으면 안 된다. 따뜻하고 안개가 자욱한 날이어서 눈도 조금씩 녹고 있었다. 우리 그룹은 비록 수의 밑에 가려 있었지만, 걸을 때마다 가늘고 날카로운 금속성 소리를 울리는 쇠사슬을 철거덕철거덕 끌며 요새 너머의 강변으로 향하고 있었다. 두세 명은 병기고로 필요한 도구를 가지러 가려고 떨어졌다. 나는 다른 사람들과 함께 가고 있었는데, 왠지 힘이 솟는 것 같았다. 노역이 어떤 일인지 빨리 알아내고 싶었던 것이다. 감옥의 노역이란 어떤 것일까? 어떻게 나는 내 인생에서 처음으로 노역을 할 것인가?

  나는 이 모든 것을 상세히 기억하고 있다. 도중에 우리는 턱수염을 기른 어떤 한 사람을 만났는데, 그가 가다 말고 멈춰 서서 호주머니에 손을 집어 넣자, 우리 죄수들 무리에서 한 명이 재빨리 다가가 모자를 벗어 들고 5꼬뻬이까의 적선을 받아서는 다시 민첩하게 자기 자리로 되돌아왔다. 그 사람은 성호를 긋고 다시 자기의 길을 향했다. 이 5꼬뻬이까는 그날 아침에 흰 빵을 사는 데 쓰였고, 그것은 우리 모두에게 골고루 분배되었다.

이 죄수들의 무리 중에는 언제나처럼 침울하고 말이 없는 사람들도 있었고, 냉담하고 무기력한 사람들도 있었을 뿐만 아니라, 자기들끼리 권태롭다는 듯이 지껄이고 있는 사람들도 있었다. 어떤 한 죄수는 웬일인지 무척이나 기쁘고 즐거워서 노래를 불렀으며, 길에서 춤이라도 출 것처럼 한 걸음씩 뗄 때마다 족쇄소리를 울려 댔다. 이 사람은 내가 감옥에 들어온 첫날 아침, 세수를 할 때 물 옆에서 자기가 까간이라는 새라며 생각 없이 우쭐거리던 사람과 말다툼을 벌이던 바로 그 작은 키의 건장한 죄수였다. 이 쾌활한 젊은이는 스꾸라또프라고 불렸다. 마침내 그는 내가 지금도 그 후렴을 기억하고 있는 어떤 상스러운 민요를 불러 대기 시작했다.

나도 모르는 사이에 결혼을 했다네
나는 방앗간에 있었는데.

오직 발랄라이까[57]만이 없을 따름이었다.
그의 뜻하지 않은 쾌활한 기분은 물론 우리들 몇몇의 반감을 이내 불러일으켰고, 거의 모욕처럼 받아들여질 정도였다.
「짖어 대는군!」 한 죄수가 힐책이라도 하듯 말했지만, 그는 상관없는 일이라는 듯 아랑곳조차 하지 않았다.
「늑대는 한 가지 노래밖에는 모른다고, 그래서 뚤라에서 온 녀석이 그 흉내를 내는구먼!」 음침한 사람 하나가 소리시

---

57 3현으로 된 러시아의 민속 악기.

아 지방의 억양으로 빈정거렸다.

「그래, 나는 뚤라 놈이다.」 스꾸라또프가 이내 반박했다. 「그래서 너희들은 뿔따바에서 갈루쉬까[58]만 먹더니, 목이 메이는 모양이구나.」

「거짓말! 네놈이 먹은 것은 어떻고! 짚신으로 양배추 수프를 끓여 먹은 주제에.」

「이젠 악마가 총알만을 먹이는가 보군.」 제삼자가 덧붙였다.

「여보게들, 나는 사실 나약한 사람이라고.」 스꾸라또프는 자기의 연약함을 후회라도 하듯, 특히 누구라고도 할 것 없이 모든 사람들을 향해서 가볍게 한숨을 쉬며 대답했다. 「아주 어렸을 때부터 나는 자두와 흰 빵을 체험했지(즉 먹으며 자랐다는 말인데 스꾸라또프는 일부러 단어를 이상하게 발음했다). 형제들은 아직도 모스끄바에 가게를 가지고 있고, 길거리의 상점에서는 희망을 가지고 장사를 한다네. 부유한 상인들이지.」

「헌데, 너는 무슨 장사를 했지?」

「우리는 여러 가지 물건을 가지고 했네. 그때, 들어 보게나, 내가 처음으로 2백을 받은 것은……」

「설마 루블은 아니겠지?」 호기심 많은 한 사람이 그런 액수를 듣자 몸을 떨면서 말을 받았다.

「아니야, 이 사람아, 루블이 아니고, 막대기라니까. 루까, 이봐 루까!」

「누구한테 루까라는 거야, 너는 루까 꾸지미치[59]라고 불

---

58 우끄라이나 지방 사람들이 즐겨 먹는 밀가루 완자.
59 러시아의 호칭은 이름, 부칭, 성의 순으로 이뤄진다. 부칭은 부친의 이름이 무엇이었다는 것을 알게 해주는데, 주로 존칭을 나타낼 때 이 부칭을 붙여서 부른다. 그러므로 여기서는 이름만 부르지 말고 부칭까지 붙여서 존대를 하라는 뜻임.

러야지.」매부리코에 작고 바싹 마른 한 죄수가 마지못해 말했다.

「루까 꾸지미치라고, 그래, 제기랄, 좋다.」

「다른 사람은 루까 꾸지미치지만, 너는 아저씨라고 불러.」

「쳇, 제기랄, 아저씨라니, 말할 가치도 없어. 막 재미있는 이야기를 하려던 참인데. 자, 들어 봐. 내가 모스끄바에 잠깐 살 때 있었던 일이야. 그곳에서 열다섯 대나 태형을 받고서 이곳으로 오게 되었지. 그래서, 나는……」

「그래, 무엇 때문에 오게 되었지?」이야기를 열심히 듣고 있던 한 죄수가 말을 가로막았다.

「건강 증명서 없이 나다니지 말라, 술을 병째 나발 불지 말라, 노름을 하지 말라고들 하기 때문이었지. 그래서 이보게들, 나는 모스끄바에서 정당한 방법으로는 부자가 될 수 없었네. 하지만 너무 부자가 되고 싶었지. 그걸 그토록이나 바랐는데, 어떻게 이야기해야 할지 모르겠군.」

많은 사람들이 웃음을 터뜨렸다. 스꾸라또프는 확실히 선량하고 익살스러운 사람 중의 한 명이었다. 어쩌면 이 음침한 동료들을 즐겁게 하는 것이 자기의 의무라고 생각하는 어릿광대 중의 한 명이었는지도 모르겠다. 물론 그렇다고 이 때문에 그가 받은 것은 욕설 이외에는 없었지만 말이다. 그는 내가 한번 더 잠시 이야기를 하게 될 이상스럽고 눈여겨봐 둘 만한 부류의 사람이었다.

「그래, 이제 너 같은 녀석은 흑담비 모피 대신에 두들겨 맞을 수도 있어.」루까 꾸지미치가 말했다.「옷 한 가지만도 1백 루블은 나갈 테니까.」

스꾸라또프는 사방을 누더기처럼 덧댄, 아주 오래되고 낡은 털외투를 입고 있었다. 그는 무관심한 편이었으나, 그 외투를 위아래로 유심히 훑어보았다.

「이봐, 하지만 머리는 값이 나간다고, 머리는!」 그가 대답했다. 「모스끄바와 작별을 할 때도, 머리가 나와 함께 따라와 줘서 얼마나 위안이 되었다고. 잘 있거라, 모스끄바여, 매질도 자유로운 정신도 고마웠다. 매맞는 것도 영광이었지! 하지만, 이봐요, 친구, 외투는 봐서 뭘 하나……」

「그럼, 네 머리를 쳐다보라는 거냐?」

「그런데 그 녀석 머리도 제 것이 아니고, 동냥한 걸 거야.」 또다시 루까가 끼어들었다. 「죄수 무리들과 같이 쮸메니를 지날 때, 한푼 적선해 줍쇼 해서 받은 거라고.」

「이봐, 스꾸라또프, 너는 직업이 뭐였나?」

「직업은 무슨 직업! 장님들의 길잡이였거나, 사람들을 구슬려서 빈털터리로 만들었겠지.」 얼굴을 찌푸리고 있는 사람들 중 한 명이 말했다. 「그런 것이 모두 그놈의 직업이었을 거라고.」

「정말이지 나는 장화를 만들어 보려고 했는데.」 비꼬는 말에도 스꾸라또프는 전혀 개의치 않고 이렇게 대답했다. 「겨우 한 켤레만을 만들었을 뿐이야.」

「그래, 사가는 사람이 있던가?」

「그럼, 하느님도 겁내지 않고, 부모도 공경하지 않는 녀석 하나를 만났지. 하느님이 그 녀석에게 벌을 주셨는지, 그걸 사가더군.」

스꾸라또프 주변의 모든 사람들이 데굴데굴 구르며 웃어댔다.

「그 다음, 한번 더 일을 했지. 여기서 말이야.」 스꾸라또프는 무척이나 냉정한 말투로 계속 말했다. 「스쩨빤 표도리치 뽀모르쩨프 중위의 장화를 기워 주었지.」

「그래, 그가 마음에 들어 하던가?」

「아니, 들어 보게, 별로 마음에 들어 하지 않더군. 내게 욕을 끊임없이 해대더니, 뒤에서 나를 무릎으로 차버리더군. 무척이나 화가 났던 모양이야. 아아, 나의 인생은 거짓이었고, 감옥 생활도 거짓이었어!〈조금 있으니까 / 아꿀리나의 남편이 마당으로 나왔네…….〉」

그는 다시금 갑작스레 노래를 부르기 시작했고, 깡총깡총 뛰면서 발로 장단을 맞추기 시작했다.

「참 내, 철딱서니없는 놈 같으니라고!」 내 옆을 걸어가던 소러시아 인이 악의 가득한 경멸의 시선으로 그를 흘겨보면서 중얼거렸다.

「저 쓸모없는 인간 같으니라고!」 다른 사람이 마침내는 심각한 어조로 말을 했다.

정말이지 나는 무엇 때문에 사람들이 스꾸라또프에게 화를 내는지, 그리고 대체로 유쾌한 사람들이 이미 내가 첫날 눈치를 챌 수 있었던 것처럼 왜 경멸을 받고 있는 것 같다는 느낌이 드는지 하나도 이해할 수 없었다. 소러시아 사람과 다른 사람의 분노는 그들의 성격 탓이라고 생각하지만, 이것은 성격 탓만은 아닌 듯했다. 분노의 이유는 스꾸라또프에게 자제력이 없다는 것과 거의 잘난 척이라고까지 할 수 있을, 감옥의 모든 죄수들이 물들어 있던 그 허세가 그에게는 결여되어 있었기 때문이다. 한마디로 그는 그들의 표현을 빌자면 〈쓸모없는〉 인간이었다. 그러나 쾌활한 사람들 모두에게 화를 내는 것은 아니며, 스꾸라또프나 그와 비슷한 사람들에게 처럼, 모든 사람에게 다 냉대를 하는 것은 아니었다. 스스로 그렇게 취급받는 사람들이 있게 마련이지만, 선량하고 꾸밈이 없는 사람들은 이내 멸시를 당했다. 이러한 사실은 나를 놀라게 만들었다. 그러나 쾌활한 사람들 중에서도, 으르렁거리거나 그런 것을 좋아할 뿐만 아니라 결코 어느 누구도 용서를 하지 않는 사람들도 있었다. 바로 그러한 사람들이 존경을 받았다. 그러한 사람들 가운데 입이 험한 사람이 한 명 있었는데, 본질적으로 그는 명랑하고 무척이나 사랑스러운 사람이지만, 나는 그의 이러한 측면을 훨씬 뒤에 가서야 알 수 있었다. 그는 당당하고 키가 컸으며, 뺨에 커다란 사마귀가 달려 있어서 얼굴 표정이 무척 우스꽝스러웠지만, 아주 잘생기고 영리한 젊은이였다. 언젠가 그가 공병으로 복무를 했다고 해서 다들 그를 공병이라고 불렀지만, 그는 지금 특별실에 있다. 그에 대해서는 다시 이야기를 하게 될 것이다.

그러나 쾌활함에 대해 그처럼 격분하는 소로시아 인처럼, 〈심각한 사람들〉이라고 해서 모두가 다 그렇게 격정을 나타내는 것은 아니다. 감옥에는 우월감과 모든 일에 대한 박식함과 재치와 강직함, 지혜를 도모하는 사람들이 몇 명 있었다. 그러한 사람들 중에는 실제로 많은 사람들이 현명하고 강직한 성격을 가지고 있었으며, 자기가 도모하는 것을 성취한 사람들도, 즉 우월감과 자기의 동료들에 대해서 현저한 정신적인 영향력을 미치는 사람들도 있었다. 그러나 이처럼 영리한 사람들 사이에는 종종 많은 적들이 있었는데, 그들 대다수에게는 수많은 혐오하는 사람들이 있었다. 하지만 그들은 다른 죄수들을 품위와 관용의 시선으로 바라보았으므로, 불필요한 말싸움은 상대도 하지 않았으며, 간수들도 이들을 좋게 보고 있어서 노역에서는 감독과 같은 역할을 하고 있었다. 그들 중에는, 예를 들어 노래를 불렀다고 트집을 잡는 사람은 아무도 없었다. 그런 사람들은 모두 감옥 생활을 하는 중에도 줄곧 내게 무척이나 공손했지만 말수는 아주 적었는데, 그것도 품위를 지키려는 까닭인 것 같았다. 그들에 관해서도 역시 상세하게 이야기를 해야 될 것 같다.

우리는 강가에 도착했다. 저 아래 강물 속에는 해체해야 할 낡은 짐배 한 척이 얼어붙어 있었다. 강 저편에는 초원이 푸른색으로 펼쳐져 있었다. 음산하고 황량한 풍경이었다. 나는 모든 사람들이 일을 시작하기를 기다리고 있었지만, 다른 사람들은 이것을 생각하고 있는 것 같지 않았다. 다른 사람들은 강변에 굴러다니는 통나무에 걸터앉아 있었고, 거의 모두가 시장에서 1푼뜨에 3꼬뻬이까씩 팔고 있는 토산 담배와 담배 쌈지, 그리고 손수 만든 작은 목제관이 달린 짤막한 담뱃대를 장화 속에서 끄집어냈다. 파이프를 피워 대기 시작했다. 호송병들은 쇠사슬처럼 우리를 둘러싸고서, 지루한 표정으로 감시를 했다.

「누가 이런 배를 부수려고 생각했단 말이야?」 한 죄수가 누구에게라고 할 것 없이 혼잣말처럼 중얼거렸다. 「나뭇조각이라도 좋다는 말인가?」

「우리를 무서워하지 않는 사람이 생각해 냈겠지.」 다른 사람이 말했다.

「저 농부들은 어디로 가는 거지?」 이전의 물음에 아무런 대답도 기대치 않고 잠자코 있던 첫번째 사람이 온통 새하얀 눈 위를 따라 줄을 지어 어디론가 가고 있던 농부들의 무리를 가리키며 물었다. 모두들 굼뜨게 그쪽 방향을 바라보면서 아무것도 할 일이 없었으므로 그들을 놀리기 시작하였다. 맨 마지막에 있던 농부 한 명은 무척이나 우스꽝스럽게 두 팔을 벌리고, 모밀처럼 생긴 긴 농사꾼 모자를 쓴 머리를 옆으로 기울인 채 걷고 있었다. 그의 전체 모습은 새하얀 눈 위에 아주 선명하게 드러나고 있었다.

「이봐, 뻬뜨로비치 형제, 저 휘청거리는 꼴 좀 봐!」 농부의 말투를 흉내내며 한 죄수가 말했다. 죄수들의 반수 이상이 농민 출신이면서도 대개 농민들을 깔보고 있다는 사실은 주목할 만하다.

「보라고, 저 뒤에 있는 녀석은 무라도 심는 것처럼 걷고 있어.」

「저 멍청한 녀석은 돈이 많을 거야.」 다른 사람이 말했다.

모든 사람들이 웃기 시작했지만, 웬일인지 귀찮다는 듯 마지못해 웃는 웃음이었다. 그러는 사이에 민첩하고 활달한, 빵을 파는 아낙네가 다가왔다.

우리는 방금 전에 받은 5꼬뻬이까로 흰 빵을 사서 그 자리에서 공평하게 나누었다.

감옥에서 빵을 거래하고 있던 젊은 사람 한 명은 스무 개쯤 사고 나서는, 원래대로 빵 두 개가 아니라 세 개의 빵을 덤으로 내놓으라고 열심히 우겨댔지만, 빵 파는 여자는 아랑곳하지 않았다.

「그럼, 그것은 안 주나?」

「무얼 더 말이야?」

「생쥐도 안 먹는 그것 말야.」

「저런 나쁜 놈 같으니!」 아낙네는 큰소리로 외치더니 웃기 시작했다.

마침내 작업 감독인 하사가 몽둥이를 들고 나타났다.

「에이, 이것들이 또 앉아 있네! 시작해!」

「좋소, 이반 마뜨베이치, 시간을 정해 주시오.」〈지도를 하는〉 죄수들 중 한 명이 천천히 자리에서 일어나며 말했다.

「아까, 일을 할당할 때 물어보지 그랬어? 배를 뜯어 놓으면 돼, 그게 시한이다.」

마침내 겨우들 일어나서는 다리를 끌다시피 하며 강 쪽으로 내려갔다. 그때 무리들 속으로, 최소한 말은 그렇게 하고 있는 〈감독들〉이 나타났다. 배는 함부로 부술 것이 아니라, 가능한 한 목재는, 특히 길게 드러누워 있는 배 바닥을 나무못으로 고정시키고 있는 횡목(橫木)은 부수지 말아야 하는 더디고 지루한 일이었다.

「우선 먼저 이 통나무를 빼내야 해, 자 어서들 시작하자고!」 감독도 아니고 간수도 아닌 그저 잡일꾼에 불과한, 그때까지 말없이 잠자코 조용히 있던 한 죄수가 허리를 굽힌 채 두 팔로 굵은 통나무를 붙들고서 도와줄 사람을 기다리며 말했다. 그러나 아무도 그를 도와주지 않았다.

「아마, 너 혼자 잘 들 수 있을 거야! 네가 들지 못하면, 네 할아버지나 곰이 와도 들지 못할걸!」 누군가가 이렇게 중얼거렸다.

「그러면 어떻게 시작할 수가 있다는 말이야? 나도 모르겠네······.」 주제넘게 굴던 사람이 당황하여 들어올리려던 통나무를 옆에 내려놓으며 중얼거렸다.

「너 혼자서 일을 다 할 수는 없는 법이야. 왜 주제넘게 나서냐?」

「닭 세 마리한테 모이도 제대로 주지 못할 주제에, 먼저 나서기는······ 참새 같은 놈!」

「이봐, 나는, 나는.」 어리둥절해 있던 사람이 변명을 했다. 「단지 그렇게······.」

「좋아, 그럼 내가 너희들에게 덮개라도 씌워 줘야 하겠나? 아니면, 이 한겨울에 너희들을 소금물에 절여 줄까?」 또다시 감독 하사가 어디서부터 일을 시작해야 할지 몰라 망설이고 있는 스무 명 가량의 죄수들을 의아한 듯이 바라보며 소리쳤다. 「자, 빨리 시작해!」

「더 이상 빨리 할 수는 없소, 이반 마뜨베이치.」

「하지만, 너는 지금 아무것도 하고 있지 않잖아. 이봐, 사벨리예프! 말 많은 뻬뜨로비치! 너희들한테 말하는 거야, 왜 그냥 서 있는 거야, 눈이라도 팔아먹을 작정이야! 시작하라고!」

「나 혼자 무엇을 하란 말이오?」

「그러니 시한을 주시오, 이반 마뜨베이치.」

「말했잖아, 시간을 정하지는 않는다고. 배를 해체해, 그럼 돌아가도 좋다. 시작해!」

마침내 일들을 시작했으나, 내키지 않는지 축 늘어져서 엄두를 내지 못하고 있었다. 이렇게 건강하고 장대한 일꾼들이 어떻게 일을 시작해야 할지 모른 채 있는 것을 보니 화가 치밀어 오르는 것 같았다. 우선 제일 작은 재목만 뽑아 내려고 일을 시작했는데, 곧 부러져 버렸다. 감독에게는 〈저절로 부서져 버렸다〉고 변명을 했지만, 결국 그렇게는 일을 할 수가 없었으므로, 무엇인가 다르게 일을 시작하지 않으면 안 되었다. 그래서 무엇을 할 것인가, 어떻게 다르게 시작을 할 것인가, 하고 그들 사이에서 많은 생각들이 흘러나왔다. 물론 점차로 욕설로 번졌고, 그 이상까지 비화되는 위험이 따르기도 했으니…… 감독 하사가 또다시 고함을 치고, 몽둥이를 휘둘러 댔지만, 재목은 다시 부러지고 말았다. 마침내, 도끼가 부족하며, 도구들도 더 가지고 와야 한다는 생각들을 하게 되었다. 이내 두 사람의 젊은이가 호송병의 감시 아래 요새로 도구를 가지러 갔으며, 그들을 기다리는 동안 나머지 사람들은 모두 조용히 배에 앉아서, 자기의 파이프를 꺼내 들고 다시 담배를 피우기 시작했다.

감독 하사는 마침내 침을 탁 뱉었다.

「네놈들에게 일맛을 따끔하게 보여 주겠다! 에이, 더러운 놈들, 더러운 놈들!」 그는 화가 나서 이렇게 중얼거렸으며, 팔을 내젓고 몽둥이를 휘두르면서 요새 쪽으로 갔다.

한 시간쯤 뒤에 고참 하사관이 나타났다. 그는 차분하게 죄수들의 말을 듣고 나서 시한 내로 네 개의 재목들을 뽑아 내라고 말했지만, 그것들을 부수지 말고 온전히 보전할 것과, 그 외에도 배의 주요한 부분을 해체할 것을 지시했다. 그렇게 일을 마칠 수 있으면 돌아가도 좋다고 말했다. 시간 내에 끝내기는 벅찬 일이었지만, 맙소사, 일들을 시작하는 솜씨라니! 게으르고 어물쩡거리던 것은 순식간에 어디론가 사라지고 마는 것이었다! 도끼질을 하고 나무못을 뽑기 시작했다. 도끼가 없는 나머지 사람들은 스무 개의 손으로 그것을 누르기 위해 굵은 장대를 끼워서, 기민하고 기술적으로 횡목을 떼어 냈다. 나도 무척이나 놀라고 말았는데, 이번에는 완전히 온전하게 하나도 상하지 않은 채로 떼어 낸 것이다. 작업은 달아오르기 시작했다. 갑자기 모든 사람들이 눈에 띌 정도로 현명해진 것 같았다. 쓸데없는 말도 없었고, 욕 한마디도 하지 않으며 각자 해야 할 말, 해야 할 일, 있어야 할 곳, 충고해야 할 것을 알고 있었다. 북이 울리기 반시간 전에 주어진 일을 마쳤고, 그래서 죄수들은 지친 몸으로 돌아갈 수 있었는데, 비록 지정된 시간보다 불과 반시간밖에 이득을 볼 수 없었음에도 불구하고 완전히 만족하고 있었다. 그러나 내 자신에 관해서 나는 단 한 가지만을 말할 수 있을 뿐이다. 일을 할 때 그들을 도우려고 내가 어디에 끼려고 해도, 내게는 어느 곳에도 자리가 없었고 가는 곳마다 방해가 될 뿐이었으며, 가는 곳마다 욕설을 하다시피 나를 몰아내는 것이었다.

제일 못하는 일꾼이며, 자기보다 기민하고 영리한 다른 죄수들 앞에서는 투덜대지조차 못하는 보잘것없는 건달까지도, 내가 옆에 있으면 방해가 된다는 구실로 내게 고함을 치거나 나를 쫓아 버릴 권리가 있다고 생각하는 것 같았다. 마침내 민첩한 죄수들 중 한 사람이 내게 직접 이렇게 거칠게 말하는 것이었다. 「어디로 기어드는 거야, 저리 꺼져! 부탁하지도 않았는데 얼굴을 들이미는군.」

「포대에나 처넣으라고!」 금방 다른 사람이 말을 받았다.

「이봐, 자선함이라도 가지고 다니는 것이 낫겠군.」 또 다른 사람이 말을 했다. 「담배 연기로 석조 건물을 세우겠다고 돈을 구하러 다니란 말이야. 여기에는 네가 할 일이 없어.」

나는 혼자 떨어져 서 있을 수밖에 없었다. 하지만, 모든 사람들이 일을 하는데 따로 서 있는 것은 무안하기만 했다. 그러나 그들에게서 떨어져 배 끝에 있으니까, 이내 이렇게 고함을 치는 것이었다.

「왜 저런 일꾼을 주는 건지, 저런 자들과 무엇을 하란 말이야? 아무것도 할 수가 없잖아!」

물론, 이 모든 것은 모든 사람에게 위안이 되도록 일부러 그러는 것이었다. 예전의 귀족 앞에서 거드름을 피우는 것이었는데, 그래서 물론 그들은 이런 기회를 즐거워했다.

내가 이미 위에서 말했듯, 이런 사람들 앞에서 어떻게 처신해야 하고 어떻게 행동해야 하나 하는 것들이, 왜 감옥에 처음 들어오자마자 나의 첫번째 물음이 되었는가는 이제 잘 이해할 수 있을 것이다. 나는 오늘의 작업에서 그랬던 것처럼, 그들과의 그러한 충돌이 자주 일어날 것이라고 예감했다. 그러나 그러한 충돌에도 불구하고, 나는 이때 이미 부분적으로나마 생각해 두었던 내 행동의 계획을 바꾸지 않기로 마음먹었다. 그것이 옳다고 생각했기 때문이다. 즉, 나는 될 수 있는 대로 단순하게 내 나름대로 처신을 해서, 그들과 가까워지려는 어떠한 노력도 절대로 내보이지 않으려고 결심한 것이다. 그러나 그들 스스로가 가까워지기를 바라면 그것은 거절하지 않기로 했다. 그들의 위협과 증오를 절대로 두려워하지 말고, 그래서 가능하다면 그것을 모르는 체하기로 했다. 몇 가지 점에서는 결코 그들과 가까워지지 않겠으며, 그들의 몇몇 습관과 풍습은 결코 용인하지 않겠다고 생각했다. 한마디로 말해서, 그들과 완전히 친구지간이 되지는 않겠다는 것이다. 나는 첫눈에 내가 그렇게 한다면 그들이 나를 대번에 경멸할 것이라고 짐작했기 때문이다. 그러나 그들이 이해하는 바에 따르면(이것은 뒤에 가서야 제대로 알게 되었지만), 나는 그들 앞에서 나의 귀족 신분을 준수하고 존중해야만 했다. 즉, 편안하게 즐기려 하고, 거드름을 피우고, 그들을 꺼리고, 매사에 불평을 해대고, 손가락 하나 까딱하지 않는 것 말이다. 그런 것들이 그들이 귀족이라고 생각하는 행동이었다. 그들은 물론, 이렇게 했다면 나를 욕했겠지만 속으로는 존경했을 것이다. 그러한 역할은 내게 맞지 않았다. 나는 결코 그들이 생각하는 그런 귀족이 아니었기 때문이다. 그러나 대신 나는 그들 앞에서 내가 받은 교육이나 내 사고의 형상을 비하하는 행동은 어떠한 양보도 하지 않겠다고 결심했다. 만일 내가 그들의 마음에 들도록 기분을 맞추기 위하여 그들에게 아첨을 하기 시작하고, 그들의 말에 동의를 하기 시작하며, 그들과 허물없이 지낼 뿐만 아니라 그들의 〈성질〉을 용인하기 시작했다면, 그들은 내가 겁이 나고 무서워서 그러는 줄 알고 나를 경멸했을지도 모른다. A는 예로 들 수 없다. 그는 소령에게 가곤 했으므로, 그들 스스로가 그를 두려워하고 있었기 때문이다. 다른 측면에서 본다면, 나는 폴란드 사람들이 그러는 것처럼 그들 앞에서 냉담하고 접근하기 어려운 공손함 속에 잠겨 있고 싶지는 않았다. 내가 그들 앞에서 즐기려 하고 거드름을 피우기 때문이 아니라, 자기들처럼 일을 하고 싶어한다는 것 때문에 그들이 나를 멸시한다는 것을 이제 나는 아주 잘 알 수 있었다. 비록 그들도 이제는 나에 대한 생각을 바꿔야 할 것이라는 사실을 나는 잘 알고 있었다. 그러나 내가 일터에서 자기들에게 아부를 했다고 생각하고서, 마치 이제는 자기들이 나를 경멸할 권리를 가지게 되었다는 듯이 생각하는 것, 바로 그러한 생각이 나를 무척이나 슬프게 했다.

저녁 무렵, 오후의 노역이 끝나고 피곤하고 지쳐서 감옥으로 돌아왔을 때, 또다시 걷잡을 수 없는 깊은 슬픔이 나를 온통 휘감았다. 앞으로도 〈얼마나 많은 수천의 이러한 나날들이 더 있을 것인지〉 나는 생각했다. 〈모든 것이 그와 같고, 모든 것이 동일한 그런 나날들 말이다!〉 이미 어스름이 깃들고 있는 감옥 뒤편의 울타리를 따라 나 혼자 말없이 걷고 있는데, 갑자기 내게로 곧장 뛰어오는 우리의 샤리끄를 볼 수 있었다. 중대, 포병 중대, 기병 중대에 개가 있듯이, 샤리끄는 우리 감옥의 개였다. 이 개는 언제부터인지는 알 수 없지만 감옥에서 살고 있었고, 어느 누구의 소유도 아니었다. 그래서 모든 죄수를 주인이라고 생각하고 있었으며, 취사장에서 버리는 음식을 먹고 살았다. 이 개는 제법 크고, 하얀 반점이 있는 검은색의 집 지키는 개였는데, 그리 늙지도 않았고, 영리해 보이는 눈과 털이 많은 꼬리를 지니고 있었다. 어느 누구도 이 개를 쓰다듬어 준 적이 없고, 어느 누구도 그 개에게 관심을 가져 본 적조차 없었다. 그러나 나는 첫날부터 이 개를 쓰다듬어 주고 손으로 빵을 던져 주기도 했다. 내가 머리를 쓰다듬어 주면 이 개는 온순해져서 나를 정겨운 시선으로 바라보고 만족스럽다는 표시로 꼬리를 살랑살랑 흔들어 대는 것이었다. 몇 해 만에 처음으로 자기를 귀여워해 주는 사람인 나를 오랫동안 보지 못해서였는지, 나를 찾아 죄수들 사이를 이리저리 뛰어다니다가, 감옥 뒤에서 나를 찾아내고는 컹컹 짖어 대며 나를 향해 달려들었다. 어떻게 해야 할지 몰랐지만, 나는 그 개에게 입을 맞추고 머리를 끌어안았다. 그 개는 내 어깨에 앞발을 올려놓고 얼굴을 핥기 시작했다. 나는 〈운명이 내게 보내준 친구구나!〉라고 생각했다. 그래서 나는 그 뒤에도 매번 일터에서 돌아와 이렇게 힘들고 음울한 때면 다른 곳으로 가지 않고, 내 앞에서 껑충껑충 뛰어 대며 기쁘게 짖어 대는 샤리끄를 데리고 옥사 뒤로 서둘러 가서는 머리를 쓸어 안고 입을 맞추고 또 맞췄던 것이다. 그럴 때면 감미롭고 동시에 괴로운 감정이 나의 마음을 미어지게 했다. 그러나 나에게는, 마치 내 자신의 고통을 자랑하듯, 이 세상에 나를 사랑하고 애착을 가지고 있는 존재가 단 하나라도 남아 있는 사실이 유쾌하게 생각되었다. 그것은 내 친구, 나의 단 하나뿐인 친구, 즉 나의 충실한 개 샤리끄였다.

7. 새로운 지기(知己)들, 뻬뜨로프

그러나 세월은 흘렀고, 그래서 나도 조금씩 익숙해지기 시작했다. 새로운 삶의 일상적인 현상들은 날이 지날수록 나를 훨씬 덜 괴롭혔다. 여러 가지 일들과 환경, 사람들, 이 모든 것들이 점점 눈에 익숙해지기 시작했다. 이러한 삶과 화해를 한다는 것은 불가능한 일이었지만, 그것을 이미 완성된 하나의 사실로 인정해야 할 시기였다. 나는 마음속에 아직도 남아 있는 모든 오해들을 가능한 한 깊숙이 내 자신의 내부에 묻어 두었다. 나는 정신이 나간 것처럼 감옥을 배회하지도 않았고, 고독해 하지도 않았다. 이제 죄수들의 짓궂고 호기심 가득한 시선은 그렇게 자주 내게 머물지 않았고, 당돌할 정도로 뻔뻔스럽게 나의 뒤를 쫓지도 않았다. 나도 역시 그들에게 익숙해졌고, 그렇게 된 것이 또한 무척이나 기뻤다. 나는 이미 감옥 안을 내 집처럼 거닐었고, 나무 침대 위의 내 자리도 알았으며, 내 인생에서는 결코 익숙해지지 않을 것 같았던 그런 물건과도 익숙해진 듯싶었다. 매주 정기적으로 나는 머리를 반만 면도하러 가곤 했다. 매주 토요일이면 안식 시간[60]에 머리를 면도하기 위해 순번대로 감옥에서 위병소로 불려갔는데(그때 깎지 않은 사람은 자기 스스로가 책임을 져야 했다). 그곳에서는 대대에서 나온 이발사들이 찬 비누로 우리의 머리에 비누칠을 한 다음 무딘 면도칼로 사정없이 깎았기 때문에, 지금도 그러한 고문에 대해서는 생각만 해도 소름이 돋는다. 그러나, 얼마 안 있어 구제 수단을 발견했다. 아낌 아끼미치는 1꼬뻬이까를 주면 자기의 면도칼로 누구든지 원하는 대로 깎아 주었으며, 그것으로 돈벌이를 하고 있는 군인실의 죄수 한 명도 내게 소개해 주었다. 많은 죄수들이 감옥의 이발사를 피하기 위하여 그에게로 갔지만, 그렇다고 그도 부드러운 사람은 아니었다. 왜 그런지 모르지만 사람들은 그 죄수 이발사를 〈소령〉이라고 불렀는데, 어떤 면이 그로 하여금 소령을 연상시키는지 나는 알 수 없다. 이 글을 쓰는 지금도, 그 소령의 모습이 떠오른다. 그는 키가 크고 여위었을 뿐만 아니라, 말이 없는 젊은이였으며, 무척이나 우둔하고 항상 자기 일에 몰두하고 있었으며, 반드시 손에 가죽 혁대를 가지고 다녔다. 이 가죽 혁대에 대고 그는 밤이고 낮이고 자기의 닳아빠진 면도칼의 날을 세웠는데, 그는 이 일을 마치 자기 인생의 모든 사명인 것처럼 생각하는 듯 몰두하고 있었다. 실제로 그는 면도가 잘되거나, 누군가가 면도를 하러 올 때면 무척이나 기뻐했다. 그의 비누는 따뜻했고, 손길도 가벼웠으며, 면도는 마치 비로드 천처럼 부드러웠다. 그는 마치 실제로 중요한 것은 꼬뻬이까가 아니라 기술이라고 생각하는 듯, 자기의 기술을 즐기고 자랑하였으며, 일한 대가로 받는 꼬뻬이까에는 오히려 무심한 것처럼 보였다. A는 감옥에서 일어난 일에 관해 진짜 소령에게 밀고하다가, 한번은 우리 감옥의 이 이발사 이름을 언급하면서 조심스럽지 못하게 그를 소령이라고 불렀다가 소령에게 아주

60 유대 교에서 말하는 토요일의 안식 시간을 의미하나 여기서는 노동을 하지 않는 휴식 시간을 의미함.

혼쭐이 난 적이 있다. 소령은 갑자기 사나워지더니 극도로 화를 냈다. 「이 더러운 놈아, 너는 소령이라는 것이 무엇인지나 알고 있는 거냐!」 그는 자기 식대로 A를 다루면서, 입에서 침을 튀기며 외쳤다. 「너는 소령이 무엇인지 아느냔 말이다! 갑자기 감옥의 그 더러운 자식을 내 눈앞에서 내 면전에서 소령이라고 부르다니……」 오직 A만이 그런 인간과 친하게 지낼 수 있었다.

감옥 생활의 바로 그 첫날부터 나는 이미 자유에 관해 꿈꾸기 시작했다. 나의 감옥 생활이 끝나는 날을 수천 가지의 다양한 방법을 적용하여 셈해 보는 것이 어느덧 나의 즐거운 일과가 되었다. 나는 딱히 다른 어떤 것에 관해서 생각을 할 수가 없었다. 일정 기간 자유를 상실한 다른 모든 사람들도 그렇게 행동할 것이라고 확신한다. 감옥의 다른 죄수들도 나처럼 그렇게 셈을 하고 같은 생각을 하고 있는지는 모르겠으나, 그들의 희망이라는 것이 너무나도 경솔한 것이어서 나는 처음부터 놀라지 않을 수 없었다. 갇힌 자, 자유를 상실한 자들의 희망은 정당한 방법으로 생활하고 있는 사람들의 희망과는 완전히 종류가 다른 것이다. 자유로운 인간은 당연히 희망하고 있지만(예를 들어 운명을 바꾼다든지, 어떤 계획을 수행한다든지 하는 것 말이다) 살아야 하고, 활동을 해야 한다. 현실적인 삶이 마치 하나의 순환처럼 그를 끌어들이고 있는 것이다. 그러나 죄수들의 경우에는 사정이 다르다. 그곳에도 역시 생활이, 감옥 생활과 징역 생활이 있다고 하자. 그러나 그 죄수가 누구든지, 얼마 동안의 형기로 오게 되었든지, 죄수들은 자기의 운명을 어떤 긍정적이며 결정적인 것으로 또는 현실적인 삶의 일부로 결연히 본능적으로 받아들일 수는 없다. 모든 죄수들은 자신이 〈집에 있다〉고 느끼는 것이 아니라, 손님으로 왔다고 생각하기 때문이다. 죄수들은

20년을 마치 2년처럼 생각하고 있으며, 감옥에서 출옥을 할 때는 쉰다섯의 나이이면서도 지금처럼 서른다섯의 젊은 사람이라고 굳게 믿는 것이다. 〈앞으로도 좋은 시절은 있어!〉 이렇게 죄수들은 생각하고 모든 의구심과 다른 여러 가지 기분 나쁜 생각들을 빨리 몰아내려고 한다. 심지어 특별실의 무기수들도 어느 날 갑자기 뻬쩨르부르그로부터 〈네르친스끄[61]의 광산으로 보내고 형기를 정하라〉는 허가증이 도착하기를 기다리고 있는 것이다. 그때가 되면 얼마나 좋을까? 첫째, 네르친스끄까지 가는 데만도 반년이나 걸리고, 감옥이 아니라 다른 죄수들과 함께 가는 것이니 얼마나 좋은가 말이다! 그래서 네르친스끄에서 형기가 끝나면, 그때는……. 다른 백발이 성성한 죄수들도 그런 날을 손꼽아 기다린다고 하니!

또볼스끄[62]에서 나는 벽에 묶여 있는 죄수를 본 일이 있었다. 그는 1사젠[63] 길이의 쇠사슬에 묶여 있었고, 침대도 거기에 같이 있었다. 그는 시베리아에서 저지른 어떤 무자비한 범죄 때문에 묶여 있는 것이었다. 5년 동안 묶여 있는 자들도 있고, 10년 동안 묶여 있는 자들도 있었다. 그들 중 대부분은 강도들이었지만, 내가 보기에 오직 한 명만은 마치 신사 같았다. 그는 언제 어디선가 군 복무를 했다. 부드러운 미소를 지으며 속삭이듯 말하는 그는 온화한 사람이었다. 그는 우리에게 자기의 쇠사슬을 보여 주면서, 침대에 편안하게 누울 수 있는 방법을 보여 주었다. 정말이지 독특한 사람이었다! 그들 모두는 대개 조용하게 처신하고 있었고, 만족한 듯 보이기도 했지만, 어느 한 사람도 형기가 빨리 끝나기를 애타

---

[61] 동시베리아의 흑룡강, 즉 러시아 어로는 아무르 강 근처 도시. 1689년 러시아와 청나라 사이에 맺은 조약으로 유명해짐.
[62] 서시베리아 우랄 지방의 도시.
[63] 러시아의 옛 척도 단위. 약 2.134미터.

게 기다리지 않는 사람은 없었다. 무엇 때문일까 하고 생각해 볼 수도 있겠는데, 그 이유는 단지 이렇다. 그때가 오면 낮은 원형 벽돌 천장의 숨막힐 듯이 탁한 방에서 나와 감옥의 마당을 거닐 수도 있고, 그렇다……. 바로 그뿐인 것이다. 감옥 바깥으로는 결코 나갈 수가 없다. 쇠사슬에서 풀려났다 해도 족쇄를 발에 단 채 죽을 때까지 영원히 감옥에 갇혀 있어야 한다는 것은 그들도 알고 있다. 그들은 이것을 알고 있음에도 불구하고, 사슬을 매달고 있어야 하는 형기가 빨리 끝나기를 학수고대한다. 이러한 희망조차 없다면, 어떻게 죽거나 미쳐 버리지 않고서 5, 6년을 쇠사슬에 묶여 지낼 수 있을 것인가? 달리 견뎌 낼 수 있는 것이 무엇이 있으랴?

나는 노동이 나를 구할 수 있으며, 나의 건강과 육체를 튼튼하게 해줄 수 있다는 것을 느끼고 있었다. 계속되는 정신적인 불안과 신경성의 초조함, 그리고 감옥의 숨막히는 공기가 나를 완전히 황폐하게 만들 수도 있었기 때문이다. 〈자주 바람을 쏘이고, 매일 피곤하게 하며, 무거운 짐을 운반하는 것을 배우는 일〉, 바로 이러한 것들이 최소한 내 자신을 구할 수 있다고 나는 생각했다. 〈몸을 단련하여 건강하고 활기에 넘치며 힘센 젊은이가 되어 세상에 나가리라〉 하고 말이다. 나는 틀리지 않았다. 일과 운동은 내게 무척이나 유익한 것이었다. 나는 나의 동료들 중의 한 명이(귀족 출신이다) 감옥에서 마치 촛불처럼 소진해 가는 것을 두려움 가득한 시선으로 바라보고 있었다. 그가 나와 함께 감옥에 들어올 때만 해도, 아직은 젊고 아름다우며 활력 있는 사람이었지만 출옥을 할 때는 이미 반쯤이나 황폐해져 백발이 성성하고 잘 서 있을 수도 없을 정도에 천식까지 걸린 사람으로 변해 있었다. 나는 그를 바라보며 생각했다. 〈아니다, 나는 살고 싶다, 나는 살아야 한다.〉 아니다, 처음부터 일에 정을 붙이려 했던 것 때문에 나는 죄수들로부터 따가운 눈총을 받아야 했으며, 그들은 오랫동안 경멸과 조소를 통해 나를 괴롭히곤 했다. 그러나 나는 어느 누구도 개의치 않고, 내 생각대로 갈 곳이면 가곤 했다. 예를 들면 설화 석고를 굽기도 하고 빻으러 가기도 했던 것이다. 바로 이것이 내가 처음으로 배운 일 중의 하나이다. 이 일은 그리 어려운 일이 아니었다. 공사 감독관도 가능하다면 귀족들에게는 일을 덜어 주려고 했지만, 이것은 관대한 것이라기보다는 오히려 공평한 것이었다. 나약해서 힘은 반밖에 없고, 결코 일이라고는 해보지 않은 인간에게 진짜 노동자들의 입장에서 생각하고 부과한 과업을 요구한다는 것은 오히려 이상한 일이었으리라. 그러나 이〈장난질〉은 항상 이루어지는 것이 아니라, 오히려 은밀히 이루어지고 있었다. 이러한 것은 사방에서 엄중한 감시를 받고 있었기 때문이다. 그러므로 중노동을 해야 할 때도 흔히 있었는데, 그럴 때면 귀족들은 다른 노동자들보다 두 배의 고통을 참아 내야 했다. 석고 일은 대개 서너 명의 노인들이나 약자들에게 할당이 되었고, 그 속에 우리도 포함되는 듯했다. 이외에도 일에 능숙한 진짜 일꾼을 딸려 보낸다. 몇 해 동안 계속해서 주로 우리를 맡은 사람은 냉정하고 거무스름하며 약간 마른 알마조프라는 인물로, 그는 몇 해가 지나도 사람 사귈 줄을 모르는 성미가 까다로운 사람이었다. 그는 우리를 몹시 경멸하고 있었다. 그러나 그는 우리에게 잔소리를 할 생각조차 없어 보일 정도로 입이 몹시 무거운 사람이었다. 석고를 굽고 빻는 헛간도 역시 가파르고 황량한 강변에 있었다. 겨울에는, 특히 음산한 날에는 강과 저 멀리 반대편의 벼랑을 바라보고 있는 것도 무료하기만 한 일이었다. 이 불모의 황량한 풍경 속에서는 웬일인지 마음도 괴롭고 슬프기만 했다. 그러나 그보다도 더욱 괴로운 것은 끝없이 펼쳐진 흰 눈의 장막 위에 태양이 선명하게 내리비출 때였다. 그러면, 건너편 벼랑에서부터 시작하여 마치 연이은 한 장의 식탁보처럼 1천 5백 베르스따나 남쪽으로 펼쳐져 있는 이 광야의 어딘가로 날아가 버리고 싶을 뿐이었다. 알마조프는 대개 말 없이 냉랭하게 일을 하기 시작했다. 우리는 그를 진정으로 도와주지 못하는 것에 대해 수치스러운 생각이 들곤 했는데, 그는 일부러 일도 혼자서 하고 우리에게는 아무런 도움도 청하지 않음으로써 우리가 그 앞에 있는 것에 대해 죄스러운 감정이 들게 하고, 우리의 무익함에 후회를 하게끔 만들곤 했다. 일이란 거의 언제나, 우리가 그에게 날라다 놓은 석고를 굽기 위하여 가마를 덥히는 일이었다. 다음날 석고가 완전히 구워지면, 가마에서 그것을 꺼내기 시작한다. 우리 모두는 무거운 나무 방망이를 쥐고, 석고가 든 특별한 상자를 앞에다 놓고 그것을 두드리기 시작한다. 이것은 아주 즐거운 일이었다. 잘 부서지는 석고는 순식간에 반짝반짝 빛나는 하얀 먼지로 변하고, 아주 쉽사리 가루가 되어 버리는 것이었다. 우리는 무거운 망치를 휘둘렀고, 그러면 우리 자신도 그렇게 되어 즐거워지는 듯한, 그런 부서지는 소리가 들렸다. 마침내 우리는 피로해지지만, 동시에 가벼운 마음이 된다. 두 뺨은 붉어지고 혈액은 빨리 순환한다. 그러면 알마조프는 마치 나이 어린 아이라도 바라보듯 우리를 너그러운 시선으로 바라보고 관대한 표정을 지으며 파이프를 피우기 시작하지만, 그럼에도 불구하고 말을 해야 될 때가 되면 그도 중얼거리지 않을 수 없는 듯했다. 그러나 그는 다른 사람들을 대할 때도 그랬고, 본질적으로는 선한 사람인 것 같았다.

내가 해야 했던 또 다른 일은 일터에서 연마용 바퀴를 돌리는 일이었다. 바퀴는 커다랗고 무거웠다. 그것을 돌리려면 적지 않은 힘이 들었다. 특히 (직공 출신의) 선반공이 어떤 계단의 난간이라든가 혹은 어떤 관리가 사용하는 관용 대형 탁자의 다리를 연마할 때면, 그것은 거의 통나무와 같아서 더욱 그랬다. 그런 경우 한 사람이 돌리기에는 역부족이어서, 주로 두 사람이, 나와 귀족 출신의 B가 가곤 했다. 이 일은 몇 해 동안 계속되었는데, 만일 무엇인가 닦을 것이 있으면 그것은 우리들의 몫이 되곤 했다. B는 아직 젊지만 가슴앓이를 하고 있던 연약하고 허약한 사람이었다. 그는 나보다 1년 앞서 자신의 동료들 중 다른 두 명의 죄수와 함께 감옥에 오게 되었다. 한 명은 유형 생활을 하는 동안에도 밤낮을 가리지 않고 줄곧 하느님께 기도를 올리고 있는 노인으로(이 때문에 죄수들은 그를 무척이나 존경했다) 내가 이곳에 있을 때 죽었고, 다른 한 명은 도중에 중간의 숙박지로부터 7백 베르스따나 계속해서 기진한 B를 데리고 온 아주 젊고 신선하고 안색이 붉으며 힘세고 용감한 젊은이였다. 그 둘 사이의 우정은 지켜볼 필요가 있었다. B는 훌륭한 교육을 받았고 선량하고 덕망 있는 성격을 지니고 있었지만, 병 때문에 몸이 상해 있었고 흥분을 잘했다. 우리는 둘이서 같이 연마용 바퀴를 돌렸는데, 이 일은 우리 두 사람의 손을 쉬지 않게 만들었다. 이 일은 내게 더할 나위 없이 좋은 운동이었다.

나는 또한 눈 치우는 일을 특히 좋아했다. 이것은 주로 눈보라가 그친 다음에 하는 일이며, 겨울에는 무척이나 자주 있는 일이었다. 일주일에 걸친 눈보라가 그치면, 어떤 건물은 창문의 절반까지 눈에 묻혔고, 어떤 건물은 거의 다 눈 속에 파묻혔다. 눈보라가 그치고 태양이 비추기 시작하면, 그때 우리들은 무리를 지어, 때로는 감옥의 모든 사람들이 관청 건물에서 눈 더미를 치우기 위해 밖으로 나가곤 했다. 모든 사람들에게 삽이 한 자루씩 배급되고 다 같이 할당된 일을 하지만, 때로는 어떻게 처리해야 할지 몰라 놀라고 말 일이 있어도 모두가 정겹게 일을 시작하곤 했다. 방금 내려 표면만 살짝 얼어붙은 보드라운 눈은 삽으로도 쉽게 뜰 수 있었고, 커다란 덩어리로 주변에 뿌려질 때면 아직도 공중에서 반짝거리는 먼지처럼 보였다. 삽은 그처럼 하얗고 태양 속에서 반짝이고 있는 눈덩이에 파고들었다. 죄수들은 거의 언제나 즐겁게 이 일을 했다. 상큼한 겨울의 대기와 운동이 그들을 달아오르게 만들었다. 모든 사람들은 점점 더 흥겨워했고, 웃음소리와 고함소리와 익살이 터져 나왔다. 눈싸움도 시작되지만, 신중하고 웃음과 흥겨움을 별로 달가워하지 않는 사람들이 고함을 치는 일도 있어서, 대개는 모든 것이 욕설로 끝나게 마련이었다.

조금씩 나는 아는 사람의 범위를 넓혀 갔다. 그러나 나는 내 스스로 먼저 알고 지내려고는 하지 않았다. 나는 아직도 불안정하고 음울했으며 의심이 많은 편이었다. 그러므로 나의 교제는 저절로 이루어진 것이나 다름없다. 죄수들 중 뻬뜨로프라는 사람이 제일 먼저 나를 찾아왔다. 나는 〈찾아왔다〉는 단어를 강조하고 싶다. 뻬뜨로프는 내가 있는 옥사와는 동떨어진 특별실에 살고 있었기 때문이다. 우리들 사이에는 아무런 관계도 있을 수 없는 것처럼 보였다. 공통점이 하나도 없었으며, 있을 수도 없었다. 하지만 처음에 뻬뜨로프는 거의 매일같이 내가 있는 옥사로 나를 찾아오거나, 안식일 기간 동안 가능하면 모든 사람들의 시선으로부터 멀찍이 떨어져 옥사 뒤편을 걷고 있는 나를 불러 세우는 것이 마치 자기의 의무인 양 생각하고 있는 것 같았다. 처음에 나는 이것이 몹시 불쾌했다. 그러나 그는 결코 마음을 터놓거나 말이 많은 사람이 아니었음에도 불구하고, 그가 찾아오는 것이 나로 하여금 즐거운 생각이 들게끔 하는 그런 능력도 지니고 있었다. 얼른 보기에 그는 그리 큰 키는 아니었지만 건장한 체격에 민첩했으며, 경박해 보이기까지 했다. 창백하지만 꽤 호감이 가는 용모를 하고 있었으며, 넓은 광대뼈와 용맹스러워 보이는 시선, 그리고 희고 열이 고운 작은 이빨과 아랫입술 뒤에는 한 줌의 씹는 담배를 줄곧 물고 있는 그런 사내였다. 담배를 입술 뒤에 물고 있는 것은 많은 죄수들의 버릇이었다. 그는 자기 나이보다도 젊어 보였다. 나이는 마흔이 넘었지만, 보기에는 30대처럼 생각되었다. 그는 나와 언제나 격의 없게 이야기를 하려고 했으며, 눈에 띌 정도로 대등한 입장에서, 즉 점잖고 섬세하게 처신하려고 했다. 예를 들어 내가 만일 고독을 즐기고 있다는 것을 알게 되면, 그는 한 2분쯤 이야기하다가 말고는 매번 주의를 기울여 주어서 고맙다고 말하며 나를 혼자 남겨 두고 가기도 했는데, 그러한 것은 감옥의 어느 누구에게도 결코 한 번도 보여 준 적이 없는 행동이었다. 그러한 관계는 우리 사이에서 처음의 며칠 동안만이 아니라 몇 년 동안 계속되었는데, 그가 실제로 나에게 마음을 터놓고 있었음에도 불구하고, 이 관계가 더욱 밀접하게 이루어지지 않은 것은 참으로 이상한 일이었다. 나는 지금도 그가 무엇을 내게 바라고 있었으며, 무슨 이유로 내게 매일같이 찾아왔는지 이해할 수가 없다. 물론 얼마 안 있어 그가 나의 물건을 훔친 일도 있었지만, 그것은 전혀 〈뜻밖의〉 일이었다. 그는 거의 한 번도 내게 돈을 달라고 조른 적이 없었으니까, 결과적으로 내게 찾아온 것은 돈을 빌리거나 아니면 어떤 이익을 취하려고 찾아온 것은 아니다.

무엇 때문인지 알 수가 없었으나, 나는 그가 항상 나와 함께 감옥에서 살고 있는 것이 아니라 마치 어딘가 멀리 떨어진 도시에 살고 있어서 새로운 소식을 알고 싶어서 나를 방문하기도 하고, 또한 우리 모두가 어떻게 살고 있는가를 보기 위하여 지나는 길에 감옥을 들른 것처럼 생각되었다. 그는 마치 누군가를 어딘가에 두고 오거나 거기서 사람들이 자기를 기다리고 있는 것처럼, 아니면 어딘가에 아직 채 끝내지 못한 일이 남아 있는 듯, 항상 어디론가 서둘러 가곤 했다. 그렇지만 공연히 그렇게 분주해 하는 사람은 아니었다. 그러나 그의 시선은 조금 이상한 점이 있었다. 용기와 어떤 조소의 그림자가 담겨 있는 집중된 시선이면서도, 눈앞의 대상을 넘어서 저 먼 곳을 응시하는 그런 시선이었다. 마치 그의 코앞에 있는 대상의 뒤편에서 무엇인가 다른 것을, 그리고 더 먼 곳을 바라보려고 애쓰는 것 같았다. 그것 때문에 그의 모습은 산만해 보였다. 나는 가끔 일부러 뻬뜨로프가 나한테 들렀다가 어디로 가는지를 바라보곤 했다. 어디서 누가 그를 그토록 기다리고 있는지를 말이다. 그러나 나한테 들렀다가 그가 그렇듯 성급히 가는 곳은 옥사나 취사장이었는데, 거기서 그는 말을 하고 있는 사람들 한옆에 앉아 귀를 기울이고 경청을 하기도 했으며, 이따금은 자기 자신도 대화에 끼어들어 무척 열을 올리며 이야기하기도 했지만, 어떤 때는 별안간 입을 다물고 침묵을 지키기도 했다. 그러나 그가 말을 하든 잠자코 앉아 있든 간에, 그곳도 지나가다가 우연히 들렀을 뿐 어딘가에는 일이 있고 누군가가 자기를 기다리고 있다는 듯한 모습을 보이곤 했다. 그렇지만 무엇보다 이상했던 것은 그가 결코 한 번도 아무런 일을 가져 본 적이 없다는 것이다. 그는 너무나도 하는 일 없이 살고 있었다. (물론 노역은 제외하고 말이다.) 어떤 기술도 없었기 때문에 그는 한푼도 돈을 쥐어 본 일이 없었다. 그러나 그는 돈에 대해서는 그다지 궁핍해 하지 않았다. 그러면 나하고는 무엇에 대해 이야기를 나누는 것인가? 그의 대화도 그 자신처럼 이상스러운 구석이 있었다. 예를 들어 내가 혼자서 감옥 뒤편을 걷고 있다면 갑작스레 내 쪽으로 휙 하니 방향을 바꾼다. 그는 언제나 빨리 걸을 뿐만 아니라 늘 몸을 거칠게 돌리곤 했다. 걸어가는 것도 마치 뛰어가고 있는 것처럼 보이니 말이다.

「안녕하십니까?」

「안녕하세요?」

「방해나 되는 것은 아닌지요?」

「아닙니다.」

「당신께 나폴레옹에 관해 물어보고 싶어서 그럽니다. 그자가 바로 우리 나라에 1812년에 왔던 사람이 아닌가요?」[64] (뻬뜨로프는 소년병 출신이었으므로, 읽고 쓸 줄 알았다.)

「맞습니다.」

「대통령이라고 하던데, 그자는 어떤 사람이지요?」[65]

그는 언제나 빨리, 단속적으로, 마치 가능하다면 무엇인가에 대해 금방 알아야 한다는 식으로 물어보곤 했다. 그는 마치 최소한의 망설임도 용인하지 않는다는 듯이, 아주 중요한 어떤 사건을 조사하는 것처럼 물었다.

나는 그가 어떤 대통령이라는 것을 설명했으며, 빠른 시일 내에 황제가 되었다는 말도 덧붙였다.

「그건 왜 그랬죠?」

내가 그건 이런 것이라고 설명을 하고 나면, 뻬뜨로프는 내 쪽으로 귀를 기울이면서 재빨리 알아차리고 완전히 이해를 하기라도 한 듯 신중하게 듣고 서 있었다.

「음, 그런데 알렉산드르 뻬뜨로비치 씨, 한 가지 더 묻고 싶은데, 팔이 발꿈치까지 닿고 사람만큼이나 키가 큰 그런

---

64 1812년은 러시아와 나폴레옹이 이끄는 프랑스 사이에 전쟁이 일어났던 해임. 1812년은 러시아의 문학과 음악에서 즐겨 다루는 주제가 되었는데, 똘스또이의 『전쟁과 평화』도 이 1812년을 배경으로 씌어진 소설이다.

65 나폴레옹 1세의 조카 나폴레옹 3세(1808~1873)는 1848년부터 프랑스 제2공화정의 대통령이었으나 1852년부터 자신을 황제로 칭함.

원숭이가 있다고들 하던데 사실인가요?」

「그렇습니다. 그런 원숭이도 있지요.」

「어떤 원숭이지요?」

나는 내가 알고 있는 한 설명해 준다.

「그런데, 그놈들은 어디에 살고 있지요?」

「열대 지방에 살고 있어요. 수마트라[66]라는 섬에 있습니다.」

「그게 아메리카에 있는 거지요? 그곳에서는 사람들이 머리를 밑으로 숙인 채 걸어다닌다고 하던데요?」

「머리를 숙이고 있는 것이 아니라, 아마도 지구 반대편에 사는 사람들을 말하는 것 같은데요.」

나는 아메리카가 무엇인가를 설명하고, 또한 지구 반대편 사람들이 어떠하다는 것도 설명해 주었다. 그는 마치 지구 반대편의 사람들에 대해 듣기 위해 일부러 달려온 것처럼, 그렇게 주의 깊게 귀를 기울였다.

「아 참! 그런데 나는 바로 작년에 아레피예프 부관에게서 빌린 라발리에르 백작 부인에 관한 책을 읽었습니다. 그것은 사실인가요, 아니면 꾸민 이야기인가요? 뒤마[67]라는 사람이 썼다는데요.」

「아마도 꾸며 낸 이야기일 거요.」

「그래요. 안녕히 계십시오. 고맙습니다.」

그렇게 뻬뜨로프는 사라져 버렸다. 실제로 이러한 종류의 대화말고는 우리는 거의 아무런 말도 나누지 않는다.

나는 그에 관해 물어보기 시작했다. 우리의 이러한 교제를 알고 나자, M은 나에게 경고까지 했다. 그는 감옥에 있는 죄수들이 감옥에 들어온 첫날부터 자기에게 공포를 불러일으

---

66 말레이 반도 끝에 위치한 인도네시아의 섬.

67 프랑스 작가인 알렉상드르 뒤마(1802~1870)의 『철가면』에 언급되고 있는 루이자 프랑수아 라발리에르(1644~1710) 백작 부인을 말함.

켰지만, 그들 중에 어느 누구도, 심지어 가진조차도 이 뻬뜨로프보다 더 무서운 인상을 자신에게 심어 주지는 못했다고 말했다.

「이 사람은 모든 죄수들 중에서 제일 겁이 없고, 결단성이 있는 사람입니다.」M이 말했다. 「그는 무슨 일이든 저지를 자이지요. 변덕스러워지면 그자는 조금도 주저하지 않습니다. 그런 생각이 들면 당신도 죽이려 들 거예요. 간단히 죽이고 나서는 눈썹 하나 까딱하지 않고, 후회 한번 하지 않을 겁니다. 내 생각에 그는 결코 제정신이 아닙니다.」

이러한 평가는 나를 몹시 흥미롭게 만들었다. 그러나 M은 웬일인지 왜 자신이 그런 생각을 하게 되었는지는 설명해 주지 않았다. 하지만 참으로 이상한 일이다. 그 뒤 몇 해 동안 내가 뻬뜨로프와 알게 되면서 거의 매일같이 그와 이야기를 나누었지만 줄곧 그는 내게 마음을 터놓고 있었으며(무엇 때문인지는 모르겠으나), 이 몇 해 동안 그는 감옥에서 분별력 있고 어떤 무서운 일도 저지르지 않은 채 살고 있었지만, 나는 매번 그를 보면서 그리고 그와 이야기하면서 정말로 M이 옳았으며, 뻬뜨로프라는 사람은 아마도 제일 결단력이 있으며 겁이 없는 자로, 자기 자신에 대한 어떠한 억제도 모르는 인간이라는 확신이 들기도 했다. 내가 왜 이런 생각을 가지게 되었는지는 나도 역시 대답을 할 수가 없다.

그러나 한 가지 지적해 둘 점은, 바로 이 뻬뜨로프가 태형을 받게 되었을 때 소령을 죽이려고 했던 자로, 그는 소령이 태형을 집행하기 바로 직전에 자리를 떴기 때문에 죄수들이 말하는 것처럼 〈기적처럼 살아났던〉 것이다. 또 한번은 감옥에 오기 전 훈련을 받을 때 대령이 그를 때린 적이 있었다. 아마도 이 일이 일어나기 전에도 그는 여러 번 매를 맞은 적이 있었겠지만, 그때만큼은 참지를 못하고 백주 대낮에 정렬해 있는 대열 앞에서 자기의 대령을 대놓고 찔러 죽인 것이다. 그러나 나는 그의 모든 이력을 상세히 아는 것은 아니다. 그는 결코 자기의 이력을 내게 말한 적이 없기 때문이다. 물론 이것은 그의 본성이 별안간 전체적으로 드러났을 때의 폭발에 불과하다. 그러나 그럼에도 불구하고 그런 일들은 그에게서 거의 드문 일이었다. 실제로 그는 분별력이 있고 온순하기까지 했다. 격정적이고 타오르는 듯한 열정은 그의 내면에 숨겨져 있었다. 뜨겁게 달아오르는 숯은 끊임없이 재에 뒤덮여 조용히 타오르고 있었다. 그에게서는 다른 죄수들에게서와 같은 자만과 허영심의 자취는 결코 찾아볼 수가 없었다. 그는 다른 죄수들과 다투는 일도 드물었고, 오직 시로뜨낀 한 사람만을 제외한다면 다른 어느 누구와도 친하게 지내는 일이 없었다. 그러나 한번은 그가 아주 심하게 화를 내는 것을 본 적이 있다. 어쩌다 그에게만 어떤 물건을 주지 않고 빠뜨리고 분배를 한 것이었다. 그와 다툰 죄수는 힘이 세고 큰 키에, 악의에 가득 차 있으며, 빈정거리는 것을 좋아할 뿐만 아니라, 겁이라는 것과는 거리가 먼 바실리 안또노프라는 민간인 출신의 죄수였다. 그들은 이미 오래 전부터 고함을 질러 대고 있었으므로, 나는 필경 이번 싸움도 단지 주먹 싸움질로 끝이 나리라 생각했다. 왜냐하면 뻬뜨로프는 비록 드물기는 하지만, 감옥에서 제일 저질인 죄수들이 그렇듯, 가끔 주먹질도 하고 욕도 하는 사람이었기 때문이다. 그러나 이번만큼은 그렇게 하지 않았다. 뻬뜨로프는 별안간 하얗게 질리더니, 입술이 경련을 일으키고 푸른색으로 변하면서 숨까지 가쁘게 쉬는 것이었다. 그는 자리에서 일어나 천천히 아주 천천히 소리도 내지 않고 맨발로(여름이면 그는 맨발로 다니는 것을 좋아한다) 안또노프에게 다가가는 것이었다. 별안간 떠들썩한 고함소리가 들리던 감옥 안이 잠잠해지며 파리소리조차 들리지 않는 듯했다. 모든 사람들이 앞으로 일어날 일을 기다리고 있었다. 안또노프가 그를 향해 덤벼들었지만, 그의 얼굴은 사색이 다 되어 있었다……. 나는 더 이상 참지 못하고 옥사 밖으로 나와 버리고 말았다. 나는 계단을 다 내려가기도 전에 피살당하는 사람의 고함소리가 들릴 것이라고 생각했다. 그러나 이번에도 아무 일 없이 끝났다. 안또노프는 뻬뜨로프가 미처 자기에게 다다르기 직전에 아무 말 없이 재빠르게 문제가 되었던 물건을 그에게 던져 버렸던 것이다. (싸움의 발단은 어떤 보잘것없는 누더기인 무슨 안감 때문이었다.) 물론 한 2분쯤 지나자 안또노프는 결코 자기가 겁을 먹지 않았다는 것을 보여 주느라 체면상 그에게 욕설을 퍼붓기 시작했다. 그러나 욕을 하든 말든 뻬뜨로프는 전혀 개의치 않고 아무런 대답도 하지 않았다. 일은 욕설에 있는 것이 아니었으며, 그것은 그의 승리로 끝난 것이었다. 그는 무척이나 만족스러워했고, 그 누더기를 집어 들었다. 15분쯤 지나자 그는 벌써 이전처럼 무척이나 무료한 표정을 지으며, 마치 어딘가에 자기가 끼어들어 들을 만한 흥미로운 이야깃거리가 없는지 찾기나 하는 것처럼 감옥 안을 어슬렁거렸다. 그는 모든 일에 흥미를 가지고 있는 것처럼 보였지만, 대부분의 경우엔 모든 것에 냉담했고 오직 아무 일도 하지 않고 감옥 안을 어슬렁거리며 이곳저곳을 기웃거리기만 했다. 그는 기골이 장대해서 일감을 잘 해치우지만, 지금 당장에는 일이 없으므로 기다리는 동안 앉아서 어린아이들과 놀고 있는 그런 일꾼들과 비교될 수 있을 것이다. 나는 또한 그가 어째서 감옥에서 살고 있는지, 어째서 도망치지 않는지 이해할 수가 없었다. 만일 그렇게 하려고 굳게 마음만 먹는다면, 그는 도망가는 것을 주저하지 않았을 것이다. 이성이 뻬뜨로프와 같은 사람을 지배하는 것은, 그들이 그러한 것을 원하지 않을 때뿐이다. 이 세상 어디에서고 그들의 욕망을 가로막는 것은 존재하지 않는다. 하지만 나는 그가 아주 쉽게 도망칠 수 있으며, 모든 사람들을 속이고 어딘가의 숲속 혹은 강변의 갈숲 속에서 일주일 동안 빵 하나 없이 지낼 수 있으리라고 확신한다. 그러나 그는 아직 그런 생각을 갖고 있지 않은 것 같았으며, 그것을 〈전적으로〉 바라고 있는 것 같지도 않았다. 나는 그에게서 중요한 판단이라든가 특별한 상식 같은 것을 결코 한 번도 발견한 적이 없다. 이러한 종류의 사람들은 자신들을 무의식중에 이리저리 평생 옮겨 다니게 하는 한 가지의 생각 속에서만 성장한다. 그러므로 그들은 자기들이 진정으로 바라던 일을 발견할 때까지 평생을 몸부림치는 것이며, 일단 그렇게 된다면 머리 하나쯤은 아무런 문제가 되지 않는 것이다. 구타를 당해서 자기의 상관을 살해한 그런 사람이 여기서는 어떻게 군소리 없이 태형에 몸을 맡길 수 있는지, 나 역시도 때로는 놀라지 않을 수 없었다. 그는 가끔 술을 들여오다 적발되어 태형을 받곤 했다. 기술이 변변치 못한 다른 모든 죄수들이 그렇듯이 그도 가끔 술을 들여오곤 했던 것이다. 그러나 그가 태형을 받으면서도 가만히 있는 것은 자기도 동의를 하고 있다는 말로, 즉 자기도 자기의 죄를 잘 알고 있기 때문이라는 말이었다. 반대의 경우라면, 죽는 한이 있더라도 결코 태형을 받으려 들지 않았을 것이다. 또한 내가 그에 대해 놀란 것은 내게 눈에 보일 정도로 고분고분하면서도 내 돈을 훔쳐 갔던 사실 때문이다. 그에게는 이런 일이 빈번하게 일어났다. 그는 내가 그한테 한 장소에서 다른 곳으로 가져다 달라고만 부탁했던 내 성서를 훔쳐 갔던 것이다. 그 거리는 몇 걸음 되지 않았지만, 가는 도중에 살 사람을 만나자 그것을 그 자리에서 팔아치우고, 그 돈으로 술을 마셔 버렸던 것이다. 무척이나 술이 마시고 싶었는지도 모르겠으나, 무척 마시고 싶다는 생각이 들자 반드시 그렇게 하고야 말았던 것이다. 바로 이러한 사람들이야말로 보드까 반병을 마시는 데 필요한 25꼬뻬이까를 뺏기 위해 사람을 살해하기도 하지만, 내키지 않으면 수십만 루블을 가진 사람도 그냥 내버려두는 것이다. 저녁 무렵이 되자 그는 스스로 자신의 절도 행위를 아무런 후회와 고통 없이, 무척이나 일상적인 사건에 대해 이야기하듯 아주 태연하게 내게 고백하는 것이었다. 나는 그 성서가 아쉬운 나머지 그에게 잔소리를 하였다. 그는 태연하게 오히려 무척이나 공손해 보일 정도로 나의 말을 듣더니, 성서는 아주 유익한 책이라는 것에 동의하며, 그것이 지금 나의 수중에 없다는 것에 대해 진심으로 애석해 했지만, 그것을 훔친 것에 대해서는 전혀 후회의 기미를 보이지 않았다. 그는 내가 이내 잔소리를 중단했을 만큼 당당한 눈초리로 나를 바라보고 있었다. 그가 내 잔소리를 참아 내고 있었던 것은 아마도 자기의 그런 행동을 비난하지 않을 수 없는 것이라고 생각해서인 듯한데, 그래서 마음의 위로라도 되게끔 속마음을 터놓고 비난을 하라고 내버려두자는 심산인 것 같았다. 그러나 따지고 보면 이 모든 것은 별것도 아니어서, 진실한 사람이라면 이런 말을 하는 것조차 무안할 것이라고 생각하는 듯했다. 그는 나를 마치 어린애 정도로 취급하며, 세상의 가장 보잘것없는 물건조차도 이해할 수 없는 젖먹이 정도로 간주하는 듯했다. 예를 들어 만일 내가 그와 같이 학문과 책들을 제외한 어떤 것에 관해서 이야기를 시작하면, 그는 내게 대답은 하지만, 그것은 예의상 그러는 것이며, 극히 짧막한 대답만을 하고 마는 것이었다. 그가 나에게 주로 묻곤 하는 이 책 속의 지식들이 그에게 도대체 무슨 필요가 있다는 것인지, 이따금 나는 내 스스로에게 자문해 보곤 했다. 그와 이러한 대화를 나누게 될 때면, 그가 나를 조롱하고 있는 것은 아닌지 그를 옆에서 바라본 적도 있었다. 그러나 그렇지는 않았다. 비록 아주 열심히는 아니지만 그는 신중하고 주의 깊게 나의 말에 귀를 기울이곤 했다. 하지만 이러한 그의 태도가 나의 기분을 상하게 했던 것이다. 그는 언제나 정확하고 분명하게 질문을 했지만, 내게서 듣는 대답에는 별로 놀라는 기색도 없었고, 오히려 산만한 모습까지 보이는 것이었다……. 책에 관한 이야기를 제외하면 내가 아무것도 이해할 수 없을 뿐만 아니라 이해할 능력도 없으므로, 나를 혼란스럽게 만들 필요 없이 다른 사람들과 마찬가지로 머리가 깨지도록 오랫동안 나와는 이야기할 것도 없다고 그는 결심하고 있는 듯이 보였다.

그렇지만 나는 그가 나를 사랑한다고 확신했으며, 이 때문에 나는 무척이나 놀라고 있었다. 그가 나를 아직 미성년이고 완전치 못한 인간으로 간주하고 있었는지, 아니면 나를 약자라고 생각하면서 모든 강한 존재들이 다른 약자들에게 본능적으로 감지하는 그런 독특한 종류의 연민을 나에게 느꼈는지…… 그것은 나도 잘 모르겠다. 그렇지만 이 모든 것이 그가 나의 물건을 훔치는 데는 어떤 방해 요소도 될 수 없었다. 그는 물건을 훔치면서도 나를 동정하고 있었다는 것을 나는 확신하고 있다. 〈체.〉 그는 아마도 내 물건에 손을 대면서도 이렇게 생각했을 것이다. 〈이 사람은 자기 물건 하나 제대로 건사를 못하는군!〉 그러나 이 때문에 그가 나를 사랑하고 있었는지도 모른다. 그가 한번은 무심코 내게 〈너무나 선량한 사람〉이라고, 그래서 〈너무나 순진하고 순진해서 가련할 정도〉라고 말하는 것이었다. 〈당신을 모욕했다고는 생각하지 마십시오.〉 1분쯤 지나자 그가 덧붙였다. 〈진심으로 말하고 있는 겁니다.〉

이러한 사람들 중에는 살면서, 어떤 갑작스러운 전체적인 행동이나 변혁의 시기에 별안간 예리하고 굵직한 모습을 나타내 보임으로써, 단숨에 자기의 완전한 실체를 드러내는 경우가 있다. 그들은 달변가가 아니므로 사업의 발기인이나 중요한 지도자가 될 수는 없지만, 그 일의 중요한 집행자가 되어 제일 먼저 시작하는 사람이 되곤 한다. 그들은 유달리 큰 소리를 내는 법 없이 그저 시작을 할 뿐이지만, 그 대신 겁도 없고 주저하는 것도 없이 제일 먼저 앞장서서 큼직한 걸림돌들을 첫번째로 뛰어넘는다. 그래서 사람들은 모두가 그들의 뒤를 따르며, 맹목적으로 자기의 머리가 내걸리게 될지도 모를 제일 마지막 장벽까지 돌진한다. 나는 뻬뜨로프가 무사히 일생을 마칠 것이라고 믿지는 않는다. 그는 어느 한순간에 모든 것을 단숨에 끝마쳐 버릴 것이다. 만일 아직까지도 죽지 않고 있다면, 그것은 그런 기회가 아직 오지 않았다는 의미일 뿐이다. 그러나 누가 알 수 있으랴? 아마 그도 백발이 성성할 때까지 살다가 아무런 목적 없이 이곳저곳을 배회하다가 조용히 늙어 죽어 갈지도 모르는 것이다. 그러나 그가 감옥 전체에서 제일 단호한 사람이라고 말한 M의 말은 옳은 것 같다.

8. 단호한 사람들 — 루츠까

단호한 사람들에 대하여 말하기란 어려운 일이다. 어디서나 그렇겠지만, 감옥에서도 그러한 사람들은 극소수이다. 보기에도 무서운 사람이 있고, 사람들이 말하는 것만 가지고 상상해 보아도 피하고 싶은 사람이 있다. 어떤 영문을 알 수 없는 감정은 나로 하여금 처음부터 이러한 사람들을 피하게 만들고 있었다. 그러나 얼마 안 있어 가장 무서운 살인범에 대해서도 나의 시각은 많이 바뀌게 되었다. 한 번도 살인을 한 적이 없는 사람이 살인을 여섯 번이나 하고 온 사람들보다 훨씬 더 무서울 때도 있다. 제일 처음에 갖게 되는 생각만으로는 다른 사람의 범죄에 대해 판단하기가 쉽지 않다. 범죄를 저지르는 데는 그만큼 이상한 점이 많이 개입되기 때문이다. 내가 또한 이렇게 말하는 것은 우리 나라의 민중들 사이에서 벌어지는 여타의 살인 사건도 무척이나 놀랄 만한 이유로 인하여 발생하고 있기 때문이다. 이러한 유형의 살인자들은 아주 흔히 존재하고 있다. 한 사람이 조용하고 온순하게 살아가고 있는데, 그는 괴로운 운명을 감내하고 있다. 그를 농민이라거나 농노, 상인 아니면 병사라고 가정해 보자. 갑작스레 그의 마음속에서 무엇인가가 결렬되어 버린다. 그는 참지를 못하고 자기를 억누르고 있던 사람이나 자기의 적을 칼로 찔러 버린다. 바로 여기에서 이상한 일이 시작된다. 잠시 그는 갑작스레 정상적인 기준에서 벗어나 버리고 만 것이다. 그는 먼저 자기를 억누르고 있던 사람이지만 적을 찔렀다. 물론 이것도 범죄이기는 하지만 그래도 이해는 된다. 거기에는 이유가 있는 것이다. 그러나 그 다음에는 적이 아니라 처음 마주치는 사람이면 모두 죽인다. 심심풀이로 죽이고, 말이 거칠다고 죽이고, 쳐다본다고 죽이고, 숫자를 맞추기 위해 죽이고, 그리고 이런 단순한 일 때문에도 죽인다. 〈길에서 물러서, 부딪치지 마, 내가 가니까!〉 마치 술에 취하거나 열병에 걸린 사람 그 자체이다. 일단 운명의 한계를 넘어섰으므로, 그는 이제 더 이상 신성시되는 것은 아무것도 없다는 데에 즐거움을 느낀다. 그는 마치 모든 권력과 법칙을 단숨에 뛰어넘어 구속도 제한도 없는 자유를 향유하고 있으며, 스스로가 느끼기에는 불가능한 공포 때문에 마음이 얼어붙는 것을 즐기고 싶어 못 견뎌 하는 것 같다. 더욱이 그는 가공스러운 형벌이 자기를 기다리고 있다는 것을 잘 알고 있다. 그러므로 이 모든 것은 높은 탑 위에 있는 사람이 자기의 발 밑에 있는 심연에 마음이 이끌려, 빨리 일을 마무리지어야겠다는 생각에 머리부터 거꾸로 밑으로 뛰어내리려는 심정과 유사하다고 할 수 있다. 이러한 모든 일은 가장 온순하고, 그전까지는 눈에 띄지도 않던 사람들 사이에서도 일어난다. 그들 중의 몇몇은 이러한 혼미 속에 자기 스스로를 내맡기는 경우도 있다. 이전에 학대를 받은 사람일수록 지금은 더욱더 강렬하게 자기를 드러낼 뿐만 아니라, 다른 사람에게 겁을 주고 싶어 못 견뎌 하는 것이다. 그는 이러한 공포를 즐기며, 다른 사람에게 불러일으키는 혐오감을 좋아한다. 그는 스스로 〈절망한〉 척하는데, 이러한 〈절망한 사람〉은 이따금 그 절망을 〈해결하고 싶어〉 자기가 먼저 형벌받기를 기다린다. 이 꾸며 낸 절망을 자기 스스로가 감내하기는 무척이나 힘들기 때문이다. 대부분의 이러한 분위기와 모든 가장은 교수대에 갈 때까지 계속되지만, 그 다음에는 갑작스레 돌변하게 되는데, 이것은 흥미로운 일이다. 마치 이러한 기간은 실제로 그 때문에 미리 규정된 규칙에 의해서 정해진 것과 같은 형식적인 기간이 되고 만다. 거기서 그는 갑자기 온순해지고 기가 꺾여, 마치 넝마처럼 변하고 만다. 교수대 위에 가서는 흐느끼고 사람들에게 용서를 바란다. 만일 감옥에 와서 그를 보게 된다면 〈정말로 이 사람이 사람을 대여섯이나 죽인 사람이 맞을까?〉 싶게 코와 침을 흘리고 학대받는 사람이 되어 있으므로 다시금 놀라게 된다.

물론, 몇몇 사람들은 감옥에 와서도 온순해지지 않는다. 여전히 일종의 허세나 오기 같은 것을 가지고 있어서, 나는 너희들이 생각하는 그런 사람이 아니다, 〈나는 여섯이나 죽이고 왔다〉고 말하기도 한다. 그러나 모두들 곧 수그러들게 마련이다. 때로는 그 역시도 〈절망한〉 인간이었을 때, 그의 생활에서 한번쯤은 있었음직한 요란한 술자리나 용감했던 행동들을 회상하면서 우쭐해 하기도 하며, 만일 순진한 사람을 만나기라도 하면 그 앞에서 점잖은 체 거드름을 피우며 말하고 싶다는 내색은 전혀 하지 않으면서 자기 자랑을 내세우고 교만을 떨기도 하는 것이다. 즉, 나는 이러한 사람이다, 하고서 말이다!

그렇지만 이 자만 속에 스며 있는 세심함은 신중하게 나타나고, 그러한 말도 때로는 무료하게 무의식중에 드러나기도 하니, 얘기하는 사람의 모든 말과 어조 속에서 등장하는 그 교묘한 점잔은 과연 어떤 것인가! 이 사람들은 그러한 것을 어디서 배웠단 말인가!

한번은 감옥에 들어온 지 얼마 되지 않았던 어느 길고 긴 밤중에, 나는 무료하고 우울하게 나무 침상 위에 누워 그런 이야기 중 하나를 들은 적이 있다. 나는 아직 미숙했으므로 이 이야기꾼이 마치 거대한 사람이며 무서운 악당일 뿐만 아니라, 전대미문의 강철과 같은 성격을 소유하고 있는 자라고 생각했다. 그때만 해도 뻬뜨로프를 조금은 우습게 본 것이 사실이었다. 이야기의 주제는 루까 꾸지미치가 자기 만족 이외에는 결코 아무런 이유도 없이 소령 한 명을 〈살해〉했다는 것이었다. 이 루까 꾸지미치[68]는 내가 이미 위에서 말했던 소러시아 출신 죄수들 중의 한 명으로, 우리 감옥에서 제일 나이가 어리며 키가 작고 몸이 마른 매부리코의 젊은 죄수였다. 그는 원래 러시아 인이었지만, 남부 지방에서 농노로 태어난 것뿐이었다. 그의 성격에는 실제로 예리하고 오만한 면이 있었다. 〈새는 작지만 발톱은 날카로웠던 것이다.〉 그러나

---

68 러시아에서는 이름, 부칭, 성 이외에도 애칭이 존재한다. 루츠까는 루까 꾸지미치의 애칭이다. 루까, 루츠까는 동일 인물이다.

죄수들에겐 본능적으로 사람을 구분하는 능력이 있었다. 그들은 그를 별로 존중하지 않았고, 감옥에서 말하는 식대로 하면 〈그는 그다지 존경받지 못했던 것이다〉. 그는 무척이나 자존심이 센 사람이었다. 이날 저녁에도 그는 침상에 앉아 루바쉬까를 깁고 있었다. 재봉 일이 그의 직업이었다. 그 옆에는 멍청하고 안목이 없는, 그러나 선량하고 친절하며 건장하고 키 큰 젊은이 꼬빌린이 앉아 있었다. 말하자면 나무 침상 위의 이웃인 것이다. 루까는 그와 이웃하고 있었으므로 그와 자주 다투곤 했는데, 대개는 그를 깔보는 것처럼 조소적이며 위압적인 태도를 나타내곤 했다. 꼬빌린은 원래 둔했기 때문에 그것을 눈치챌 수가 없었다. 그는 털양말을 들고서 무관심하게 루까의 말을 듣고 있었다. 루까는 크고 또렷하게 이야기를 했다. 그는 이 이야기를 짐짓 꼬빌린에게만 하는 척했지만, 다른 사람들도 모두 자기의 이야기를 들어주었으면 하고 바라는 것 같았다.

「이봐, 들어봐, 나는 우리 고장에서 C[69]시로 추방당했어.」 그는 바느질을 하면서 이야기를 시작하였다. 「말하자면 부랑자인 셈이지.」

「그게 언제였나, 오래된 일인가?」 꼬빌린이 물었다.

「완두콩이 여물면 1년이 되는 거지. 그런데 K[70]시에 왔을 때, 나는 거기서 잠깐 감옥에 갇혔지. 내가 보니까, 나와 같이 한 20명쯤이 같이 앉아 있는데, 모두가 키가 크고 건강하며 황소처럼 장대하더구먼. 그런데 한결같이 얌전하기만 했어. 식사는 형편없었고, 그들의 소령은 마치 자비라도 베풀 듯이 〈제멋대로〉 굴더군(루츠까는 일부러 말을 왜곡하고 있었다). 그렇게 앉아 있기를 하루, 이틀, 그러자 그들이 겁쟁이로 보

---

69 끼예프 북부의 체르니고프를 말함.
70 끼예프를 말함.

이더군. 내가 말했지. 〈어쩌자고 당신들은 저런 멍청이를 가만 놔두는 거요?〉 그랬더니 〈그럼, 네가 가서 한번 말해 봐!〉라고 말하면서 심지어 나를 비웃기까지 하더란 말이야. 나는 잠자코 있었지.」

「이봐, 그런데, 거기에 아주 웃기는 소러시아 놈이 한 명 있었어.」 그가 갑자기 꼬빌린을 제치고, 다른 사람들을 향하여 말을 잇는 것이었다. 「그자는 자기가 어떻게 법정에 서게 되었고, 재판관과 어떻게 이야기를 했는가를 말하면서 울더란 말일세. 자기에게는 자식들과 마누라가 있다고 말이야. 그자는 허옇고 뚱뚱했어. 그자가 이렇게 말하더군. 〈나는 재판관에게 말했지. 아니라고! 그랬더니 이 마귀 새끼 같은 놈이 모든 것을 전부 그대로 써버리는 거야. 그래서 말했지. 너처럼 돼지 같은 놈은 죽어 버리라고! 그랬더니 그놈은 그것까지 모두 적고 있는 거야! 거기서 나는 정신을 차릴 수가 없게 되었지!〉 바샤, 실 좀 줘봐. 여기 감옥 것은 금방 끊어진단 말이야.」

「시장 것이야.」 실을 주며 바샤가 대답한다.

「우리 공장 물건이 제일 좋아. 아나메드니시 네발리다에게 부탁했는데, 그 녀석 그거 어디 형편없는 여자한테서 구해 오는 거 아니냐?」 루까가 밝은 곳에서 실을 꿰면서 계속했다.

「아낙네들한테서 구해 오겠지, 말하자면.」

「말하자면, 아낙네들이라.」

「그런데, 소령과의 일은 어떻게 된 거지?」 거의 뒷전에서 잊혀져 있던 꼬빌린이 물어보았다.

오직 그 질문만이 루까가 필요로 하는 것이었다. 그러나, 그는 마치 꼬빌린에게는 주의조차 기울일 필요가 없다는 듯이 자기의 말을 계속하지는 않았다. 조용히 실을 가지런하게 편 다음, 무료하다는 듯이 두 발을 바꿔 포개고서는 마침내 말을 하기 시작했다.

「마침내 나는 소러시아 사람들을 불안하게 만들어 소령을 오게 만들었지. 나는 아침부터 옆사람에게 사기꾼[71]을 부탁해 숨겨 두었어. 만일의 경우를 대비해서 말이지. 소령은 격분해서 달려왔지. 〈자, 겁낼 것 없다고, 소러시아 친구들!〉 하고 내가 말했지. 하지만 그들은 발끝까지 저리는지 부들부들 떨고 있더군. 소령이 취해 가지고 뛰어들어왔어. 〈누가 여기에 있나! 누가 여기에 있느냔 말이다! 나는 황제고 나는 신이다!〉」

「그가 〈나는 황제고 나는 신이다〉라고 말하자마자 내가 앞으로 나섰지.」 루까는 계속 말을 했다. 「소매에 칼을 감추고서 말이야.

〈아닙니다, 각하〉 하고 내가 말했어. 조금씩조금씩 그에게로 가까이 다가가면서 말이야. 〈아닙니다 각하, 어떻게 각하가 우리의 황제나 신이 될 수 있다는 말입니까?〉

〈아, 바로 너였구나, 바로 너였어?〉 소령이 고함을 쳤어. 〈폭도 같은 놈!〉

〈아닙니다.〉 내가 말했지(조금씩 그에게로 다가섰어), 〈아닙니다, 각하. 전지전능하시고 만유에 편재하시는 우리의 하느님이 한 분이시라는 것은 각하도 알고 계시지 않습니까〉라고 말했어. 그리고 〈우리 위에 계신 황제도 하느님처럼 한 분이십니다, 각하. 그분은 군주이십니다. 각하는 단지 소령이실 뿐입니다〉라고 말했어. 〈각하는 황제의 자비와 자신의 공로로 우리의 사령관이 되신 것입니다〉라고 말이야.

〈뭐 — 뭐 — 뭐 — 뭐라고!〉 그렇게 꼬꼬댁거리기 시작하더니 말을 못하는 거야, 더듬거리더라고. 무척이나 놀랐던 거지.

---

71 단도(短刀).

〈그래, 그렇다고.〉 이렇게 말하고는 갑자기 그에게 달려들어 그의 배 한가운데다가 칼을 깊숙이 찔러 넣었지. 쉽더라고. 뒹굴더니, 두 발을 꿈틀거리기만 할 뿐이야. 나는 칼을 던져 버렸지.

〈자, 보라고. 이 소러시아 인들아. 이제 그를 일으켜 세워!〉 내가 말했지.」

여기서 나는 잠시 뒤로 되돌아가 보려고 한다. 불행하게도, 〈나는 황제고 신이다〉라는 표현과 이와 유사한 다른 모든 표현들은 우리 나라에서 많은 지휘관들 사이에서 사용되었다. 그러나 이제 그러한 표현을 사용하는 지휘관들은 남아 있지 않거나, 아니면 아마도 거의 모두가 전역했음을 인정해야 한다. 동시에 그러한 표현을 써가며 우쭐거리는 것을 좋아했던 지휘관들은 대부분이 하사관에서 진급한 사람들이라는 점을 지적해 두어야겠다. 장교라는 계급이 그들의 모든 마음속과 동시에 그들의 머리를 뒤집어 놓은 것인지도 모른다. 오랫동안 멜빵 끈 밑에서 고생을 하고 굴종의 모든 단계를 거쳐 오면서, 별안간 자기가 장교가 되고 지휘관이 되고 고관이 된 것을 보자 그들은 아직 익숙해지지 못한 처음의 기쁨에 들떠서, 자기의 권위와 의의에 대한 생각을 과장하는데, 물론 그것은 자기에게 예속된 하위 계급에 대해서만 그러는 것이다. 그들은 아직도 자신들의 상관 앞에서 전혀 필요치 않거나 아니면 다른 많은 상관들에게 오히려 반감을 살 만한 그런 비굴함을 이전처럼 보이는 것이다. 이렇게 비굴한 사람들 가운데는 자기의 상관 앞에서 심지어는 특별한 감동에 젖어, 자신들은 하사관 출신이므로 비록 지금은 장교라고 하더라도 〈자신의 처지를 항상 기억하겠다〉고 서둘러 말해 버리는 자들도 있다. 그러나 그들은 자기보다 낮은 계급의 사람들에 대해서는 거의 무제한적인 명령자가 되어 버린다. 물론 지금은 그러한 사람들이, 그러니까 〈나는 황제고 신이다〉라고 외치는 사람들이 거의 없는 것이 사실이다. 그러나 그럼에도 불구하고 나는 지휘관들의 이러한 표현이 다른 모든 하위 계급의 사람들뿐만 아니라 죄수들까지도 격분시킨다는 것을 지적해 두고 싶다. 이러한 자기 과신의 철면피와 자기 면책에 관한 과대망상은 아주 고분고분한 사람들에게까지도 증오심을 불러일으키고, 마지막 인내까지도 근절해 버린다. 다행히도 이 모든 사건들은 과거의 일이며, 그 시절에도 상관들에 의해서 엄격히 규제되었던 일이다. 나도 그 몇 가지 실례들을 알고 있다.

대체로 하급자들을 격분시키는 것은 그들과 마주칠 때 나타나는 상급자들의 모든 소홀함과 혐오감 때문이다. 예를 들어 어떤 사람들은 이렇게 생각한다. 만일 죄수들을 잘 먹여 주고, 잘 다루어서 모든 것을 법대로만 처리하면 만사가 끝이라고 말이다. 이것도 역시 오해의 하나이다. 사람은 누구나가 모두, 그가 모욕을 당한 사람이라고 할지라도, 본능적으로든지 아니면 무의식적으로든지 자기의 인간적 가치에 대한 존중을 요구하는 것이다. 죄수 자신도 자기가 죄수라는 것을, 버림을 받은 사람이라는 것을 잘 알고 있으며, 간수 앞에서의 자기 위치도 알고 있다. 그러나 어떠한 낙인으로도, 어떠한 족쇄로도 그로 하여금 그가 인간이라는 사실을 잊게 만들 수는 없다. 실제로 그는 인간이므로, 결국 그를 인간적으로 대하지 않을 수 없다. 아, 그렇다! 〈인간적인 대접〉은 이미 오래 전에 신의 형상을 상실했던 그런 사람들조차도 인간으로 만들 수 있는 것이다. 이 〈불행한 사람들〉이야말로 가장 인간적으로 대해 주어야 한다. 이것이야말로 그들의 구원이자 기쁨이다. 나는 그처럼 선량하고 고결한 상관들을 만난 적이 있다. 나는 그들이 이처럼 학대받고 있는 사람들에게 주었던 영향을 본 적도 있다. 몇 마디의 부드러운 말, 그것만으로도 죄수들은 정신적으로 거의 부활하게 된다. 죄수들은 어린아이들처럼 기뻐하고, 어린아이들처럼 사랑하게 된다. 나는 하나만 더 이상스러운 것을 지적해 두고 싶다. 죄수들은 지나치게 친밀한 것도, 상관의 〈지나친〉 친절도 좋아하지 않는다. 상관을 존경하고 싶어하면서도, 그렇게 되면 웬일인지 그를 존경하지 않게 된다. 예를 들어 죄수들은 자기의 상관이 훈장이 있거나 풍채가 좋거나 윗사람으로부터 총애를 받거나, 엄격하고 무게가 있으며 공정하고 자기의 위엄을 지킬 줄 아는 사람이면 마음에 들어 한다. 죄수들은 그러한 상관을 훨씬 사랑한다. 말하자면, 자기의 위엄을 유지하면서도 죄수들을 모욕하지 않는다면 모든 것이 금상첨화인 것이다…….

....

「아마도 그것 때문에 자네 무척이나 들볶였겠구먼, 그렇지 않은가?」 꼬빌린이 나지막이 물어보았다.

「흠, 들볶였지. 들볶인 것이 사실이야. 알레이, 가위 좀 줘! 이보게들, 오늘은 마이단 하다 남은 것이 없나?」

「오래 전에 다 마셔 버렸지.」 바샤가 말했다. 「다 마셔 버리지 않았다면 주지, 안 주고 있겠나.」

「만약, 만약이라고! 만일 모스끄바에서라면, 그 〈만약〉이라는 말에 1백 루블은 받았을 것이다.」 루츠까가 말했다.

「루츠까, 너는 모두 해서 얼마를 받았지?」 또다시 꼬빌린이 말했다.

「친절한 친구 하나가 1백 5루블을 주더군. 이봐들, 내가 무슨 말을 해야 될지. 나를 아주 죽이려고 들더란 말이야.」 루츠까는 또다시 꼬빌린을 제쳐놓고 말을 가로챘다. 「내게 1백 5

루블을 주려고 나를 잘 차려 입혀 데리고 나가더군. 하지만 나는 그때까지 한 번도 채찍 맛을 보지 못했어. 사방에 구경꾼들이 흘러 넘쳤고, 온 도시 사람들이 몰려드는 것 같았어. 도둑이 벌을 받게 될 거다, 살인자다 해서 말이야. 사람들이 얼마나 멍청한지, 어떻게 말해야 좋을지 모르겠군. 찌모페이[72]는 내 옷을 벗긴 다음, 나를 눕히고 이렇게 외쳤지. 〈때릴 테니, 정신 똑바로 차려!〉 어떻게 될까 해서 기다려 보았지. 그가 나를 한 번 내리치자 나는 고함을 지르려고 입을 벌려 보았지만, 고함소리가 나오지 않았어. 말하자면 목소리가 잠긴 거야. 두 번째 내리치자, 믿을지 안 믿을지 모르겠지만, 나는 둘이라고 세는 소리도 듣지 못했어. 제정신을 차렸을 때는 열일곱이라고 세는 소리가 들리더군. 그러고는 네 번이나 나를 고문대에서 끌어내려 놓고는 30분씩 쉬게 하더군. 물도 끼얹으면서 말이야. 나는 눈을 부릅뜨고 모든 사람을 바라보면서 생각했어. 〈여기서 나는 죽는구나……〉 하고 말이지.」

「그런데 죽지 않았어?」 이렇듯 천진하게 꼬빌린이 물어보았다.

루츠까는 몹시 경멸하는 듯한 시선으로 그를 둘러보았다. 이윽고 웃음소리가 울렸다.

「정말, 바보 같은 놈이로군!」

「골통이 좀 건강치 못하군 그래.」 루츠까가 마치 이런 사람과 이야기를 하고 있었다는 것을 후회라도 하듯 말했다.

「정신이 약간 나갔다는 말씀이라고.」 바샤가 확인을 했다.

루츠까는 비록 사람을 여섯이나 죽였고, 그래서 진정으로 무서운 사람이 되고 싶어하는 것 같았지만, 감옥에서는 아무도 그를 무서워하지 않았다……

---

[72] 형리(刑吏).

9. 이사이 포미치, 목욕탕, 바끌루신 이야기

성탄절[73]이 다가왔다. 죄수들은 성탄절을 엄숙한 마음으로 기다렸으며, 그리고 나 또한 그들을 바라보며 무엇인가 예기치 않은 일을 기다리게 되었다. 우리는 성탄절의 사흘 전, 목욕탕에 가게 되었다. 그때만 해도, 특히 내가 감옥에 있던 첫해만 해도 죄수들을 목욕탕으로 데리고 가는 것은 무척이나 드문 일이었다. 모두 기쁜 마음에 준비를 했다. 점심을 먹고 난 다음 가기로 되어 있었기 때문에 오후에는 일이 없는 셈이었다. 우리 옥사에서 다른 누구보다도 기뻐하고 법석을 떤 사람은, 내가 이 이야기의 4장에서 이미 언급했던 유대 인 유형수 이사이 포미치 붐쉬쩨인[74]이었다. 그는 망연해지고 감각이 없어질 정도로 한증하는 것을 좋아했는데, 내가 옛 기억을 더듬어 우리 감옥의 목욕탕을 회상할 때면(그것은 잊혀지지 않을 정도의 가치가 있었다), 매번 그 광경의 첫번째 장면으로 나의 감옥 친구이자 옥사 동거인이었던 이사이 포미치의 그 즐거워하던 잊을 수 없는 얼굴이 눈앞에 나타난다. 그는 참으로 익살스럽고 웃기는 사람이었다! 나는 이미 그의 외모에 대해 몇 가지를 이야기한 적이 있다. 뺨과 이마에 흉측한 낙인이 찍혀 있고 허약하며 주름투성이인 그는, 쉰 살쯤 되었고 바싹 마른 데다가 힘도 없었고 하얀 병아리 같은

---

73 1918년까지 러시아에서 사용한 율리우스력으로는 12월 25일의 성탄절이 1월 7일임.

74 『작가 일기』에서도 언급되고 있듯이, 러시아 내에서 당시 3백만 명이나 되던 유대 인 문제는 신민(神民)이라는 관점에서 도스또예프스끼의 창작에 많은 비중을 차지하고 있다. 그러나 『아저씨의 꿈』에 나타나는 것처럼, 유대 인들은 붐쉬쩨인과 같이 유머스럽고 구두쇠이지만 천진한 인물로 그려지고 있다.

체구를 하고 있었다. 그의 얼굴 표정에는 그 어느 것에도 동요하지 않는 자족감과 행복함이 끊임없이 내비치고 있었다. 그는 감옥에 들어온 것조차도 마음 아파하지 않는 것 같았다. 그는 보석 세공사였는데, 도시에는 이런 보석 세공사가 없었기 때문에, 도시에 사는 지체 높은 사람들이나 관리들의 주문을 받으며 계속해서 보석 세공 일 한 가지만 하고 있었다. 이런 일을 하면서 그는 그런대로 몇 푼씩을 벌 수 있었다. 그는 궁핍하다기보다는 오히려 유복하게 생활하고 있는 편이었으며, 돈을 모았다가는 감옥의 모든 사람들에게 저당을 잡고 이자를 받으며 돈을 빌려 주었다. 그는 사모바르와 좋은 요뿐만 아니라 찻잔, 거기다 한 벌의 식기까지도 가지고 있었다. 도시의 유대 인들도 그와 알고 지냈으며, 그를 비호해 주는 일을 마다하지 않았다. 토요일마다 그는 호송병의 호위를 받으며 도시의 예배당에 가기도 했는데(법에 따라 허용이 되고 있었다), 그렇게 마음 편히 살면서도 〈장가〉를 들고 싶어 12년의 형기가 어서 끝나기를 학수고대하며 초조해하는 것이었다. 그에게는 소박함과 멍청함, 교활함과 대담함, 단순함과 소심함, 오만함과 뻔뻔스러움이 우스울 정도로 뒤쉬어 있었다. 내가 참으로 이상스럽게 생각한 것은 죄수들이 장난삼아 그를 놀리는 것일 뿐, 결코 그를 조롱하지 않는다는 점이었다. 이사이 포미치는 모든 사람들의 마음을 풀어 줄 뿐만 아니라, 늘 위안이 되고 있음에 틀림없었다. 〈그는 우리에게 한 명뿐인 사람이야, 이사이 포미치를 건드리지 말아.〉 죄수들은 이렇게 말하곤 했으며, 이사이 포미치도 그들이 왜 그런지 잘 이해하고 있어서, 죄수들의 좋은 위안거리라는 것에 대한 자신의 비중에 자부심을 갖고 있음에 틀림없었다. 말을 들어 보니, 그는 우스운 모습으로 감옥에 도착한 모양이었다. (그는 나보다 먼저 감옥에 왔기 때문에 이것은 다른 죄수들이 나에게 들려준 말이다.) 어느 날 저녁 무렵, 일을 끝내고 난 시간, 감옥 안에 유대 인이 들어와 지금 위병소에서 머리를 밀고 있으니까 곧 도착하리라는 소문이 삽시간에 퍼졌다. 그때까지만 해도 감옥에는 유대 인이 한 명도 없었다. 죄수들은 그를 초조하게 기다렸고, 그가 문 안에 들어서자마자 곧 그를 에워쌌다. 감옥의 하사관 한 명이 그를 민간 옥사로 데려가서는, 그의 자리를 나무 침상 위에 정해 주었다. 이사이 포미치의 손에는 그에게 지급된 관급품과 자기의 사물을 담은 포대가 들려 있었다. 그는 포대 자루를 내려놓고 어느 누구도 눈을 들어 바라보려고 하지 않은 채, 침상에 기어올라가 다리를 움츠리며 자리를 잡고 앉았다. 그의 주변에서는 그가 유대 인이라는 것을 염두에 둔 감옥 식의 농담과 웃음이 울려 퍼지고 있었다. 그때 갑자기 젊은 죄수 한 명이 손에 관급 각반을 덧대어 기운 아주 낡고 더럽고 너덜거리는 자기의 여름 바지들을 들고서, 사람들 사이를 헤치며 앞으로 나왔다. 그는 이사이 포미치 옆에 앉아서, 그의 어깨를 툭 쳤다.

「자, 정다운 친구여, 난 자네를 여기서 자그만치 6년이나 기다렸네. 자, 보라고, 많이 줄 수 있지?」

그리고 그는 그 앞에 지고 온 누더기를 펼쳐 놓았다.

감옥에 들어올 때부터 자기를 완전히 둘러싸고 비웃는 듯하며, 꼴사납고 흉측스러워 보이는 얼굴들을 하고 있는 이 무리들에게 시선조차 한번 줄 수 없을 만큼 겁을 집어먹고 있던 이사이 포미치는 겁에 질려 한마디 말도 꺼내지 못했지만, 저당물을 바라보면서는 갑자기 몸을 움찔하더니 민첩하게 손가락으로 이 누더기를 헤집어 보는 것이었다. 심지어는 불빛에 비춰 보기까지 했다. 그가 말하기를 모두 기다리고 있었다.

「자, 아마 은화 1루블 정도는 줄 수 있겠지? 그 정도는 나갈 테니까!」 저당물을 잡힌 죄수가 이사이 포미치에게 눈짓을 하면서 말했다.

「은화 1루블은 안 돼, 7꼬뻬이까면 몰라도.」

이것이 이사이 포미치가 감옥에서 한 첫마디였다. 모두들 배를 잡고 웃어댔다.

「일곱이라! 좋아. 일곱이라도 줘, 너는 운이 좋은 거야! 저당물을 주의해. 잘못하다간 내 모가지하고 바꿔야 될지도 모르니까.」

「3꼬뻬이까가 이자니까 10꼬뻬이까를 가지고 와야 돼.」 돈을 찾느라 손을 주머니 속에 넣고서 슬금슬금 죄수들을 바라보며, 더듬거리고 겁먹은 목소리로 유대 인은 말을 했다. 그는 무척이나 겁을 집어먹고 있었지만, 그래도 장사는 벌이고 싶었던 것이다.

「3꼬뻬이까는 1년치 이자인가?」

「아니야, 1년이 아니라 한 달 이자야.」

「아주 인색한 유대 인이로구먼. 그래, 이름은 뭐야?」

「이사이 포미치.」

「그래, 이사이 포미치, 너는 앞으로 여기서는 잘 나가게 될 거야! 잘 있게.」

이사이 포미치는 다시 한번 저당물을 검사하고, 죄수들이 계속해 웃고 있는데도 그 누더기를 접어서 조심스럽게 자기의 포대 속에 담는 것이었다.

실제로는 모든 사람들이 그를 사랑하고 있었으며, 거의 모든 사람들이 그에게 빚을 지고 있었음에도 불구하고, 어느 누구 하나 그를 괴롭히지 않았다. 그 자신도 암탉과 같이 온순했으며, 이따금 자신에 대한 다른 사람들의 일반적인 호감을 보고서 거드름을 피우기도 했지만, 그런 소박한 익살은 곧 용서받을 수 있었다. 감옥에 들어오기 전에 많은 유대 인을 알고 있었던 루츠까는 가끔 그를 약올렸지만, 그것은 악의에서라기보다는 개나 앵무새, 또는 애완 동물 등과 장난을 치듯이 재미삼아 그러는 것이었다. 이사이 포미치는 이것을 잘 알고 있어서 조금도 성을 내지 않고 재치 있게 농담으로 받아넘기는 것이었다.

「어이, 유대 인, 한 방 먹일 테다.」

「네가 나를 한 대 때리면 나는 네게 열 대를 때릴 테다.」 이사이 포미치는 용감하게 대답을 했다.

「옴이나 옮길 망할 자식!」

「옴이면 어때.」

「옴 붙은 유대 인 놈!」

「아무려면 어때. 옴이 있어도 부자면 됐지. 돈이 있다고.」

「그리스도를 팔았지.」

「아무려면 어때.」

「잘한다. 이사이 포미치, 잘해! 그는 우리에겐 하나밖에 없는 사람이니까, 그를 건드리지 마!」 다른 죄수들이 웃으면서 소리쳤다.

「이봐, 유대 인, 네놈을 매질해서 시베리아로 보내 버릴 거야.」

「그래, 나는 지금도 시베리아에 있다.」

「더 멀리 보내 버린단 말이야.」

「거긴 하느님 나리도 계신가?」

「그럼, 있고말고.」

「그럼 됐어. 하느님 나리도 계시고 돈도 있다면, 어디든 좋은 곳이야.」

「잘한다, 이사이 포미치, 정말 잘한다!」 이사이 포미치는 그렇게 사람들이 고함을 치고 자기를 보며 웃는 것을 보고서 한층 용기를 돋운다. 모든 사람들의 칭찬을 받자 눈에 띄게 만족스러워하는 그는 온 감옥이 떠나갈 듯, 가느다란 고음으로 노래를 부르기 시작했다. 〈랴 — 랴 — 랴 — 랴 — 랴!〉 그가 감옥 생활을 하는 동안 내내 불러 댔던 이 유일한 노래는 가사도 없고 괴상하며 우스꽝스러운 멜로디를 담고 있었다. 그 뒤 나와 친해지게 되면서, 그는 이 노래가 60만 유대 인들이 홍해를 건너면서 남녀노소를 막론하고 불렀던 바로 그 노래의 멜로디를 담고 있으며, 이 멜로디는 적에게 이기거나 승리의 제전을 거행할 때 부르도록 모든 유대 인들에게 유훈(遺訓)으로 내려져 오는 것이라고 맹세코 단언하는 것이었다.

매주 토요일 전야, 금요일 밤에는 다른 옥사의 사람들도 이사이 포미치가 어떻게 유대 교 안식일을 보내는가를 보기 위해서 일부러 우리 감옥에 들르기도 하였다. 이사이 포미치는 이런 호기심조차도 만족스러워할 만큼 악의 없는 자만과 허영심을 보여 주는 사람이었다. 그는 조금 현학적으로 거드름을 피우면서 구석에다 자기의 작은 탁자를 놓고서 책을 펼친 다음, 두 개의 초에 불을 붙이고 신비스러운 말을 몇 마디 중얼거리면서 자기의 제의(祭衣)를 입기 시작했다(그는 제의를 〈제이〉라고 발음했다). 평상시에는 정성스레 궤짝에다 보관하고 있던 이 옷은 양모로 된 현란한 망토였다. 두 손에는 수갑 같은 것을 감아 매고, 머리와 이마에는 나무로 만든 어떤 작은 상자를 붕대로 붙들어매 놨으므로, 이사이 포미치의 이마에는 어떤 우스꽝스러운 뿔이 솟아 있는 것처럼 보였다. 이윽고 그는 기도문을 읽기 시작했다. 그는 기도문을 노래하듯이 읽었고, 고함을 치다가 침을 뱉었으며, 사방을 휘둘러보기도 할 뿐만 아니라, 짐승처럼 우스운 몸짓을 하기도 했다. 물론 이 모든 것들은 기도 의식의 하나였으므로 조금도 우습거나 이상스러울 것이 없었는데도 불구하고 우스웠던 것은, 이사이 포미치가 우리들 앞에서 일부러 뽐내는 것처럼, 자신의 의식을 자랑하는 것처럼 보였기 때문이다. 그는 이어 갑작스럽게 두 손으로 머리를 감싸 쥐고 울면서 기도문을 읽기 시작하였다. 흐느낌소리가 격해지자 힘이 빠졌고, 그러자 그는 우는 소리를 내며 언약궤[75]로 장식한 자기의 머리를 책 위로 떨구는 것이었다. 그러나 큰소리로 흐느끼다 말고 웃기 시작하는가 하면, 웬일인지 감동적이며 장중한 목소리로 혹은 행복에 겨워 몹시 쇠잔한 듯한 목소리로 노래하듯 기도문을 읊는 것이었다. 죄수들은 〈제정신이 아니군!〉 하고 말하곤 했다. 나는 어느 날 이사이 포미치에게, 이러한 흐느낌은 무엇을 의미하며, 그리고 갑작스레 행복과 기쁨으로 옮겨 가는 이 장중함은 무엇을 의미하느냐고 물어본 적이 있다. 이사이 포미치는 나에게서 이러한 질문을 받은 것을 무척이나 기뻐하였다. 그는 울음과 흐느낌이 예루살렘을 잃어버린 것을 의미하며, 교리에도 이 부분에서는 가능하면 세게 자기의 가슴을 치고 흐느끼라고 지시한다며 내게 천천히 설명해 주었다. 그러나 이렇듯 세찬 흐느낌 속에서도 이사이 포미치는 마치 우연인 것처럼, 예루살렘으로 유대 인들이 귀환하리라는 예언을 〈갑작스레〉 상기해야만 한다는 것이다(이 〈갑작스럽다〉는 말도 역시 교리에 씌어 있다고 했다). 그 부분에서는 기쁨과 노래와 웃음을 지체 없이 터뜨려야 하며, 가능하다면 목소리를 통해 많은 행복과 장중함과 고결함을 표현하면서 그렇게 기도서를 읽어야만 한다고 했다. 이러한 〈갑작스러운〉 전환과 이러한 전환의 필연적인 의무가 특히 이사이 포미치의 마음에 들었던 것이다. 그는 이러한 가운데

---

75 십계명을 새긴 돌을 넣어 두는 성물함.

무엇인가 특별하고도 교묘한 책략이 있다고 보고 있었으므로, 자만스러운 표정으로 나에게 이 이해하기 힘든 교리의 규칙을 설명해 주었다. 한번은 옥사 안에서 한창 기도가 무르익어 가고 있을 때, 소령이 직접 당직 장교와 보초를 대동하고 들어온 적이 있었다. 모든 죄수들은 자기의 침상 옆에 차려 자세로 서 있었으나, 오직 이사이 포미치만이 점점 더 크게 소리지르면서 젠체를 하기 시작했다. 그는 기도가 허용되어 있고, 그것을 중단할 수는 없으며, 소령 앞에서 고함을 지르더라도 아무런 위험이 없을 것이라는 것을 알고 있었다. 그러나 그가 특히 유쾌하게 생각했던 것은 소령 앞에서 거드름을 피울 수 있으며, 우리들 앞에서도 우쭐댈 수 있다는 것이었다. 소령은 불과 한걸음 앞까지 그에게로 다가갔다. 이사이 포미치는 뒤를 향하여 자기의 탁자 쪽으로 몸을 돌리고는 소령의 면전에서 곧장 두 팔을 휘저으며 그 장엄한 예언을 노래하듯 천천히 읊기 시작하는 것이었다. 바로 그 시점이 자기 얼굴에 지극한 행복과 고결함을 표현하도록 교리가 정하고 있는 때였으므로, 그는 천천히 이것을 실행하면서, 웬일인지 눈을 찡긋거리기도 하고 웃기도 하면서 소령에게 머리를 끄덕이는 것이었다. 소령은 놀란 듯했지만 드디어는 웃음을 터뜨린 채 얼굴을 맞대고 코앞에서 그를 바보라고 부르며 지나가 버렸다. 그러나 이사이 포미치는 점점 더 세차게 고함을 지르기 시작하는 것이었다. 한 시간 정도 지나 그가 저녁 식사를 하고 있을 때, 나는 그에게 소령이 우둔해서 당신에게 화를 내면 어쩔 셈이었느냐고 물어보았다.

「어떤 소령을 말하는 겁니까?」

「어떤 소령이냐고? 정말로 보지 못했단 말이오?」

「그렇소.」

「바로 당신 앞 1아르신 거리에 서 있던, 당신 코앞에 서 있던 사람 말이오.」

그러나 이사이 포미치는 아주 심각한 표정을 지으며, 자기는 결단코 어떠한 소령도 본 적이 없다고, 기도를 드리고 있던 그 시간에는 자기가 어떤 황홀경에 빠져 있어서, 그래서 아무도 보지 못했으며, 자기 주변에서 일어나는 소리를 아무것도 듣지 못했다고 말을 하는 것이었다.

토요일이면 교리에 적혀 있는 대로 어떻게 해서든 아무 일도 하지 않으려고 애를 쓰면서, 하릴없이 감옥 안을 서성거리고 있던 이사이 포미치의 얼굴을 나는 지금도 눈앞에서 보는 듯하다. 매번 자기들의 예배당에서 돌아올 때면 가당치도 않은 일화들을 그는 얼마나 많이 내게 들려주곤 했는지, 뻬쩨르부르그로부터의 말도 안 되는 소식과 소문들을 자기 유대 인 친구들이 어느 누구보다도 먼저 들은 것이라고 납득시키며 내게 전해주려고 했는지 모른다.

이사이 포미치에 관해 나는 너무나 많은 말을 하는 것 같다.

온 도시를 통틀어 공중 목욕탕은 두 군데밖에 없었다. 유대 인이 경영하고 있던 하나는 귀족들을 위한 설비를 갖춘 별실이 있어서, 한 명당 50꼬뻬이까를 내고 들어가는 곳이었다. 다른 하나는 주로 대중들이 이용하고 있는 곳으로 낡고 더럽고 비좁은 목욕탕이었는데, 우리가 간 곳은 바로 이 목욕탕이었다. 춥고 햇빛이 비치는 어느 날이었다. 죄수들은 요새를 나와 도시를 보는 것만으로도 벌써 즐거웠다. 그곳으로 가는 도중 내내 웃음과 농담이 그치질 않았다. 장전한 소총을 든 한 소대의 병사들이 우리를 호송하느라 온 도시를 놀라게 하고 있었다. 목욕탕에 도착하자 우리는 곧 두 개의 교대조로 분리되었다. 두 번째 교대조는 첫번째 조가 목욕을 하는 동안 추운 탈의실에서 기다리고 있었는데, 목욕탕이 좁아서 그렇게 할 수밖에 없었다. 그럼에도 불구하고, 목욕탕은 너무나 비좁아 들어가기도 힘들었는데, 어떻게 우리들의 반수가 그곳에서 자리를 차지할 수 있었는지 모르겠다. 그러나 뻬뜨로프는 내게서 떨어지지 않았다. 그는 내가 청하지 않았는데도 내 옆으로 다가와 나를 도와주었으며, 심지어는 나를 씻겨 주기까지 하겠다는 것이었다. 뻬뜨로프와 같이 우리들 사이에선 공병이라고 불리던 특별실의 죄수, 내가 죄수들 중에서 가장 쾌활하고 가장 사랑스럽다고 기억하고 있으며, 실제로도 그런 인물이었던 바끌루신도 자진하여 나를 거들어 주겠다고 나섰다. 나는 그와 벌써 쉽게 친해져 있었다. 뻬뜨로프는 내가 옷을 벗는 것도 도와주었는데, 그것은 내가 익숙지 못해 옷을 오랫동안 벗었고, 탈의실도 추워서 거의 마당 한가운데에 있는 것과 다름없었기 때문이다. 완전히 배우기 전에는 옷을 벗는 일이 죄수들에게는 그리 쉬운 일이 아니었다. 첫째, 족쇄 받침을 빨리 풀어야 한다. 이 족쇄 받침은 약 4베르쇼끄[76] 길이의 가죽으로 되어 있고, 속옷 위에 발을 죄고 있는 쇠사슬 바로 밑에다 다는 것이었다. 이 족쇄 받침 한 짝은 은화 60꼬뻬이까 이상의 값어치가 나가는 것이었지만, 죄수들은 그것을 자기의 돈으로 마련하곤 하는데, 족쇄 받침 없이는 걸을 수가 없었기 때문이다. 족쇄 고리는 다리를 꽉 조이는 것이 아니라, 고리와 다리 사이에 손가락 하나 정도의 간격이 있었다. 그러므로 쇠가 다리에 부딪히고 쓸리게 되므로, 만일 죄수들에게 족쇄 받침이 없다면 하루만에 벌써 쓸려서 상처를 입고 말 것이다. 그러나 그 족쇄 받침을 벗는 것은 그리 어려운 일이 아니었다. 보다 더 어려운 것은 족쇄 밑의 속옷을 벗는 일을 배우는 것이었다. 이것은 완전히 하나의 마술이었다. 만일 왼발부터 아래 속옷을 벗는

---

[76] 러시아의 옛 척도 단위. 1베르쇼끄는 4.445센티미터.

다고 가정하면, 발과 족쇄 고리 사이로 속옷을 통과시켜야 할 필요가 있다. 다음에 한 발이 자유로워지면, 이 속옷을 같은 고리를 통하여 제자리로 올려 통과시키는 것이다. 그러고 나서는 이미 왼발부터 벗은 것을 모두 오른발의 고리를 통과시킨 다음, 오른쪽 고리를 통해 뗀 모든 것을 다시 반대로 자기 쪽으로 통과시키는 것이다. 새로운 속옷을 입을 때도 그러한 식으로 해야만 되었다. 풋내기들에게는 어떻게 해야 할지 생각조차 하기 어려웠다. 이 모든 것을 우리에게 제일 먼저 가르쳐 준 사람은 또볼스끄에서 5년 동안이나 사슬에 묶여 있었던, 강도 두목 꼬레네프라는 죄수였다. 그러나 죄수들은 이미 익숙해져 있어서 아무 어려움 없이 이 일을 해내고 있었다. 나는 뻬뜨로프에게 비누와 목욕 솔을 준비해 달라고 몇 꼬뻬이까를 주었다. 죄수들에게는 사실 각자 관급의 작은 비누 덩어리가 하나씩 배급되었지만, 그것은 〈중류〉 사람들의 가정에서 저녁마다 전채에 곁들여 나오는 얇은 치즈 조각 두께만 했으며, 2꼬뻬이까 정도의 크기에 지나지 않았다. 비누는 탈의장에서 꿀물과 깔라치 흰 빵, 그리고 뜨거운 물과 함께 팔리고 있었다. 죄수들에게는 목욕탕 주인과의 계약에 따라 뜨거운 물이 한 통밖에 허락되지 않았다. 더 깨끗하게 씻고 싶은 사람들은 2꼬뻬이까를 내면 탈의장으로부터 그것을 위해 특별히 만든 창문을 통해 또 한 통을 받을 수 있었다. 옷을 벗고 있던 뻬뜨로프는 내가 족쇄 때문에 발을 내딛는 것을 힘들어한다는 것을 알게 되자 팔 밑으로 나를 부축해 주었다. 〈족쇄를 종아리 위로 들어올려야지요.〉 마치 아저씨처럼 나를 부축하면서 말하는 것이었다. 〈거긴 좀 조심하세요, 문지방이 있으니까.〉 나는 조금 부끄러운 생각이 들어서 나 혼자 할 수 있다고 뻬뜨로프에게 우기고 싶었지만, 그는 내 말을 믿으려고 하지 않는 것 같았다. 그는 나를 완전히 어린애로, 미성년으로, 모든 것을 도와주어야만 하는 무능력자로 간주하고 있었다. 뻬뜨로프는 결코, 절대로 하인이 아니었다. 만일 내가 그의 화를 돋운다면, 그는 나를 어떻게 다루어야 할지 잘 알고 있는 듯했다. 나를 거들어 주었다고 해서 내가 그에게 돈을 약속한 것도 절대로 아니며, 그 스스로도 돈을 요구하지 않았다. 그렇다면, 그는 왜 이처럼 나를 돌봐 주려고 하는 것일까?

목욕탕 문을 열었을 때, 나는 우리가 지옥에 들어왔다고 생각했다. 생각해 보라. 가로 세로 열두 걸음 정도의 길이가 되는 크기의 방에 한꺼번에 1백 명 정도, 최소한 80명 정도의 사람들이 모여 있는 것을 말이다. 죄수들은 겨우 두 개의 교대조로만 나뉘어 있었을 뿐, 모두 2백 명 정도의 사람들이 목욕탕에 들어왔기 때문이다. 시야를 뒤덮는 증기, 그을음, 먼지, 그리고 어느 곳에도 발 디딜 틈 없는 비좁음. 나는 놀라서 뒤돌아서고 싶었지만, 뻬뜨로프가 이내 나를 격려해 주었다. 많은 애를 쓴 끝에 우리는 지나갈 수 있도록 바닥에 앉아 있는 사람들에게 머리를 숙여 달라고 부탁을 해서 겨우 의자가 있는 곳까지 밀고 나갈 수 있었다. 그러나 의자 위의 자리는 모두 차 있었다. 뻬뜨로프는 나에게 자리를 사야 한다고 설명했으며, 창문 부근에 앉아 있는 사람과 곧 흥정을 하기 시작했다. 그는 1꼬뻬이까에 자기 자리를 양보하고는 뻬뜨로프가 선견지명이 있어 미리 욕탕으로 주먹에 꼭 쥔 채 가지고 들어왔던 돈을 받았다. 그러고는 이내 어둡고 더럽고 끈적거리는 습기가 거의 손가락의 절반 가량이나 쌓여 있는 내 자리 바로 밑으로 몸을 감추는 것이었다. 그러나 의자 밑에도 모든 자리는 꽉 차 있었다. 거기도 역시 사람들이 우글거리고 있었다. 바닥에는 손바닥만 한 틈바구니도 없었다. 죄수들은 자기의 물통에서 물을 끼얹으며, 앉지도 못한 채 갈

고리처럼 등을 구부리고 있었다. 다른 사람들은 그들 사이에서 손으로 물통을 쥐고 선 채로 씻고 있었으므로 마치 돌출해 있는 벽돌처럼 보였다. 그들에게서 더러운 물이 곧장 밑에 앉아 있는 사람들의 빡빡 깎은 머리 위로 떨어졌다. 선반이나 선반 쪽으로 나 있는 모든 계단에서도 몸을 움츠리거나, 새우등을 하고서 씻고 있었다. 그러나 씻고 있는 사람들은 적었다. 서민들은 대부분 뜨거운 물이나 비누로 씻는 것이 아니라, 한증을 한참 한 뒤에야 찬물을 끼얹는데, 이것이 바로 목욕의 전부인 것이다. 선반 위에 있는 50여 개의 한증용 털이개가 일시에 오르내리고 있었다. 모두들 취한 듯이 몸을 철썩철썩 때리고 있었다. 증기는 계속해서 나오고 있었다. 이미 열기 정도가 아니라, 마치 지옥의 불과 같았다. 바닥을 질질 끄는 1백 개의 쇠사슬소리에 맞추어, 이 모든 것들이 소리를 지르고 법석을 떠는 것 같았다……. 지나가려고 하는 사람들은 다른 사람의 쇠사슬에 얽히기도 하고 밑에 앉아 있는 사람의 머리에 부딪치기도 했을 뿐만 아니라 서로 욕을 해대고 부딪친 사람을 자기 뒤로 잡아당기기도 했다. 더러운 물이 사방으로 흘러내렸다. 죄수들은 모두 술에 취한 듯, 어떤 정신적인 흥분 상태에 있었다. 비명과 고함소리도 울리곤 했다. 물이 들어오는 탈의장 옆 창문에는 욕설과 비좁음과 난투가 벌어졌다. 더운물은 그것을 주문한 사람들의 자리에 가기도 전에 바닥에 앉아 있는 사람들의 머리 위에 엎질러졌다. 혹시 있을지도 모를 무질서를 감시하기 위하여, 손에 총을 든 콧수염 더부룩한 병사의 얼굴이 창문이나 열린 문틈으로 비치곤 했다. 죄수들의 빡빡 깎은 머리와 붉게 달아오른 몸은 몹시 추하게 보였다. 붉게 달아오른 등허리에는 언젠가 맞은 몽둥이와 채찍의 상처가 선명하게 나 있어서, 지금 이 등허리들은 또다시 상처를 입고 온 것처럼 보였다. 무서운 상처들이었다! 그것들을 보자, 내 피에는 오한이 드는 것 같았다. 증기가 더 들어오자 그것은 짙고 뜨거운 구름처럼 온 욕탕 안을 덮었다. 모든 사람들이 고함을 지르고 깔깔거리기 시작했다. 증기의 구름 속에서 매맞은 등허리와, 빡빡 깎은 머리, 불린 팔과 다리들이 어른거리고 있었다. 이사이 포미치는 선반 제일 높은 곳에서 목청껏 깍깍 소리를 치고 있었다. 그는 정신없이 한증을 하고 있어서, 어떠한 열기도 그를 만족시키지는 못할 것처럼 보였다. 그는 1꼬뻬이까를 들여서 때를 밀어 주는 사람을 불렀지만, 그 사람은 더 이상 견디지 못하고 한증용 털이개를 던져 버리고 찬물을 끼얹으려고 달아나 버리고 말았다. 이사이 포미치는 지치지도 않고 또 다른 때 미는 사람을 연달아 불렀다. 그는 이러한 경우에는 비용을 생각지 않고 있었으므로 다섯 명이나 때 미는 사람을 바꾸었다. 〈한증을 아주 잘하고 있군, 잘한다, 이사이 포미치!〉 죄수들이 밑에서 그에게 소리쳤다. 이사이 포미치 자신도 이러한 순간이 되면, 자기가 어느 누구보다도 높으며, 모든 사람들을 이겼다고 느꼈다. 그는 환희에 찬 마음으로 날카롭고 광기 어린 목소리로 자기의 아리아를 불러 제쳤다. 랴 — 랴 — 랴 — 랴 — 랴, 그것은 다른 어떤 목소리도 제압해 버리고 말았다. 만일 우리 모두가 다 같이 지옥의 불 가운데에 떨어지게 된다면, 그것은 이 자리에서 벌어지는 일들과 무척이나 흡사할 것이라는 생각이 들었다. 나는 뻬뜨로프에게 이러한 생각을 전하지 않을 수 없었다. 그도 방을 둘러보고는 입을 다물고 있었다.

나는 그에게 나의 옆자리를 사주고 싶었지만, 그는 내 발밑에 자리를 잡고 무척 편하다고 말하는 것이었다. 바끌루신은 그동안 물을 사서, 우리에게 필요한 만큼씩 가져다 주었다. 뻬뜨로프는 머리부터 발끝까지 〈아주 깨끗하게〉 씻겨 주겠다고 말하면서, 나보고 한증을 하라는 것이었다. 나는 한증을 할 엄두가 나지 않았다. 뻬뜨로프는 나의 온몸을 비누로 씻어 주었다. 그는 끝에 가서 〈자, 이제 《다리》를 밀겠습니다〉하고 덧붙이는 것이었다. 나는 나 혼자서도 씻을 수 있다고 말하고 싶었으나, 더 이상 그를 거절하지 말고 그가 하자는 대로 모두 맡겨 두기로 마음먹었다. 그가 말한 이 〈다리〉라는 단어의 애칭[77]에는 어떤 노예적인 억양도 울리고 있지 않았다. 뻬뜨로프는 내 다리를 그저 다리라고 부를 수가 없었던 것이다. 아마도 다른 사람들에게는 다리라고 부를 수 있었겠지만, 나한테만큼은 다리라는 단어의 애칭을 쓰는 것 같았다.

나를 씻겨 주고서, 그는 마치 내가 도자기라도 되는 양 예식을 거행하듯 한걸음 내디딜 때마다 나를 부축하고 주의를 주면서 탈의장까지 데려다 주었고, 속옷을 입는 것을 도와주었을 뿐만 아니라, 끝까지 나를 거들어 주더니, 곧 한증을 하러 목욕탕 안으로 들어가 버리는 것이었다.

우리들이 옥사에 도착하자 그는 내게 차 한 잔을 권하였다. 나는 차를 거절하지 않고 다 마신 뒤 고맙다는 말을 했다. 문득 나는 그에게 보드까 반 병을 대접하는 턱을 내고 싶었다. 보드까는 우리 옥사에서도 구할 수 있었다. 뻬뜨로프는 아주 만족해 하면서 술을 마시고는 캭 소리를 내며, 내가 자기의 숨통을 터주었다고 말하며, 마치 자기가 없으면 아무것도 해결할 수 없다는 듯이 황망하게 취사장으로 가버리는 것이었다. 그가 가버리고 나자, 내가 목욕탕에서 차를 마시러 오라고 불렀던 나의 또 다른 말벗인 공병 바끌루신이 나타났다.

나는 바끌루신보다 더 친근한 성격을 가진 사람을 알지 못

---

[77] 러시아 어에서는 친근하고 구어적인 표현을 위해 애칭을 사용하는데, 여기서는 다리를 나타내는 〈노기〉라는 단어 대신 이 단어의 애칭인 〈노쥐끼〉라는 표현을 쓰고 있음.

한다. 사실 그는 다른 사람을 용서하지 않았으며, 때때로 말다툼을 벌이고 다른 사람들이 자기의 일에 간섭하는 것을 좋아하지 않았다. 한마디로, 그는 자기 자신을 지킬 줄 아는 사람이었다. 그러나 그렇다고 오랫동안 말싸움을 벌이는 것은 아니어서, 감옥 안의 모든 사람들이 그를 좋아하는 것 같았다. 그가 어느 곳엘 가든, 모든 사람들은 그를 기꺼이 맞아들이곤 했다. 도시 사람들도 그를 세상에서 제일 재미있으며, 결코 쾌활함을 잃지 않는 사람으로 알고 있었다. 그는 서른살 안팎의 키가 큰 건장한 체격의 젊은이로, 사마귀가 나 있기는 하지만 잘생기고 소박한 용모를 지니고 있었다. 그는 가끔 만나는 모든 사람들을 흉내내며 우스꽝스럽게 자기의 얼굴을 찌푸리곤 했는데, 그래서 그의 주변 사람들은 웃음을 참아 내지 못하곤 했다. 그는 익살꾼 중 한 명이었지만, 그렇다고 웃음을 까탈스럽게 증오하는 사람들에게까지 그러는 것이 아니어서, 어느 누구도 그를 〈푼수 없고 무용지물〉이라고 욕하지 않았다. 그는 열정과 생명이 충만한 사람이었다. 나는 그를 감옥에 들어온 첫날부터 알게 되었는데, 그는 나에게 자기가 소년병 출신이며, 그 뒤 공병에서 복무를 했고 자기가 몇몇 상관들의 주목과 사랑을 받았다고 무척 자랑스럽게 옛 추억을 더듬으며 말했다. 그러고는 곧 내게 뻬쩨르부르그에 관해서 물어보는 것이었다. 그는 책도 읽은 사람이었다. 어느 날 내게 차를 마시러 와서는, 아침에 S중위가 마구 소령 욕을 해대란 이야기를 내 옆에 앉아 하면서 옥사 안의 모든 죄수들을 우선 웃기고 나더니, 자못 만족스럽다는 표정을 지으며 연극을 할 수 있을 것 같다고 내게 말하는 것이었다. 성탄절이 되면 감옥에서는 연극을 한다. 배우들도 나타나게 되고, 무대 장치도 약간 한다. 도시의 몇몇 사람들은 배우 역할을 맡은 사람들에게 자기 옷을, 여자 옷까지도 주겠노라고 약속을 했으며, 어떤 사병을 통해서는 어깨 장식이 달린 장교 제복까지도 구할 수 있는 희망이 있었다. 단지 작년처럼 소령이 금지시킬 생각만 없으면 되었다. 그러나 작년 성탄절 때 소령은 제정신이 아니었다. 어딘가에서 그는 노름에 지고 돌아왔는데, 감옥에서는 장난들을 치고 있었으므로 화가 나 연극을 중지시켰지만, 올해는 아마도 방해하고 싶은 생각은 없는 것 같았다. 한마디로 말해서 바끌루신은 몹시 흥분한 상태였다. 그가 연극을 하자고 나선 사람 중 한 명이었으므로, 나는 이 연극 공연을 틀림없이 보리라고 스스로 다짐했다. 연극이 성공적으로 공연되었으면 하는 바끌루신의 소박한 기쁨은 나의 마음에도 와 닿았다. 이야기는 꼬리에 꼬리를 물어 우리는 계속 이야기를 나누었다. 그런데 그는 내게 자기가 계속 뻬쩨르부르그에서만 근무를 했던 것이 아니라, 거기서 어떤 죄를 저질러 R[78]이라는 곳으로 국경 수비대의 하사관으로 보내졌다고 말하는 것이었다.

「바로 거기서 나는 이곳으로 오게 되었지요.」 이렇게 바끌루신은 말했다.

「무엇 때문에 그렇게 된 거지?」 내가 그에게 물었다.

「무엇 때문이냐고요? 알렉산드르 뻬뜨로비치 씨, 무엇 때문일 것 같습니까? 사랑에 빠진 죄 때문이죠!」

「하지만, 그 때문에 이곳까지 오지는 않을 텐데.」 내가 웃으면서 반박을 했다.

「사실은.」 바끌루신이 덧붙였다. 「내가 그 때문에 그곳의 한 독일 사람을 권총으로 죽였습니다. 그렇지만, 독일 사람 때문에 유형을 가야 할 가치가 있는 것인지는 한번 생각 좀 해보세요!」

[78] 현재 라뜨비아의 수도인 발트 해 연안의 리가를 말함.

「그런데, 어떻게 된 일이었지? 말해 보게나, 호기심이 동하는구먼.」

「우스운 이야기입니다, 알렉산드르 뻬뜨로비치.」

「그러면 더욱 좋지. 이야기해 보게나.」

「말을 할까요? 그럼, 들어 보세요…….」

나는 우습다기보다는 오히려 이상스럽기까지 한 살인 사건 이야기를 듣게 되었다…….

「일은 이렇게 된 거지요.」 바끌루신이 시작했다. 「R이란 도시로 와보니, 독일인들이 좀 많기는 했지만, 크고 훌륭한 도시였습니다. 나는 아직도 젊은 사람이었고 상관의 마음에도 들어서, 말하자면 모자를 비스듬히 쓰고 빈둥거리며 시간을 보냈습니다. 독일 여자들한테 윙크도 하면서 말입니다. 그런데 거기서 나는 루이자라는 독일 여자에게 마음을 뺏겼습니다. 그녀와 그녀의 숙모는 둘 다 속옷 같은 것까지 빠는 세탁부였지요. 숙모는 나이가 꽤 들었고 까탈스러운 여자였지만 그네들은 그런대로 유복한 편이었습니다. 처음에는 창문을 기웃거리기도 했지만, 그 뒤로는 참된 우정을 나누게 되었지요. 간혹 발음이 분명치는 않았지만, 루이자는 러시아 어도 잘하는 편이었고, 그런 여자는 어디서고 결코 한 번도 만나본 적이 없을 만큼 사랑스러운 여자였습니다. 처음에 나는 이런저런 말을 해보았지만, 그녀는 내게 이렇게 말하는 것이었습니다. 〈안 돼요, 그럴 수 없어요, 사샤, 나는 당신의 아내가 되기 위해 내 모든 순결을 간직하고 싶어요.〉 그러고는 응석을 부릴 뿐, 낭랑한 목소리로 웃기만 하는 겁니다……. 정말, 순결한 여자였지요. 그녀 말고는 그런 여자를 한 번도 본 적이 없어요. 그녀 자신이 먼저 나하고 결혼하고 싶어 안달이었으니까요. 생각해 보세요, 어떻게 결혼을 하지 않을 수 있겠어요! 그래서 나는 중령한테 청원을 하러 갈 준비를 하고 있었습니다……. 그런데 갑자기 루이자가 만나러 나오지 않는 거예요. 다음번에도, 그 다음번에도 말입니다. 편지를 써서 부쳤는데도 아무런 답장이 없고요. 어떻게 된 건가 생각했지요. 만일 나를 속이려고 했다면, 꾀를 부려 편지에 답장을 하거나 만나러 나오거나 했을 텐데 말입니다. 하지만 그녀는 속일 만한 여자가 아닙니다. 그녀는 그냥 그렇게 끝내 버리고 말더군요. 생각해 보니 이건 바로 숙모 짓이더군요. 하지만 숙모에게 갈 용기는 나지 않았습니다. 숙모도 알고는 있었지만, 우리는 몰래 만나고 있었거든요, 살금살금 말입니다. 나는 미친 사람처럼 뛰어다니다 말고 마지막 편지를 썼지요. 〈만일 이번에도 나오지 않으면, 숙모에게 찾아가겠다〉고요. 놀라서 나오더군요. 울면서 말하기를, 시계점을 하는, 부자이긴 하지만 이미 중년이 다 되었고 자기의 먼 친척뻘이 되기도 하는 슐츠라는 한 독일인이 자기와 결혼하고 싶어한다며, 〈나를 행복하게 해주고, 늘그막에 부인도 없이 혼자 살지 않기 위해서〉라고 말했다더군요. 〈그 사람은 나를 사랑하고 있고, 오래 전부터 이런 생각을 하고 있었고, 단지 잠자코 준비만 하고 있었다〉고 말이지요. 그러더니 그녀는 이렇게 말하는 거예요. 〈사샤, 그는 부자이고 나로서는 행복한 일이에요. 당신은 설마 내 행복을 빼앗고 싶은 것은 아니겠지요?〉 내가 바라보고 있으니까, 그녀는 울면서 나를 끌어안더군요……. 아, 그녀의 말에도 일리는 있구나 하고 생각했습니다. 설사 내가 하사관이라고 해도, 사병한테 시집을 와서 뭘 하겠습니까? 그래서 이렇게 말했지요. 〈그래, 루이자, 헤어지자, 행운을 빌어. 내가 왜 너의 행복을 뺏으려 하겠니. 어때, 그는 잘생긴 사람인가?〉 하고 물어보자 그녀는 〈아니에요, 매부리코의 중년 남자예요……〉 하더니 웃기까지 하는 겁니다. 나는 그녀와 헤어지면서 이것도 운명이 아닌가 하고 생각했습니다. 그 다음날 아침 나는 그의 점포 부근에 갔지요. 길은 그녀가 말해 주었으니까요. 유리창 너머로 보니까, 독일인이 앉아서 시계를 만들고 있는데 나이는 한 마흔다섯쯤 되었을까, 매부리코에 퉁방울눈에다가 깃을 길게 세운 연미복을 입고 있는 모양이 거만스러워 보였습니다. 나는 침을 뱉고, 그 자리에서 유리창을 깨뜨려 버리고 싶었지만…… 생각을 했지요! 가만 내버려두자, 한번 엎지른 물은 도로 담을 수 없지 않은가, 하고 말이지요! 저녁 무렵에 병영으로 돌아왔는데 침상에 누워 있자니, 알렉산드르 뻬뜨로비치 씨, 믿으실지 모르겠지만 눈물이 다 나더라고요…….

그렇게 하루, 이틀, 사흘이 흘렀지요. 루이자는 만나지 않았어요. 그 사이에 한 노파(루이자가 가끔 만나곤 하던 같은 세탁부였던 노파)로부터 독일인이 우리 사이의 사랑을 알게 되어서, 그 때문에 서둘러 구혼하기로 마음을 먹었다는 말을 들었지요. 아니면 2년 정도 더 기다렸을 거라고 말이죠. 그 독일인이 루이자에게서 나하고 더 이상 만나지 않겠다는 맹세를 받아 냈고, 루이자와 숙모를 괴롭히고 있는데, 아직도 루이자가 완전히 그럴 생각을 한 것은 아니어서 지금도 결심을 못하고 있다는 말도 듣게 된 겁니다. 그 노파는 또한 나에게 모레 일요일 아침에 그 독일인이 두 사람을 커피 마시러 오라고 불렀는데, 그 자리에는 예전에는 상인이었지만 지금은 어딘가의 지하실을 지키고 있는 친척 노인 한 명도 올 거라고 말해 주었지요. 아마도 일요일에 그 사람들이 모든 일을 결정하려나 보다 하는 생각이 들자, 나는 화가 끓어올라 내 자신이 어찌할 바를 모르겠더군요. 그래서 그날도, 그 다음날도 오직 그 일만을 생각하고 있었습니다. 이 독일놈을 한입에 먹어 치워 버려야겠다는 생각이 들더란 말입니다.

일요일 아침에 나는 아침 기도가 어떻게 끝났는지도 모른 채, 벌떡 일어나서는 외투를 걸치고 그 독일인 집으로 향했습니다. 그들 모두를 만나 봐야겠다는 생각으로 말입니다. 그러나 왜 독일인 집으로 갔는지, 거기서 무슨 말을 하고 싶어서 그랬는지는 나 자신도 모르겠습니다. 하지만 만일의 경우를 대비해서 호주머니에 권총을 집어 넣었지요. 내 권총은 낡아빠진 구식 공이치기 식이었습니다. 어렸을 때 쓰던 것이었지요. 이 권총을 발사하는 것은 쉬운 일이 아니었습니다. 그러나 나는 총알을 장전했습니다. 그들이 쫓아내거나 폭언을 퍼부을 테니까 권총을 꺼내 들고 그들을 위협해야지 하고 생각했던 거지요. 그곳에 도착했습니다. 점포에는 아무도 없었고, 모두들 뒷방에 모여 있는 거예요. 그들 외에는 아무도 없었고, 하녀도 없었습니다. 그 사람에게는 독일인 하녀가 한 명 있었는데, 그녀는 요리사도 겸했지요. 점포를 가로질러 들여다보니, 거기에 문이 하나 있었는데 닫혀 있더군요. 무척이나 낡은 문이었는데, 걸쇠로 잠그게 되어 있는 문이었습니다. 가슴이 두근거리기 시작해서 그 자리에 멈춰 서서 들어 보니까, 독일어로 이야기들을 나누고 있더군요. 그래서 있는 힘을 다해 한 발로 문을 걷어찼더니 문이 열렸어요. 보니까 식탁 준비가 되어 있었습니다. 식탁 위에는 커피 주전자가 놓여 있었고, 커피가 끓고 있었습니다. 건빵도 있었고, 다른 쟁반 위에는 보드까를 담은 유리병과 청어와 소시지와 이름 모를 술병이 놓여 있더군요. 루이자와 숙모는 성장을 하고서 소파 위에 앉아 있었습니다. 그들의 맞은편 의자에는 신랑 격인 독일인이 머리를 단정히 빗고 연미복의 옷깃을 세운 채 몸을 앞으로 내밀고 앉아 있더군요. 그 옆의 의자에는 또 한 명의 독일인이 앉아 있었는데, 늙은 데다가 뚱뚱하고 백발이 성성한 노인으로 잠자코 있기만 했습니다. 내가 안으로 들어가니까 루이자는 얼굴이 창백해지더군요. 숙모는 벌떡 일어나더니 다시 자리에 주저앉고, 그 독일인은 얼굴을 찌푸리더군요. 그는 성미가 불 같은지 벌떡 일어나더니 나를 향해 오더군요.

〈무엇이 필요하십니까?〉 하고 그가 말했습니다.

나는 당황스러웠지만, 화가 치밀어 오르더군요.

〈무엇이 필요하냐고!〉 내가 말했지요. 〈나도 손님이니까, 보드까라도 내놔야지. 나는 네 손님이야〉라고 말이지요.

독일인이 잠시 생각하더니, 이렇게 말하는 것이었습니다.

〈앉으시오.〉

나는 앉았습니다.

〈보드까를 줘〉 하고 내가 말했지요.

〈자, 보드까 여기 있소, 마셔요〉 하더군요.

〈이봐, 좋은 보드까를 내놓으라고.〉 나는 이렇게 말을 했지만, 말하자면 화가 머리끝까지 치밀어 오른 것입니다.

〈이건 좋은 보드까요.〉

나는 그가 무척이나 나를 깔보고 있다는 것에 화가 치밀어 올랐습니다. 다른 일은 제쳐놓고라도 루이자가 보고 있는데 말이죠. 보드까를 단숨에 들이키고 내가 말을 했지요.

〈그래, 독일인. 나한테 무례하게 굴기 시작할 건가? 나는 너하고 친해지고 싶다 이거야. 나는 친해 보자고 너한테 온 거야.〉

그가 이렇게 말하더군요. 〈나는 당신하고 친해질 수가 없소. 당신은 졸병이 아니오.〉

그러자 나는 화가 치밀어 올랐습니다.

〈이런 허수아비, 소시지 같은 놈!〉 하고 내가 말했지요. 〈나는 지금 이 순간 내가 하고 싶은 일은 죄다 네게 해버릴 수 있다는 것을 네놈이 알기나 하는 거냐? 원한다면 권총이라도 한 방 갈겨 줄까?〉

나는 권총을 꺼내 들고 그 앞에 서서 총구를 똑바로 그의 머리에 들이댔습니다. 나머지 사람들은 죽었는지 살았는지 가만히 앉아서 불평조차 두려워하는 듯했습니다. 노인은 백지장처럼 몸을 떨며 아무 말도 없이 하얗게 질려 있었고요.

독일인도 놀란 듯했지만, 곧 정신을 차리고 이렇게 말하더군요.

〈나는 당신이 두렵지 않습니다. 점잖은 사람인 것 같으니 그런 농담은 이제 그만두시길 바랍니다만, 나는 당신이 두렵지 않습니다.〉

〈에이, 거짓말 말라고, 무서우면서!〉 내가 이렇게 말했습니다. 그러나, 웬걸! 권총 밑에서 머리를 움직이지도 않고 가만히 앉아 있는 거예요.

〈아니오, 당신은 결코 하지 못할 거요.〉 그가 이렇게 말하는 겁니다.

〈왜, 내가 못한다는 거야?〉 내가 말했지요.

〈왜냐하면, 이것은 엄격히 금지되어 있기 때문입니다. 당신은 이 일 때문에 중벌을 받게 될 테니까요.〉 이렇게 말하는 거예요.

말하자면 이 독일인 바보 녀석에게 악마가 씌었던 거지요! 그자가 스스로 나를 달아오르게만 하지 않았더라도 지금까지 살아 있을 텐데 말이죠. 그렇게 말다툼을 벌이다가 일이 그만 그렇게 되고 만 거지요.

그래서 내가 말했어요. 〈네 생각에 내가 못할 것 같단 말이지?〉

〈못해!〉

〈내가 못한다고?〉

〈나한테는 절대로 그런 짓을 하지 못합니다……〉

〈그렇다면, 맛 좀 봐라, 소시지 같은 놈!〉 손가락을 당기자 그가 의자에서 굴러 떨어졌고, 다른 사람들은 비명을 지르기 시작하더군요.

나는 권총을 주머니에 넣고, 급히 몸을 감췄지요. 요새에 들어가자마자 요새 출입문 옆에 있는 쐐기풀밭에 권총을 버렸습니다.

요새에 돌아와 침상에 누워 생각했습니다. 이제 곧 잡으러 오겠지 하고 말입니다. 한 시간이 지나고 두 시간이 지났는데도 잡으러 오지 않는 겁니다. 어둑어둑해지자 슬픔이 나를 사로잡았습니다. 밖으로 나갔지요. 루이자를 꼭 한 번 만나고 싶었습니다. 나는 시계점 옆을 지나갔습니다. 보니까, 사람들과 경찰이 있더군요. 나는 노파에게로 가서 루이자를 불러 달라고 했습니다. 얼마쯤 기다릴 것도 없이 곧장 루이자가 달려와서는 나의 목에 매달려 울음을 터뜨리는 거예요. 〈숙모님 말만 들은 내가 모두 잘못한 거예요.〉 이렇게 말하는 것이었습니다. 그녀는 또한 내게 자기의 숙모가 그 일 이후에 집으로 돌아가더니, 겁을 집어먹고 병이 나서는 아무 말도 하지 않고 있다고 말해 주는 것이었습니다. 자기 자신도 아무에게도 말하지 않고, 루이자보고도 아무 말 하지 말라고 말이죠. 무서웠던 것이죠. 그래서 나는 하고 싶은 대로 하라고 내버려 두자고 생각했지요. 루이자는 또 이렇게 말하는 겁니다. 〈그 이후에 아무도 우리를 보지 못했어요. 그 사람도 자기의 하녀를 내보내 놓고 있었어요. 두려웠던 거지요. 만일 그 사람이 나와 결혼하고 싶어한다는 것을 알았다면, 그 여자는 아마 그의 두 눈을 뽑겠다고 달려들었을 테니까요. 집에는 직공들도 한 명 없었고요. 모두 내보냈어요. 그는 커피도 손수 끓이고 전채도 자기가 준비했어요. 그 친척 노인도 이전부터 말 한마디 없이 살아온 사람이라 아무 말도 하지 않고, 그 일이 일어나자마자 모자를 집어 들더니 제일 먼저 도망가 버렸어요. 아마 앞으로도 입을 다문 채 살겠지요.〉 정말, 그랬습니다. 2주 동안 아무도 나를 잡으러 오지 않았고, 아무도 나를 의심하지 않았어요. 바로 이 2주 동안, 알렉산드르 뻬뜨로비치 씨, 믿으실지 안 믿으실지 모르겠습니다만, 나는 나의 모든 행복을 체험했습니다. 나는 매일같이 루이자를 만났고, 루이자는 내게 애착을 갖고 있었지요! 한번은 울면서 이렇게 말하는 겁니다. 〈나는 당신이 어디로 가게 되든 당신을 따라갈 거예요. 당신을 위해서라면 모든 것을 포기하겠어요!〉 나도 거기서 내 모든 인생을 그렇게 정하기로 생각했습니다. 그만큼 그녀는 내 마음속에 동정심을 일으켰던 것이지요. 그런데, 2주가 지나자 나는 붙잡히고 말았습니다. 그 노인과 숙모가 일러바치기로 동의를 했던 것입니다…….」

「그런데, 잠깐.」 내가 바끌루신의 말을 가로막았다. 「그 정도라면 기껏해야 10년이나 12년 정도로 민간인들의 유기 죄수 옥사에 갈 수 있었을 텐데, 이곳 특별실이라니, 어떻게 그런 일이 있을 수 있나?」

「그건, 다른 일 때문이죠.」 바끌루신이 말했다. 「내가 군사 재판에 회부되었을 때, 어떤 대위 한 명이 법정에서 모욕적인 말로 나를 매도하는 것이었습니다. 나는 참지 못하고 그에게 이렇게 말했지요. 〈너, 지금 나한테 욕하는 거냐? 이 비열한 자식, 너는 《정의의 거울》[79] 앞에 앉아 있다는 것도 보지 못했느냐!〉 그래서, 재판은 달리 진행되었습니다. 새로이 재판을 시작했고, 모두 한데 몰아서 선고를 받았지요. 결과는 4천 대의 매와 이곳의 특별실이었습니다. 하지만 내가 벌을 받은 것처럼 대위도 징계를 받았지요. 나는 푸른 거리를 걸었지

---

79 꼭지점에는 쌍두 독수리로 장식을 한 삼각형 모양의 유리 프리즘으로, 러시아 인의 보호 권리와 공정한 재판에 대한 뾰뜨르 대제의 칙령 〈공정 준수〉를 적어 법률 기관에 걸어 두었던 거울의 일종.

만, 그는 계급을 박탈당하고 졸병이 되어서 까프까즈로 가고 말았지요. 안녕히 계십시오, 알렉산드르 뻬뜨로비치 씨. 우리의 연극을 보러 오십시오.」

10. 성탄절

마침내 성탄절이 다가왔다. 성탄절 전야부터 죄수들은 거의 노역에 나가지 않았다. 재봉 공장과 작업장에는 나갔지만, 나머지 사람들은 교대 장소에만 잠시 들렀을 뿐, 어디론가 가야 할 곳이 정해져 있었음에도 불구하고 거의 모든 죄수들은 혼자서 아니면 여럿이서 곧바로 감옥으로 돌아왔으며, 점심을 먹은 뒤에는 아무도 감옥 밖으로 나가려 하지 않았다. 아침에도 대부분은 자기 일을 하러 나간 것이지 관청 일을 하려고 나간 것은 아니었다. 어떤 사람은 술을 들여오거나 새 술을 주문하느라 분주했고, 어떤 사람은 알고 있는 수다쟁이들을 만나러 가거나 성탄절에 맞추어 이전에 끝낸 일에 대한 빚을 걷으러 다니기도 했다. 바끌루신과 연극에 참가하는 사람들은 주로 장교들의 하녀인 몇몇 아는 사람들에게서 연극에 필요한 의상들을 빌리기 위하여 돌아다녔다. 다른 사람들은 남들이 안달을 하고 신경을 쓰는 것처럼 자기들도 안달이 나고 신경이 쓰인다는 표정으로 돌아다녔는데, 예를 들어 몇 명은 어느 구석에서도 돈을 받을 곳이 없으면서도, 마치 자기들도 역시 누구로부터 돈을 받아야 할 것처럼 생각하는 듯했다. 한마디로, 모든 사람들은 마치 내일에 대한 어떤 변화와 예기치 않은 그 무엇을 기다리고 있는 듯했다. 저녁 무렵, 죄수들의 부탁을 받고 시장에 갔던 상이 군인들이 갖가지 종류의 많은 식료품을 가지고 왔다. 쇠고기,

새끼 돼지, 거위들도 있었다. 죄수들 중의 대부분은, 1년 내내 자기의 몇 꼬뻬이까까지도 모으는 가장 검소하고 절약을 하는 사람들까지도 이런 날에는 인색하게 굴지 않고 충분하게 맛있는 음식을 먹는 것이 자기의 의무라고 생각하고 있었다. 법률에 의해 공식적으로 인정된 성탄절이야말로 죄수들에게는 참된 축제일이었다. 이날 죄수들은 노역에 나가지 않아도 되며, 그런 날은 1년에 불과 3일[80]밖에 없었다.

누가 알고 있겠는가, 마침내 그러한 날을 맞이하여 이렇듯 버려진 사람들의 마음속에서 얼마나 많은 추억들이 흔들거리고 있는지! 보통 사람들에게는 대재일(大齋日)이 어려서부터 기억 속에 선명히 아로새겨지게 마련이다. 이날은 힘든 노동으로부터의 휴식의 날이며, 가족들이 모이는 날이기도 하다. 감옥에서는 괴로움과 슬픔 속에서 그런 날들을 회상할 수밖에 없다. 장엄한 날에 대한 존경심은 죄수들에게서 일종의 형식적인 것으로 변모하게 된다. 몇몇은 놀기에 바빴지만, 그래도 대부분의 사람들은 아무런 일이 없어도, 마치 무슨 일 때문에 바쁜 것처럼 심각해 하기도 했다. 그러나 놀기에 바쁜 사람들도 마음 한구석에는 무엇인가 중요한 것을 담아 두려고 애쓰기도 했다……. 웃음은 금지되어 있는 것 같았다. 대개 기분이란 좀스러워지기도 하고, 참지 못하고 초조해지기도 하지만, 이 공통된 분위기를 파괴한 사람은 모르고 그랬다손 치더라도, 이렇듯 중요한 축제일을 앞두고 불경스럽다고 해서 사람들에게 고함소리를 듣거나 욕을 먹었으며, 화를 돋우기도 하였다. 죄수들의 이러한 분위기는 두드러진 것이어서, 어떤 때는 감동적이기까지 하였다. 이 대재일에 대한 선천적인 경건함을 제외하고라도, 죄수들은 이 재일을

---

80 성탄절 하루와 부활절 이틀이 감옥의 유일한 휴일이었음.

지킴으로써 자기가 모든 세계와 접하고 있으며, 그래서 자기들은 결코 버림받은 사람도, 죽어 가는 사람도, 빵 부스러기 같은 사람도 아니라는 것을, 감옥에도 다른 사람들에게 있는 것과 같은 것이 있다는 것을 무의식적으로나마 느끼고 있었다. 그들은 이것이 자명하다고 이해하거나 느끼고 있었던 것이다.

아낌 아끼미치도 축제일을 열심히 준비하고 있었다. 그에게는 가족에 대한 아무런 추억이 없었다. 그는 고아로 남의 집에서 자랐으며, 겨우 열다섯이 되자마자 힘겨운 군복무를 시작해야 했기 때문이다. 그의 인생에는 어떤 특별한 기쁨도 있을 수 없었는데, 그것은 그가 조금이라도 자기에게 주어진 임무에서 벗어나는 것을 두려워하면서 자기의 인생을 규칙적이며 단조롭게만 보내 왔기 때문이다. 그렇다고 그가 특별히 종교적인 사람도 아니었다. 그것은 그의 단정한 품행이 그의 다른 모든 인간적인 품성과 특징과 모든 정열과 바람, 나쁜 것과 좋은 것들을 흡수하고 있는 것처럼 보였기 때문이다. 이 모든 것 때문에 그는 안달을 하거나 흥분하지도 않고, 쓸데없는 우울한 추억으로 당황하지도 않은 채, 일단 만들어진 이 영원한 의식과 의무를 수행하기 위해 필요한 조용하고 단정한 품행으로 축제일을 맞을 준비를 하고 있었던 것이다. 대체로 그는 생각을 많이 하는 것을 좋아하지 않았다. 사실의 의미는 결코 그의 뇌리를 자극하는 법이 없는 것 같았지만, 일단 그에게 제시된 규칙은 성스러울 정도로 정확하게 수행하고 있었다. 만일 그에게 내일 아주 정반대되는 일을 하라고 한다면, 그는 전날 그가 반대되는 일을 했던 것과 같은 공손함과 세심함을 가지고 그 일을 했을 것이다. 한 번, 일생에 오직 한 번, 그는 자기 생각대로 살아 보려고 시도를 한 적이 있었다. 비록 징역에 처해지고 말았지만 말이다. 그에게 이러한 교훈은 무익한 것이 아니었다. 비록 숙명적으로 그는 자기가 어떤 죄를 지었는지 결코 이해할 수 없는 것 같았지만, 대신 자기의 모험에서 구원의 계율을 얻게 되었다. 즉 결코 어떠한 상황에서도 판단을 내리지 말라는 것이었다. 그것은 판단하는 것이, 죄수들 사이에서 표현되고 있듯이, 〈그의 생각으로 되는 일〉이 아니기 때문이다. 의식에 맹목스러울 정도로 충실했던 그는 죽을 채워 넣어 굽는 축제일용 돼지 새끼(그는 자기가 직접 했는데, 그것을 구울 줄 알고 있었기 때문이다)조차도, 이것이 마치 언제나 사서 구울 수 있는 보통 돼지 새끼가 아니라 특별하게 축제일에 맞추어 나온 돼지 새끼인 양, 미리부터 경건한 마음으로 바라보곤 했다. 아마도 그는 어려서부터 이날 식탁에서 돼지 새끼를 보는 데 익숙해 있었으므로, 만일 이날 한 번이라도 새끼 돼지고기를 먹지 못한다면 자기의 의무를 수행하지 못한 것에 대한 양심의 가책이 평생 남아 있을 것 같다는 생각이 들까 봐 그런지, 확신하건대 그는 이날을 위해서만은 돼지 새끼가 반드시 필요하다고 생각하는 것 같았다. 축제일까지 그는 자기의 낡은 웃옷과 바지를 입고 다녔다. 그런대로 손질은 되어 있는 옷들이지만, 무척이나 낡아 있었다. 이미 넉 달 전에 배급을 해준 새 옷 한 벌은 자기의 궤짝 속에 조심스레 간수하고서는, 축제일에 당당하게 그것을 새로 갈아입고 웃어 보이고 싶다는 생각에 지금은 손도 대지 않고 있다는 것을 이제서야 알게 되었다. 그는 정말로 그렇게 했던 것이다. 전날 밤부터 그는 새로운 옷을 꺼내어 놓고, 유심히 바라보다가는 먼지를 털어 내기도 하고 혹 불기도 하면서 손질을 하다가, 그것을 입어 보기도 했다. 이 한 벌의 옷은 그에게 꼭 들어맞았다. 모든 것은 더할 나위 없이 훌륭했으며, 위에까지 모두 단추를 채울 수 있었으며, 옷깃은 마분지로 만든 것처럼 턱밑까지

높이 떠받치고 있었다. 허리 부근도 제복의 허리 부분과 비슷하게 만들어져 있어서, 아낌 아끼미치는 만족스러운 듯이 히죽 웃으면서, 이미 오래 전부터 자기가 틈날 때마다 금테로 가장자리를 두른 작은 거울 조각 앞에서 제법 위엄 있게 한 바퀴 돌아 보는 것이었다. 웃옷 깃의 훅 하나만이 제자리에 달려 있지 않은 것처럼 보였다. 이렇게 생각을 한 아낌 아끼미치는 그 훅을 다시 달려고 마음을 먹고서는, 마침내 갈아 달고 다시 한번 입어 보았다. 그는 아주 만족스러워 보였다. 그제서야 그는 모든 것을 이전처럼 놓고서 안도의 한숨을 쉬면서 내일까지 궤짝 속에 넣어 놓는 것이었다. 그는 머리도 만족스럽게 면도칼로 깎은 상태였지만, 거울을 유심히 들여다보다가는 머리 한구석이 고르지 못하다는 것을 발견하고서, 그 눈에 걸리는 머리카락들을 형식대로 완전히 깎기 위해 지체 없이 〈소령〉에게로 달려갔다. 비록 내일 어느 누구도 아낌 아끼미치를 검사하지 않는다 하더라도, 단지 자기의 마음을 진정시키기 위하여, 그러한 날을 위하여 자기의 모든 의무를 수행해야 하는 것처럼 머리를 밀었던 것이다. 단추와 견장과 단춧구멍에 대한 경건함은 아주 어렸을 때부터 그의 마음에 논쟁의 여지가 없는 의무로 단단히 각인되어 있었으므로, 그것은 그의 마음속에서 제대로 된 사람이라면 도달할 수 있는 아름다움의 마지막 단계의 이미지처럼 나타나고 있었다. 모든 것을 다 고치고 나서, 그는 이 옥사의 최고참으로서 건초를 들여오는 일을 지시하기도 하고, 그것을 마룻바닥에 까는 것을 신중히 지켜보기도 하였다. 다른 옥사에서도 사정은 마찬가지였다. 왜 그런지는 모르겠으나, 성탄절이 되면 우리는 옥사마다 건초를 뿌리곤 했다.[81] 이어서 자기의 모

---

81 예수가 탄생했을 때 외양간의 건초 더미 위에 뉘어졌다는 전설에 따라, 감옥에서도 성탄절이면 마른 건초를 까는 관습이 전해져 오고 있었음.

든 일을 마친 아낌 아끼미치는 기도를 드린 다음 자기의 침상에 누워서, 가능하면 아침 일찍 일어나려고 어린아이처럼 평온하게 잠을 청하는 것이었다. 다른 모든 죄수들도 그렇게 했다. 다른 옥사에서도 보통 때보다 아주 일찍 잠자리에 드는 것이었다. 일상적인 저녁 일도 제쳐놓았고, 마이단도 없었다. 모두들 내일 아침을 기다리고 있었다.

드디어 그날 아침이 되었다. 아침 일찍, 아직 어슴새벽인데도 북소리가 들리자마자 옥사의 문이 열리고 죄수들의 수를 세려고 들어온 당직 하사관도 그들 모두에게 성탄절을 축하했다. 죄수들도 마찬가지로 그에게 공손하고 부드럽게 대답을 했다. 아낌 아끼미치뿐만 아니라 자기의 거위와 돼지 새끼를 취사장에 가지고 있던 많은 사람들은 서둘러 기도를 마치고 나서 그것이 어떻게 되었고, 잘 구워졌는지, 또 어디에 무엇이 있는지 등등을 성급하게 보러 가는 것이었다. 우리 옥사의 눈과 얼음이 쌓여 있는 작은 창문으로는 어둠을 통해 어슴새벽부터 지핀 선명한 불길이 두 군데 취사장의 여섯 가마에서 타오르는 것을 볼 수가 있었다. 마당의 어둠을 따라 벌써부터 죄수들이 반외투를 걸치고, 거기에 팔을 끼기도 하고 또는 그냥 어깨에 걸쳐 입기도 한 채 돌아다니고 있었다. 이들은 모두 취사장으로 가는 사람들이었다. 그러나 몇몇 극소수는 이미 술장수에게로 가고 있었다. 그들은 가장 성급한 죄수들이었다. 사람들은 대체로 모두 예의 바르고 온순하게 처신했으며, 웬일인지 여느때와는 다르게 격식을 차리고 있었다. 일상적인 욕설도 말다툼소리도 들리지 않았다. 모든 사람들이 이 위대한 날, 대재일을 이해하고 있었다. 자기가 아는 사람들에게 축하를 하려고 다른 옥사로 가는 사람들도 있었다. 어떤 우정과 같은 것이 나타나고 있었다. 말이 나온 김에 하는 말이지만, 죄수들 사이에서 우정 같은 것은 거의 찾아볼 수 없다. 나는 일반적인 것을 말하는 것이 아니라, 어떤 죄수가 다른 죄수와 우정을 맺는 개인적인 것을 말하는 것이다. 이 같은 것은 감옥에서 거의 찾아볼 수 없다는 것, 이것이 바로 현저한 특징이다. 자유 세계에서는 그런 일이 있을 수 없지만 말이다. 이곳에서는 대개 모든 사람들이 남과 교제를 할 때면 냉담해지고 메마르곤 하는데, 아주 드문 예를 제외한다면, 이러한 것은 형식적이고 일정하게 정해진 분위기를 갖게 마련이다. 나도 옥사에서 나갔다. 조금씩 동이 트기 시작했다. 별들이 사라지기 시작했고, 서리 같은 가느다란 수증기가 위로 피어오르고 있었다. 취사장의 굴뚝에서 연기가 기둥처럼 솟아오르고 있었다. 나와 마주친 몇몇 죄수들도 자기들이 먼저 기꺼이 공손하게 성탄절 축하 인사를 했다. 나도 축하를 했고, 같은 식으로 대답을 했다. 그들 중에는 지금까지 한 달 내내 나와 한마디도 나누지 않던 사람들도 있었다.

양털 외투를 어깨에 걸친 군인 옥사의 죄수 한 명이 바로 취사장 옆에서 나를 따라잡았다. 그는 마당의 중간에서부터 나를 알아보고 내게 소리쳤다. 「알렉산드르 뻬뜨로비치! 알렉산드르 뻬뜨로비치!」 그는 취사장으로 서둘러 달려왔다. 나는 멈춰 서서 그를 기다렸다. 그는 눈짓으로만 표현을 할 뿐 다른 모든 사람과도 거의 말이 없던 둥근 얼굴의 젊은이였는데, 나하고도 한 번도 말을 나눈 적이 없으며, 내가 감옥에 들어온 이후에도 내게 주의조차 기울이지 않던 사람이었다. 나는 그의 이름이 무엇인지조차 모르고 있었다. 그는 내 옆으로 헐떡이며 달려와서는 어딘지 모르게 둔해 보이지만, 동시에 선량한 미소가 깃든 시선으로 나를 바라보았다.

「무슨 일이지요?」 나는 그가 내 앞에 서서 웃음을 보이며 말 한마디 없이 나를 뚫어져라 쳐다보는 것을 보고, 적지 않게 놀라 그에게 물었다.

「예, 성탄절이라서요……」 이렇게 중얼거리고는 자기도 더 이상 할말이 없다는 것을 알아서였는지, 취사장으로 서둘러 가는 것이었다.

그런데 여기서 한 가지 말해 둘 점은, 그 이후에 내가 감옥에서 나올 때까지 나는 한 번도 그와 마주친 적도 없고, 한 번도 말을 나눈 적이 없었다는 사실이다.

취사장의 뜨겁게 타오르고 있는 뻬치까 주위에는 밀고 밀리는 대혼잡이 벌어지고 있었다. 모든 사람들이 자기의 제물을 지켜보고 있었고, 요리사는 관급식을 준비하기 시작했는데, 이날은 식사를 일찍 하기로 되어 있었기 때문이다. 그러나 아직 먹기 시작하는 사람은 없었다. 비록 먹고 싶었던 사람도 있었을 테지만, 다른 사람들 앞에서는 체면을 지켰던 것이다. 사제를 기다렸다가 그의 의식이 끝나면 고기를 먹기로 되어 있었기 때문이다. 그 사이 아직 날이 다 밝지도 않았는데 벌써부터 감옥의 출입문 뒤에서는 〈요리사!〉 하고 부르는 상등병의 고함소리가 울려 퍼지고 있었다. 이 고함소리는 1분마다 한 번씩, 거의 두 시간이나 계속되었다. 도시의 여러 곳에서 감옥으로 보내온 희사품을 받기 위하여, 취사장에서 요리사를 불러냈기 때문이다. 상당한 양의 흰 빵과 흑빵, 잼을 바른 과자, 튀김 과자, 버터를 넣은 튀김 과자, 팬케이크와 그 밖의 유제품 과자 등이 희사품으로 들어왔다. 생각해 보니, 도시 전체의 상인과 소시민 출신의 주부치고, 대재일을 영어의 몸인 〈불행한〉 사람들과 함께 축하하기 위해, 자기 집에서 만든 빵을 보내지 않은 사람은 한 명도 없는 것 같았다. 몇 가지 희사품은 아주 풍성했다. 예를 들어 우유를 넣고 고운 밀가루로 만든 빵 같은 것은 아주 많았다. 그러나 아주 초라한 희사품도 있었는데, 그것은 보잘것없는 흰 빵과 크림을 바른 두 개의 검은색 과자였다. 가난한 사람이 마지막 남은 한푼을 털어 가난한 사람에게 보내는 선물인 것이다. 모든 희사품은 선물과 선물을 보낸 사람을 차별하지 않고, 모두 다 같이 감사하는 마음으로 받았다. 희사품을 받는 죄수들은 모자를 벗고 인사를 했으며, 성탄을 축하했을 뿐만 아니라, 그것들을 취사장으로 옮겨 놓았다. 선물로 들어온 빵이 벌써 산더미처럼 쌓이자, 각 옥사의 고참 죄수들을 불러와 그것들을 각 옥사마다 공평하게 분배했다. 아무런 말다툼도 욕설도 없었으며 일은 정직하고 공평하게 진행되었다. 우리 옥사에 들어온 것은 우리들에게 분배되었다. 아낌 아끼미치와 다른 죄수 한 명이 이 일을 도맡았다. 자기들이 직접 나누고, 손수 각자에게 분배했다. 조그마한 불평도, 조그마한 시기심도 결코 없었다. 사람들은 모두 만족했으며, 희사품을 숨기거나 혹은 공평하게 분배하지 않았다는 의심 같은 건 있을 수 없었다. 취사장에서 자기의 볼일을 마친 아낌 아끼미치는 자기의 예복을 들고서 무척이나 정중하게 격식을 차려 옷을 입으며 단추 하나도 남김없이 모두 채우자, 곧바로 진심 어린 기도를 드리기 시작했다. 그는 꽤 오랫동안 기도를 드렸다. 이미 많은 죄수들이 기도를 드리고 있었는데, 그들은 대부분 나이가 든 사람들이었다. 젊은 사람들 중에는 기도를 드리는 사람이 그다지 많지 않았는데, 그들은 성탄절인데도 일어나면서 그저 성호 정도나 그을 뿐이었다. 기도를 마치고 나자 아낌 아끼미치는 내게로 가까이 다가와서 정중하게 성탄을 축하한다고 말했다. 나는 그에게 차를 대접했고, 그는 나에게 돼지 새끼 고기를 주었다. 얼마 있으니 뻬뜨로프도 내게 달려와 축하 인사를 했다. 그는 벌써 술을 한잔한 모양인지 숨을 헐떡거리며 달려와서는, 별로 말도 많이 하지 않고 뭔가 기다리고 있다는 표정으로 내 앞에 잠시 서 있더니, 곧 나를 떠나 취사장으로 달려가는 것이었다. 그 사이 군인 옥사에서는 사제를 맞이할 준비를 하고 있었다. 이 옥사는 다른 옥사와는 다르게 만들어져 있었다. 내부의 나무 침상이 다른 옥사들처럼 중앙에 있는 것이 아니라 양쪽 벽을 따라 이어져 있었으므로, 이곳은 가운데에 아무것도 쌓아 올리지 않은 유일한 옥사였다. 아마도 이 방은 필요한 경우에 그 안에다 죄수들을 불러모을 수 있게끔 만들어 놓은 것 같았다. 방 안 중앙에는 조그만 탁자를 놓고, 그것을 깨끗한 수건으로 덮은 다음, 그 위에 성상을 올려놓고 등불을 밝히고 있었다. 마침내 십자가와 성수를 든 사제가 도착했다. 성상 앞에서 기도를 드리고 성가를 부른 다음 사제는 죄수들 앞에 섰다. 그러자 죄수들은 모두가 진정으로 경건한 마음으로 십자가에 입을 맞추러 다가가기 시작했다. 그 다음 사제는 모든 옥사를 돌기 시작했으며, 성수를 뿌리며 축성을 했다. 취사장에서 사제는 도시에서도 맛이 좋기로 이름난 우리 감옥의 빵을 칭찬했으므로, 죄수들은 그 자리에서 즉시 사제에게 갓 구워낸 두 개의 신선한 빵을 드리고 싶다고 했다. 빵을 보내기 위해 곧 상이 군인 한 명에게 부탁을 했다. 죄수들은 십자가를 처음 맞이했을 때와 같이 경건한 마음으로 배웅했으며, 거의 때를 맞추어 소령과 사령관도 도착했다. 죄수들은 사령관을 사랑했으며, 존경까지 했다. 사령관은 소령의 수행을 받으며 모든 옥사를 돌면서 만나는 죄수들에게마다 성탄을 축하했고, 취사장에 들어가서는 감옥에서 만든 양배추 수프를 맛보기도 했다. 양배추 수프는 훌륭했으며, 이날을 위해 죄수들 각자에게는 거의 한 푼뜨나 되는 쇠고기가 배급되었다. 이 밖에도 수수로 만든 죽이 준비되었으며 버터도 충분히 지급되었다. 사령관을 전송하고 나자, 소령은 식사를 하도록 했다. 죄수들은 가급적 그와 눈을 마주치려 하지 않았다. 우리들 중 어느 누구도 그의 안경 밑에서 지금도 좌우를 살피면서 무질서가 없나, 어느 누가 잘못을 저지르지나 않나 하고 휘둘러보는 그의 사악한 시선을 좋아하지 않았다.

식사를 하기 시작했다. 아낌 아끼미치의 돼지고기는 정말로 훌륭하게 구워져 있었다. 그러나 어떻게 그런 일이 일어났는지 나로서는 설명할 길이 없지만, 소령이 나가자마자 채 5분도 안 돼서 보통 때와는 다르게 술에 취한 사람들이 많아졌다. 바로 5분 전만 해도 모든 사람들은 거의 말짱한 상태였는데 말이다. 얼굴이 벌겋게 달아오른 사람들이 많아졌고 발랄라이까도 등장했다. 바이올린을 가지고 있는 폴란드 사람은 어느새 술 취한 사람에게 하루 종일 고용되어 그의 뒤를 따라다니며 유쾌한 춤곡을 켜기도 했다. 대화는 점점 취기를 더해 갔고 시끄러워지기 시작했다. 그러나 별다른 큰 소동 없이 식사를 마쳤다. 모두들 포식을 했다. 노인들과 나이가 지긋한 사람들은 대부분 곧바로 잠을 자러 갔다. 아낌 아끼미치도 그런 사람이었는데, 이러한 대재일에는 식사를 마치자마자 곧바로 한잠 자야 한다고 생각하는 듯했다. 스따로두보프스끼의 구교도 노인 한 명은 잠시 선잠을 자다가 벽난로 위로 기어올라가 책을 펼쳐 놓고 밤늦도록 거의 쉬지 않고 기도를 올렸다. 그는 죄수들의 공통적인 술주정인 이 〈추태〉를 쳐다보기가 힘들었던 것이다. 체르께스 사람들은 모두 층계에 앉아 호기심 반, 경멸 반의 시선으로 술 취한 사람들을 바라보고 있었다. 나는 누라를 만났다. 〈야만,[82] 야만!〉 그는 사람들이 신을 공경하지 않는 데 대한 분노로 고개를 흔들면서 내게 말했다. 〈우, 야만! 알라 신께서 노하시겠다!〉 이사이 포미치는 고집스럽고 거만한 표정으로 자기 자리에서 촛

---

[82] 따따르 족의 방언으로 나쁘다는 의미를 가짐.

불을 밝힌 채 축제일 같은 것은 안중에도 없다는 듯이 일을 하기 시작했다. 한쪽 구석에서는 마이단 판이 벌어지고 있었다. 그들은 상이 군인은 겁내지 않았지만, 되도록이면 모른 척해 주려고 하는 하사관을 대비해서는 파수를 세워 두었다. 당직 장교는 이날만은 세 번이나 감옥을 들여다보았다. 그러나 그가 나타났을 때, 죄수들은 이미 술 취한 사람들을 숨겨 놓았고 마이단도 치워 버렸으므로, 그 자신도 작은 소란에 대해서는 눈감아 주려고 마음먹은 것 같았다. 이날만큼은 술에 취한 사람은 작은 소란으로 간주되고 있었다. 점차로 사람들이 내키는 대로 행동을 하기 시작했다. 말싸움도 시작되었다. 그러나 대부분은 술에 취하지 않은 상태였으므로, 이들이 술 취한 사람들을 보살펴 주었다. 반면에 술에 절은 사람들은 한없이 술을 마셔 댔다. 가진도 의기양양했다. 그는 그때까지 감옥 바깥의 눈 속 어딘가 은밀한 장소에 보관해 두었던 술을 침상의 자기 자리 밑에 감춰 놓고 거드름을 피우고 있었으며, 자기한테 구매자들이 찾아오는 것을 보며 능청맞은 웃음을 짓고 있었다. 그 자신은 정신이 아주 멀쩡했으며, 한 방울의 술도 입에 대지 않고 있었다. 그는 먼저 죄수들의 주머니에서 돈을 다 긁어 모은 다음, 성탄절의 끝부분에 가서야 한바탕 놀아 볼 심산이었다. 옥사마다 노랫소리가 울려 퍼지고 있었다. 그러나 취기는 이미 이성을 잃을 만큼 중독되어 있었으므로, 노래는 머지않아 곧 눈물로 바뀌고 말았다. 많은 사람들이 양털 외투를 어깨에 걸치고, 자기의 발랄라이까를 가지고 다니면서 씩씩한 모습으로 줄을 튕겨 댔다. 특별실에는 여덟 명으로 구성된 합창단이 있었다. 그들은 발랄라이까와 기타 반주에 맞추어 구성지게 노래를 불렀다. 민요는 그다지 많이 부르지 않았는데, 나는 그들이 씩씩하게 불러 댄 노래 하나를 기억하고 있다.

젊은 처녀인 나는 어제
주연에 있었어요.

여기서 나는 이전에 들어 보지 못한 이 노래의 새로운 변
주를 들었다. 노래 끝에는 몇 소절이 첨가되어 있었다.

젊은 처녀인 나는
집 안을 치우고
수저를 씻다가
개숫물을 야채 수프에 엎지르고 말았네.
문설주를 잘라 내어
만두를 구웠네.

우리 모두가 알고 있어서 죄수들의 노래라고 불리던 노래
를 특히 많이 불렀다. 그 노래 중의 하나는 〈전에는……〉이
라는 노래로, 바깥 세상에서는 귀족처럼 재미있게 살던 사람
이 지금은 감옥에 들어와 있다는 것을 묘사한 웃기는 노래였
다. 이렇게 묘사되어 있다. 전에는 〈크림과 샴페인〉을 섞어
조리하던 그가 지금은…….

내게 양배추와 물만 주어도
나는 걸신들린 듯이 먹어 치우네.

또 다음과 같은 노래도 유행하고 있었다.

전에 나는 쾌활한 젊은이였네.
돈도 꽤나 있었지만
이제 돈은 다 날려 버리고

감옥에 처박히고 말았네…….

이런 노래들이었다. 하지만 감옥에서는 〈까뻬딸〉[83]이라고 발음하지 않고, 〈꼬삐찌〉[84]라는 단어에서 파생시켜 〈꼬삐딸〉이라고 발음했다. 이 노래 역시 슬픈 곡조였다. 다른 하나는 순전히 감옥에서만 불리는 노래로, 제법 알려져 있는 것 같았다.

창공에 빛이 비치고
새벽 북소리가 울려 퍼지면
고참이 문을 열고
서기가 점호를 하러 온다.

벽에 가려 아무도 우리가 여기서
어떻게 살고 있는지 보질 못하나,
천상의 창조주, 하느님이 우리와 함께하시니
우리는 여기서도 죽지 않으리.

다른 노래도 역시 구슬펐지만 아름다운 가락이었다. 아마도 어떤 유형수가 지은 것이었겠지만, 가사는 유치하고 글자가 틀린 곳이 많았다. 그중 몇 행을 나는 지금도 기억하고 있다.

내가 태어난 고향을
내 두 눈은 보지 못하리.

---

83 노래 가사에서는 돈이라고 번역함.
84 저축하다, 모으다라는 의미의 러시아 어 동사 원형. 그러므로 꼬삐찌라는 말은 돈을 모은다는 뜻.

무고한 고통을
이제 나는 영원히 받을 운명.
지붕에서 올빼미가 울어,
숲을 따라 메아리 치네.
내 가슴은 슬픔에 잠겨 있고,
나 더 이상 그곳에 가지 못하리.

이 노래는 자주 불렸지만 합창이 아니라 독창이었다. 언젠가 산책 시간에 누군가가 옥사의 층계에 앉아 손으로 턱을 괴고 생각에 잠겨 높은 가성으로 이 노래를 부른 적이 있다. 이 노래를 들으면 왠지 가슴이 미어질 것 같았다. 우리들 중에도 목청이 좋은 죄수들이 있었던 것이다.

그 사이 벌써 저녁 어스름이 깔리기 시작했다. 슬픔과 우수와 악취가 취기와 방탕 사이에 뒤섞여 어렴풋이 나타나고 있었다. 한 시간 전만 해도 웃고 있던 사람이 끝을 볼 듯 술을 마시고 나서는 어딘가에서 흐느끼고 있었다. 어떤 사람은 벌써 두 번이나 싸움을 벌이기도 했다. 또 어떤 사람은 얼굴이 하얗게 질려서 간신히 두 발로 버티고 서서는 옥사마다 비틀거리며 돌아다니다가 싸움을 걸기도 하였다. 술기운이 올라도 시비를 걸지 않는 사람들은 친구들 앞에서 자기의 감정을 토로하고, 취기의 슬픔을 털어놓으려고 쓸데없이 친구들을 찾아다녔다. 이 불쌍한 사람들은 모두가 다 즐거운 마음으로 이 대재일을 보내고 싶었던 것이다. 그러나, 맙소사! 그러한 사람들에게 이날은 슬프고 힘겨운 날이 아닌가. 모든 사람들은 결국, 이날을 마치 어떤 희망에 속아서 보낸 것과 다름없었다. 뻬뜨로프는 벌써 두 번이나 나에게 달려왔다. 그가 하루 종일 마신 술이라고 해봐야 너무도 조금이라서, 거의 마시지 않은 것과 같았다. 그러나 그는 마지막 순간까지, 무엇인가 예기치 않았던 축제 기분이 나게 하는 즐거운 일이 반드시 일어날 것처럼, 뭔가를 기다리고 있었다. 비록 그가 그런 내색을 하지는 않았지만 그의 눈을 보면 알 수 있었다. 그는 이 옥사에서 저 옥사로 피로한 기색도 없이 옮겨 다녔다. 그러나 정신이 나가 버린 취기와 술에 취한 쓸데없는 욕설 이외에는 어떤 특별한 일도 일어나지 않았고, 눈에 띄지도 않았다. 시로뜨긴도 빨간색의 새 루바쉬까를 깔끔하고 단정하게 차려 입고서 옥사마다 돌아다니고 있었고, 역시 무엇인가를 차분하고 순진하게 기다리고 있는 듯했다. 감옥 안은 조금씩 혐오스러워지고 참을 수 없게 되었다. 물론 우스운 일도 많이 있었지만, 나는 웬일인지 슬퍼져서 그들 모두가 안쓰러웠으며, 그들 사이에 있다는 것이 괴롭고 답답했다. 저쪽에서는 두 명의 죄수가 누가 한턱을 내야 한다며 다투고 있었다. 그들은 이미 오랫동안 다투고 있어서 마치 싸우고 있는 듯이 보였다. 특히 한 죄수는 다른 죄수에게 오랜 원한을 가지고 있는 것 같았다. 그는 푸념을 늘어놓으면서, 잘 돌아가지도 않는 혓바닥으로 그 사람이 공정치 못한 행동을 했음을 증명하려고 애썼다. 어떤 반외투를 팔았다느니, 작년 사육제 기간에 돈을 숨겼다느니 하는 것들이었다. 이외에도 어떤 일들이 또 있었다……. 비난을 퍼붓고 있던 사람은 키가 크고 건장한 젊은이로, 사리 분별도 있고 온순한 사람이었지만 술에 취하기만 하면 자기의 괴로움을 털어놓기 위하여 누군가에게 귀찮게 매달렸다. 그가 욕설을 퍼붓고 불평을 해대는 것은 그 다음에 상대방과 더 친해지려는 바람에서인 것 같았다. 상대방은 건강하고 땅딸막한 작은 키에 얼굴이 둥근 교활하고 노회한 사람이었다. 그는 아마도 자기 동료보다 술을 많이 마신 것 같았지만, 그다지 취해 있지는 않았다. 그는 개성이 있고 부자로 소문난 사람이었지만, 웬일인지 지금은 화를 잘 내는 자기의 친구를 거스르지 않는 것이 상책이라고 생각했는지, 그를 데리고 술장수에게로 갔다. 그 친구는 그가 당연히 자기를 데리고 가야 한다고 주장했던 것이다. 〈만일 네가 정직한 사람이면 말이다〉라고 말하며.

술장수는 술을 달라고 하는 사람에게는 약간의 경의를 표했지만, 화를 잘 내는 친구에게는 경멸의 빛을 보이며 술잔을 꺼내 술을 따랐다. 그것은 이 사람이 자기의 돈으로 마시는 것이 아니라, 남의 대접을 받는 것이어서 더욱 그랬다.

「아니야, 스쪼쁘까, 이건 당연한 거야.」 화를 잘 내는 친구가 자기에게 술을 낸 사람을 바라보면서 말했다. 「넌 나한테 빚을 졌으니 말이야.」

「난 너하고 공연히 말싸움하고 싶지 않아!」 스쪼쁘까가 말했다.

「아니야, 스쪼쁘까, 넌 지금 거짓말을 하고 있어.」 첫번째 사람이 술장수에게 술을 받으며 우겼다. 「왜냐하면, 너는 내게 빚을 지고 있다고. 양심도 없고, 너는 두 눈도 네 것이 아니야, 모두가 빌린 거라고! 이 비열한 녀석아, 스쪼쁘까, 네 놈에게는 비열한 놈이라는 말밖에 할 수가 없어!」

「그런데, 뭘 그렇게 흐느끼고 있는 거야, 술이 엎질러졌잖아! 따라 줬으면 마셔야 할 게 아니야!」 술장수가 화를 잘 내는 친구에게 소리를 질렀다. 「네 앞에서 내일까지 서 있을 수는 없어!」

「그래, 마시지, 떠들지 마! 성탄을 축하해, 스쩨빤 도로페이치!」 손에 술잔을 받쳐들고서, 30분 전만 해도 자기가 비열한 놈이라고 불렀던 스쪼쁘까에게 예절 바르게 고개를 조금 꾸벅거리며 말했다. 「부디 백년 장수하게나, 여태 살아온 것은 계산에 넣지 말고!」 그는 훌쩍 다 마시고, 큭 하더니 입을 닦았다. 「전에는 나도 무척이나 마셔 댔지.」 그가 심각한 표정을 지으며, 누구 특정한 사람이 아니라 거기 있는 사람들 모두가 들으라는 듯이 말했다. 「하지만, 이제는 나도 나이가 들어서 말이야. 고마워, 스쩨빤 도로페이치.」

「천만에.」

「그런데 스쪼쁘까, 계속해서 모든 걸 좀 말해야겠어. 네놈이 진짜 비열한 놈으로 내 앞에 나타난 것 말고도, 나는 한말씀 더 해야겠다 이 말이야……」

「이 주정뱅이놈아, 바로 내가 말하려던 참이다.」 스쪼쁘까가 더 이상 참지 못하고 말했다. 「자, 내 말을 똑바로 듣고 잘 생각해 봐. 네놈에게 이 세상의 절반을 주겠다. 세상의 절반은 네가, 나머지 절반은 내가 갖는 거다. 꺼져, 더 이상 네놈을 만나지 않을 테다. 지긋지긋해!」

「그렇게 하고선 돈을 갚지 않으려고?」

「너한테 무슨 줄 돈이 아직도 있다고 그러는 거야, 이 술꾼아?」

「에이, 다른 세상에서는 네놈이 돈을 직접 갚으러 와도 받지 않을 거다! 내 돈은 일하고 땀을 흘려 가며 굳은살까지 박이면서 번 돈이다. 다른 세상에서 네놈은 내 5꼬뻬이까 때문에 후회하고 말 거다.」

「어서 꺼져!」

「무엇 때문에 떼미는 거야, 가만 있어.」

「가, 어서 가!」

「이 비열한 놈!」

「탈옥수 같은 놈!」

또다시 욕설이 오갔으며, 대접을 하기 전보다 훨씬 심했다.

침상 위에는 두 명의 동료들이 떨어져 앉아 있었다. 한 명은 키가 크고 건장하며 뚱뚱한 진짜 도살꾼이었다. 그의 얼굴은 불그스레했다. 무척이나 감동을 한 까닭인지 그는 곧

울 것만 같았다. 다른 한 명은 나약하고 가냘팠으며 마른 데다가 콧물이라도 흘릴 것 같은 매부리코에, 땅바닥을 향하고 있는 돼지의 작은 눈을 가진 사람이었다. 이 사람은 요령도 있고 교육도 받은 사람이었다. 한때 그는 서기 일을 보고 있었다는데, 자기의 친구를 조금 깔보듯이 대하고 있었는지 그 친구는 내심 무척이나 불쾌했던 모양이다. 그들은 하루 종일 서로 같이 술을 마셨다.

「그가 감히 내게 해붙이더라고!」 뚱뚱한 친구가 서기를 붙들고 있던 왼손으로 그의 머리를 심하게 흔들며 소리쳤다. 〈해붙였다〉는 말은 때렸다는 말이다. 하사관 출신의 뚱뚱한 친구는 호리호리한 자기 친구를 내심 부러워하고 있었는데, 이 두 사람은 서로 주거니받거니 세련된 말을 뽐내고 있었다.

「내 자네한테 말하지만, 자네도 옳지 않아……」 독단적으로 보이는 서기가 그에게는 눈길조차 주지 않은 채, 거만하게 땅만 바라보며 말을 하기 시작했다.

「그가 감히 내게 해붙였다고, 듣는 거냐!」 그는 자기의 다정한 친구의 머리를 더욱 끌어당기면서 말을 가로막았. 「이 세상에서 지금 너 하나만이 내게 남아 있는 사람이야, 내 말 들어? 그래서 내가 너한테만 말하는 거야. 그가 감히 내게 해붙이더라고……!」

「내가 다시 자네한테 말하는데, 그런 언짢은 핑계는 자네 머릿속에 수치심만 만들어 놓을 거야.」 서기는 가늘고 정중한 목소리로 반박한다. 「자네도 동의하는 편이 나을 거야, 이 모든 것이 자네의 천성적인 변덕에서 나온 취기라는 것을 말이야……」

뚱뚱한 친구는 몇 걸음 뒤로 물러서서, 취한 눈으로 자만이 가득한 서기를 몽롱하게 바라보더니, 별안간 예기치 못하게 자기의 그 큰 주먹으로 서기의 작은 얼굴을 있는 힘을 다해 갈기는 것이었다. 그렇게 함으로써 하루 온종일 동안의 우정은 끝이 나버렸다. 다정했던 친구는 정신을 차리지 못하고 마루 밑으로 굴러 떨어져 버리고…….

그때 내가 알고 있는 특별실의 죄수 한 명이 우리 옥사로 들어왔다. 그는 무척 선량하고 쾌활한 젊은이일 뿐만 아니라, 보기만 해도 현명하고 별달리 악의 없는 시큰둥한 표정이지만 지극히 순박해 보이는 사람이었다. 이 사람이 바로 내가 감옥에 들어온 첫날 취사장에서 점심을 먹고 있을 때, 부유한 농민이 있는 곳을 찾아가 자기는 〈야망〉이 있다고 납득시키며 나와 함께 차를 마시던 사람이다. 마흔 살쯤 되었을까, 그는 유난히 두툼한 입술과 퉁퉁한 큰 코에 여드름이 군데군데 난 사람으로, 두 손에 발랄라이까를 들고서 되는 대로 줄을 퉁기고 있었다. 그의 뒤를 마치 아첨꾼처럼, 그때까지만 해도 내가 별로 알지 못했던 체구가 무척이나 왜소한, 그러나 머리는 무척이나 커다란 죄수가 따라다니고 있었다. 그러나 그에게 주의를 기울이는 사람은 아무도 없었다. 그는 좀 이상스럽기도 하고 의심이 많으며, 줄곧 입이 무거울 뿐만 아니라 심각하기도 한 사람이었다. 그는 재봉소에 일을 하러 다니고 있었는데, 어느 누구하고도 어울리려고 하지 않는 외톨이로 살아가기 위해 애쓰고 있는 듯이 보였다. 지금 그는 술에 취해 그림자처럼 바를라모프에게 붙어 있었다. 그는 몹시 흥분해서 바를라모프의 뒤를 따라가며 두 손을 휘젓고 주먹으로 벽과 나무 침상을 치기도 하면서 거의 울음을 터뜨리려 하고 있었다. 하지만 바를라모프는 자기 옆에 그런 사람이 있다는 것을 아랑곳하지 않는 것 같았다. 이 두 사람이 이전에는 서로가 거의 아무런 왕래도 없었다는 것은 주목할 만하다. 그들에게는 일로 보나 성격상으로 보나 아무런 공통점도 없었기 때문이다. 그들은 부류도 달랐을 뿐만 아니라, 서로 다른 옥사에 살고 있었다. 사람들은 작은 죄수를 불긴이라고 불렀다.

바를라모프는 나를 보고 히죽 웃었다. 나는 벽난로 옆의 내 침상 위에 앉아 있었다. 그는 나의 맞은편에 조금 떨어져서 있었는데, 무엇인가를 생각하는 듯하다가 몸을 비틀거리면서 고르지 못한 걸음걸이로 내게 다가와 한 손을 허리에 얹고 온몸을 거들먹거리더니, 발랄라이까의 줄을 살짝 퉁기면서 장화를 신은 발로 박자를 맞추며 천천히 음송하기 시작했다.

둥근 얼굴, 흰 얼굴,
박새처럼 노래부른다.
사랑스러운 그대여,
아름다운 장식을 단 공단 옷을
입고 있으니
더욱 아름답구나.

아마도 이 노래가 불긴을 격분시킨 것 같았다. 그는 두 팔을 휘저으며, 모두를 향해 외치기 시작했다.

「모든 게 다 거짓말이야, 이봐들, 이 사람 말은 모두 거짓말이라고! 한마디도 사실이 없어, 모두가 거짓말이야!」

「알렉산드르 뻬뜨로비치 노인!」 바를라모프는 내게 입이라도 맞추려고 뛰어들 듯한 기세로, 교활한 미소를 지으며 나를 바라보면서 말했다. 그는 취해 있었다. 〈노인장 어쩌고……〉라는 말은 그 사람이 나에게 경의를 표현하는 것인데, 이 말은 시베리아 전역에 걸쳐 보통 사람들 사이에서 널리 사용되었으며, 20대의 사람들에게도 쓰이곤 했다. 〈노인〉이라는 말은 어떤 존경과 경의를 의미하며, 심지어는 아부를 뜻하기도 했으니 말이다.

「아 예, 안녕하십니까, 바를라모프 씨.」

「어느 날이나 마찬가지군요. 성탄을 축하하는 사람은 아침 일찍부터 취해 있습니다. 죄송합니다!」 바를라모프가 노래하듯 말을 했다.

「모든 것이 거짓말이야. 이 사람이 또 거짓말을 하는군!」 불낀이 절망적인 어조로 침상을 손으로 치면서 고함을 쳤다. 그러나 바를라모프는 그에게 조금도 대꾸를 하지 않기로 작정한 듯 보였는데, 이 점이 무척이나 우스웠다. 왜냐하면 불낀은, 무슨 영문인지 모르지만, 자신에게는 바를라모프가 말하는 것이 〈모두 거짓〉처럼 여겨졌는지, 아침 나절부터 그와 붙어 다니며 그러고 있었기 때문이다. 그는 그림자처럼 바를라모프의 뒤를 따라다니며, 그가 하는 말마다 트집을 잡고 두 손을 비비고 쥐어짜기도 하고 피가 나도록 벽과 나무 침상을 두들기며, 바를라모프가 말하는 것은 〈모두 거짓〉이라는 점을 납득시키려고 애쓰고 있는 것 같았다. 만일 그에게 머리카락이라도 있었다면, 아마도 그는 비탄에 잠긴 나머지 그것을 뽑아 버렸을지도 모른다. 그는 마치 바를라모프의 모든 행동에 대해 자신이 책임을 져야 할 의무가 있다는 듯이 처신했으며, 바를라모프의 모든 결점은 자기 양심의 책임이라고 생각하는 듯했다. 그러나 웃기는 점은 바를라모프가 그를 거들떠보지도 않으려는 데 있었다.

「모든 것이 거짓말이야, 거짓말, 거짓말! 한 마디 말도 제대로 맞는 것이 없어!」 불낀이 고함을 질렀다.

「그래, 그것이 네게 어쨌단 말이지?」 죄수들이 웃으면서 대답을 했다.

「알렉산드르 뻬뜨로비치 씨, 당신한테만 말하는 건데, 나도 젊었을 때에는 미남이어서 처녀들이 나를 아주 좋아했습니다……」 별안간 이렇다저렇다 이유도 없이 바를라모프가 말을 하기 시작했다.

「거짓말! 또 거짓말!」 불긴이 째지는 듯한 소리를 내면서 말을 잘랐다.

죄수들이 웃음을 터뜨렸다.

「하지만 나는 처녀들 앞에서 거드름을 피웠지요. 빨간 루바쉬까에 비로드 천으로 만든 승마용 바지를 입고서 부띨낀 백작처럼 이렇게 누워서 스웨덴 사람들처럼 술에 취하고, 한마디로 말해서, 하고 싶은 대로 하고 살았지요!」

「거짓말!」 불긴이 단호하게 말했다.

「그때만 해도 나에게는 아버지에게서 물려받은 2층짜리 석조 건물이 한 채 있었습니다. 그런데, 2년 만에 이 집을 날려 버리는 바람에 남은 거라곤 기둥도 없는 문뿐이었지요. 돈이란 비둘기 같은 것이라서, 날아오나 싶으면 날아가 버리고 말죠!」

「거짓말!」 또다시 불긴이 단호하게 말했다.

「그래서 정신을 차리고 부모님들께 여기서 눈물의 탄원서를 보냈지요. 어쩌면 돈이라도 보내 주실까 해서요. 내가 부모님의 뜻을 거스르기만 했다고 썼습니다. 공경도 하지 못하고. 편지를 보낸 지 벌써 7년째나 됩니다.」

「그래, 답은 없었소?」 나는 웃으면서 물어보았다.

「예, 없었습니다.」 그는 갑자기 웃음을 터뜨리면서, 코를 내 얼굴에 점점 가까이 갖다 대더니 대답을 했다. 「알렉산드르 뻬뜨로비치 씨, 하지만 난 이곳에도 애인이 있답니다……」

「당신 애인이 있다고요?」

「오누프리예프도 이렇게 말하지 않던가요. 〈내 애인은 곰보에다 얼굴도 못생겼지만, 대신 옷은 많지. 하지만, 네 애인은 얼굴이야 이쁘다만은 거지라서 동냥자루를 들고 다니지〉

라고요.」

「정말인가?」

「정말로 거지예요!」 그가 대답을 하면서 들리지 않을 정도로 킥킥 웃었다. 감옥 안의 다른 죄수들도 웃음을 터뜨렸다. 사실 그가 어떤 거지 여자와 관계를 맺고 있으며, 그녀에게 반년 동안 겨우 10꼬뻬이까만을 주었다는 것을 아는 사람은 다 알고 있었다.

「그래서, 어떻게 됐지?」 그에게서 벗어나고 싶은 마음에 내가 이렇게 물었다.

그는 잠시 입을 다물더니, 알랑거리는 듯한 시선으로 나를 바라보며 나지막이 말을 했다.

「이렇게 다 털어놨으니 내게 술 한잔 주지 않으시렵니까? 알렉산드르 뻬뜨로비치 씨, 나는 오늘 하루 종일 차만 마셨거든요.」 그는 돈을 받으면서 감동한 듯 덧붙였다. 「오늘 마신 차가 요동을 쳐서 천식에 걸리고 뱃속에서는 병소리가 나더라고요……」

그런데 그가 돈을 받아 내자, 불낀의 마음의 혼란은 극에 달한 것 같았다. 그는 절망해서 금방이라도 울 것 같은 몸짓을 했다.

「하느님의 아들들아!」 그는 극도로 흥분을 해서 감옥에 있는 다른 모든 사람들을 향해 소리쳤다. 「저자를 좀 봐! 모두 거짓말이야! 그가 말하는 것은 모두 거짓말이야!」

「그게 너와 무슨 상관이지?」 죄수들이 그가 격노하는 것을 보자 놀라서 외쳤다. 「너도 이상한 놈이구나!」

「거짓말을 하게 내버려둘 수는 없어!」 불낀이 두 눈을 부라리며 있는 힘을 다해 주먹으로 침상을 치면서 외쳤다. 「그가 거짓말을 하는 것이 싫단 말이다!」

모두들 웃음을 터뜨렸다. 바를라모프는 돈을 받자 나에게 인사를 한 다음 젠체를 하면서 성급히 옥사를 빠져나갔는데, 아마도 술장수에게로 가는 것 같았다. 바로 그때, 그는 처음으로 불낀이 생각난 모양이었다.

「자, 가자!」 그가 문지방에 멈춰 서서 불낀에게 마치 무슨 볼일이라도 있다는 듯이 말했다. 「바보 같은 놈!」 그는 자기 앞에서 화가 나 있는 불낀을 먼저 내보내며 이렇게 덧붙여 말하고는 다시 발랄라이까를 켜기 시작했다……

그러나 이 같은 아귀다툼의 혼란을 어떻게 모두 적을 수 있단 말인가! 마침내 질식할 것 같던 하루도 끝이 났다. 죄수들은 나무 침상 위에서 괴롭게 잠을 자고 있다. 꿈속에서 그들은 다른 날보다도 더 심하게 말을 하고 헛소리를 한다. 곳곳에서는 아직도 마이단을 벌이고 있다. 오래 전부터 그처럼 기다리던 축제가 지나가 버리고 만 것이다. 내일부터는 분주해질 것이고, 또다시 노역을 시작해야 할 것이다……

11. 연극 공연

성탄절 다음의 셋째 날 저녁, 우리의 극장에서는 첫번째 연극 공연이 있었다.[85] 연극을 공연하기 위한 사전 준비는 정말로 많았지만, 배우들이 모든 일을 스스로 처리했기 때문에 나머지 사람들은 어느 누구도 상황이 어떠하며 무슨 일을 해야 하는지도 알 수 없었다. 어떤 연극이 공연될지도 알 수가 없었으니 말이다. 배우들은 2, 3일 동안 노역을 나가면서도, 가능한 한 더 많은 의상들을 구하려고 애를 썼다. 나를 만나

---

[85] 도스또예프스끼는 유형 생활 중 죄수들의 연극에서 실제로 연출을 맡아 보았으며, 당시 시베리아의 옴스끄에는 극장이 없어서 죄수들의 연극에는 일반인들도 적지 않은 관심을 보여 주고 있었다고 알려지고 있음.

면서도 바끌루신은 만족스럽다는 듯이 손가락으로 소리만을 내 뿐이었다. 아마 소령의 기분이 좋은 모양이었다. 그러나 그가 연극에 관해서 알고 있는지 우리는 전혀 알 길이 없었다. 만일 알고 있다고 하더라도, 그가 형식적으로나마 연극을 허락해 준 것인지, 아니면 모든 것이 질서 정연한 가운데 이루어졌다는 것을 알고서, 그러한 죄수들의 착안에 손을 흔들어 주면서 잠자코 있기로 마음먹은 것인지 알 길이 없었다. 내 생각에, 그는 연극에 대해서 알고 있었다. 모를 수가 없었다. 그러나 만일 자기가 금지라도 시킨다면 상황이 더욱 악화될 것이라는 사실을 깨닫고 방해하지 않기로 했는지도 모른다. 죄수들이 장난을 치고 술에 취하는 것보다는, 어떤 것에 몰두하는 편이 훨씬 나을 것이라는 생각에서 말이다. 그러나 내가 소령이 그러한 생각을 담아 두고 있을 것이라고 추측해 보는 것은 그 생각이 가장 자연스럽고 틀림없으며 건전하기 때문이다. 그러나 이렇게도 말해 볼 수 있다. 만일 죄수들에게 이런 축제일에 연극 같은 것이나 혹은 이와 유사한 어떤 일이 없다면, 오히려 당국이 먼저 나서서 그런 일을 생각해 보아야 한다고 말이다. 그러나 우리의 소령은 다른 사람들과는 전혀 다른 사고 방식을 가진 사람이라, 소령이 연극에 대해서 무엇인가를 알고서 그것을 허가해 주었다고 상상한다면, 그것이 나의 커다란 잘못이라는 것은 지극히 당연한 일이다. 우리의 소령 같은 사람은 어느 곳에서나 사람들을 억누르려 하고 무엇인가를 빼앗으려 하며, 누군가의 권리를 박탈하려 드는 사람, 한마디로 말해서, 어디서고 규칙만을 따지는 사람인 것이다. 이것은 도시 전체에도 잘 알려져 있는 사실이었다. 말하자면 이러한 압박 때문에 감옥에서 폭동이 일어난다고 해도 그에게는 아무런 상관이 없는 것이다. 폭동에 대해서는 형벌로 다스리면 되고(우리의 소령과 같은 사람들은 이렇게 생각한다), 협잡꾼 죄수들에게는 엄격함과 문자 그대로 간단없는 법규의 적용으로 대처하면 되는 것이니, 바로 이것이 필요한 것의 전부인 것이다! 이러한 법규의 무능한 집행자는 법률의 정신과 의미를 하나도 이해하지 못한 채, 문자 그대로 법률을 집행한다는 것이 오히려 일을 무질서로 끌어들일 수 있을 뿐만 아니라, 다른 결과는 결코 이끌어 낼 수 없다는 것을 이해하지도 이해할 능력도 없다. 〈법에 그렇게 씌어 있는데, 더 이상 어쩌란 말이냐?〉 이렇게 말하는 그들은 법률 이외에 건전한 사고, 냉정한 판단이 자신들에게도 필요하다는 사실 때문에 적지 않게 놀라게 된다. 특히 냉정한 판단은 그들 대부분에게 아무런 쓸모없는 것일 뿐만 아니라 선동적인 사치물이자 장애물이며, 참을 수 없는 것으로 비쳐지는 것 같다.

어찌 되었든 고참 하사관은 죄수들이 하는 일에 반대하지 않았고, 죄수들도 오직 그 일만이 필요했다. 내가 확실하게 말할 수 있는 것은, 연극과 그것을 허락받은 데 대한 감사의 마음이, 축제일 동안에 감옥에서 어떤 한 건의 심각한 무질서도 악의에 찬 말다툼도 도둑질도 일어나지 않게 한 원인이었다는 것이다. 내 자신도 연극이 금지된다는 이유 하나 때문에 술 취한 사람들이나 말다툼하고 있는 사람들을 달래고 있는 것을 목격한 적이 있다. 하사관은 죄수들에게서 조용히 하고 얌전히 굴겠다는 언약을 받아 냈다. 죄수들은 기꺼이 동의를 하고 약속을 지켰다. 죄수들은 자기들의 말을 믿어 준 것이 무엇보다도 기뻤다. 그러나 한마디해 두어야 할 것은, 연극을 허락한다고 해서 당국에서 비용을 들이는 것도 아니고, 어떤 희생을 하는 것도 아니라는 사실이다. 장소를 미리 울타리로 둘러 놓는 것도 아니므로, 극장을 만들고 치우는 데는 기껏해야 15분이면 족했다. 연극은 한 시간 반쯤 진행될 것이지만, 갑자기 상부에서 연극 공연을 금지하는 명령을 내리더라도 순식간에 일을 끝마쳤을 것이다. 의상은 죄수들의 상자 속에 숨겨 놓고 있었다. 그러나 어떻게 극장이 세워지고, 어떤 의상이 있었는지를 말하기 전에, 나는 먼저 연극의 프로그램, 즉 공연하게 될 연극에 관해서 말해야겠다.

특별히 글자로 적은 공연 프로그램은 없었다. 그러나 두 번째, 세 번째 공연에는 바글루신이 쓴 프로그램이 한 장 있었다. 그것은 우리 연극의 첫번째 공연에 참석을 해서 자리를 빛내 주었던 장교들이나 다른 귀한 손님들을 위한 것이었다. 귀한 손님들은 대개가 위병 장교였지만, 때로는 당직 장교까지 온 적도 있었다. 또한 공병 장교도 한 번 온 적이 있었는데, 프로그램은 바로 이러한 손님들이 참석할 경우를 대비해서 만든 것이었다. 추측해 보건대, 감옥 극장에 대한 소문은 요새뿐만 아니라 멀리 도시에도 퍼졌을지 모른다. 도시에는 극장이 없었기 때문이다. 연극 애호가들이 연극을 한 번 상연했다는 소식을 듣긴 했지만, 그것은 오직 한 번뿐이었다. 죄수들은 어린아이처럼 조그마한 성공에도 기뻐했으며 우쭐거리기까지 했다. 〈누가 알겠는가.〉 죄수들은 마음속으로 혼자 생각하기도 하고, 서로 이야기를 하기도 했다. 〈어쩌면 상부에서도 알고 찾아와 볼지도 모른다. 그때는 죄수들이 어떤지도 보게 되겠지. 우리의 연극은 어떤 허수아비나 떠다니는 배나 걸어다니는 곰과 양 같은 것을 등장시키는 단조로운 군인들의 연극이 아니다. 여기서는 배우들이, 진짜 배우들이 훌륭한 희극을 연기하고 있다. 그런 극장은 도시에도 없다. 아브로시모프 장군 댁에서 어떤 연극 공연이 한 번 있었고, 앞으로도 한 번 더 있을 거라고 말들을 한다. 그것은 오직 의상만이 그럴듯했을 뿐, 대사로 말하면 어찌 우리와 견줄 수 있겠는가! 만일 주지사의 귀에까지 들어간다면, 악마라도 어쩌겠어? 자기도 와서 보고 싶어 안달일 거야. 도시에는 극장이 없으니까······.〉 한마디로 죄수들의 공상은, 특히 첫번째 공연의 성공 뒤에는 축제일에 맞추어 극에 이르렀고, 상이라도 받든가 아니면 노역 시간을 단축해야 한다든가 하는 생각도 했지만, 그러면서도 거의 이와 동시에 자기 자신들을 비아냥거리기도 했다. 말하자면 죄수들은 아이들이었다. 나이가 40줄에 든 사람들이었음에도 불구하고, 그들은 완전히 아이들이었던 것이다. 프로그램이 없었지만 나는 상연되는 연극의 중요한 흐름은 이미 알고 있었다. 첫번째 소품은 〈경쟁자 필라뜨까와 미로쉬까〉[86]라는 것이었다. 바끌루신은 연극이 상연되기 일주일 전부터, 자기가 맡은 필라뜨까라는 역이 뻬쩨르부르그에서도 보기 어려울 정도로 잘 공연될 거라고 내 앞에서 자랑을 하고 있었다. 그는 옥사마다 돌아다니며 부끄럽지도 않은지 연민이 가득한 어조로 우쭐거리기도 했는데, 그러는 동안에는 완전히 얼이 빠진 것처럼, 가끔 불쑥 무엇인가를 〈연극 식으로〉, 즉 자기의 역에 나오는 말을 꺼내곤 하는 것이었다. 그가 꺼낸 말이 우습든 우습지 않든 사람들은 모두 웃음을 터뜨렸다. 그러나 그러한 때에도 죄수들은 자제를 하고, 위엄을 지킬 줄 안다는 것을 인정해야 한다. 바끌루신의 등장과 앞으로 있을 연극에 대한 그의 이야기에 환호를 보내는 사람들은, 아주 어리거나 풋내기거나 자제심이 없는 사람들 아니면, 자기들의 권위가 이미 확고하게 서 있는 비중 있는 죄수들이었다. 왜냐하면 비록 제

---

[86] 네 명의 구혼자와 한 명의 여자 사이에서 벌어지는 소극으로, 뻬쩨르부르그의 알렉산드린스끼 극장에서는 이미 1830년대 초부터 이 연극을 상연하고 있었으며, 고골의 「네프스끼 거리」에서도 이 연극에 대한 언급이 나오고 있다.

일 하찮은(감옥 식의 표현에 따르자면, 제일 버르장머리가 없는) 것이라 할지라도 그것이 무엇이든지 간에, 그들은 이제 자기의 감정을 직선적으로 표현해도 두려울 것이 없었기 때문이다. 나머지 사람들은 소문을 듣고 말거나 아니면 잠자코 있었으며 이러쿵저러쿵 이야기를 하지도 않았고, 반대도 하지 않았으며, 연극에 관한 소문에는 꽤나 냉담해지려고 하면서 오히려 시큰둥하기까지 했다. 막상 때가 되어서 연극이 상연되는 바로 그날이 되자 사람들은 모두 관심을 갖기 시작했다. 무슨 연극이야? 우리들이 한다고? 소령은 뭐래? 재작년처럼 성공할 수 있을까? 등등 말이다. 바끌루신은 모든 배우들이 잘 선발되었으며, 모두가 〈적격〉이라고 내게 장담을 했다. 또한 막도 걸리게 될 것이며, 시로뜨낀이 필라뜨까의 약혼녀 역할을 맡게 될 텐데, 그가 여자 옷을 입으면 어떤가 한번 직접 보라며 눈을 찡긋하고 혀를 차면서 말했다. 은혜를 베푸는 지주 부인은 장식이 달린 옷에 숄을 두르고 우산을 받쳐들고 나오며, 은혜를 베푸는 지주는 견장이 달린 장교 제복에 지팡이를 들고 나오게 되어 있었다. 그 뒤 두 번째 소극은 〈대식가 께드릴〉[87]이라는 드라마였다. 나는 제목이 무척이나 재미있어서, 이 소극에 관해 수차례나 물어보았지만, 미리 내용을 알 수는 없었다. 이 소극은 책이 아니라 어떤 〈수기〉에서 발췌한 것이었으며, 그 각본은 도시의 교외에 살고 있는 어떤 퇴역 하사관에게서 얻은 것으로, 그 자신도 한때는 군인 연극의 상연에 참가하기도 한 사람이라는 사실만 알 수 있었다. 러시아의 궁벽한 도시나 현에서는 지금까지 아무에게도 알려지지 않았으며, 어디에서도 결코 한 번도 인

---

87 이 연극의 대본은 찌호느라보프가 간행한 『1672~1725년 러시아 연극 작품집』에 수록된 「돈 후안과 돈 페드로의 코미디」에서 발췌한 것으로, 돈 페드로는 페드릴로로 뒤에 가서는 러시아 식 발음인 께드릴로 바뀐다.

쇄된 적이 없는 그러한 연극 대본이 나타나는 경우가 실제로 있었다. 어디선가 제 발로 나타나서는, 러시아 내에서도 알려진 지역의 민중 연극에 없어서는 안 될 부속품이 되어 버리는 것이다. 내가 지금 〈민중 연극〉이라고 말을 했는데, 우리의 연구자들 중 누구 한 명이 지금도 존재하고 있으며, 결코 무가치하지 않은 민중 연극에 대한 연구를 보다 새롭고 신중하게 착수한다면 무척이나 좋을 것이라는 생각이 든다. 나는 내가 이후에 이곳의 감옥 연극에서 보았던 모든 것들을 죄수들 스스로가 연출했던 것이라고는 믿고 싶지 않다. 여기에는 전설의 계승뿐만 아니라, 기억을 통해 오랫동안 입에서 입으로 구전된 개념과 기법들의 정착도 필수적이다. 이러한 것들은 병사들이나, 도시 공장의 근로자들이나, 알려지지 않은 어느 가난한 도시의 서민들에게서도 찾아야만 한다. 그러한 것들은 또한 농촌과 현청 소재지인 도시의 대지주들에게 딸린 비복들에게도 보존되어 있다. 생각해 보면, 수많은 오래된 각본들은 이 지주들의 하인을 통해서 기록에 남겨져 러시아 전역에 퍼진 것이나 다름없다. 이전의 지주들과 모스끄바의 귀족들에게는 농노 출신의 배우들로 구성된 자기들 전용 극장이 있었다. 바로 이 극장에서 우리들의 민중 극예술이 비롯되었으며, 그러한 특징은 의심의 여지가 없다. 〈대식가 께드릴〉만 하더라도, 내가 아무리 애를 썼어도, 무대에 악마가 나타나서 께드릴을 지옥으로 데리고 간다는 것 이외에는, 사전에 그것에 관해서 결코 아무것도 알 수가 없었다. 께드릴이 무엇을 의미하는지, 그리고 왜 끼릴이 아니고 께드릴인지? 이것이 러시아에서 벌어지는 사건인지 아니면 외국에서 벌어지는 사건인지 나는 끝내 알아낼 수가 없었다. 그리고 마지막으로는 〈음악 반주에 맞춘 무언극〉이 상연될 예정이었다. 물론 이 모든 것들은 무척이나 흥미로운 것이었다.

배우는 모두 열다섯 명이었는데, 그들은 모두 활발하고 사내다웠다. 그들은 혼자 중얼거리며 연습을 하기도 했고, 때로는 옥사 뒤에 숨어서 남의 눈을 피해 연습하기도 하였다. 말하자면, 그들은 우리 모두를 무엇인가 예기치 못하고 독특한 것으로 놀라게 하고 싶었던 것이다.

노역을 하는 보통 날에는 밤이 되자마자 감옥이 일찍 잠겨 버린다. 그러나 성탄절에는 예외였다. 저녁 점호 전까지는 닫지 않았던 것이다. 이러한 특전은 전적으로 연극을 위해 베풀어졌다. 축제일이 진행되는 동안 감옥에서는 매일같이 저녁이 되기 전에 한 사람을 위병 장교에게 보내 공손하게 부탁을 하곤 했다. 〈연극을 허락해 주시고, 오랫동안 감옥 문을 잠그지 말아 주십시오.〉 그러면서 또 이렇게 덧붙이는 것이다. 〈어제도 연극이 있었는데, 오랫동안 문을 잠그지 않았습니다. 그리고 아무 일도 없었고요.〉 위병 장교는 이렇게 생각한다. 〈어제는 사실 아무 일도 없었다. 그런데 오늘도 아무 일 없을 거라고 자기들이 말하고 있으니, 자기들이 알아서 조심하겠다는 말이군. 확실한 말이겠군. 게다가 만일 연극을 허락하지 않으면(누가 그들을 알겠는가? 그들은 유형수인데!), 악에 받쳐서라도 일부러 무슨 짓을 저지를지도 모르고, 위병들에게 해코지할지도 모르지.〉 마지막으로 이렇게 생각할지도 모른다. 〈보초를 서는 것은 지루한 일이야. 연극을 한다면, 그것도 병사들의 연극이 아니라 죄수들의 연극이라면, 죄수들은 재미있는 사람들이니까 구경을 하면 즐거울 테지.〉 위병 장교는 가서 볼 권리도 있다.

당직 장교가 온다. 〈위병 장교는 어디 있지?〉 〈감옥에서 죄수들을 점호하고, 옥사를 닫으려고 갔습니다.〉 솔직한 대답이고, 솔직한 변명이다. 그렇게 해서 위병 장교들은 매일 밤, 축제일이 계속되는 동안 내내 연극을 허락해 주었고, 저녁 점호 전까지 옥사를 닫지 않았다. 죄수들도 위병들의 방해는 없을 것이라는 사실을 미리 알고 안심하고 있었다.

저녁 여섯 시가 될 무렵, 뻬뜨로프가 나를 데리러 왔으므로 우리는 같이 연극을 보러 갔다. 우리 옥사에서는 체르니고프의 구교도와 폴란드 사람들을 빼놓고는 거의 모두가 연극을 보러 갔다. 폴란드 인들은 마지막 연극이 상연되는 1월 4일에야 연극이 훌륭하며 즐거울 뿐만 아니라, 아무런 위험도 없다는 것을 많은 사람들이 납득시켜 준 다음에야 극장에 가보려고 마음먹었다. 폴란드 인들의 결벽증도 죄수들을 결코 화나게 하지는 않았고, 오히려 그들은 1월 4일에 사뭇 정중한 영접까지 받았다. 그들을 위해 제일 좋은 자리도 비워 두었던 것이다. 체르께스 인들과 특히 이사이 포미치에게는 우리들의 연극이 정말로 즐거운 것이어서, 이사이 포미치는 매번 올 때마다 3꼬뻬이까를 냈는데, 마지막에는 접시에다 10꼬뻬이까를 올려놓으며 얼굴에는 자못 행복한 표정까지 지어 보였다. 배우들은 연극에 든 비용과 개인적인 〈후원〉이라는 차원에서 관객들로부터 누가 얼마를 내든 돈을 거두어들였다. 뻬뜨로프는 아무리 극장 안이 입추의 여지 없이 붐빌지라도, 내게는 제일 좋은 자리 하나를 비워 둘 것이라고 장담했다. 아마도 그런 생각의 근본은, 내가 다른 누구보다도 부자여서 돈을 많이 낼 것이고, 게다가 다른 누구보다도 연극을 잘 이해하리라고 믿었기 때문인 듯하다. 그리고 사실 그렇게 되었다. 그러나 우선 극장 내부와 구조부터 먼저 쓰기로 하자.

무대가 세워진 우리의 군용 죄수실은 열다섯 걸음 정도의 길이였다. 마당에서 계단을 올라가고, 계단에서 덧문으로 들어서면, 그 덧문에서 옥사 안으로 들어가게 되어 있었다. 내가 이미 위에서 말한 바처럼, 이 길쭉한 옥사는 독특한 구조로 되어 있었다. 나무 침상이 벽면을 따라 펼쳐져 있었으므로, 방 안의 중간은 텅 비어 있었다. 층계가 있는 출구로부터 제일 가까운 방의 절반은 관객들에게 내주고, 다른 옥사로 통하고 있는 나머지 절반은 무대로 사용되고 있었다. 무엇보다도 나를 놀라게 만든 것은 바로 막이었다. 막은 열 걸음 정도의 폭으로 옥사를 가로지르고 있었다. 막은 실제로도 놀랄 만한 그런 장식을 달고 있었고, 그외에도 나무와 정자와 연못과 별들이 그림 물감으로 그려져 있었다. 그것은 죄수들이 조금씩 주거나 기부한 낡고 새로운 아마포 조각으로 만들어져 있었다. 그것은 죄수들의 낡은 각반이나 셔츠를 한 장의 커다란 천에 겨우 잇댄 것이었으며, 마지막의 천 조각조차 모자라는 부분은 여러 곳의 사무소와 관청에 부탁해 구한 종이로 겨우 메워 놓았다. 우리들의 칠장이들 중에서는 브률로프라 불리는 A가 제일 뛰어났는데, 그들은 거기에 채색을 하고 그림을 그리는 데 무척이나 신경을 썼다. 그것의 효과는 놀랄 만한 것이었다. 그러한 치장은 제일 음침하고 잔소리가 심한 죄수들까지도 기쁘게 해주었는데, 그들은 연극을 보러 오자마자 마치 제일 열렬하게 학수고대를 했던 아이들처럼, 한 명도 예외 없이 그렇게 되어 버렸다. 모두가 몹시 만족해서 뽐내고 싶은 마음들이었으리라. 조명은 몇 조각으로 자른 유지 촛불로 대신했다. 막 앞에는 취사장에서 가지고 온 두 개의 긴 의자가 놓였고, 그 긴 의자 앞에는 하사관의 방에서 가지고 온 서너 개의 걸상이 놓여 있었다. 걸상은 만일의 경우, 즉 고급 장교들이 왔을 때를 대비한 것이었다. 긴 의자들도 하사관들이나, 공병 서기, 감독, 장교 계급은 아니지만 우연히 감옥에 들를지도 모를 그 밖의 관리들을 위해 준비해 놓은 것이었다. 일은 예상한 대로 되었다. 외부 방문객들은 이 축제 기간 동안 내내 끊이질 않았다. 어느 날 저녁은 많고 어느 날은 적었지만, 마지막 상연이 있는 날만큼은 긴 의자에도 남아 있는 자리가 하나도 없었다. 그리고 마지막으로, 긴 의자 뒤에는 죄수들이 방문객들에 대한 경의의 표시로 모자를 벗고, 무더운 방 안의 공기 때문에 숨이 막힐 지경이었지만 반외투나 재킷을 입은 채 서 있었다. 물론 죄수들을 위한 자리는 무척이나 적었다. 특히 맨 뒷줄은 문자 그대로 한 사람이 다른 사람 위에 앉을 정도였는데, 나무 침상뿐만 아니라 무대 뒤까지 사람들로 가득 차는 바람에, 마침내 연극을 보러 계속해서 찾아오곤 했던 애호가들은 다른 옥사로 가서, 무대 뒤편에서 연극을 구경하고 있었다. 옥사의 앞쪽 절반의 비좁음이란 생각조차 할 수 없는 것이어서, 그것은 최근 내가 목욕탕에서 보았던 그 비좁은 북새통과 견줄 만한 것이었다. 입구의 덧문도 열려 있었는데, 그곳은 영하 20도가 넘는데도 역시 사람들로 붐비고 있었다. 죄수들은 우리들, 나와 뻬뜨로프를 이내 뒷줄보다도 훨씬 잘 보이는 바로 그 긴 의자 뒤까지, 앞으로 나갈 수 있게 해주었다. 그들은 내가 이런 연극말고 다른 연극도 많이 본, 연극에 정통한 사람이자 애호가라고 생각했으며, 바끌루신이 요사이 줄곧 나한테서 자문을 구하고 경의를 표하는 것을 보고서 지금처럼 내게 자리를 내주는 아량을 베푸는 모양이었다. 가령 죄수들이 허영심이 많고 극도로 경박한 사람들이라고 하자. 그러나 이 모든 것들은 일부러 그러는 것이었다. 죄수들은 노역에서 나를 자기들의 형편없는 조수라고 놀려댈 수 있었던 사람들이다. 알마조프는 우리들 앞에서 자기의 석고 굽는 솜씨를 자랑하면서 귀족들을 경멸의 눈초리로 쳐다보았다. 그러나 그들이 우리를 못살게 굴고 조롱하는 이유는 다른 데 있었다. 우리가 한때 귀족이었으며, 그들이 좋은 기억을 간직하고 있을 리 없는 그들의 옛 상전과 같은 계층의 사람들이었기 때문이다. 그러나 지금 이 연극에서 그들은 내가 지나가도록 옆으로 피해 주고 있는 것이다. 그들은 내가 연극에 대해선 자기들보다도 훨씬 더 잘 판단할 수 있으며, 자기들보다도 더 많이 보고 더 잘 안다는 것을 인정하고 있는 것이다. 그들 중 나에게 호의를 갖지 않는 자들도(나는 그것을 알고 있다), 지금은 내가 그들의 연극을 보고 칭찬해 주기를 바라며, 아무런 자기 혐오의 감정 없이 나에게 자리를 내주었다. 나는 지금 그때의 추억을 회상하며 앉아 있다. 지금 생각해 보면, 그때 나는 나 자신에 대한 그들의 공명정대한 판단에는 절대로 비굴한 감정이 아니라 오히려 자존심이 깃들어 있다고 느꼈던 것 같다. 우리 민족의 가장 숭고하고 단호한 성격의 특징은 정의감과 그것에 대한 갈망이다. 어느 곳에서나, 무슨 일이 일어나더라도, 그것이 가치가 있건 없건 수탉처럼 달려드는 습성이 그들의 결점은 아니다. 표면에 뒤집어쓰고 있는 껍질을 벗겨 버리고, 아무런 편견 없이 신중하게 그 알맹이만을 가까이서 바라보면 된다. 그러면 민중들에게서 생각지도 못했던 것들을 보게 될 것이다. 현자들도 민중에게는 가르칠 것이 많지 않다. 단언하건대, 오히려 반대로 현자들 자신이 민중에게서 배워야 할지도 모른다.

우리들이 극장으로 갈 준비를 하고 있을 때, 뻬뜨로프는 내가 돈을 많이 낼 테니까 내게 앞자리를 내줄 것이라고 어린아이처럼 말했다. 정해진 가격은 없었다. 능력껏 내고 싶은 대로 내면 그만이었다. 돈을 접시에 거둘 때 보면, 거의 모두가 조금씩, 혹은 2꼬뻬이까짜리도 내곤 했다. 그러나 만일 돈 때문에 내게 앞자리를 내준다면, 내가 다른 사람들보다 돈을 많이 낼 것이라는 생각 때문에 그랬다면, 그런 생각에는 또한 얼마나 많은 자존심이 배어 있었겠는가! 〈너는 나보다 돈이 많다, 그러니 앞으로 가라. 비록 여기서는 우리 모두가 평등하지만, 너는 돈을 많이 내겠지. 따라서 너 같은 관객들은 배우들로서는 환영이니 너한테는 앞자리를 주겠다. 왜냐하면 우리 모두는 여기에 돈 때문에 온 것이 아니라 경의를 표하러 온 것이니까. 따라서, 우리는 스스로 자기를 구별해야 한다.〉 진정한 자만심이란 바로 이런 생각 속에 들어 있는 것이다! 이것은 돈에 대한 존경이 아니라, 자기 자신에 대한 존경심인 것이다. 특히 죄수들 전체를, 아무런 개인적인 구분 없이 다수로, 하나의 무리로 볼 때, 일반적으로 감옥에서는 돈과 부에 대해 어떠한 존경심도 찾아볼 수 없었다. 그들을 따로따로 떼어놓고 보더라도, 생각해 보면 돈 때문에 겸양을 떠는 사람은 한 명도 찾아볼 수 없었다. 물론 나한테 돈을 달라고 조르던 사람은 있었다. 그러나 이러한 구걸도 직접적으로 돈을 얻는 데 있다기보다는 장난과 사기적인 경향이 농후했으며, 유머와 순진함이 더욱 짙었다. 내가 이해를 할 수 있도록 표현하고 있는지 잘 모르겠다…….그러나 연극에 관해서 잊고 있었으니, 본론으로 돌아가 보자.

막이 오를 때까지 방 안 전체는 이상스레 활기에 찬 모습을 보이고 있었다. 우선 사방에서 조이고 억눌려서 납작하게 된 관객들은 얼굴에 초조하고 들뜬 표정을 지으며 연극 상연을 기다리고 있었다. 뒷줄에는 사람과 사람이 포개져서 꿈틀거리고 있었다. 그들 중 어떤 사람은 취사장에서 통나무 장작을 가지고 와, 굵은 장작을 벽에다 간신히 세워 놓고는 그 위에 올라가서, 두 손은 앞에 서 있는 사람의 어깨를 잡은 채, 자기 자리에 무척이나 만족하면서, 위치를 바꾸지도 않은 채 그렇게 두 시간이나 서 있었다. 다른 사람들은 두 발로 벽난로나 계단의 아래 발판을 딛고서 앞줄 사람들에게 기댄 채 줄곧 서 있기도 했다. 이 사람들은 맨 뒷줄의 벽 옆에 있는 사람들이었다. 측면에서는, 악대 아래에 많은 사람들이 침상으로 기어올라가 있었다. 그곳도 좋은 자리였다. 다섯 명 가량의 사람들은 벽난로에 기어올라가 그곳에 누워서 아래를 내려다보았다. 그들은 무척이나 즐거워했다! 다른 쪽 벽의 창문턱에도 늦어서 좋은 자리를 차지하지 못한 사람들이 빽빽하게 올라가 있었다. 모두들 조용하고 얌전하게 굴었다. 모두들 자신의 가장 좋은 면을 상관들이나 손님들에게 보여 주고 싶었던 것이다. 모든 사람들의 얼굴에는 무척이나 순박한 기대감이 나타나고 있었다. 그들의 얼굴은 너나없이 열기와 후텁지근한 공기 때문에 홍조를 띠었으며, 축축하게 젖어 있었다. 이들의 일그러지고 낙인 찍힌 이마와 볼에서, 지금까지 음침하고 찡그리고 있던 이들의 시선에서, 때때로 무섭게 번뜩이는 이들의 두 눈에서, 어린아이처럼 즐겁고 사랑스러우며 순수한 만족의 경이로운 광채가 반짝이고 있었다! 모두들 모자를 벗고 있어서, 오른쪽에서 보면 모든 사람들의 머리가 빡빡 밀려 있는 것처럼 보였다. 그러나 무대에서는 드디어 분주하게 움직이고 준비하는 소리가 들리기 시작한다. 이제 막이 오르고 있다. 악단이 연주를 시작한다……. 이 악단에 대해서는 언급할 필요가 있다. 측면의 나무 침상을 따라 여덟 명의 악사들이 자리잡고 있다. 두 대의 바이올린(하나는 감옥에 있는 것이고, 다른 하나는 요새의 누군가에게서 빌려 온 것이며, 악사는 이곳의 죄수였다), 세 대의 발랄라이까가 있었는데, 모두 손수 만든 것이었다. 두 대의 기타와 콘트라베이스 대신 작은 방울이 달린 손북이 있었다. 바이올린은 삐걱대는 소리만 내고 있었고, 기타 연주도 시시했지만, 대신 발랄라이까만큼은 이전에 들어 보지 못했을 정도로 훌륭한 것이었다. 줄을 켜는 손가락의 기민함은 정말로 교묘한 마술에 견줄 만했다. 악대는 무도곡만을 연주하고 있었다. 곡조가 마치 춤이라도 출 듯한 부분에 이르자, 발랄라이까를 켜는 사람은 발랄라이까의 판을 손가락 뼈로 두드리기 시작했다. 음조, 취향, 연주, 악기를 다루는 법, 곡조 표현의 특징, 이 모든 것은 죄수들만의 독창적인 것이었다. 기타를 치는 사람들 중 한 명도 자기의 악기에 관해서는 통달하고 있었다. 이 사람이 바로 자기 아버지를 살해한 귀족 출신의 죄수였다. 손북은 거의 기적이라 아니 할 수 없었다. 손가락 위에서 빙빙 돌리기도 하고, 엄지손가락으로는 그 가죽을 돌려 보이기까지 했다. 연속적이기도 하고, 단조롭게 울리기도 하는 소리들이 들리기도 했고, 별안간 이 강렬하고 명징한 소리들은 무수히 많은 완두콩들처럼 나지막하게 전율하고 속삭이는 듯한 음향들을 흩뿌리고 있었다. 드디어 두 대의 아코디언도 나타났다. 솔직히 말해서, 나는 그때까지 이렇듯 단순한 민중 악기들로 무엇을 할 수 있을지 일말의 이해심조차도 가지고 있지 못했다. 소리들의 화음, 연주의 호흡, 그리고 특히 모티프의 본질에 대한 훌륭한 재연과 그것의 성격을 이해하는 정신들은 그저 놀라움만을 안겨다 줄 뿐이었다. 나는 그때 처음으로 러시아의 낙천적이며 대담한 춤곡 속에 깃들어 있는 그 끝없는 낙천성과 용맹스러움을 완전히 이해할 수 있었다. 마침내 막이 올랐다. 모든 사람들이 움직이기 시작하며 한걸음씩 앞으로 내디뎠으며, 뒤에 있는 사람들은 뒤꿈치를 들고 섰다. 어떤 사람은 통나무에서 떨어지기도 했다. 모든 사람들은 누구나 할 것 없이 입을 벌리고 두 눈으로 주시하고 있었다. 완전한 침묵이 감싸고 있었다……. 연극이 시작된 것이다.

내 옆에는 알레이가 자기의 형제들과 다른 나머지 체르께스 사람들 무리 속에 섞여 서 있었다. 그들은 연극에 몹시 심취를 해서, 거의 매일 밤마다 연극을 보러 오곤 했다. 이슬람교도들이나, 따따르 인들은 모두 무척이나 연극에 심취하는 사람들 같다는 생각을 나는 여러 번 했다. 그들 곁에는 이사이 포미치도 몸을 움츠리고 있었는데, 막이 오르자마자 온몸이 시각과 청각으로, 그리고 기적과 기쁨의 순박하고 탐욕적인 기대로 돌변해 버린 것 같았다. 만약 그러한 그의 기대를 충족시키지 못한다면 그는 매우 유감스러웠을 것 같다. 유순한 알레이의 얼굴은 천진하고 아름다운 기쁨으로 빛나고 있었고, 나는 그러한 그의 얼굴을 보는 것이 무척이나 즐거웠다. 그래서 나는 배우가 우스꽝스럽고 절묘한 행위를 해서 모든 사람들이 폭소를 터뜨릴 때면, 매번 알레이 쪽으로 시선을 돌려 그의 표정을 주시하곤 했다. 그는 나를 보지 않았다. 그에게 나는 관심 밖이었다. 나의 왼쪽 매우 가까운 곳에 항상 이맛살을 찌푸리고 불만족스러운 듯한 표정을 지으며 푸념만 하는 중년의 죄수가 서 있었다. 그도 역시 알레이를 주목하고 있었으며, 몇 번이나 미소를 띠며 그를 쳐다보려고 돌아서는 것을 나는 보았다. 그 정도로 그는 귀여웠다. 이 죄수는 왠지 모르겠지만 그를 〈알레이 세묘니치〉라고 불렀다. 〈필라뜨까와 미로쉬까〉가 시작되었다. 필라뜨까(바끌루신)는 정말 훌륭했다. 바끌루신은 자신의 역을 너무나 훌륭하게 연기했다. 그는 자신의 대사 한 마디 한 마디와 일거일동에 깊이 몰두하고 있는 것이 분명했다. 그다지 중요하지 않은 대사와 몸짓일지라도 그는 거기에 자신이 맡은 배역의 특징과 정확하게 부합되는 의미와 생각을 부여하고 있었다. 이러한 노력과 연구에 그의 놀랍고 진실한 명랑함과 소박함, 자연스러움을 덧붙여 본다고 하자. 그리고 당신이 바끌루신을 보게 된다면 그가 대단한 능력을 타고난 선천적인 참된 배우라는 것에 동의하게 될 것이다. 나는 필라뜨까를 모스끄바와 뻬쩨르부르그에 있는 극장[88]에서 여러 번 보았고, 그래서 단언하지만 필라뜨까를 연기했던 수도의 두 배우들도 바끌루신을 능가하진 못했다. 그에 비하면 그들은 극 속에서만 농민일 뿐 진정한 농민은 아니었던 것이다. 그들은 너무 지나치게 농민답게 보이려고 했다. 게다가 바끌루신은 경쟁심 때문에 흥분하고 있는 상태였다. 왜냐하면 모든 죄수들이 두 번째 공연에서 께드릴 역을 뽀쩨이긴이 할 것이라고 알고 있었고, 그가 바끌루신보다 훨씬 재능이 있다고 여기고 있었기 때문이다. 그래서 바끌루신은 이 때문에 어린아이처럼 고민을 하고 있던 중이었다. 그는 여러 번 나에게 와서 그런 고민을 털어놓았다. 막이 오르기 두 시간 동안 그는 열병에 걸린 사람처럼 떨고 있었다. 관객들이 한바탕 웃음을 터뜨리고 군중 속에서 〈잘한다. 바끌루신! 대단해!〉 하는 외침이 들려오면 그의 얼굴은 행복으로 빛났고, 두 눈에는 진정한 영감이 반짝였다. 미로쉬까와의 키스 장면에서 필라뜨까가 그에게 먼저 〈입을 닦아!〉 하고 소리치고는 자신도 입을 닦았을 때는 매우 익살스러워서 웃음을 자아내게 했다. 모두들 배를 쥐고 웃어댔다. 그러나 내게 더욱 재미있었던 것은 관객의 모습이었다. 그곳에서는 모두들 편안한 마음가짐을 하고 있었다. 그들은 자신들의 기쁨에만 열중하고 있었다. 격려하는 외침소리가 더욱 자주 울려 나왔다. 동료를 툭 건드리고서도 아무런 염려가 없다는 듯이 옆에 서 있는 사람을 보지도 않은 채 그에게 자신의 인상을 재빠르게 털어놓는 사람이 있는가 하면, 우스꽝스러운 장면이 나오면 갑자기 즐거움에 가득 찬 얼굴을 군중들에게로 돌려 모두가 웃고 있다는 것을 확인하려는 듯이 모두를 둘러보고는 한 손을 흔들면서 바로 무대 쪽으로 몸을 돌리는 사람도 있었다. 또 혀와 손가락으로 소리만 내며 한곳에 조용히 서 있을 수 없는 사람도 있었다. 어

---

88 모스끄바는 말리 극장을, 뻬쩨르부르그는 알렉산드린스끼 극장을 의미한다.

디로 가야 할지 몰랐기 때문에 발을 동동 구를 뿐이었다. 극이 끝나 갈 무렵, 전체의 화기애애한 분위기는 절정에 달했다. 나는 조금도 과장하고 있는 것이 아니다. 감방, 족쇄, 감금, 앞으로의 길고 긴 우울한 날들, 음침한 가을날의 물방울 같은 단조로운 생활 등을 상상해 보라. 그리고 주위의 모든 압박과 구속된 생활의 무거운 꿈을 잊어버리고 잠시나마 편안하고 즐거운 시간이 허락되고, 이미 벌어지고 있는 것처럼 커다란 연극 공연이 허용되었다고 상상해 보라. 더욱이 이 연극 공연은 어떤 종류의 죄수들이라도 방심하지 말아야 한다는 내용으로 온 도시를 놀라게 했고, 온 도시 사람들에게 긍지를 갖게 했다. 물론 모든 것이, 이를테면 의상까지도 그들의 관심을 끌었다. 그들은 예를 들어 반까 오뜨뻬뜨 혹은 네쯔베따예프나 바끌루신이 몇 해 동안 매일 입고 있던 옷과는 다른 옷을 입고 나오는 것을 보는 것이 즐거웠다. 〈저게 죄수야. 족쇄를 절그럭거리던 바로 그 죄수야. 그런데 지금은 연미복을 입고 중절모를 쓰고 망토를 입고 나왔어〉, 〈마치 관리 같잖아. 수염도 붙이고 가발도 썼군. 아니 주머니에서 빨간 손수건을 꺼내 흔들고 있군. 나리처럼. 정말 나리와 똑같아〉 하며 모두들 들떠 있었다. 베푸는 지주는 견장이 달린 낡아빠진 부관의 제복을 입고 휘장이 붙은 모자를 쓰고 나와서 큰 호응을 받았다. 이 역할에는 두 사람의 희망자가 있었다. 그리고 믿을지 모르겠지만, 둘 다 그 역을 하기 위하여 어린애처럼 서로 무섭게 싸움을 했다. 둘 다 어깨술이 달린 장교복을 입고 여러 사람 앞에 서고 싶었던 것이다! 그래서 다른 배우들이 그들을 말리고 다수결로 그 역을 네쯔베따예프에게 주었지만, 그렇게 된 것이 그가 좀 더 나리다운 태가 있다거나 훌륭하게 연기할 것이기 때문이 아니라, 네쯔베따예프가 여러 사람에게 자기는 지팡이를 가지고 무대로 나가서 진짜 나리와 일류 멋쟁이처럼 지팡이를 흔들기도 하고 땅에 동그라미를 그려 보이기도 하겠다고 맹세를 했기 때문이다. 이것은 진짜 나리를 한 번도 보지 못한 반까 오쁘베뜨에게는 상상할 수도 없는 일이었다. 그리고 실제로 네쯔베따예프는 부인을 동반하고 관객 앞에 나오자마자 어디서 구해 왔는지 가느다란 갈대 지팡이로 재빠르게 땅에 동그라미를 그리는 것을 되풀이하였는데, 아마도 그는 이러한 동작을 상류 사회의 신사와 더없는 멋쟁이와 맵시꾼들의 특징으로 여기고 있는 듯했다. 분명히 어렸을 때, 그러니까 하인의 아들로서 맨발로 걸어다녔을 때, 훌륭한 차림의 신사가 지팡이를 휘두르면서 걷는 모습을 보고 그 모습에 매혹되었는지도 모른다. 그리고 그 인상이 오랫동안 그의 뇌리에 새겨져 있다가 서른 살이 된 오늘날, 온 감옥의 사람들을 매혹하고 사로잡기 위하여 옛날의 모든 기억을 상기한 것 같다. 네쯔베따예프는 자기 동작에 몰두하여 어느 것도, 어느 쪽도 바라보지 않고 대사를 할 때에도 눈을 돌리지 않은 채 다만 지팡이와 그 끝만을 응시하고 있었다. 자선 사업을 하는 지주 부인도 역시 나름대로 몹시 경탄할 만했다. 왜냐하면, 그녀는 보기에도 정말 넝마 같은 낡아빠진 메린스 옷을 입고, 손과 목을 드러낸 채 얼굴에 연지와 분을 잔뜩 바르고, 옥양목으로 만든 실내모를 턱에 잡아매고, 한 손에는 파라솔, 다른 손에는 색종이로 만든 부채를 들고 연방 부채질을 하고 있었기 때문이다. 일시에 웃음을 터뜨리며 부인을 맞이했다. 부인 자신 역시 참지 못하고 몇 번이나 웃고 말았다. 지주 부인 역을 맡은 죄수는 이바노프였다. 여자 분장을 한 시로뜨낀은 매우 가련해 보였다. 대구(對句)들도 역시 훌륭했다. 한마디로 연극은 모두에게 만족을 주고 끝이 났다. 비난은 없었으며, 또한 있을 수도 없었다.

다시 한번 〈집이여, 나의 집이여〉[89]라는 간주곡이 연주되고 다시 막이 올랐다. 이번에는 께드릴이다. 께드릴은 뭔가 돈 환과 흡사하다. 결국 마지막에는 주인과 하인이 지옥으로 악마에게 끌려가는 것이다. 완전한 막이 공연되었지만, 이것은 분명 단편이다. 처음과 끝이 생략되어 있었다. 그래서 이해할 수 없었고 뜻도 통하지 않았다. 장면은 러시아의 어느 주막이다. 주막 주인이 외투를 입고 못쓰게 된 둥근 중절모를 쓴 나리 한 사람을 방으로 데려간다. 그 뒤를 따라 하인 께드릴이 가방과 파란 종이에 싼 암탉을 들고 뒤따른다. 께드릴은 반코트를 입었고, 하인다운 모자를 쓰고 있다. 바로 이 사람이 대식가이다. 그 역은 죄수 뽀쩨이낀이 맡았는데, 이 사람이 바끌루신의 경쟁자이다. 나리 역에는 역시 첫번째 극 공연에서 자선가의 지주 부인 역을 했던 이바노프가 하고 있다. 주막 주인은 네쯔베따예프가 하고 있고, 방 안에는 악마가 살고 있다고 경고를 한 후 나가 버린다. 음침하고 잔걱정이 많은 나리는 그것을 벌써부터 알고 있었다고 속으로 중얼거리고, 께드릴에게 짐을 풀고 저녁을 준비하라고 분부한다. 께드릴은 겁쟁이에 대식가이다. 악마에 대한 이야기를 듣고 그는 하얗게 질려 나뭇잎 떨듯 몸을 떤다. 그는 도망치고 싶지만 주인이 무섭다. 뿐만 아니라 그는 저녁을 먹고 싶다. 그는 음탕하고 우둔하고 나름대로 교활한 데다 겁이 많고 매사에 주인을 속이고 동시에 주인을 두려워한다. 이것은 하인으로서는 특이한 유형이며, 거기에는 분명치는 않지만 레뽀렐로[90]의 특징이 일면 나타나 있으며 실제로 매우 충실하다. 결정적인 재주를 가지고 있는 뽀쩨이낀은 내가 보기에도 바끌루신보다 더 훌륭한 배우였다. 물론 나는 이튿날 바끌루신을

89 러시아 민중들 사이에 구전되어 오는 민요.
90 프랑스의 극작가 앙리 모네의 희극에 나오는 하인.

만났을 때 나의 의견을 솔직히 말하지 않았다. 그가 너무 슬퍼할 것 같았기 때문이다. 나리 역을 맡은 죄수 역시 훌륭했다. 그는 헛되이 종잡을 수 없는 말을 뇌까리고 있었지만, 발음은 정확하고 힘이 있었으며, 몸짓도 적당했다. 께드릴이 가방을 치우고 있는 동안 나리는 생각에 잠겨 무대를 거닐며, 자신의 방랑도 오늘 밤으로 끝날 것이라고 모두 들을 수 있게 큰소리로 말한다. 께드릴은 호기심을 가지고 귀를 기울이기도 하고 이맛살을 찌푸리기도 하고, 독백a parte을 하기도 하면서 말할 때마다 관객을 웃긴다. 그는 나리가 불쌍하지도 않고 단지 악마에 대해서 들었기 때문에 어떤 것인지 알고 싶어서 나리에게 말을 걸어 이것저것 물어본다. 마침내 나리는 언젠가 곤경에 처했을 때 지옥에 도움을 구했던 적이 있는데 악마들이 자신을 도와 구해 주었으며, 오늘이 기한이기 때문에 어쩌면 악마가 약속대로 자신의 넋을 데리러 올지도 모른다는 말을 했다. 께드릴은 더욱 겁을 먹는다. 그러나 나리는 조금도 정신을 잃지 않고 그에게 저녁 준비를 하라고 명령한다. 저녁이라는 말을 듣게 되자 께드릴은 정신을 차리고 닭도 내오고 술도 내온다. 그리고 슬금슬금 닭고기를 뜯어서 맛을 본다. 관객은 웃음보를 터뜨린다. 그때 문소리가 나고 바람이 덧문을 흔든다. 께드릴은 겁에 질려 거의 제정신을 잃고 도저히 삼킬 수 없는 큰 닭고기 조각을 입 안에 넣는다. 다시 사람들이 웃는다. 〈준비되었나?〉 하고 나리는 방 안을 거닐면서 소리친다. 께드릴이 〈이제 곧 나리……, 준비하고 있어요〉 한다. 그리고 자신이 먼저 식탁에 앉아 태평하게 주인의 식사를 먹기 시작한다. 관객들은 하인의 민첩함과 교활함, 주인의 우둔함을 마음에 들어 하는 것 같았다. 그리고 뽀쩨이긴은 정말 칭찬할 만한 가치가 있음을 짚고 넘어갈 필요가 있다. 〈이제 곧 나리, 준비하고 있어요〉 하는 대사를 그는 정말로 훌륭하게 했다. 식탁에 앉아서 그는 게걸스럽게 먹기 시작하고, 나리의 발소리가 들릴 때마다 자신의 속임수를 들킬까 봐 겁을 내었다. 그리고 나리가 휙 돌아서자마자 그는 식탁에 숨어서 닭고기를 잡아당긴다. 드디어 그는 자신의 허기를 대충 채우고 나리를 생각해야 할 때다. 〈께드릴, 아직 안 됐나?〉 나리가 소리친다. 〈됐는뎁쇼〉 하고 께드릴은 나리 몫이 거의 남아 있지 않음을 깨달으면서도 힘차게 대답한다. 접시에는 실제 닭다리 한쪽만 남아 있을 뿐이다. 나리는 침울하게 걱정스러운 표정으로 아무것도 눈치채지 못하고 식탁에 앉아 있다. 그런데 께드릴은 냅킨을 가지고 나리 의자 뒤에 선다. 그리고 그가 관객을 향하여 몸을 돌리고 나리의 우둔함에 고개를 끄덕일 때의 한 마디 한 마디, 몸짓, 찌푸린 얼굴 표정 하나하나는 관객에게 주체할 수 없는 웃음을 자아낸다. 그런데 나리가 막 식사를 하려고 하자 악마들이 나타난다. 이때부터 아무것도 이해할 수가 없다. 게다가 악마들은 너무나도 인간의 모습을 닮지 않았다. 측면의 무대 장치에서 문이 열리면서 뭔가 하얀 것이 나타난다. 그런데 머리 대신에 촛불이 켜진 초롱이 있다. 또 하나의 괴물 역시 초롱을 머리에 이고 손에는 낫을 들고 있다. 왜 초롱이며 낫을 들었을까? 왜 악마가 흰 옷을 입고 있는 걸까? 아무도 설명할 수 없다. 더욱이 아무도 이것에 대해 생각해 보지 않는다. 어쩌면 생각하지 않는 것이 당연한지도 모른다. 나리는 매우 용감하게 악마들을 향해 몸을 돌리며 그들에게 함께 갈 준비가 되어 있다고 소리친다. 그러나 께드릴은 토끼처럼 겁을 내어 책상 밑에 기어들어가 있으면서도 식탁 위의 병을 집는 것을 잊지 않는다. 악마들은 잠깐 사라진다. 께드릴은 식탁 밑에서 기어 나온다. 그러나 나리가 다시 닭고기를 집어 들려고 하자마자 또다시 세 명의 악마가 다시 방 안에 나타나서 나리의 목덜미를 잡아 지옥으로 데려간다. 〈께드릴! 나를 구해 줘!〉 나리는 소리친다. 그러나 께드릴은 아랑곳하지 않는다. 그는 이번에는 병이며, 접시, 심지어 빵까지 식탁 밑으로 끌어당긴다. 그러나 지금 그는 혼자다. 악마도 없고 나리도 없다. 께드릴은 기어 나와서 주위를 살핀다. 그의 얼굴에 회심의 미소가 번진다. 그는 교활하게 실눈을 뜨고는 나리의 자리에 앉아서 관객에게 고갯짓을 하고 반쯤 속삭이듯 말한다.

「자, 이제 혼자다. 나리도 없다고!」

나리가 없다는 그의 말에 모두가 웃는다. 그러나 그는 여전히 반쯤 속삭이듯이 관객을 향해 은밀하게 그리고 눈을 치켜뜨며 점점 더 즐거워하면서 덧붙인다.

「나리는 악마들에게 잡혀 갔어……!」

관객의 기쁨은 끝이 없다! 나리가 악마들에게 잡혀 갔다는 말을 제쳐놓고라도, 그는 정말로 박수를 치지 않을 수 없을 만큼 교활하고도 비웃는 듯한 거드름을 피우며 얼굴을 찌푸리고 말했던 것이다. 그러나 께드릴의 그런 행복도 오래가진 못했다. 그가 병마개를 따서 컵에 술을 한잔 막 따라 마시려 하자 악마들이 갑자기 돌아와서 발끝으로 살금살금 그의 뒤로 다가가 그를 붙잡는다. 께드릴은 목청껏 소리친다. 무서움 때문에 그는 돌아볼 수도 없다. 물론 방어를 할 수도 없다. 한 손에 병과 컵을 들고 그것도 놓을 수가 없다. 공포에 질려 입을 벌린 채 그는 30초 동안 관객을 향해 눈을 부릅뜨고 앉아 있는데, 겁에 질린 듯한 그 유머러스한 표정을 그림으로도 그릴 수 있을 것 같다. 그럴듯하게 겁쟁이의 표정을 유머러스하게 연기하면서 그림이라도 되는 듯이 앉아 있다. 결국은 그도 끌려간다. 그는 술병을 든 채 발을 구르고 계속해서 외쳐댄다. 그의 외침은 무대에서 사라진 후에도 계속 울린다. 그러나 막이 내리고 모두들 소리 내어 웃으며 기뻐한다……. 오케스트라는 까마린스까야[91]를 연주하기 시작한다.

겨우 들릴 정도로 조용히 시작되지만 모티프가 발전하면서 차츰 템포가 빨라진다. 발랄라이까의 공명판을 따라 힘찬 음이 울려 퍼진다……. 이것은 온 힘을 다하여 연주하는 까마린스까야여서, 사실 글린까가 우연히 우리 감옥에 와서 들었어도 좋아했을 것이다. 그 음악에 따라 무언극[92]이 시작된다. 까마린스까야는 무언극이 계속되는 동안 멈추지 않는다. 농가의 내부가 등장한다. 무대에는 방앗간 주인과 그의 아내가 있다. 방앗간 주인은 한쪽 구석에서 마구를 수선하고 있고, 다른 한쪽 구석에서는 그의 아내가 아마를 짜고 있다. 아내 역은 시로뜨낀이며 방앗간 주인은 네쯔베따예프이다.

하지만 나는 무대 장치가 매우 빈약하다는 것을 느꼈다. 이번에도 그 이전의 공연에서도 마찬가지로 관객은 눈으로 보는 것보다도 자신의 상상으로 채워 넣어야 한다. 뒷면엔 벽 대신 무슨 양탄자인지 말에 씌우는 덮개인지를 걸어 놓았다. 옆쪽에는 조야한 칸막이가 있다. 왼쪽에는 아무것도 놓여 있지 않아서 침상의 판자가 보인다. 그러나 관객들은 관대해서 현실을 상상력으로 채우는 것에 동의하고 있었으며, 더욱이 죄수들은 오히려 이런 점에 특별한 재능을 가지고 있었다. 〈마당이라고 말하면 마당으로 여기면 되는 거야. 방이면 방이고, 헛간이면 헛간이다. 마찬가지다. 격식을 차릴 것이 아무것도 없다.〉 젊은 아내로 분장한 시로뜨낀은 매우 귀여웠다. 관객들 사이에서 칭찬하는 소리가 종종 울려 나온

---

91 표도르 글린까(1803~1857)가 작곡한 민간 무도곡으로 반농노제의 내용을 담고 있으며, 도스또예프스끼는 1849년경부터 그의 음악을 접한 것으로 알려져 있다.
92 이 팬터마임은 고골의 「성탄 전야」에 나오는 에피소드를 각색한 것임.

다. 방앗간 주인은 일을 마친 후 모자와 채찍을 집고 아내에게 다가가, 그녀에게 동작으로, 자기는 나가야 하니 만약 자기가 없는 동안에 누구를 끌어들이면 그때는…… 하고 채찍을 들어 보인다. 아내는 듣고 난 후 고개를 끄덕인다. 채찍은 그녀에게 매우 친근함이 분명하다. 왜냐하면 아내는 남편 몰래 바람을 피우고 있다. 남자가 퇴장한다. 그가 문 뒤로 나가자마자 아내는 그 뒤에 대고 주먹으로 위협하는 흉내를 낸다. 이때 문을 두드리는 소리가 나고 문이 열리며 이웃집 사내가 나타난다. 역시 방앗간 남자이며 긴 웃옷을 입고 턱수염을 기른 농부다. 그의 손에는 선물로 가져온 빨간 손수건이 있다. 여자는 웃는다. 이웃 사내가 그녀를 안으려고 하자 다시 노크소리가 난다. 어디로 숨을까? 그녀는 황급히 책상 밑에 그를 숨긴다. 그리고 자신은 다시 실 잣는 추를 집는다. 또 다른 남자 친구가 나타난다. 이 사람은 군복을 입은 서기다. 여기까지의 무언극은 흠잡을 데가 없었다. 동작도 실수 하나 없이 정확했다. 배우들의 이러한 즉흥적인 연기를 보면서 경탄할 수도 있지만, 자연스레 이런 생각이 들기도 한다. 얼마나 많은 재능과 실력이 우리 러시아에서 가끔은 아무런 쓸모 없이 부자유와 힘겨운 운명 속에서 파멸해 가는가 하고 말이다. 그러나 서기 역을 맡은 죄수는 아마도 시골이나 가정극에서 연기해 본 경험이 있는지도 모르겠다. 그래서 그는 우리의 모든 죄수들이 자기 역을 이해하지 못하고 있으며, 무대 위에서 걸어야 하는 방법대로 걷지 않는다고 생각하고 있었다. 그래서 그는 고대 영웅이 나오는 극에서 보이는 모습으로 등장했다. 길게 한 걸음을 내디디고, 미처 다른 쪽 발을 움직이기 전에 갑자기 섰다가 머리와 상체를 뒤로 젖히고 주위를 도도하게 살펴보고는 다른 한 발을 내딛는다. 만일 그러한 걸음걸이 동작이 고대 영웅들에게 우스운 것이었다면, 희극 무대에서 군복 입은 서기에게는 더욱 우스꽝스러운 것이리라. 그러나 우리 관객들은 그저 그러한 동작이 거기에 필요한 것이려니 생각하는지, 키가 크고 마른 서기의 긴 걸음을 최고의 완성된 형태로 아무런 비평 없이 받아들였다. 서기가 무대 중앙에 막 나오자마자 다시 노크소리가 들렸다. 서기는 어디에 숨어야 하는가? 궤짝이 마침 열려 있다. 서기는 궤짝 안으로 들어가고 아내는 그것을 뚜껑으로 덮는다. 이번에는 특별한 손님이 나타났다. 이 사람 역시 여자에게 빠져 있는데 특별한 경우이다. 이 사람은 브라만교[93] 승려로 승복까지 입고 있다. 참을 수 없는 웃음이 관객 속에서 터져 나온다. 브라만 승려 역은 죄수 꼬쉬낀이 했는데 훌륭하게 연기했다. 그의 모습은 브라만 승려 그대로였다. 그는 몸동작으로 자신의 사랑의 정도를 설명한다. 그는 하늘로 손을 번쩍 올리고 그것을 가슴에 갖다 댄다. 그러나 그가 자신의 감상에 젖으려 하자마자 또다시 큰소리로 문을 두드리는 소리가 들린다. 두드리는 소리를 들으니 남편임이 분명하다. 놀란 아내도 제정신이 아니고 브라만승도 미친 듯이 뛰어다니며 숨겨 달라고 애원한다. 여자는 잽싸게 그를 옷장 뒤로 밀어 넣고 문을 여는 것도 잊어버린 채 물레 있는 곳으로 뛰어가 실을 짠다. 남편이 두드리는 노크소리는 들리지 않고 아내는 놀란 나머지 손에 들지도 않은 실을 꼬기도 하고 마루에 떨어진 방추를 줍지도 않고 그냥 돌리고 있다. 시로뜨낀은 이렇듯 당황하는 모습을 매우 훌륭하게 연기해 내었다. 한편 남편은 문을 발로 차서 부수고는 채찍을 손에 든 채 아내에게 다가온다. 그는 모든 상황을 눈치채고 감시하고 있었다. 그래서 대뜸 손가락으로 그녀가 세 사람을 숨기고 있음

---

[93] 고대 인도에서 브라만 계급을 중심으로 발달한 종교.

을 나타내 보인다. 잠시 후 숨은 사람들을 찾는다. 처음으로 이웃 사내를 발견하여 방에서 때려 쫓아낸다. 겁에 질린 서기는 달아나려고 머리로 궤짝 뚜껑을 쳐드는 바람에 스스로 발각되고 만다. 남편은 그를 채찍으로 내리친다. 그러자 사랑에 빠진 서기는 고전적인 걸음걸이가 아니라 재빨리 뛰어 도망간다. 브라만승만이 남는다. 남편은 오랫동안 그를 찾는다. 마침내 옷장 구석에서 찾아낸다. 그리고 그에게 정중히 절을 하고 턱수염을 잡아당겨 무대 중앙으로 끌고 온다. 브라만승은 자신을 방어하려고 발버둥치며 〈저주받을 놈! 저주받을 놈!〉 하고 외친다(무언극에서 나온 유일한 말이다). 그러나 남편은 들은 체도 안 하고 마음껏 두들겨 팬다. 아내는 이번에는 자신의 차례라고 생각하고 꼬던 실이랑 방추를 내던지고 방에서 도망친다. 물레들이 바닥에 쏟아지고 죄수들은 마구 웃는다. 나를 쳐다보지도 않은 채 알레이는 내 손을 잡아당기며 소리친다. 「보세요. 브라만을. 브라만!」 그는 웃느라고 더 이상 말을 잇지 못한다. 막이 내린다. 다른 극이 시작된다…….

그러나 모든 극에 대해서 다 쓸 수는 없다. 연극은 두세 개 정도 더 있었다. 모두가 우습고 진짜 재미있는 것들이었다. 그것이 죄수들 자신의 창작은 아닐지라도 최소한 죄수들의 정신이 깃들어 있었다. 거의 모든 배우들이 나름대로 즉흥적인 연기를 하기 때문에, 다음날 공연에서는 같은 역을 다르게 연기하기도 했다. 마지막으로 공연한 환상적인 성격의 무언극은 발레로 끝이 났다. 장례식 장면이었다. 브라만승이 수많은 추종자들을 거느리고 관 위에서 여러 가지 기도를 올리고 있지만 아무 도움도 되지 않는다. 끝으로 〈태양이 지다〉라는 음악이 울리고 죽은 자는 살아난다. 그리고 모두들 기쁜 나머지 춤을 추기 시작한다. 브라만승이 죽은 자들과 함께 어우러져 춤을 추지만, 이는 브라만 춤과는 완전히 다른 형태의 춤이다. 그렇게 연극은 다음날 저녁까지 해서 끝이 난다. 우리 모두는 만족해 하면서 배우를 칭송하기도 하고 하사관에게 감사하기도 하며 헤어진다. 다투는 소리는 들리지 않는다. 모두들 일찍이 없던 만족감으로 마치 행복에 젖은 듯, 여느때와는 다르게 고요한 마음으로 잠이 든다. 무슨 일 때문에 그렇게 느껴지는 것일까? 이것은 나의 상상에서 나온 꿈이 아니다. 이것은 진실이고 사실이다. 이 같은 불행한 사람들에게도 잠시나마 자기 식대로 살 수 있는 것, 인간답게 웃을 수 있는 것, 일순간이라도 감옥 같지 않은 현실을 느끼는 것 등이 허용됨으로써, 그들은 잠시나마 정신적으로 변화하게 되는 것이다. 그러나 이미 깊은 밤이다. 나는 흠칫 놀라며 우연히 눈을 떴다. 노인은 〈여전히〉 난롯가에서 기도를 드리고 있다. 아마도 새벽까지 계속될 것이다. 알레이는 내 곁에서 조용히 자고 있다. 나는 잠들면서 그가 그의 형제들과 함께 연극에 관해 이야기하며 즐거워하던 모습을 상기하고는, 나도 모르게 그의 평온히 잠든 천진한 얼굴을 들여다본다. 조금씩 나는 모든 것, 마지막 하루, 축제, 한 달 내내 있었던 일들을 생각해 본다. 고개를 들고 나는 관급품으로 나누어 준 6분의 1푼뜨의 초, 가늘게 떨리는 희미한 그 불빛을 통해 자고 있는 내 동료들을 둘러보았다. 그들의 불쌍한 얼굴과 초라한 침상과 어찌할 수 없는 극도의 빈한함을 바라보았다. 물끄러미 바라본다. 마치 이 모든 것이 추악한 꿈의 계속이 아니라 실제로 현실이라는 것을 확인하고 싶은 듯이. 그렇다. 이것은 사실이었다. 누군가의 신음소리가 들린다. 누군가가 손을 둔탁하게 뒤로 젖혔고, 쇠사슬을 철그렁거렸다. 다른 사람은 꿈속에서 가위에 눌렸는지 잠꼬대를 했고, 벽난로 위에서 노인은 모든 〈정교도〉들을 위해서 기도 드리고 있었다. 〈주 예수 그리스도여, 우리를 불쌍히 여기소서……〉라는 그의 나지막하고 고요하며 길게 울리는 기도소리가 들렸다.

〈영원히 이곳에 있는 것은 아니다. 고작 몇 년 동안의 일이 아니겠는가!〉라고 생각하면서, 나는 다시 머리를 베개에 묻었다.

제2부

1. 병원

 축제가 끝나자마자 나는 병이 들어 군 병원으로 후송되었다.[94] 병원은 요새에서 반 베르스따 떨어진 곳에 위치한 독립 건물이었다. 길게 늘어선 단층 건물인 병원에는 노란색 페인트가 칠해져 있었다. 수리 공사를 진행하던 여름 내내, 이 건물을 짓는 데는 막대한 양의 황토가 쓰였다. 병원의 넓은 정원에는 부속 건물과 의료진을 위한 사택, 기타의 용도에 쓰이는 건물들이 자리잡고 있었다. 건물 본관은 오직 병실들로만 이루어져 있었다. 병실은 많았지만 죄수들이 입실할 수 있는 병실은 통틀어 두 개뿐이었고, 항상 만원을 이루고 있었다. 특히 여름이면 침대를 방에 촘촘히 끼워 넣어야만 했다. 우리 병실은 온갖 부류의 〈불행한 민중들〉로 가득 차 있었다. 우리들뿐만 아니라 곳곳의 감옥에 수감되어 있는 갖가지 군법상의 피고인, 기결수, 미결수, 호송 중인 죄수들이 이

---

94 도스또예프스끼는 유형 생활 동안 간질병 때문에 실제로 병원에 입원한 적이 있다. 1854년 2월 22일 자기 형 미하일에게 보낸 편지에서 이렇게 밝히고 있다. 〈병원에 며칠간 입원을 했습니다. 간질병 때문이었는데, 신경 쇠약 증세도 있고, 다리에는 류머티즘의 증세도 나타나고 있습니다.〉

병실에 입원해 있었다. 더욱이 교정 중대 출신조차도 입원해 있었다. 교정 중대는 죄를 범했거나 군인으로서의 자질을 기대하기 어려운 보병 대대의 병사들을 훈육하기 위한 곳이었지만, 기이하게도 2년이나 그 이상의 세월이 흐르고 나면, 그들은 매우 보기 드문 파렴치한이 되어 나오는 것이었다. 우리 감옥에서 병에 걸린 죄수는 통상 아침에 자신의 병세를 하사에게 통보하곤 하였다. 그러고 나면 기록부에 병세를 기록하여 기록부와 함께 호송병을 딸려 환자를 대대 의무실로 보낸다. 의무실의 의사는 요새 내에 있는 모든 군 부대에서 호송되어 온 환자들을 예진하고, 병원으로 보내야 하는 극심한 환자들을 선별하였다. 기록부에 기입을 하고 나서, 나는 모든 동료 죄수들이 오후 노역을 위해 감옥에서 나가고 난 한 시가 지나서야 병원으로 갔다. 입원 당일에는 병원에서 제공하는 식사를 기대할 수 없었기 때문에, 대개의 병든 죄수들은 가능하다면 수중에 돈과 빵을 가지고 갔으며, 아주 작은 칼과 담뱃갑, 부싯돌과 부시도 장화 속에 은밀하게 감추어 지니고 있었다. 죄수 생활에서는 이례적이라고 할 수 있는 미지의 새 생활에 대해 적지 않은 호기심을 가지고 나는 병원 안으로 들어갔다.

따뜻했지만 음산하고 우수 어린 날이었다. 병원 같은 건물들은 특히 더욱더 사무적이고 침울하고 쓸쓸한 모습을 띠게 되는 그런 날들 중의 하루였다. 우리는 호송병과 함께 구리로 만든 두 개의 목욕통이 있는 환자 대기실로 들어갔는데, 그곳에도 역시 호송병이 딸린 두 명의 다른 미결수들이 먼저 와서 기다리고 있었다. 위생병이 들어와 피곤하다는 듯이 게으른 표정으로 우리를 쳐다보고는 몹시 굼뜨게 당직 의사에게 보고하러 갔다. 즉시 나타난 의사는 진찰을 하면서 매우 온화하게 대해 주었고, 우리의 이름이 적혀 있는 〈환자 기록표〉를 우리에게 건네주었다. 그 다음에 있을 병명의 기록과 약 처방전, 식사 등에 관련된 기록들은 죄수 병동을 담당하고 있는 주임 의사들 중 한 명에게 맡겨진 일이었다. 나는 이미 오래 전에 죄수들이 죄수 병동 담당 의사를 침이 마르게 칭찬하는 것을 들은 적이 있다.「아버지도 필요 없어!」죄수들은 내가 병원에 올 때 이것저것을 물어보자 이렇게 대답하는 것이었다. 그러는 사이 우리는 옷을 갈아입었다. 우리가 입고 갔던 옷과 속옷은 압수되었고, 우리는 병원용 속옷으로 갈아입었으며, 게다가 긴 양말과 슬리퍼, 실내모, 그리고 아마포도 아니고 헝겊 조각 같은 것도 아닌 천으로 안감을 댄 갈색의 두꺼운 환자용 나사 실내복을 지급받았다. 한마디로 말해서 실내복은 해질 대로 해진 것이었지만, 자리를 잡고 나자 나는 그것도 고맙다고 생각하였다. 그 뒤 우리는 죄수 병동으로 인도되었다. 그곳은 높고 청결한 아주 긴 복도의 끝에 자리잡고 있었다. 외견상의 청결은 매우 경탄할 만했고, 첫눈에 들어오는 모든 것이 깨끗이 빛나고 있었다. 그러나 어쩌면 내가 감옥에 있다 왔기 때문에 그렇게 느껴졌을 수도 있다. 두 명의 미결수는 왼쪽 병실로 들어가고, 나는 오른쪽 병실로 들어갔다. 철근 빗장으로 채워진 문 옆에는 총을 든 보초가 있었고, 그 옆에는 교대병이 서 있었다. 병원 보초 담당인 젊은 하사관은 나에게 입실하도록 명령했고, 나는 길고 폭이 좁은 방으로 들어섰다. 양쪽의 긴 벽을 따라 스물두 개 정도 침상이 놓여 있었고, 그중 서너 개만이 아직 비어 있었다. 침대는 목재로 만들어져 녹색으로 칠해져 있었는데, 러시아 땅에 사는 사람이라면 누구에게나 지나칠 정도로 친숙해져 있는 빈대를 마치 운명처럼 절대로 피해 갈 수 없게 만들어진 그런 침대였다. 나는 창문이 나 있는 한쪽 구석에 자리를 잡았다.

이미 이야기한 바와 같이 이곳에는 우리 감옥의 죄수들도 입원해 있었다. 그들 중 몇 명은 이미 나를 알거나 최소한 나를 이전에 본 적이 있는 죄수들이었다. 미결수 환자들과 교정 중대 환자들은 이보다 훨씬 더 많았지만, 침대에서 일어날 수조차 없는 중환자들은 그리 많지 않았다. 경미한 환자들이나 회복기에 접어든 다른 환자들은 침대에 앉아 있기도 하고 방 안을 따라 앞뒤로 걸어다니기도 했다. 어슬렁거리기에 충분한 공간이 두 줄의 침대 사이에 있었기 때문이다. 병실에는 질식할 듯한 병원 특유의 냄새가 지독하게 배어 있었다. 거의 하루 종일 구석에서 난로가 타오르고 있었지만, 공기는 오히려 여러 가지 메스꺼운 발산물과 약 냄새로 가득 차 있는 듯했다. 내 침대에는 줄무늬 덮개가 씌워져 있었다. 나는 그것을 벗겨 냈다. 덮개 밑에는 마포직 안감을 댄 나사 이불과 그다지 깨끗하지 못한 두꺼운 시트가 깔려 있었다. 침대 옆으로 조그마한 탁자가 있고 탁자 위에는 주전자와 주석으로 만든 찻잔이 놓여 있었다. 이 모든 것들은 체면치레로 나에게 지급된 작은 수건으로 덮여 있었다. 탁자 아래에는 선반도 있었다. 그곳은 차를 마시는 사람들이 사용하는 찻주전자와 끄바스[95] 등을 담는 나무 단지를 보관하는 곳이었다. 그러나 환자들 중에는 차를 마시는 사람이 매우 적었다. 그에 비해 누구나가 거의, 폐결핵 환자들조차도 예외 없이 파이프와 담배 쌈지를 소지하고 있었는데, 그것은 침대 밑에 감추어져 있었다. 의사나 의료진들은 거의 한 번도 그것을 수색하지 않았으며, 만일 파이프를 물고 있는 모습을 보더라도 모른 척하는 것이 보통이었다. 그러나 환자들은 들키지 않으려고 항상 조심하고 있었고, 난롯가로 가서 담배를

---

[95] 러시아 인들이 즐겨 마시는 청량 음료.

피우기도 했다. 밤이 되어야만 침대에서 마음놓고 담배를 피워 댔는데, 밤에는 아무도 병실에 오지 않기 때문이었다. 병원 보조들의 감독인 장교를 제외한다면 말이다.

그때까지 단 한 번도 병원에 입원해 본 적이 없는 나로서는 모든 주위 환경이 말할 수 없이 새로웠다. 나는 죄수들이 나에 관해 다소간의 호기심을 가지고 있음을 감지하고 있었다. 이곳의 죄수들은 이미 나에 대해 들어 알고 있었고, 그래서인지 학교에 갓 입학한 신입생이나 관공서의 청원자를 볼 때처럼 우월감이 담긴 시선으로 나를 무척이나 무례하게 훑어보곤 했다. 내 오른쪽에는 어느 퇴직 대위의 사생아이며 서기인 한 미결수가 누워 있었다. 그는 화폐 위조 때문에 재판을 받았고, 아무데도 아파 보이지 않는데도 자신에게 동맥류[96]가 있다고 의사를 설득하여 입원한 지 1년이 넘은 환자였다. 그는 결국에 목적을 달성했다. 징역과 체형은 그를 피해 갔고, 그는 어딘가에 있는 병원 부속 시설에 수용되기 위해 1년이 지난 후 T[97]로 보내졌다. 이 사람은 건장하고 다부진 28세의 청년이었다. 엄청난 사기꾼에다가 법률에 관해 속속들이 알고 있었고, 매우 약삭빠르며 지나치게 넉살이 좋은 인물일 뿐만 아니라, 자신만만하고 병적일 정도로 자신감에 차 있는 사람으로, 스스로를 세상에서 가장 청렴하고 윤리적인 사람이자 어떤 죄도 지은 적이 없고, 언제나 도의적 신념을 가지고 살고 있는 사람이라고 믿고 있었다. 그는 처음으로 나와 말을 시작한 사람으로, 호기심을 가지고 나에게 질문도 하고 병원의 규정에 관하여 매우 상세하게 설명해 주기도 하였다. 물론, 무엇보다도 먼저 그는 자신이 대위의 아들이라는 사실을 밝혔다. 그는 귀족이거나 적어도 〈괜찮은 가문 출신〉으로

---

96 동맥 벽이 손상되어 동맥의 일부가 늘어나는 증세.
97 또볼스끄를 말함.

자신을 알아주기를 열렬히 바라는 것 같았다. 그 사람 다음으로 나에게 접근한 사람은 교정 중대에서 온 환자 중의 하나로, 유형 생활을 하는 귀족들을 많이 알고 있다는 것을 그들의 이름과 부칭을 일일이 호명하면서 입증하려 했다. 이 사람은 백발이 성성한 군인이었다. 그의 얼굴에는 그의 말이 모두 거짓이라는 것이 역력히 드러나고 있었다. 그의 이름은 체꾸노프였다. 그는 내가 지닌 돈을 노리고 아첨을 떠는 것이 분명했다. 차와 설탕이 든 내 꾸러미를 보자 그는 곧 찻주전자를 빌려 와 차를 끓여 주겠다며 심부름을 자처했다. 나의 찻주전자는 M-쯔끼가 일 때문에 병원에 들르는 죄수들 중 누군가에게 들려 보내기로 되어 있었다. 그러나 체꾸노프는 모든 일을 감쪽같이 속인 것이다. 그는 수단 좋게 찻주전자와 찻잔까지 구해 와 물을 끓이고 차를 우렸다. 한마디로 눈물겨울 정도의 봉사였다. 그런 계산에, 지체 없이 환자들 중 한 명에게서 곱지 않은 조소가 날아들었다. 눈총을 던진 환자는 내 맞은편에 있는, 성이 우스찌얀쩨프라는 폐결핵을 앓고 있는 미결수 군인이었다. 이 사람은 체형이 무서워 담배를 가득 넣은 술 한 컵을 들이키고는 고의로 폐병을 일으킨 사람이었다. 그에 대해서는 내가 이미 앞의 어딘가에서 언급한 적이 있다. 그때까지 그는 묵묵히 누워 가쁜 숨을 몰아쉬며, 주의 깊고 심각하게 나를 주시하기도 하고, 분노의 눈빛으로 체꾸노프를 노려보기도 하였다. 정도를 지나쳐 짜증스럽기까지 한 체꾸노프의 성실함은 우스꽝스럽기까지 해서 그의 분노를 더욱 자극하였다. 마침내 그는 더 이상 참지 못하고 이렇게 화를 내는 것이었다.

「이런 상놈 같으니. 주인 하나 제대로 찾았군!」 그는 쇠약해진 체력 때문에 숨가쁜 목소리로 더듬거리며 소리를 질러 댔다. 그는 이제 자기 인생의 마지막 남은 며칠을 보내고 있었던 것이다.

화가 난 체꾸노프는 그를 향해 돌아섰다.

「누구보고 상놈이라는 거야?」 그는 경멸하듯 우스찌안쩨프를 바라보며 말했다.

「네놈이 상놈이라고!」 그는 마치 체꾸노프를 비난할 권리를 가진 것처럼 자신에 찬 어조로 말을 했으며, 그러한 이유 때문에 그에게 마지막 힘이 남아 있었던 것 같다.

「내가 상놈이라고?」

「그래, 바로 너! 이봐들, 좀 들어 보게나, 저놈은 자기가 천박하다는 것을 믿지 못하고 있어. 놀라기까지 하는 꼴이라니!」

「그게 너하고 무슨 상관이냐! 잘 봐, 저 사람은 손이 없는 것처럼 혼자라고. 알다시피 하인 없는 생활에는 익숙하지가 않아. 그런데 시중드는 게 뭐가 나빠! 이 이 돼지털 주둥이 같은 놈아!」

「누가 돼지털 주둥이라는 거야?」

「너지 누구야.」

「나라고?」

「그렇다니까.」

「그럼 너는 미남이냐? 까마귀 알 같은 상판을 한 주제에…… 나더러 돼지털 주둥이라니.」

「너는 돼지털 주둥이 같은 놈이야! 하느님이 이미 널 해친 거야. 그렇게 앓다가 죽고 말 테니까 거기서 그러지 말고 힘 좀 내봐. 기운 좀 차려 보라고.」

「뭐라고! 나는 장화한테 머리를 숙이지 짚신에게는 숙이지 않아.[98] 우리 아버지는 누구에게도 굽신거리지 않았어, 나에게도 그것을 금했지. 나는…… 나는…….」

---

98 장화란 귀족들을 가리키고 짚신이란 일반 농민들을 비유적으로 표현하고 있음.

그는 계속하고 싶었지만 몇 분간 피를 쏟으며 심한 기침을 했다. 곧 그의 좁은 이마에는 보기에도 안쓰러운 식은땀이 흠뻑 배어 나왔다. 기침이 그를 제지하기는 했지만 기침이 아니었다면 할말이 더 많았을 것이다. 왜냐하면 그의 눈에서는 여전히 상대를 비난하고자 하는 기색이 엿보이고 있었기 때문이다. 그러나 기운이 달리는 탓인지 그는 단지 손을 흔들어 댈 뿐이었다……. 결국 체꾸노프는 그를 잊어버리고 말았다.

나는 폐병 환자의 적의가 체꾸노프보다는 오히려 나를 향하고 있음을 느꼈다. 남의 시중을 들어 잔돈푼이라도 얻으려는 체꾸노프의 심산에 대해서는 어느 누구도 분개하거나 몹시 경멸스럽다는 눈초리로 바라보지는 않았다. 모두들 그가 단지 돈 때문에 이런 짓을 한다고 이해하고 있었다. 이러한 계산에 대해 소박한 민중은 결코 좀스럽게 굴지 않았으며 분별 있게 일을 구별지을 줄도 알았다. 실제로 우스찌얀쩨프는 나를 마음에 들어 하지 않았다. 비록 내가 어떠한 시중도 원하지 않았고, 또 그에게 어떠한 요구를 하지 않았음에도 불구하고, 쇠고랑을 차고 있는 상황에서도 나리처럼 하인이 없으면 살아갈 수 없는 내가, 그리고 나의 태도가 역겨운 것이다. 사실, 나는 언제나 내 스스로 모든 것을 하려 했고, 더욱이 일도 하지 않는 손을 가진 유약한 귀족의 인상에서 벗어나려고 애쓰고 있었다. 만일 한마디해야 한다면, 이러한 이유의 일부에는 어느 정도의 자존심이 작용하기도 했다는 점이다. 어떻게 항상 그런 일이 벌어지게 되는지 이해할 수는 없지만, 나는 내게 친절을 베풀며 시중을 들려는 여러 사람들을 거절할 수 없었고, 그들은 언제나 자진해서 내게 접근했으며, 결국에는 완전하게 나를 소유하고야 마는 것이었다. 그러므로 그들이 내 상전이며 오히려 나는 그들의 하인인 꼴이 되었지만, 외면상으로 보이는 나의 모습은 어찌 된 셈인지 하인 없이는 살아갈 수 없는 귀족 나리가 되어 갔다. 이것은 물론 나에게도 매우 화가 치미는 일이었다. 그러나 우스찌얀쩨프는 폐병 환자이며 다혈질적인 사람이었다. 나머지 환자들은 대부분 모종의 우월감까지 느껴지는 무관심한 표정을 보이고 있었다. 지금도 기억하고 있지만, 모두들 어떤 특수한 상황에 사로잡혀 있었다. 그것은 죄수들이 주고받는 말을 통해 알게 된 것인데, 바로 그 순간 태형을 받고 있는 미결수 한 사람이 그날 저녁에 끌려온다는 것이었다. 죄수들은 호기심을 가지고 이 신입 죄수를 기다리고 있었다. 체형은 가벼운 것이라며 기껏해야 5백 대 정도라고 말했다.

나는 서서히 주위를 둘러보았다. 내가 알아낸 바는 실제로 대부분의 환자들이 이 지방의 풍토병인 괴혈병이나 눈병을 앓고 있다는 사실이었다. 이 병실에도 그런 환자들이 몇 명 있었다. 그외의 진짜 환자들은 열병이나 각종 종기, 가슴앓이 같은 병을 앓고 있었다. 이곳은 다른 병실과는 달리 많은 종류의 병을 가진 환자들, 성병 환자들까지 한데 섞여 있었다. 내가 〈진짜〉 환자라고 말한 것은 아무데도 아픈 곳이 없이 〈휴식하기〉 위해 입원한 사람도 있었기 때문이다. 의사들은 동정심 때문에 침대가 많이 비어 있는 경우에는 그런 자들도 기꺼이 받아 주었다. 영창이나 감옥에서의 구금 생활은 입원 생활에 비하면 극도로 형편없었으므로, 많은 죄수들은 질식할 듯한 공기와 병실에서 갇혀 지내는 생활에도 불구하고 병원에 입원하려고 애썼다. 더구나 병원에 입원하는 일에 특별한 애착을 가진 자도 있었다. 특히 교정 중대 출신들이 그런 부류의 대부분이었다. 나는 호기심을 가지고, 이 새로운 동료들을 주시했다. 그러는 가운데 내 호기심을 특히 자극한 사람은 내 맞은편 우스찌얀쩨프로부터 침대 하나 건너에 누워 있는, 나와 같은 감옥에서 온 폐결핵 환자로 마지막 숨을 거두어 가고 있던 미하일로프였다. 2주 전에 나는 그를 감옥에서 보았다. 그는 이미 오래 전부터 앓고 있었으며 치료를 받으러 진작에 왔어야 할 환자였다. 그러나 그는 무엇 때문인지 끈질기게 쓸데없는 인내심을 보이다가 크리스마스가 되어서야 병원에 오게 되었고, 그 후 3주 동안 인간을 태워 버리는 듯한 폐병 말기의 소름 끼치는 고통 속에서 죽어가고 있었다. 그의 무섭게 변해 버린 몰골은 나를 경악하게 했다. 수감 생활을 시작하면서부터 보았던 그의 얼굴은 왠지 내 눈길을 끌고 있었다. 그의 바로 옆에는 늙은 교정 중대의 군인이 누워 있었다. 그는 형언할 수 없는 불쾌감을 주는 더러운 사람이었다……. 일일이 모든 환자들을 설명해야 할 건 없지만, 내가 이 노인을 각별하게 기억하고 있는 것은 그때 당시 나에게 인상적인 모습을 보여 주었기 때문이며, 짧은 시간 안에 죄수 병실에서 볼 수 있는 몇 가지 특징을 알 수 있는 계기를 제공해 주었기 때문이다. 기억하기로 그 당시 이 노인은 지독한 코감기에 걸려 있었다. 일주일 내내 재채기를 해댔으며 자면서까지도 재채기를 했다. 연거푸 다섯 번 내지 여섯 번을 재채기하면서 그는 〈젠장, 이런 형벌이 어디 있을까!〉라고 말하곤 했다. 한번은 그가 침대에 앉아 더 세차고 시원하게 재채기를 하기 위해 걸신들린 듯이 쌈지에서 담배를 꺼내 코에 쑤셔 넣고 있었다. 그러고는 1백 번도 넘게 빨아서 누더기가 된 무명 손수건에 대고 실컷 재채기를 해댔다. 그때 그의 코는 잔주름투성이가 되어 심하게 일그러진 형상이 되었으며, 침이 괸 시뻘건 잇몸과 함께 늙어서 삭아 버린 꺼먼 이빨이 드러나 보였다. 재채기를 하고 나면 그는 곧바로 손수건을 유심히 들여다보며 손수건에 튀긴 가래침을 살피고는, 천천히 그것을 관급품인 자신의 갈색 환자복에 문질렀다. 그러고 나면 가래침은 고스란히 옷에 묻게 되고, 손수건에는 가래침에 의한 약간의 습기만이 남게 된다. 그는 일주일 내내 그런 짓을 반복하였다. 관급품인 환자복을 희생시켜 가며 자신의 손수건을 아끼려는 인색하고 게으른 그의 행동은, 뒤이어 그 옷을 누군가가 입어야 함에도 불구하고 다른 환자들에게서 아무런 질책도 받지 않았다. 우리의 민중들은 극도로 태연하고 무관심한 사람들이다. 노인의 행동에 몹시 불쾌해진 나는 즉시 혐오감과 호기심을 가지고 무의식적으로 내가 입고 있는 환자복를 살펴보기 시작했다. 환자복에서는 이미 지독하고 역겨운 냄새가 풍기고 있었다. 상의는 이미 나의 체온으로 따뜻해져서, 갖가지 약과 연고 냄새를 지독하게 풍기고 있고 이상한 고름 냄새까지 나는 것 같았지만, 이것은 오히려 당연한 것 같았다. 왜냐하면 아주 오래 전부터 이 환자복은 환자들의 어깨를 벗어나 본 적이 없었을 테니까. 그런가 하면 실제로 환자복의 안감은 외용 물약이나 터진 종기에서 흘러나온 진물 등 알 수조차 없는 온갖 액체로 얼룩져 있었다. 죄수 병실에 체형을 당하고 등이 상처투성이가 된 환자가 들어오는 일은 매우 빈번한 일일 테고, 그들을 외용 물약으로 치료한 뒤, 젖은 셔츠 위에 그냥 환자복을 입히는 데야 무슨 수로 더러움을 피할 수 있단 말인가. 얼룩지고 더러워지는 것은 당연한 일일 것이다. 그래서 나는 징역 생활 동안 병원에 입원하게 될 때마다(사실 여러 번 있었다), 매번 꺼림칙한 마음으로 환자복을 입곤 했다. 특히 이따금 환자복 속에서 통통히 살이 오른 번들거리는 이를 만나기라도 하면 불쾌하기 짝이 없었다. 죄수들은 오락삼아 이를 잡곤 했는데, 두껍고 뭉툭한 죄수들의 손톱 밑에서 죽을 운명인 이 동물이 툭 소리를 내며 죽는 순간, 사냥꾼이라도 된 듯한 죄수들은 얼굴에는 매우 흡족한 표정이 떠오르곤 했다.

우리들의 사랑을 받지 못한 것이 또 하나 있으니, 그것은 바로 빈대였다. 죄수들은 언제나 길고 무료한 겨울밤에는 대대적으로 빈대 소탕을 위해 법석을 떨었다. 병실은 고약한 냄새만 빼고는 외형상 깨끗한 편이라 할 수 있지만, 안을 살펴보면, 즉 보이지 않는 곳의 청결은 내놓고 자랑할 만한 것이 못 되었다. 환자들은 이것에 익숙해져 있었고 오히려 당연하게 여겼으므로, 청결을 위한 규율 자체도 제시된 것은 없었다. 규율에 대해서는 나중에 다시 언급하겠지만······.

체꾸노프가 나에게 차를 갖다 주자마자(잠시 이야기를 바꾸자면, 병실의 물은 한번에 일주일 분량이 운반되는데, 병실의 공기 상태 속에서는 빨리 상할 수밖에 없었다), 문이 요란스럽게 열리더니 방금 체형을 받은 병사가 호위병에 의해 끌려 들어왔다. 이때 처음으로 나는 체형을 받은 사람을 보게 되었다. 물론 그 후로는 자주 보게 되었지만 말이다. (때로는 극심한 체형을 받고 실려 오는 자도 있었다.) 그럴 때마다 죄수들은 오히려 자신의 처지에 대해 위안을 받기까지 하였다. 우리는 대개 그런 사람들을 팽팽히 감도는 긴장감과 숙연한 표정을 지으며 맞이했다. 그러면서도 죄의 경중과 체형의 맷수에 따라 대하는 양상은 조금씩 달랐다. 심하게 얻어맞았거나 이름이라도 떨친 중죄수들에게는 지금 끌려온 신출내기 탈영병과 같은 범죄자보다 특별한 존경과 주의를 기울였다. 그러나 어떠한 경우에도 특별한 동정이나 연민이나 자주적인 관심 등은 보이지 않았다. 끌려온 자가 도움이 없이 도저히 견딜 수 없는 경우에는 아무 말 없이 그를 도와 주고 돌보아 주었다. 간호병들도 매맞은 사람이 능숙하고 경험 많은 사람들의 손에 넘겨진다는 것은 이미 알고 있었다. 대체로 도움이라는 것은 찬물에 적신 시트나 찢긴 등에 걸쳤던 루바쉬까를 필요할 때마다 자주 갈아 주는 것인데, 체형을 받은 사람 스스로가 이미 자신을 돌볼 길이 없을 때 그랬다. 이외에도 부러진 몽둥이 때문에 등에 이따금씩 남겨지는 상처에서 능숙하게 가시를 뽑아 주기도 했다. 가시를 뽑아내는 일은 환자에게 무척이나 고통스러운 일이었다. 그러나 체형을 받은 사람들이 고통에 비상한 인내심을 보이는 것에 대해 나는 언제나 놀라곤 했다. 지독하게 맞고 왔으면서도 신음소리 한마디 내지 않는 사람들을 얼마나 많이 보았던가! 단지 얼굴만은 완전히 변해 새하얗게 질려 있으며, 두 눈은 타오르면서도 불안감으로 인해 초점을 잃은 채 입술을 떨고 있었는데, 그래서 이 불쌍한 죄수는 이빨로 거의 피가 배어날 만큼 입술을 일부러 깨물고 있었다. 끌려온 병사는 스물세 살 난 건강하고 단아한 체구를 가진 젊은이로 키가 크고 거무스름한 피부에 잘생긴 얼굴이었다. 그의 등에는 몽둥이의 흔적이 선명히 남아 있었다. 허리띠 위로는 알몸이었고, 어깨에는 젖은 시트가 얹혀 있었다. 알몸에 젖은 시트를 씌운 탓에 그는 열병이라도 걸린 사람처럼 사지를 떨었으며, 한 시간 30분 가량 병실을 이리저리 돌아다녔다. 나는 그의 얼굴을 찬찬히 훑어보았다. 그는 그 순간 아무 생각이 없는 것처럼 보였으며, 야만적일 만큼 거친 시선을 던지고 있었는데, 무엇인가에 그 시선을 고정시킨다는 것이 매우 힘겨워 보이기도 했다. 순간 나는 그가 나의 차를 유심히 쳐다보고 있다는 생각이 들었다. 차는 뜨거웠으며, 찻잔에서 김이 오르고 있었다. 그런데 불쌍하게도 그는 이를 딱딱 부딪치며 떨고 있었다. 나는 그에게 차를 권했다. 그는 아무 말 없이 뚜벅뚜벅 내게 걸어와 찻잔을 들고서 설탕도 넣지 않고 선 채로 마셔 버리는 것이었다. 더욱이 그는 매우 서두르는 듯했으며, 왠지 나를 보지 않으려고 애써 노력하는 것이었다. 다 마시고 나자, 그는 아무 말 없이 찻잔을 내려놓고는 내게 끄덕이는 인사조차 없이 다시 병실 여기저기를 걸어다니기 시작했다. 그러나 그가 예의를 차려 말을 건네거나 인사할 형편이란 말인가! 다른 죄수들까지도 웬일인지 그와 말하기를 꺼렸다. 처음 그를 도와줄 때와는 달리 이제는 그들 스스로 그에게 주의를 기울이지 않으려고 노력했는데, 아마도 이것은 잡다한 질문이나 〈동정의 말〉로 그를 괴롭히지 않는 것이 좀 더 그를 안정시키는 방법이라고 생각한 듯했고, 그 역시도 이에 만족하고 있는 것 같았다.

그러는 사이 날은 어두워졌고 사람들은 등잔에 불을 켜기 시작했다. 매우 소수이긴 했으나 죄수들 중 몇 명은 자기 소유의 촛대를 가지고 있었다. 마침내 의사의 저녁 회진이 끝난 후 당직 하사가 들어와 환자들을 점호하고 나자 밤에 쓸 오줌통이 병실에 놓이고 병실 문은 잠겼다……. 나는 기껏해야 문에서 두 발자국 떨어진 복도에 변소가 있음에도 불구하고 오줌통을 밤새 병실 안에 놓아 둔다는 것에 매우 놀랐다. 그러나 그것은 이미 거부감 없이 받아들여진 규정이었다. 낮에는 죄수들이 병실에서 나갈 수 있었지만 고작 1분 정도 허용되는 것이었으며, 더욱이 밤에는 절대 허용되지 않았다. 죄수 병동은 여느 병실과 다르며, 환자 죄수들은 여전히 병중에도 감금의 벌을 감수하고 있었던 것이다. 누가 처음에 이런 규정을 만들어 놓았는지는 알 수 없다. 단지 아는 것이라고는 이런 규정에서 인간미라고는 전혀 찾아볼 수 없으며, 가장 무익하고 형식적인 규정의 본질을 드러낸다는 것이다. 이는 의사들에 의해 만들어진 규정은 아니었다. 되풀이하자면, 죄수들은 의사들을 아낌없이 칭찬하고 있었으며, 자신들의 아버지처럼 여기고 그들을 존경했다. 어떠한 죄수이건 간에 의사들로부터는 모두 친절과 위안을 받고 있었다. 모두에게서 소외당한 어느 죄수는 의사들의 친절한 말과 부드러운 손길에 성실함과 진실함이 스며 있음을 격찬하기도 하였다. 그러한 정성과 친절은 없어도 무관하다. 왜냐하면 의사들이 그런 태도를 보이지 않고 거칠고 무례하다 해도 누구 하나 그들을 탓하지 않을 것이기 때문이다. 결국 이것은 의사들이 진정한 인간애에서 비롯된 선의를 보여 주고 있음을 확인하는 것이다. 물론, 의사들은 환자가 죄수거나 그렇지 않거나 간에, 높은 신분의 모든 다른 병자들과 마찬가지로 맑은 공기가 필요하다는 것을 알고 있다. 예를 들어, 회복기에 접어든 다른 병동에 있는 환자들은 자유롭게 복도를 걸어다니거나 적절한 운동을 할 수 있었고, 질식할 듯한 냄새로 가득 찬 폐쇄된 병실의 공기와는 다른 신선한 공기를 호흡할 수도 있었다. 오줌통이 아니더라도 이미 병실의 공기는 탁해져 있는 판에, 환기가 절대적으로 필요한 환자들이 들어찬 더운 실내에 그것까지 갖다 놓았으니 환자들에게 얼마나 해로웠을까를 생각하면 지금도 소름이 오싹 끼치며 메스꺼워진다. 내가 앞에서 죄수는 와병 중에도 자기의 죄를 지니고 있다고 말했지만, 이러한 규정이 단지 형벌만을 위한 것이라고는 그때도 지금도 생각하고 있지 않다. 물론 이것은 나의 일방적이고 무의미한 비방이다. 아픈 사람을 벌할 필요는 없다. 만일 그래야 한다면, 결과로 봐서도 해로운 수단이 될 만한 뭔가 지독하고 엄격한 형벌이 당국에 요구되었을 것이다. 어떤 것이 필요할까? 그러나 유감스럽게도 다른 수단을 취할 필요성은 어떤 것으로도 설명될 수 없었으며, 설명이 있을 수 있는 가능성조차 생각할 수 없었다. 무엇으로 이러한 소용없는 참혹함을 설명할 수 있을까? 죄수가 의사를 기만하고 병자로 가장하여 병원에 실려 와서 야음을 틈타 도주라도 할지 모른다는 의구심 때문일까? 이러한 모든 의구심들의 부조리를 진지하게 입증한다는 것은 거의 불가능한 일이다. 도대체 어디로 도망간단 말인가? 어떻게? 무엇을 입고 달아난단 말인가? 낮에 한 명씩 내보내는 변소 출입은 밤에도 가능하지 않겠는가. 문에는 장전된 총을 가진 보초가 서 있다. 변소는 그야말로 보초로부터 두 발짝 거리에 떨어져 있고, 변소까지 호송하는 경우라도 잠시도 그에게서 눈을 떼지 않는다. 변소에는 이중 창틀에 쇠창살이 끼워진 창문이 하나 있을 뿐이다. 또한 그 창문과 죄수 병실의 창 아래 정원에는 밤새 보초가 지키고 있다. 창문을 통해 탈출하기 위해서는 창틀과 창살을 부서뜨려야 한다. 누가 이것을 내버려두겠는가? 그러나 설령 탈주자가 보초병을 아무도 모르게 죽일 수 있다고 하자. 그리고 창문을 부순다고 가정한다 해도 보초 가까이에는 병실 간수들이 자고 있으며, 문에서 몇 발짝 떨어진 다른 죄수 병실 옆에는 보초들이 총을 들고 서 있고, 또한 그 주변에 다른 교대병과 수위들이 있다는 것을 염두에 두어야 한다. 그리고 한겨울, 긴 양말에 슬리퍼를 신고 환자복을 입은 채 어디로 도망을 친단 말인가? 이렇듯 탈주의 가능성이 전혀 없는데도 건강한 사람보다도 신선한 공기가 더욱 필요한 환자들, 어쩌면 인생의 마지막 몇 시간을 보내고 있는지도 모르는 환자들을 무엇 때문에 그토록 답답하게 가두어 놓아야 하는 것일까? 도대체 무엇 때문에? 나는 이에 대해 아무리 생각해도 이해할 수 없었다……

그러나 〈무엇 때문에?〉라는 질문이 나오고, 말이 여기까지 나온 까닭에, 나는 수년 동안 수수께끼 같은 사실로 내게 남아 있으며, 지금껏 어떠한 형태로든 그 해답을 얻지 못하고 있는 궁금증 하나를 이제 떠올리지 않을 수 없다. 나는 기록을 계속해 나가는 것에 우선하여, 단 몇 마디라 할지라도 이 의문에 대해 이야기하지 않을 수 없다. 나는 병에 걸린 어떤 기결수라도 피할 수 없는 족쇄에 대해 이야기하려고 한다. 폐병 환자들까지도 족쇄가 채워진 채 내 눈앞에서 죽어 갔다. 그러면서도 모두들 이 족쇄에 익숙해져 갔고, 족쇄를 어찌할 수 없는 신체의 일부쯤으로 여길 정도가 되었다. 의사들조차도 중병 환자, 특히 폐병에 걸린 죄수들만이라도 족쇄를 풀어 주는 것에 대해 당국에 한번이라도 건의해 볼 시도조차 해본 적이 없는 마당에 누가 이 문제를 생각해 보았겠는가? 족쇄 자체의 무게가 그리 무거운 것이 아니라고 하자. 족쇄는 보통 7푼뜨에서 12푼뜨 정도의 무게가 나간다. 10푼뜨 정도라면 건강한 사람에게는 무거운 중량이 아니다. 사람들은 내게 수년 동안 족쇄를 차게 되면 이로 인해 발이 야위는 듯하다고 말하곤 했다. 이것이 사실인지는 알 수 없다. 그러나 어느 정도의 신빙성은 있어 보인다. 적은 중량, 10푼뜨라 할지라도 항상 발에 감겨져 있는 그 무게가 늘상 체중을 비정상적으로 가중시킴으로써 오랜 시간이 지난 후라면 분명히 해로운 결과를 초래할 수 있을 것이기 때문이다. 건강한 사람에게는 아무것도 아니라고 해도 병자에게도 아무렇지도 않을 수 있는가? 한발 양보하여 일반 환자에게는 아무런 문제가 되지 않는다고 하자. 그러나 다시 반복해 말하건대, 중병 환자에게나 족쇄가 없더라도 이미 손과 발이 여윌 대로 여위고 지푸라기조차 잡기 힘겨운 폐병 환자들에게도 그렇다는 말인가? 그리고 사실 의료 당국이 폐병 환자에게만이라도 족쇄의 부담을 덜어 주려 했다면, 이는 분명 위대한 자선 행위가 되었을 것이다. 만약 누군가가 죄수는 악인이며 자선을 베풀어 줄 가치조차 없다고 말한다고 해서, 이미 천명(天命)을 다한 자에게도 형벌을 가중시킬 필요가 정말 있는 것인가? 정말이지 단지 형벌만을 위해서 이루어지는 일이라고는 믿기지 않는다. 법정에서도 폐병 환자에게는 체형을 면제하고 있다. 결국 여기에는 다시금 무엇인가 선결 구명(先決救命)과 같은 중요하고 비밀스러운 조치가 함축되어 있다는 말이다. 그러나 어떤 조치란 말인가? 이해할 수 없다. 사실, 폐병 환자가 탈주할 것이라고 걱정할 필요는 없다. 특히 눈에 띄게 병세가 진전되어 가는 것을 의식하면서 누가 탈주를 생각해 낸단 말인가? 탈주하기 위해 폐병을 가장하여 의사를 속이는 것은 불가능하다. 폐병은 그럴 수 있는 병이 아니며, 첫눈에 진단이 가능한 병이다. 말이 났으니 말이지만, 단지 탈주를 방지하기 위해서 족쇄를 채우는 것일까? 절대 그렇지 않다. 족쇄란 하나의 수치심이며 굴욕이고 육체적, 정신적 부담인 것이다. 최소한 그렇게 생각할 수 있다. 실상 탈주하려고 마음먹으면, 족쇄는 아무런 방해 요소가 되지 않는다. 매우 서툴고 재주 없는 죄수라 할지라도 큰 어려움 없이 족쇄를 풀기도 하고 돌로 나사를 빼낼 수도 있다. 족쇄는 결코 아무런 예방책이 될 수 없다. 만약 족쇄가 기결수를 벌하기 위한 수단이라면, 다시 한번 묻지 않을 수 없다. 〈죽어 가는 자에게도 과연 형벌이 필요한 것인가?〉 하고 말이다.

그리고, 이런 기록을 쓰고 있는 지금도 죽어 가는 폐병 환자 한 명이 선명히 떠오른다. 그는 바로 내 맞은편에 누워 있다가 내가 병원에 온 지 사흘 만에 죽어 버린 우스찌얀쩨프와 가까이 있던 미하일로프라고 기억된다. 지금 그에 관한 이야기를 하게 된 것은, 그의 죽음으로 인해 뇌리에 박힌 인상과 상념들이 무의식적으로 되풀이되는 것인지도 모른다. 그러나 내가 미하일로프라는 사람의 신상에 관해서 아는 것은 적다. 그는 25세 가량의 무척이나 젊은 청년으로, 큰 키에 호리호리하고 눈에 띄는 단정한 용모를 지니고 있었다. 그는 특별 감옥에 수감되어 있었고, 이상하리만치 과묵하고 항상 조용하여 왠지 모르게 음울해 보이기도 했다. 분명 그는 감옥 안에서 〈시들기〉 시작했을 것이다. 적어도 죄수들은 그렇게 말하고 있었으며 대부분 그에 대해 좋은 인상을 가지고 있었다. 사실 나는 그의 아름다운 두 눈만을 기억하고 있을 뿐인데, 왜 그가 그토록 선명하게 기억나는지는 나도 모르겠다. 그는 화창하게 갠 어느 추운 날 오후 세 시경에 숨을 거두었다. 태양은 푸른빛이 감도는 성에 낀 병실의 유리창에 비스듬히 빛을 드리우고 있었다. 그 빛의 무리는 불행한 자에게도 쏟아지고 있었다. 그는 의식을 잃은 채 오랜 시간 매우 고통스러워하며 죽어 갔다. 아침부터 이미 그의 시력은 곁에 다가오는 사람조차 분간하지 못했다. 사람들은 그가 매우 고통스러워하는 것을 보고는 어떻게든 좀 더 편하게 해주려고 애썼다. 그는 목이 쉰 채 거친 숨을 몰아쉬고 있었다. 숨을 쉴 때마다 그의 가슴은 공기가 부족하다는 듯이 높게 부풀어올랐다. 그는 이불과 옷가지들을 걷어차 버리더니 결국에는 루바쉬까를 찢기 시작했다. 눈뜨고 볼 수 없을 만큼 그는 괴로워했다. 사람들은 그를 도우려고 루바쉬까를 벗겨 주었다. 앙상하게 뼈만 남은 손과 발, 등에 붙은 뱃가죽, 앙상히 드러난 가슴, 마치 해골을 그려 놓은 듯한 그의 기다란 몸을 보는 것은 섬뜩한 일이었다. 그의 몸에 남겨진 것이라곤 주머니에 든 나무 십자가와 족쇄뿐이었고, 이미 그 족쇄에서 말라 빠진 두 발을 빼낼 수 있을 정도였다. 그가 죽기 30분 전 우리 모두는 조용해져서 소곤거리며 이야기했다. 걸어다니는 사람은 발소리를 죽여 가며 옮겨 다녔다. 다른 화제에 대해서만 몇 마디 이야기를 주고받을 뿐, 사람들은 이따금 쉰 목소리를 내며 죽어 가는 사람을 응시하고 있었다. 마침내 그는 힘이 없어 허우적거리는 손으로 가슴에 얹힌 부적 주머니를 뜯어내기 시작했다. 마치 그것의 무게조차도 감당하기 어렵고 그것이 그를 불안하게 하고 압박하고 있다는 듯이. 사람들이 부적 주머니를 벗겨 주었다. 10분 뒤, 그가 죽었다. 보초에게 그의 죽음을 알리기 위해 문을 두드렸다. 간수가 들어와서 죽은 자를 무심히 응시하고는 위생병을 부르러 갔다. 외모에 꽤나 신경을 쓴 듯한 행복해 보이는 위생병이 곧 나타났다. 그는 침울한 병실을 크게 울리며 빠른 걸음으로 들어와서는 죽은 자에게 다가가, 이런 경우를 대비해 미리 준비라도 해놓은 듯한 야릇한 표정을 보이면서 그의 맥을 짚어 보기도 하고 여기저기 만져 보더니 손을 흔들고는 나가 버렸다. 이내 보초에게 죽음을 알리러 갔다. 특별실에 속한 죄수는 중요했으므로, 사망 보고 역시 특별한 절차가 필요했다. 위병들을 기다리는 동안 죄수들 중의 누군가가 조용한 목소리로 죽은 자의 눈을 감겨 주자는 의견을 내놓았다. 다른 죄수가 그의 말에 깊이 공감하여 죽은 자에게 조용히 다가가 눈을 감겨 주었다. 그는 베개에 떨어져 있는 십자가를 보자 그것을 집어 다시 미하일로프의 목에 걸어 주었다. 그리고 성호를 그었다. 그사이 죽은 자의 얼굴은 굳어지고 햇살은 여전히 그를 비추고 있었다. 입은 반쯤 벌어진 채, 두 줄의 희고 건강한 치아가 잇몸에 달싹 붙은 입술 아래서 반짝이고 있었다. 드디어 철모를 쓰고 단검을 든 위병 하사와 그의 뒤를 따라 두 명의 간수가 들어왔다. 그는 사방에서 쏟아지는 죄수들의 따가운 시선을 이해할 수 없다는 듯한 표정을 지으며, 서서히 느린 걸음으로 죽은 자에게 다가갔다. 죽은 자에게 다가서자 그는 두려움을 느낀 듯이 우뚝 멈춰 섰다. 오직 족쇄만을 걸친 깡마른 알몸이 그를 위협했던 것이 분명했다. 그리고 그는 갑자기 철모를 벗고 굳이 그럴 필요가 없었는데도 크게 성호를 긋는 것이었다. 준엄한 백발의 군인다운 얼굴 표정을 짓고 있었다. 지금도 기억하고 있지만, 바로 그 순간 그곳에는 백발의 체꾸노프도 서 있었는데, 그는 내내 침묵하면서 하사의 얼굴을 뚫어지게 바라보며 야릇한 호기심을 가지고 그의 일거수일투족을 주시하고 있었다. 그러나 그와 눈이 마주치자 체꾸노프는 갑자기 자기의 얇은 입술을 떨기 시작했다. 그는 웬일인지 입술을 이상하게 일그러뜨리더니, 이빨을 드러낸 채 죽은 자를 보고 있는 하사에게 고개를 숙이며 재빠르게 말하는 것이었다.

「역시 어머니는 있었군!」 그러고는 저쪽으로 가버렸다.

이 말 한마디가 나의 뇌리에 몹시 강하게 각인되어 있다. 그리고 무엇 때문에 그가 그런 말을 했는지, 그리고 왜 그런 말이 머리에 떠올랐는지 모르겠다. 시체는 이미 옮겨지기 시작했고, 침대도 같이 들어올려졌다. 지푸라기가 사각거리는 소리를 내었고, 족쇄가 마루에 부딪히는 둔탁한 소리가 정적을 깨며 울렸다. 사람들은 숨을 죽인 채 그 소리에 귀를 기울이고 있었고, 시체는 운반되었다. 그러자 갑자기 사람들은 큰소리로 이야기하기 시작했다. 이미 복도에서는 하사관을 부르러 누군가를 보내는 소리가 들려왔다. 죽은 자에게서 족쇄를 풀어내야 했던 것이다…….

그러나, 나는 또다시 본론에서 벗어나고 말았다…….

2. 계속(병원)

의사들은 아침 일찍 병실 회진을 돌았다. 열 시가 좀 지나면 주임 의사를 대동하여 그들 모두가 함께 우리 병실에 나타나지만, 그들이 오기 한 시간 전쯤에도 우리를 담당하는 의사가 다녀간다. 그 당시 우리를 담당했던 의사는 일에 능숙하고 온유하고 친절한 젊은 의사로, 죄수들은 모두 그를 아끼고 있었는데, 한 가지 흠이 있다면 그것은 〈지나치게 겸손한 것〉이었다. 실제로 그는 말수가 상당히 적었고, 오히려 우리 앞에 서는 것이 수줍기라도 한 듯 얼굴이 붉어지기도 하며 환자가 부탁하기도 전에 식사를 바꾸어 주기도 하였는데, 약까지도 부탁한 대로 지어 줄 준비가 되어 있다고 생각될 정도였다. 그러나 그는 존경받을 만한 청년이었다. 러시아에서는 많은 의사들이 민중들의 사랑과 존경을 받고 있으며, 내가 알기로도 이는 사실이라는 것을 인정할 필요가 있다. 그러나 의사나 비싼 약품에 대한 민중들의 일반적인 불신을 감안한다면, 방금 앞서 한 말은 역설이 된다는 것도 나는 알고 있다. 사실 민중들은 여러 해 동안 중병으로 고통을 받고 있으면서도 의사에게 가거나 병원에 입원하기보다는, 주술사나 민간 요법에 의한 치료(이것을 경시해서는 결코 안 된다)를 선호하고 있다. 그러나 이것 말고도 그렇게 하는 이유에는 분명히 중요한 상황적 요소들이 내포되어 있다. 이는 의사와는 상관없이 관료적이며 형식적인 잔재가 남아 있는 모든 것을 불신하는 민중들의 사회적 성향 탓이다. 이외에도 민중은 병원에 대한 갖가지 불합리한 풍문과 공포의 소문, 때로는 허튼 소문에 그치는 것이 아니라 근거가 있어 보이는 그런 소문들로 인해 편견을 갖게 되며, 피상적인 두려움도 가지게 된 것이다. 그러나 민중들을 병원으로부터 멀어지게 하는 주요 원인은, 병원의 독일식 규정과 입원해 있는 동안 함께 있을 낯선 사람들, 엄격한 식사의 제한, 위생병과 의사들의 사무적인 냉담함, 수술과 시체 해부 등에 대한 놀라움과 걱정이 앞서는 까닭이다. 게다가 민중은 귀족들이나 병원에 가는 것이며, 의사 역시 귀족이라고 생각하고 있다. 그러나 의사들과 친숙해짐에 따라(비록 예외가 없는 것은 아니지만 대체적으로) 이 모든 공포는 어느덧 사라지게 되는데, 내가 보기에 이것은 우리를 담당하고 있는 의사와 같은 젊은 의사들에게 그 공을 돌려야 할 것이라고 생각한다. 대부분의 의사들은 민중들에게 사랑과 존경을 받고 있다. 적어도 내가 이에 대해 자신 있게 말하는 것은 여러 지방에서 직접 보고 경험한 바에 의한 것이기 때문이며, 다른 장소에서는 전혀 다른 상황이 벌어지고 있다고 생각할 수 있는 근거는 가지고 있지 않기 때문이다. 물론 어떤 벽지의 의사들은 뇌물을 받기도 하고, 자기의 병원을 악용할 뿐만 아니라, 환자를 천시하기도 하며, 의사라는 직분의 본질적인 책임도 망각하고 있을지 모른다. 물론 있을 수 있는 일이다. 그러나 나는 현재, 우리 시대의 의학계에 존재하고 있는 정신이나 성향의 보편적인 상황을 이야기하고 있다는 편이 나을 것 같다. 양의 무리 속에 섞인 늑대들, 일에 대한 방관자들이 자신에 관한 변명을 늘어놓거나, 오히려 자신들의 입장만을 생각하여, 예를 들어 그들을 그렇게 몰아넣은 어찌할 수 없는 〈상황〉 탓으로 치부하려 한다 해도 그것은 정의롭지 못한 일이며, 더욱이 박애심을 저버린 것은 지탄을 면할 수 없을 것이다. 박애심과 온화함, 환자에게 보여 주는 형제와 같은 연민은 이따금 다른 어떤 약보다도 필요하다. 이제는 우리를 몰고 가는 상황에 대한 불평을 냉정하게 중지해야 할 때이다. 우리의 많은 것이 상황에 의해 규정되는 것은 일면 맞는 말이라고 가정한다 해도, 이것이 전부는 아니다. 이따금 교활하고 세상사에 능란한 사람이라면, 특히나 현혹하는 글이나 말재주가 있는 사람이라면 더욱더 자신의 비겁함과 약점을 교묘하게 은폐하며 환경의 영향만을 주장하고 나설 것이다. 또다시 나는 주제에서 벗어나고 말았지만 한 가지 이야기하고 싶었던 점은, 민중들이 더욱 불신하고 적대시하는 것은 의사가 아니라 의료 행정이라는 점이다. 의사들이 실제 어떤지를 알게 된다면 가지고 있던 편견은 잊게 된다. 병원의 여타 상황이 아직까지 많은 점에서 민중들의 생각에 부응하지 못하고 있으며, 규정 자체가 민중에게 익숙하지 못하기 때문에 친밀감과 신의를 얻지 못하고 있는 것이다. 적어도 내가 받은 인상으로는 그렇다.

우리를 담당하는 의사는 대개 모든 환자들 앞에 멈춰 서서, 개개인을 주의 깊게 진찰하고 상태를 물어보기도 하면서 약 처방이나 음식을 지시했다. 때때로 그는 아무데도 아프지 않은 환자를 알아차리기도 했다. 그러나 죄수들이 노역에서 벗어나고 싶어하는 것이나, 딱딱한 판자 대신에 푹신한 잠자리를 원하는 것, 창백하고 쇠약해진 미결수들로 만원이 된(언제나 러시아 전지역의 미결수들은 창백하고 쇠약해져 있다. 이는 그들의 정신적, 물질적 상태가 기결수보다 더 열악함을 나타내는 것이다) 눅눅한 감방이 아니라 따뜻한 방 안에 기거하고 싶어하는 것 등을 알고 있기 때문에, 우리의 담당 의사는 아무 말 없이 페브리스 카타르할리스febris catarhalis[99]라는 병명을 차트에 기록하고 때로 일주일씩이나 입원해 있는 것을 묵인해 주었다. 우리 모두는 이 페브리스 카타르할리스를 비웃기도 했다. 모두들 이것이 의사와 환자 사이에 이루어지는 모종의 공모로 우리들끼리 통용되고 있는 꾀병을 뜻한다는 것을 잘 알고 있었다. 죄수들 스스로 페브리스 카타르할리스를 〈예비적 통증〉이라고 번역하였다. 가끔은 환자가 마음 약한 의사들을 악용하여 강제로 쫓겨날 때까지 입원하고 있는 경우도 있었다. 그럴 때 우리 담당 의사의 처신은 볼 만했다. 그는 환자에게 건강해졌으므로 곧 퇴원 수속을 하라고 직접 이야기하는 것을 왠지 겸연쩍은 일로 여기며 겁내기까지 하였다. 원칙적으로 그에게는 타이르거나 설득할 필요가 전혀 없이 환자 기록 카드에 사나트 에스트sanat est[100]라고 기

[99] 인후 열병이라는 뜻의 라틴 어로 즉 목이 좀 부었다는 말.
[100] 건강이라는 뜻의 라틴 어.

입하여 아주 간단히 퇴원시킬 수 있는 권리를 갖고 있음에도 불구하고 말이다. 처음에 그는 꾀병 환자에게 암시를 주었다가 나중에는 거의 부탁하듯이 말하였다. 〈퇴원할 때가 되지 않았나? 이제 자네는 건강하다네. 병실이 만원이라서 말이야〉 등등. 그때부터는 환자 자신이 양심의 가책을 느껴 곧 퇴원 신청을 하게 된다. 주임 의사 역시 박애심 많고 청렴한 의사였지만(이 사람도 역시 환자들의 사랑을 받았다), 우리 담당 의사와는 비교할 수 없이 엄격했으며 결단성이 있었던 탓에 경우에 따라서는 매우 가혹하기도 했다. 그러나 그 나름대로 그러한 점이 우리에게는 존경의 이유가 되었다. 그는 우리를 담당하는 의사가 다녀가고 나면, 병원의 모든 의사들을 대동하고 나타났다. 역시 한 사람씩 환자를 진찰하고, 특히 중병 환자들에게는 신중했으며, 항상 그들을 격려하는 친절하고 진심 어린 위안의 말을 하기도 하였다. 이로 인해 그는 모두에게 좋은 인상을 심어 준 것이다. 〈예비적 통증〉으로 진단 받은 자들도 적대시하거나 쫓아내려 하지는 않았다. 그러나 만약에 환자 스스로가 너무 고집을 부리는 경우에는 아주 간단하게 퇴원시켜 버리곤 하였다. 〈보아하니 자넨 충분히 입원하면서 쉰 것 같군. 그만 가지, 염치란 걸 알아야지〉라고 말하면서 말이다. 일반적으로는 노역, 특히 여름에 노역하기를 꺼리는 나태한 자들이나 체형 집행을 기다리는 미결수들이 고집을 피우며 병원에 남으려고 했다. 나는 이런 고집을 부리다가 잔인한 방법으로 퇴원을 강요당했던 한 사람을 기억하고 있다. 그는 눈병 때문에 병원에 왔다. 충혈된 눈의 참을 수 없는 통증을 호소하였다. 의사들은 그의 눈을 연고, 거머리, 어떤 부식 액체를 굳혀 눈에 바르며 치료했으나, 병세는 호전될 기미가 보이지 않고 충혈도 가시지 않았다. 점차 의사들은 꾀병이라는 것을 눈치채기 시작했다. 왜냐하면, 염증이 악화되거나 호전되지도 않은 채, 계속 처음과 같은 상태로 남아 있었기 때문에 의심하지 않을 수 없었던 것이다. 죄수들은 그가 스스로 고백한 것은 아닐지라도 꾀병을 부리고 있으며 사람들을 속이고 있다는 것을 이미 오래 전에 알고 있었다. 이 사람은 잘생긴 청년이었으나 왠지 좋은 인상을 주지는 못하고 있었다. 표정이 어둡고 의심이 많은 데다 그 누구와도 이야기하는 적이 없고, 흘겨보는 듯한 시선으로 모든 사람을 피하는 행동을 했기 때문이다. 나는 기억하고 있다. 그가 무슨 일이라도 저지르지 않을까 다른 환자들이 우려하고 있었던 것을. 그는 군인이었다. 엄청난 도둑질을 하는 바람에 고발되어 1천 대의 체형을 언도받고 교정대로 보내졌던 것이다. 앞서 말한 바와 같이 미결수들은 체형 집행을 지연시키기 위해 끔찍한 일들을 저지르곤 했다. 예를 들면, 형 집행 전날 관리나 동료 죄수들을 칼로 찔러 새로운 재판에 회부됨으로써 두 달 정도 집행을 연기시키려는 목적을 달성하는 것이다. 그들은 두 달 정도 후에 형벌이 두세 배가 될 것에 대해서는 안중에도 없었다. 단지 지금 당장 며칠이라도 두려움에서 벗어나면 그만이었다. 일단 벗어나기만 하면, 후에 무슨 일이 생겨도 상관없다는 식으로 포기해 버리는 것이다. 우리들은 그를 경계해야 한다고 서로 수군대기도 하였다. 밤에 누군가를 죽일지도 모르기 때문이다. 그러나 이것은 말뿐이었고, 그의 옆 침대를 쓰는 죄수들도 특별히 경계하는 것 같지는 않았다. 우리들은 밤마다 그가 벽돌 가루와 뭔가 다른 것으로 눈을 문지르는 것을 보았다. 아침이 되어 눈이 다시 충혈되도록 말이다. 마침내 주임 의사가 관선법(串線法)을 시술해야 한다고 으름장을 놓았다. 이것은 이미 모든 의료 수단을 동원해 보았지만 오랫동안 별 차도를 보이지 않는 만성적인 안질에, 시력만큼은 회복시키기 위해 의사들이 결정하는 고통스럽고 괴로운 수단으로, 말에게처럼 환자에게 관선을 하는 치료법이었다. 그러나 이 불쌍한 사내는 좀 나아졌다고 말하며 여기에 동의하지 않았다. 아집이 강한 성격이거나 지나치게 겁이 많은 성격이거나 둘 중 하나임에 틀림없었다. 관선법은 몽둥이로 맞는 것에 비하면 덜할지 몰라도 고통스럽기는 역시 매한가지였다. 의사는 환자의 목 뒷덜미 살가죽을 잡히는 대로 손으로 잡고, 잡은 살을 칼로 째 상처를 낸다. 목덜미에 길고 커다란 상처가 생기게 되면, 이 상처에 거의 손가락만 한 굵기로 꼬아 만든 마포끈을 넣고 꿰맨다. 그러고는 날마다 일정한 시간에 이 노끈을 움직이게 함으로써 상처는 살을 찢으며 계속 생겨나게 되어 있다. 이것은 상처가 아물지 않고 계속 덧나게 하려는 처사이다. 그런데도 이 불쌍한 사내는 며칠간이나 우악스럽게 이 고통을 참고 버티다가 마침내는 퇴원하는 데 동의하고야 말았다. 하룻밤 사이 그의 눈은 완치되었고, 목의 상처가 아물자마자 1천 대의 태형을 맞기 위해 위병소로 보내졌다.

물론 형벌을 기다리는 시간은 괴롭다. 이 공포심을 소심하거나 겁이 많기 때문이라고 말하는 것은 무책임한 단정일 수도 있을 만큼 괴로운 것이다. 여하튼 지금 당장 맞고 싶지 않다는 이유 때문에 두세 배의 형벌을 감수하는 것은 더욱 괴로운 일일지도 모른다. 그러나 기억하기로, 그런 가운데에서도 남은 체형을 받아 버리고 재판에서 완전히 벗어나기 위해, 처음 맞은 등의 상처가 아물기도 전에 퇴원을 신청하는 사람도 있었다. 미결수로 감옥에 갇혀 있는 것은 다른 모든 유형 생활보다도 비교할 수 없을 정도로 괴로운 것이었다. 그러나 기질의 차이 외에도 그런 용기를 갖게 하는 가장 중요한 요소는 체형과 형벌에 이미 익숙해져 있다는 사실이었다. 자주 맞아 본 사람은 정신도 육체도 단단하게 무장되어 있어서 벌받는 것을 거의 사소한 불편함 정도로 여길 만큼 냉소적인 태도를 취할 수 있게 되는 것이다. 일반적으로 말해서, 이것은 믿을 만한 사실이다. 우리 죄수 중 특별실 출신의 알렉산드르 또는 알렉산드라[101]라고 불리는, 세례를 받은 깔미끄[102] 사람이 있었다. 무척이나 왜소한 그는 겁내는 것이 없었으며, 다소 교활한 면이 있기는 했지만 선량한 사람으로, 나에게 농담삼아 웃으면서 그러나 진지하게 정색을 하며 4천 대나 맞은 이야기를 하곤 하였다. 그가 만약 몸이 영글지 않은 어릴 때부터 채찍 밑에서 자라지 않았다면, 문자 그대로 유목민 생활 내내 등에 채찍 상처를 달고 살지 않았다면, 아마도 4천 대를 결코 참을 수 없었을 것이라는 말이다. 말하는 도중 그는 마치 자신이 채찍을 맞으며 성장한 것에 감사하는 것처럼 보였다. 「사사건건 맞기만 했지요. 알렉산드르 뻬뜨로비치.」 그는 어느 저녁에 불 앞에서 내 침대에 걸터앉으며 이렇게 말했다. 「내 자신을 기억할 수 있는 시간 이후로 15년 동안 나는 무슨 일이든 상관없이 얻어맞았어요. 날마다 몇 번씩 때리고 싶은 사람이면 누구든 나를 때렸거든요. 그래서 이골이 났지요.」 어떻게 그가 군인이 되었는지는 알 수 없다. 아니 그가 이야기했는데 기억을 못하는 건지도 모른다. 이 사람은 영원한 부랑자이며 탈주병이었다. 내가 그의 이야기 중에서 오직 기억하고 있는 한 가지는, 그가 관리를 죽인 후 언도받은 4천 대의 체형을 말할 수 없이 두려워했다는 것이다. 「나는 사람들이 나에게 혹독하게 벌을 주리라는 것을 알고 있었죠. 아마도 살아서 나오지 못할 정도로 말이지요. 아무리 이력이 붙었다 해도 4천 대라는 건 농담이 아니죠! 더욱이 관리는 악에 받쳐 있었고! 확신할 수 있었지요.

101 알렉산드르는 남자 이름이고 알렉산드라는 여자 이름이다.
102 몽고족 계통의 유목민.

절대 무사히 지나갈 수 없다는 것을요. 살아날 수 없다는 것을요. 그래서 처음에 나는 세례를 받으려고 했지요. 용서받을지도 모른다고 생각했거든요. 사람들이 직접 대놓고 그래 봤자 소용없다고 말했지만, 나는 세례받은 사람은 좀 더 안타깝게 생각해 줄 것이라고 생각해서 그대로 실행했지요. 세례를 받고 알렉산드라라는 세례명도 받았지요. 그런데 몽둥이는 몽둥이일 뿐이에요. 조금도 봐주는 것이 없고 치가 떨리게 하더군요. 나는 〈두고 보자, 내가 너희 모두를 감쪽같이 속이고 말 테다〉라고 속으로 다짐했지요. 결국 알렉산드르 뻬뜨로비치, 내가 어떻게 했을 거라고 생각해요? 나는 시체 흉내를 잘 내거든요. 아예 죽어 버린 시체가 아니라 금방이라도 숨이 넘어갈 것 같은 순간의 흉내 말이지요. 사람들이 나를 데리고 가서 1천 대를 때렸지요. 나는 초조해져서 고함을 질렀어요. 곧 이어 1천 대가 다시 시작되자 아찔해지더군요. 머릿속은 윙윙 울리고 다리는 힘이 없어 꺾였지요. 내 계획을 실행할 때가 온 거예요. 나는 땅에 쓰러졌어요. 눈은 초점을 잃고 얼굴은 파래지고 숨을 쉬지 않았어요. 입에 거품을 문 채. 의사가 와서는 곧 죽을 거라고 말하더군요. 나는 병원으로 옮겨졌어요. 그러나 금방 살아났지요. 그런 일이 두 번 반복되자 그들은 약이 올랐어요. 나에게 매우 화가 나고 말았지요. 나는 그들을 두 번이나 속인 거예요. 세 번째에도 나는 1천 대를 맞고 인사불성이 되었지요. 마지막 남은 1천 대를 맞을 때는 한대 한대가 마치 칼로 심장을 쑤시는 듯했고, 한 대 맞는 고통이 세 대 맞는 꼴이 되도록 그들은 무지하게 때렸어요. 그들은 나에게 적의를 가졌던 거예요. 인정사정없던 마지막 1천 대는(빌어먹을……), 3천 대를 맞는 것과 다름이 없었지요. 얼마 남지 않아서 내가 쓰러지지 않았더라면(2백 대 정도 남아 있었는데), 죽을 때까지 때렸을지도 몰라요. 나는 고통을 참을 수 없어 다시 그들을 속이게 된 거지요. 그들은 내 속임수를 또다시 그대로 믿었어요. 믿을 수밖에 없었죠. 의사도 믿었으니까요. 나머지 2백 대는 더 심한 것이었어요. 다른 때의 2천 대를 맞는 것보다 더 고통스러웠으니까요. 빌어먹을, 그렇게 때렸지만 나를 끝장낼 수는 없었어요. 왜냐하면 어려서부터 몽둥이로 맞고 자란 덕분이지요. 그 때문에 오늘날까지 그렇게 맞고도 살아 있는 거예요. 아! 난 엄청나게 맞고 자랐어요. 살면서 내내 맞기만 했지요.」 그는 마지막 이야기를 하면서 슬픈 생각에 잠긴 듯이 몇 번이나 맞았는지를 헤아리려는 듯하면서 덧붙였다. 「아니야, 몇 번 맞았는지 셀 수 없어. 어떻게 세겠어. 수가 모자랄 만큼인데!」 그는 나를 응시하고는 웃어 보였다. 나 역시 응답으로 미소짓지 않을 수 없게 만드는 선량한 웃음이었다. 「알렉산드르 뻬뜨로비치, 당신은 아십니까? 내가 지금도 밤중에 꿈을 꾸면, 그것도 맞는 꿈이라는 것을. 도무지 다른 꿈은 꾸어지지 않아요.」 그는 실제로 밤중에 자주 소리를 지르곤 했다. 큰소리를 지를 때면 죄수들이 그를 다급히 흔들어 깨우기도 했다. 〈왜 소리를 지르고 그래!〉 하면서. 그는 크지 않은 키에 덩치 좋은 사나이로 나이는 마흔다섯 살 정도에, 넉살 좋고 명랑해 보이며 죄수들과의 관계도 좋았지만, 훔치는 것을 매우 좋아하는 탓에 우리에게도 많이 맞곤 했다. 그러나 우리들 중 도둑질하지 않은 사람이 누가 있으며, 그로 인해 맞아본 적이 없는 사람이 누가 있겠는가?

나는 여기에 한 가지를 덧붙이려고 한다. 나는 맞은 사람이 자기를 때린 사람과 그 사람이 어떻게 자기를 때렸는지에 관해서 이야기할 때, 남다른 선량함과 선의를 가지고 이야기하는 그 천진함을 보고 항상 놀라곤 했다는 것이다. 내 심장이 세차게 고동치고 떨릴 정도의 이야기를 하면서도 조금도 증오나 원한의 흔적을 찾아볼 수가 없었다. 그들은 대개 어린애처럼 웃으면서 이야기를 했다. 예를 들면 M-쯔끼 역시 나에게 맞은 이야기를 해준 적이 있는데, 그는 귀족이 아니었으므로 5백 대를 맞은 적이 있었다. 나는 다른 사람에게서 이 이야기를 듣고 그에게 직접 물어보았다. 맞은 적이 있었다는 게 사실이며 어떻게 맞았는지에 대해서 말이다. 그는 뭔지 모를 내면의 고통이라도 있는 듯이 나를 쳐다보지 않으려고 애쓰면서 얼굴을 붉히고는 간단하게 대답했다. 잠시 후 그가 나를 바라보았을 때, 그의 눈은 증오의 불길로 이글거렸고 입술은 분노로 파르르 떨리고 있었다. 나는 그가 자신의 과거사에서 이 한 페이지를 절대 잊지 못하는 것이라고 느꼈다. 그러나 대부분의 죄수들은(예외가 없다고는 말하지 않겠다) 이것을 전혀 다르게 보고 있었다. 나는 때때로 죄수들이 자신들과 비슷한 처지의 사람에 대해서가 아니라 관리들에게 죄를 저질렀을 경우, 스스로를 죄인이라고 여기지도 않고 벌을 받아야 한다고 인정하지도 않을 것이라고 생각했다. 그들 중의 대다수는 자기는 전혀 죄가 없다고까지 생각하고 있었다. 이미 말한 것처럼, 자신이 속해 있는 무리들에게 죄를 저지르고도 양심의 가책이라고는 찾아볼 수 없는 경우도 있다. 그러니 관리에게 죄를 저지른 경우는 말할 것도 없다. 여기에는 일종의 독특하고 실제적인 또는 사실적이라고 말하는 편이 더 나을 이유가 있다고 나는 종종 느껴 왔다. 이를테면 죄수들은 관리에게 죄를 범했을 경우 늘 자신이 옳다고 생각하는 경향이 있었다. 범죄 그 자체에 관한 문제는 고려하지 않고 실제로 관리가 그의 범죄를 보는 시각이 자신과 완전히 다름으로 해서 벌을 받았다고, 관리는 그에 대한 보상을 해야 할 의무가 있다고 생각하는 것이다. 여기에 서로간의 갈등이 있었다. 범죄자는 자신들이 같은 계층의 사람들에 의해 재판을 받을 경우 변호받을 수 있다는 것을 믿고 있고, 의심하지 않는다. 대부분 자신의 동료와 형제들, 같은 민중들에게 저지른 죄가 아닌 이상은 충분히 변호받을 수 있는 성질의 죄라는 것을 믿고 있다. 그러기에 그의 양심은 안온하고 하나도 거리낄 것이 없어 정신적으로 혼란스럽지도 않다. 이것이 중요한 점이다. 그는 의지할 뭔가가 있다는 것을 의식하고 있는 듯하다. 그렇기 때문에 그는 증오나 원한을 품지 않으며 자기에게 일어나는 일을 피할 수 없는 사실로 받아들인다. 이 피할 수 없는 사실은 그가 처음도 아니고 마지막도 아닌 매우 오래 전부터 미리 정해져 있었던 것으로, 수동적이긴 하지만 계속되는 투쟁의 양상으로 이어질 것이다. 어떤 병사일지라도 터키 군과 싸울 때는 개인적으로 터키 병사를 증오하지는 않는다. 그러나 그들은 칼로 베고 찌르고 총을 쏜다. 그렇다고 해서 맞은 사실을 이야기할 때 보이는 죄수들의 모습을 그저 냉정하거나 무관심한 것으로만 이해해서는 안 된다. 예를 들면, 제레뱌뜨니꼬프 중위에 대해서 이야기할 때는 그리 대단한 것은 아니더라도 분명 분개하기도 했다. 나는 제레뱌뜨니꼬프 중위에 대해서 입원하자마자 죄수들을 통해서 알게 되었다. 후에 나는 그가 우리 병원에서 위병 근무를 하고 있을 때, 그를 본 적이 있다. 그는 약 서른 살 가량으로 키가 크고 뚱뚱하고 기름진 몸집에 포동포동하고 불그스레한 볼과 하얀 치아를 가졌으며, 노즈드료프[103]처럼 입을 크게 벌리고 웃는 사람이었다. 그의 얼굴에서는 세상에서 가장 무분별한 사람이란 인상이 풍겼다. 체형 집행관으로 임명되었을 때, 그는 몽둥이로 때리거나 채찍으로 벌하는 것을 열광적으로 좋아했다. 덧붙여 말하자면, 내

---

103 고골의 『죽은 혼』에 나오는 귀족.

가 제레뱌뜨니꼬프를 그때 당시 집행관 중에서도 가장 괴팍한 사람으로 보고 있었던 것처럼 죄수들도 역시 벌써부터 그를 괴물로 여기고 있었다. 옛날에, 물론 그다지 먼 옛날은 아니어서 〈기억은 생생하지만, 믿기는 어려운〉[104]시절에는 자신의 일에 애착을 가지고 충실하게 수행하려는 사람들이 그 사람 말고도 많이 있었다. 그러나 대부분은 자신의 일을 단순하게 받아들였으며 특별한 매력을 가지고 하지는 않았다. 그런데 중위는 때리는 일에서는 극도로 세련된 미식가였다. 그는 자신이 보유하고 있는 때리는 기술을 정열적으로 사랑했고, 자신이 그 기술에 일인자임을 자랑스러워했다. 그는 그것을 즐겼다. 마치 향락에 지친 로마 제국 시대의 귀족처럼 자신의 지방 낀 무기력한 정신을 다소나마 자극하고 즐겁게 하기 위해서 각종 소일거리나 해괴한 매질 방법을 고안해 내는 것이었다. 여기에 벌을 받아야 하는 죄수가 끌려왔다고 가정해 보자. 제레뱌뜨니꼬프가 집행관이다. 굵은 몽둥이를 들고 길게 정돈하여 서 있는 사람들을 보는 죄수의 겁먹은 시선은 그를 자극하고도 남는다. 그는 자족하면서 행렬을 훑어보고는 각자에게 충실히 양심적으로 자신의 일을 수행해야 한다는 것을 강조하며 훈시하고 있다. 그렇지 않으면...... 그러나 병사들은 이미 〈그렇게 하지 않으면〉 어떻게 되리라는 것을 잘 알고 있다. 그러나 만약에 끌려온 죄수가 그때까지 제레뱌뜨니꼬프를 알지 못했거나 그에 대한 소문을 들은 적이 없었다는 것을 알게 되면 중위는 그에게 농담을 걸곤 한다(물론 이런 경우는 백의 하나에 해당한다). 중위는 잔꾀가 끝이 없는 사람이었다. 모든 죄수는 알몸으로 총대에 묶인 채 하사관들에게 끌려 푸른 거리[105]를 통과하게 된다. 그

---

104 그리보예도프의 『지혜의 슬픔』에 나오는 한 구절.

러면 그 순간 모든 죄수들은 하나같이 눈물을 흘리며 애원하는 목소리로 집행관에게 조금이라도 선처해 줄 것과 너무 가혹하게 하지는 말아 달라고 빌기 시작한다. 〈각하.〉 불쌍한 죄수가 외친다. 〈용서해 주십시오. 그리고 친아버지가 되어 주세요. 언제까지나 하느님께 당신만을 위해 기도하게 해주십시오. 제발 한번만 봐주세요. 자비를 베풀어 주세요.〉 제레뱌뜨니꼬프는 이런 결과를 기다리고 있었으므로, 곧 처벌을 중지시키고 죄수에게 사뭇 동정하는 듯한 표정을 지으면서 대화를 시작한다.

「그러나 이보게.」 그는 말한다. 「내가 어떻게 해야 한단 말인가? 내가 벌하는 것이 아니라 법이 하는 일이야!」

「각하! 모든 것이 각하의 손에 달렸습니다. 제발 자비를 베풀어 주십시오!」

「너는 내가 너를 불쌍하게 여기고 있지 않다고 생각하는군. 네가 맞는 것을 내가 즐기기라도 한단 말인가. 나도 같은 인간이야. 내가 인간 같지 않단 말인가.」

「각하, 잘 알고 있습니다. 당신은 아버지이시고 우리는 어린애에 불과합니다. 친아버지가 되어 주세요.」 죄수는 한 가닥 희망을 품으면서 애원한다.

「이봐! 스스로 잘 생각해 보게나. 자네도 사리 판단을 할 수 있을 것 아닌가. 나도 인간으로서 너 같은 죄인에게 자비를 베풀어 부드럽게 대하지 않으면 안 된다는 것을 알고 있어.」

「정말 옳은 말씀이십니다, 각하.」

「그래. 어떤 죄를 지었더라도 사람을 미워하지는 말아야지. 그러나 중요한 건 법이야. 내가 아니야. 나는 하느님과 조

---

105 두 줄로 늘어선 병사들 사이를 지나가며 몽둥이 세례를 받는 태형을 의미함.

국에 봉사하는 사람이야. 만약 법을 어기고 너를 적당히 봐준다면 죄를 짓는 거야. 이 점을 잘 생각해 보라고.」

「각하!」

「그래도 안 돼! 이렇게 하는 것도 너를 위해서니까! 내가 죄를 짓는 것인지도 모르지만, 그러나 할 수 없다……. 너를 측은히 생각해 이번만은 죄를 가볍게 해줬다가 만일 그 때문에 나쁜 일이 벌어지면 어쩌겠는가? 내가 만일 너를 동정해서 죄를 가볍게 해주면, 너는 그것에 맛을 들여 또 죄를 저지를 것이다. 그때는 어떻게 하겠는가? 우선 내 마음이…….」

「각하! 앞으로는 절대로 그런 일을 하지 않겠습니다! 창조주이신 하느님 앞에서처럼 맹세합니다…….」

「좋아! 앞으로는 좋은 일만 하겠다고 나에게 맹세하는 거지?」

「그렇습니다. 하느님, 저를 믿어 주십시오, 저 세상에 가서라도…….」

「그런 맹세는 마라, 불경스러우니까. 그럼, 나는 네 말을 믿어 보겠다.」

「각하!」

「그럼, 좋아. 네가 고아이기 때문에 용서해 준다. 너는 고아지?」

「고아입니다, 각하. 넓은 세상에 찍힌 한 점 얼룩처럼 고독합니다. 아무도 없습니다.」

「고아 시절 눈물 때문에 용서해 준다. 이것이 마지막이니 그리 알아라……. 이자를 데려가.」 이렇게 부드러운 음성으로 덧붙이므로 죄수는 이 은혜에 어떻게 감사해야 할지 모른다. 그러나 행렬은 무섭게 움직이기 시작한다. 죄수를 끌어낸다. 북이 울리고 몽둥이가 올라간다……. 〈쳐라!〉 하는 제레뱌뜨니꼬프의 명령이 떨어진다. 〈이놈을 태워. 껍질을 벗겨. 타도록 때려 줘! 더 세게 이 고아를, 더 세게 이 사기꾼을! 위치시켜, 위치시켜!〉 열광하는 그의 호령에 병사들은 힘껏 죄수를 때리고 불쌍한 사나이는 눈에 불꽃을 튀면서 비명을 지르기 시작하지만 제레뱌뜨니꼬프는 대열을 뛰어다니며 배꼽을 쥐고 웃어댄다. 나중에는 보는 사람이 가엾게 생각할 정도이다. 그는 기뻐하고 있는 것이다. 그에게는 죄수의 비명과 절규가 우스꽝스러운 것이다. 이따금 그 야멸찬 웃음을 멈추고 다시 〈이놈의 껍질을 벗겨. 타도록 태워, 이 사기꾼을, 고아를……〉 하고 외친다.

그는 이외의 여러 가지 다른 방법들을 궁리해 냈다. 죄수는 형장에 끌려 나갈 때면 언제나처럼 애원하기 시작한다. 제레뱌뜨니꼬프가 이번엔 거드름을 피우거나 이맛살을 찌푸리지 않고 직접 말하는 것이다.

「이보게.」 그는 말한다. 「나는 적법한 처벌을 하는 거라고. 네가 그만한 죄를 지었으니까. 그렇지만 너를 위해서 총대에 붙잡아 매는 것만큼은 면해 주마. 너는 혼자 푸른 거리를 걸으면 돼. 지금까지 없었던 선처야. 네가 되도록 빨리 줄 사이를 빠져나가면 그만큼 몽둥이를 덜 맞을 수도 있어. 어떻게 생각해? 해보겠나?」

죄수는 반신반의하면서 생각한다. 〈그편이.〉 혼자 속으로 생각한다. 〈나을지도 몰라. 내가 빨리 뛰기만 하면 훨씬 덜 맞겠지. 다섯 배쯤은 고통이 덜할 거야, 몽둥이를 다 맞지는 않을 테니까 말이야.〉

「좋습니다. 나리, 해보겠습니다.」

「그래. 나도 좋다. 때려! 정신 바짝 차려! 한눈 팔지 마!」 병사들에게 소리친다. 한 개의 몽둥이도 죄인의 등을 그냥 스쳐 가지는 않을 것이라는 걸 알면서도 말이다. 역시 병사들도 만약 헛치기라도 하면 나중에 무슨 일을 당할지 잘 알고 있다. 죄수는 온 힘을 다해 푸른 거리를 달려나가려고 하지만 북의 연타처럼 일제히 쏟아지는 몽둥이를 헤치고, 열다섯 명의 열을 빠져나가기란 여간 어려운 게 아니다. 소리치고 비명을 지르며 불쌍한 사나이는 칼에 베인 것처럼, 총알에 맞은 것처럼 쓰러지고 만다. 〈안 되겠습니다, 각하! 법대로 하는 것이 낫겠습니다〉라고 말하며, 천천히 하얗게 겁에 질린 채 땅에서 일어난다. 이 모든 장난을 미리 알고 있어서 일이 이렇게 끝나리라는 것을 짐작하고 있던 중위는 소리 내어 웃어댄다. 그러나 그의 모든 오락거리와 우리들 사이에서 오고 가는 그의 이야기를 여기에 다 쓸 필요는 없을 것 같다.

하지만 죄수들은 현재 우리의 소령이 임명되기 전까지 우리 감옥의 지휘를 맡고 있던 스메깔로프 중위에 대해 이야기를 할 때는 태도도 어조도 기분까지도 달라지곤 했다. 제레뱌뜨니꼬프에 관한 이야기를 꺼낼 때면 화를 내거나 하지 않고 무관심한 듯 이야기했지만, 모두들 그의 행동을 좋아하거나 칭찬하는 것이 아니라 분개하고 있었던 것이 분명하다. 어쩌면 경멸하고 있었는지도 모른다. 그러나 스메깔로프에 대해서는 기쁨과 즐거움을 가지고 이야기하였다. 그는 체벌을 좋아하지는 않았기 때문이다. 그에게는 제레뱌뜨니꼬프와 닮은 점이 없었다. 그렇다고 그가 한발짝 물러나 채찍을 면제시켜 줄 수는 없었다. 중요한 것은 그의 채찍 자체가 우리에게는 왠지 감미롭고 사랑스러운 것으로 여겨진다는 것이다. 이 사람은 그 정도로 죄수들을 사로잡는 능력이 있었다! 하지만 무엇으로 그럴 수 있단 말인가? 무엇으로 그는 그런 인기를 얻었단 말인가? 사실 우리 죄수들은, 아마 러시아 모든 민중이 그런지도 모르겠으나, 위로하는 말 한마디에 어떤 고통도 잊어버릴 준비가 되어 있는 사람들이다. 나는 이 점에 대해, 분석해서 얻은 결론이 아닌 사실에 입각해 얻은 것을 말하고 있다. 이러한 민중들에게 인기를 얻는 것은 결코 어려운 일이 아니었다. 그러면서도 스메깔로프 중위의 인기는 〈특별한 것〉이었다. 그에게 맞은 기억을 상기하는 순간에도 모욕감은 조금도 들지 않았다. 죄수들은 〈아버지도 필요 없어!〉라고 말하며, 지금의 사령관 부관과 전에 일시적으로 대행을 했던 스메깔로프를 비교하고서는 한숨까지 내쉬는 것이었다. 〈좋은 사람이었어!〉라고 말하기도 했다. 그는 정말 순수하고 선량한 사람이었다. 더욱이 그는 선량했을 뿐만 아니라 상관으로서 관대히 처신할 줄도 알았다. 왜 그랬을까? 모두 그를 좋아했던 것은 물론 아니다. 그를 비웃는 사람이 있기도 했다. 그러나 스메깔로프는 죄수들을 〈자기의〉 한 사람으로 생각하게 하는 방법을 알고 있었다는 것이 중요하다. 이것은 탁월한 수완, 아니 더 정확히 말해서 타고난 재능으로 자신도 인식하지 못하는 천성적인 것이었다. 이상스러운 일이지만, 다른 경우에는 선량하지 않아도 수완이 뛰어난 사람이 인기를 얻기도 한다. 이들은 까다롭지 않고 아랫사람에 대해 거들먹거리지 않는다. 내 생각에 여기에는 분명 이유가 있다! 그들에게는 하얀 손을 가진 귀족 자제 같은 구석이 없다. 오히려 특별히 우리 민중이 태어나면서부터 지니게 되는 평민다운 냄새가 난다. 우리 민중은 이 냄새에 얼마나 민감한가! 그들은 이 냄새를 위해 무엇도 아끼지 않는다! 만약 민중과 다른 특별한 삶의 냄새를 가지고 있기라도 하다면, 그들은 그것이 아무리 고질적인 것이라 해도 민중에게 자비로운, 인기 있는 인간이 되기 위해 고칠 준비가 되어 있다. 이러한 마음가짐에 비록 자기 방식대로라도 선량하기까지 하다면 어떨까? 그렇다면 그 인간의 가치는 무한한 것이다! 스메깔로프 중위는 이미 이야기한 바대로 때로는 심하게 형을 집행하는 경우도 있었으나 이로 인해 원한을 갖게 하지 않았을 뿐만 아니라, 오히려 반대로 오랜 시간이 지난 후에도 즐거운 마음과 웃음을 가지고 채찍질을 회상할 수 있게 하는 능력을 가지고 있었다. 스메깔로프는 거의 장난치는 일이 없었다. 예술적 상상력이 부족했던 것이다. 사실 장난다운 것은 오직 하나가 있었다. 근 1년 동안 되풀이해서 써먹은 수법이었다. 아마도 그것은 단 한 가지였으므로 귀엽게 느껴졌는지도 모른다. 예를 들어 죄수가 끌려온다. 스메깔로프는 미소를 띠고 농담을 하면서 집행 장소에 나와서는 죄수에게 뭔가를 묻는다. 전혀 엉뚱한 일이나 개인적인 것, 가족에 관한 것, 감옥 생활 등을 말이다. 여기에는 무슨 목적이 있거나 장난하려는 의도가 있어서가 아니다. 〈그는 다만 이러한 일들에 관해 알고 싶을 뿐이다.〉 채찍을 가져오고 스메깔로프는 의자에 앉는다. 파이프에 불을 붙인다. 파이프는 몹시 긴 것이었다. 죄수는 애원하기 시작한다……. 「안 돼. 누워 있어. 무슨 일이야 있겠나…….」 스메깔로프는 말한다. 죄수는 한숨을 쉬며 다시 눕는다. 「이봐. 〈시편〉외울 줄 아나?」 「왜 모르겠습니까, 각하. 우리는 세례받은 사람입니다. 어릴 때부터 외웠습니다.」 「그럼 외워 보게.」 죄수는 무엇을 외워야 할지 알고 있으며, 무슨 일이 생기게 될지도 알고 있다. 왜냐하면 이러한 장난은 지금까지 서른 번이나 다른 죄수들에게 실행해 온 것이기 때문이다. 그리고 스메깔로프 자신도 죄수가 그것을 알고 있으며, 누워 있는 제물 위에서 채찍을 들고 서 있는 병사들까지도 싫증이 나도록 들었다는 것을 알고 있다. 그러나 역시 그것을 되풀이하려는 것이다. 왜냐하면 그는 이 장난이 무척 마음에 들고, 자신의 문학적 자존심을 걸고 창조했다고 생각하고 있기 때문이다. 죄수는 「시편」을 외우기 시작하고 병사들은 채찍을 갖고 기다린다. 스메깔로프는 의자에서 몸을 숙인 채 한 손을 들어

파이프 피우기를 중단하고 정해진 구절이 나오기를 기다린다. 죄수는 마침내 몇 줄 외운 뒤 〈천국으로〉라는 구절에 이른다. 여기가 중요한 대목이다. 〈잠깐!〉 하며 중위는 상기된 얼굴과 감동적인 몸짓으로 채찍을 든 자를 향해 〈갖다 줘〉라고 외치는 것이다.

그리고 큰소리로 웃어댄다. 주위에 있는 병사들도 웃기 시작한다. 때리는 자도 웃고, 〈갖다 줘〉 하는 구령과 함께 채찍이 공중에서 휘휘 소리를 내며 면도날처럼 등을 후려칠 순간인데도 맞는 사람은 금방 웃음이 터질 것 같다. 스메깔로프는 자신이 창작해 낸 〈천국으로〉〈갖다 줘〉 하는 대구가 몹시 만족스러웠고, 압운까지 밟고 있는 것이 더욱 마음에 들었다. 이렇게 스메깔로프가 만족해 하며 형장에서 나가면 맞은 자 또한 큰 고통을 느끼지 않고 중위를 만족스럽게 생각하며 물러간다. 그리고 30분 후 옥사 안에서는 지금까지 서른 번이나 되풀이된 장난이 서른한 번째로 시도된 것이 화제로 오른다. 〈한마디로 좋은 사람이야. 재미있는 사람이라고!〉라고 말들을 하면서.

선량한 중위를 생각하면 이내 일종의 마닐로프 기질[106]이 떠오른다.

「흔히 있는 일이었지.」 어떤 죄수가 그에 관한 기억 때문에 얼굴에 미소를 띠고 이야기하곤 했다. 「내가 밖을 지나가면, 그는 벌써 가운을 입고 자기 방의 창가에 앉아서 차를 마시기도 하고 담배를 피우기도 했어. 내가 모자를 벗어 인사를 하면 〈아끄쇼노프, 어디 가나?〉 하고 물었지.」

「〈일하러 갑니다. 미하일 바실리치, 무엇보다 일은 해야 하니까요〉 하고 말하면 미소를 지어 보였지……. 한마디로 정말

---

106 고골의 『죽은 혼』에 나오는 주인공 마닐로프의 감상적이며 낭만적인 세계관을 의미한다.

좋은 사람이야!」

「그런 사람은 찾아보기 힘들지!」 듣고 있던 사람 중의 누군가가 이렇게 말을 덧붙이고 있다.

3. 계속(병원)[107]

내가 지금 체형에 관한 것과 이 흥미로운 임무를 집행하는 사람들에 대한 이야기를 시작했던 것은 병원에 입원하자마자 처음으로 이러한 모든 일에 대한 일목요연한 개념을 얻을 수 있었기 때문이다. 이전까지는 이러한 이야기들을 단지 소문으로만 들었을 뿐이다. 두 개의 병실에는 이곳 도시와 부근 일대에 흩어져 있는 각 보병대와 교정대 그 밖의 각 군 부대에서 체형을 받은 미결수들이 호송되어 왔다. 입원 초기 나는 내 주변에서 일어나고 있는 모든 것들을 탐욕스러울 정도로 주시하고 있었다. 나에게는 생소하기만 했던 규정들, 특히 체형을 받은 자와 이를 기다리고 있는 사람들은 나에게 매우 강한 인상을 심어 주었다. 이들이 내겐 흥분과 놀라움의 대상이었다. 그래서 나는 그때 당시 생소한 모든 것들을 상세히 탐색하려 하였으며, 다른 죄수들이 주고받는 대화에 귀를 기울이고 때로는 질문을 하기도 해서 나름대로의 견해를 가지려고 노력했던 것을 기억하고 있다. 더욱이 나는 형의 언도와 집행의 등급과 집행 과정의 분위기, 이것들에 대한 죄수들의 생각을 알고 싶어했다. 또한 체형을 받으러 가는 도중의 죄수들의 심리 상태를 상상해 보려고 노력하기도 했다. 이미 말한

---

107 지금 여기서 체형과 형벌에 관해 내가 쓰고 있는 모든 것들은 나의 시대에 있었던 일들이다. 이제는 모든 것이 바뀌었고, 또 바뀌어 가는 중이라고 들었다.

바대로 체형을 받아 본 경험이 있는 사람이라 할지라도 그것을 기다리는 동안 아무렇지도 않을 수 있는 사람은 드물다. 일반적으로 언도받은 체형을 기다리는 사람에게는 한결같이 어떤 날카로운, 모든 정신적인 것을 짓눌러 버리는 육체적 고통에 대한 공포감과 도저히 어쩔 수 없는 두려움이 생기게 마련이다. 나는 이후에도 징역 생활을 하는 몇 년간, 언도받은 형의 절반을 받고 병원에 왔다가 등의 상처가 나으면 다음날 나머지 절반을 받기 위해 병원을 나가는 미결수들을 흔히 보았다. 이렇듯 언도받은 체형의 수를 절반으로 나누어 집행하는 것은 입회한 의사의 소견에 따르는 것이다. 만약에 언도받은 형량이 많아서 한 번에 다 맞을 수 없다고 판단되면 두 번이나 세 번에 걸쳐 집행하게 된다. 이러한 판단 역시 의사의 소견에 달려 있다. 일반적으로 5백 대, 1천 대 혹은 1천 5백 대는 한 번에 맞게 되지만 2천이나 3천 대가 되면 두 번, 세 번으로 나누어 맞게 된다. 처음 맞고 난 후 등의 상처를 치료하다가 나머지를 맞으려고 병원에서 나가는 날이나 그 전날은 통상 침울하고 암담한 표정으로 침체되게 마련이다. 이들에게는 일종의 정신적 공포감이나 불안한 정서 상태가 나타나게 된다. 그런 사람들은 입을 다물고는 침묵으로 일관한다. 무엇보다 흥미로운 것은 다른 죄수들도 그런 상태의 죄수들과는 절대 이야기하지 않으려 하고, 그를 기다리고 있는 체형에 대해서도 말을 꺼내지 않으려 애쓴다는 점이다. 사소한 말이든 위로의 말이든 삼갔을 뿐만 아니라, 그들에게 관심조차 가지지 않으려고 애쓰는 것이 역력했다. 이것은 물론 체형을 기다리는 사람들을 위한 배려였다. 그러나 이미 이야기한 대로 오를로프와 같은 예외적인 사람이 있기도 했다. 처음 절반을 맞고 난 후 그는 등이 완치되지 않은 채, 빨리 퇴원할 수 없는 것을 유감스러워했던 사람이다. 왜냐하면 되도록 빨리 남은 매를 맞고 다른 죄수와 함께 정해진 유형지로 가는 도중에 탈출을 하려 했기 때문이다. 그가 이런 목적을 염두에 두고 있다는 사실을 누구도 눈치채지 못했다. 그는 원기 왕성하고 정열적인 천성을 가진 사람이었다. 그는 자기 의도를 드러내지 않으려고 애쓰고 있었지만 만족해 하는 모습으로 보아 매우 흥분한 상태에 있었다. 처음 체형을 받기 전에 그는 꼭 죽을 것만 같다고 생각했다. 체형의 수를 언도받기 전에 이미 무성한 소문을 들었으며 그때 이미 죽을 각오까지 하고 있을 정도였다. 그러나 반을 치르고 난 후 용기를 갖게 되었던 것이다. 그는 내가 지금껏 그렇게 심한 상처를 본 적이 없을 만큼 반죽음이 된 상태로 병원에 실려 왔다. 그러나 그는 기쁜 마음으로 소문은 거짓이었으며, 그 정도의 몽둥이 세례는 이겨 낼 수 있다는 것을 확인하고 오랜 미결감 생활 후엔 끝없는 길, 탈출, 자유, 들판과 숲 등 자유로워질 수 있다는 희망을 꿈꾸기까지 하였다······. 퇴원을 하고 난 지 이틀 후, 그는 나머지 절반의 매를 견디지 못하고 처음 들어와 누웠던 침대에서 죽고 말았다. 이것에 대해서 나는 이미 언급한 바 있다.

하지만 체형을 기다리며 고통스러운 낮과 밤을 보냈던 죄수들이라도 막상 맞을 때는 가장 겁이 많다고 생각되던 자들도 예외 없이 의연하게 받아들이곤 했다. 나는 그들이 병원에 온 첫날, 죽을 지경으로 맞았다 할지라도 신음소리를 내는 것을 거의 들어 본 적이 없다. 일반적으로 민중은 고통에 강한 법이다. 나는 고통의 정도에 대해 여러 번 물어본 적이 있다. 고통이 얼마나 심한 것이며 무엇과 비교될 수 있는지 명쾌하게 알고 싶었던 것이다. 사실 무엇 때문에 이것을 알고 싶어 했는지는 모르겠다. 단지 쓸데없는 호기심만은 아니었던 것으로 기억된다. 되풀이하지만, 나는 그들을 볼 때마다 거세지는 심장 고동을 느끼며 놀라움을 금하지 못했다. 그러나 누구에게 물어보아도 얻고자 하는 해답을 만족스럽게 얻어낼 수 없었다. 다만 채찍으로 맞은 사람들의 말에 의하면, 불에 타는 듯한 느낌이라는 것이 내가 얻어낸 전부였을 뿐이다. 타는 듯하다는 것, 그뿐이었다. 그 무렵 M과 가까워지자 나는 그에게도 물어보았다. 「아픈가?」 그는 대답했다. 「몹시 아프지요, 타는 느낌이 들어요, 불처럼. 마치 뜨거운 불로 등을 지지는 것 같습니다.」 한마디로 채찍으로 맞는 체형에 관한 대답은 늘 같은 것이었다. 이로써 나는 그때 아주 특이할 만한 한 가지 사실을 알아낸 것을 기억한다. 믿을 만한 것인지에 대해서는 확신할 수 없지만, 많은 죄수들이 주장했던 일반적인 것이었다. 그것은 언도받은 체형의 횟수가 많은 경우, 사용되는 방법 중에서 가장 견디기 어려운 것이 채찍으로 맞는 것이라는 사실이다. 처음 보기에 이것은 불합리하고 불가능한 일처럼 보였다. 5백 대나 4백 대를 채찍으로 맞을 경우 사람이 죽을 수도 있다. 하물며 5백 대 이상이라면 거의 죽고 만다. 1천 대라면 제아무리 건강한 사람이라 할지라도 한번에 맞을 수는 없다. 몽둥이로 5백 대를 맞는 거라면 생명에 지장 없이 견뎌 낼 수 있다. 1천 대일 경우라도, 그다지 건강한 사람이 아니더라도 생명에 지장 없이 견뎌 낼 수 있다. 2천 대라 해도 표준 정도의 몸집을 가진 사람이라면 죽지는 않는다. 죄수들은 이구동성으로 몽둥이보다 채찍이 훨씬 고약하다고 말한다. 〈채찍은 쓰리거든, 그래서 고통이 더 심하지〉라고 그들은 말하곤 했다. 물론 채찍이 몽둥이보다 더 고통스럽다. 채찍은 더 강하게 살갗을 자극하고 신경을 건드림으로써 참을 수 없을 정도로 치를 떨게 만들기 때문이다. 나는 지금은 어떤지 모르지만 얼마 전만 해도 사람을 채찍으로 때릴 수 있는 권한을 가지고 드 사드 후작[108]과 브린빌리에르 부인[109]을 회상하며 흡족해 하던 귀족들이 있었음을 알고 있다. 그러나 내가 생각하기로는 그러한 만족에는 귀족들을 매료시키는 뭔가가 있기도 했겠지만 일말의 고통도 있었을 것이라고 믿고 싶다. 세상에는 피에 굶주린 호랑이처럼 냉혹한 사람도 있긴 하다. 채찍으로 때리는 권세에 한번 맛들인 사람, 하느님에 의해 자신과 같이 인간으로 창조된 형제들의 육체와 피, 영혼을 지배하고, 더할 수 없는 모욕으로 그들을 멸시할 수 있는 권력을 경험해 본 사람은 그 자체에 도취하게 된다. 포악함은 습관이 된다. 이것은 차차 발전하여 마침내는 병이 된다. 나는 아무리 훌륭한 인간이라 해도 이러한 타성 때문에 짐승처럼 우매해지고 광포해질 수 있다고 생각한다. 모름지기 피와 권세는 인간을 눈멀게 하는 법이다. 거만과 방종이 심해지고 급기야는 받아들이기 어려운 비정상적인 현상도 달콤하게 받아들이게 되는 것이다. 폭군 앞에서 인권과 시민권은 박탈되고, 인간으로서의 가치 회복과 소생의 가능성은 거의 사라지고 만다. 뿐만 아니라 이러한 전횡의 가능성은 사회 전체에 영향을 끼치게 된다. 권력이란 마약과 같은 것이기 때문이다. 이런 현상에 대해 무관심한 사회는 이미 그 기초가 위협받고 있는 것이나 마찬가지다. 한마디로 말해서, 타인을 때릴 수 있는 권력을 가질 수 있다는 것은 사회적 비리의 하나이며, 사회에 내재하는 모든 문명적인 싹과 모든 시도들을 제거하는 가장 강력한 수단이며, 사회 붕괴의 필연적이며 돌이킬 수 없는 완전한 근거인 것이다.

체형을 실제 집행하고 있는 형리는 사회에서 멸시받고 있기는 하지만, 신사적인 형리라면 다르다. 얼마 전에 이처럼

---

108 알퐁스 프랑수아 드 사드. 프랑스의 낭만주의 소설가(1740~1814). 그로부터 사디즘이라는 용어가 생김.
109 프랑스의 후작 부인으로. 재산 상속을 목적으로 부친과 두 형제를 살해한 살인범. 1676년에 처형된 것으로 알려짐.

전제적이고 포악한 체형을 반대하는 의견이 나오기는 했지만, 여전히 추상적으로 책 속에서만 언급되는 정도이다. 그런 의견을 피력하는 사람조차도 자신의 마음속에서 독재에 대한 유혹을 뿌리 뽑지 못하고 있는 형편이기 때문이다. 모든 공장주, 청부업자는 자신의 노동자가, 혹은 그 가족 모두가 오직 자신들에게만 의존할 수밖에 없다는 사실만으로도 극적인 만족감을 느끼고 싶어한다. 이것은 틀림없는 사실이다. 인간은 타고난 천성에서 쉽사리 벗어날 수 없으며 피를 통해 물려받은, 말하자면 모유를 통해 전해진 것을 쉽게 극복할 수 없다. 그렇게 신속한 변화는 존재하지도 않으며 물려받은 원죄를 인식하기는 매우 어렵다. 여기에서 벗어나야만 한다. 그러나 그렇게 쉽게 되는 일은 아니다.

나는 형리들에 대해 이야기하려 했다. 형리가 될 수 있는 싹은 현대인이라면 누구나 거의 가지고 있다. 그러나 인간의 동물적 속성이 각각의 인간에게서 똑같이 드러나는 것은 아니다. 만일 동물적 속성이 성장 과정에서 다른 모든 자질보다 우성일 때 그는 물론 포악하고 무례한 사람이 될 것이다. 형리에는 두 가지 부류가 있다. 하나는 자진해서 되는 경우, 또 하나는 마지못해 의무 때문에 하는 경우이다. 자발적인 형리는 물론 모든 면에서 후자의 형리보다 더 악독하다. 사람들은 자발적인 형리들을 혐오하고 증오하며 알 수 없을 정도의, 거의 미신적인 공포심을 가지고 그들을 도외시한다. 같은 형리에 대해 누구는 미신적인 공포를 갖게 되고, 또 다른 누구에게는 시인이라도 하는 듯한 무관심을 갖게 되는 것은 도대체 왜일까? 세상에는 이해하기 어려운 일들이 있게 마련이다. 나는 선량하고 정직하며 사회에서 존경받는 사람이긴 하면서도, 채찍을 맞는 사람이 비명을 지르지 않거나 기도하지도 않고 용서도 빌지 않는다면, 이를 그냥 보아 넘기지 못하는 사람을 알고 있었다. 체벌을 받는 사람은 비명을 지르고 애원하는 것이 당연하다고 생각하는 터에 맞는 사람이 그렇게 나오지 않으면, 그런 형리는 다른 일에서는 선량할지 모르나 그것으로 인해 모욕을 느낀다. 처음에 그는 가볍게 체형을 집행하려 했다가도 〈각하, 아버지. 용서해 주십시오. 영원히 하느님을 위해 기도하게 해주세요〉 하는 판에 박힌 애원의 말이 나오지 않으면 애원을 듣기 위해서라도 50대를 더 추가하여 때리고 애원과 비명을 들으려 한다. 〈별수없어, 뭘 모르는 탓이야!〉라고, 그는 내게 진지하게 말한 적이 있었다. 마지못해 의무 때문에 하는 형리에 관해서는 잘 알려져 있다. 이들은 유형지를 배정받은 기결수들이었다가 형리로 남게 된 사람들이다. 처음 형리가 되면서 다른 고참 형리들에게 일을 사사받고, 계속 감시를 받으면서 영원히 감옥에 남아 있는 것이다. 그러나 감옥 안에 자기만의 공간을 따로 배정받고 가정 생활도 할 수 있게 되어 있다. 물론 살아 있는 인간이 기계는 아니다. 의무에 의해서 때린다 할지라도 때로는 화를 내기도 하고 자신을 못마땅해 하면서 때리기도 한다. 그러나 어느 때라도 맞는 자에 대한 개인적인 악감정은 거의 갖지 않는다. 때때로 자신이 하는 일에 대한 능숙함과 기술 정도를 동료들이나 대중 앞에서 과시하려는 마음이 그의 자만심을 자극하기도 한다. 그는 기술적인 것에 열중한다. 이외에도 그는 자신이 세상에서 버림받았으며, 어디서나 미신적인 공포의 대상이 되고 있음을 잘 알고 있기 때문에, 과시하려는 마음이 그의 동물적인 속성을 교사(教唆)하여 난폭해지는 데 영향을 끼치지 않는다고는 주장하지 못한다. 삼척동자도 그들이 〈부모로부터 버림받은 자들〉이라는 것을 잘 알고 있다. 나는 몇 번이나 여러 명의 형리를 만났지만, 놀랍게도 그들은 모두 비상한 자존심과 오만함까지 가진 이성적이고 진보적인 사람들이었다.

그 오만함이 그들을 향한 사회의 멸시에 대한 반작용으로 생긴 것인지, 또는 맞는 자에게 심어 주었던 공포감 때문에 생긴 것인지 나는 모르겠다. 어쩌면 때리기 위해 대중 앞에 나타날 때의 극적이고 과시적인 모습에서 느끼는 기분이 오만함을 충동하는 계기가 되었는지도 모르겠다. 나는 언젠가 다소 얼마 동안 어떤 형리와 가끔 만나서 그를 가까이에서 관찰할 수 있었던 것을 기억하고 있다. 그는 중키에 마르고 단단한 체구, 마흔 정도의 나이에 쾌활하고 이지적인 얼굴에 곱슬머리였다. 그는 언제나 극도로 침착하고 정중했다. 겉으로 보아서는 신사의 풍채를 가지고 있었고 대답할 때도 간단 명료하며, 그리고 친절하게 이야기했다. 그러나 그 친절함에는 왠지 거만스러운 기미가 엿보이곤 했다. 위병 장교들과 이야기하는 것도 자주 보았는데, 장교들의 태도에서도 그를 존중하는 듯한 인상을 받았다. 그는 이런 사실을 알고 있어 상관 앞에서는 언제나 자신의 공손함과 순박함 등 자신의 가치를 두 배로 느끼게 할 수 있는 태도를 보여 주려 했다. 그와 이야기하는 상관이 친절하면 친절할수록 그의 태도가 공손함에도 불구하고 더욱 도도하게 보이는 듯했다. 나는 이런 순간이면, 그가 이야기하고 있는 상관보다 자신을 더 높게 여기고 있는 것은 아닌가 하는 생각이 들기도 했다. 그의 얼굴에 그런 속셈이 씌어져 있었다. 이따금 무척 무더운 여름날에는 그에게 호송병을 딸려 길고 굵은 몽둥이를 가지고 도시의 개를 때려잡기 위해 내보내기도 했다. 이 도시에는 주인 없는 개들이 무척 많았는데 매우 빠른 속도로 번식하고 있었다. 무더운 여름이면 개들이 위험 대상이 되므로 이를 방지하기 위해 당국의 명령으로 형리를 보내는 것이다. 이 보잘것없는 직무조차도 그를 비천하게 만들 수는 없었던 것 같다. 그는 피곤에 지친 감시병과 함께 도시의 거리를 당당히 누비면서 마주치는 부녀자들과 아이들에게 위협적인 모습을 보여 주었고, 지나치는 사람들을 깔보듯이 쳐다보는 그의 태도도 매우 볼 만한 것이었다. 더욱이 형리들의 생활은 자유로웠다. 그들에게는 돈이 있어서 잘 먹고 술도 마실 수 있다. 돈은 뇌물로 충당된다. 체형을 언도받은 일반 미결수들은 어떤 수를 써서라도 형리에게 뇌물을 바친다. 때로는 돈이 있어 보이는 미결수에게 형리들이 상당한 금액을 요구하기도 한다. 30루블, 경우에 따라서는 그 이상을 받은 적도 있다. 매우 부유한 자와는 흥정을 하기도 했다. 물론 약하게 때릴 수 있는 권한이 형리에겐 없다. 그렇게 되면 대신 맞아야 한다. 그런데도 뇌물의 대가로 심하게 때리지 않을 것이라고 약속한다. 이런 제안에 대부분 솔깃하게 마련이며, 그렇지 않으면 인정사정없이 맞아야 한다. 세게 때리는 것은 형리의 자율에 맡겨진 것이다. 어떤 경우에는 가난한 죄수들에게도 많은 뇌물을 요구하기도 한다. 그러면 친척들이 와서 흥정을 하기도 하고 애원을 하기도 한다. 여하튼 그에게 밉살스레 보여서는 좋을 것이 없다. 이런 경우가 대개는 관습적으로 가지고 있는 형리에 대한 미신적인 공포가 작용한 탓이 아닐까 생각한다. 형리에 대한 구구한 소문이 얼마나 많았던가! 더구나 죄수 자신들도 형리가 일격에 자신들을 죽일 수도 있다고 이야기하곤 했다. 그렇다면 이것은 언제 처음으로 입증되었단 말인가? 있을 법한 일이다. 사람들은 지나칠 정도의 확신을 가지고 이야기하고 있었다. 형리 자신이 한 번에 사람을 죽일 수도 있다고 확언하는 것을 들은 적도 있다. 또한 사람들은 형리가 있는 힘껏 죄수의 등을 때려도 상처가 나지 않게 할 수 있을 뿐더러 맞는 사람이 고통을 느끼지 않게 할 수도 있다고 이야기하곤 했다. 이미 이러한 정교하고도 마술적인 기술에 대해서는 너무나 무성한 이야기들이 있어 왔던 것이다. 그러나 살살 때려 달라는 부탁으로 뇌물을 받은 경우라도 처음 한 대는 있는 힘껏 세게 때린다. 이것은 그들간의 불문율로 통하고 있다. 그 다음엔 좀 약하게 때리는 것이다. 그러나 뇌물을 받았건 안 받았건 이는 마찬가지다. 왜 이런 관례가 생기게 되었는지 알 수는 없지만, 추측컨대 처음 강한 매를 맞음으로써 뒤에 이어지는 매질에 면역성을 주기 위함인지 혹은 맞는 사람 앞에서 위엄을 부리기 위한 것인지, 아니면 공포심을 조장하여 자신의 존재를 단숨에 인지시켜 주려 하는 것인지 알 수 없다. 여하튼 때리기 전에 형리는 묘한 흥분 상태를 느끼고, 스스로를 권력자로 인식하고 있다. 그는 이 순간만큼은 배우가 된다. 그로 인해 대중은 놀라기도 하고 공포를 느끼기도 한다. 그는 자기 희생물에게 첫번째 매질을 하기에 앞서 〈조심해, 불이 날 거야!〉 하고, 이러한 경우에 으레 하는 운명적인 말을 외치면서 기쁨을 느끼지 않을 수 없다. 인간의 본성이 어디까지 왜곡될 수 있는지는 상상하기 어려운 일이다.

  병원에 와서 처음 얼마 동안 나는 이러한 모든 죄수들의 이야기에 귀를 기울이고 있었다. 입원 생활이라는 것은 극도로 따분한 것이다. 그날이 그날 같고, 그날이 그날 같다! 아침에는 의사의 회진이 있고 다음에는 점심 식사, 물론 식사 시간은 즐겁다. 먹는 일은 입원 생활 중 매우 즐거운 위안이었다. 식사는 환자의 상태에 따라 다양하게 나왔다. 어떤 환자는 껍질을 벗긴 곡물이 섞인 수프를 받기도 하고, 어떤 이는 죽만 받고, 또 다른 사람은 많은 사람들이 선호하는 밀가루 죽을 받는 자도 있었다. 오랜 병으로 환자들은 쇠잔해 있었고 그래서 맛있는 음식을 먹는 일을 좋아했다. 회복기에 있거나 거의 건강해진 사람들은 삶은 쇠고기 한 덩어리를 받기도 했는데, 우리들 사이에서는 이것을 〈황소〉라고 불렀다. 가장 좋은 식사는 괴혈병 환자의 식사였다. 이것은 고추냉이와

파 등이 섞인 쇠고기 요리였다. 때때로 보드까 한 잔이 곁들여지기도 했다. 빵 역시도 병세에 따라서 검은 빵과 반만 흰 빵이 제공되었고, 둘 다 잘 구워져 있었다. 병세에 따른 식사 분량의 당위성과 엄격함은 환자들에게는 우스운 일이었다. 물론 아무것도 먹지 않으려는 환자도 있긴 했다. 그런 경우 먹고 싶은 사람이 먹고 싶은 것만 골라 먹기도 했다. 개중에는 식사를 바꾸는 환자들까지 있을 정도이다. 그러면 정해진 것과는 다른 식사를 하게 마련이었다. 유동식을 해야 하는 환자가 쇠고기나 괴혈병 환자용 식사를 하기도 하고, 끄바스를 마시기도 하고, 맥주를 배급받은 사람에게 맥주를 사서 마시기도 했다. 어떤 환자는 두 사람분의 식사를 했다. 이러한 음식들은 교환되기도 하고 돈으로 매매되기도 했다. 쇠고기가 들어간 식사는 비쌌다. 이것은 지폐[110]로 5꼬뻬이까나 했다. 만약 우리 병실 안에서 파는 사람이 없을 경우에는 간수를 다른 죄수 병실로 보내서 사오게 하기도 하고, 그곳에도 없으면 일명 〈자유실〉이라 불리는 군인 병실로 가기도 했다. 파는 사람은 언제나 있게 마련이다. 그들은 빵만 남겨 두고 돈을 챙겼다. 피차 가난하기는 마찬가지였지만, 그중에서도 좀 여유가 있는 사람은 흰 빵이나 그 밖의 맛난 것들을 사오라고 시장으로 사람을 보내기도 하였다. 우리 간수는 아무 불평 없이 이런 부탁을 잘 들어주었다. 식사 후엔 가장 지리한 시간이 된다. 어쩔 수 없이 잠을 자기도 하고 수다 떨며 지껄이기도 하고 뭔가를 소리 내어 이야기하기도 한다. 신입 환자가 들어오지 않는 날은 더욱 지루했다. 신입 환자의 출현에는 언제나 인상적인 일들이 있게 마련이다. 특히나 그를 아는 사람이 아무도 없을 경우에는 더욱 그랬다. 그를 주시

---

110 러시아에서 1767~1843년에 발행되었던 지폐.

하면서 그가 누구인지 왜, 어디서 무슨 죄로 들어왔는지를 알아보려고 애를 썼다. 호송 중이던 사람에 대해서는 호기심이 유별났다. 이들은 대체로 여러 가지 이야기를 해도 개인적인 신상에 대해서는 말하지 않기 때문이다. 이에 대해 본인이 이야기하지 않는 한 절대 누구도 물어보는 법은 없었다. 어디서 왔는지? 누구하고 왔는지? 오는 도중에 별일은 없었는지? 어디로 가는 길이었는지? 등만 물을 뿐이었다. 간혹 새로운 이야기를 듣고 있다가 지나가는 말로 자신의 처지를 이야기하는 경우도 있긴 했다. 호송되는 사람들에 관한 것, 호송대장이나 호송대에 관한 것 등을 말이다. 체형을 받은 죄수들도 저녁 무렵이 되어야 병실에 들어오곤 했다. 이미 이야기한 바와 같이, 이들은 강한 인상을 주게 마련이다. 그러나 이런 경우가 날마다 있는 것은 아니며, 그런 날은 병실 분위기가 매우 시들해지고 따분해져서 서로의 얼굴마저도 싫증이 나는지 말다툼까지 벌이곤 하였다. 우리는 미친 사람이 검진을 받기 위해 끌려오는 것도 재미있어 했다. 미친 사람처럼 행세하는 간계는 체형을 지연시키기 위해 미결수들이 종종 사용하는 방법이었다. 이들 중 몇몇은 들통이 나기 전에 스스로 위장하려는 책략을 바꾸고는, 2, 3일이 지난 뒤 돌연히 제정신으로 돌아와 의기소침해져서는 침울하게 퇴원 신청을 하곤 했다. 죄수들도 의사들도 그때까지 그의 속임수를 드러내어 책망하거나 모욕하지 않고 일관된 침묵으로 퇴원시켜 보냈다. 그리고 2, 3일 뒤 체형을 치르고는 다시 같은 사람이 병실에 오기도 하였다. 그러나, 그런 경우는 흔하지 않다. 하지만 진짜 미친 사람은 병실의 죄수들 모두에게 천벌 같은 존재였다. 생글생글 웃으며 활기차게 소리치고 춤추고 노래하는 미친 사람이 처음 들어올 때 죄수들은 환호하며 그를 맞이한다. 〈이거 재미있겠군!〉 하면서 방금 들어온 그 광대를 주시한다. 그러나 나는 그 불쌍한 사람을 보기가 매우 곤혹스러웠던 기억이 난다. 나는 단 한 번도 미친 사람을 보면서 냉담할 수가 없었다.

하지만 처음에는 환호를 받았던 이 미친 사람이 저지르는 말할 수 없이 우스꽝스럽고 소란스러운 장난도 한 이틀이 지나면 모든 사람들을 싫증나게 하고, 더 지나면 인내심의 한계에 도달하게 한다. 언젠가 미친 사람이 우리 병실에서 3주 가량 입원해 있었을 때, 모두는 병실을 탈출하고 싶은 심정이었다. 나는 어느 미친 사람을 지금도 인상 깊이 기억하고 있다. 징역 생활 3년째 되던 해에 있었던 일로, 그는 나의 뇌리에 깊이 박힌 여러 미친 사람 중의 한 사람이다. 수감 첫해 아니 몇 달이 지난 어느 봄날, 나는 동료 한 명과 함께 2베르스따 떨어진 벽돌 공장에 일하러 다닌 적이 있다. 다가오는 여름에 대비하여 벽돌 굽는 가마를 수선해야만 했다. 어느 날 아침 공장에서 M-쯔끼와 B가 나에게 오스뜨로쥐스끼라는 사람을 소개시켜 주었다. 이 사람은 오래 전부터 공장 감독으로 일하고 있는 폴란드 출신의 하사로 예순 살 정도의 노인이었는데, 키가 크고 마른 체구에 선량한 인상과 자신감 있는 태도를 보이고 있었다. 그는 평민 출신으로 1830년대에 주둔하고 있던 부대의 소속 병사로 시베리아에 와서 오래 전부터 근무하고 있었다. M-쯔끼와 B는 그를 좋아했고 존경했다. 그는 항상 가톨릭 성서를 읽었다. 나는 그와 이야기를 몇 번 나눈 적이 있는데, 매우 조리 있고 부드럽게, 더욱이 재미있게 이야기하였고, 말할 때는 선량함이 담긴 그윽한 시선으로 상대방을 바라보았다. 그 후 2년간 나는 그를 만나지 못했다. 단지 무슨 사건으로 사법상 심리 중이라는 것을 소문으로 들었을 뿐이다. 그런데 돌연히 그가 미친 사람이 되어 우리 병실에 들어왔던 것이다. 고함을 지르고, 큰소리로 웃어댔으며, 몹시 저속한 몸짓으로 까마린스까야 흉내를 내면서 온 방 안을 춤추며 누비고 다녔다. 죄수들은 환호성을 질렀지만 나는 매우 언짢았다. 사흘 뒤, 우리 모두는 그를 피할 수 있는 곳을 몰라 당혹스럽게 되어 버렸다. 그는 말다툼에, 싸움질, 고래고래 소리를 지르고, 한밤중에도 노래를 불러댔다. 도무지 쉴 새도 없이 모든 사람을 역겹게 하는 불쾌한 행동을 계속했다. 그는 두려운 사람이 없었다. 말다툼거리를 궁리해 내고 그에게 미치광이용 루바쉬까[111]를 입히기도 했지만 오히려 더 나쁜 상황을 초래했을 뿐이다. 3주 동안 우리 병실에 있던 사람들 모두는 이구동성으로 주임 의사에게 눈엣가시처럼 불편한 애물단지를 다른 죄수 병실로 옮겨 달라고 부탁했다. 다른 병실 또한 다른 미친 사람 한 명을 우리 병실로 옮겨 달라고 청원하고 있던 터였다. 끊임없이 고함치고 난폭하게 구는 미친 사람 두 명을 한 병실에 둘 수 없었기에, 우리는 격일로 미친 사람을 서로 바꿔 가며 지내 보기로 하였지만 결과는 좋지 못했다. 마침내 그 두 미친 사람이 어디론가 가버리고 난 뒤에야 비로소 모두는 안도의 한숨을 내쉬었다…….

나는 또 한 사람의 괴팍한 미친 사람을 기억하고 있다. 어느 여름날, 건강해 보이기는 하지만 얼굴이 곰보 자국으로 흉측하게 얽은 40대 중반 가량의 미결수가 들어왔다. 얇은 막으로 덮인 듯한 조그맣고 빨간 눈은 대단히 우울하고 새침해 보였다. 그는 나와 나란히 침대를 썼다. 그런데 그는 매우 얌전하고 온순했으며 누구와도 이야기하지 않았고 무언가 골똘히 생각하는 듯했다. 그러나, 날이 저물기 시작하자 그는 갑자기 내게 다가와서 매우 은밀한 목소리로 이야기하기 시작했다.

---

111 미친 사람을 구금할 때 몸을 조이려고 입히는 상의.

며칠 뒤면 2천 대의 체형을 맞게 되어 있지만 G대령[112]의 딸이 이 일로 손쓰고 있기 때문에 맞지 않아도 될 것이라는 내용이었다. 나는 어리둥절하여 그를 쳐다보면서, 그런 문제는 대위의 딸이라도 관여할 수 없는 일이라고 대꾸해 주었다. 그때만 해도 나는 아무것도 모르고 있었다. 그를 일반 환자로 생각하고 있었던 것이다. 나는 어디가 아파서 왔느냐고 물었다. 그러자 그는 왜 이곳에 왔는지 모르며, 자신은 건강하고 대위의 딸이 자신에게 반해 있다는 말을 반복하는 것이었다. 또한 그의 말에 의하면, 2주 전쯤 그녀가 마차를 타고 감옥 옆을 지나가는 순간, 그는 창살이 끼워진 창문으로 밖을 내다보고 있었는데, 바로 그때 그녀가 자기를 보자마자 첫눈에 반해 버렸다는 것이다. 그래서 그녀는 그때부터 온갖 구실로 세 번이나 감옥에 왔는데, 처음에는 아버지와 함께 위병 근무를 하고 있는 장교인 오빠를 면회하러 왔고, 두 번째는 어머니와 보시(布施)를 하러 왔는데, 이때 자신을 지나쳐 가면서 사랑하고 있다고, 구해 주겠노라고 속삭였다는 것이다. 물론 제정신이 아닌 상태로 꾸며 낸 황당무계한 이야기이긴 했지만, 그토록 구구절절 상세히 듣고 나니 연민이 느껴지기도 했다. 또한 그는 체형을 면하게 되리라는 것을 추호도 의심치 않았으며, 대령의 딸이 자신을 열렬히 사랑하고 있음을 당당하게 단호한 어조로 말하였기 때문에, 대단히 어리석고 진부한 이야기인 줄 알면서도 형편없는 외모에 쉰을 바라보는 나이의 사람에게서 사랑에 빠진 소녀의 낭만적인 이야기를 듣는 것이 묘하게 가슴 설레게 하는 구석이 있기도 했다. 맞는 것에 대한 두려움이 이런 영향까지 줄 수 있다는 것이 새삼스러웠다. 아마도 그는 실제로 창가에서 누군가를 보았는지도 모른다.

---

112 옴스끄 요새 사령관이었던 A. F. Grave(1793~1864) 대령으로 알려짐.

그리고 매시간 깊어만 가는 공포로 인해서 내재해 있던 광기가 그 순간 출구와 형식을 찾아 분출된 것인지도 모를 일이다. 이 불쌍한 군인은 어쩌면 전생애를 통해 한 번도 대령의 딸 같은 신분의 여자를 생각해 본 적이 없을 것이다. 지푸라기라도 잡으려는 마음에 직감적으로 그녀를 상대로 하여 한 편의 소설을 엮어 낸 것이리라. 나는 묵묵히 듣고 난 후, 다른 환자들에게 이야기해 주었다. 그러나 다른 사람이 호기심을 가지고 접근하자 그는 조용히 입을 봉하고 말았다. 다음날 의사가 오랫동안 그를 진찰하며 이것저것 물었을 때 그는 아무 데도 아프지 않다고 대답했고, 별 이상을 발견하지 못한 의사는 차트에 사나트라고 쓰고는 퇴원 조치를 내렸다. 우리들이 미처 그에 대해 이야기하기 전에 이루어진 일이었다. 그러나 우리 자신도 실제 진상이 어떤 것인지 정확히 알 수 없었던 탓에 머뭇거렸던 것이다. 문제는 아무 설명도 없이 그를 병원에 보낸 관리들에게 있는 것이다. 관리들은 그에 대한 소견서를 대충 훑어보고 실제 그의 광기를 믿기 어려웠으므로 검진받게 하기 위해 무작정 보냈던 것인지도 모르겠다. 여하튼 불쌍한 사나이는 그로부터 이틀 후에 체형을 받으러 끌려갔다. 그러한 상황이 그에게 몹시 뜻밖의 일이었을 것이고 그는 매우 당황했을 것이다. 그는 마지막까지 면제되리라고 믿고 있었기 때문에 형리들의 대열에 이르러서는 〈살려 줘!〉 하고 외쳐 댔다. 매를 맞은 뒤에 그는 마침 우리 병실에 빈 침대가 없어 다른 병실에 수용되었다. 그러나 나는 그가 여드레 동안이나 누구와도 말하지 않고 흥분한 채 무척이나 슬퍼했다는 것을 들어서 알고 있었다……. 그 뒤 등의 상처가 아물고 나자 그는 어디론가 보내졌다. 그 다음에 나는 그에 관한 이야기를 결코 아무것도 듣지 못했다.

치료와 약에 대해 일반적으로 언급하자면, 내가 아는 한 경상 환자들은 거의 의사의 지시에 따르지 않고 약도 제대로 복용하지 않았지만, 중환자들은 치료받는 것을 무척이나 좋아했고 처방받은 물약과 가루약을 정확하게 복용하고 있었다. 그러나 우리들이 무엇보다 좋아했던 것은 외과적 치료였다. 흡종(吸鍾)[113]이나 거머리를 이용하거나 찜질, 방혈 등의 수단으로 치료하는 외과적 방법을 우리는 선호하였고, 왠지 믿음을 가지고 받아들이며 기꺼이 수용하려고 했다. 여기에서 나를 흥미롭게 했던 이상한 일 중의 하나가 있다. 몽둥이와 채찍의 무서운 고통은 의연한 인내심으로 참을 수 있는 사람들이, 병을 이용해 피를 뽑아내는 치료를 받을 때는 인상을 찌푸리며 겁먹은 듯 중얼거리기도 하고 신음소리까지 내는 것이었다. 마음이 약해진 탓인지, 한번 그래 보는 것인지, 어떻게 설명해야 할지 모르겠다. 사실 피를 뽑아내는 흡종을 사용하게 된 데는 특별한 사연이 있었다. 순식간에 피부를 절개하는 기계는 간호병이 오래 전에 분실했거나 부주의로 파손시켰거나 어쩌면 수명이 다 되어 깨져 버렸는지도 모른다. 그래서 대신 랜싯으로 피부를 째고 피를 뽑아야 했다. 피를 뽑아내기 위해 흡종을 사용하려면 병 하나당 열두 군데 정도 살갗을 째야 한다. 기계를 사용할 때는 통증이 없었다. 열두 개의 칼날이 순식간에 피부를 뚫기 때문에 통증을 느끼지 못하는 것이다. 그러나 랜싯은 달랐다. 랜싯은 비교적 매우 느리게 피부를 절개하므로 통증이 느껴지는 것이다. 예로 흡종 열 개를 이용하여 피를 뽑으려면 1백 20개의 상처를 내야 하는데, 이를 동시에 한다면 아픈 것이 당연하다. 나 역시 이러한 처치를 받아 본 적이 있다. 아프기도 했지만 화가 나기도 했다. 그러나 신음소리를 낼 만큼 참을 수 없

---

113 피를 뽑아내기 위해 사용하는 작은 유리 기구.

을 정도는 아니었다. 그래서인지 건강한 체구에 몸을 비틀며 신음소리를 내는 사람을 보고 있노라면 우습기까지 했다. 대체로 이런 사람들은 뭔가 신중한 일을 할 때는 침착성과 평온함을 보이다가도 아무런 할 일이 없을 때는 우울해지고 집에서 변덕을 피우며, 먹지도 않고 트집만 잡아 욕설까지 해대는 사람과 비교할 수 있을 것이다. 그에게는 모든 것이 불만스럽고 못마땅하며 괴롭기까지 한 것이다. 흔히들 이런 사람을 보고 복에 겨워 방자하게 구는 것이며 주변에서 쉽게 만날 수 있는 자들이라고 이야기한다. 그런데 우리처럼 공동생활을 하는 집단에서는 더욱 자주 보게 된다. 종종 우리 병실에서는 이와 같은 사람들을 동료 죄수들이 놀려 대기도 하고 맞대 놓고 욕을 하기도 한다. 그러면 욕먹기를 기다리기라도 한 듯 금방 신음소리를 뚝 그치고 조용해진다. 특히 우스찌얀쩨프는 이런 자들을 좋아하지 않았고 언제나 꾸지람과 욕설을 하기 일쑤였다. 이는 물론 병으로 인한 히스테리 같은 것일 수도 있지만, 한편으로는 우둔함의 소치로 일종의 즐거움이거나 욕구일 수도 있다. 그는 처음엔 정색한 표정으로 상대방을 직시하고 있다가 근엄함이 섞인 목소리로 훈계를 하기 시작한다. 그는 마치 병실 내의 질서와 공동체 의식 등을 감독하려고 파견된 사람처럼 행동하며, 모든 일에 참견을 했다.

「무슨 일에나 참견을 하는군.」 죄수들은 웃으면서 이렇게 말했다. 그러나 모두들 그를 너그럽게 보아주며 그와 말다툼하는 것을 되도록 피하고 이따금 웃기만 할 뿐이었다.

「어지간히 지껄이는군! 짐수레 세 대로도 다 싣지 못하겠어.」

「무엇을 지껄인다는 거야? 바보 앞에선 모자를 벗을 필요가 없는 법이야. 그것도 몰라. 랜싯에 찔렸다고 떠들 거 뭐 있어! 단것이 좋으면 쓴것도 먹어야 할 때가 있는 거야. 말인즉슨 참으란 말야.」

「그게 너와 무슨 상관이지?」

「아니야, 여보게.」 죄수들 중 한 사람이 말했다. 「피를 빼내는 건 까짓 아무것도 아니야. 나도 해본 적 있어. 그보다는 귀를 오래 잡아당겼을 때가 더 아프지.」

모두들 웃음을 터뜨렸다.

「그럼 넌 잡아당겨진 적이 있어?」

「자넨 없었나? 나야 당연히 있었지, 그럼.」

「어쩐지 귀가 뻗쳤다 했더니.」

실제로 이 샤쁘낀이라는 죄수는 귀가 지독하게 길고, 양쪽으로 비죽하게 뻗쳐 있었다. 그는 부랑자였지만, 아직 젊고 영리하며 조용한 사나이였다. 항상 유머가 섞인 진지한 말씨 때문에 그의 이야기는 더욱 익살맞게 느껴졌다.

「아니, 네 귀가 잡아당겨졌는지 내가 알 게 뭐야. 게다가 어째서 내가 그런 것에 신경을 써야 하는 거야? 이 돌대가리 같은 놈아!」 다시금 우스찌얀쩨프가 화가 난 듯이 샤쁘낀에게 덤벼들었다. 그는 샤쁘낀뿐만 아니라 모든 사람이 들으라고 말했지만 샤쁘낀은 그를 거들떠보지도 않았다.

「누가 귀를 잡아당겼지?」 누군가가 물었다.

「누구냐고? 뻔하지, 경찰서장이지. 그게 말이야. 내가 이리저리 떠돌아다닐 때였어. 그때 우리는 K시에 갔지. 우리는 두 사람이었어. 마찬가지 부랑인으로, 그냥 예핌이라고 불렀지. 도중에 똘미나 마을의 농가에서 약간 벌었어. 그런 마을이 있었지, 똘미나라는. 마을에 들어서서 사방을 둘러보고 한탕해서 달아나려고 마음먹었어. 주위가 들판이라 사방으로 도망치기에 좋았거든. 알다시피 도시에서는 좀 곤란해. 우리는 우선 선술집에 들어갔어. 주위를 살펴보니까 팔꿈치가 해진 독일 옷을 입은, 햇빛에 몹시 그을은 사람이 우리한테 다가오더군. 그리고 몇 마디를 늘어놓는 거야.

〈실례지만, 서류[114]를 가지고 있나요?〉 이렇게 묻더군.

〈아니, 그런 거 없소〉 하고 말했지.

〈그래요. 그럼 우리와 똑같군요〉 하면서 이렇게 말하더라고. 〈난 이곳에 친구가 두 사람 있지만 모두 두견새 장군[115] 밑에서 일하고 있소. 그래서 염치없이 부탁합니다만, 이미 술을 마신 터라 돈이 모자라는데 반 쉬또프[116]쯤 더 먹게 해줄 수 없소?〉 하잖아.

〈좋고말고〉 하고는 우리도 같이 마셨지. 그러자 그들이 우리에게 한탕 도둑질을, 말하자면 밤 강도짓을 하자고 제의하는 거야. 교외에 부유한 어떤 시민이 살고 있는데 무척 가진 게 많다고 해서 우리는 밤중에 가기로 했다. 그러나, 우리 다섯 명은 그 집에 가자마자 날이 새기도 전에 붙잡혔어. 경찰서에 끌려가서 서장 앞에 세워졌지. 서장이 〈내가 직접 신문을 하지〉라고 말하더군. 서장이 파이프를 물고 나오자 구레나룻을 기른 건장한 녀석이 차까지 내오더군. 그래서 앉았지. 그런데 거기엔 우리 외에도 이미 세 사람이 끌려와 있었는데 역시 떠돌이들이었어. 떠돌이들이란 재미있는 인간들이야. 기억하고 있는 게 아무것도 없거든. 머리가 나빠서 모두 잊었다고만 하는 거야. 그러자 서장이 나를 빤히 쳐다보며 〈너는 누구야?〉 하고 묻더군. 마치 통 속에 입을 들이대고 짖어 대는 듯한 음성이었어. 하지만 뻔하지, 나도 다른 녀석들이 대답한 대로 말했지. 〈아무것도 아는 것이 없습니다. 각하 나리,[117] 몽땅 잊었습니다요.〉

114 여권을 뜻함.
115 두견새가 노래하는 숲속에 살고 있다는 뜻. 그가 말하고 싶었던 것은 자기들도 역시 부랑자라는 것이다.
116 약 0.6리터.

서장은 〈넌 기다리고 있어. 더 물어볼 게 있어. 왠지 낯이 익은데〉 하며 눈을 부릅뜨고 나를 노려보더군. 그런데 나는 본 적이 없는 상관이더라고. 그는 아랑곳없이 다른 녀석에게 〈넌 누구야?〉 하고 다시 물었지.」

다음은 그가 이야기해 준 대화이다.

「뺑소니입니다, 각하.」
「아니! 그게 네 이름이란 말이야. 뺑소니가?」
「그렇습니다, 각하.」
「좋아. 뺑소니라. 그럼 넌?」 세 번째 놈에게 물었다.
「전 그의 뒤에서죠, 각하.」
「아니, 이름이 뭐냐고?」
「그러게 말입니다. 전 그의 뒤에서입니다, 각하.」
「멍청한 놈, 누가 그런 이름을 지어 주었어?」
「좋은 사람들이 지어 주었습니다, 각하. 세상에는 좋은 사람도 있거든요, 각하.」
「그 좋은 사람이 대체 누구야?」
「글쎄, 잘 기억나지 않습니다, 각하, 제발 관대히 봐주십쇼.」
「다 잊어버렸단 말야?」
「다 잊었습니다.」
「그래도 부모는 있었겠지? 아버지는 기억하고 있겠지?」
「틀림없이 있긴 했겠지만 각하, 역시 기억나지 않습니다. 있기는 있었던 것 같은데요, 각하.」
「그럼, 넌 도대체 지금까지 어디에서 살았지?」
「숲에서요, 각하.」

117 제정 러시아 시대의 경칭으로 영관급 및 경찰서장과 같은 6, 7, 8등 문관이 여기에 해당됨. 원어로는 vycokoblagorodie인데, 이에 해당하는 우리말 호칭이 마땅치 않아 각하 나리로 번역하였음.

「계속 숲에서 살았나?」
「쭉 숲속입죠, 각하.」
「그럼, 겨울에는?」
「겨울은 본 적이 없습니다, 각하 나리.」
「좋아. 다음은 너다. 이름은?」
「도끼입니다. 각하.」
「그럼, 넌?」
「하품하지 말고 갈아라입니다. 각하.」
「다음은?」
「십중팔구 갈아라라고 합니다. 각하.」
「너희는 기억하고 있는 게 아무것도 없어?」
「아무것도 없습니다. 각하.」

우스찌얀쩨프는 계속해서 말했다.
「경찰서장은 서서 웃고 있었고, 그들도 그를 보고 웃기 시작했지. 하지만 때로는 이가 부러지도록 얻어맞을 때도 있었어. 경찰서장이란 원래 맷집이 좋은 자들이거든.

⟨이놈들을 유치장에 처넣어⟩ 하고 그가 말했지. ⟨내가 뒤에 다시 취조하겠다. 그런데 너는 여기 남아!⟩ 이건 나에게 하는 말이었어. ⟨여기 와서 앉아!⟩ 하길래 보니까 테이블에 종이와 펜이 있었지. ⟨대체 이놈이 어쩔 셈인가?⟩ 하는 생각이 들더군. 그런데 ⟨책상 앞에 앉아, 펜으로 써!⟩ 하더라고. 그리고 내 귀를 붙잡고 마구 잡아당기는 거야. 난 악마가 사제를 보듯이 놈의 얼굴을 뚫어지게 보며 ⟨각하, 전 글을 못 씁니다⟩ 라고 말했지만 ⟨그래도 써!⟩ 하고 말했어.

⟨불쌍하다고 생각해 주십시오. 각하 나리⟩ 하면서 아무리 부탁해도 ⟨써! 쓸 수 있는 데까지 써!⟩라고 하면서 마구 귀를 잡아당기고 또 잡아당기는 거야. 거기다 비틀기까지 했다고.

아예 3백 대를 회초리로 맞는 게 더 낫다는 생각이 들었어. 눈앞에 불빛이 번쩍이더군. 그래도 계속 〈써! 쓰라고!〉만 하는 거야.」

「어떻게 된 거야? 정신이 나간 거야?」

「아니야. 정신이 나간 게 아니야. 얼마 전 T마을 관청에서 일하던 서기가 공금을 횡령하고 달아났다더군. 그런데 그놈의 귀가 좀 컸던 모양이야. 여러 곳에 수배령이 내렸지. 재수 없게도 내가 비슷하게 생겼는지 시험해 볼 요량이었던 거야. 글을 쓸 수 있는지, 필체가 어떤지를…….」

「대단한 놈이군! 아프던가?」

「아프다고 했잖아.」

일제히 웃음을 터뜨렸다.

「그래, 쓰긴 했나?」

「뭘 쓴단 말야? 나는 종이에 펜을 대고 머뭇머뭇거렸지. 그러자 그가 던져 버리더군. 그러고는 뺨따귀를 열 대쯤 맞고 석방되었지. 물론 유치장으로 말이야.」

「실제로 쓸 줄은 아나?」

「이전에는 쓸 줄 알았지. 그런데 사람들이 펜으로 잘 쓰게 되니까, 난 까맣게 잊어버렸어…….」

이런저런 이야기로, 좀 더 정확히 말하자면 자질구레한 잡담으로 우리들의 지루한 시간은 흘러갔다. 얼마나 지루한 시간이었던가! 그날이 그날 같은 지루하고 긴 날들이었다. 아무 책이라도 있었다면! 그러면서도 나는 특히 수감 초기에는 자주 병원에 왔다. 때로는 아프기도 했지만 단지 누워 있으려고 올 때도 있었다. 감옥에서 빠져나왔던 것이다. 뭐라 해도 감옥은 병원보다 더 고역이었다. 정신적으로 더 괴로웠다. 증오, 적의, 싸움, 질투, 나 같은 귀족 출신들에게 던져지는 악의에 차고 위협적인 얼굴들, 끊임없는 트집! 그러나 병원에서는 모두가 똑같은 입장에서 훨씬 사이좋게 지낼 수 있었다. 하루 중 가장 우울한 때는 하나, 둘 불이 켜지기 시작하는 저녁 무렵이었다. 모두들 일찍 잠자리에 든다. 멀리 문가에 밝혀 둔 촛불만이 한 점의 선명한 빛을 발할 뿐, 우리가 누운 곳은 어두컴컴하다. 질식할 듯한 공기가 답답해진다. 어떤 이는 잠을 못 이루고 일어나, 무슨 생각에 잠긴 듯이 실내모를 쓴 채 머리를 떨구고 한 시간 반을 침대에 앉아 있기도 한다. 그런가 하면 그 사람을 한 시간 내내 바라보면서 그가 무슨 생각을 하는지 알아맞혀 보려고 애쓰는 사람이 있기도 하다. 마찬가지로 시간을 죽이기 위한 일인 것이다. 그런가 하면, 공상에 잠기고 지난 시간을 회상하기도 하고, 상상 속에서 크고 선명한 그림을 그리기도 한다. 이 구체적인 모든 것들은 이 시간이 아니면 기억할 수도, 느낄 수도 없는 것들이었다. 또는 미래에 대하여 생각해 보기도 한다. 어떻게 출옥을 하게 될까? 어디로 갈까? 언제가 될까? 고향에는 언제 되돌아갈 수 있을까? 이런 생각을 계속 하다 보면 마음속에 희망이 흔들거리기도 한다……. 어떤 이는 수를 세기도 한다. 수를 세다가 잠이 들려고 말이다. 나 역시 수를 3천까지 세고도 끝내 잠을 못 이룬 적도 있었다. 누군가 몸을 뒤척인다. 우스찌얀쩨프가 심한 기침을 하고는 꺼지는 듯한 신음소리를 내면서 〈하느님, 저는 죄인입니다〉라고 중얼거린다. 쥐죽은 듯 고요한 밤에 병자의 부서지는 듯한 괴로운 신음소리를 듣는 것은 오싹한 일이다. 저기 구석 어딘가에서도 잠들지 못하고 상대방과 이야기를 나누고 있다. 신세 타령, 지난 일들, 방황하던 시절의 이야기, 아이, 아내 등 이전의 생활에 관한 이야기들이 펼쳐진다. 아련히 속삭이는 소리를 가만히 들어 보면 다시는 되돌릴 수 없는 과거를 이야기하는 것이며, 화자(話者)인 그 자신도 버림받은 사람이었음을 감지할 수 있다. 상대방은 묵묵히 듣고 있다. 조용하고 단조로운 속삭임은 마치 출렁이는 물결소리처럼 들려온다……. 이 긴 겨울밤에 들었던 한 편의 이야기를 나는 지금도 기억할 수 있다. 처음에 이 이야기는 내가 마치 열병을 앓고 누워서 궂은 꿈을 꾸고 있는 것처럼 느껴졌고, 이 모든 것들을 열병과 헛소리 속에서 꿈꾸고 있는 것 같았다…….

4. 아꿀까의 남편 — 한 편의 이야기

밤은 이미 깊어 가고 있어, 열한 시가 넘고 있었다. 나는 선잠이 들다 말고 문득 잠에서 깨어났다. 저 멀리 놓여 있는 촛대의 어스름하고 희미한 불빛이 병실을 비추고 있었다……. 거의 모두가 잠들어 있었다. 우스찌얀쩨프 역시 자고 있었다. 정적 속에서 그의 가쁜 숨결과 숨을 내쉴 때마다 그르렁거리는 목의 가래소리가 들린다. 불현듯 멀리 떨어진 현관 쪽에서 오고 있는 교대 위병의 무거운 발자국소리가 울려 왔다. 총대가 마루에 부딪혀 철컥 소리를 낸다. 문이 열리고, 상등병이 조심스레 들어와 환자들을 세어 보았다. 1분 뒤 병실 문은 다시 닫히고, 교대한 위병만을 남기고 근무를 마친 위병이 돌아가자 주위엔 다시 정적이 스며들었다. 그때서야 비로소 나는 왼쪽으로 멀지 않은 곳에서 두 사람이 자지 않고 소곤거리고 있는 것을 알게 되었다. 바로 옆 침대에 누워 있으면서도 몇 날, 몇 달을 한마디도 하지 않고 지내다가 별안간 한밤의 적막한 분위기에 이끌려 서로 이야기를 시작하고, 한 사람이 다른 사람에게 자기의 과거를 털어놓는 일은 병실에서 흔히 있는 일이었다.

그들은 이미 오래 전부터 이야기하고 있는 것 같았다. 처음에는 귀를 기울이지도 않았고, 지금도 전부 다 들리는 것은 아니지만, 점차 익숙해져서 모든 사정을 이해할 수 있었다. 나는 다시 잠을 잘 수 없었다. 어떻게 듣지 않고 있겠는가? 한 사람은 침대에 반쯤 누워 고개를 들고 상대방의 목을 향한 채 열심히 이야기하고 있었다. 그는 꼭 하고 싶었던 것처럼 열의를 가지고 흥분까지 해가며 이야기하는 듯했다. 듣는 사람은 음울하게 거의 무관심한 태도로 다리를 뻗고 침대에 앉아, 진짜라기보다는 이야기를 듣고 있다는 최소한의 예의 표시로 음음 소리를 내며 연신 담배를 꺼내어 코에 쑤셔 넣고 있었다. 그는 체레빈이라는 교정대에서 온 50대의 병사로, 무뚝뚝하게 유식한 척을 하며 쌀쌀맞게 훈수를 두길 좋아하나 자만심이 강한 바보였다. 이야기를 하는 사람은 시쉬꼬프로 나와 같은 민간인 감옥의 죄수이며, 재봉소에서 일하던 서른이 다 된 청년이었다. 그때까지 나는 이 청년에게 특별한 주의를 기울이지 않았고, 감옥으로 돌아가서도 이후 내내 무엇 때문인지 마음이 끌린 적이 없었다. 그는 별 특징이라고는 없는 그저 그런 사람이었다. 때때로 아무 말 없이 침울했다가는 난폭해지기도 하고, 다시 몇 주일씩 입을 다물기도 했다. 그러다가는 느닷없이 쓸데없는 온갖 일에 말참견을 하고 사소한 일에 흥분하여 이 옥사 저 옥사를 돌아다니면서 말을 전하고, 실없는 이야기를 지껄여 미친 사람 취급을 받기도 했다. 사람들이 때리기라도 하면 이내 조용해지는 겁이 많고 유약한 청년이었다. 모두가 그를 멸시하고 있었다. 그는 크지 않은 키에 마른 편이었다. 왠지 불안한 빛이 감도는 눈동자는 가끔 멍청히 생각에 잠긴 듯 초점이 흐려지곤 했다. 그는 무엇인가 이야기를 하고자 하면 열광적으로 시작하여 손까지 흔들어 대다가는, 이야기 도중에 별안간 멈추거나 다른 새로운 이야기에 빠져 들어 열을 올리는 탓에 시작했던 이야기는 까맣게 잊어버렸다. 그는 자주 말다툼을 하였는데, 그럴 때마다 상대편이 자신에게 저지른 잘못을 질책하고 책망하면서 금방이라도 울 것처럼 울먹이면서 이야기했다…….
그래도 그는 발랄라이까만큼은 훌륭하게 연주했으며, 연주하는 것을 좋아했다. 축제 때는 남이 시키면 춤도 추었는데 제법 잘 추었다. 그는 귀가 얇아 남의 말에 곧잘 솔깃했다. 이는 소박해서라기보다는 교제 수단으로 상대방의 마음을 맞추려는 방편이었다.

나는 오랫동안 그의 이야기를 제대로 이해할 수 없었다. 처음에 나는 역시 그가 이야기하려는 주제에서 벗어나 다른 방향으로 빠져 들고 있다고 생각했다. 그는 체레빈이 자신의 이야기에 관심이 없다는 것을 알면서도, 자신의 청중이 온 주의를 기울여 자기 이야기를 듣고 있다고 믿으려 애쓰고 있는 것 같았는데, 반대의 경우를 인정하는 것은 그에게 고통스러운 일이었을 것이다.

「종종 시장에 가곤 했지요.」 그는 계속했다. 「모두 고개를 숙이며 존경하고 있었습니다. 한마디로 부자였기 때문이지요.」

「장사하고 있었어?」

「그래요, 장사. 우리들은 가난했습니다. 알거지였지요. 여편네들은 채소밭에 물을 주려고 강에서부터 비탈길을 힘겹게 올라다니면서 뼈빠지게 일을 해도, 가을에는 양배추 국거리 하나도 거두지 못하는 형편이었어요. 황량하지요. 그런데 그는 넓은 땅을 가지고 있어서 소작인을 거느리고 경작을 시키고 있었고, 하인을 세 명이나 두었고, 양봉도 치고 있어서 꿀도 팔았으며, 가축들도 매매했지요. 그래서 우리 고장에서는 꽤 존경받고 있었어요. 칠십이나 된 노인이라 몹시 늙었고 뼈가 굽고 백발이 성성했지만 몸집은 컸습니다. 이 노인이 여우 모피 코트를 입고 시장에 나타나면, 모두들 인사를 하며 〈건강하세요, 영감님, 안꾸짐 뜨로피미치〉라고 말했지요. 그러면 그도 〈자네도 잘 지내나〉 하고 응수를 하는 겁니다. 그는 누구도 홀대하지 않았고, 인사를 받으면 〈자네 경기는 어떤가?〉 하고 묻기도 했지요. 〈저희들이야 마냥 그 타령입니다. 영감님은 어떠십니까?〉 하면 〈마찬가지지, 죄지으면서 무위도식하며 살고 있어〉라고 대답했지요. 우리는 〈부디 건강하세요, 안꾸짐 뜨로피미치〉라고 덧붙였지요. 누구 하나도 소홀히 하지 않으면서 응수하는 그의 말 한 마디 한 마디는 1루블짜리였지요. 그는 읽고 쓸 줄도 알고 박식했으며 하느님의 책을 읽었습니다. 노파를 앞에 앉히고는 〈잘 들어 마누라, 깨달아야 해〉라고 말하며 설교를 시작하지요. 노파라고는 하지만 나이가 많지 않은 두 번째 부인은 아이를 낳으려고 얻었던 겁니다. 첫번째 부인에게서는 소생이 없었거든요. 두 번째 아내인 마리야 스쩨빠노브나는 두 명의 아이를 낳았고 아직 어렸어요. 막내인 바샤는 예순 살에 난 아이였고, 첫째인 딸 아꿀까는 그때 열여덟 살이었어요.」

「자네 마누라로군.」

「잠깐, 우선 필까 모로조프의 이야기부터 해야 돼요. 그는 안꾸짐 노인에게 불평을 하기 시작했지요. 노인에게 나누어 달라는 거였어요. 〈4백 루블을 주시오. 나는 당신의 하인이 아니야. 당신과 장사하고 싶지 않아. 아꿀까를 얻는 것도 싫어. 난 요즈음 노는 걸 배웠어. 지금은 양친도 없어서 돈이 거덜났다고. 나는 용병으로 고용되어 군에 입대해서 10년쯤 후에 장군이 되어 당신 앞에 돌아올 거야.〉 이렇게 말하자 안꾸짐 노인은 그에게 돈을 주고 깨끗이 계산을 끝냈습니다. 왜냐하면 필까의 아버지가 노인하고 함께 동업을 했기 때문이거든요. 〈너는 건달이 되었구나〉 하고 노인이 말하자 그 녀석은 〈내가 건달이 되든 말든 무슨 상관이오, 백발 늙은이인 주제에. 당신은 우유를 송곳으로 찍어 먹는 방법이나 배워 두시지. 돈 한두 푼에도 인색하게 굴며 아무리 너저분한 것이라도 밥줄에 도움이 될까 싶어 긁어 모으고 있지 않느냐고. 나는 그걸 보면 침이라도 뱉고 싶어. 어디 실컷 모아 보라고. 마지막엔 악마까지 사들일 테지. 그래도 나는 오기가 있어. 그리고 당신 딸 아꿀까와는 결혼하지 않겠어. 난 그녀와 이미 잤어······〉라고 말하는 거예요.

노인은 〈뭐라고? 너는 왜 이 정직한 아버지에게 소중한 딸을 모욕하는 말을 하는 거냐. 언제 그 애하고 잤어? 뱀의 기름 같은 놈, 너는 시추치야[118]의 피를 물려받은 놈이야〉하고 말하며 부들부들 떨었지요. 그러자 필까는 말했어요.

〈좋아, 그럼 난 당신의 아꿀까가 나한테뿐만 아니라, 아무에게도 시집을 못 가도록 해주겠어. 미끼따 그리고리치도 얻어 가지 않을 거야. 그 여자는 순결하지 않으니까. 나와 그녀는 가을부터 깊은 관계가 되었다고. 그런데 지금은 새우를 1백 마리 준다 해도 싫어. 지금 당장 줘봐. 그래도 절대 싫어······.〉

그는 이내 놀아 대기 시작했지요. 대단한 놈이지! 도시 이곳저곳을 누비며 지축이 흔들릴 정도로 친구들을 잔뜩 모아서 석 달이나 부어라 마셔라 돈을 탕진하고 알거지가 되었습니다. 〈나는 돈이 떨어지면 집을 팔 거야. 모두 팔 거야. 그 후 용병이 되어 군에 입대하든지 방랑자가 되든지 할 거야.〉 이런 소리를 입버릇처럼 했지요. 아침부터 저녁까지 거나하게 취해서 방울 단 두 필의 말이 끄는 마차를 타고 돌아다녔지요. 여자들도 그를 무척이나 따랐습니다. 또르바[119]도 기막히게 연주했어요.」

---

118 러시아의 담수어. 여기서는 필까의 교활함을 비유하고 있음.

119 발랄라이까 같은 러시아 고유의 탄주 악기로 19세기 후반에는 거의 사용되지 않았음.

「그럼, 그 녀석은 오래 전부터 아꿀까와 깊은 관계에 있었단 말인가?」

「기다려 보세요. 먼저, 그때 당시 나는 아버지를 잃었습니다. 어머니가 꿀과자를 굽기도 하고 안꾸짐 집에서 일을 하기도 하며 우리는 겨우 연명하고 있었습니다. 우리네 살림은 궁색했어요. 그나마 숲 건너편에 땅뙈기가 조금 있어 보리 농사를 짓고 있긴 했지만, 아버지가 돌아가신 후 나 역시 방탕하게 되어 자신을 낭비하고 있었지요. 어머니에게서 돈을 갈취하다시피 했으니까요……」

「좋지 못했군. 갈취하다니, 큰 죄야.」

「여하튼 온종일 술독에 빠져 있었습니다. 우리는 비록 썩어 가긴 했지만, 집은 가지고 있었어요. 그러나 토끼 사냥을 할 수 있을 만큼 세간살이라곤 하나도 없었지요. 어떤 때는 하도 배가 고파서 걸레 조각을 씹으면서 일주일을 꼼짝 않고 앉아 있기도 했습니다. 어머니는 늘 나에게 잔소리를 했지요. 나는 아랑곳하지 않았어요……. 그때, 나는 필까 모로조프와 어울려 다녔습니다. 아침부터 저녁까지 그와 함께 있었지요. 필까는 〈이봐, 기타 치면서 춤춰 봐. 나는 누워서 돈을 던져 줄게. 나는 굉장한 부자거든〉 하고 말하기도 했습니다. 그가 무슨 짓인들 못했겠어요. 다만 도둑질만큼은 하지 않았습니다. 그가 말하기를 〈나는 도둑이 아니야. 정직한 인간이라고〉 하더군요. 어느 날, 〈이봐, 같이 가서 아꿀까의 집 대문에 타르를 칠해 주자.[120] 왜냐하면 미끼따 그리고리치한테 시집가지 못하게 하고 싶으니까. 지금은 이 일이 제일 중요해〉라고 말했습니다. 노인은 이전부터 미끼따 그리고리치에게 딸을 시집보내고 싶어했지요. 미끼따도 역시 늙은 홀아비였는데, 안경

---

120 그 집의 여자가 정숙하지 못하다는 것을 암시하는 러시아의 풍습.

을 쓴 장사꾼이었어요. 그는 아꿀까에 관한 소문을 듣고는 〈안꾸짐 뜨로피미치, 이 나이에 결혼을 한다는 것이 좀 쑥스럽습니다〉라고 하면서 망설였지요. 우리는 그녀의 집 대문에 타르를 발랐어요. 사람들이 그녀를 때리고, 그 때문에 집에서도 그녀를 때리고……. 그녀의 어머니 마리야 스쩨빠노브나는 〈죽여 버릴 거야!〉라고 외쳐 댔지요. 노인은 노인대로 〈옛날같이 정직한 가부장 시대에 이런 일이 벌어진다면 딸을 장작불에 태워 죽였을 거야. 세상 말세야〉 하고 한탄했습니다. 그 이후로 아꿀까가 온 거리에 들리도록 울부짖는 소리를 자주 들었어요. 아침부터 저녁까지 매질을 한 겁니다. 그런데도 필까는 시장 바닥 전체에 떠벌리고 다녔어요. 〈아꿀까는 같이 술 마시며 즐기기에는 훌륭한 아가씨지. 멋지게 차려 입고 가서 누구를 사랑하냐고 물어봐! 나는 세상 사람이 다 아니까 기억하고 있을 테지〉 하고요. 언젠가는 물통을 이고 가는 아꿀까를 보고 내가 소리친 적이 있습니다. 〈안녕하십니까? 아꿀까 꾸지모브나, 좋아 보이는군요. 지금은 누구랑 잘 지내십니까?〉 하고 말하자 그녀는 눈을 크게 뜨고 나를 빤히 쳐다보면서 나뭇잎 떨듯 부르르 떨더군요. 그녀가 내 얼굴을 쳐다보는 것을 본 그녀의 어머니는 그녀가 나에게 헤픈 짓을 하는 줄 알고 악을 썼지요. 〈왜 시시덕거리고 있는 거야? 뻔뻔한 년 같으니라고!〉 그리고 그날 그녀는 다시 두들겨 맞았습니다. 꼬박 한 시간을 맞더군요. 노파는 〈때려죽일 거야, 너는 이미 내 딸이 아니야〉라고 했지요.」

「그러니까, 바람난 처녀였군.」

「더 들어 보세요. 그때 나는 늘 필까와 같이 다니면서 술만 마시다가 어느 날 대자로 누워 있었는데, 어머니가 와서는 〈어쩌자고 허구한 날 자빠져 있는 거야? 악당 같은 놈아!〉 하며 욕을 하더니 〈장가라도 가라, 아꿀까에게 장가가. 그 집에서는 지금 너를 반대할 입장이 못 될 거고, 지참금으로 3백 루블을 준다는구나〉 하지 않겠어요. 내가 어머니에게 〈그녀는 이미 그렇고 그래, 모르는 사람이 없어〉 하니까, 〈바보 같은 소리, 결혼하면 그만이야. 너한테도 그녀가 평생 죄지은 듯이 사는 것이 더 좋지 않겠냐. 우리도 지참금으로 살림을 펼 수도 있고 말이야. 나는 이미 스쩨빠노브나와 상의해 보았다. 매우 좋아하더구나〉 하더라고. 어머니의 말에 나는 〈그럼, 20루블을 책상 위에 놓아 봐. 그러면 결혼할 테니까〉 하는 조건을 달았지요. 믿기지 않겠지만 결혼식을 올릴 때까지 아무 잔소리 없이 술을 마셨어요. 그런데 필까 모로조프가 나를 위협하면서 〈아꿀까 남편이라고! 네 갈비뼈를 부러뜨리고 말겠어. 그러고만 싶다면 나는 네 마누라와 매일 밤 잘 거야〉 하더군요. 그래서 나는 〈집어치워. 개 같은 자식!〉이라고 맞섰지요. 그러자 그는 나를 조롱하며 온 거리를 누비고 다녔어요. 나는 집으로 뛰어가서는 〈지금 당장 50루블을 순순히 주지 않으면 결혼하지 않을 테야!〉라며 억지를 부리기도 했습니다.」

「딸을 자네에게 주긴 했나?」

「내게요? 왜 안 주겠어요? 우리도 형편없는 집안은 아니었어요. 부모가 화재 때문에 파산하긴 했지만, 그렇지 않았다면 그 집보다 더 잘살았을걸요. 언젠가 안꾸짐이 〈당신들은 가난뱅이야〉라고 말하길래, 나는 〈당신의 집 대문은 타르투성이더군요〉라고 쏘아 주었죠. 그는 내게 〈누구 앞이라고 네가 우리한테 건방을 떨어? 딸이 몸을 버렸다는 증거를 대봐. 퍼지는 소문을 일일이 막을 수는 없어. 썩 꺼져. 싫으면 관둬. 줬던 돈은 모두 가져와!〉 하더군요. 그래서 나는 미뜨리 비꼬프를 필까한테 보내서, 세상 사람들에게 그의 비리를 폭로하겠다고 전하는 것으로 그와 관계를 끊었어요. 난 결혼식을 올리게 될 때까지 아무런 방해 없이 술에 취해 지내다가 결혼식 당일이 되어서야 제정신을 차렸습니다. 결혼식에서 돌아와 자리에 앉자, 숙부 미뜨로판 스쩨빠니치가 〈자랑할 것은 아니지만 맺어진 인연이니 할 수 없어〉라고 말하셨어요. 안꾸짐 노인도 술에 취하여 울음을 터뜨렸고요. 눈물이 수염을 타고 흘렀지요. 근데 그때 내가 무슨 생각을 하고 있었는지 아세요. 나는 결혼식 전에 준비했던 채찍을 주머니에 감추고 그녀를 때려 줄 생각을 하며 즐거워하고 있었어요. 순결하지 않은 여자가 시집을 오면 어떻게 되는지 보여주고, 내가 세상 사람들이 다 아는 사실을 모르고 결혼한 바보가 아니라는 것을 보여 주려고요……」

「저런! 그런 걸 그 여자도 알고 있었다는 말이군……」

「아니에요, 아저씨. 잠깐만 기다려 보세요. 우리 고장에서는 식이 끝난 직후 신랑 신부를 외진 방에 데려다 놓고, 다른 사람들은 술을 마십니다. 우리 역시 외진 방에 남겨지게 되었죠. 그녀는 얼굴에 핏기 하나 없이 창백한 얼굴로 앉아 있었습니다. 긴장하고 있었던 거죠. 머리칼까지도 흰 아마처럼 하얗게 보일 지경이었어요. 눈을 크게 뜨고는 말이 없었어요. 숨소리도 들리지 않더군요. 마치 벙어리와 함께 있는 듯했어요. 정말 묘한 여자예요.. 나는 채찍을 준비하여 침대 머리맡에 두었는데, 그녀는 하나도 더럽혀지지 않은 채 내게 시집을 온 것이었습니다.」

「뭐라고!」

「정말이에요. 그녀는 정숙한 가문의 정숙한 처녀였다고요. 그런데도 왜 그런 괴로움을 참아 왔을까요? 왜 필까는 온 세상에 대고 그녀를 모욕하고 다녔을까요?」

「그러게……」

「그래서 나는 그녀 앞에서 무릎을 꿇고 두 손을 모은 후 〈아꿀까 꾸지모브나! 나를 용서해. 바보였어. 당신을 오해하고 있었어. 용서해 줘. 악당을 용서해〉 하고 빌었지요. 그녀는 침대에 앉은 채 나를 보면서, 두 손을 내 어깨에 포개더니 웃는 얼굴로 눈물을 흘리더군요. 울다가는 웃고……. 나는 사람들에게 가서 〈필까 모로조프를 만나면 더 이상 세상 빛을 볼 수 없게 해주겠어〉 하고 외쳤지요. 노파 부부는 너무 기뻐 누구에게 감사 기도를 해야 할지 허둥거렸고, 어머니는 그녀의 발 밑에 쓰러지듯이 하며 엉엉 울었습니다. 하지만 노인은 〈이런 줄 알았으면 귀여운 딸을 너 같은 놈에게 시집보내지 않았을 텐데〉 하더군요. 그리고 첫째 일요일에 우리는 함께 교회에 갔지요. 나는 양모피 모자를 쓰고 얇은 나사의 긴 겉옷에 우단 바지를 입고, 그녀는 토끼 모피로 된 새 외투에 비단 두건을 두르고 갔습니다. 잘 어울렸지요. 사람들은 우리를 부러워했습니다. 나나 아꿀까나 사람들 앞에서 우쭐대거나 또는 비방을 할 필요는 없었지요. 소심하게 우스운 짓을 할 것까지는 없었으니까요.」

「좋았군.」

「더 들어 보세요. 나는 결혼식 바로 다음날 술이 취한 채 손님들한테서 벗어나 정신없이 달려 시장으로 갔어요. 그러고는 〈필까 모로조프, 그 망나니를 데려와, 그 비열한 놈을 내놔!〉 하고 시장통에서 외쳤던 겁니다. 술에 취해 있었지요. 그러다 블라소프 집 근처에서 장정 세 명에게 붙잡혀 집으로 끌려왔지요. 도시 곳곳에 소문이 퍼져 시장에 오는 여자들마다 〈알고 있니? 아꿀까가 처녀였대〉 하며 수군거리기 시작했어요. 그런데 얼마 뒤 필까가 내게 나타나 사람들 앞에서 〈아내를 팔게나. 그럼 술을 마실 수 있어. 우리 병사 야쉬까는 결혼하고도 아내와 자지 않고 3년 동안 술만 마셨지〉 하며 놀리더군요. 〈넌 나쁜 놈이야!〉 내가 소리치자 〈너는 바보야. 술 취한 너를 사람들이 결혼시킨 거야. 그런데 네가 제대로 뭘 어떻게 했겠어?〉라고 말하는 겁니다. 나는 집으로 달려가 악을 썼지요. 〈당신들은 취한 나를 결혼시켰어요.〉 어머니가 말리려고 했습니다. 〈어머니의 귀는 황금으로 덮여 있어요. 아꿀까를 데려와요!〉 그리고 그녀를 때리기 시작했어요. 두 시간이나 실컷 두들겨 주었지요. 다리가 휘청거릴 만큼. 그녀는 3주 동안이나 일어나지 못했어요.」

「물론 그랬겠지.」 체레빈은 느릿느릿 대꾸했다. 「적당히 때려야지, 여자는……. 그런데 너는 그녀가 정부하고 같이 있는 것을 목격하기라도 했나?」

「아니오, 본 적은 없어요.」 시쉬꼬프는 잠시 말을 멈추었다가 괴로워하며 말을 이었다. 「얼마나 화가 나는지. 사람들은 모두 날 놀려댔어요. 주범은 필까였어요. 그는 〈네 여편네는 남한테 보이기 위한 견본이야〉라고 말하더군요. 나를 손님으로 부르고는 〈이 사람의 아내는 마음씨 착하고 예의 바르고 선량하고 누구에게나 좋은 여자지. 훌륭해. 그런데 남자는 자신이 그녀의 집 대문에 타르를 칠한 사실을 잊어버렸지.〉 이렇게 떠드는 거예요. 나는 거나하게 취해서 앉아 있었는데 느닷없이 내 머리채를 잡더니, 〈자 남편, 춤춰 봐. 내가 너의 머리칼을 이렇게 잡아 줄게, 춤을 춰. 나를 위해서〉 하더군요. 〈이 나쁜 놈 같으니〉 하고 내가 외쳤지요. 그 녀석은 〈나는 친구들을 데리고 아꿀까에게 가서 네가 보는 앞에서 네 아내를 채찍으로 때려 줄 거야. 내가 하고 싶은 만큼〉 하고 말하는 거예요. 믿든 안 믿든 나는 한 달 동안 집을 비우는 것이 두려웠어요. 갑자기 그 녀석이 나타나서 망신을 줄까 봐. 그래서 난 더욱 아내를 때렸죠…….」

「왜 그렇게 때렸지? 손은 묶을 수 있지만 입은 봉할 수 없지. 너무 심하게 때리는 건 좋지 않아. 때리고도 잘 타이르고 귀여워해 줘야지. 그게 아내거든.」

시쉬꼬프는 잠시 말이 없었다.
「화가 났어요.」그는 다시 이야기를 시작했다.「또다시 그 습관이 나타났습니다. 서 있는 게 꼴보기 싫다거나 걸음걸이가 마음에 안 든다거나 하는 트집을 잡아서 어떤 날은 아침부터 저녁까지 때리기도 했어요. 때리지 않으면 무료했어요. 때리는 일이 습관이 되어 버렸지요. 그녀는 늘상 말없이 앉아 창문을 바라보며 울곤 했어요……. 하도 울어서 불쌍한 마음이 들기도 했지만 그래도 때렸어요. 어머니는 늘 아내 편을 들어 〈이 악당 같은 놈, 징역에 끌려갈 놈〉하며 욕을 했지요. 그러면 나는 〈죽일 거야, 누가 한마디라도 이러쿵저러쿵하는 걸 용서하지 않겠어. 왜냐하면 나를 속여서 결혼시켰으니까〉하고 더 대들었지요. 처음에 안꾸짐 노인은 직접 찾아와 〈네놈은 아직도 하느님이 어떤 분이신지 모르는구나. 나는 네놈을 법정에라도 세워야겠다. 난 너를 고소하겠어〉라고 말한 뒤 관계를 끊어 버리더군요. 다시는 오지 않았어요. 그녀의 어머니 마리야 스쩨빠노브나는 매우 부드럽게 타일렀지요. 어느 날 눈물을 흘리며 애원했어요. 〈부탁이 있네, 이반 세묘니치, 작은 일이지만 간곡히 부탁하네〉하면서 머리를 떨구고는 〈제발 관대하게 내 딸을 용서해 주게. 나쁜 사람이 그 애를 놓고 입방아 찧는다고 해도 숫처녀였다는 것은 자네가 잘 아는 바 아닌가……〉하며, 머리가 땅에 닿게 숙이고는 우는 거예요. 그러나 나는 거드름을 피우며 〈나는 당신들 말을 듣고 싶지 않아요. 하고 싶은 대로 하겠어요. 나 자신을 다스릴 힘이 없기 때문입니다. 필까 모로조프는 내 친구지요. 제일 친한……〉이라고 말했습니다.」
「그렇다면 다시 함께 어울렸단 말인가?」
「천만에요! 그 녀석에게는 가지 않았어요. 그는 완전히 술독에 빠졌지요. 그러다가 누군가에게 고용되어, 그 집 맏아들 대신 군에 가기로 결정했습니다. 우리 고장에서는 대신 군에 가게 되면 입대하는 날까지 고용인 집 식구들이 고용된 사람 앞에서 설설 기게 되어 있으며, 입대하는 날 많은 돈을 주지만, 그때까지는 그 집에서 살면서 집주인처럼 행세하기도 하지요. 한 반년쯤 돼요. 그 행세는 이루 말할 수 없는 것이 보통이었어요. 나는 너희 아들 대신 군대에 가는 것이니까, 말하자면 당신들의 은인이라는 거죠. 나를 극진히 대접해야 하며 그렇지 않으면 거절하겠다고 하는 거죠. 필까도 그 집에서 제멋대로 행동했어요. 딸과 함께 자기도 하고 식사 후에는 매일같이 주인의 수염을 잡아당기기도 하면서 하고 싶은 대로 굴었습니다. 그는 날마다 목욕 준비를 시켰는데 술로 증기를 내라고 강요했으며, 목욕탕까지 주인 마님이 안다 줘야 했어요. 취해서 집에 오는 날이면 길 한복판에서 〈문으로 들어가기 싫군. 담을 헐어라〉라고 소리를 질렀어요. 그래서 문 옆의 담을 헐어야 했으며, 그제서야 그리로 들어가는 것이었지요. 그러다 마침내 입대할 날이 되었습니다. 거리에 온통 사람들이 몰려나와서는 필까 모로즈프가 군대에 간다고 떠들어댔어요. 그리고 사방에서 그에게 인사를 하더군요. 마침 그때 아꿀까가 채소밭에서 돌아오는 것을 우리 집 대문 근처에서 필까가 보았어요. 그러자, 〈잠깐만!〉 하고 소리치더니 마차에서 뛰어내려 곧장 그녀에게 달려가 땅에 엎드려 절을 하는 거예요. 〈소중하고 귀여운 아꿀까, 2년 동안 너를 사랑하고 있었지만 지금 나는 군악대의 환송을 받으며 군에 가는 처지가 됐어. 나를 용서해 줘. 너는 정숙한 여자였어. 그래서 너를 괴롭혔던 거야. 모두 내 잘못이야.〉 그리고 다시 한번 이마가 땅에 닿도록 절을 하더군요. 아꿀까는 처음에는 마치 넋이 나간 듯하다가 곧 그에게 허리 굽혀 절하면서 〈당신도 나를 용서해요. 착한 양반, 나는 당신을 조금도 원망하지 않아요〉라고 말하더라고요. 나는 그녀를 따라 오두막으로 들어가서는 말했죠. 〈이 개 같은 년, 그 녀석한테 뭐라고 지껄인 거야?〉 그러자 그녀는 두 눈 똑바로 뜨고 나를 보면서 〈나는 지금 그를 세상 누구보다 사랑하고 있어요〉라고 말하더군요. 믿기지 않는 일이었습니다.」

「저런……!」

「나는 그날 하루 종일 아내와 한마디도 하지 않았죠……. 저녁 무렵이 되어 나는 〈아꿀까! 나는 너를 죽일 거야〉라고 말했어요. 밤에도 나는 잠을 자지 못하고 현관으로 나와 끄바스를 마셨어요. 새벽이 오는 것을 보았지요. 나는 집 안으로 들어가 〈아꿀까, 우리 밭으로 돌아갈 준비를 해〉라고 말했습니다. 갈 채비를 하고 있었고, 어머니도 알고 계셨어요. 〈잘됐다. 듣자 하니 추수 때인데 일하는 사람이 사흘이나 배앓이를 하고 있다는구나〉 하며 좋아하셨지요. 나는 마차에 말을 매면서 한마디도 하지 않았어요. 마을을 벗어나면 소나무 숲이 나오고, 숲을 따라 15베르스따쯤 가다 보면 숲이 끝나면서 우리 땅이 있었어요. 숲을 3베르스따 정도 지났을 때, 나는 말을 세우고 〈일어나 아꿀까, 너의 마지막이 왔어〉라고 말하자 그녀는 놀란 듯 나를 바라보더니, 이내 아무 말 없이 내 앞에 서더군요. 〈네가 이젠 지겨워〉라고 말하며, 숱이 많고 길었던 그녀의 머리채를 잡았어요. 머리채를 잡은 채 뒤에서 두 무릎으로 그녀를 누르고, 칼을 꺼내서 그녀의 얼굴을 뒤로 젖힌 후 목을 베어 버렸지요……. 그녀는 비명을 질렀고 피가 솟구쳐 올랐습니다. 나는 칼을 내던지고 그녀를 두 팔로 안아 땅에 눕히고 큰소리로 통곡을 했어요. 아내도 나도 비명을 지르고 소리치고. 그녀가 내게서 벗어나려고 발버둥치자 나는 온통 피로 범벅이 되었어요. 얼굴, 손 할 것 없이 피투성이가 되었습니다. 나는 그녀를 내던지고 겁에 질려 말도 내버려둔 채 마구 뛰었어요. 집 뒷문에 이르러 목욕탕으로 들어갔지요. 목욕탕은 오랫동안 쓰지 않은 낡은 곳이었습니다. 선반 밑으로 기어들어가 밤이 될 때까지 계속 그렇게 앉아 있었어요.」

「아꿀까는 어떻게 된 거야?」

「그녀도 내가 뛰어온 후 집으로 오려고 했나 봐요. 후에 거기서 1백 걸음쯤 떨어진 곳에서 발견되었으니까요.」

「그럼 완전히 죽지는 않았단 말이군.」

「그렇지요······.」 시쉬꼬프는 잠시 머뭇거렸다.

「혈관이라는 게 있지.」 체레빈이 말했다. 「만약 이 혈관을 처음부터 끊은 게 아니라면 사람은 버둥거리기만 하고 아무리 피가 많이 나와도 죽지는 않는 거야.」

「근데 그녀는 죽었어요. 저녁때 시체가 발견되었지요. 신고한 녀석이 있어서 나는 수배를 당했고 밤에 목욕탕에서 체포되었습니다. 그로부터 4년째 여기서 이렇게 지내게 된 거죠.」 그는 아무 말 없이 있다가 덧붙였다.

「음······ 물론 때리지 않는다고 해서 좋은 것은 아니야!」 체레빈은 뿔담배를 꺼내면서 설명하듯 식상하고 냉정한 어조로 이야기하기 시작했다. 그는 간격을 두며, 오랫동안 담배를 빨아들이고 있었다. 「그래도 젊긴 젊군.」 그는 말을 이었다. 「그래도 자넨 매우 바보 짓을 한 거야. 나 역시 아내와 정부가 만나는 현장을 목격했지. 나는 그때 아내를 헛간으로 데려가 밧줄에 묶고는 말고삐 줄을 두 겹으로 꼬았지. 〈누구에게 너는 맹세를 했지? 누구에게 맹세를 했느냐고?〉 하면서 말고삐 줄로 때리고 또 때렸지. 한 시간 반을 줄기차게 때렸더니, 아내는 〈발을 씻으세요. 그 물을 마실게요〉 하더군. 오브도찌야라는 여자였지.」

5. 여름철

그러나 어느덧 4월 초가 되어 성주간(聖週間)[121]이 가까워 오고 있었다. 차츰 여름철 노역도 시작되고 있었다. 태양은 날이 갈수록 따사로웠고 선명했으며, 대기는 봄내음을 풍기며 생명체들을 자극하고 있었다. 족쇄를 찬 사람들이라도 다가오는 아름다운 날들에 대해 설레는 마음을 갖게 되고, 그것에 묘한 희망과 동경, 애수를 품게 된다. 어쩌면 쓸쓸한 가을이나 겨울보다는 작열하는 태양빛 아래서 자유에 대한 희구가 더 강해지는 것인지도 모른다. 모든 죄수들에게서도 이 같은 분위기를 느낄 수 있었다. 그들은 화사한 날을 기뻐하면서도, 동시에 어떤 초조함이나 충동적인 욕구를 강하게 느끼기도 한다. 실제로 봄이 되면 감옥 안에서 다른 때보다도 자주 싸움이 벌어지는 사실을 봐도 알 수 있다. 소음과 외침, 소동이 잦아지고 사건이 끊임없이 이어진다. 그런가 하면 노역에 나가서는 끝없는 식탁보처럼 1천 5백 베르스따나 되는 자유로워 보이는 끼르끼즈의 드넓은 초원이 펼쳐진 이르띠쉬 강[122]의 저쪽, 푸르게만 보이는 먼 곳을 하염없이 바라보며 생각에 잠기는 사람도 있다. 누군가가 깊은 숨을 들이쉬는 소리가 들리는 듯하다. 광활한 초원의 자유로운 공기를 호흡하며 족쇄에 갇혀 있는, 시들어 가는 영혼을 달래 보려는 한숨일 것이다. 〈빌어먹을!〉마침내 죄수는 이렇게 말하면서 실현되기 힘든 망상을 털어 버리려는 듯이 거칠게 삽을 집는가 하면, 다른 곳으로 옮겨야 하는 벽돌을 잡기도 한다. 잠시 후 순간적으로 엄습해 왔던 상념을 성격에 따라 금방 잊어버리고 웃는 사람이 있는가 하면, 욕을 하는 사람도 있었다. 그렇지 않으면, 필요 이상

---

121 그리스도의 수난을 기념하는 부활절 전의 한 주간.
122 옴스끄 지방을 가로지르는 강.

의 열성을 가지고 주어진 일에 몰두하기도 했다. 마치 내부에서 그를 억압하고 짓누르는 무엇인가를 노동의 괴로움에 몰두함으로써 극복하려는 것 같았다. 이 같은 사람들은 대부분 한창때의 나이로 넘치는 활력과 강한 체력을 가지고 있는 사람들이었다……. 이런 계절에 족쇄가 얼마나 무거울까! 이것은 지금 시적인 감상에 젖어서 하는 말이 아니라, 내가 실제 보고 느낀 것을 확인하는 것이다. 그 밖에도 따사롭고 화사한 햇살로 인한 설레임이 아니더라도 무한한 생명력으로 소생하는 주위의 자연을 온몸과 마음으로 느끼며 자연의 소리를 듣게 되면, 폐쇄된 감옥과 감시, 빼앗긴 자유의 현실이 더욱더 뼈저리게 실감나는 법이다. 더욱이 봄이라는 계절은 시베리아와 온 러시아가 첫 종달새의 울음과 함께 방랑 생활을 시작하는 때이기도 하다. 신의 은총을 입은 사람이라면 바로 지금 감옥에서 도망쳐 숲에서 구원을 받을 수도 있는 계절이다. 질식할 것 같은 밑바닥 생활, 재판, 족쇄와 몽둥이로 점철된 생활을 버리고 가고 싶은 곳으로, 좀 더 나은 곳으로 자신의 의지에 따라 돌아다닌다. 신이 은총을 베푸신 곳에서 먹고 마시고, 밤에는 숲이나 들에서 이렇다 할 근심거리 없이, 감옥의 근심도 없이, 마치 숲속의 새처럼, 하늘의 별들하고만 밤 인사를 나누며, 신의 보호 아래 평온하게 잠이 든다. 어떤 사람들은 〈두견새 장군의 휘하에 들어가는 것〉이 때로는 힘들고 허기지고 지치는 때도 있다고 말했다. 어떤 때는 꼬박 1주간 빵 구경도 못하는 경우도 있고 남의 눈을 피해 숨어 다녀야 하기도 하고 도둑질, 강도, 때로는 살인까지 해야 하는 때도 있다. 시베리아에서 〈유형수들은 어린애처럼 보는 것마다 갖고 싶어 한다〉고 이야기들을 한다. 이 속담은 숲에서 방랑하며 사는 사람들에게도 적용될 수 있다. 이런 부랑자들은 강도가 아님에도 항상 도둑질을 하게 된다. 물론 천성이 그래서가 아니라 필요에 의해서 도둑질을 하는 것이다. 어떤 사람은 감옥의 형량을 마치고 유형 생활을 하다가도 도망을 친다. 유형 이주[123]를 해서 살게 되면 생활이 안정될 만큼 보장이 되는 것 같은데도 그렇지가 않다! 항상 어딘가에 마음을 빼앗기고 어디론가 유인되어 가는 것이다. 숲에서의 생활, 그것은 배고프고 불안정한 삶이지만 자유와 모험이 풍부하게 배어 있는 생활이다. 이를 한번 경험해 본 사람은 뭔가 은밀하고 신비로운 마력에 매혹되어, 이주 유형수가 되어 모범적인 가장이 되겠다고 다짐한 온순하고 고지식한 사람도 돌연히 숲으로 도망하는 경우가 있다. 또한 결혼하고 아내와 아이들과 함께 5년간이나 한곳에 정착하여 살고 있다가도, 어느 날 아침 행방불명이 되어 가족과 동네 사람들을 당황하게 만드는 사람도 있다. 우리 감옥에도 이러한 도망자가 한 명 있다는 것을 사람들이 내게 말해 주었다. 그 사나이는 특별한 죄를 지은 것도 아니다. 적어도 사람들이 그에 대해 이야기할 때 죄에 관해서는 이야기한 적이 없다. 다만 그는 평생 동안 도망만 하고 살았다는 것이다. 그는 다뉴브 강 너머 남러시아 국경에도 갔다 왔고, 끼르끼즈의 초원으로 동부 시베리아의 까프까즈로 도처를 돌아다녔다. 감옥이 아닌 다른 상황이라면 이처럼 정열적인 여행 기질을 감안하여 그를 로빈슨 크루소처럼 여겼을지도 모른다. 그러나 그에 대한 이야기는 다른 죄수들에게서 들은 것이며, 그는 감옥에서 거의 말을 하지 않았다. 꼭 필요한 몇 마디만 할 뿐이었다. 그는 무척 왜소한 체구의 농부로 쉰 살 정도의 나이에 매우 온순하고 침착했으며, 모자라

---

123 1822년에 제정된 유형법에 의하면 유형수는 징역수, 강제 이주수, 추방수의 세 종류로 나누어진다. 징역수는 시베리아 감옥에 수감되어 노역을 하고 형기를 마치면 강제 이주수(유형 이주민)가 되어 시베리아의 경작지 일부를 분배받고 평생을 시베리아에서 마쳐야 한다.

보일 만큼 미련스러운 얼굴에 무감각한 표정을 하고 있었다. 여름이면 그는 햇볕 쬐는 일을 좋아했으며, 다섯 발짝만 떨어져도 들리지 않을 정도로 조용하게 언제나 콧노래를 흥얼거렸다. 그의 얼굴 모습은 나무로 깎아 만든 듯 무표정했으며, 소식을 하는 편이어서 항상 빵만 먹었다. 단 한 번도 흰 빵이나 술 한 병을 산 적이 없었다. 하기야 돈도 있을 리 만무했지만, 그보다도 계산이나 할 수 있었는지 모르겠다. 그는 모든 일에 완전히 무관심했다. 그럼에도 그는 감옥에서 키우는 개에게 손수 먹이를 주곤 했는데, 우리들 중에서는 개에게 먹이를 주는 사람이 아무도 없었다. 일반적으로 러시아 사람들은 개를 기르는 것을 좋아하지 않는다. 사람들이 이야기하기를 그는 아내, 그것도 두 번씩이나 얻은 아내가 있었고 아이들도 어딘가 있다고 하는데…… 그가 무엇 때문에 감옥에 왔는지 나는 알지 못했다. 우리 모두는 그가 여기서도 도망칠 것이라고 기대하고 있었다. 그러나 탈출 시기가 안 되었는지, 나이를 먹은 탓인지, 그는 그를 둘러싼 모든 불가사의한 상황을 관조해 가면서 자기 식대로 생활하고 있었다. 그러나 안심할 수는 없다. 도대체 무엇 때문에 도망가는지, 도망가서 무슨 이득이 있는 것인지 생각할 수 있기는 하지만, 숲속의 방랑 생활은 감옥 생활에 비하면 천국과 같은 생활인 것이다. 이것은 납득할 만한 일이다. 다른 어느 것과도 비교할 수 없는데, 비록 괴롭기는 해도 자신만의 충만한 자유가 있기 때문이다. 그렇기 때문에 러시아의 모든 죄수들이 어디에 가서 산다고 할지라도 봄은 오고, 봄의 햇살이 대지를 어루만지기 시작하면 들뜨게 마련이다. 그러나 모두가 도망갈 궁리를 하는 것은 아니다. 실제로 탈옥의 어려움, 발각시의 처벌 등이 두려워 탈주를 감행하는 자는 1백 명 중 한 명꼴이라고 할 수 있다. 그러나 반면에 나머지 아흔아홉 명은 어떻게든 달아날 수 있다면, 어디론가 갈 수 있다면 하는 막연한 생각만 할 뿐이다. 이런 기대감, 가능성에 대한 상상만으로 마음을 달래는 것이다. 혹자는 이전에 탈옥했던 일을 회상하기도 한다. 나는 지금 기결수에 대해 이야기하고 있다. 그러나 물론, 과감히 탈옥을 실행에 옮기는 자들은 미결수들이 단연코 많다. 형기가 정해진 기결수들은 죄수 생활 초기에 특히 탈옥을 생각한다. 그러다가 2, 3년을 감옥에서 보내고 나면, 그동안 감수한 시간들을 소중히 여기게 되고, 탈옥했다가 실패할 위험을 생각하여 모험보다는 빨리 형기를 마치고 유형지로 이주하는 안정을 택하게 되는 것이 보통이다. 탈옥은 실패할 확률이 높다. 〈자신의 운명을 바꿀 수 있는〉 자는 열 명 중 한 명이다. 기결수들 중에서도 탈옥을 실행에 옮기는 자들이 있기는 하지만, 이 경우는 다른 사람과 비교해서 매우 긴 형기를 선고받은 죄수들이다. 15년, 20년은 무한한 시간처럼 여겨진다. 이같이 무한대처럼 느껴지는 시간을 선고받은 죄수들은 10년쯤을 감옥에서 보냈다 하더라도 언제나 운명을 바꿀 꿈을 꾸고 있다. 그러나 종국에 가서는 얼굴에 남은 죄수 표시의 낙인이 도주를 방해하기도 한다. 〈운명을 바꾼다는 것〉, 이것은 기술적인 전문 용어이다. 만일 탈옥하다 실패하여 심문을 받게 되면, 죄수들은 자신의 운명을 바꾸고 싶었다고 대답한다. 조금은 교과서적인 표현이지만, 이러한 탈옥 행위와는 문자 그대로 부합되는 말이다. 모든 도망자들이 완전히 자유로워질 수 있다고 생각하지는 않는다. 거의 불가능하다는 것을 알고 있다. 그러나 탈옥하다 붙잡혀 다른 감옥에 갇히든지 유형지로 보내지든지, 방랑 도중에 범한 새로운 죄로 다시 재판에 회부되든지 간에, 한마디로 말해서, 아무데라도 좋으니 이젠 진절머리나도록 지긋지긋한 현재의 속박에서 벗어났으면 좋겠다는 심정인 것이다. 도망자들은 여름에 겨울을 날 수 있는 대책을 특별히 세우지 않으면, 예를 들어 도망자들을 숨겨 주고 벌이를 하는 사람들을 만나지 못했거나 살인이라도 해서 어디서나 생활할 수 있는 타인의 여권을 마련하지 못하면, 모두들 체포되지 않더라도 가을쯤 되어 떼지어 도시나 감옥에 자진해서 나타나 부랑자로 다시 감옥에 갇히게 된다. 그러면서도 다시 여름이면 탈옥할 희망을 버리지 않는다.

봄은 실제로 나에게도 많은 영향을 주었다. 기억하기로 나는 때때로 말뚝 사이의 틈새로 걸신들린 듯이 바깥 세상을 내다보며 서 있기도 했으며, 울타리에 머리를 기울인 채 요새 부근에 새파랗게 돋아나는 풀잎과 푸른빛으로 짙어져 가는 하늘을 하염없이 바라보기도 하였다. 불안과 우수는 나날이 심해지고 감옥은 내게 점점 저주스러운 대상이 되어 버렸다. 귀족 출신이라는 이유만으로 처음 얼마간 동료들에게서 받은 증오는 견디기 힘든 것이었으며, 나의 삶 전체를 독(毒)처럼 훼손시키고 있었다. 수감 첫해에 나는 아픈 데도 없이 병원에 자주 갔다. 이것은 감옥에서 벗어나, 끊임없이 계속되는, 무엇으로도 해결할 수 없을 만큼 골이 깊어진 증오심으로부터 탈피하고 싶은 마음에서였다. 〈너희들은 쇠로 된 주둥이로 우리를 쪼아 댔어!〉 죄수들은 귀족 출신들에게 이렇게 말하곤 했으며, 그래서 나는 감옥에 있는 귀족 출신이 아닌 사람들을 부러워하기도 했다. 그들은 누구와도 쉽게 친해졌다. 이런 이유로 자유의 신기루이며, 충만한 대지의 기쁨인 봄이 내게는 우울하고 왠지 초조하게까지 느껴졌다. 대재기(大齋期)[124]가 끝날 무렵, 아마도 6주째였던 것 같다. 나도 재계(齋戒)[125]하게 되었다. 감옥에서는 대재기 주간에 맞추어 이미 첫째 주부터 고참 하사에 의해 일곱 무리로 나누

124 러시아 정교에서 부활절 전 6주 동안의 근행기.
125 교회에 가서 고백 미사와 영성체를 하는 러시아 정교 의례.

어져 순서대로 재계하도록 되어 있었다. 각 조는 30명쯤 되었다. 재계 주간이 나는 무척 마음에 들었는데, 그 이유는 이 기간 중에는 노역에서 해방되기 때문이다. 우리는 감옥에서 그다지 멀지 않은 곳에 있는 교회에 하루 두 번씩 나갔다. 나는 이미 오랫동안 교회에 가보지 못한 상태였다. 어려서 부모님으로부터 배운 대재기의 근행(勤行), 장중한 기도, 이마를 땅에 대고 올리는 예배, 이 모든 것들은 아련히 사라졌던 어린 시절의 추억을 되새기게 해주었고, 그때 받았던 인상들까지도 떠오르게 했다. 나는 이른 아침, 간밤에 얼어붙은 대지를 밟으면서 감시병과 함께 하느님의 집으로 가던 때의 야릇한 기쁨을 지금도 기억하고 있다. 감시병은 교회 안에 들어가지 않았다. 교회 안에서 우리들은 맨 뒤 문가에 무리를 지어 서 있었기 때문에, 낭랑한 부제(副祭)[126]의 목소리가 가늘게 들리고 사제의 법의와 대머리만이 이따금씩 군중 속에서 어른거릴 뿐이었다. 그때 나는 어린 시절에 보았던 평민들의 무리를 상기했다. 그들은 입구에 서서 서로 밀치고 있었다. 또한 훌륭한 견장을 단 군인과 살찐 나리와, 신앙심의 깊이를 엉뚱하게 내보이려는 듯 현란하게 차려 입은 귀부인들에게 길을 내주던 모습도 기억이 났다. 귀부인들은 반드시 앞자리에 앉으려고 늘 싸움이라도 할 기세였다. 그때 나는 그 입구에서 올리는 기도와 우리들이 올리는 기도와는 차이가 있다고 느꼈다. 그 사람들은 겸손하게 이마가 땅에 닿도록 열심히 머리를 숙여, 자기의 보잘것없음을 진솔하게 인정하면서 기도하고 있는 것 같았기 때문이다.

    그런데 이제는 내가 그런 자리에 서게 된 것이다. 아니 같은 입장이라고는 할 수 없다. 우리에겐 족쇄가 채워져 있고,

---

126 미사 집전시 사제를 도와주는 신부.

죄인이라는 딱지가 붙어 있었으니까 말이다. 사람들은 모두 우리를 피하고 무서워하는 것 같았다. 우리는 언제나 보시를 받았는데, 나는 왠지 그것이 대단히 기분이 좋았다. 이러한 이상스러운 만족감에는 뭔가 미묘하고 특별한 감각이 있었다고 기억하고 있다. 〈그래, 좋은 게 좋은 거지〉라고 생각하고 있었던 것이다. 죄수들은 열심히 기도를 드렸다. 그들은 모두 교회에 올 때마다 가진 돈을 털어서 초를 사서 헌납하기도 하고 헌금을 바치기도 했다. 〈나도 같은 인간이야. 하느님 앞에서는 모두가 평등해〉라고, 죄수들은 돈을 내면서 위안하고 있었는지도 모른다. 아침 예배에서 우리는 성찬식에 참여했다. 사제가 두 손에 성배(聖杯)를 들고 〈……그러나 우리를 강도들처럼 여기소서〉[127]라고 기도서의 한 구절을 읽자, 모든 죄수들은 이것을 말 그대로 자신들을 가리키는 것으로 생각하며, 족쇄를 절그럭거리면서 바닥에 엎드리는 것이었다.

마침내 부활제가 되었다. 당국에서는 우리에게 계란 한 개와 우유가 섞인 밀빵 한 조각을 지급하였다. 도시에서도 적선품들이 밀려들었다. 또다시 십자가를 가지고 사제들이 찾아오고, 당국 관리가 방문하고, 따뜻한 수프와 술, 빈둥거릴 수 있는 한가로움, 이 모든 것이 크리스마스 때와 비슷했다. 차이가 있다면 감옥의 정원을 산책할 수 있고 햇볕을 쬘 수 있다는 것이었다. 정원은 겨울보다 훨씬 밝고 넓게 느껴졌지만 왠지 더 쓸쓸한 듯했다. 길고 긴 여름날은, 특히 공휴일이기라도 하면 더욱 견디기 어려웠다. 평일에는 적어도 일하면서 하루를 짧게 느낄 수가 있기 때문이다.

여름철 노역은 겨울보다도 실제로 훨씬 힘들었다. 노역은 건축에 관계되는 일들이 대부분이었다. 죄수들은 벽을 세우

---

[127] 러시아 정교에서 사용하는 바실리 벨리게(330~379) 기도서의 한 구절.

고, 땅을 파고, 벽돌을 구웠다. 어떤 이는 자물쇠 직공, 목수 일, 관사 수선하는 일을 맡았고, 또 다른 이들은 벽돌을 만들기 위해 공장에 다녔다. 우리는 이 일을 가장 힘들게 생각하였다. 벽돌 공장은 요새에서 3, 4베르스따 정도 떨어진 곳에 있었다. 여름에는 아침 여섯 시가 되면 50명 정도의 죄수들이 벽돌 공장으로 갔다. 벽돌 공장으로 차출되는 사람들은 아무 기술이 없거나, 어떤 기술 조합에도 속해 있지 않은 사람들이었다. 그들은 각자 빵을 가지고 갔다. 왜냐하면 점심을 먹기 위해 오려면 왕복 8베르스따나 되는 길을 걸어야 하기 때문이다. 그래서 아예 저녁이 되어 감옥으로 돌아와서 식사를 하였다. 일은 하루치 분량씩 주어졌는데, 그래서 죄수들을 하루 종일 그 일과 씨름을 벌일 수밖에 없었다. 처음에는 진흙을 파서 날라 놓고 물을 길어다가 진흙을 물에 개도록 만든 구멍에서 개야 한다. 그러고는 갠 진흙으로 2백 개나 2백 50개 정도의 벽돌을 만들어야 한다. 나는 공장에 두 번밖에 가지 않았다. 공장에서 저녁 늦게 돌아오는 사람들은 녹초가 되었고, 여름 내내 쉴새없이 가장 힘든 일을 한다는 구실로 다른 사람에게 짜증을 내기도 하였다. 그럼으로써 위로가 되는 듯했다. 개중에는 기꺼운 마음으로 공장에 가는 사람도 있었다. 일하는 곳이 이르띠쉬 강변에 있는 탁 트이고 넓은 교외라는 것이 첫째 이유였다. 무엇보다 기쁜 것은 주위를 둘러볼 수 있고 사방이 막힌 감옥은 아니지 않은가! 자유롭게 담배를 피울 수도 있고 반시간쯤 달콤한 낮잠에 빠질 수도 있다. 나는 평소 때는 요새 내 작업장에서 일했으나, 때때로 석고 굽는 곳에 가기도 하고 건축 현장에서 벽돌을 지고 나르는 인부로 일하기도 했다. 그럴 경우, 벽돌을 이르띠쉬 강변에서부터 7사젠 떨어진 병사 숙소 건축 현장까지 운반한 적도 있었다. 이 일을 두 달 동안 계속했다. 벽돌을 운반할 때 쓰이는 새끼줄 때문에 내 어깨는 계속 벗겨졌지만, 나는 오히려 이 일이 마음에 들었다. 왜냐하면 체력이 신장되었기 때문이다. 처음에 나는 한 개당 8푼뜨의 무게가 나가는 벽돌을 여덟 개씩 지고 운반했다. 나중에는 열두 개까지 운반할 수 있었고, 열다섯 개까지도 운반할 수 있게 되었는데, 이것이 나는 무척이나 기뻤던 것이다. 감옥에서는 갖가지 물질적인 불편이 수반되는 저주스러운 생활을 견뎌 내기 위해서 육체적 힘이 정신적인 힘에 못지않게 필요한 것이다.

더구나 나는 출옥 후에도 오래 살고 싶었다…….

그러나, 내가 단지 몸이 단련된다는 이유만으로 벽돌 나르는 일을 좋아했던 것은 아니다. 나 역시 이르띠쉬 강변에 갈 수 있었기 때문이다. 내가 이 강변에 대해 그토록 자주 말을 꺼내는 이유는 그 강변에서만이 신의 세계가, 순결하고 투명한 저 먼 곳이, 황량함으로 내게 신비스러운 인상을 불러일으켰던 인적 없는 자유의 초원들이 보이기 때문이다. 또한 이 강변에서 요새를 등지고 서 있으면, 요새가 보이지 않기 때문이기도 했다. 우리가 일하던 장소는 대부분 요새 안이거나 요새 근처였다. 처음부터 나는 이 요새가 싫었으며 특히 건물이 그랬다. 사령관의 부관인 소령이 기거하는 관사는 왠지 거부감과 저주스러움까지 느끼게 했으므로, 나는 그 앞을 지날 때마다 매번 증오에 찬 시선을 보내곤 했다. 그런데 강변에서는 이 모든 것을 잊을 수 있어 좋았다. 죄수들이 감옥의 창을 통해 자유 세계를 동경하듯이 끝없이 펼쳐진 황량한 광야를 바라보곤 하였다. 무한히 펼쳐진 푸른 하늘에서 이글거리는 태양, 끼르끼즈 강변에서 퍼져 오는 끼르끼즈 인의 아련한 노랫소리, 이 모든 것이 내게는 더할 수 없이 소중했다. 검게 그을고 낡은 유목민의 천막이 보이기도 했다. 천막 근처에서 피어오르는 연기, 두 마리의 양을 데리고 뭔가 바쁘게 일하고 있는 끼르끼즈의 여인도 보인다. 그 정경들은 궁핍하고 투박하긴 해도 자유스러워 보였다. 그러다가 문득 푸른 창공을 나는 이름 모를 새를 보면서 그의 비상을 좇아 시선을 옮기기도 하였다. 새는 수면 위를 살짝 차고 오르며 창공으로 사라져서는 아주 작은 점으로 아른거렸다……. 이른 봄, 강변의 돌 틈새에 핀 초라하고 가녀린 꽃들까지도 병적이라 할 만큼 내 주의를 끌었다. 유형 생활 첫해에 느낀 우수는 견디기 힘든 것이었으며, 몸서리쳐질 정도로 나를 괴롭게 만들었다. 이러한 심경 때문에 첫해를 나는 주변의 상황에 대해 많은 것을 모르고 지냈다. 눈과 귀를 막고 아무것도 알고 싶어하지 않았다. 증오에 찬 동료 죄수들 중에서도 거부감을 유발시키는 외모를 갖고 있긴 해도 사려가 깊고 감정이 풍부한 좋은 사람이 있다는 것을 알지 못했다. 또한 독기에 찬 말을 하지만 그 속에 아무런 가식이 가미되지 않았으며, 나 이상으로 고뇌하며 살아온 영혼에서 나오는 진가를 가진 온유함과 친절한 애정이 스며 있다는 것을 알지 못했다. 그러나 누구에게 이런 이야기를 늘어놓을 수 있겠는가? 나는 피로에 지칠 대로 지쳐 노역에서 돌아오는 것이 매우 기뻤다. 푹 잘 수 있겠다라고 생각하면서 말이다. 징역 생활 중 여름은 겨울에 비해 더욱 고통스러운 것이었다. 그러나 때때로 기분좋은 저녁이 있을 때도 있었다. 온종일 감옥 뜰을 내리쬐던 태양이 지고 나면, 선선해지면서 차가운 초원의 밤(비교해서 하는 말이지만) 기운이 찾아 들곤 했다. 이 저녁, 죄수들은 감방 안에 갇히기 전까지 삼삼오오 짝을 지어 정원을 산책한다. 그러나 대부분은 취사장에 모인다. 그러고는 감옥에서 벌어지는 중요 사건들을 화제로 토론하기도 하고, 대개는 시시한 것이지만 세상과 고립되어 사는 죄수들의 비상한 관심을 환기시켜 주는 소문을 주고받기도 하였다. 예를 들면 우리 감옥의 사령관 부관인 소령이 해임된다는 등의 소문이 퍼진다. 죄수들은 아이들처럼 쉽게 믿는 구석이 있다. 그들 자신은 이런 소문이 거짓이며, 소문을 유포한 사람이 유명한 허풍쟁이에 못 믿을 사람이라는 것을 잘 알고 있다. 실제 이 죄수는 끄바소프라는 사람으로 오래 전부터 그의 말은 누구도 믿지 않았으며 그는 하는 말마다 거짓말이었다. 그런데도 불구하고, 사람들은 모두 그 소문에 참견하여 이러쿵저러쿵 같이 떠들어댄다. 그리고 마지막에는 끄바소프의 말을 믿었던 것에 분개하고 자신을 부끄럽게 여기는 것이다.

「대체 누가 그의 목을 자른다는 거야.」 누군가 소리친다. 「목이 두툼해서 웬만해서는 떨어지지 않을걸!」

「그래도 상관이 있기는 한 거야!」 다른 사람이 대꾸한다. 이 사람은 다혈질에 약삭빠르게 생긴, 세상에서 보기 드문 뛰어난 말싸움꾼이다.

「까마귀는 서로 눈을 쪼지는 않는다고!」 또 다른 사람이 마치 혼잣말처럼 시큰둥한 표정으로 참견한다. 구석에서 혼자 수프를 먹고 있던 머리가 하얗게 센 사나이였다.

「어쨌거나 상관이 그를 해임해야 할지 말지를 당신에게 물어보러 오지는 않아.」 네 번째 사람이 발랄라이까를 가볍게 퉁기면서 퉁명스럽게 덧붙인다.

「왜 안 그렇다는 거야?」 두 번째 사람이 분개하며 덤벼들었다. 「우리처럼 가난한 사람들이 모여 청원하면 이유를 물어보겠지. 그러면 우리는 다들 같이 말해야 해. 그런데 우리들은 떠들기만 하고, 일이 닥치면 머뭇거리거든!」

「그럼, 너는 어떻게 생각해?」 발랄라이까를 켜던 사람이 말한다. 「이 유형 생활 말이야.」

「얼마 전에도.」 말싸움 좋아하는 사람이 이야기를 들어 보지도 않고 열이 나서 계속한다. 「밀가루가 좀 남아 있길래 부스러기까지 박박 긁어 모아서 팔러 보냈지. 그런데 탄로가 난 거야. 죄수장이 밀고한 거지. 당연히 압수당했지. 이런 것이 경제(經濟)라는데, 옳은 거야 틀린 거야?」

「그럼 자넨 누구에게 호소하겠다는 거야?」

「누구냐고? 앞으로 올 검칠관[128]이지.」

「어떤 검칠관?」

「여보게들, 이건 사실인데 검칠관이 온단 얘기가 있어.」 쾌활한 성격의 젊은 사나이가 끼어들었다. 그는 배운 티가 나는 서기 출신으로 〈라발리에르 공작 부인〉이라는 책이나 그와 비슷한 종류의 책을 읽고 있었다. 그는 항상 명랑한 익살꾼이었지만 다소간의 지식과 세상사에 밝은 데가 있었기 때문에 존경을 받기도 했다. 검찰관이 온다는 말에 모두가 호기심을 가지고 들떠 있는 것에는 아랑곳없이, 그는 곧장 취사 담당 요리사에게 간(肝)이 있는지 물어보았다. 요리사들은 이따금 간과 같은 물품을 팔고 있었다. 돈이 있는 죄수들은 커다란 간 덩어리를 사다가 그것을 구워 잘게 나눈 다음 다시 다른 죄수들에게 팔았다.

「2꼬뻬이까짜리, 4꼬뻬이까짜리?」 요리사가 묻는다.

「4꼬뻬이까짜리를 줘. 모두가 부러워하게 해줄 거야!」 죄수가 대답하고는 덧붙인다. 「여보게들, 장군이 뻬쩨르부르그에서 와서 시베리아 전역을 순시할 거야. 사실이라고. 사람들이 사령부에서 그렇게 이야기하는 걸 들었어.」

이 소식은 비상한 관심을 불러일으켰다. 한 15분 정도, 검찰관이 어떤 사람일지, 관등은 무엇이며, 이 지방의 사령관보다 상관일지 등에 관한 얘기들이 오갔다. 죄수들은 관등

---

128 검찰관은 러시아 어로 〈Revizor〉이지만, 죄수들은 단어를 잘못 알고 〈Levizor〉로 틀리게 발음한다. 죄수들이 말하는 〈Levizor〉를 그런 까닭에 〈검칠관〉으로 번역했다.

이야기와 장군 등에 관하여 누가 더 상관이며 실세는 그들 중 누구에게 있는지 격렬하게 이야기하다가 한심스럽게 다투기도 하고 욕설까지 하게 된다. 대체 무슨 이득이 있어 그러는 것일까? 의문스러울 테지만, 장군뿐만 아니라 상관에 대한 상세한 지식은 죄수가 되기 전의 사회적 지위와 교양, 지식의 정도를 가늠하는 척도가 된다. 일반적으로 등급이 높은 상관에 대한 이야기는 감옥에서 가장 품위 있고, 무게 있는 화제로 여겨진다.

「그러니 여보게. 소령을 해임하러 온다는 것도 사실일 거야.」 작은 몸집에 붉은 얼굴, 다혈질인 데다가 어눌하게 이야기하는 끄바소프가 말한다. 그가 바로 소령의 해임에 관한 소문을 퍼뜨린 장본인이다.

「상납을 해야지!」 이미 수프를 다 먹은 머리가 하얗게 센 죄수가 무뚝뚝하게 대꾸한다.

「상납을 해야 돼.」 다른 사람이 말을 이었다. 「그는 돈을 조금밖에 못 모았거든! 여기 오기 전에 부관은 대대에 있었지. 언젠가는 사제장의 딸과 결혼하려고 했지.」

「그런데, 못했어. 문전 박대를 당한 거야. 가난하기 때문이었지. 그런 녀석이 어찌 신랑이 된담! 빈털터리가. 부활절 때 카드 도박으로 모두 날렸지. 페지까가 얘기해 주더군.」

「그래. 그렇게 탕진하지 않아도 돈이란 날개 돋친 듯이 날아가는 건데.」

「보게들, 나는 결혼한 적이 있었어. 가난뱅이는 결혼하는 게 아냐. 결혼을 해도 밤이 짧거든!¹²⁹」 여기서 말참견을 했던 스꾸라또프가 끼어든다.

「무슨 소리야! 우린 자네 이야길 하고 있어.」 서기 출신의

---

129 러시아의 속담으로, 먹고 살아야 하는 일에 쫓겨 마음 편히 잘 여가가 없다는 뜻.

명랑한 청년이 이야기한다. 「이봐, ㄲ바소프. 너에게 말해 두겠는데 넌 아주 바보야. 정말로 부관이 장군에게 진상할 거라고 생각하는 거야? 부관 따위를 검열하려고 뻬쩨르부르그에서 여기까지 오는 줄 아느냐고. 그래서 자네가 바보라는 거야.」

「뭐라고? 장군이 진상을 받지 않는다고?」 무리 중에서 누군가 회의적인 어조로 끼어들었다.

「그래 받지 않아. 받으려면 크게 받지.」

「물론, 크게 받겠지. 관등에 따라서.」

「장군은 항상 받고 있어.」 ㄲ바소프가 결연하게 말한다.

「그럼 자네가 준 적 있어?」 잠자코 이야기를 듣던 바끌루신이 조소하듯 말한다. 「그 사람을 본 적이나 있어?」

「보았지.」

「거짓말.」

「너의 말이 거짓말이지.」

「여보게들. 그가 장군을 보았다니까 그가 알고 있는 장군에 대해 들어 보자고. 자 말해 봐, 나는 장군을 다 알고 있어.」

「난 지베르뜨 장군을 본 적이 있지.」 ㄲ바소프가 웬일인지 애매하게 대답한다.

「지베르뜨? 그런 장군은 없어. 그는 네가 등짝을 맞을 때 너를 보고 있었지. 그때 지베르뜨는 겨우 중령이었어. 네가 겁을 먹었으니까 장군으로 착각한 거지.」

「잠깐, 내 말을 들어 주게.」 스꾸라또프가 외친다. 「나는 결혼한 사람이야. 그런 장군은 실제 모스ㄲ바에 있어. 독일 태생의 러시아 인이지. 매년 성모 승천제[130]가 되면 러시아 사제에게 참회하곤 했지. 그런데 그는 오리처럼 물을 마셔.

---

130 구력 8월 15일 전 2주간의 제기.

날마다 마흔 잔씩이나 되는 모스끄바 강물을 마신다고. 듣기로는 무슨 병을 고친다나 봐. 난 그자의 졸병에게 들었어.」

「그렇게 물을 마신다면 뱃속에서 붕어들이 살고 있겠군.」 발랄라이까를 켜던 죄수가 말한다.

「그만하면 됐어! 진지하게 이야기하는데 한다는 소리가 …… 그런데, 그 검찰관이라는 작자는 어떤 사람이지?」 불안해 보이는 어느 죄수가 걱정스럽게 묻는다. 이 사람은 경기병 출신의 노인이며 이름은 마르띠노프이다.

「몽땅 거짓말투성이군!」 회의론자 중의 하나가 말한다.

「어디서 얻어듣고 어디다 꿰맞추는 거야? 모두 쓸데없는 소리에 불과해.」

「아니야. 거짓이 아니야!」 꿀리꼬프가 지금껏 침묵하고 있다가 독설적인 어조로 끼어들었다. 꿀리꼬프는 쉰 살에 가까운 나이로 단정한 얼굴을 하고 있었지만, 어딘지 모르게 사람들을 멸시하고 거드름을 피우는 듯이 보이는 도도한 사람이다. 그는 그러한 자신을 자랑스러워하기도 했다. 그는 집시의 피가 섞였으며 말을 치료하고 돈을 버는 수의사였는데, 감옥에서는 술을 팔고 있었다. 영리하고 세상일에 훤한 그는 무척이나 상냥하게 말을 했다.

「여보게, 정말일세.」 꿀리꼬프가 침착하게 말을 잇는다. 「나는 벌써 지난 주에 들었어. 아주 중요한 장군이 온다는 사실을 말이야. 시베리아 전역을 순시한다더군. 말할 것도 없이 그에게 뇌물을 바치겠지만, 우리 여덟 눈은 그렇게는 안 되지. 그는 장군에게 다가갈 용기가 없어. 이봐, 장군도 장군 나름이지. 별의별 것들이 있기는 해. 내 말은 우리 소령이 어떤 경우든 해임되지 않을 거라는 거야. 이건 확실해. 우리는 말할 수 있는 처지가 못 되며 관리는 관리대로 동료를 고소할 수 없잖아. 검찰관은 감옥을 순시한 후 아무 일도 없다고 보고하게 될 거야…….」

「그렇다 해도 소령은 겁먹고 있어. 아침부터 취해 있는 게 그 증거지.」

「저녁에도 또 마실 거라는군. 페지까가 말했어.」

「검은 개는 씻어도 검은 개야. 그 녀석이 술 취해 있는 게 뭐가 새로워?」

「그러니 장군이 어떤 조치도 취하지 않으면 어쩌지? 그렇다면 그 바보 녀석과 다른 데가 없잖아.」 죄수들은 흥분해서 저마다 한마디씩 하는 것이었다.

검찰관에 관한 소식은 순식간에 감옥에 퍼졌다. 사람들은 정원을 산책하면서 서로서로에게 이 소식을 전한다. 개중에는 무관심과 침묵으로 좀 더 신중하다는 것을 보이려 하는 사람도 있고, 그런가 하면 아예 무관심한 자도 있었다. 감방 입구 층계에는 발랄라이까를 가진 죄수들도 자리를 잡고 있어서, 어떤 이는 계속 떠들어대고 어떤 이는 노래를 부르고 있었지만 모두들 이날 저녁에는 매우 흥분한 상태에 있었다.

아홉 시가 지나자 우리 모두는 점호를 받고 각자의 옥사로 들어가서 밤새도록 갇혀 있어야 했다. 밤은 짧았다. 새벽 네 시에 기상을 해야 했지만, 열한 시 이전에는 도저히 잠자리에 들 수 없었다. 그때까지는 항상 시답잖은 잡담을 하기도 하고 겨울밤에 하는 마이단을 하는 경우도 있었다. 한밤중은 참기 힘든 열기와 질식할 듯한 답답함의 연속이다. 열어 놓은 창문으로 밤의 찬 공기가 불어오긴 했지만 죄수들은 밤새도록 판자 침상에서 악몽에 시달리는 것처럼 몸을 뒤척인다. 벼룩도 들끓는다. 벼룩은 겨울에도 있긴 했지만 그리 많지 않다가 봄이 되면 기하급수적으로 번식한다. 이런 사실에 대해서야 이전부터 듣고 있던 바지만 실제 경험하기 전에는 믿기지 않았다. 여름이 가까워 오면 가까워 올수록 벼룩으로 인한 고통은 더욱 극에 달한다. 그러나 사실상 벼룩에도 익숙해질 수 있다. 이것은 내가 직접 경험한 바인데, 익숙해진다 해도 괴롭기는 마찬가지이다. 벼룩 때문에 누워서도 열병에 걸린 것처럼 잠을 잘 수 없었으며, 마치 악몽을 꾸는 것처럼 느껴졌다. 드디어 새벽녘이 되어 벼룩의 활동이 한풀 꺾이고 나면 신선한 아침 공기를 받으며 달콤하게 잠에 빠지기 시작한다. 그러나 얼마 안 되어 느닷없이 옥사 문에 달린 북이 무자비하게 울리고 점호가 시작된다. 반코트를 걸치면서 죄수들은 마치 그것을 세어 보기라도 하듯, 크고 선명하게 울리는 북소리를 저주스럽게 들어야 한다. 잠이 덜 깬 몽롱한 의식으로 내일도 모레도 자유로워지는 그날까지 몇 년이나 계속되어야 한다는 참기 어려운 상념을 떠올리기도 한다. 도대체 언제쯤 자유로워질 수 있을까? 자유는 어디에 있는가? 이런 생각을 하면서 잠에서 깨어나야만 한다. 하루 일과를 시작해야 하는 것이다……. 사람들은 옷을 입고 서둘러 노역장으로 나간다. 정오쯤에는 한 시간 정도 낮잠을 잘 수 있으리라 기대하면서 말이다.

검찰관에 대한 소문은 사실이었다. 소문은 나날이 사실로 굳어졌고 드디어 뻬쩨르부르그에서 어느 훌륭한 장군이 시베리아를 순시하기 위해 이미 또볼스끄에 도착해 있다는 것이 확인되었다. 매일 새로운 소문이 감옥으로 전해졌다. 도시로부터 여러 소식도 전해졌다. 모두들 겁을 먹고 있으며 좋은 면만 보여 주려고 한창 바쁘다는 소식이었다. 고급 관리들 사이에서는 환영식과 무도회, 연회를 준비하고 있다고 하였다. 죄수들은 몇 팀으로 나뉘어 요새 안의 도로 정비, 울타리와 말뚝을 새롭게 단장하는 일, 벽에 새로운 칠을 하는 일 등을 하게 되었는데, 한마디로 말해서 짧은 시간에 최대한 뜯어고쳐서 좋은 면만 보여 주려는 겉치레 행사가 벌어진 것이다. 우리는 이 속셈을 잘 알고 있었으므로 서로 더욱 열을 올리며 이야기를 전개해 갔다. 우리의 공상은 끝이 없이 펼쳐졌다. 만약 장군이 수감 생활이 만족스러운지에 대해 묻는다면 〈이의〉를 표시하자는 데까지 의견들이 나오고 그러면서도 여전히 의견 충돌로 다투고 욕설을 했다. 부관인 소령도 흥분하고 있었다. 감옥에 수시로 와서 더 크게 소리치고, 청결과 정리 정돈을 트집잡아 잔소리를 했다. 그러는 동안 예상하고 있던 작은 사건이 하나 발생했는데, 이 사건으로 소령은 화를 내기보다 오히려 만족했다. 사건이란 어느 죄수가 싸움을 하다가 상대편 죄수의 가슴, 거의 심장 한가운데를 송곳으로 찌른 사건이었다.

이 사건을 일으킨 사람은 로모프라는 죄수이며 부상을 당한 사람은 가브릴까라고 불리는 사람으로 고질적인 부랑자였다. 그에게 다른 별명이 또 있었는지는 기억이 나지 않는다. 우리는 항상 그를 가브릴까라고 불렀다.

로모프는 K군(郡) T촌(村)의 부유한 농민이었다. 로모프 씨네 일가는 늙은 아버지와 세 아들, 삼촌이 함께 살고 있었다. 농민으로서는 잘사는 편이었다. 온 현(縣)에는 그들이 30만 루블이나 되는 지폐[131]를 재산으로 모았다는 소문이 자자했다. 그들은 땅을 경작하기도 하고 가축을 키우거나 장사를 했지만, 중요한 수익 사업은 고리 대금업과 도망자 은닉, 그리고 장물을 사는 일과 기타 등등의 간계를 통해서였다. 그 군에 살고 있는 농민의 절반 이상이 그들에게 돈을 빌리고 있어서 그들의 노예나 다름없었다. 그들은 영악하고 비열한 인간들로 소문이 나 있던 터에, 언젠가 고위 신분의 한 신사가 여행 도중 그들 집에 머물렀을 때, 노인과 개인적인 친

---

131 1769~1843년 러시아에서 발행했던 태환(兌換) 지폐를 말함.

분을 맺고 노인의 영민함과 수완을 치켜세운 일이 있고 난 후부터는 더욱 오만 방자해졌다. 그들은 무작정 당국의 감시가 자신들에게 미치지 않을 것이라고 생각하고 불법 행위를 드러내 놓고 빈번하게 하기 시작하였다. 모두들 지탄을 하며 그들이 땅속으로 꺼져 버렸으면 하고 생각하게 되었다. 그러나 그들의 콧대는 높아만 갔다. 경찰이나 관리는 그들에게 이제 아무것도 아니었다. 마침내 그들은 큰 실수를 하여 파산하게 되었다. 그러나 어떤 비밀스러운 범죄나 불법을 저질러서가 아니라, 오히려 무고(誣告) 때문이었다. 그들은 마을에서 10베르스따 떨어진 곳에 큰 농장, 시베리아 식으로 말하자면 개간지를 가지고 있었다. 가을의 문턱에 선 어느 해, 오래 전부터 끼르끼즈 사람 여섯 명이 소작인으로 농장에서 살고 있었는데 하룻밤 사이에 모두 몰살을 당한 것이다. 재판이 열렸고 오랜 시간을 끌었다. 재판 과정에서 로모프 집안의 수많은 비행이 노출되었다. 로모프 가족은 고용인을 살해한 용의자로 고발되었던 것이다. 그들이 말을 해서 감옥 전체에서도 이 사건을 알고 있었는데, 고용인에게 지불해야 할 임금이 너무 많이 밀려 있었고 대부호이긴 했지만 탐욕스럽고 인색했기 때문에 노임을 주지 않으려고 끼르끼즈 인을 참살했다는 혐의를 받았다는 것이다. 예심과 공판을 거치면서 그들의 재산은 먼지처럼 날아갔다. 노인은 죽었고 아들들에게는 유형이 선고되었다. 아들 중 한 명과 삼촌이 12년형을 선고받고 우리 감옥으로 온 것이다. 어찌 된 일인가? 끼르끼즈 인들의 죽음에 대해 그들은 완전한 무죄였다. 같은 감옥에 있는 가브릴까가 후에 자수를 했다는 것이다. 가브릴까는 대단한 망나니에 부랑자였지만 유쾌한 성격에 대담한 사나이였는데, 이 모든 범죄를 자신이 저질렀다고 자수를 한 것이다. 그가 정말 자수했는지 나는 직접 듣지 못했지만 감옥에 있는 모두가 그렇다고 말하였다. 가브릴까는 부랑자 시절부터 로모프 일가와 연관을 가지고 있었고, 탈영하여 부랑자로 떠돌다가 짧은 형기를 선고받고 감옥에 왔다. 그는 다른 세 명의 부랑자와 함께 끼르끼즈 인들을 죽이고 한몫 잡은 다음, 개간지에서 약탈하려고 생각했던 것이다.

이유는 모르겠지만 죄수들은 왠지 로모프 일가를 좋아하지 않았다. 그중 조카 하나는 영리하고 사교성이 있는 청년이었지만, 가브릴까를 송곳으로 찌른 삼촌은 우둔하고 보잘것없는 농부였다. 삼촌은 이전부터 여러 사람과 잘 다투었고 본때 좋게 실컷 얻어맞기도 하였다. 그에 반해 가브릴까는 명랑하고 사교적인 성격이라 모두가 좋아했다. 로모프 가의 두 사람은 그가 진범이며 그로 인해 감옥에 왔다는 것을 알고 있으면서도 그와는 싸우는 일이 없었다. 뿐만 아니라 어울리는 일도 없었다. 가브릴까 역시 그들에게 어떠한 관심도 갖지 않았다. 그런데 별안간 가브릴까와 삼촌이 어느 별 볼일 없는 아가씨 때문에 싸움을 벌였다. 가브릴까는 여자가 자기에게 마음이 있다고 떠벌리기 시작했고 삼촌은 질투한 나머지 그 화창한 정오에 그를 송곳으로 찌른 것이다.

로모프 가 사람들은 재판을 받으면서 재산을 많이 날렸지만 감옥에서도 여전히 부유하게 지냈다. 그들은 웬만큼 돈을 가지고 있는 듯했다. 그들은 사모바르도 가지고 있었고, 차도 마셨다. 우리 소령은 이런 사실을 알고 두 로모프를 극도로 미워했다. 소령은 눈에 띄게 그들을 트집잡아 못살게 굴었다. 로모프들은 이것을 뇌물을 받기 위한 술책이라고 생각했으나 주지는 않았다.

물론 로모프가 송곳을 좀 더 깊이 찔렀다면 가브릴까는 죽었을 것이다. 그러나 가벼운 상처로 끝났다. 이것은 곧 소령에게 보고되었다. 나는 소령이 매우 흡족한 표정을 지으며 말을 타고 숨가쁘게 달려왔던 것을 기억하고 있다. 그는 친자식이라도 대하듯 지나치게 상냥한 목소리로 가브릴까에게 말했다.

「어떤가 친구. 병원에 걸어갈 수 있겠나? 안 되겠지, 말을 타고 가는 게 좋겠어. 말을 마차에 매!」 그는 다급히 하사에게 소리쳤다.

「저는 아무렇지도 않습니다, 각하. 살짝 찔렸을 뿐입니다.」

「너는 몰라. 잘 모른다고. 두고 봐라. 찔린 곳이 위험해. 덧나게 될지도 몰라. 심장 바로 밑이잖아. 도둑놈 같으니!」 그는 로모프 쪽을 향해 고함을 치기 시작했다. 「두고 봐라, 이놈! 혼 좀 날 테니. 위병 초소 감옥으로 보내 주지!」

실제로 그는 절호의 기회를 잡은 것이었다. 로모프는 재판을 받았고, 상처가 매우 경미하긴 했지만 살해 의도가 명백해서 부역 기간이 연장되었으며 1천 대의 체형이 선고되었다. 소령은 매우 만족스러웠다…….

드디어 검찰관이 도착했다.

그는 도시에 도착한 지 이틀 후에 우리 감옥을 순방하였다. 때마침 휴일이었다. 이미 며칠 전부터 우리는 깨끗이 청소하고 닦고 광을 내고 있었다. 죄수들은 머리도 새로 깎고 희고 말끔한 수의를 입었다. 여름에는 규칙에 의해 아마포의 흰 상의와 바지를 입고 있었다. 각자의 등에는 지름이 약 2베르쇼끄 되는 검은 동그라미가 꿰매져 있었다. 죄수들은 고관이 말을 걸었을 때, 어떻게 대답해야 할지 꼬박 한 시간 동안 연습했다. 총연습을 하기도 했다. 소령은 분주히 뛰어다녔다. 장군이 도착하기 한 시간 전부터 모두 장승처럼 재봉선에 두 손을 고정시킨 채 제자리에 서 있어야 했다. 드디어 오후 한 시 장군이 도착했다. 장군은 서부 시베리아 전역에 있는 관리들의 간담이 서늘해진 것도 무리가 아닐 만큼 매우 위엄 있는 태도를 보이고 있었다. 그는 근엄한 태도로 당당히 들어왔다. 그를 따라 몇 명의 장군과 대령, 지방 관리들로 이루어진 수행원들의 긴 대열이 이어졌다. 이중 연미복에 단화를 신은 키가 크고 잘생긴 문관이 한 명 있었는데, 그도 역시 뻬쩨르부르그에서 왔으며 지극히 자연스럽고 당당한 몸가짐을 하고 있었다. 장군은 종종 그에게 극히 공손한 투로 말을 걸곤 했다. 문관이면서도 그토록 훌륭한 장군에게 그런 존중을 받는 것이 죄수들에게는 매우 흥미롭게 여겨졌다! 후에 우리는 그 문관의 성과 그가 어떤 인물인가 하는 것을 알게 되었지만 풍문은 무성했다. 충혈된 눈, 붉은 여드름투성이의 얼굴에 오렌지색 칼라까지 달고 우리의 소령은 분주히 뛰어다녔지만 장군에게 특별히 호감 가는 인상을 주지는 못했던 것 같다. 높은 신분의 방문객에게 특별한 존경을 표시하기 위해 그는 안경도 벗고 있었다. 그는 당겨진 활시위처럼 잔뜩 긴장한 채 좀 멀리 떨어져 있었지만, 장군의 지시가 있을 땐 총알같이 뛰어나갈 수 있도록, 즉 좋은 기회를 포착하기 위해 만반의 태세를 갖추고 대기하고 있었다. 그러나 아무 소용 없는 일이었다. 장군은 묵묵히 옥사를 둘러보고, 취사장에 들러서는 수프까지 맛보는 것 같았다. 사람들은 내가 귀족 출신임을 알리려고 그랬는지 장군에게 나를 가리켰다.

「아!」 장군이 응수했다. 「그래, 지금 그는 어떻게 지내고 있는가?」

「잘 지내고 있습니다. 각하!」 사람들이 대답했다.

장군은 고개를 끄덕이더니 2분 후에 감옥을 나가 버렸다. 그가 가고 난 직후 죄수들은 얼떨떨하고 어리둥절하기는 했지만, 무엇인가 망설이고 있었다. 소령을 비난하는 말을 한마디도 꺼내지 못했기 때문인지도 몰랐다. 물론 소령은 이전대로 되리라는 것을 확신하고 있었겠지만 말이다.

6. 감옥의 동물들

얼마 안 가서 감옥에서 그네드꼬[132]를 사들인 일은 어떤 높은 사람들의 방문보다도 훨씬 더 죄수들을 바쁘게 만들었고, 기분 전환을 시켜 주었다. 우리 감옥에서는 물을 길어 나르고 쓰레기 등을 운반하는 데 말을 사용하고 있었고 이 말을 관리하기 위해 죄수 한 사람이 딸려 있었다. 이 죄수도 물론 감시받으면서 말을 부리고 있었다. 말이 하는 일은 아침, 저녁으로 무척 많았다. 그전에 있던 그네드꼬는 아주 오랫동안 일해 왔다. 그 말은 온순했지만 쇠잔해 있었다. 성 베드로 제일을 하루 앞둔 어느 맑은 아침, 그네드꼬는 저녁때 쓸 물통을 나르는 도중 쓰러져서 몇 분 만에 숨을 거두고 말았다. 모두들 애석해 하며 둥글게 모여들어 다투기도 하고 이런저런 말을 주고받기도 했다. 우리들 중의 퇴역 기병 출신이나 집시, 수의사들이 말과 관련된 여러 가지 특별한 지식을 늘어놓으며 서로들 욕설까지 퍼붓고 있었지만 그네드꼬는 살아나지 않았다. 이미 시체가 되어 버린 그네드꼬의 배는 부풀어올라 있었고 모두들 의무적인 행동인 양 손가락으로 배를 꾹꾹 눌러 보았다. 하느님의 의지가 만든 이 사건은 곧 소령에게 보고되었고, 오늘 지체 없이 새 말을 사오기로 결정되었다. 성 베드로 제일 아침, 예배가 끝난 후 우리 모두가 모여 있을 때 팔려고 내놓은 말들이 끌려왔다. 말을 구입하는 일만큼은 죄수들에게 위임되어 있었음은 두말할 나위가 없다. 죄수들 중에는 진짜 말 전문가들이 많이 있었고, 이전부터 이런 일만을 해오던 2백 50명을 속인다는 것은 어려운 일이기 때문이다. 끼르끼즈 인, 말 장수 집시, 일반 시민들이 모여들었다. 죄수들은 새

---

132 밤색 말에 대한 일반적인 호칭.

말들이 앞에 나타나기를 매우 초조하게 기다리고 있었다. 죄수들은 아이처럼 기뻐하고 있었다. 무엇보다 즐거운 것은 실제 〈자신의 돈〉으로 〈자신의 말〉을 사는 듯한 기분과 살 수 있는 완전한 권리를 가지고 있는 듯한 기분을 만끽할 수 있다는 점이었다. 세 필의 말이 끌려오고 끌려서 나갔는데, 마침내 네 번째 말에 이르러 일은 종결되었다. 말을 끌고 온 중개업자들은 다소 놀라움을 감추지 못하고 겁에 질린 듯 사방을 두리번거리기도 하고 연신 자신을 데리고 온 감시병을 돌아다보기도 하였다. 그래서 어느 누구도 넘어 본 적이 없는 문지방 뒤편 감옥의 둥지 속에 있으면서, 자기 집에서도 족쇄를 차고 머리를 밀고 낙인이 찍혀 있는 그런 2백이나 되는 무리들은 자긍심을 갖게 마련이다. 죄수들은 끌려온 말을 한 마리 한 마리 검사하는 데 갖가지 교묘한 방법을 다 동원하였다. 말의 어느 곳을 주시하든지, 말의 어떤 부분을 만지든지, 그들은 마치 이 일에 감옥의 주요한 복지가 달려 있기라도 한 듯, 사무적이고 진지하며 다소 걱정스러운 표정을 짓고 있었다. 체르께스 인들은 눈에 힘을 주며 말에 올라타 보기도 하고, 하얀 이를 드러내고 매부리코의 거무튀튀한 얼굴을 끄덕이며 알아들을 수 없는 자기네 말을 뇌까리기도 했다. 러시아 인들 중에는 마치 체르께스 인의 눈동자에 뛰어들고 싶기라도 한 듯 온 신경을 기울여 그들의 말에 귀 기울이고 있는 자도 있었다. 말〔言語〕을 이해할 수는 없어도 눈짓으로라도 어떤 결정이 내려지는지, 말〔馬〕이 마음에 드는지 안 드는지 알아내려는 것이었다. 옆에서 보는 사람이 이상하게 여길 정도의 조급한 관심일 수도 있을 것이다. 자신의 동료 죄수들 중 몇몇 사람들 앞에서는 불평 한마디 못할 정도로 온순하고 무시당하던 어떤 죄수가 거기서 무엇 때문에, 자신의 말을 살 것처럼 그렇게 조바심을 내고 있는지 이해할 수 없었다. 그에게는 어떤 말을 사든 마찬가지가 아닌가 하는 생각이 들었다. 체르께스 인 이외에 말에 대해 잘 알고 있는 사람은 말 장수를 했거나 집시였던 사람이다. 그래서 이들에게 제일 좋은 자리와 결정의 우선권이 주어지곤 했다. 그런데 이전에 집시였고 말 도둑이면서 말 장수이기도 했던 꿀리꼬프와, 최근에 감옥에 들어왔으며 이미 꿀리꼬프에게서 도시의 단골을 몽땅 빼앗아 버린 독학 수의사인 교활한 시베리아 농부 사이에 점잖은 싸움이 벌어질 뻔하였다. 사건 전말을 이야기하자면, 독학 수의사는 도시 사람들에게 실력을 인정받게 되었고, 도시의 시민이나 상인뿐 아니라 고위층 사람들까지도 도시에 있는 수의사들을 제쳐 두고 말이 병에만 걸리면 우리 감옥으로 데려오곤 했다. 그러나 이 시베리아 농부 욜낀이 오기 전까지 꿀리꼬프는 경쟁자가 없는 실력자였고 많은 단골을 독점하여 두둑한 사례금을 받고 있었다. 그는 무척이나 잘난 듯이 허풍을 떨며 사람들을 기만했지만, 모두가 말뿐이었으며 아는 것은 별로 없었다. 사례금 덕분에 그는 우리들 중에서 비교적 귀족 같은 생활을 하고 있었다. 그렇지만 그는 연륜, 재치, 두둑한 배짱 때문에 감옥의 죄수들에게 존경을 받기도 하였다. 우리는 그의 말을 경청하고 잘 따랐다. 그러나 그는 말수가 적어서, 아주 중요한 경우에만 매우 상냥한 말투로 한마디씩 할 뿐이었다. 그는 눈에 띄게 멋을 부리고 있었지만, 진짜 정력도 넘쳤다. 그는 이미 꽤 나이가 들었지만, 무척 잘생기고 아주 현명한 사람이었다. 우리 귀족 출신들에게는 공손했지만 동시에 위엄도 갖출 줄 알고 있었다. 때문에 내 생각에는 그가 잘 차려 입고 백작으로 가장하여 수도에 있는 어느 클럽에 간다고 해도, 그는 당황하지 않고 휘스트[133] 카드 놀이에

---

133 네 명이 하는 카드 놀이.

잘 어울리고 이야기할 때마다 품위를 보일 것이므로, 저녁 내내 그가 백작이 아니고 부랑자라는 사실을 사람들은 눈치채지 못할 것임에 틀림없다는 생각이 들었다. 진지하게 말하지만, 그는 정말로 똑똑하고 눈치가 빨라 상황 판단을 잘하는 사람이었다. 게다가 행동까지도 우아했다. 그는 세상의 온갖 풍파를 다 겪었을 테지만 그의 과거는 미지의 어둠으로 덮여 있었다. 그는 특별실에 수용된 죄수였다. 그런데 농민이긴 하지만 꽤나 교활하고 50세 나이의 분리파 교도 욜긴이 출현함으로써 수의사로서의 꿀리꼬프의 영광은 산산조각이 나버렸다. 두 달 만에 욜긴은 꿀리꼬프의 단골을 거의 빼앗았으며 꿀리꼬프가 가망 없다고 단념한 말도 쉽사리 고쳤다. 또한 도시에 있는 수의사들이 포기한 말도 치료했다. 욜긴은 다른 사람들과 같이 화폐를 위조한 죄로 감옥에 들어왔다. 연로한 나이로 그런 일에 가담하고 싶었을까! 그는 자신을 비웃으면서 진짜 금화 세 개를 들여서 고작 금화 하나에 해당되는 위조 화폐를 만들었다고 이야기해 주었다. 꿀리꼬프는 욜긴이 수의사로서 성공한 것에 대해 적잖은 모욕을 느꼈으며, 죄수들 사이에서도 이전의 그의 영화는 빛을 잃어 가고 있었다. 그는 교외에 애인이 있었는데, 그녀는 비로드 천의 소매 없는 외투를 입고 다녔으며 은 귀고리, 팔찌, 가장자리를 장식한 장화 등을 그녀에게 선물하는 데 들인 무리한 지출에다가 갑자기 수입이 줄어드는 바람에 술 밀매자로 전락하지 않을 수 없었다. 사람들은 이 모든 정황으로 보아 그네드꼬의 구입시 이 두 적수의 격투가 벌어질 것이라고 호기심을 가지고 기대하고 있었다. 이 적수 두 명은 제각기 편을 가지고 있었고, 각 편의 우두머리들은 이미 흥분한 상태로 욕설을 주고받기 시작했다. 욜긴 자신도 능글맞은 얼굴에 조소의 미소를 띠고 있었다. 그러나 기대한 대로 되지 않았다. 꿀리꼬프는 욕을 할 생각조차 없이 그 대신에 오히려 고단수의 행동을 취했다. 그는 양보의 뜻을 표시하며 경쟁자의 비판적 의견을 정중히 수렴하는 태도를 보이다가 상대방의 한마디를 꼬투리 잡아 집요하지만 겸손하게 잘못을 지적한 후, 욜낀이 냉정을 되찾고 다시 이야기할 틈을 주지 않고 무엇이 잘못된 것인지 일목요연하게 증명해 보였다. 한마디로 말해 욜낀은 정말 뜻하지 않게 기습적으로 한 대 맞은 격이 되었으며, 결말은 그의 승리였다. 하지만 꿀리꼬프 편에서도 만족하고 있었다.

「아니야, 이 친구야. 저자가 순순히 질 것 같아? 자신을 방어하는 방법쯤은 알고 있다고. 대단해!」 한 사람이 말했다.

「욜낀이 더 많이 알아!」 다른 사람이 대꾸하긴 했지만 조금은 수그러드는 말투였다. 그러자 양편 모두 갑자기 양보하는 어조로 이야기하기 시작했다.

「많이 안다기보다 손재주가 뛰어난 거야. 그러나, 꿀리꼬프도 가축에 관한 한 뒤지지 않아.」

「그렇지 대단해!」

「그렇고말고.」

마침내 새 그네드꼬를 골라 사들이게 되었다. 새 그네드꼬는 어린 말로 튼튼했고 수려하며 매우 귀여운 모습을 지닌 멋진 말이었다. 어느 것 하나를 보아도 흠잡을 데가 없는 말이었다. 처음 부른 값이 30루블이었는데 25루블로 해달라고 모두들 열심히 오랫동안 값을 깎기도 했다. 그러다가 자신들 스스로를 보며 웃기도 했다.

「네 바구니에서 돈을 꺼내 줄 건가?」 누군가가 이렇게 말했다. 「왜들 흥정을 하고 그래?」

「관청 돈인데 아까울 게 뭐 있어?」 다른 사람이 소리쳤다.

「하지만 그건 모두 조합 돈이야……」

「조합이라고! 우리 같은 바보는 씨를 뿌리지 않아도 알아서 저절로 자란다니까.」

마침내 28루블에 합의를 보고 소령에게 보고한 뒤 구입하여 감옥으로 데려오게 되었다. 곧바로 빵과 소금[134]을 주고 새 그네드꼬를 자랑스러운 듯이 감옥으로 데려온 것은 물론이다. 데려오면서 그네드꼬의 목덜미를 살짝 치거나, 콧등을 어루만져 보지 않은 죄수는 하나도 없을 것이다. 바로 그날 우리는 그네드꼬를 마차에 매달아 물을 운반하게 하고는 그 모습을 신기하고 사랑스럽게 바라보았다. 물을 운반하는 마차를 부리는 로만은 새 말을 누구보다도 만족스럽게 바라보았다. 로만은 50세 농부로 말수가 적고 착실한 사람이었다. 대부분 러시아 마부들은 착실하고 말수가 적은 사람이 많은데, 말에 대한 지속적인 관심이 인간에게 그런 성격을 형성시켜 주기라도 하는 모양이다. 로만은 조용하고 과묵했는데 누구에게나 친절했으며 코담배를 계속 빨아들이는 골초로, 언제부터인가 감옥에 있는 그네드꼬를 돌봐 주고 있었다. 이번에 새로 산 그네드꼬는 3대째의 그네드꼬였다. 우리는 〈가풍〉을 지키듯이 감옥에는 밤색 털의 그네드꼬가 안성맞춤이라고 믿고 있었다. 이는 로만도 마찬가지였고, 그래서 얼룩말 같은 것을 사들인 적은 한 번도 없었다. 물을 운반하는 마차의 마부 직책은 언제나 로만에게 맡겨져 있었고 다른 죄수들 중 누구도 그 자리를 차지하려고 하지 않았다. 이전의 그네드꼬가 죽었을 때도 로만의 실책이라고 여기는 사람은 하나도 없었으며 소령도 마찬가지였다. 그저 하늘의 뜻이려니 생각했고, 로만은 훌륭한 마부임에 틀림없다고 믿고 있었다. 죄수들은 대체로 거친 민중이지만 오가며 자주 그네드꼬를 쓰다듬어 주었다. 그럴 만도 한 것이, 강에서 돌아온 로만이

134 새 손님을 맞이할 때, 쟁반에 빵과 소금을 받쳐들고 환영한다는 표시로 이것을 맛보게 하는 러시아의 풍습.

하사가 열어 준 문을 닫을 동안 그네드꼬는 물통을 단 채 문 앞에서 곁눈으로 로만을 바라보고 서서 그를 기다린다. 그러다 로만이 〈혼자 가!〉 하고 말하면 그네드꼬는 혼자 취사장까지 가서 취사 당번과 청소원이 양동이를 가지고 올 때까지 기다리는 것이다. 「훌륭하다! 그네드꼬.」 사람들이 소리친다. 「혼자 오다니……. 말도 잘 알아듣는군.」

「정말이야. 짐승이라도 다 알아들어!」

「장하다. 그네드꼬!」

그네드꼬는 마치 이런 말을 이해하고 칭찬받은 것에 흡족해 하는 양 머리를 흔들며 코를 실룩거린다. 그러면 반드시 누군가 빵과 소금을 갖다 주고, 그네드꼬는 그것을 먹고는 다시 머리를 흔든다. 〈난 너를 알고 있어. 안다고! 나는 귀여운 말이고 너는 좋은 사람이야!〉라고 말하려는 듯이.

나 역시도 그네드꼬에게 빵을 갖다 주는 것을 좋아했다. 그의 잘생긴 콧등을 보는 것이 즐거웠고 재빠르게 먹을 것을 물어 올리는 부드럽고 따뜻한 입술이 내 손바닥에 닿는 느낌이 왠지 좋았다.

일반적으로 우리 죄수들은 동물을 좋아하고 잘 키울 수 있었으므로, 가능하기만 하다면 감옥에서 많은 수의 가축과 새들을 기꺼이 길렀을 것이다. 어쩌면 이 일만큼 죄수들의 난폭하고 거친 성격을 부드럽게 바꿀 수 있는 효과적인 방법도 없을 것이다. 그러나 규칙상으로나 장소의 문제를 보아서도 이것은 허용되지 않았다.

그러나 우연히도 내가 감옥에 있을 당시에는 늘 동물이 몇 마리쯤 있었다. 그네드꼬 외에도 개가 있었고, 거위, 염소 바시까, 얼마 동안은 독수리도 있었다.

제일 오래 우리 감옥에 함께 있었던 것은 앞에서도 말한 샤리끄라는 개였으며, 이 개는 영리하고 온순했고 나와 매우 친하게 지냈다. 그러나 민중들은 개를 부정한 동물로 생각하는 것이 일반적이었기 때문에 개에게 별 주의를 기울이지 않았고 당연히 샤리끄를 잘 돌보아 주지도 않았다. 그래서 샤리끄는 혼자 있을 때가 많았고 마당에서 잠을 자고 취사장에서 나오는 남은 음식들을 먹고 살았다. 누구에게도 특별한 관심을 받고 있지 않았으면서도 감옥에 있는 모두를 알고 있었으며, 주인으로 여기고 있었음에 틀림없다. 왜냐하면 죄수들이 노역에서 돌아올 시간이 되어 위병소에서 〈상병!〉 하고 외치는 소리를 들으면 문으로 달려가서 모두를 반갑게 맞이했고, 꼬리를 흔들면서 쓰다듬어 주기를 기다리기라도 하듯 한사람 한사람을 애교 있는 눈으로 쳐다보기 때문이다. 그런데도 오랜 동안 나 이외에는 누구에게도 귀여움을 받아 본 적이 없었다. 그 때문에 샤리끄는 누구보다도 나를 좋아했다. 그 후 언제였는지 잘 기억할 수는 없지만 우리 감옥에 벨까라는 또 한 마리의 개가 나타났다. 그리고 세 번째로는 언젠가 노역에서 돌아오면서 강아지였던 것을 주워다가 내가 손수 기른 꿀쨔쁘까라는 개도 있었다. 벨까는 묘한 개였다. 이 개는 마차에 깔려 등이 안으로 구부러져 있어 멀리서 뛰어가는 모습을 보고 있으면 마치 몸이 붙은 두 마리의 흰 동물이 뛰고 있는 것처럼 보인다. 또한 온몸이 옴투성이였고, 눈곱이 낀 눈에 꼬리는 털이 거의 하나도 없이 밋밋한 데다가 언제나 엉덩이에 찰싹 붙이고 있었다. 벨까는 처량한 운명 때문인지 온순하기만 했다. 한 번도 짖거나 으르렁대지 않았으며 기력도 없어 보였다. 더욱이 빵 때문에 옥사 뒤에 살고 있었는데 우리들 중 누군가를 보기만 하면 몇 발자국 떨어져 있어도 〈자, 마음대로 하시오. 보시다시피 나는 반항하지 않습니다〉라는 순종 표시라도 하듯 등을 대고 뒤로 벌렁 누워 버리는 것이었다. 모든 죄수들은 이 모양을 보고는 의무라도 되는 양 〈비겁한 놈〉 하면서 장화로 툭툭 찬다. 그러나 벨까는 끽 소리도 하지 않고 있다가 너무 아프면 불쌍하게 끙끙댈 뿐이었다. 마찬가지로 무슨 볼일인가 있어 옥사로 달려오다가도 샤리끄나 다른 개들을 만나기라도 하면 역시 벌렁 누워 버린다. 언젠가는 귀가 처진 커다란 개가 벨까를 보고 크게 짖어 대며 으르렁거리자 벨까는 벌렁 자빠져서 꼼짝도 하지 않았다. 그러나 개들은 상대편이 보여 주는 굴복과 순종을 좋아하므로 사나운 개는 곧 누그러져서 뭔가 생각하는 듯이 발 앞에 누워 있는 얌전한 개에게 가서 대단한 흥미를 가지고 온몸 구석구석의 냄새를 맡아 보았다. 그때 온몸을 떨면서 벨까는 무슨 생각을 하고 있었을까? 〈도둑놈 같으니! 날 물어뜯을 건가?〉라고 생각했을 것이다. 그러나 그 개는 냄새를 실컷 맡고 난 후 특별한 재미를 느끼지 못했는지 내버려두고 가버렸다. 그러자 벨까는 벌떡 일어나 언제나 그랬던 것처럼 쥬츠까인가 하는 암캐를 쫓아다니는 무리를 따라 절룩거리며 달려갔다. 쥬츠까하고 친해지기란 도저히 가망이 없는 줄 알면서도 언제나 멀리서 절룩거리며 따라다녔다. 불행 속의 유일한 위안인지도 모른다. 이미 벨까는 명예를 생각하는 일은 포기한 것 같았다. 미래에 대한 모든 희망을 상실한 채 오직 빵만을 위해 살고 있는 듯했으며, 자기 스스로도 이것을 알고 있는 듯했다. 한번은 내가 벨까를 쓰다듬어 준 적이 있었다. 이 일이 그에게 매우 뜻밖이었으므로 갑자기 사지를 쭉 뻗고 땅에 주저앉아 온몸을 부들부들 떨었으며, 감동한 나머지 크게 끙끙 소리를 내었다. 측은한 생각이 들어 나는 자주 쓰다듬어 주었다. 이후로 벨까는 나를 보기만 하면 끙끙 소리를 내었다. 멀리서라도 나를 보기만 하면 병적으로 울부짖듯 짖어 댔다. 결국 벨까는 감옥 건너의 둑에서 다른 개들에게 물려 죽고야 말았다.

그러나 꿀쨔쁘까의 성격은 완전히 달랐다. 내가 뭣 때문에 눈도 뜨지 않은 강아지를 작업장에서 감옥으로 데려왔는지 모르겠다. 나는 그놈을 먹이고 기르는 것이 즐거웠다. 샤리끄는 곧 꿀쨔쁘까와 친해져서 보호자가 되었고, 잠도 함께 잤다. 이 꿀쨔쁘까가 조금 커지자 샤리끄는 자기 귀를 물어당기게도 하고 털을 물어뜯게도 하면서, 마치 큰 개와 강아지가 노는 보통의 모습처럼 둘은 같이 놀았다. 이상하게도 이 꿀쨔쁘까는 키는 크지 않고 몸통만 길고 굵게 자랐다. 털은 곱슬거리는 밝은 잿빛에 가까웠고 귀 한쪽은 밑으로 처지고 또 한쪽은 위로 쫑긋 솟았다. 이 개는 모든 새끼 동물이 그렇듯이 발랄하고 귀여웠으며, 주인을 보면 기뻐서 짖어 대고 얼굴을 핥으려고 뛰어오르기도 하면서 자신의 감정을 있는 그대로 남김없이 보여 주려 하였다. 〈기쁨을 표시하는 데는 체면치레 같은 것을 차려야 할 이유가 하나도 없다〉는 것처럼 말이다. 그는 내가 어디에 있든지 간에 〈꿀쨔쁘까!〉 하고 부르기만 하면 땅에서 솟은 것처럼 어느 구석에서든 뛰어나와 환희의 외침을 지르며 공같이 구르다가 나중에는 뒤로 벌렁 눕곤 했다. 나는 이 작은 영물을 말할 수 없이 사랑했다. 그의 운명은 기쁨으로만 가득 차 있다고 느껴졌다. 그러던 어느 화창한 날, 부인용 반장화의 제조와 가죽 재단을 하고 있는 네우스뜨로예프라는 죄수가 이 개에게 특별한 관심을 갖게 되었다. 무엇인가가 갑자기 그를 자극했던 모양이다. 그는 꿀쨔쁘까를 불러서 털을 쓰다듬어 주고 편히 바닥에 눕혔다. 아무런 의심도 없이 꿀쨔쁘까는 행복에 젖어 끙끙거렸다. 그런데 다음날 아침, 이 개는 사라져 버리고 말았다. 나는 오랫동안 개를 찾았지만 어떤 자취도 찾을 수 없었다. 그러나 2주 후 모든 것이 밝혀졌다. 네우스뜨로예프는 개털이 탐이 났던 것이다. 그래서 가죽을 벗겨 재단하여 이것을 안에 대고 법무장관 부인에게 주문받은 겨울용 벨벳 반장화를 만든 것이다. 반장화가 완성되자 그는 내게도 보여 주었다. 모피는 훌륭했다. 가엾은 꿀쨔쁘까!

우리 감옥에는 가죽 재단을 하는 죄수들이 많았으므로 좋은 털을 가진 개들을 데려와도 금세 사라져 버리곤 했다. 어떤 사람은 훔쳐 오기도 하고 사오기도 했다. 지금도 기억하고 있지만, 한번은 취사장 뒤에서 뭔가 소곤거리며 열심히 이야기하고 있던 두 사람을 본 적이 있다. 그들 중 한 명은 분명 비싼 종자로 보이는 크고 멋진 개를 묶은 끈을 잡고 있었다. 어떤 망나니 같은 하인이 주인집에서 개를 끌어내어 우리 감옥의 구두장이에게 은화 30꼬뻬이까에 판 것이다. 두 사람은 바로 그 개를 죽이려던 참이었다. 일은 간단했다. 가죽을 벗겨 낸 후 감옥 맨 뒤에 있는 크고 깊은 하수구에 시체를 던져 버리면 그만이었다. 그래서인지 이 하수구에서는 더운 여름이면 심한 악취가 풍겼고 이따금씩 청소를 할 뿐이었다. 불쌍한 개는 자신에게 닥쳐올 운명을 알고 있는 것 같았다. 주위를 살피는 불안한 눈초리로 번갈아 우리 셋을 바라보았고, 이따금씩 털이 북실북실한 꼬리를 흔들어 대며 우리의 마음을 돌려 보려고 애쓰는 것 같았다. 나는 다급히 그 자리를 떠났고, 물론 그들은 일을 무사히 끝냈을 것이다.

한번은 우연하게도 감옥에 거위가 있었던 적이 있다. 누가 그것들을 데려왔는지 주인이 누구인지는 알 수 없지만, 한동안 거위들은 죄수들을 즐겁게 해주었고 도시에까지 소문이 날 정도였다. 그들은 감옥에서 부화되었고 취사장에서 먹이를 얻어먹고 살았다. 갓 부화한 새끼가 어느 정도 자라면 꽤 시끄러운 무리가 되어 죄수들과 함께 노역에 따라다니기도 했다. 북이 울리고 노역 나갈 대열이 출구 쪽으로 움직이면 거위들은 꽥꽥 소리를 내며 날개를 한껏 펴고 쪽문의 높은 문턱을 넘어 우리를 따라 뛰어온다. 그리고 쪽문 오른쪽에 일렬로 정렬하여 일의 배치가 끝나기를 기다린다. 언제나 인원수가 제일 많은 노역조에 가담하여 노역장에서 멀지 않은 곳의 풀을 뜯어먹었다. 노역이 끝나고 감옥으로 돌아올 때는 그들도 함께 돌아온다. 요새 내에 거위가 죄수들과 함께 노역 나간다는 소문이 퍼지게 되었다. 〈봐요, 죄수들이 거위를 데리고 가네요〉 하며 지나가는 사람들이 이야기한다. 〈어떻게 길들였을까?〉 〈이건 거위 먹이 값이오〉 하며 적선을 하는 사람도 있었다. 그러나 거위들의 눈물겨운 충성에도 불구하고, 재계일이 다가오자 죄수들은 거위들을 몽땅 잡아먹어 버렸다.

반면, 염소 바시까는 특별한 사건만 없었다면 잡아먹히지는 않았을 것이다. 역시 어디서 누가 데려왔는지 알 수 없었지만, 어느 날 불쑥 작고 흰 염소 새끼가 감옥에 출현하였다. 며칠 동안 우리 모두는 그를 보살펴 주었고 그는 모두에게 관심과 위안의 대상이 되었다. 우리가 염소를 기르기 위해 구실로 찾아낸 것은 감옥 내에 있는 마구간이었다. 마구간이 있으니 염소를 길러야 한다고 말이다. 그러나 염소는 마구간에서 살지 않고 처음에는 부엌에서, 나중에는 온 감방 내에서 살게 되었다. 이것은 아주 우아하고 장난을 매우 좋아하는 동물이었다. 그는 부르면 곧 달려왔고 의자나 책상 위에 뛰어오르기도 하고 죄수들과 밀고 당기기도 하며 언제나 활기차고 유쾌하게 지냈다. 한번은 이미 뿔이 예리하게 자랐을 때였는데, 다른 방 죄수들과 옥사 입구 층계에 모여 앉아 있던 바바이라는 레즈긴[135] 사람이 염소와 씨름을 해보려는 생각을 품었다. 염소와 그는 오랫동안 이마를 맞대고 대치하고

---

135 까프까즈 지방의 다게스딴 종족의 총칭.

있었다. 이것은 죄수들이 염소와 즐겨 하던 오락이었다. 그러다 바시까가 갑자기 입구 층계 맨 위로 올라가서 바바이가 잠깐 한눈을 판 사이에 갑자기 뒷발을 세우고 앞발을 모았다가 힘껏 뛰어내려 바바이의 뒤통수를 쳤고, 바바이는 층계에서 공중제비를 돌듯 굴러 떨어졌다. 그곳에 있던 사람들과 특히 바바이는 이 광경을 무척이나 재미있어 했다. 한마디로 바시까는 모두에게 사랑을 받았다. 바시까가 어느 정도 자라자 죄수들은 진지하게 상의한 끝에 바시까에게 어떤 수술을 해주기로 하였다. 수술은 수의사 죄수들이 능숙하게 해치웠다. 〈이젠 바시까에게서 냄새가 나지 않을 거야!〉라고 죄수들은 말하였다. 그 후 바시까는 놀라울 정도로 살이 찌기 시작했다. 마치 잡아먹기 위해서 키우고 있는 가축인 양 죄수들은 열심히 바시까를 먹였다. 마침내 바시까는 유난히 살집이 좋은 데다 뿔이 길게 자란 훌륭한 염소가 되었다. 때로는 체중을 이기지 못하고 비틀거리면서 걸어다니기도 했다. 또한 죄수들과 함께 노역을 나가면서 죄수들과 오가는 행인을 웃기기도 하였다. 이따금 죄수들이 강변에서 노역을 하게 되면, 연한 버드나무 가지를 꺾기도 하고 나뭇잎을 모으기도 하고 둑에 핀 꽃을 따기도 하여 이 모든 것으로 바시까를 장식해 주었다. 뿔에는 가지와 꽃을 감아 주고 몸에는 둥글게 만든 화환을 걸어 주었다. 이렇게 하여 감옥으로 돌아오는 길에는 화려하게 장식한 바시까가 앞장을 서고 죄수들이 뒤를 따르면서 지나가는 사람들에게 자랑이라도 하는 듯했다. 염소에 대한 애정이 깊은 나머지 어떤 죄수는 〈바시까의 뿔을 금으로 칠해 줄 수 없을까?〉 하는 아이 같은 생각을 하기도 했다. 그러나 이것은 어디까지나 말뿐이었고 실행되지 않았다. 언젠가 나는 감옥에서 제일가는 도금사로 알려진 이사이 포미치에게 정말 염소 뿔에 도금할 수 있는지 물어본 기억도 난다. 그는 염소를 찬찬히 살펴보며 곰곰이 생각하더니, 가능하긴 하겠지만 〈오래가지 못할 뿐더러 쓸데없는 짓이야〉하고 대답했다. 그 일은 그렇게 흐지부지되었다. 이렇듯 바시까는 늙어 죽을 때까지 죄수들과 함께 오랫동안 살 것 같았다. 그러나 어느 날 노역에서 여느때처럼 화려하게 장식하고 죄수들 앞에 서서 감옥으로 돌아오는 도중에 어디론지 나가는 소령과 마주쳤다. 〈서라!〉하고 소령은 소리쳤다. 〈누구 염소야?〉 죄수들이 설명을 했다. 〈뭐라고! 감옥에서 염소를 키우다니! 그것도 내 허락 없이 말야! 하사!〉하사가 뛰어왔다. 그러자 염소를 당장 죽여 버리라고 명령했다. 가죽은 벗겨서 시장에 팔고, 판 돈은 국고 보관의 죄수 적립금에 넣고, 고기는 수프를 만들라는 것이었다. 죄수들은 안타까워하며 이러쿵저러쿵 말들을 했지만 명령을 어길 수는 없었다. 바시까는 그 하수구에서 도살되었다. 고기는 죄수 중 한 사람이 1루블을 내고 몽땅 사들였다. 그가 낸 돈으로 우리는 흰 빵을 샀고, 바시까를 산 죄수는 고기를 구워서 한 점씩 나누어 죄수들에게 팔았다. 고기는 정말 별미였다.

우리 감옥에는 얼마 동안 독수리가 있었던 적도 있다. 그것은 광야에 사는 그다지 크지 않은 독수리였다. 누군가가 상처를 입고 기진맥진해 있는 것을 감옥으로 데려온 것이다. 죄수들이 독수리 앞에 둘러섰다. 독수리는 날지 못했다. 오른쪽 날개는 땅에 축 늘어지고 한쪽 다리는 부러져 있었다. 독수리가 강한 경계심을 가지고 주위를 둘러보던 시선과 어이없이 죽고 싶지 않다는 결의를 보이기라도 하듯 갈고리처럼 구부러진 부리를 벌리고 있던 모습이 지금도 기억난다. 모두가 그를 보는 것이 시큰둥해져서 흩어지기 시작하자, 독수리는 옆으로 비켜나 한쪽 발로 콩콩 뛰어 절룩거리면서 성한 쪽 날개를 푸드덕거려 감옥 맨 끝 구석으로 가서는 말뚝에 몸을 기대고 숨어 버렸다. 그곳에서 그는 석 달 동안이나 살았으나 한 번도 구석에서 나온 적이 없었다. 처음에 죄수들은 종종 독수리를 들여다보면서 개를 부추겨 장난을 걸기도 하였다. 샤리끄는 맹렬히 덤벼들 기세였으나 가까이 가는 것이 두려운 것처럼 보였으며, 이것이 또한 죄수들은 재미있었다. 〈과연 독수리답군!〉 하고 죄수들은 말했다. 〈안 물러서는데!〉 그 후 샤리끄도 심하게 독수리를 괴롭히기 시작했다. 상대가 상처를 입은 것을 알고 두려움이 사라진 것인지 사람들이 부추길 때마다 상처난 날개를 요령껏 물곤 했다. 그럴 때면 독수리는 안간힘을 써서 발톱과 주둥이로 방어하며, 더욱 구석으로 들어가 몸을 웅크린 채 호기심에 차서 구경 나온 죄수들을 마치 왕처럼 오만하고 날카롭게 쏘아보았다. 나중에는 모두 독수리에 대한 장난도 시들해졌다. 그리고는 한동안 내버려둔 채 잊고 있었다. 그러나 매일 독수리 가까이에는 몇 점의 고기와 물을 담은 단지가 놓여 있었다. 누군가 그를 돌보아 주었던 것이 분명하다. 처음에 그는 이것을 먹으려 하지 않았다. 나중에는 결국 먹게 되었지만 사람들의 손에서 받아먹거나 사람들이 보는 앞에서는 절대로 먹지 않았다. 나는 여러 번 먼 발치에서 그를 관찰한 적이 있다. 주위에 아무도 보이지 않아 혼자라고 생각이 들면 독수리는 구석에서 나와 울타리를 따라 열두 발짝쯤 되는 멀지 않은 곳까지 절룩거리며 걸어갔다가, 도로 제자리로 갔다가 다시 나오곤 했다. 마치 걸음 연습을 하고 있는 듯했다. 그러다가 나를 보면 그는 즉시 절룩거리며 깡충깡충 뛰어 자기 자리로 돌아가서 머리를 곤두세우고 부리를 벌린 채 털까지 세우고는 전투 태세를 갖추는 것이었다. 나는 어떠한 상냥함으로도 독수리의 마음을 누그러뜨릴 수가 없었다. 그는 물어뜯고 난폭했으며 내가 주는 고기는 거들떠보지도 않았고, 나를 볼 때마다 적의에 찬, 찌를 듯한 눈초리로 노려보기만 하였다. 그는 혼자서 쓸쓸하게 죽음을 기다리며 아무도 믿지 않고 누구와도 친해지려 하지 않았다. 얼마 후 죄수들은 그에게 다시 관심을 갖게 되었다. 근 두 달 동안은 아무도 그에게 관심을 갖거나 걱정해 주지 않다가 느닷없이 그에 대한 연민이 생겼던 모양이다. 죄수들은 독수리를 풀어 주어야 한다고 이야기하기 시작했다. 「이왕 죽을 거라면 감옥 밖에서 죽게 하자.」 누군가 말했다.

「물론이야. 새는 자유로운 야생 동물이니까 감옥에 익숙해질 수 없어.」 다른 사람이 맞장구를 쳤다.

「당연하지. 새는 우리와는 달라.」 또 한 사람이 덧붙였다.

「무슨 쓸데없는 소리. 새는 새고 우리는 인간이야.」

「독수리는 숲의 왕이야……」 스꾸라또프가 말을 하려 했지만 이번에는 아무도 들으려 하지 않았다. 그리하여 점심 식사 후 노역 시간이 되었음을 알리는 북소리가 울리자 죄수들은 독수리를 잡아 감옥 밖으로 데려갔다. 매우 난폭하게 굴었으므로 부리를 손으로 꽉 쥐었다. 둑길까지 데리고 갔다. 열두 명 정도 되는 노역조 전원이 독수리가 어디로 갈 것인지 주의 깊게 지켜보고자 했다. 이상한 일이었다. 마치 자신들에게 잠시나마 자유가 주어진 것처럼 죄수들은 무척 만족스러워하고 있었던 것이다.

「개고기 같은 놈. 선의를 베풀어 주려는데 물려고만 하네!」 독수리를 잡고 있던 사나이가 거칠게 반항하는 새를 애정 어린 눈으로 바라보면서 말했다.

「빨리 놔줘. 미끼뜨까!」

「그를 잠시라도 가두지 말자. 어서 빨리 자유롭게 해주자고. 진짜 자유 말이야. 자유!」

죄수들은 독수리를 둑길 위에서 초원으로 놔주었다. 늦가을의 음산한 날이었다. 황량한 초원을 따라 바람이 휘익 불어 제멋대로 자란 누렇게 마른 풀숲을 부스스 흔들고 있었다. 독수리는 상처 입은 날개를 퍼덕이며 곧장 내려갔다. 어디든지 간에 우리로부터 한시 바삐 벗어나고 싶은 것 같았다. 죄수들은 풀숲 사이로 독수리의 머리끝이 아른거릴 때까지 호기심 어린 시선으로 그의 뒤를 쫓고 있었다.

「저걸 봐!」 한 사람이 만감이 교차하는 듯한 어조로 말문을 열었다.

「뒤돌아보지도 않는군!」 다른 사람이 거든다. 「한 번도 돌아보지 않아. 아예 도망치고 있군!」

「아니 그럼, 감사 인사라도 하려고 돌아올 줄 알았나?」 세 번째 사람이 말했다.

「당연한 일이지, 자유야, 자유를 느낀 거지.」

「자유 농민처럼 된 거다, 이 말이야.」

「벌써 안 보이는데……!」

「왜 그러고 서 있는 거야? 빨리 가!」 감시병이 소리를 질렀다. 모두 아무 말 없이 작업장으로 발길을 옮겼다.

7. 항의

이 장을 시작하면서, 이미 고인이 된 알렉산드르 뻬뜨로비치 고랸치꼬프 씨에 대한 기록의 발행인은 독자들에게 다음과 같은 사항을 알리는 것이 의무라고 생각한다.

〈죽음의 집의 기록〉의 첫 장에서 귀족 출신의 한 부친 살해범에 대해 몇 마디 이야기를 한 바 있다. 이 이야기는 때때로 죄수들이 자신들이 저지른 범죄에 대해 어떤 감정도 없이 이야기하곤 하는 그런 예로 들 수 있다. 살해범은 법정에서 자신의 범죄를 인정하지는 않았지만, 사건의 상세한 부분까지 모두 알고 있는 사람들의 이야기로 판단해 보면, 범죄는 믿지 않을 수 없을 정도로 명백하다는 것도 이야기했다. 이러한 사람들은 〈기록〉의 작가에게 말하기를, 범인이 완전히 방탕한 생활을 했으며 빚에 쪼들리고 있었고, 그래서 부친 사후의 유산을 탐하여 자신의 아버지를 죽였다고 말했다. 또한 이 부친 살해범이 이전에 근무했던 도시 전체가 이 사건에 대해 한결같은 이야기를 했다. 이 마지막 사실에 관해서 〈기록〉의 발행인도 충분히 믿을 만한 정보를 가지고 있다. 결국 〈기록〉에서 이야기된 것은, 감옥에서 살인자가 항상 가장 즐거운 심적 상태에 있었으며, 결코 바보는 아니지만, 매우 무분별하고 경박하고 사리 분별 없는 자일 뿐, 〈기록〉의 작가는 그에게서 어떤 특별한 잔인성 같은 것도 눈치채지 못했다는 것이다. 여기에 이런 말도 덧붙여 있다. 〈물론 나는 이 범죄를 믿지 않았다.〉

그런데 최근에 〈죽음의 집의 기록〉의 발행인은 시베리아로부터 범인이 정말로 무죄였으며, 헛되이 10년 동안을 징역 속에서 고통받았다는 것과 그의 무죄가 재판을 통해 공식적으로 밝혀졌다는 소식을 입수하였다. 또한 진범이 검거되어 자백하였다는 것과 이 불운한 사람은 이미 감옥으로부터 자유롭게 되었다는 사실도 알게 되었다. 발행인은 이 소식의 신빙성에 대해서는 결코 아무런 의심도 할 수 없다…….

더 이상 덧붙일 필요는 없다. 이 사실이 얼마나 비극적인 일인가에 대해서, 그런 끔찍한 죄명하에서 아직 젊은 나이에 파괴되어 버린 인생에 대해서 더 이야기하고 확대시킬 것은 아무것도 없다. 사실은 너무나도 분명하고, 그 자체로도 너무나 충격적인 것이다.

또한 우리가 생각하기에, 만일 그러한 사실이 가능했다면, 이러한 가능성 자체는 이미 죽음의 집에 대한 충분한 풍경과 특성에 더욱 새롭고 매우 선명한 성격을 덧붙이는 것에 불과하다.

그러나 이제는 이야기를 계속하자.

나는 이미 앞에서 마침내 내가 감옥에서 내 자신의 처지에 익숙해졌다고 말한 바 있다. 그러나 이 〈마침내〉라는 말은 무척이나 고통스럽고 괴로운 길을 통해 너무나도 천천히 이루어졌다. 실제로 내게는 감옥 생활에 〈익숙해지기〉 위해서 거의 1년이란 기간이 필요했으며, 이 1년은 내 삶에서 가장 힘든 한 해였다. 그렇기 때문에 이 1년은 내 기억 속에 선명하게 새겨져 있다. 내가 느끼기에, 나는 이 1년의 매시간을 순서대로 기억하고 있는 것 같다. 또한 나는 다른 죄수들처럼 쉽게 익숙해질 수 없었다는 것을 이미 이야기한 적도 있다. 이 1년 동안 나는 종종 마음속으로 다음과 같은 생각을 했던 것을 기억하고 있다. 〈그들은 어떨까? 어떻게? 그들은 정말로 익숙해진 걸까? 정말로 아무렇지도 않을까?〉 이러한 의문들이 나를 온통 지배하고 있었다. 내가 이미 말한 바 있지만, 모든 죄수들은 감옥을 자신의 집처럼은 아니지만, 마치 여인숙이나 혹은 행군 도중인 듯이 또는 어떤 휴식 장소에 머무는 것처럼 생활하고 있었다. 종신형을 선고받은 사람들은 공연히 바쁘게 움직이거나 애수에 잠겨 있었는데, 그들 각자는 확실히 거의 불가능한 어떤 것에 대해 마음속으로 꿈꾸고 있었다. 비록 말을 하지 않고 있지만, 계속적인 불안감이 드러나 보이는 것이었다. 마치 헛소리처럼 근거 없는, 더욱 놀라운 것은 언뜻 보기에 가장 현실적인 사람들의 생각 속에도 종종 깃들어 있는, 가끔 무의식적으로 말해지고 있는 그런 희망들의 이상스러운 열렬함과 조급함, 이 모든 것들이 이 장소에 독특한 형태와 특성을 부여하였으며, 어쩌면 이러한 성격들이 그곳의 가장 본질적인 특성으로 규정할 수 있는 것일지도 모른다. 감옥이 아닌 곳에서는 느낄 수 없는 특수한 분위기였다. 여기서는 모두가 몽상가였고, 이러한 점은 눈에 띄는 것이었다. 공상은 감옥의 대다수에게 음울하고 음침하고 어떤 건강치 못한 모습을 부여했던 까닭에 병적인 것으로 느껴졌다. 거의 대다수가 침묵했고, 증오에 가까울 정도로 악의에 차 있었으며, 자신의 희망을 겉으로 드러내는 것을 좋아하지 않았다. 단순한 마음과 솔직함은 멸시를 받았다. 희망이 실현 불가능하면 할수록, 이 불가능성을 몽상가 자신이 더 많이 느끼면 느낄수록, 그는 더욱더 집요하고 의도적으로 마음속에 그것들을 숨겨 두었다. 그러나 그것을 포기한 것은 아니었다. 누가 알겠는가. 어쩌면 혹자는 속으로 그것을 부끄럽게 여겼을지도 모른다. 러시아 인의 기질 속에는 긍정적이고 낙천적인 면이 있는 데 반해 자신을 비하하는 속성도 농후하다······. 아마도 자신에 대한 이러한 항구적인 숨겨진 불만족 때문에, 타인과의 일상적인 관계에서 조급성이 나타나기도 하고, 불화와 서로에 대한 조소가 나타나기도 한다. 예를 들어, 만약에 그들 중에서 갑자기 좀 더 순진하고 성급한 어떤 이가 튀어나와서, 어떤 기회에 모든 이들이 속으로 가지고 있는 바를 소리 내어 이야기하고 공상과 희망을 말해 버린다면, 죄수들은 당장에 그를 거칠게 에워싸며 중단시키고 조소할 것이다. 그러나 내가 생각하기에는, 그러한 박해자들 중에서 가장 열성적인 자들이 바로 그 사람보다도 더 많이 자신의 공상과 희망에 매달려 있을지도 모른다. 내가 이미 이야기했지만, 이들 대부분은 마치 가장 멍청한 바보를 바라보듯이 순진하고 단순한 이들을 바라보았으며, 모욕적으로 그들을 대했다. 모두가 선하고 자존심 없는 사람을 멸시해 버릴 만큼 까다롭고 자존심이 강했다. 이러한 단순하고 순진한 수다쟁이를 제외하고, 나머지 모든 이들은 말이 없었으며, 선한 이와 악한 이들, 음울한 이와 밝은 이들로 분명하게 나뉘었다. 음울하고 악의에 찬 이들은 비교할 수 없을 정도로 많이 있었다. 만약에 그들 중에서 천성적으로 말 많은 사람들이 있다면, 그들은 모두 불안정한 허풍쟁이들이며, 불안하고 질투심 많은 사람들일 것이다. 자신의 마음과 내부의 비밀은 겉으로 어느 누구에게도 나타내지 않으면서도 다른 사람의 모든 일에는 관심이 있었다. 그러나 이것은 유행하지도 않았고 받아들여지지도 않았다. 소수에 불과한 선한 이들은 조용했고, 자신의 희망을 마음속에 조용히 용해시켰지만, 물론 음울한 자들보다 더 많이 희망에 의지했고 그 희망에 대한 믿음도 강했다. 그럼에도 불구하고, 내가 생각하기에 감옥에는 완전히 절망해 버린 또 하나의 그룹이 있었다. 예를 들어, 스따로두보프의 공동체에서 온 노인도 그런 부류였다. 어쨌든 그런 사람들은 매우 적었다. 노인은 겉으로 보기에는 평온했지만(나는 이미 그에 대해 이야기했다), 몇 가지 증후로 보아 추측하건대, 그의 정신은 끔찍한 상태인 것 같았다. 그러나 그에게는 나름의 구원과 출구가 있었고, 그것은 바로 기도와 고행에 대한 이상이었다. 또 한 사람, 소령에게 벽돌을 들고 달려들었던, 미쳐서 성서만 읽던 죄수도 아마 마지막 희망마저도 저버려 절망에 빠진 사람 중 하나일 것이다. 그러나 아무런 희망 없이 살아간다는 것은 불가능하므로, 그도 자기 식대로의 인위적인 순교 속에서 출구를 찾아냈다. 그가 말하기를, 자신은 단지 고난을 받아들이려는 마음으로 악의 없이 소령에게 덤벼들었다는 것이다. 누가 알겠는가! 그 당시 그의 마음속에 어떤 심리적인 과정이 일어났는지. 어떠한 목적과 그 목적을 향한 지향 없이는, 한 사람도 살아갈 수 없는 것이다. 목적과 희망을 잃은 사람은 슬픔으로 인해, 악인으로 변해 버린다…… 우리 모두에게 목적은 바로 자유이고 감옥으로부터의 해방이었다.

지금 나는 우리 감옥에 있는 죄수들을 분류해 보려고 노력하지만, 과연 이것이 가능한가? 심지어 가장 교묘하고 추상적인 사상의 결론과 비교해 본다 하더라도, 현실은 끝없이 다양하기 때문에, 분명하고 큼직큼직하게 구별하기는 어렵다. 현실은 세분화를 지향한다. 그것이 어떠하든지 모두에게처럼 우리에게도 자신의 고유한 인생이 있고, 그것은 획일적이고 공식적인 삶이 아니라 내면적이고 자신만의 고유한 삶인 것이다.

그러나 이미 내가 부분적으로 이야기했듯이, 나는 감옥 생활 초기에 이 생활의 내면적인 깊이로 파고들 수 없었고, 그렇게 하는 방법도 몰랐다. 그래서 그 당시, 생활의 모든 외면적인 현상들이 나를 견딜 수 없는 슬픔으로 괴롭혔다. 나는 때때로 나처럼 이렇게 고통받는 자들을 괜히 증오하기 시작했다. 나는 심지어 그들을 부러워하고 운명을 원망했다. 내가 그들을 부러워했던 것은, 비록 본질적으로는 그들도 나처럼 회초리와 몽둥이에 의해 어쩔 수 없이 강제로 맺어진 이 동료 집단과 억압된 공동 생활을 지겨워하고 혐오스러워하고 각자가 속으로는 모두를 외면하고 있었지만, 그래도 그들은 동료애를 나누고 있었으며 서로서로를 이해한다는 것이다. 다시 반복하지만, 악의에 찬 순간에 찾아 들었던 이 질투의 감정은 나름의 근거 있는 이유를 가지고 있었다. 실제로 귀족이나 교육받은 이들도, 모든 농부들처럼 징역과 감옥 생활이 똑같이 힘든 것이라고 말하지만 이는 전혀 틀린 말이다. 나는 최근에 이러한 생각에 관해 듣기도 하고 읽어 보기도 하였다. 이 사상의 근거는 믿을 만한 것이며 인도주의적인 것이다. 모두가 인간이고 인간적이다. 그렇다 하더라도 이 사상은 너무 추상적이다. 너무나 많은 실제적인 조건들이 외면적으로 간과되었으며, 이러한 조건들은 현실 자체에서만 이해할 수 있는 것이다. 내가 이 이야기를 하는 것은, 귀족과 교육받은 이가 느낌이 더 섬세하다거나 더 병적이라거나, 그들이 더 진화되었기 때문이라는 것은 아니다. 어떤 주어진 수준에 사람들의 정신과 수준 정도를 맞추기란 어려운 것이다. 심지어 이 경우에는 교양 자체도 척도가 될 수 없다. 무엇보다 나는 고통받는 사람들 중에서도, 가장 교육받지 못하고 가장 압박받은 계층일지라도, 정신적으로 가장 섬세하게 발달한 인물을 만날 수 있다는 것을 증명하려는 것이다. 감옥에서는 때때로 몇 년 동안 알고 지내던 사람을 사람이 아니라 짐승이라고 판단하고는 그를 경멸하는 경우가 종종 있다. 그러나 갑자기 뜻하지 않은 충동으로 우연스럽게 그의 영혼이 겉으로 드러나는 순간이 되어, 당신에게 마치 두 눈이 열리는 것 같고 도저히 자신이 처음에 목격하고 들은 것을 믿지 못할 정도로, 당신은 그의 영혼 속에서 자신과 다른 사람의 고통에 대한 분명한 이해와 어떤 풍요로운 감성과 정신을 보게 될 수도 있다. 물론 반대의 경우가 일어나기도 한다. 때로는 야만성과 냉소주의가 교양과 공존하는 경우도 있다. 그 야만성과 냉소주의는 당신이 선하든 선입견을 가지고 있든 간에 당신에게 혐오감을 불러일으키고 당신의 마음속에서 어떤 변명이나 핑계도 찾을 수 없는 것들이다.

나는 또한 습관, 생활 양식, 그리고 음식 등의 변화에 대해서는 아무것도 이야기하지 않았다. 이러한 것들이 상류 사회 출신의 사람들을, 자유 상태에서는 자주 굶주림에 시달렸지만 감옥에서는 적어도 배부르게 마음껏 먹을 수 있는 농부들보다 더 힘들게 하는 것이었다. 이것에 대해서 더 이상 거론하지는 않겠다. 하지만 본질적으로는 습관의 변화가 전체적으로 무의미하고 최악의 일은 아니며, 다른 불편과 비교해 보았을 때, 이러한 모든 부조리가 의지가 강한 사람에게는 작은 일이라고 가정한다 하더라도, 거기에도 고생이란 있는 법이고, 그것에 비하면 앞에서 말했던 것은 아무것도 아닐 뿐더러 옥사의 불결함에도, 억압에도, 빈약하고 더러운 음식물에도 개의치 않게 된다는 것을 뜻한다. 가장 미끈한 하얀 손들과 가장 연약한 응석받이도 얼굴에 흐르는 땀 속에서 하루를 일하고 나면, 검은 빵에 바퀴벌레가 든 야채 수프라도 먹을 것이다. 징역살이를 하는 옛날의 하얀 손에 대한 유머 넘치는 죄수들의 노래에도 언급되듯이 이런 것들엔 익숙해질 수 있다.

나에게 물과 양배추만 준다면
관자놀이가 찢어지도록 먹어 보려네.

아니다. 이것보다도 더 중요한 것은, 감옥에 새로 들어온 이들 모두가 도착한 후 두 시간만 지나면 다른 모든 죄수들처럼 〈자신의 집〉에 있는 것처럼 느낄 뿐더러, 죄수 조합의 동등한 권리를 가진 주인의 하나가 된다는 것이다. 모든 사람들이 그를 이해하고 그 자신 또한 모든 사람을 이해하며, 모두가 서로를 알게 된다. 모든 사람은 그를 〈자기들〉처럼 여기게 된다. 그러나 〈좋은 집안〉 출신이나 귀족들과는 그렇지 않다. 아무리 그가 정당하고 선하고 현명하더라도, 모든 사람들은 한패가 되어 그의 복역 기간 내내 그를 증오하고 멸시하게 될 것이다. 그를 이해하려 하지 않는다. 오히려 중요한 것은 그를 믿지 않는다는 점이다. 그는 그들의 친구도 동료도 아니고, 몇 년이 지나서 결국 그를 모욕하지 않게 된다 하더라도, 역시 그는 그들의 동료가 되지 못하며 영원히 자신의 소외와 고독을 처절히 인정하게 될 것이다. 이러한 소외는 때때로 죄수들의 입장에서는 악의 없이 이루어지는 것이고, 인식하지 못하는 수도 있다. 자신들과 같지 않다는 것, 그것뿐이다. 같은 계층의 사람들과 살지 못하는 것처럼 끔찍한 일도 없다. 따간로그[136]에서 뻬뜨로빠블로프스끼[137] 항으로 이주한 농부는 바로 거기서 러시아 농부와 똑같은 사람을 발견하게 되고, 바로 그와 이야기해서 친해지게 되고, 두 시간 쯤 뒤에 그들은 아마도 하나의 오두막 또는 막사에서 가장 친밀하게 살아가게 될 것이다. 그러나 출신 좋은 사람들에게는 경우가 다르다. 그들은 가장 깊은 심연에 의해 민중들과 유리되어 있고, 이러한 점은 〈출신 좋은 사람〉이 갑자기 외부적인 상황에 의해 이전의 특권을 상실하고 민중들과 생활을 같이 해야만 하는 변화가 주어졌을 때에만 〈완벽히〉 지각할 수 있다. 비록 평생을 민중과 일한다 하더라도, 예를 들어 조건으로 제약을 받는 행정적인 형식 때문에 비록 40년 동안이나 매일같이 그들과 일 속에서 접한다 하더라도, 또는 은인의 모습이나 어떤 의미에서 아버지의 모습으로 우호적으로 지낸다고 하더라도, 근본적으로는 결코 민중과 합치될 수 없다. 모든 것은 단지 시각적인 기만일 뿐이고 그 이상 아무것도 아니다. 나의 견해를 읽으면서 모든 사람들이 내가 과장하고 있다고 이야기할 것이라는 것을 알고 있다. 그러나 나는 이것이 옳다고 확신한다. 나는 책이나 사변을 통해서가 아니라 현실 속에서 이것을 확신했고, 이 확신을 검증할 매우 충분한 시간을 가지고 있었다. 결국 이것이 얼마만큼 옳은 것인가는 뒷날 모두가 알게 될 것이다……

일부러 그런 것처럼 사건들은 처음부터 나의 관찰을 확인시켜 주었고, 예민하고 병적으로 나에게 작용하였다. 이 첫

---

[136] 크림 반도로 둘러싸인 아조프 해 연안의 항구 도시.
[137] 캄차카 해 부근의 항구 도시.

여름에 나는 거의 혼자 외로이 감옥 안을 배회하였다. 나는 내가 징역수들 중에서 결코 같은 처지에서 친해진 것은 아니라 하더라도 나를 사랑할 수 있고, 뒷날에는 나를 사랑하게 될 사람들을 인정하고 구별할 수 있는 그러한 정신 상태가 아니었다는 것을 이미 이야기했다. 나에게도 귀족 출신의 친구들이 있었지만, 이러한 동료애도 나의 마음으로부터 모든 부담을 덜어 주지는 못하였다. 어디를 쳐다보아도 도망갈 곳이 없는 것처럼 느껴졌다. 바로 여기에 처음부터 감옥에서 나의 소외와 고립된 처지를 가장 잘 이해시켜 주었던 사건 하나가 있다. 이미 8월로 접어들던 여름, 어느 맑고 더운 분주한 평일의 열두 시경, 보통 때처럼 모두가 점심 식사 후의 일과에 앞서 쉬고 있을 때, 갑자기 전 감옥의 죄수가 마치 한 사람처럼 일어나서 감옥의 마당에 정렬하기 시작하였다. 나는 이 순간까지 아무것도 몰랐다. 이 당시에 나는 내 자신에 깊이 빠져 들어 있곤 해서, 주위에서 무슨 일이 일어났는지 거의 눈치채지 못하고 있었다. 그러나 감옥은 이미 3일 전부터 소리 없이 동요하고 있었던 것이다. 어쩌면 이러한 동요는 훨씬 이전부터 시작되었는지도 모른다. 이것은 죄수들의 이야기를 통해서 알게 된 것이고, 그와 더불어 최근에 죄수들이 보여 준 잦은 불평과 음울함, 특히 악의에 차 있던 상황을 보고 나중에 내가 짐작했던 것이다. 나는 이것이 힘든 노동과 지루하고 긴 여름날들과 숲과 자유에 대한 본능적인 갈망, 충분히 잠들 수 없는 짧은 밤들 때문이라고 생각했다. 이 모든 것들이 서로 결합되어 하나의 폭발로 나타나는 것 같았는데, 이러한 폭발의 구실은 음식 문제였다. 이미 최근 며칠째 옥사에서는, 특히 점심과 저녁 후에, 죄수들이 취사장에 모여서 크게 불평하거나 욕하기도 하였으며, 취사 죄수들에게 불만을 품어 심지어는 그들 중의 한 사람을 교체해 보기도 하였으나, 얼마 안 되어 새로운 사람을 쫓아내고 이전 사람을 다시 데려왔다. 한마디로 모두가 불안정한 정신 상태에 놓여 있었다.

「일은 힘들게 시키고, 우리에겐 내장만 준다니까.」 취사장에서 누군가가 불평을 했다.

「마음에 안 들면, 블라만제[138]를 주문해.」 다른 이가 이어받았다.

「이봐, 내장이 든 수프를 나는 아주 좋아해, 아주 맛있거든.」 세 번째 사람이 끼어들었다.

「줄창 같은 내장만 먹어도 너는 맛있다는 거냐?」

「물론 지금은 고기를 먹어야 하는 때야.」 네 번째 사람이 말했다. 「우리는 공장에서 죽도록 일만 해. 일한 후에는 배부르게 먹고 싶단 말이야. 내장이 어디 음식이야!」

「내장이 아니라, 우세르지예[139]가 든 거야.」

「이 허파도 마찬가지야. 내장과 허파, 오직 그것만 되풀이한단 말이야. 이게 음식이란 말인가! 여기에는 도대체 법이 있는 거야 없는 거야?」

「그래, 음식이 형편없어.」

「십중팔구 자기들 호주머니를 불리려는 수작이겠지.」

「그것은 네 머리로는 알 수 없는 일이야.」

「그럼 누구의 머리로 알아? 그렇지만 배는 내 거야. 모두가 항의하자. 그럼 일이 될 거다.」

「항의를?」

「그래.」

---

138 크림으로 만든 흰 젤리.
139 러시아 어로 오세르지예라고 발음하는 허파라는 뜻의 단어를 죄수들은 우스갯소리로 우세르지예, 즉 열심이라는 뜻의 단어와 대치시켜 말하고 있다.

「넌 뭘 몰라. 항의를 했다고 맞게 될 거야. 바보 자식아!」

「그 말이 맞아.」지금까지 잠자코 있던 다른 사람이 투덜거리며 덧붙였다.「서두르면 망치게 되는 거야. 항의하게 되면, 처음에 무엇을 말할 것인지부터 말해 봐, 이 멍청아.」

「그래 얘기하지. 만약에 모두가 간다면, 나는 그때 모두와 함께 이야기할 거야. 말하자면 굶주림에 대해서 말이지. 우리 중에는 자신의 돈으로 먹는 사람도 있지만, 나라에서 주는 것만으로 견디는 사람도 있어.」

「약삭빠른 시샘쟁이구먼! 남의 것에 눈을 밝히다니.」

「남의 떡에 눈독들이지 말고, 더 일찍 일어나서 자신의 일이나 생각해 봐.」

「생각해 보라고……! 나는 너와 머리가 셀 때까지 겨뤄 볼 거야. 그렇지, 팔짱 끼고 앉아 있고 싶다는 걸 보니 너는 부자라 이거냐?」

「예로쉬까는 부자지. 개도 있고 고양이도 있고.」

「이봐, 앉아서 무엇을 얻겠다는 거야! 그들의 바보 짓을 흉내내는 것은 이제 충분해. 우리의 껍질을 벗기고 있는데, 왜 가만히 있는 거야?」

「왜냐고! 너는 씹어서 입에 넣어 주어야 한다는 거냐? 씹은 것을 먹는 것이 습관이 되었어. 바로 여기가 징역살이라는 것이 무엇이냐에 대한 대답이다!」

「이것이 결론이야. 민중은 다투고, 그러는 사이에 사령관은 살찌는 거지.」

「바로 그거야. 여덟 눈 자식은 뚱뚱하게 살이 쪘어. 회색 말도 한 쌍 샀고.」

「더구나 술 마시는 것도 싫어해.」

「최근에는 수의사와 카드 때문에 한판 싸움을 벌였대.」

「밤새도록 카드를 하다가 두 시간 동안이나 주먹질을 했대. 페지까가 그러더군.」

「바로 그 때문에 허파가 든 수프를 주는 게지.」

「어이구 이 바보놈들아! 이런 상태로는 몰려갈 수도 없겠다.」

「그러나 어떻든 모두 몰려가서, 그놈이 어떤 변명을 늘어놓는지 들어나 보자. 우기면 되는 거야.」

「변명이라고! 그놈은 너희 바보들[140]을 후려갈기고는 그것으로 그만일 거야.」

「그뿐이야, 재판에 넘길걸……」

한마디로 말해 모두가 흥분해 있었다. 이때 우리의 음식은 사실이지 무척이나 형편없었다. 그리고 모든 것이 엎친 데 덮친 격이었다. 그러나 중요한 원인은 모두에게 공통적으로 내재한 우울한 기분과 늘상 있는 숨겨진 괴로움이었다. 죄수들은 원래 특성상 싸움을 좋아하고 소동을 일으키기 쉬운 성격이지만, 모두가 함께 또는 커다란 무리를 이루어 봉기하는 것은 드문 일이었다. 그것은 항상 의견의 불일치가 원인이었다. 그들 각자가 이것을 스스로 느끼고 있었다. 바로 이 때문에 우리에게는 실행보다 욕설이 많았다. 그러나 이번의 동요는 그냥 지나가지 않았다. 무리를 지어 모이기 시작하였고, 옥사 여기저기에서 떠들기 시작하였으며, 우리 소령의 모든 짓거리를 악의에 차서 욕하며 끄집어냈다. 모든 감추어진 사실들을 들추어냈다. 몇몇이 특히 흥분하고 있었는데, 모든 구체적인 사건에는 항상 선동자와 주모자가 나타나게 마련이다. 이 경우에, 즉 항의할 경우에 주모자들은 어느 감옥에서든, 공동 생활 전체에서든, 대대에서든 대체로 가장 훌륭한 민중들이다. 이들은 특별한 인물들이며, 어디서나 서로

---

140 치아를 의미함.

비슷하다. 이러한 사람은 열정적이고 정의를 갈망하며, 가장 순진하고 정직한 형태로 그 정의가 즉각적이고 확고하게 지체 없이 실현될 것이라 믿는 이들이다. 이러한 사람은 다른 이들보다 어리석다기보다는 오히려 그들 중에서는 매우 현명한 사람에 속한다. 그러나 그들은 지나치게 혈기가 왕성해서 치밀하거나 용의주도하지 못하다. 이러한 모든 경우에 대중을 민첩하게 다룰 줄 알고 일을 성사시킬 수 있는 사람이 등장한다면, 이런 사람은 이미 민중의 지도자나 선천적인 통솔자의 유형, 즉 우리에게는 매우 드문 선도자임이 분명하다. 그러나 나는 지금 항상 일을 성사시키지 못하고, 이것 때문에 일이 끝난 후 감옥이나 징역을 가게 되는 항의의 선동자와 주모자들에 대해서 이야기하고 있다. 그들은 자신의 열정으로 인해 실패하지만, 그 열정 때문에 대중에 대한 영향력을 가지게 된다. 결국 사람들은 그들 뒤를 기꺼이 따르게 되는 것이다. 그들의 정열과 정직한 분노는 모두를 움직이고, 결국에는 가장 망설이는 자들까지도 그들에게 가담한다. 성공에 대한 그들의 맹목적인 확신은 심지어 가장 완고한 회의주의자들까지도 유혹한다. 종종 이러한 확신은 남들이 보기에 어떻게 사람들이 뒤따를 수 있을까 싶을 정도로 그렇게 불확실하고 근거가 미약함에도 불구하고 모두를 끌어들이는 것이다. 그러나 중요한 것은 아무것도 두려워하지 않고, 선두에 서서 나간다는 것이다. 그들은 황소처럼 뿔부터 들이대고 돌진한다. 대부분의 경우 일에 대한 전술도 알지 못할 뿐더러 빈틈없는 준비도, 실제 경험으로 얻은 지혜도 없다. 이런 사람이라면 아무리 범속하고 비열한 인간일지라도 목적을 달성하고 물 속에서도 젖지 않고 나오는 것쯤은 용이할 것이다. 그러나 그들은 즉시 뿔을 부러뜨리고 만다. 평상시의 생활에서 이러한 민중은 성질이 급하고 투덜거리고 곧잘 흥분하고 참을성이 없다. 게다가 그들의 힘의 일부를 구성하고 있으면서도 가장 끔찍한 것은 편협한 성격이다. 또한 무엇보다 유감스러운 것은 직접적인 목적 대신에 종종 엇나간 목적을 위해 돌진한다는 것이고, 중요한 일 대신에 사소한 일에 매달린다는 것이다. 이 때문에 그들은 파멸한다. 그러나, 대중들은 그들을 이해하고 있으며 여기에 그들의 힘이 있다……. 그러나 우선 〈항의〉가 무엇을 뜻하는가에 대해서 한두 마디 더 이야기해야 되겠다…….

....

우리 감옥에는 항의 때문에 들어온 몇 사람이 있었다. 이번에도 그들이 가장 흥분하였다. 특히 전에 경기병으로 근무하였던 마르띠노프라는 사람은 다혈질에 참을성이 없고 의심 많은 사람이었지만, 정직하고 바른 사람이었다. 다른 또 한 사람은 바실리 안또노프였는데, 그는 어쩐지 흥분을 해도 냉정해 보였고 오만한 눈초리에 거만하게 비꼬는 웃음을 짓는 매우 견문이 넓은 사람으로, 그 또한 정직하며 바른 사람이었다. 모두를 다 열거할 수 없을 정도로 그런 사람들은 많았다. 그들 중에서 뻬뜨로프는 이리저리 배회하며 많은 무리에게로 가서 귀를 기울였고, 말을 별로 많이 하지는 않았지만 분명 흥분하고 있었고, 사람들이 정렬하기 시작하였을 때 옥사에서 맨 먼저 달려나갔다.

우리의 감옥에서 상사직을 대신 맡고 있던 하사가 놀라서 바로 달려나왔다. 정렬한 사람들은 정중하게 그에게 부탁하기를, 감옥 안의 전체가 소령과 이야기하기를 희망하고 있으며, 몇 가지 문제에 대해서 사적으로 그에게 부탁할 것이 있다고 전하라고 하였다. 하사의 뒤를 따라 모든 상이 군인들도 나와서 옥사의 맞은편, 다른 쪽에 정렬해 섰다. 상사에게 주어진 위임은 너무나 긴급한 것이었으므로 그를 공포로 몰아넣었다. 그러나 그는 지체 없이 소령에게 보고하지 않을 수 없었다. 왜냐하면 첫째, 이미 감옥 전체가 봉기하고 있는 것이라면 더 나쁜 상황이 발생할 수도 있다. 모든 당국자들은 감옥에 대해서라면 어쩐지 지나치게 겁쟁이가 되는 것이다. 둘째, 혹시 아무 일도 일어나지 않는다 하더라도 즉 모두가 바로 마음을 바꿔 먹고 흩어진다고 하더라도, 하사는 즉각적으로 모든 사건 경위를 당국에 보고해야 할 의무가 있다. 공포로 창백해지고 덜덜 떨면서 그는 죄수들을 훈계하려는 시도도 아예 포기한 채 소령에게 서둘러 갔다. 그는 지금 그들과 대화라는 것이 안 통한다는 것을 알아차렸던 것이다.

전혀 아무것도 모른 채 나는 정렬하기 위해서 나왔다. 어찌 된 영문인지 나는 나중에야 상세히 알게 되었다. 그 당시 나는 무슨 점호가 있는 줄로 생각하였다. 그러나 점호를 할 위병들이 보이지 않자 놀라서 주위를 둘러보기 시작하였다. 사람들의 얼굴은 흥분되어 있었고, 초조해 보였다. 어떤 사람들은 심지어 창백해 보이기까지 하였다. 모든 사람들이 소령 앞에서 어떻게 협상할 것인가에 대해 궁리하면서 걱정스럽게 침묵하고 있었다. 나는 모든 사람들이 무척이나 놀랍게도 나를 바라보며 말없이 외면하고 있다는 것을 알아챘다. 그들에게는 내가 그들과 정렬해 있다는 것이 이상해 보이는 것 같았다. 그들에게는 나도 역시 항의를 한다는 사실이 믿기지 않는 듯했다. 그러나 곧 내 주위에 있던 거의 모든 사람이 다시 나에게 시선을 돌렸다. 모두가 의아스럽게 나를 응시했다.

「너는 여기에 어쩐 일이지?」 나로부터 다른 사람들보다는 좀 멀리 서 있던, 지금까지 나를 항상 〈당신〉[141]이라고 존칭을 쓰며 정중하게 대했던 바실리 안또노프가 나에게 물었다.

나는 무엇인가 예기치 못한 일이 일어나려고 한다는 것을 깨달았지만, 이것이 무엇을 뜻하는 것인지 이해하려고 노력하면서, 영문을 몰라 그를 바라보았다.

「사실, 네가 여기 있을 필요가 뭐 있겠어? 옥사로 돌아가.」 그때까지 잘 모르고 있던, 선량하고 조용한 성격의 군인 출신인 어떤 젊은이가 이야기했다. 「네가 상관할 일이 아니야.」

「그래도 모두 정렬하고 있는데.」 나는 그에게 대답했다. 「나는 점호하는 줄 알았소.」

「제기랄 또 기어 나왔군.」 한 사람이 소리쳤다.

「무쇠 콧대라니까.」 다른 사람이 말했다.

「밥벌레 같으니라고!」 참을 수 없는 모욕적인 말투로 세 번째 사람이 말했다. 이 새로운 욕설은 모두에게 웃음을 터뜨리게 했다.

「취사장에서는 은총을 받는 몸인걸.」 또 한 사람이 덧붙였다.

「그들에게는 어디를 가나 천국이야. 여기는 감옥이지만, 그들은 흰 빵을 먹으면서, 새끼 돼지까지도 산다고. 너는 특별한 것만을 먹고 있어. 도대체 여긴 왜 참견하는 거야.」

「여긴 당신이 나설 자리가 아니오.」 나에게로 거리낌없이 다가오면서 꿀리꼬프가 말했다. 그는 나의 손을 잡아서 대열로부터 끌어냈다.

그 사람 자신도 창백해져 있었으며, 검은 눈을 번뜩이며 아랫입술을 꾹 깨물고 있었다. 그도 냉정하게 소령을 기다릴 수는 없었다. 그러나 나에겐 이런 경우, 즉 그가 자신을 드러내 보여야만 하는 이런 경우에, 꿀리꼬프를 바라보는 것이

---

141 『죽음의 집의 기록』의 저자는 비록 죄수였지만 귀족 출신이었으므로 죄수들은 그를 부를 때 존칭(러시아 어로 vy)을 사용했으나 지금은 일반 호칭(러시아 어로 ty)을 사용함으로써 지금까지의 정중한 태도를 바꾸고 있음.

너무나 즐거운 일이었다. 그는 매우 거만한 태도를 보이면서도 할 일은 틀림없이 해치웠다. 내가 느끼기에 그는 아마 사형장에 가더라도 멋을 부리고 세련되게 하고 갈 것 같았다. 모두가 나에게 〈너〉라고 말하고 나를 욕하고 있는 지금도 그는 일부러 정중하게 나를 대하고 있는 것처럼 보였고, 그러면서도 그의 말은 어쩐지 우쭐하고 매우 오만해서 어떠한 반대도 용납할 것 같지 않았다.

「우리는 여기에 우리의 일 때문에 있는 것입니다. 알렉산드르 뻬뜨로비치, 당신은 여기서 할 일이 없습니다. 어디든 가서 좀 기다리시오……. 저기 취사장에 당신의 동료들이 있군요. 저리로 가시오.」

「아홉 번째 기둥 밑으로 가지, 거기에는 절름발이 안찌쁘까가 살고 있는데!」 누군가가 말을 받았다.

취사장의 높은 창문을 통해서 정말로 나는 나의 동료인 폴란드 인들을 보았다. 게다가 내가 느끼기에 거기에는 그들 이외에도 많은 사람들이 있는 것 같았다. 겸연쩍어진 나는 취사장으로 향했다. 내 뒤에서 웃음과 욕설과 혀 차는 소리(죄수들은 휘파람을 대신해서 사용하였다)가 울려 나왔다.

「마음에 들질 못했군! 쯧쯧쯧! 내버려둬!」

이제까지의 수감 생활 이후 이처럼 모욕적인 때는 없었고, 그래서 이번 일은 매우 견디기 힘든 것이었다. 그러나 어쩔 수 없는 노릇이었다. 취사장 입구에서 T-스끼가 나를 맞이하였다. 귀족 출신인 그는 굳건하며 관대한 마음을 가진 청년으로, 대단한 학식은 없지만 B를 매우 사랑하고 있었다. 죄수들도 그만은 특별 취급을 하고 있었고 심지어 그를 사랑하기도 하였다. 그는 용감하고 남자답고 힘 있는 사람이었고, 이것은 그의 모든 행동에서 드러났다.

「당신 어떻게 된 거요, 고랸치꼬프.」 그는 나에게 소리쳤다.「이리로 오세요!」

「도대체 저기서 무슨 일이 일어난 것입니까?」

「당신 정말로 모르세요? 그들은 항의를 하는 겁니다. 물론 그들은 실패할 거예요. 누가 죄수들을 믿겠습니까? 주모자들을 색출할 거예요. 만약 우리가 거기에 있게 되면, 물론 우리에게 우선적으로 폭동에 대한 죄를 뒤집어씌울 거요. 기억하세요. 무엇 때문에 우리가 여기에 왔는지. 그들은 단지 태형에 처해지겠지만, 우리는 재판에 회부될 거요. 소령은 우리 모두를 증오하고 있고 우리를 파멸시키는 것을 기뻐할 거요. 그는 우리들 자체만으로도 증거 확보가 되는 거요.」

「그리고 죄수들은 우리의 목을 갖다 바칠걸.」우리가 취사장으로 들어섰을 때, M-쯔끼가 덧붙였다.

「동요하지도 말고, 안타까워할 것도 없어요!」T-스끼가 참견했다.

취사장에는 귀족들을 제외하고도 모두 30명 정도나 되는 많은 사람들이 있었다. 그들 모두는 항의하기를 원치 않아서 남아 있는 자들이었다. 어떤 사람들은 두려움 때문에, 어떤 사람들은 모든 항의가 전혀 소용없는 것이라는 확신 때문에 남아 있었다. 여기에 아낌 아끼미치도 있었는데, 그는 완고하였으므로 근무의 올바른 흐름과 정상적인 집행을 방해하는 모든 종류의 항의에 대해 선천적인 적대감을 가지고 있었다. 그는 그 일의 발생에 대해 조금도 동요하지 않고, 오히려 반대로 당국의 질서와 의지의 필연적인 승리를 확신하면서 과묵하고 매우 평온하게 일이 끝나길 기다리고 있었다. 여기엔 또한 이사이 포미치도 있었는데, 그는 매우 불안해 하며 기가 죽어서 겁을 먹고 우리의 대화에 열심히 귀를 기울이고 있었다. 그는 완전히 불안에 휩싸여 있었다. 여기에는 또한 평민 출신의 모든 폴란드 죄수들이 귀족들과 합류해 있었다.

그리고 항상 말이 없고 겁이 많은, 몇몇 연약한 성격의 러시아 인들도 있었다. 그들은 다른 이들과 같이 나갈 용기는 없지만, 일이 어떻게 끝날 것인지를 걱정스럽게 기다리고 있었다. 끝으로 겁쟁이는 아니지만 항상 침울하게 굳어 있는 죄수들도 몇 있었다. 그들은 이 모든 일이 무의미하며, 이 일로 해서 더 나빠지는 것 이외에는 아무것도 일어나지 않는다는 것을 고집스럽고도 결벽하게 믿기 때문에 남아 있었다. 그러나 내가 보기에, 그들은 그래도 역시 자신들을 어쩐지 어색하게 느끼고 있으며, 완전히 자신하고 있지는 못하는 것처럼 보였다. 그들은 여전히 항의에 대해서 전적으로 옳은 일이라고 이해하고 있었으며, 후에 증명된 것이긴 하지만 자신들을 공동 생활의 낙오자이며, 요새의 소령에게 동료들을 팔아 넘긴 변절자라 생각하고 있었다. 여기에 욜낀도 있었다. 그는 가장 교활한 시베리아의 농부인데, 위조 지폐를 만들다 감옥에 들어왔으며, 수의사 꿀리꼬프에게서 단골을 빼앗은 사람이다. 스따로두보프 마을의 노인도 또한 여기에 있었다. 요리사들은 한 사람도 빠지지 않고 결연히 취사장에 남아 있었는데, 그들 또한 행정 당국의 일부에 속한다는 소신 때문에 당국에 반대하여 나선다는 것이 도리가 아닌 것으로 생각되었기 때문일 것이다.

「그런데,」나는 머뭇거리듯 M-쯔끼 쪽을 돌아보면서 말했다.「이들을 제외하고는 거의 모두가 나갔습니다.」

「그게 우리와 무슨 상관이란 말이오?」B가 투덜거렸다.「만약 우리가 나간다면, 우리는 그들보다 1백 배는 더 모험을 하는 거요. 무엇을 위해서란 말이오? 나는 저 강도패들을 증오하오Je haïs ces brigands.[142] 그리고 당신은 한순간이라도 저들의 항의가 성공할 것이라고 생각해 본 적이 있단 말이오? 그런 어리석은 일에 참견하고 싶다니 대단한 열정이구려?」

「저런다고 무슨 소용이 있겠어.」 죄수 중 고집스럽고 화를 잘 내는 노인이 말을 받았다. 그러자 같이 있던 알마조프는 서둘러 그에게 동의를 표했다.

「쉰 대쯤 회초리로 맞을 뿐이지. 그 외에는 아무 일도 없을 거야.」

「소령이 온다!」 누군가가 소리쳤고, 모두가 황급히 창문으로 달려갔다.

소령은 몹시 격노하여 벌겋게 달아올라서 안경을 낀 채 뛰어왔다. 그는 말없이 그러나 단호하게 대열로 다가갔다. 이런 경우에도 그는 정말 대담하였고 침착성을 잃지 않았다. 하지만 그는 거의 항상 반쯤 취해 있었다. 오렌지빛 띠를 두른, 기름때가 배어 번들거리는 군모와 더럽혀진 은빛 견장들도 이 순간에는 어쩐지 불길함을 나타냈다. 그의 뒤를 서기 쟈뜰로프가 따라오고 있었는데, 그는 우리 감옥에서 매우 중요한 역할을 하는, 실상 감옥의 모든 것을 통제하고 소령에게까지도 영향력을 행사하는 사람으로 매우 교활하지만 똑똑하고 역시 나쁜 사람은 아니었다. 죄수들도 그에게는 호의를 가지고 있었다. 그 뒤를 따라 하사도 나타났는데, 그는 이미 무서운 질책을 받은 것이 분명했고, 그보다 열 배나 더한 것을 받을 각오가 되어 있는 듯이 보였다. 또 그 뒤로 서너 명 정도의 감시병이 있었다. 소령을 부르러 보냈던 바로 그 순

---

142 M-쯔끼라 하는 이 폴란드 사람은 제1부의 3장에서도 소개되고 있듯이 1846년 10년의 징역형을 선고받고 유형 중이던 폴란드의 혁명가 알렉산드르 미레쯔끼를 말한다. 이곳에서 묘사되고 있는 죄수들의 항의 소동은 1850년 4월 24일 도스또예프스끼가 이곳의 유형지에 도착한 지 얼마 되지 않았을 때 발생했으며, 도스또예프스끼가 실제로 죄수들의 대열에 끼어 있다가 빠져나와 이 미레쯔끼를 만나자, 불어로 〈나는 저 강도패들을 증오한다〉고 말했다고 도스또예프스끼는 『작가 일기』(1876년 2월)에서 밝히고 있다.

간부터 군모를 벗고 있던 죄수들은 모두 자세를 바로 하고 각자 발을 옮겨 대열을 바로잡았다. 그들은 소령의 첫마디, 그보다 첫 고함소리를 기다리면서 제자리에 얼어붙은 듯이 서 있었다.

그 고함소리는 즉시 뒤를 이었다. 두 마디째부터 소령은 온 목청을 다하여 쇳소리가 나도록 소리를 질렀다. 그는 이미 매우 격노해 있었다. 창문에서 우리는 그가 어떻게 대열 사이를 뛰어다니고 돌진하고 신문하는지를 볼 수 있었다. 그러나 거리가 멀었기 때문에 신문 내용이나 죄수들의 대답은 들리지 않았다. 단지 우리에게 들리는 것은 그가 쇳소리를 내며 소리치는 것뿐이었다.

「폭도들 같으니라고……! 태형이다……. 선동자들……! 네놈이 선동자냐……? 네놈이 선동자냔 말이다!」 그는 누군가에게 소리소리 질렀다.

대답은 들리지 않았다. 그러나 1분 후에 우리는 한 죄수가 나와서 위병소로 향하는 것을 보았다. 그리고 다시 1분 후에 그의 뒤를 이어 다른 사람이 따라갔고, 다음은 세 번째 사람이 뒤따랐다.

「모두를 재판에 넘기겠다! 나는 너희들을! 취사장에는 도대체 누구야?」 열린 창으로 우리를 본 그가 고함쳤다. 「모두를 이리로! 당장 그들을 이리로 쫓아내!」

서기 쟈뜰로프가 우리가 있는 취사장으로 왔다. 취사장에 있던 사람들은 항의에 가담하지 않았다는 것을 이야기했다. 그는 즉시 돌아가서 소령에게 보고했다.

「항의하지 않았다고?」 그는 기쁜 듯이 두 단계나 어조가 누그러진 목소리로 말했다. 「마찬가지야, 모두를 이리로 끌어내!」

우리는 밖으로 나왔다. 나는 어쩐지 우리가 나가는 것이

껄끄럽게 느껴졌다. 그리고 우리 모두는 같은 생각인 것처럼 고개를 수그리고 나갔다.

「야, 쁘로꼬피예프! 율긴도, 그리고 너, 알마조프…… 멈춰, 여기 서, 한데 뭉쳐서 서란 말이야.」 소령은 조급하지만 부드러운 목소리로, 우리를 친절히 둘러보면서 말했다. 「M-쯔끼, 너도 여기에…… 됐다. 적어라. 쟈뜰로프! 당장 만족하는 사람과 불만족하는 사람 모두를 한 사람도 빼지 말고 따로 적어서 내게 서류를 가져와. 나는 너희 모두를 넘기겠어……. 재판에! 나는 너희를, 협잡꾼들 같으니라고!」

서류란 말은 효과를 발휘하였다.

「우린 만족합니다!」 항의하는 무리 속에 있던 누군가가 갑자기 무척이나 머뭇거리는 듯한 목소리로 침울하게 외쳤다.

「그래, 만족한다고! 누가 만족하나? 만족하거든, 이리 나와.」

「만족해요, 만족합니다!」 몇몇의 목소리가 참가했다.

「만족한다? 그러면 너희들을 누군가가 선동했나? 그러면 선동자가 있겠군, 폭도 말이야? 그놈들이 더 나쁘다……!」

「세상에, 이게 무슨 꼴이야!」 무리 속에서 누군가의 목소리가 울렸다.

「누구야, 누가 소리쳤어, 누구야?」 소령은 소리가 들렸던 쪽으로 달려가면서 아우성을 쳤다. 「너지, 라스또르구예프, 네가 소리친 거지? 위병소 영창으로 보내 줄 테다!」

부어 오른 듯한 얼굴에 키가 큰 라스또르구예프라는 젊은이가 나와서 천천히 위병소로 향했다. 소리를 친 것은 그가 아니었지만 그가 지적되었기 때문에 그는 부정도 하지 않았다.

「잘 먹어서 기름이 끼니까 버릇이 없어졌군!」 소령이 그의 뒤에 대고 소리를 질렀다. 「그 살찐 못난 얼굴은 사흘도 못 갈 걸……! 이제 나는 너희 모두를 색출하겠다! 만족하는 사람은 나와!」

「만족합니다, 각하!」 몇십 명 정도 되는 목소리들이 침울하게 울렸다. 나머지들은 고집스럽게 침묵하고 있었다. 그러나 소령이 바라던 바는 이루어졌다. 분명히 그 자신도 일을 빨리 수습하는 것이 이로웠고, 끝낼 수 있는 구실이 있어야 했던 것이다.

「그럼 이제는 〈모두〉가 만족하는 건가!」 그가 서둘러서 말했다. 「보아하니 이는 선동자들의 짓이야! 분명히 너희들 중에 선동자들이 있어!」 쟈뜰로프 쪽을 향해서 그는 계속했다. 「이 일은 좀 더 자세히 조사해야겠어. 그러나 지금은…… 지금은 작업장으로 갈 시간이다. 북을 쳐라!」

그는 직접 조를 나누는 일에 참가했다. 죄수들은 묵묵히 침울하게 작업장으로 흩어졌고, 적어도 한시 바삐 소령의 눈앞에서 사라질 수 있다는 것에 만족한 듯했다. 일의 분담 후에 소령은 즉각적으로 위병소에 들러서 〈선동자들〉을 처리했다. 그러나 너무 가혹하게 한 것은 아니었다. 오히려 서둘러댔다. 나중에 듣기로는, 그들 중 한 사람이 용서를 구했고, 소령은 당장 그를 용서했다는 것이다. 겉으로 보기에 소령은 기분이 나쁜 것 같았고, 어쩌면 겁을 먹고 있었는지도 모른다. 어떠한 경우에도 항의란 것은 미묘한 문제이다. 그 항의의 상대가 상부의 당국이 아니라 소령 자신이기 때문에 죄수들의 불평이 항의라고 할 것까지는 없지만, 어쨌든 쉽지 않고 좋지 않은 문제인 것이다. 특히 당황스러운 것은 모든 죄수가 들고일어났다는 것이다. 어떻게든 일을 무마시켜야만 했다. 〈선동자들〉은 곧 석방되었다. 다음날부터 음식도 나아졌다. 그러나 오래 지속된 것은 아니었다. 소령은 처음 얼마 동안 더 자주 감옥을 방문했고, 더 자주 무질서한 점들을 지적하였다. 우리의 하사는 여전히 놀라움에서 벗어나지 못한 듯이 걱정스럽고 불안한 얼굴로 돌아다녔다. 한편 죄수들도 항의가 있은 후 오랫동안 진정하지 못하였지만, 이제는 전처럼 동요하는 것이 아니라 말없이 불안해 하거나 무엇인가를 걱정하고 있었다. 개중에는 고개까지 떨구고 의기소침한 사람도 있었다. 그런가 하면 이야기조차 하고 싶지 않다는 투로 사건을 비난하기도 했다. 그러나 대부분의 사람들은 항의했던 것에 대해 스스로 자신을 벌주기라도 하려는 듯이 짓궂게 큰소리로 자기 비하를 했다.

「자, 이봐, 데려가, 물어 버려!」한 사람이 이야기했다.

「뭘 비웃는 거야, 일이나 해!」다른 이가 덧붙였다.

「고양이 목에 방울을 매달 쥐가 어디 있어?」세 번째 사람이 말했다.

「알다시피 우리는 떡갈나무 몽둥이로 맞아야 해. 모두가 다 맞지 않은 것만으로도 다행이야.」

「너는 앞으로 더 많은 것을 알아야 해. 그리고 가능한 한 입을 적게 놀리는 게 좋아!」누군가가 심술궂게 주의를 주었다.

「네가 누구를 훈계하는 거야, 선생이라도 되냐?」

「당연한 일을 가르쳐 주는 거야.」

「그래, 넌 도대체 어떤 인간이길래 참견하는 거야?」

「나는 아직 사람이다. 그러나 너는?」

「개가 씹고 남은 것, 그게 너야.」

「그건 바로 네놈이지.」

「됐어, 됐어. 그만들 해! 무엇 때문에 소리지르는 거야!」사방에서 다투고 있는 그들을 향해 소리쳤다…….

그날, 즉 항의를 한 바로 그날 저녁에 작업장에서 돌아오면서 나는 옥사 뒤에서 뻬뜨로프를 만났다. 그는 벌써부터 나를 찾고 있었다. 나에게 다가와서 그는 무엇인가 두세 마디의 분명치 않은 감탄사 같은 것을 중얼거리더니 곧 방심한 듯 입을 다물고 기계적으로 나와 나란히 걸어갔다. 이날의 모든 일들이 내 가슴에 고통스럽게 남아 있었고, 아마도 뻬뜨로프가 나에게 무엇인가를 설명해 주리라고 여겼다.

「말해 보시오, 뻬뜨로프.」 나는 그에게 물었다. 「당신들은 우리에게 화를 내는 것은 아니오?」

「누가 화를 냅니까?」 그가 마치 정신이 든 것처럼 물었다.

「죄수들이 우리에게…… 귀족들에게.」

「무엇 때문에 당신들에게 화를 냅니까?」

「그건, 우리가 항의하러 나가지 않아서 말이오.」

「당신들이 왜 항의를 합니까?」 그는 내 말을 이해하려고 애쓰면서 물었다. 「당신들은 자신들의 돈으로 먹고 있잖아요.」

「아, 세상에! 당신들 중에서도 자기 돈으로 먹는 사람이 있지만, 항의를 하러 나가더군요. 그러니 우리도 그렇게 했어야 했던 것이오……. 동료들끼리니 말이오.」

「그래요……, 그러나 어떻게 당신들이 우리의 동료입니까?」 그가 의아해 하며 다시 물었다.

나는 황급히 그를 쳐다보았다. 그는 확실히 나의 말뜻을 알지 못했고 내가 무엇을 얻고자 했는지를 이해하지 못했다. 그러나 대신에 나는 그 순간 그를 완전히 이해했다. 이미 오래 전부터 나의 마음속에 불분명하게 생겨나 나를 따라다녔던 하나의 상념이 이제서야 처음으로 확실하게 밝혀졌고, 나는 지금까지 막연하게 추측했던 것을 분명하게 깨달았던 것이다. 설사 내가 흉악범이거나 종신형을 받은 죄수거나 특별 감옥의 죄수라도, 그들은 나를 동료로 받아들이지 않을 것이란 사실을 이해했던 것이다. 그러나 특히 이 순간에 보았던 뻬뜨로프의 모습은 기억 속에 남아 있다. 〈당신들이 어떻게 우리의 동료입니까?〉 하는 그의 질문에는 너무도 꾸밈 없는 소박함과 솔직한 의아스러움이 스며 있었다. 나는 생각해 보았다. 그 말 속에 어떤 비꼼이나 악의나 조소가 있는 것은 아닌가?

아무것도 없었다. 단지 동료가 아니다, 그것뿐이었다. 너희는 너희 길로 가라, 우리는 우리의 길이 있다. 너희에겐 너희의 일이 있고, 우리에게는 우리의 일이 있다는 것뿐이다.

실제로 나는 항의 후에 그들이 우리를 괴롭히고 우리를 못살게 굴 것이라고 생각했지만 그런 일은 결코 없었다. 어떠한 질책도, 질책 같은 암시도 우리는 듣지 못했으며, 특별한 악의도 더해지지 않았다. 단지 경우에 따라 조금씩 괴로움을 당했지만, 그것은 이전에도 당했던 것이고 그 이상은 아니었다. 게다가 항의하기를 원치 않아서 취사장에 남아 있던 사람들이나, 모두가 만족한다고 제일 먼저 소리쳤던 이들에 대해서도 조금도 화를 내지 않았다. 심지어는 이 일에 대해서 아무도 입을 열지 않았다. 특히 마지막 일을 나는 이해할 수 없었다.

8. 동료들

물론 나는 특히 처음 한동안은 〈귀족 출신〉 동료들에게 더 끌렸던 것이 사실이다. 그러나 나는 우리 감옥에 있던 세 명의 러시아 귀족 출신 죄수 중에서도(아낌 아끼미치, 스파이 A-프, 부친 살해범으로 알려졌던 죄수) 아낌 아끼미치하고만 이야기하며 알고 지냈다. 고백하자면 내가 아낌 아끼미치에게 접근했던 것은, 절망 때문에 헤어나기 힘든 깊은 우수에 사로잡혀 있던 순간, 그 이외에는 누구도 접근할 상대가 없다고 여겨졌기 때문이다. 앞 장에서 나는 우리의 모든 죄수들을 몇 그룹으로 분류하려고 했다. 그러나 지금 아낌 아끼미치를 상기해 보면, 또 하나의 부류를 첨가할 수 있을 것이라는 생각이 든다. 그 부류에 드는 사람은 오직 그 한 사람뿐이었다는 것도 사실이다. 이 부류는 완전히 무관심한 죄수들이었다. 완전히 무관심하다는 것은, 자유로운 상태에서 살든 감옥에서 살든 그들에겐 마찬가지란 말이다. 물론 우리에겐 있지도 않은 일이고, 있을 수도 없는 일이지만, 아낌 아끼미치는 예외였다. 그는 심지어 마치 평생을 감옥 안에서 살 것처럼 갖추어 놓고 살고 있었다. 그의 주위에는 방석, 베개, 세간을 비롯한 모든 것이 오래 쓸 수 있도록 견고하게 집약되어 놓여 있었다. 그것들 속에는 임시적인 것이나 노숙을 위한 것은 그림자도 발견할 수 없었다. 감옥에서 보내야 할 시간이 아직 많이 남아 있었던 것은 사실이지만, 그가 한 번이라도 출옥에 대해 생각해 본 적이 있는지는 자못 의심스럽다. 그러나 그가 현실에 안주한다 하더라도, 그것은 물론 진심이라기보다 체념하는 것이었을 테지만 그에게는 매한가지인 것이다. 그는 선량한 사람이었고, 내가 감옥에 들어간 초기에는 충고와 여러 가지 배려로 나를 도와주기까지 하였다. 그러나 유감스러운 일이지만, 그는 내게 이따금 무의식적으로, 특히 내 감옥 생활의 초기에 헤아릴 수 없을 만큼 세찬 우수와 슬픈 기분을 들게 했다. 그러나 나는 그러한 우수 때문에 그와 이야기하기 시작했다. 비록 신경을 건드리거나 참기 어려운 말, 악담이라 하더라도 살아 있는 인간의 말을 듣고 싶었던 것이다. 함께 우리의 운명을 한탄이라도 하고 싶었다. 그러나 그는 말이 없었고, 자신의 램프에 불을 붙이거나, 이야기를 하더라도 몇 년에 그들에게 사열이 있었고, 누가 사단장이었고, 그의 이름과 부칭은 무엇이었으며, 그가 사열에 만족했는지 어떤지, 어떻게 사격병들의 신호가 바뀌었는지 등에 관해서만 이야기했다. 그리고 이 모든 것을 마치 물이 방울방울 떨어지듯 일률적이고 기계적인 목소리로 이야기하는 것이다. 그는 나에게 까프까즈의 어떤 전투에 참가하여 대검(帶劍)에 붙이는 〈성

안나〉 훈장을 받았다는 사실을 이야기하면서도 거의 아무런 감정이 없는 듯했다. 다만 〈성 안나〉를 발음할 때 그의 목소리가 특히 무겁고 엄숙했으며, 심지어 어떤 비밀스러운 것을 이야기하는 듯이 낮았을 뿐이다. 이 말을 한 후 그는 3분 정도 더욱 과묵하고 근엄했다……. 나는 이 첫해에 어리석게 굴었던 때가 있는데, 이유 없이 아낌 아끼미치를 증오하게 되어 그와 머리를 맞대고 판자 침대에서 견뎌야 하는 운명을 말없이 저주하였다(그리고 항상 이러한 순간은 왜 그런지 갑자기 일어났다). 보통 한 시간 정도 지나면 나는 매번 이것을 스스로 질책하곤 했다. 그러나 그것도 첫해에만 그랬다. 결국 나는 완전히 아낌 아끼미치의 영혼과 화해하였고, 나의 지난날의 어리석음을 부끄럽게 여겼다. 겉으로 보기에 우리는 서로를 이해했으며, 결코 다투지 않았다.

이러한 세 명의 러시아 인들 이외에 우리 감옥에는 외국인 여덟 명이 있었다. 그들 중의 몇 명과는 매우 짧지만 긴밀하고 만족스러운 교제를 하였는데, 모두와 그런 것은 아니었다. 그들 중 가장 뛰어난 사람은 매우 병적이고 배타적인 데다 편협했다. 나는 그들 중 두 명과는 결국 이야기하는 것도 중단하고 말았다. 그들 중에 교양이 있는 사람은 세 명뿐이었다. B-스끼,[143] M-끼,[144] J-끼[145] 노인이 그들이다. 이 노인은 전에 어딘가에서 수학 교수를 지냈으며, 선량하고 훌륭하지만 매우 괴짜였고, 교육을 받았음에도 불구하고 내가 느

---

143 요세프 보그슬라프스끼(1816~1859). 시베리아에 1846년경 유형을 온 폴란드 혁명가로 도스또예프스끼는 실제로 시베리아의 유형 기간 동안 이들과 접촉할 수 있었다.

144 알렉산드르 미레쯔끼를 말함. 앞에서는 M-쯔끼 또는 M으로 표기되었음.

145 요세프 죠호프스끼(1801~1851). 바르샤바 대학의 수학 교수였으나 혁명을 선동한 죄목으로 1848년부터 10년의 유형 생활을 함.

끼기에는 극단적으로 편협한 사람이었다. M-끼와 B-스끼는 전혀 다른 사람이었다. M-끼와 나는 처음부터 매우 좋게 지냈다. 결코 그와 다툰 적이 없었고 그를 존경하였지만, 그를 사랑하거나 그에게 끌릴 수는 없었다. 이 사람은 뿌리깊은 불신감에 싸여 세상사를 악의를 가지고 보고 있었지만 자신을 매우 잘 다스릴 줄 알았다. 이것은 매우 놀라운 능력이긴 했지만 나는 이것이 마음에 들지 않았다. 어느 누구 앞에서도 자신의 심정을 털어놓지 않을 사람이라고 느껴졌다. 그러나 내가 오해한 것일 수도 있다. 그것은 강한 개성이고 더없이 고결한 것이었다. 사람들과의 교제에서 그의 독특하고 심지어 어떤 면에서는 예수회[146]와 같은 교활함과 조심성은 내면화된 깊은 회의주의를 나타내고 있었다. 그와 동시에 이 사람은 내면의 이중성 때문에 마음속으로 괴로워하고 있었다. 그 이중성이란 회의심과 자신만의 독특한 신념과 희망에 대한 굳건하고도 무엇에도 굴하지 않는 깊은 신앙과 대립하고 있었다. 그는 모든 생활 면에서 원만한 편이었음에도 불구하고 B-스끼와 그의 친구 T-스끼[147]와는 화해할 수 없는 적대 관계에 있었다. B-스끼는 폐병이 있고 화를 잘 내며 신경질적이었지만, 본성은 매우 선량하고 관대하기까지 했다. 그의 다혈질적인 성격은 때때로 매우 참기 힘들고 변덕스럽게 변하기도 했다. 나는 이 성격을 참을 수 없었고 결국 B-스끼와 갈라서게 되었지만, 그렇다고 해서 그를 사랑하는 것을 결코 멈추지는 않았다. 반면 M-끼와는 다투지도 않았지만,

---

[146] 주로 철학과 신학을 연구하는 로마 가톨릭의 한 수도회로, 도스또예프스끼는 이 예수회의 신부들에게 줄곧 강한 적대감을 보여 오곤 했다. 『까라마조프 씨네 형제들』 중 대심문관의 전설에서도 묘사하고 있듯, 도스또예프스끼는 이 예수회가 기독교를 왜곡하는 데 앞장을 섰다고 여기고 있다.
[147] 시몬 또까르제프스끼(1821~1899), 폴란드의 혁명가.

그를 사랑한 적도 없었다. 으레 그렇듯이 B-스끼와 헤어지자 바로 T-스끼와도 헤어지게 되었다. 그는 내가 앞 장에서, 우리의 항의에 대해 이야기하면서 언급했던 바로 그 젊은이였다. 이것은 내게 매우 유감스러운 일이었다. T-스끼는 비록 교육을 받지는 못했지만 선량하고 용기 있고 한마디로 훌륭한 젊은이였다. 문제는 그가 B-스끼와 갈라서는 사람들을 그 즉시 자신의 적으로 간주할 만큼 B-스끼를 사랑하고 존경하였다는 것이다. 내가 느끼기에 그는 오랫동안 친분을 다져 왔으면서도 B-스끼 때문에 M-끼와도 결국 헤어지고 말았다. 어쨌거나 그들은 건강하지 못한 정신에 성급하고 흥분을 잘하는 데다 의심이 많은 사람들이었다. 이것은 이해가 가는 점이었다. 그들은 매우 어려웠고, 감옥 생활을 우리보다 훨씬 힘들어했다. 그들은 고국으로부터 멀리 떨어져 있었다. 그들 중에는 10년 정도 긴 세월의 형량을 받고 온 사람들도 몇 있다. 그러나 그들이 보여 주는 반목의 중요한 요인은 편견을 가지고 주위 사람들을 대하며, 죄수들의 야만성만을 보고 어떠한 장점이나 인간다운 면을 발견하려 하지 않는다는 데 있었다. 이 또한 이해할 수 있는 것으로, 그들은 환경의 힘과 운명에 의해 이러한 불행한 관점을 가지게 되었던 것이다. 분명한 것은 감옥에서의 우수가 그들을 질식하게 했다는 것이다. 그들은 체르께스 인이나 따따르 인들, 이사이 포미치에게는 다정하고 상냥했지만 나머지 죄수들은 혐오스러워하며 피하곤 했다. 단지 스따로두보프 마을의 구교도 노인만이 그들의 깊은 존경을 받고 있었다. 그러나 주목할 만한 사실은 내가 감옥에 있는 전 기간 동안 죄수들 중 어느 누구도 그들의 출신이나 신앙이나 생각의 방법 등에 대해서 비난하는 사람은 없었다는 것이다. 비록 매우 드물긴 하지만, 우리 민중들은 외국인, 주로 독일인들에 대해 그러한 비난을 하는 경우가 있다. 그러나 독일인들한테도 조소하는 것이 고작이다. 오히려 러시아 민중들에게 독일인은 매우 희극적인 사람들로 비치는 것 같다. 그러면서도 우리 죄수들은 러시아 인들보다 훨씬 더 정중하게 그들을 대했고, 그들을 〈건드리지〉 않았다. 그러나 내가 느끼기에 그들은 한 번도 이러한 사실을 인정하거나 염두에 두려고 하지 않았다. 나는 T-스끼에 대해 이야기를 시작했다. 그는 첫번째 유형지로부터 우리 요새로 옮겨질 때, 건강과 체력이 약해서 거의 반도 못 와서 지쳐 버린 B-스끼를 업고 왔다는 바로 그 사내이다. 그들은 처음에 U-고르스끄[148]로 보내졌다. 그들이 얘기하기로는, 거기서 그들은 편했다고 한다. 즉 우리가 있던 요새보다 훨씬 나았다는 것이다. 그러나 그들은 다른 도시의 유형수들과 아무 죄 없는 내용의 편지 왕래를 하기 시작하였고, 이 때문에 그들 세 사람은 최고 당국의 감시가 더 수월한 우리 요새로 이송되었던 것이다. 세 번째 동료는 J-끼였다. 그들의 도착 전까지 감옥에는 M-끼 혼자였다. 그렇게 그는 유형의 첫해를 외롭게 보내야만 했다!

J-끼는 내가 앞서 말했던, 항상 하느님께 기도하는 바로 그 노인이었다. 우리 정치범들은 모두 젊은 사람들이었고, 몇몇은 아주 젊었다. J-끼 한 사람만 이미 오십이 넘어 있었다. 이 사람은 물론 정직하였지만 간혹 이상한 면도 있었다. 그의 동료들인 B-스끼와 T-스끼는 그가 고집 세고 터무니없다고 여기면서 그를 매우 싫어하고 심지어 이야기도 하지 않으려고 하였다. 이 경우에 그들이 얼마나 옳았는지는 모르겠다. 자신들이 원해서가 아니라 강제로 모인 곳이라면 장소에 상관없이, 자유스런 상태에서보다 더 자주 서로 싸우고 증오

---

148 이르띠쉬 강 하류와 중국과의 국경 지대에 위치한 우스찌 까멘노고르스끄 요새를 말함.

까지 할 수 있다고 나는 생각한다. 감옥이 바로 그런 경우이다. 많은 환경이 그들을 부추기는 것이다. 실제로 J-끼는 둔하고 호감을 주지 못하는 사람이었을 수도 있다. 그의 나머지 동료들도 그와는 어울리지 않았다. 나는 그와 한 번도 다툰 일이 없지만 그렇다고 특별히 친한 것도 아니었다. 그는 자신의 전공인 수학을 잘 알고 있는 것 같았다. 그가 나에게 러시아 어로 스스로 고안한 어떤 특별한 천문학의 체계를 설명하려고 애썼던 것을 기억하고 있다. 사람들이 내게 이야기하기를, 그는 언젠가 이것을 발표한 일이 있었으나 학계에서 비웃음만 샀다고 했다. 내가 느끼기에 그는 다소 이성을 잃은 것처럼 여겨졌다. 하루 종일 그는 엎드려 하느님께 기도했고, 그것으로 감옥 전체의 존경을 받았으며, 죽을 때까지 그것을 향유하고 있었다. 그는 우리의 병원에서 중병을 앓은 후에 내가 보는 앞에서 죽었다. 그는 우리 요새에 당도해 소령과 첫 대면을 하면서부터 죄수들의 존경을 받게 되었다. U-고르스끄에서 우리 요새까지 오는 동안 그들은 면도도 하지 못하고 수염이 제멋대로 길어 있는 상태에서 곧장 소령 앞으로 끌려갔으므로, 소령은 이러한 규칙 위반에 대해 미칠 듯이 화를 내었다. 그러나 이것은 전혀 그들의 죄가 아니었다.

「도대체 그 꼴이 뭐야!」 소령은 화를 내기 시작했다. 「이 사람들은 부랑자들이야. 강도 같은 놈들이라고!」

J-끼는 그 당시, 아직 러시아 어를 잘 이해하지 못해 당신들은 부랑자들이냐 아니면 강도들이냐는 질문을 받았다고 생각하고는 대답했다.

「우리는 부랑자들이 아니라 정치범들입니다.」

「뭐 — 라 — 고! 네가 감히 말대꾸하는 거야? 함부로 지껄이다니!」 소령은 분노하기 시작했다. 「위병소로 끌고 가! 회초리 1백 대를, 지금, 지금 당장에 때려!」

노인은 체벌을 받았다. 그는 회초리를 맞으며 이로 자기 팔을 깨물고 조그만 신음소리 하나 안 내면서 요동치지도 항변하지도 않고 매를 참아 냈다. 그러는 동안 B-스끼와 T-스끼는 감옥으로 들어갔다. 거기에는 이미 M-끼가 문 앞에서 그들을 기다리고 있다가 그때까지 한 번도 그들을 본 적이 없었건만, 그들을 향해 곧장 달려와 목을 끌어안았다. 소령의 처사에 흥분한 그들은 J-끼에 대해 그에게 모든 것을 이야기했다. 나는 M-끼가 이것에 대해 나에게 이야기해 주던 것을 기억하고 있다. 「난 제정신이 아니었어.」 그가 말했다. 「나는 나에게 무슨 일이 일어났는지 알 수 없었어. 나는 오한이 나서 몸을 떨었지. 나는 문 옆에서 J-끼를 기다리고 있었어. 그는 처벌받았던 위병소에서 곧장 나올 테니까. 갑자기 작은 문이 열리면서 J-끼가 나왔는데 창백해진 얼굴과 떨리는 새하얀 입술을 한 채, 아무도 응시하지 않으면서, 귀족이 벌을 받았다는 것을 알고 마당에 모인 죄수들 사이를 지나 옥사로 들어갔지. 그리고 곧장 자기 자리로 들어가 한마디도 하지 않고 무릎을 꿇고는 신께 기도하기 시작했어. 죄수들은 매우 놀라고 감동하기까지 했지.」 M-끼는 잠시 사이를 두었다가 계속했다. 「내가 이 노인을 보았을 때, 고향에 아내와 아이들을 남겨 둔 백발의 노인이 치욕적인 벌을 받은 후 무릎을 꿇고 기도하는 모습을 보고, 나는 그만 옥사 밖으로 달려 나가서 의식도 없이 두 시간 동안이나 헤매고 다녔네. 나는 제정신이 아니었지.」 이때부터 죄수들은 J-끼를 존경했고, 항상 그를 대할 때 공손했다. 채찍을 맞으면서도 소리치지 않았다는 점이 특히 마음에 들었던 것이다.

그러나 모든 진실은 말해야 할 필요가 있다. 이 한 가지 일로 시베리아 당국의 귀족 출신 유형수에 대한 대우를 비판해서는 결코 안 된다는 점이다. 유형수는 러시아 인이건 폴란드 인이건 마찬가지이다. 이 예는 단지 운 나쁘게 악한 사람을 만날 수 있다는 것을 보여 준 것일 뿐이다. 만일 이러한 악한 사람이 어느 요새의 독립된 사령관으로 있었다면, 유형수가 그의 미움을 살 경우 유형수의 운명은 분명 불행한 처지에 놓이고 말았을 것이다. 그러나 다른 많은 사령관들의 태도와 기분을 좌우하는 시베리아의 최고 사령관이 귀족 유형수들을 매우 조심스럽게 대하며, 심지어 평민 출신의 다른 죄수들과 비교해 볼 때 매사에 그들을 관대히 대한다는 것은 인정하지 않을 수 없다. 이유는 분명했다. 첫째로, 최고 당국자들도 역시 귀족들이었다. 둘째는 이전에 귀족 출신 유형수들이 매질을 거부하고 집행자들에게 달려들어 이것으로 인해 끔찍한 일이 벌어진 적이 있었기 때문이다. 내가 생각하기로 가장 주된 요인인 듯한 세 번째 이유는, 약 35년 전쯤 갑자기 귀족 유형수의 거대한 무리[149]가 시베리아에 나타났으며, 이 유형수들은 30년 동안 시베리아 전역에서 바르게 행동하여 재평가되었기 때문에, 당국은 이미 오래된 관습과는 무관하게 일반 죄수들과는 다른 시각으로 귀족 범죄자들을 대하게 되었던 것이다. 최고 사령관의 뒤를 따라서, 그 밑의 사령관들도 그러한 시각에 습관이 들었는데, 그것은 물론 상부의 시각과 태도를 본받아 따라 하고 그것에 복종하기 때문일 뿐이었다. 그러나 이러한 관급 지휘관들 중 많은 사람들은 상부의 명령을 못마땅하게 여기고 속으로는 비난하였으며, 자신들의 명령이 방해받지 않는 것을 매우 좋아했다. 그러나 이것이 완전히 허용된 것은 아니었다. 나는 그렇게 생각하는 확실한 근거를 가지고 있으며, 그것은 다음과 같은 이유 때문이다. 내가 속해 있었고, 군사 당국의 감독을 받는

---

149 1825년 12월 14일에 일어난 12월당 사건의 관련자들인 제까브리스뜨들이 시베리아로 유형온 것을 말함.

요새 죄수들로 구성되었던 징역의 제2부류는 나머지 두 유형, 즉 제3부류(공장 죄수)와 제1부류(광산 죄수)보다 비교할 수 없을 만큼 더 힘들었다. 그 부류는 귀족에게뿐만 아니라 다른 죄수들에게도 더 힘들었는데, 그것은 그 부류의 지도부와 체제가 모두 군대식이고 러시아의 죄수 중대와 매우 흡사했기 때문이다. 군사 지도부는 삼엄하였고 규율은 더 엄격했으며, 항상 쇠사슬을 차고 늘 감시를 받았으며, 언제나 자물쇠가 채워져 있었다. 다른 두 부류, 즉 1부류와 3부류는 그렇게까지 엄중하지는 않았다. 적어도 우리 죄수들은 그렇게 말하였고, 우리들 사이에는 법에 통달한 사람도 있어, 법에 따르면 극형으로 간주되는 것이라고 할지라도 제1부류에 기꺼이 가고자 했을 것이고, 심지어 이것에 대해 수많은 꿈도 꾸었을 것이다. 그러나 사람들은 러시아에 있는 죄수 중대에 관해서만큼은 끔찍하게 이야기하곤 했으며, 러시아 전역을 통틀어 요새마다 있는 죄수 중대보다 더 열악한 곳은 없다고 했다. 따라서 시베리아 유형 생활은 그에 비하면 천국이라는 것이다. 결과적으로 우리 감옥과 같이 엄격한 규율 하에 있으며, 군 지도부하에 있고, 지역 총사령관 바로 눈앞에 있으며, 더욱이 직접적인 연관은 없으나 친관적(親官的)인 사람들이 근무에 대한 악의나 질투로 인해서 어떤 지휘관들이 죄수를 관대히 취급하고 있음을 비밀리에 밀고할 준비가 되어 있는 곳에서(흔히 있는 일이었다), 다른 죄수들과는 조금이라도 다른 시각으로 귀족 출신 죄수들을 바라보고 있다면, 제1부류와 제3부류에 있는 죄수들은 훨씬 더 혜택을 받았을 것이며, 더욱더 다른 시각으로 대우받았을 것이다. 따라서 나는 내가 있던 곳을 기준으로 시베리아 전체를 판단해야 한다고 생각한다. 제1부류와 제3부류의 죄수들로부터 나에게까지 들어오는 이런 모든 소문과 이야기들은 나의 결론을 뒷받침하고 있다. 실제로 우리 감옥에서는 지도부가 귀족들 모두를 더 주의 깊고 조심스럽게 지켜보고 있었다. 작업과 규율에 대해서 확실히 어떠한 혜택도 없었다. 같은 작업, 같은 족쇄, 같은 자물쇠, 한마디로 모든 죄수들과 똑같았다. 적당히 한다는 것도 있을 수 없었다. 내가 알기로 이 도시에서도 〈그리 오래되지 않은 과거〉에 많은 밀고자들과 간계가 있었고 서로서로를 함정에 밀어넣었으며, 당국도 자연스럽게 밀고를 두려워하게 되었다고 한다. 그러한 상황에서 어떤 죄수에게 관용을 주었다는 밀고보다 더 무서운 것이 있었겠는가! 그래서 모두는 두려워하였고 우리도 모든 죄수들과 같이 생활하고 있었지만, 체형에 관해서는 약간의 예외가 있기도 했다. 만약에 우리가 어떤 일을 저질렀다면 즉 어떤 죄를 지었다면, 우리를 당연히 태형에 처하고 말았을 것이다. 근무에 대한 의무와 체형에 관한 평등이 이것을 요구하기 때문이다. 그러나 함부로 우리를 태형에 처하지는 않았지만, 일반 죄수들에게는 경솔하게 대우하는 것은 물론이고, 특히 초급 장교들이나 기회만 있으면 명령하려고 위세를 떠는 인간인 경우에는 더욱 그러했다. 사령관이 J-끼의 사건을 알고 매우 격노하여 앞으로는 폭력을 절제할 것을 소령에게 경고했다는 것이 우리에게 알려졌다. 나는 모든 죄수들에게서 이 소식을 들었다. 우리는 또한 소령을 신뢰하고 그를 능력 있는 실무자로 여기며 총애하던 지역 총사령관도 이 사건을 알고는 그를 문책했다는 것도 알게 되었다. 결국 우리의 소령도 수긍하고 말았다. 예를 들어, 그가 A-프의 밀고로 미워했던 M-끼를 태형에 처하려고 구실을 찾고 그를 다그치고 밀탐하기도 하였지만 결코 그렇게 할 수가 없었다. J-끼에 대한 사건이 전 도시에 알려지자 소령을 반대하는 여론이 생기게 되었다. 많은 이들은 그를 비난하고 어떤 이들은 심지어 불쾌감을 나타내기도 하였다. 나는 이제서야 소령과의 첫 만남을 상기한다. 우리들, 즉 나와 같이 징역을 시작했던 다른 귀족 출신 유형수들과 또볼스끄에 있었을 때 나는 이미 소령의 나쁜 성격에 대해 듣고 매우 놀랐다. 그 당시 거기에선 귀족 출신으로 25년형을 받은 유형수들이 깊은 동정심을 가지고 우리를 맞이해 주었으며, 우리가 이송 죄수 수용소에 있을 때 줄곧 우리와 친교를 나누며 미래의 우리 사령관에 대해 미리 귀띔을 해주었고, 그의 박해로부터 우리를 보호하기 위해 아는 사람들을 통해서 그들이 할 수 있는 모든 것을 해 주겠노라고 약속했다. 실제로, 당시 아버지와 함께 머물기 위해 러시아로부터 온 지역 총사령관의 세 딸들은 그들로부터 편지를 받았는데, 그 편지는 우리를 위해서 지역 총사령관에게 쓴 것이라고 생각된다. 그러나 지역 총사령관이 무엇을 할 수 있다는 말인가? 그는 단지 소령에게 좀 더 신경을 써주라고만 말할 수 있었을 것이다. 오후 두 시경에 나와 나의 동료들은 이 도시에 도착하였고, 감시병들은 우리를 곧장 우리의 인솔자에게로 데려갔다. 우리는 그를 기다리면서 현관에 서 있었다. 그러는 사이에 이미 감옥의 하사를 부르러 갔고, 하사가 나타나자마자 소령도 나타났다. 붉은색 여드름이 난 심술궂은 그의 얼굴은 우리에게 매우 우울한 인상을 심어 주었다. 그는 마치 그의 거미집에 걸려든 불쌍한 파리를 향해 달려나온 심술궂은 거미 같았다.

「너는 이름이 뭐야?」 그가 나의 동료에게 빠르고 날카롭게 단속적으로 물었다. 분명히 우리에게 강한 인상을 심어 주려는 것 같았다.

「아무개입니다.」

「너는?」 그는 안경을 낮게 세운 후 나를 향해서도 물었다.

「아무개입니다.」

「하사! 당장 이들을 감옥으로 데려가서 위병소에서 형사범들처럼 머리의 반만 즉시 깎아. 족쇄들은 내일 다시 달아. 이 외투는 뭐야? 어디서 났지?」 또볼스끄에서 우리에게 지급됐던, 등에 노란 원이 그려진 회색 외투에 주의를 돌리면서 갑자기 그가 물었다. 우리는 그의 빛나는 안경 앞에 서 있었다. 「이것은 새로운 형태인데! 분명히 새로운 유형이야! 또 만든 모양이군……. 뻬쩨르부르그에서 온 것인가……?」 우리를 차례차례 이리저리 돌아서게 하면서 그가 말했다. 「이들한테 아무것도 없었어?」 그는 갑자기 우리를 호위했던 헌병들에게 물었다.

「개인 소유의 옷가지가 있습니다, 각하.」 순간적으로 긴장해서 약간 떨기까지 하면서 헌병이 대답했다. 모두가 그를 알고 있었으며 모두가 그에 대해 얘기하고 있었고, 그는 모두를 두렵게 하고 있었던 것이다.

「모두 회수해. 그들에게 속옷만 주고, 그것도 흰색으로만. 색깔 있는 것은 회수해. 나머지 모두는 경매에 부쳐. 돈은 수입 장부에 적어 둬. 죄수는 사유물을 가질 수 없다.」 그는 우리를 엄격하게 쳐다보면서 계속했다. 「주의해. 잘 행동해야 해! 내 귀에 들리지 않도록! 그렇지 않으면…… 체(體) — 형(刑) — 이다! 사소한 잘못이라도 태 — 형 — 이다……!」

이러한 대접에 익숙지 못했던 나는 이날 저녁 내내 거의 앓아 누울 지경이었다. 게다가 내가 감옥에서 본 것으로 인해 인상은 더욱 강해졌다. 감옥에 들어온 것에 관해서는 내가 이미 앞에서 말한 것과 같다.

지금 언급한 것처럼 우리들은 작업장에서 일반 죄수들에 비해 어떠한 관용도, 어떠한 일의 면제도 받지 못했다. 당국은 그럴 엄두를 내지 못했던 것이다. 그러나 한 번, 그렇게 해주려고 시도한 적은 있었다. 나와 B-스끼는 서기로 석 달을 꼬박 공병대 사무실에 다녔다. 그러나 비밀리에 이루어진 것이었고, 공병 대장의 배려에 의한 것이었다. 아마 그것은 알 만한 사람은 모두 알고 있었겠지만, 일부러 모르는 척들 했을 것이다. 이 일은 G-꼬프가 지역 사령관으로 재직할 때 일어난 일이다. G-꼬프 중령은 마치 하늘에서 우리에게 내려온 것처럼 잠시, 내가 만약 잘못 안 것이 아니라면 6개월이 넘지 않는, 어쩌면 더 짧은 기간 동안 우리 곁에 있다가 죄수들 모두에게 특별한 인상을 남기고 러시아로 떠난 사람이다. 죄수들은 그를 사랑한 것이 아니라, 만약 이러한 말을 사용할 수 있다고 한다면, 오히려 그를 숭배한 것이라고도 볼 수 있다. 그가 어떻게 이렇게 할 수 있었는지 나는 알지 못하지만, 그는 처음부터 그들을 사로잡았다. 〈아버지, 아버지다! 친아버지도 필요 없다!〉 그가 공병대를 지휘하던 기간 동안 죄수들은 내내 그를 이렇게 불렀다. 내가 보기에 그는 아주 낙천적인 사람이었다. 그는 크지 않은 키에 대담하고 자신 있는 시선을 하고 있었다. 그러면서도 거의 상냥할 정도로 죄수들에게 너그러웠고, 실제로 문자 그대로 아버지처럼 그들을 사랑하였다. 무엇 때문에 죄수들을 그렇게 사랑했는지는 말하기 어렵지만, 그는 죄수를 보면 상냥하게 유쾌한 말을 건네고, 그들과 농담하며 웃지 않을 수 없었던 것이다. 더욱이 중요한 것은, 고압적인 태도나 상관이기 때문에 보여 주는 너그러움 같은 것이 전혀 풍기지 않았다. 이것은 바로 죄수들도 자신의 동료이자 자신과 같은 사람이라는 의식이었다. 그러나 이러한 그의 모든 본능적인 민주성에도 불구하고, 죄수들은 한번도 그 앞에서 어떤 공손하지 못한 태도라든가 허물없는 태도는 취하지 않았다. 오히려 그 반대였다. 이 사령관과 마주치면 죄수의 얼굴이 밝아졌고, 그가 죄수에게 다가서면 죄수는 모자를 벗고 이미 웃으면서 바라보고 있는 것이다. 만약 그가 얘기라도 시작하면 마치 1루블을 선사 받은 것과 같은 기분이 된다. 그런 인기 있는 사람들이 있게 마련이다. 그는 젊은이답게 행동하며 똑바로 늠름하게 걸어 다녔다. 〈독수리다!〉 죄수들은 그에 대해 이렇게 말하곤 했다. 물론 그는 무엇으로도 죄수들의 일을 가볍게 해줄 수는 없었다. 그는 단지 공병 작업의 일부를 감독하고 있었고, 그 일은 다른 사령관들 밑에서와 마찬가지로 이미 정해진 변함 없는 법규율에 따라 이루어지고 있었다. 다만 작업장에서 우연히 일찍 일이 끝난 작업 분담조를 만나게 되면 남은 시간을 잡아 두지 않고 북 치기 전에 그들을 풀어 주는 일이 종종 있을 뿐이었다. 그가 죄수에게도 인간적인 신뢰를 가지고 있고, 대개의 상관들이 갖는 멸시하는 듯한 태도가 그에게는 전혀 없다는 것이 죄수들의 마음을 사로잡은 것이다. 그가 만약에 1천 루블을 잃어버렸다고 하자. 그것을 우리들 중 제일가는 도둑이 발견했더라도 그에게 다시 가져갔을 것이라고 나는 생각한다. 그렇다. 나는 이것을 확신한다. 그러기에 우리가 미워하는 소령과 우리의 독수리 사령관이 크게 싸웠다는 것은 죄수들에게 대단한 관심거리였다. 이 일은 독수리 사령관이 도착한 지 한 달 만에 일어났다. 우리의 소령은 그의 옛 동료였다. 그들은 서로 친구로 오랜 이별 뒤에 만났고 함께 방탕하게 지냈다. 그런데 갑자기 그들은 갈라서게 되었다. 그들이 싸운 후에 G-꼬프는 소령에게 철천지원수가 되었다. 듣기로는, 이때 그들이 주먹질까지 했다는 것이다. 그러나 이러한 일은 우리 소령이라면 있을 수 있는 일이다. 그는 종종 그렇게 싸우곤 하였다. 죄수들이 그 소식을 듣자 그들의 기쁨은 끝이 없었다. 〈여덟 눈이 그와 어울릴 수가 있겠어! 그는 독수리지만, 우리의 소령은…….〉 그리고 기록하기에는 적절치 못한 단어들을 첨가하곤 하였다. 우리는 누가 누구를 때렸는가에 관해서 극도의 관심을 가졌다. 만약에 그들의 싸움에 관한 소문이 믿을 만한 것이 못 된다면(그러한 일이 있을 수도 있다), 내가 느끼기에 우리의 죄수들에게는 매우 유감스러운 일이었을 것이다. 그들은 〈아니야, 분명히 사령관이 이겼을 거야, 몸은 작지만 단단하니까. 듣기로는 그놈이 사령관을 피하기 위해서 침대 밑으로 기어들어갔다는군〉 하였다. 그러나 곧 G-꼬프는 떠났으며 죄수들은 다시 침울해졌다. 내가 있는 동안 교체되었던 서너 명의 공병대장들이 모두 훌륭했던 것은 사실이다. 그러나 죄수들은 〈다시는 그런 사람을 만나지 못할 거야. 독수리였어, 독수리였으며 수호자였어〉 하고 말했다. 이렇게 G-꼬프는 우리 귀족 모두에게도 매우 호의적이었고, 말기에는 나와 B-스끼가 사무소에 나와 일하도록 이따금씩 부르기도 했다. 그가 떠난 후에도 이것은 더욱 규칙적인 형태로 이루어지게 되었다. 공병들 중에 우리에게 매우 호감을 가졌던 사람들(그중에서도 특히 한 사람)이 있었다. 우리는 그곳에 다니면서 서류들을 정서하였고 필체도 제법 좋아졌는데, 갑자기 지역 총사령관으로부터 우리들을 이전의 작업장으로 돌려보내라는 명령이 하달되었다. 누군가가 벌써 밀고를 한 것이었다! 그러나 이것은 잘된 일이었다. 우리는 사무소 일에 싫증이 나기 시작했던 것이다. 그 후로도 나는 B-스끼와 2년을 거의 떨어지지 않고 같은 작업장, 주로 수선소에서 일하였다. 그와 나는 자주 이야기했다. 우리의 희망에 대해서, 신념에 대해서 이야기했다. 그는 훌륭한 사람이었다. 그러나 그의 신념은 때때로 이상하고 예외적이었다. 어떤 사람들, 특히 매우 똑똑한 사람들에게는 종종 완전히 역설적인 개념이 박혀 있을 때가 있다. 그러나 그것 때문에 인생에서 너무나 많은 어려움을 겪었고, 그것을 너무 귀중한 가치로 획득한 것이기 때문에 그로부터 그것을 떼어낸다는 것이 너무 힘들고 거의 불가능한 것일 수도 있다. B-스끼는 고통스럽게 모든 반박을 받아들이고는 날카롭게 대답하곤 했다. 그러나 많은 경우 그가 옳았을지도 모른다. 우리는 결국 헤어졌다. 이 일은 나에게 무척 고통스러웠다. 우리는 이미 많은 것을 공유하고 있었던 것이다.

그러는 사이에 M-끼는 해가 갈수록 어쩐지 점점 더 음산해지고 침울해졌다. 우수가 그를 사로잡은 것이다. 내가 감옥에 들어온 초기에는 그가 더 정보에 민감하고 나보다 훨씬 외향적이었다. 그때 그는 3년째 감옥 생활을 보내고 있었다. 그는 나보다 먼저 감옥에 들어와 있었기 때문에 알 수 없었던 2년 동안의 세상사에 대단한 흥미를 가지고 나에게 이것저것 물어보고 열심히 듣고 흥분하곤 했다. 그러나 결국에 가서는 해가 지남에 따라 그의 성격도 안으로만 굳어 가기 시작했다. 숯불은 재에 덮여 있었다. 그 속에서 악의는 점점 더 자라났다. 〈나는 저 강도패들을 증오한다 Je haïs ces brigands.〉 그는 내가 이미 친근하게 알기 시작한 죄수들을 증오스럽게 쳐다보면서 이 말을 반복하곤 했고, 그들을 위한 나의 어떠한 변호에도 귀기울이려 하지 않았다. 그는 내가 이야기한 것을 이해하지 못했다. 때때로 아무 생각 없이 동의하기도 했지만, 다음날이면 다시 반복했다. 〈나는 저 강도패들을 증오한다 Je haïs ces brigands〉라고. 종종 우리는 프랑스 어로 이야기하곤 했는데, 이 때문에 작업 감독을 했던 공병의 한 사람인 드라니쉬니꼬프는 어떤 생각으로 그랬는지 모르지만 우리를 위생병이라고 불렀다. M-끼는 자신의 어머니에 대해 생각할 때만 생기가 돌았다. 「어머니는 늙고 병들었네.」 그는 나에게 이야기했다. 「어머니는 세상에서 나를 가장 사랑하는 분이지. 그러나 나는 여기에서, 어머니가 살아 계시는지 돌아가셨는지도 모르고 있네. 어머니는 내가 대열 사이를 걸어가는 태형을 당했다는 사실을 알기만 해도 돌아가실 텐데……」 M-끼는 귀족이 아니었고, 유형을 받기 전에 체형을 받았다. 이 일을 기억하면서 그는 이를 악물고는 다른 쪽을 보려고 했다. 말기에 그는 더 자주 혼자 다니곤 했다. 어느 날 오전 열한 시경 사령관이 그를 불렀다. 사령관은 밝은 웃음을 띠고 그에게 왔다.

「M-끼, 자네 오늘 무슨 좋은 꿈이라도 꾸었나?」 사령관이 물었다.

「꾸었습니다. 어머니한테 편지를 받는 꿈이었습니다.」 그는 대답했다.

「더 좋은 일이야, 더 좋은 일!」 사령관은 대꾸했다.

「너는 석방이다! 너의 어머니가 청원을 했다고……. 그 청원이 받아들여졌어. 이것이 그 편지다. 그리고 이것이 너에 대한 사면장이야. 당장 감옥에서 나가라.」

M-끼가 우리한테 돌아와서는 〈나는 얼마나 놀랐는지 몰라요. 가슴이 찔린 듯한 기분이었다니까요〉 하면서 이 사실을 이야기해 주었다. 그는 여전히 이 뜻밖의 소식에서 제정신을 차리지 못한 채 창백해지기까지 했다. 우리는 그를 축복해 주었다. 그는 떨리고 차가워진 손으로 우리의 손을 잡았다. 많은 죄수들 또한 그를 축하해 주었고, 그의 행운을 기뻐해 주었다.

그는 유형 이주 지역으로 나가서는 우리 도시에 머물러 있었다. 곧 그에게 일자리가 주어졌다. 처음에 그는 종종 우리 감옥으로 와서 할 수 있는 한 우리에게 다양한 소식을 전해 주었다. 주로 정치적인 정보들이 그의 관심거리였다.

나머지 네 명 중, 즉 M-끼와 T-스끼와 B-스끼와 J-끼를 제외하고 둘은 아직 매우 젊었으며, 짧은 형량을 받은 이들이었고, 교육은 적게 받았지만 정직하고 순박하며 솔직한 사람들이었다. 세 번째 A-추꼬프스끼는 너무나 단순해서 아무것도 독특한 데가 없는 사람이었으며, 네 번째 사람인 B-므는 중년의 나이로 모두에게 매우 나쁜 인상을 주었다. 그가 어떻게 그런 부류의 범죄자들에 속하게 되었는지 모르겠고 그 자신도 이것을 부정하고 있었다. 그는 한두 꼬뻬이까 셈을 속여 부자가 된 구멍가게 주인의 수단과 습관을 가지고 있었으며, 거칠고 천한 소상인 계급의 근성을 가진 사람이었다. 어떠한 교육도 받지 못했으며, 자신의 일 이외에는 어느 것에도 관심을 기울이지 않았다. 그는 칠장이였으며, 칠장이 중에서도 대단한 실력자였다. 곧 당국은 그의 능력을 알게 되었고, 전 도시에서 벽과 기둥 칠을 위해 B-므를 원하기 시작하였다. 2년 동안 그는 거의 모든 관공서의 사무소들을 칠하였다. 사무소의 담당자들은 자신의 돈으로 그에게 돈을 지불하였고, 그래서 그는 가난하지 않게 살고 있었다. 그러나 무엇보다도 좋은 점은 그와 함께 작업하기 위해 다른 동료들을 보낸 것이다. 그와 함께 지속적으로 작업했던 세 명 중 두 명은 그에게서 기술을 배웠으며, 그들 중 하나인 T-제프스끼는 그에 못지않은 기술을 익히게 되었다. 또한 관사를 차지하고 있던 우리의 소령도 자신의 차례가 되자 B-므를 불렀고, 그에게 모든 벽과 천장에 무늬를 넣어 칠하라고 명령했다. B-므는 지역 총사령관의 관사에서도 들이지 않은 엄청난 노력을 여기서 쏟아 부었다. 소령의 관사는 나무로 된 단층짜리 건물이었고 상당히 낡아서 외부는 매우 초라했다. 그러나 내부는 궁전처럼 칠해져서 소령은 매우 기뻐했다……. 그는 손을 비비면서 이제는 아무래도 결혼해야겠다고 말했다. 〈이런 집이 있는데 결혼하지 않을 수 없지〉라고 그는 매우 심각하게 덧붙였다. 그는 B-므에게 큰 만족을 표시했으며, 더불어 그와 함께 일했던 다른 사람들까지도 마음에 들어 했다. 작업은 한 달 동안이나 계속되었다. 이 한 달 동안 소령은 우리 모두에 대한 자신의 견해를 완전히 바꾸었고 우리를 변호하기 시작했다. 한번은 갑자기 J-끼를 감옥에서 자기에게 오라고 부른 일까지 있었다.

「J-끼!」 그는 말했다. 「내가 너를 모욕했다. 나는 너를 이유 없이 태형에 처했어. 나도 그것을 알고 있지. 나는 후회하고 있어. 너는 이것을 이해할 수 있겠나? 나, 나, 나는 후회하고 있다고!」

J-끼는 이해한다고 대답했다.

「너 이해할 수 있어? 나, 너의 상관인 내가, 너에게 용서를 빌기 위해서 너를 불렀단 말이다. 이것을 느낄 수 있나? 내 앞에 있는 〈너는〉 누구냐? 벌레! 어쩌면 벌레만도 못할지 몰라! 너는 죄수란 말이야! 그러나 나는 하느님의 자비[150]로 된 소령이야! 너, 이것을 이해하겠는가 말이야?」

J-끼는 그것도 이해한다고 대답했다.

「자, 그런데 지금 나는 너랑 화해를 한다. 그러나, 너는 이것을 완전히 모두 느낄 수 있는가? 너는 이것을 느끼고 이해할 수 있는가? 단지 상상이라도 해봐. 나는, 나는 소령이란 말이야……」

J-끼는 이 모든 장면을 직접 나에게 이야기해 주었다. 결국 주정뱅이에 부조리하고 무뢰한 같은 이 사람에게도 인간다운 감정은 있었던 것이다. 그의 생각과 교양 정도를 고려해 보면, 그런 행동은 거의 위대한 일이라고까지 여길 수 있었다. 그러나 어쩌면 술기운이 많이 작용했을지도 모르는 일이다.

---

150 내가 감옥에 있을 때만 하더라도 이러한 축어적인 표현은 우리의 소령뿐만 아니라, 주로 하사관 계급에서 진급한 하급 장교들도 많이 사용하고 있었다.

하지만 그의 꿈은 실현되지 않았다. 그는 관사 수리가 끝난 뒤, 그렇게 굳게 결심했음에도 불구하고 결혼을 하지 못했다. 결혼 대신 그는 재판에 회부되었고, 퇴역 명령이 내려졌다. 엎친 데 덮친 격으로 과거의 죄상까지 폭로되었다. 이전에 그는 도시에서 시장을 지냈던 것으로 기억되는데……그러한 타격이 예기치 않게 그를 덮친 것이다. 감옥에서는 이 소식을 듣고 기뻐서 어쩔 줄 몰랐다. 그날은 축제일이었고, 승리의 날이었다! 사람들이 말하기를, 소령은 늙은 아낙네처럼 울부짖으며 눈물을 흘렸다고 한다. 그러나 이미 엎질러진 물이었다. 그는 퇴역을 하자 회색 말 두 필을 팔아 버리고, 그 다음은 모든 재산을 처분하였으며, 매우 궁색한 신세가 되었다. 나중에 우리는 낡은 문관 외투에 휘장이 달린 모자를 쓴 그를 만났다. 그는 심술궂게 죄수들을 노려보았다. 그러나 그가 제복을 벗는 순간 그의 모든 영화는 사라진 것이다. 제복을 입은 그는 천둥이자 신이었지만, 외투를 입은 그는 갑자기 아무것도 아니었으며, 마치 하인처럼 되어 버린 것이다. 이러한 인간들에게 제복이란 얼마나 많은 의미를 지니는 것인지 놀라운 일이다.

9. 탈옥

우리 지역 사령관의 부관인 소령이 경질되자마자 우리 감옥에서는 근본적인 변화가 일어났다. 징역이 폐지되고, 대신에 러시아의 죄수 중대를 기반으로 하는 국방성 소속 죄수 중대가 설립된 것이다. 이것은 이제 우리 감옥에는 제2부류의 징역 유형수가 더 이상 들어오지 않는다는 것을 의미했다. 이때부터 우리 감옥은 일률적으로 국방성과 관련된 죄수들만 수용하게 되었고, 이들은 다른 군인들처럼 군인으로서의 기본권이 박탈되지 않은 사람들로, 단기간의 형량(최고 6년을 넘지 않는)을 복역하고 출감하면 다시 그들이 속해 있던 부대로 돌아가게 되어 있었다. 그러나 재범에 의해 감옥에 다시 들어온 자들은 이전처럼 20년형을 선고받았다. 우리 감옥에는 이러한 변화가 있기 전에도 군 관련 죄수들의 수용실이 있었는데, 그들은 다른 장소가 없었기 때문에 우리와 함께 지내고 있었다. 그러나 이제는 감옥 전체가 군사범 수용소가 되고 말았다. 하지만 모든 권리를 박탈당하고 낙인이 찍히고 머리를 절반이나 깎인 이전의 일반 죄수들이 형기를 완전히 마칠 때까지 여전히 감옥에 남아 있었던 것은 물론이다. 새로운 죄수들이 들어오지 않고 남은 죄수들은 조금씩 형을 마치고 출감할 것이므로, 10년 정도가 지나면 우리 감옥에는 한 사람의 죄수도 남아 있지 않을 것 같았다. 특별실은 그대로 남아 있었고, 그곳에는 시베리아에 가장 힘겨운 징역 유형소가 설치될 때까지 중형의 군 죄수들이 가끔 이송되어 왔다. 그런 식으로 우리의 생활은 본질적으로 전과 다름없이 계속되고 있었다. 같은 옥사에, 같은 작업에, 거의 같은 규율에, 단지 당국만이 교체되고 복잡해졌을 뿐이다. 죄수 중대 사령관으로 참모 장교[151]가 임명되고, 그 밑에 순번제로 당직하는 네 명의 위관이 임명되었다. 상이 군인 제도가 폐지되고, 그 대신 하사 열두 명과 취사 담당 하사 한 명을 두게 되었다. 죄수들을 열 명씩 한 조로 묶어서, 물론 이름뿐이었지만, 그들 중에서 상병을 뽑았다. 아낌 아끼미치도 물론 스스로 자원을 한 상병이었다. 새로운 체제와 간부들과 죄수들을 포함한 감옥 전체는 이전처럼 최고 지도부인 사령관의 감독하에 있었다.

---

151 제정 러시아 시대의 소령에서 대령까지의 영관급 장교를 말함.

이것이 변화의 전부였다. 물론 죄수들은 처음에 매우 동요하고, 이야기를 주고받으며 추측하기도 하고, 신임 간부를 비판하기도 하였다. 그러나 본질적으로 모든 것이 이전과 같은 것임을 알고는 진정되었고, 우리의 생활도 이전처럼 흘러가게 되었다. 그러나 중요한 것은 이전의 소령에게서 모두가 해방되었다는 것이다. 모두들 마치 휴식을 취하는 것만 같았고, 생기를 되찾은 것 같았다. 겁에 질린 모습은 사라졌으며, 이제는 모두가 필요한 경우라면, 죄를 진 자 대신에 죄 없는 사람이 실수로 벌을 받더라도, 당국과 이야기해서 해명할 수 있다는 것을 알게 되었다. 이전의 상이 군인 대신에 하사로 바뀌었음에도 불구하고 술은 이전과 같은 조건으로 거래되고 있었다. 이러한 하사들은 대부분 정상적이고 분별 있고 자신의 처지를 잘 이해하고 있는 사람들이었다. 그러나 그들 중 몇 사람은 처음부터 거드름을 피웠고, 물론 경험 부족 탓이었겠지만 군인을 대하는 것처럼 죄수들을 대하려고 했다. 그러나 곧 그러한 생각에 문제가 있다는 것을 깨닫게 되었다. 너무나 오랫동안 깨닫지 못하는 사람들에게는 죄수들이 직접 문제의 본질을 깨닫게 해주었다. 가끔 상당히 날카로운 충돌이 있기도 했다. 예를 들어, 하사를 꾀어내어 같이 술을 마신 다음 보고를 하는 것이었는데, 함께 마신 거니까 결국은…… 하는 식으로 넘어가곤 했다. 그렇게 되면 결국 하사들은 술병을 운반하고 보드까를 파는 것을 모른 체하거나, 더 심하게 표현하면 보지 않으려고 노력하게 된다. 게다가 이전의 상이 군인들처럼, 그들도 시장에 다니면서 흰 빵이나 쇠고기나 기타의 것들, 즉 커다란 위험 없이 가져올 수 있는 것들을 사다 주었다. 무엇을 위해서 이 모든 것이 바뀌고 죄수 부대를 구성하였는지 나는 알 수 없었다. 이것은 나의 징역 생활 말기에 일어난 일이었다. 그러나 나는 아직도 이 새로운 질서에서 2년을 더 살아야 할 운명이었다…….

 감옥에서 보낸 모든 세월, 모든 생활을 기록해야 하는가? 그렇게 생각하지는 않는다. 만약 순서대로 계속해서 일어난 모든 일과 이 시기에 내가 보고 경험한 모든 것을 기록한다면, 아마도 지금까지 쓴 것보다 세 배, 네 배나 더 많은 페이지들을 써야 할 것이다. 그러나 그런 기록은 결국 너무나 단조로운 것이 될 것이다. 특히 독자가 각 장에 씌어진 내용을 통해 제2부류의 유형 생활에 대해 어느 정도 만족할 만한 개념을 얻고 나면 모든 사건들이 더욱더 한결같다고 느끼게 될 것이다. 나는 우리 감옥 전체와 내가 이 시기에 경험했던 모든 것을 일목요연하고 분명하게 하나의 광경으로 제시하고 싶었다. 그러나 이 목적을 달성했는지는 모르겠다. 그리고 어떤 의미에서 이것은 내가 판단할 수 있는 것이 아니다. 그러나 여기서 끝내도 좋다고 확신한다. 게다가 이러한 기억들이 떠오를 때면, 나는 종종 견딜 수 없는 우수에 빠지곤 한다. 그리고 정말로 내가 모든 것을 기억할 수 있다는 말인가. 오랜 세월이 지난 것들은 기억에서 흐려지는 것도 사실이다. 내가 완전히 잊어버린 일들도 많으리라 생각된다. 예를 들면, 나는 그날이 그날처럼 흡사했던 모든 날들을 우수에 싸여 서글프게 보냈다는 것을 기억한다. 이렇듯 길고 지루한 날들이, 마치 비가 온 후에 지붕에서 한 방울씩 빗방울이 떨어지듯 한결같이 단조로웠다는 것을 기억하고 있다. 단 하나, 부활과 갱생과 새로운 생활에 대한 강렬한 갈망만이 나를 지탱할 수 있게 해준 힘이었음을 기억하고 있다. 그리고 나는 결국 참아 냈다. 나는 기다렸다. 나는 하루하루를 세어 갔다. 1천 일이나 남아 있음에도 불구하고, 자신을 위로하면서 하루씩 세어 나갔다. 하루를 보내고 묻어 버리면서 다음 날이 오면, 이제는 1천 일이 아니라 9백 99일이 남았다고 기뻐했다. 수많은 동료가 있었음에도 불구하고 이 시기에 나는 극도로 고독했고, 결국은 이 고독조차 사랑하게 되었다는 것을 기억한다. 정신적으로 고독했던 나는 나의 지난 전생애를 되돌아보았고, 아무리 사소한 것이라도 모든 것을 다시 취해서 나의 과거를 깊이 음미해 보고 용서 없이 엄격하게 자신을 평가해 보았으며, 심지어 어떤 때는 이러한 고독을 나에게 보내 준 운명에 감사할 정도였다. 이러한 고독이 없었다면 자신에 대한 어떠한 반성도 지난 생애에 대한 엄격한 비판도 없었을 것이다. 그리고 그 당시 얼마나 많은 희망으로 나의 심장이 두근거렸는지! 이전에 했던 어떠한 실수나 방종도 나의 미래 생활에는 다시는 없을 것이라고 나는 생각하고 결심하고 다짐했다. 나는 미래의 모든 계획을 정해 놓았고, 그것을 엄격히 따를 것을 맹세했다. 내가 이 모든 것을 실행하고 실행할 수 있으리라는 맹목적인 믿음도 생겨났다……. 나는 기다렸고, 성급하게 자유를 부르고 있었다. 나는 새로이, 새로운 투쟁에서 자신을 시험해 보고 싶었다. 때때로 발작에 가까운 초조감이 나를 사로잡았다……. 그러나 그 당시의 나의 정신 상태를 지금 상기한다는 것은 고통스러운 일이다. 물론 이 모든 것은 나에게 국한된 것이지만……. 그러나 내가 이것을 기록하였던 것은, 만약 장년의 한창때에 감옥에 들어가게 된다면 누구에게나 일어날 수 있는 일이기 때문에 모든 사람이 이것을 이해하리라고 생각했기 때문이다.

그러나 이런 것이 무슨 소용이란 말인가……! 그보다 도중에 갑자기 이야기가 끝나지 않도록, 좀 더 이야기하는 것이 낫겠다.

문득 떠오른 생각인데, 정말로 어느 누구도 감옥에서 도망치는 것이 불가능하며, 내가 감옥에 있는 동안 누구도 도망한 사람이 없었는가?라고 누군가가 물을 수도 있을 것이다.

이미 적은 바대로, 감옥에서 2, 3년을 지내 본 죄수는 이 기간을 가치 있게 생각하여 모험이나 위험 부담 없이 남은 기간을 치르고 나서, 합법적인 형식으로 유형 이주지에 나가서 사는 것이 낫다는 계산을 하게 된다. 그러나 그러한 계산을 하는 것은 짧은 형기로 온 죄수들의 경우이다. 장기수는 위험을 감수할 준비가 되어 있을 수도 있다······. 그러나 우리 감옥에서는 왜 그런지 이러한 경우가 없었다. 죄수들이 너무 겁이 많아서였는지, 아니면 감시가 특히 심하고 군대식이어서였는지, 우리 도시의 지형이 여러모로 부적합해서였는지 (초원 지대이자 개활지였다), 뭐라고 말하기도 어렵고 이유를 모르겠다. 내가 생각하기에는 이 모든 원인들이 동시에 영향을 미쳤던 것 같다. 실제로 우리 감옥에서 도망치기란 어려웠다. 그런데 내가 있을 당시 단 한 번 그러한 일이 일어났다. 두 명이, 더욱이 중형을 받은 죄수들이 위험을 무릅쓰고 감행했던 것이다.

소령이 경질된 후, A-프(감옥에서 소령의 첩자 노릇을 하던 사람)는 보호자를 잃은 외톨이 신세가 되고 말았다. 그는 아주 젊었지만, 성격은 세월이 흐름에 따라 경직되고 굳어지고 있었다. 대체로 이 사람은 뻔뻔스럽고 대담했으며 매우 영리했다. 만약 그에게 자유를 준다 해도 첩자 노릇을 계속하면서 여러 가지 비밀스런 방법으로 돈벌이를 할 테지만, 이제는 이전처럼 어리석은 실수로 붙잡혀 감옥 신세를 지는 전철을 다시 밟지는 않을 것이 분명했다. 그는 감옥에서 여권 위조도 조금 배워 두었다. 그러나 확실하다고는 말할 수 없다. 죄수들로부터 들었을 뿐이다. 사람들이 말하기를, 그는 소령의 부엌에 드나들 때부터 이미 이런 종류의 일을 했고 이것으로 많은 수입을 올렸다고 한다. 한마디로 그는 내가 보기에 자신의 운명을 변화시킬 수 있는 것이라면 어떤 것도 결행할 수 있는 사람 같았다. 나는 그의 마음을 조금 알 수 있는 기회를 가졌다. 그의 냉소주의는 너무나 뻔뻔하고 냉혹했으며, 말할 수 없이 차가운 조소에 이르기까지 상대방에게 참기 어려운 혐오감을 불러일으켰다. 나는 만약 그가 포도주 한 잔을 마시고 싶은데 누군가의 목을 베어야만 그 한 잔을 얻을 수 있다면 당장이라도 베어 버렸을 것이라고 생각한다. 단지 이것을 아무도 모르게, 조용히 할 수만 있다면 말이다. 감옥에서 그는 실속을 챙기는 방법을 배웠다. 특별 감옥의 죄수 꿀리꼬프가 주의를 기울인 것도 바로 이 사람이었다.

나는 이미 꿀리꼬프에 대해서 이야기했다. 그는 젊지는 않지만 활동적이고, 삶에 대한 집착이 강할 뿐더러 다방면에 비상한 능력을 가진 사람이었다. 그에게는 힘이 있었고, 오래 살고 싶어했다. 이러한 사람들은 나이가 지긋이 들어도 여전히 살기를 원한다. 어째서 이 감옥에는 탈옥하는 사람이 아무도 없는가 하는 의혹을 가지게 된다면, 나는 가장 먼저 꿀리꼬프를 의심스럽게 바라보게 될 것이다. 그러나 꿀리꼬프는 결행했다. 누가 누구에게 더 큰 영향을 끼쳤는지, A-프가 꿀리꼬프에게 영향을 끼친 것인지 꿀리꼬프가 A-프에게 영향을 준 것인지 알 수는 없지만, 둘 다 나름대로 가치가 있었고, 이런 일에서 둘은 어울리는 한 조였다. 그들은 친해지게 되었다. 내가 보기에, 꿀리꼬프는 A-프가 여권을 위조할 수 있을 것이라고 계산했던 것 같다. A-프는 귀족 출신에 상류 사회 사람이었으므로, 러시아에 도착하기만 한다면 위험에 처했을 때 여러 가지 도움을 받을 수 있으리라 생각했는지도 모른다. 그들이 어떻게 계획을 짜고, 어떠한 희망을 가졌는지 누가 알겠는가. 그러나 그들의 희망이 시베리아 유랑 생활의 일상적인 구습을 벗어나 있었던 것은 확실하다. 꿀리꼬프는 타고난 배우로 인생에서 다채로운 여러 가지 역할을 선택하고 소화해 낼 수 있으며, 많은 일에 희망을 가질 수 있는 사람이었다. 이런 사람들이 감옥에서 위축되는 것은 당연했다. 그들은 탈옥하기로 약속했다.

그러나 호송병 없이 탈옥하기란 불가능했다. 호송병을 함께 끌어들여야만 했다. 요새에 주둔하고 있는 어느 부대에 폴란드 인이 근무하고 있었는데, 정력적인 사람이었고 이미 중년의 나이였지만 씩씩하고 진지한 사람이어서 더 나은 조건에서 근무할 수도 있을 만한 사람이었다. 젊었을 때, 그는 시베리아에서 근무한 지 얼마 안 되어 고향에 대한 참을 수 없는 그리움 때문에 탈영한 적이 있다. 그는 붙잡혀 2년 정도 죄수 부대로 보내졌다. 다시 부대로 돌아왔을 때, 그는 생각을 고쳐먹고 열심히 온 힘을 다해 근무하기 시작했다. 뛰어났던 까닭에 그는 상병이 되었다. 이 사람은 정직하고 자존심이 강하며 자신의 가치를 아는 사람이었다. 그는 이야기한 것처럼, 자신의 가치를 아는 사람답게 행동했고 말투에서도 그것이 느껴졌다. 나는 이 당시 몇 번인가 우리의 호송병들 사이에 있는 그와 마주친 적이 있다. 폴란드 인들도 그에 대해 나에게 몇 마디 해주었다. 내가 보기에 이전의 향수는 가슴 깊숙이 감춰 둔 채 깊은 증오로 바뀌어 있는 것 같았다. 이 사람은 어떤 것도 결행할 수 있었고, 그를 동조자로 점찍은 꿀리꼬프의 선택은 탁월했다. 그의 성은 꼴레르였다. 그들은 협의를 하고 날짜를 정했다. 그날은 6월의 더운 어느 날이었다. 이 도시의 기후는 상당히 고른 편이었다. 여름에는 날씨가 계속 뜨거웠다. 이것이 유랑자에게는 안성맞춤이었다. 물론, 그들이 요새에서 곧바로 도망친다는 것은 절대로 불가능했다. 도시 전체가 사방이 트인 곳에 위치해 있었기 때문이다. 주위에는 상당히 먼 곳까지 숲이라고는 없었다. 우선 주민 옷으로 갈아입어야 했고, 그러기 위해서는 오래 전부터 꿀리꼬프의 은신처가 있던 변두리까지 가야만 했다. 변두리에 있는 그의 친구들이 이 비밀을 알고 있었는지 어떤지는 모르겠다. 나중에 재판에서도 이 점은 완전히 밝혀지지 않았지만 가담했으리라 짐작할 수 있다. 그 해 도시 변두리의 한 구석에는 자신의 미모를 가지고 일을 막 시작한 반까 딴까라는 별명의 젊고 아름다운 여자가 살고 있었는데, 그녀는 사람들에게 희망을 주었고 그 희망이 성사되도록 해주기도 했다. 사람들은 그녀를 불꽃이라고도 불렀다. 내가 보기엔 그녀도 이 일에 어느 정도 가담했던 것 같다. 꿀리꼬프는 1년 동안이나 그녀에게 많은 돈을 쏟아 부었다. 우리의 용사들은 아침에 작업 할당에 나가서 교묘하게 일을 꾸며 실낀이라는 난로공이자 미장공 죄수와 군인들이 오래 전에 야영 나가고 없는 빈 부대 막사의 벽을 칠하러 나가게 되었다. A-프와 꿀리꼬프는 운반자로 그와 함께 갔다. 꼴레르는 호송병이 되었다. 죄수 세 사람당 두 명의 감시병이 딸려 가게 되어 있었는데, 꼴레르가 고참이자 연륜 있는 상병이었기 때문에 감시에 대한 교육과 훈시를 위해서 신병이 함께 가게 되었다. 아마도 우리의 탈옥수들은 꼴레르에게 강한 영향을 끼쳤던 것 같고, 그 역시 그들을 신뢰했던 것 같다. 그 당시 장기간의 우수한 근무 성적을 가지고 있던 총명하고 진지하고 분별력 있는 그가 그들과 행동을 같이하기로 결정한 것을 보면 말이다.

그들은 막사에 도착했다. 아침 여섯 시경이었다. 그들을 제외하고는 아무도 없었다. 한 시간 정도 일한 후에, 꿀리꼬프와 A-프는 실낀에게 작업장에 다녀오겠다고 말했는데, 첫째로는 누구를 만나야 하고, 둘째로는 간 김에 부족한 연장을 가져오겠다는 것이었다. 실낀에게는 교묘한 태도를 취해야 했다. 즉 될 수 있는 한 자연스럽게 해야 했다. 그는 모스끄바 태생으로 모스끄바 상인 출신의 난로공이었으며, 교활하고 약삭빠르며 영리하고 말이 적은 편이었다. 겉으로 보기에 그는 허약하고 여위었다. 그는 평생을 모스끄바 식으로 조끼와 실내옷을 입고 보낼 수 있었지만, 운명은 달리 주어졌다. 오랜 방랑 후에 그는 우리 감옥의 특별 감옥, 즉 가장 끔찍한 군사범의 부류에 들어가게 된 것이다. 무엇 때문에 그가 그런 상황에 처하게 되었는지 모르지만, 나는 그에게서 특별히 불만족스러운 기색을 발견하지 못했다. 그는 온순하고 눈에 띄지 않게 행동했다. 때때로 그는 구두 수선공처럼 많이 취하기도 했지만, 그럴 때도 잘 처신했다. 물론 그가 비밀을 눈치채고 있지는 못했지만, 그의 눈은 빛나고 있었다. 그래서 꿀리꼬프는 그에게 그들이 어제부터 작업장에 숨겨 두었던 포도주를 가지러 간다는 눈짓을 했다. 이 말이 실낀을 움직였다. 그는 아무런 의심도 없이 그들과 헤어졌고, 신병 한 명과 남아 있게 되었다. 꿀리꼬프, A-프, 꼴레르는 도시의 변두리를 향해 달리기 시작했다.

30분이 지났다. 사라진 사람들은 돌아오지 않았다. 갑자기 실낀은 아차 싶어서 생각하기 시작했다. 그는 온갖 고초를 다 겪은 사람이었다. 그는 상황을 되짚어 보기 시작했다. 꿀리꼬프는 어쩐지 평소 때와는 다른 상태였다. A-프는 두 번 정도 그와 속삭이는 것 같았고 꿀리꼬프가 그에게 적어도 두어 번 눈짓하는 것을 목격했다. 그제서야 그는 모든 것을 알게 되었다. 꼴레르도 어쩐지 좀 수상했다. 그들과 떠나면서, 신병에게 그가 없을 때 어떻게 행동해야 하는지를 잠시 훈계했는데, 그 태도가 평소 꼴레르답지 않게 어쩐지 자연스럽지 못했던 것 같다. 한마디로, 생각하면 생각할수록 의심이 갈 만한 것투성이였다. 그러는 사이에 시간은 흘러갔고 그들은 돌아오지 않았다. 그의 불안은 극에 달했다. 그는 이 일로 자신이 얼마나 위험에 처할지 잘 알고 있었다. 상부는 우선 그를 의심할 것이다. 상부에서는 상호 합의하에 그가 알면서도 동료들을 보내 주었다고 생각할 것이다. 만약 그가 꿀리꼬프와 A-프가 사라진 사실을 알리는 것을 지체한다면 이러한 의심은 더욱 강해질 것이다. 시간을 낭비할 때가 아니었다. 그는 최근 꿀리꼬프와 A-프가 어쩐지 특별히 가까워져서 자주 속삭이고 사람들 눈에 띄지 않는 옥사 뒤로 자주 드나들던 것도 기억해 냈다. 또한 그는 그때부터 그들에게서 무엇인가 수상쩍었던 점들을 모두 상기해 냈다……. 그는 살피듯이 자신의 호송병을 바라보았다. 그는 총에 팔을 기댄 채 하품을 하고 있었고, 아무 생각 없는 모습으로 코를 손가락으로 후비고 있었다. 그래서 실낀은 자신의 생각을 그에게 말할 필요가 없다고 생각하고, 공병대 작업장으로 뒤따라오라고만 간단히 이야기했다. 작업장에서 그들이 거기에 왔는지 안 왔는지를 물어봐야만 했다. 거기에서는 아무도 보지 못했다고 했다. 실낀의 모든 의혹이 해결되었다. 실낀은 〈만약 꿀리꼬프가 종종 그랬듯이 변두리에 단순히 술 마시러 놀러 간 것이라면, 아니, 그럴 리가 없다. 그렇다면 그에게 숨길 필요 없이 알렸을 거야〉라고 생각했다. 실낀은 작업을 중단하고 막사에도 들르지 않고 곧장 감옥으로 달려갔다.

상사에게 가서 자초지종을 이야기했을 때는, 이미 아홉 시가 되어가고 있었다. 상사는 너무 당황해서 처음에는 이것을 믿으려고 하지도 않았다. 물론 실낀도 그에게 이 모든 것은 추측과 의혹이라고 말했다. 상사는 소령에게로 곧장 달려갔고, 소령은 즉시 사령관에게 달려갔다. 15분 후에는 이미 모든 필요한 조치가 취해졌다. 지역 총사령관에게도 보고되었다. 죄수들은 중죄인이었고, 그들 때문에 뻬쩨르부르그에서 심한 문책이 내려올 수도 있었다. 사실인지 아닌지는 모르지만 A-프는 정치범에 속해 있었으며, 꿀리꼬프는 특별실, 즉 가장 위험한 죄수이자 군사범의 부류에 속해 있었다. 〈특별실〉 출신은 어느 누구도 지금까지 도망한 예가 없었다. 게다가 규칙에 의하면 〈특별실〉의 모든 죄수에게는 작업장에서 죄수 한 명당 두 명, 또는 적어도 한 명씩의 감시병이 따라다녀야 했다. 이 규칙이 지켜지지 않았던 것이다. 따라서 불유쾌한 일이 일어날 것이 뻔했다. 도망자에 대해 알리고 그들의 인상 착의를 곳곳에 돌리기 위해 인근의 모든 마을에 연락병이 파견되었다. 그들을 추적하고 체포하기 위해 까자끄들이 보내졌다. 주위의 군과 현에도 통보되었다……. 한마디로 모두가 매우 당황했던 것이다.

그러는 동안 우리 감옥에서는 다른 종류의 동요가 일어나기 시작했다. 죄수들도 작업장에서 돌아오자마자 문제가 발생했다는 것을 알게 된 것이다. 이 소식은 모두에게 급속하게 퍼졌다. 모두들 이 소식을 어떤 특별하고 비밀스러운 기쁨을 가지고 받아들였다. 모든 죄수들의 가슴은 뛰기 시작했다……. 이 사건은 감옥 생활의 단조로움을 깨고 개미집을 파헤쳤다는 것 외에도, 탈옥이라는, 모두의 가슴속에 묻어 둔 채 오랫동안 잊고 있던 탈옥에 대한 열망의 한 가락을 울리게 한 것이며, 이로 인해 그들의 마음속에 이상한 친밀감을 불러일으켰던 것이다. 모두의 가슴속에서 희망, 용기, 자신의 운명을 바꿀 수 있다는 가능성과도 비슷한 어떤 것이 움트기 시작했다. 〈도망친 이들도 사람이 아닌가? 어쨌단 말인가?〉 이러한 생각 때문에 모두는 생기를 되찾았고, 도전하는 듯한 모습으로 서로를 쳐다보았다. 모두는 어쩐지 자신만만하고 오만하게 하사들을 쳐다보기 시작했다. 물론 감옥으로 지체 없이 담당자들이 달려왔다. 사령관까지 도착했다. 우리 죄수들은 용감해져서 대담하게, 심지어는 멸시하는 듯한 태도로 〈우리는 이렇게 일을 해낼 수 있다〉는 무언의 시위와 엄격한 위엄을 드러내며 그들을 맞이하였다. 상급 관리가 오리라는 것을 그 당시 우리는 당연히 짐작할 수 있었고, 또한 즉시 수색이 벌어질 것이라는 것도 추측하고 있었기 때문에 그 전에 모든 것을 숨겨 놓았다. 이러한 경우 당국은 항상 사후 약방문이라는 것을 잘 알고 있었다. 이번에도 그랬다. 대단한 혼란이 일어났다. 모든 것을 뒤지고, 모든 것을 들추어냈지만, 물론 아무것도 발견해 내지 못했다. 오후 작업을 나갈 때는 호송병의 숫자가 증가되었다. 저녁에 보초들은 매분 감옥을 돌았다. 보통 때보다 자주 점호가 실시되었지만 이 경우 보통 때보다 두 배나 더 잘못 세곤 했다. 이 때문에 다시 혼란이 일어났다. 모두를 마당으로 내몰고 다시 세는 것이다. 그 다음에는 다시 옥사마다 점호를 했다……. 한마디로 성가신 일만 늘어난 것이다.

그러나 죄수들은 태연할 뿐이었다. 그들 모두는 전혀 관심이 없는 것처럼, 그런 경우에 항상 그렇듯이 저녁 내내 평소와는 다르게 자중하고 있었다. 〈말하자면, 이럴 때는 누구에게도 트집을 잡혀서는 안 되지〉 하는 속셈인 것이다. 당국은 당연히 〈감옥 안에 도망자들의 공범자들이 남아 있는 것은 아닐까?〉라고 생각했다. 그러고는 죄수들을 감시하고 그들의 이야기에 귀를 기울일 것을 명령했다. 그러나 죄수들은 단지 조소를 퍼부을 뿐이었다. 〈자신의 공범자들을 남긴다는 것이 가능한 일이겠어!〉〈이러한 일은 비밀리에 해야 되는데, 그렇지 않으면 될 수도 없는 일인데.〉〈꿀리꼬프와 A-프가 이런 일에 흔적을 남길 사람들인가? 교묘하게 비밀리에 해치울 거야. 그들은 산전수전 다 겪은 사람들이잖아. 잠긴 문도 빠져나갈 수 있는 사람들이야!〉 한마디로, 꿀리꼬프와 A-프는 대단한 영광을 누리고 있었고, 모두 그들을 자랑스럽게 여기고 있었다. 그들의 업적은 감옥이 사라지더라도 죄수들의 먼 후손들에게까지 전해질 것처럼 여겨졌다.

「대단한 재주야!」 어떤 사람이 말했다.

「우리들은 도망 못 갈 거라고 생각했는데, 그들이 도망가고야 말았어……!」 다른 사람들이 이야기했다.

「도망쳤다고!」 주위를 거만하게 둘러보면서 세 번째 사람이 끼어들었다. 「대체 탈주한 게 누군지나 알아……! 너와 상대가 될 것 같아?」

다른 때 같으면 이런 말을 들은 죄수는 즉시 도전에 답하여 자신의 명예를 지켰을 것이다. 그러나 지금은 얌전하게 잠자코 있었다. 「실제로 모든 사람이 꿀리꼬프와 A-프 같지는 않아. 우선 자신을 돌아보는 게 중요해……」

「이봐, 우리는 도대체 왜 여기에 살고 있는 거야?」 취사장의 창문가에 서서 조용히 손바닥으로 턱을 괴고 앉아 있던 네 번째 사람이 기운은 없지만, 만족스럽다는 목소리로 노래 부르듯이 이야기하면서 침묵을 깼다. 「무엇 때문에 여기 있는 거야? 살아 있어도 사람이 아니고, 죽는다고 해도 죽는 것이 아니잖아, 제기랄!」

「세상일이란 장화 같은 것이 아니야. 발에서 벗어 버릴 수 있는 것이 아니란 말이다. 뭐가 제기랄이야?」

「꿀리꼬프는 저렇게……」 흥분을 잘하는 젊은 풋내기 중의 하나가 물고늘어졌다.

「꿀리꼬프라고!」 그때 다른 사람이 그 풋내기를 멸시하듯이 흘겨보면서 되받았다. 「꿀리꼬프라……!」

즉 이 말은 꿀리꼬프 같은 사람이 많겠느냐는 뜻이었다.

「그래, 이봐, A-프도 노련한 사람이야, 정말 대단해!」

「그럼! 그 사람은 꿀리꼬프도 손가락 사이에서 흔들어 댈 인간이야. 결국 발견해 내지 못할 거야!」

「이봐, 지금쯤 그들이 멀리 도망갔을지 궁금하군……」

그리고 이때 그들이 얼마나 갔을지, 어느 방향으로 도망갔을지, 그들이 어디로 도망해야 하는지, 어떤 마을에 가까이 갔을지에 대한 대화가 오갔다. 그 부근을 잘 아는 사람들이 끼어들었다. 모두들 호기심에 차서 이야기를 들었다. 인근 마을 주민들에 대해 이야기하면서 내린 결론은, 도시와 가깝게 살면서 닳아빠진 사람들이므로 탈옥수를 숨겨 주기는커녕 붙잡아 관에 넘겨줄 것이라는 것이었다.

「여보게들, 여기에 살고 있는 농부들이란 약아빠진 사람들이야. 우 ― 우 ― 우, 농부들이란!」

「경솔한 농부놈들!」

「시베리아 놈들은 소금에 전 귀야.[152] 잘못하면 죽임을 당해.」

「그래도 우리 죄수들도……」

「물론 여기서는 누가 잡히느냐야, 우리 편도 보통내기는 아니니까 말이야.」

「죽지만 않는다면, 소문이 들릴 텐데.」

「너는 무슨 생각을 하는 거야? 붙잡혔다는 거야?」

「나는 그들이 결코 붙잡히지 않을 거라고 생각해!」 책상을 치면서 흥분을 잘하는 사람 하나가 말했다.

「흐음, 꼭 되돌아올 것 같아.」

「여보게들, 나도 그렇게 생각해.」 스꾸라또프가 끼어들었다. 「내가 부랑자가 된다면, 나를 결코 붙잡지는 못할 거야!」

「너 같은 놈이!」

웃음소리가 나기 시작했고, 다른 사람들은 듣고 싶지도 않다는 표정이었다. 그러나 스꾸라또프는 이미 흥분하고 있었다.

---

152 인정사정없이 각박하다는 뜻.

「결코 붙잡지 못할 거라니까!」 그는 말했다. 「여보게들, 나는 종종 나에 대해 생각하고는 스스로에게 놀랄 때가 많아. 조그만 틈으로도 빠져나갈 수 있고, 잡히지 않을 것 같단 말이야.」

「아마 배고파서 농부에게 빵을 얻으러 가게 될걸.」

모두가 웃었다.

「빵을 얻으러? 실없는 소리 하지 마!」

「그래, 너는 실없는 소리 안 했단 말야? 너는 바샤 아저씨와 한패가 되어 사람을 죽이고 여기 오게 된 거지.」[153]

웃음소리가 점점 더 커졌고, 신중한 사람들은 아직도 못마땅하다는 듯이 그들을 바라보았다.

「거짓말 마라!」 스꾸라뚜프가 소리쳤다. 「그건 미끼뜨까가 나에 대해 말도 안 되는 소리를 지껄인 거야. 그것은 내가 아니고, 바시까에 대한 것인데도 나를 끌어들인 것뿐이야. 나는 모스끄바 사람이고, 어렸을 때부터 떠돌아다니는 생활에 단련되었어. 교회의 불목하니 하나가 그때 나에게 읽고 쓰기를 가르치면서 귀를 잡아당기곤 했는데〈불쌍히 여기소서, 하나님, 당신의 커다란 은혜로…… 등등〉이라고 되풀이하곤 했어. 그러면 나는 그를 흉내내서〈당신의 은혜로 나를 경찰에 넘기소서…… 등등〉이라고 외곤 했지. 어릴 때부터 나는 이런 짓을 하기 시작했던 거야.」

모두가 다시 웃기 시작했다. 그러나 스꾸라뚜프는 바로 이것을 원했던 것이다. 그는 어릿광대 역을 하지 않고는 못 배기는 사람이었다. 곧 그를 내버려두고 다시 심각한 이야기가 시작되었다. 나이 든 사람들과 이러한 일에 통달한 사람들이

---

[153] 즉, 어느 농부 혹은 아낙네가 가축을 병들어 죽게 하는 주문을 퍼뜨렸다고 의심을 하여 살해했다는 것이다. 우리 감옥에는 그런 살인자가 한 명 있었다.

더 많은 의견을 내놓았다. 좀 더 젊고 더 온순한 사람들은 그저 그들을 쳐다보면서 희색이 만면하여 귀를 기울이기 위해 머리를 들이밀 뿐이었다. 커다란 무리가 취사장에 모이게 되었다. 물론 하사들은 여기에 없었다. 그들이 있으면 이야기를 할 수가 없었다. 나는 사람들 중에서도 특히 즐거워하고 있는 따따르 인 마메뜨까를 발견했다. 별로 크지 않은 키에 광대뼈가 튀어나온 무척이나 우스꽝스러운 얼굴을 한 사람이었다. 그는 러시아 어를 한 마디도 할 줄 모르고, 다른 사람들이 무슨 말을 하는지 거의 알아듣지 못했지만, 무리들 사이에 끼어 고개를 들이밀고 즐겁다는 듯이 듣고 있었다.

「어떠냐, 마메뜨까, 야끄시?[154]」 모든 사람에게 외면당해서 아무것도 할 일이 없어진 스꾸라또프가 그에게 달라붙었다.

「야끄시! 아, 야끄시!」 우스꽝스러운 머리를 스꾸라또프에게 끄덕이면서, 마메뜨까가 신이 나서 중얼거렸다. 「야끄시!」

「그들을 못 잡을 것 같지? 이오끄?[155]」

「이오끄, 이오끄!」 이번에는 손까지 흔들면서 다시 중얼거렸다.

「말하자면, 네가 하는 말은 거짓말이고, 나는 못 알아듣겠다는 뜻이지, 그렇지?」

「그래, 그래, 야끄시!」 고개를 끄덕이면서 마메뜨까는 말을 받았다.

「아니, 또 야끄시야!」

그리고 스꾸라또프는 그의 모자를 퉁겨 소리를 내면서 눈까지 눌러쓰고는 어리둥절한 마메뜨까를 남겨 둔 채 기분좋은 상태로 취사장을 나갔다.

일주일 내내 감옥에서는 엄중한 단속과 주변 지역에서는

---

154 알아듣겠느냐는 뜻의 따따르 어.
155 그렇지 않느냐는 뜻의 따따르 어.

대대적인 추적 및 수색이 계속되었다. 어떻게 가능했는지 모르겠지만 죄수들은 수시로 정확하게 감옥 밖에서 벌어지는 당국의 활동에 대한 모든 정보를 입수했다. 처음 며칠 동안의 모든 정보들은 도망자에게 유리한 것이었다. 아무런 소식이 없다는 것뿐이었다. 도망자들의 운명에 대한 모든 불안은 사라졌다. 〈아무것도 발견하지 못할 것이고, 아무도 잡히지 않을 거야!〉 우리는 스스로 만족한 듯 말하곤 했다.

「아무것도 없어, 총알이야![156]」

「안녕히들 계시오, 으르렁대지들 말고, 곧 돌아오리다!」

우리는 주위의 모든 농부들이 끌려 나와서 의심스러운 모든 장소와 숲과 협곡을 감시한다는 것을 알고 있었다.

「어리석은 사람들.」 죄수들이 비웃으면서 말했다. 「그자들에겐 반드시 도와주는 사람이 있을 테고, 지금쯤이면 그의 집에서 지내고 있을 거야.」

「틀림없이 그렇고말고!」 다른 사람이 말했다. 「빈틈이 있을 리 없어. 미리 모든 것을 준비했겠지.」

아직도 계속해 상상을 펼치는 사람들이 있어서, 도망자들은 벌써 도시 변두리로 잠입하여 어딘가 동굴 속에 숨어 있다가 〈소란〉이 사라지고 머리가 자랄 때까지 기회를 엿보고 있을 것이라고 말하기 시작했다. 반년이나 1년 정도를 지내고는 그곳에서 나올 것이라는 애기였다······.

한마디로, 모든 죄수들은 어떤 낭만적인 정신 상태에 있었던 것이다. 그런데 갑자기 도망 후 8일 정도 지났을 때, 발자취를 발견했다는 소문이 돌았다. 물론 달갑지 않은 소문은 무시당하며 외면되었다. 그러나 그날 저녁 소문은 사실로 확인되었다. 죄수들은 동요하기 시작했다. 다음날 아침 이미

---

156 아무 흔적도 없이 총알처럼 사라졌다는 뜻.

그들을 붙잡아서 이송 중이라는 말이 도시 전체에 돌기 시작했다. 점심 식사가 끝나고 나자 좀 더 자세한 세부 사항이 알려졌다. 그들은 70베르스따쯤 떨어진 거리에 있는 어느 마을에서 붙잡혔다는 것이다. 결국 정확한 소식을 입수하게 되었다. 상사가 소령에게 갔다 와서는 저녁 무렵에 그들을 요새에 있는 위병소 감옥에 곧바로 감금할 것이라고 자신 있게 선언했던 것이다. 이미 의심할 여지가 없었다. 이 소식이 죄수들에게 던진 충격을 전하기란 쉽지 않다. 처음에는 모두가 마치 화가 난 것 같았고, 그 다음에는 낙담하는 것 같았다. 그러고는 어쩐지 조소하는 듯한 태도가 나타났다. 비웃기 시작했는데, 그것은 잡은 사람에 대한 것이 아니라 잡힌 사람에 대한 것이었고, 처음에는 몇몇이었지만 나중에는 거의 모두가 비웃게 되었다. 그러나 소수의 주관이 뚜렷하고 성실하며 진지한 죄수들은 예외여서, 경멸하는 듯한 시선을 경박스러운 대중들에게 보내며 자신의 생각을 가슴에 품고 침묵했다.

한마디로 그들은 꿀리꼬프와 A-프를 이전에 치켜세웠던 만큼 이제는 깎아내렸고, 오히려 위안삼아 비방까지 하는 것이었다. 마치 그들이 모두를 모욕했다는 식이었다. 멸시하는 듯한 말투로, 그들이 너무 배가 고파서 배고픔을 참지 못하고 빵을 얻기 위해 마을의 농부에게로 내려간 거라고 말하기도 하였다. 이 말은 부랑자들에게는 가장 큰 비방이었다. 하지만 이 말은 믿을 만한 것이 못 되었다. 도망자들은 쫓기고 있었던 것이다. 그들은 숲속에 숨어 있었다. 사방에서 사람들이 숲을 에워쌌다. 탈출할 가망성이 없다는 것을 알고는 자진해 투항했다. 그들은 더 이상 어쩔 수가 없었던 것이다.

그러나 저녁때가 되어 실제로 그들이 손과 발이 묶인 채 헌병과 함께 이송되어 왔을 때, 모든 옥사의 죄수들은 그들이 어떻게 될 것인지를 보려고 철책 쪽으로 달려나갔다. 물론 위병소 옆에 있던 소령과 사령관의 마차 외에는 아무것도 볼 수 없었다. 도망자들은 비밀실에 갇혀 족쇄가 채워졌고 다음날 일찍 재판에 회부되었다. 죄수들의 조소와 멸시는 곧 저절로 없어졌다. 도망자들이 겪은 자세한 상황을 알게 되고, 투항하는 것 말고는 아무것도 할 수 없었다는 것을 이해하게 되자, 모두가 재판의 추이를 진심으로 걱정하게 되었다.

「1천 대쯤 맞게 될 거야.」 어떤 사람이 이야기했다.

「어디 1천 대만 맞겠어!」 다른 사람이 말했다. 「맞아 죽게 될 거야. A-프는 1천 대를 맞을지도 모르지만, 다른 사람은 맞아 죽게 될 거야. 이봐, 그는 특별 감옥 출신이거든.」

그러나 추측은 틀렸다. A-프는 겨우 5백 대로 끝났다. 이전의 선행적인 행동과 초범이라는 것이 고려되었던 것이다. 꿀리꼬프는 1천 5백 대 정도의 태형을 받은 것 같다. 상당히 관대한 처벌이었다. 그들은 현명한 사람들이었으므로 재판에서 아무도 남의 이름을 거론하지 않았고, 아무데도 들르지 않고 감옥에서 곧장 탈옥했다고 분명하고 정확하게 이야기했다. 누구보다도 나는 꼴레르가 가여웠다. 그는 모든 것을, 최후의 희망까지도 잃었으며, 누구보다도 많은 2천 대의 태형을 받았고, 우리 감옥이 아닌 다른 곳으로 이송되었다. A-프는 동정을 받아 가벼운 처벌을 받았다. 의사들이 이 사람을 도와주었던 것이다. 그러나 그는 병원에서 이제는 어떤 일이라도 할 준비가 되어 있고, 이보다 더한 일도 할 수 있다고 큰소리를 치며 추태를 보였다고 한다. 꿀리꼬프는 여느때와 조금도 다름없이 진지하고 당당하게 행동했으며, 벌을 받고 난 후에 감옥에 돌아와서는 한번도 그곳을 떠나 본 적이 없다는 듯이 돌아다녔다. 그러나 죄수들은 그를 그렇게 바라보지 않았다. 꿀리꼬프는 어디에서나 항상 처신을 잘했음에도 불구하고 죄수들은 이제 그를 존경하지 않게 되었고, 어째서인지 친구처럼 허물없이 그를 대하게 되었다. 말하자면 탈옥이 실패로 끝난 다음 꿀리꼬프의 명성은 심하게 실추되었던 것이다. 성공이란 사람들 사이에서 그렇게도 많은 것을 의미했다……

10. 출옥

이 모든 것들은 나의 감옥 생활 마지막 해에 일어났던 일들이다. 이 마지막 1년은 거의 첫해만큼이나 나의 뇌리에 선명히 남아 있는데, 특히 출감을 앞둔 얼마간의 기간은 더욱 그렇다. 그러나 무엇에 대해 상세히 말해야 할까? 이 마지막 1년 동안 유형 생활이 빨리 끝나기를 기다리는 모든 초조함에도 불구하고, 지난 수감 생활의 모든 시간들보다 훨씬 편하게 지낼 수 있었다는 것만이 기억될 뿐이다. 첫째, 나에게는 이미 죄수들 중에, 결국 나를 좋은 사람이라고 믿어 준 많은 친구들과 지기들이 생겼기 때문이다. 그들 중에서 많은 사람들이 나에게 충실했고, 나를 진심으로 사랑했다. 어느 공병은 나와 나의 동료를 감옥에서 전송하면서 거의 울음을 터뜨릴 뻔했으며, 우리가 출감한 후 한 달 정도 이 도시에 머무르며 어느 관사에 살고 있을 때 우리를 보기 위해서 거의 매일같이 들르곤 했다. 그러나 끝까지 냉담하고 불유쾌한 사람들도 있었는데, 그들은 나와 한마디라도 이야기하는 것이 힘들게 여겨지는 것 같았다. 왜 그런지는 하느님만이 아실 것이다. 우리 사이에는 어떤 장벽이 놓여 있는 것처럼 생각되었다.

감옥 생활의 마지막 무렵, 나는 그때까지의 모든 감옥 생활보다도 많은 특혜를 누렸다. 그 도시에서 근무하던 군인들 중에 아는 사람과 옛날의 학교 동창들도 있다는 것을 알게 된 것이다.[157] 나는 그들과의 관계를 되살렸다. 그들을 통해서 나는 더 많은 돈을 가질 수 있었고, 고향으로 편지를 할 수 있었으며, 심지어 책도 구할 수 있었다. 책 한 권 못 읽은 지가 이미 몇 년이나 되었고, 그래서 감옥에서 처음으로 읽었던 책이 나에게 불러일으켰던 그 이상스럽고 동시에 마음 설레게 하던 느낌을 표현하기란 쉬운 일이 아니다. 나는 그 책을 옥사가 닫히던 저녁때부터 읽기 시작해서 새벽녘까지 밤새워 읽었던 것을 지금도 기억한다. 그 책은 어느 잡지의 한 호(號)였다. 마치 세상으로부터 소식들이 나에게로 날아드는 것 같았다. 이전의 모든 생활이 내 앞에 선명하고 밝게 되살아났다. 나는 읽은 것을 통해서 추측해 보려고 애썼다. 자유로운 생활로부터 얼마나 많이 뒤처져 있는가? 그들은 거기서 나 없이 얼마나 많은 경험을 했는가? 지금 그들을 동요시키는 것은 무엇이고, 그들은 어떠한 문제에 전념하고 있는가? 나는 한 단어 한 단어에 매달리며 행간을 읽어 갔고, 숨겨진 의미와 이전의 생활에 대한 암시를 찾으려고 노력했다. 이전의 내가 살던 시기에 사람들을 동요시켰던 문제들의 자취를 찾아내려 했고, 이제는 자신이 그러한 생활과는 무관한 이방인이 되었으며, 내내 이방인이었다는 사실을 인식하고는 매우 서글퍼하기도 했다. 새로운 것에 적응해야만 했고, 새로운 세대와 친숙해져야 했다. 특히 아는 사람의 이름이나 이전에 가깝게 지내던 사람의 이름이 기사 아래에서 발견되면 나는 달려들어 읽었다……. 그러나 새로운 이름들도 많이 나와 있었다. 새로운 활동가들이 나타난 것이다. 나는 열정적으로

---

157 실제로 옴스끄에는 도스또예프스끼가 졸업한 뻬쩨르부르그 공병 학교 출신들이 근무하고 있었으며, 그들은 도스또예프스끼를 면회하고 도와주었던 것으로 알려진다.

그들을 알려고 노력했다. 내게 그러한 책들이 적고 책들을 구하기가 어렵다는 것이 유감스러울 뿐이었다. 이전 소령이 있을 때는 옥사로 책을 들여오는 것조차 위험했다. 수색시에 즉시 심문을 당했을 것이다. 〈이 책들, 어디서 났지? 어디서 가져왔어? 당연히 외부와 접촉을 가졌지……?〉 그러한 질문들에 내가 뭐라고 대답할 수 있겠는가? 그래서 책 없이 지내는 동안 나는 하는 수 없이 자신 속으로 깊이 침잠해서 스스로에게 질문을 던지고 그것들을 풀려고 노력했으며, 때때로 그 때문에 괴로워하기도 했다……. 그러나 이 모든 것을 어떻게 다 전할 수 있겠는가……!

나는 겨울에 감옥으로 들어갔으므로, 겨울에 들어온 것과 같은 달, 같은 날에 자유롭게 될 수 있었다. 내가 얼마나 초조하게 겨울을 기다렸으며, 여름이 끝나고 나무에서 잎들이 시들어 가고, 초원에서 풀들이 없어지는 것을 얼마나 황홀하게 바라보았는지 모른다. 그러나 이미 여름이 지나가고 가을 바람이 불기 시작했다. 그리고 첫눈이 날리기 시작했다……. 마침내 오래도록 기다리던 그 겨울이 온 것이다! 이따금 나의 가슴은 자유에 대한 커다란 예감 때문에 깊고 강하게 두근거리기 시작했다. 그러나 이상한 일은 시간이 흐를수록, 형기가 끝나 갈수록, 나는 더욱더 참을성이 많아지는 것이었다. 마지막 며칠 무렵에는 스스로 놀라서 질책까지 하게 되었다. 나는 내 자신이 무척이나 냉정하고 무심한 사람이 되어 버린 것 같았다. 휴식 시간에 마당에서 마주치던 많은 죄수들이 나에게 말을 걸고 축하해 주었다.

「이제 곧 자유의 몸이 되어 나가게 되셨군요. 알렉산드르 뻬뜨로비치 씨. 우리만 남겨 놓고서 말입니다.」

「그렇지만, 마르띠노프, 당신도 곧 나가잖소?」 내가 대답했다.

「저 말입니까! 아직 멀었어요! 저는 아직 여기서 7년 동안이나 고생해야 됩니다……」

그리고 속으로 한숨을 쉬면서 잠시 멈췄다가 마치 미래를 바라보듯이 산만하게 둘러보는 것이었다……. 그렇다. 많은 사람들이 진심으로 기쁘게 나를 축하해 주었다. 모든 사람이 이제까지보다 더 친근하게 나를 대하는 것처럼 느껴졌다. 어쩌면 더 이상 나는 그들의 동료가 아닌 것 같았다. 그들은 이미 나와 작별하고 있었던 것이다. 귀족 출신의 폴란드 인 K-친스끼는 조용하며 겸손한 젊은이였는데, 그도 역시 나와 마찬가지로 휴식 시간에 마당을 걸어다니는 것을 매우 좋아했다. 그는 깨끗한 공기를 호흡하고 운동으로 건강을 지키며 숨막히는 옥사의 밤에 나타나는 모든 해로움을 보상하고 있었다. 「나도 초조하게 당신의 출감을 기다렸어요.」 그는 어느 날 산책에서 나와 마주치자 웃으면서 나에게 말했다. 「당신이 출감하게 되면, 그땐 〈나의 출감도 1년 남았다는 것을〉 알게 되니까요.」

말을 하는 김에 여기서 잠깐 지적하자면, 공상과 오랜 얽매임의 결과 때문에 감옥에 있는 우리들에게 자유는 현실의 자유, 즉 실제로 현실에서 누리는 자유보다도 왠지 더 자유롭게 느껴졌다. 죄수들은 현실적인 자유의 개념을 과장하였지만, 이것은 모든 죄수에게 너무나 자연스럽고도 본질적인 것이었다. 어떤 다 헐어빠진 옷을 입은 병사라도 죄수들에 비하면 우리에게는 거의 왕처럼 자유로운 인간처럼 보이게 마련이었다. 그것은 바로 그가 머리도 깎이지 않고 족쇄도 감시병도 없이 다니기 때문이었다.

출감을 하루 앞둔 날 저녁, 황혼이 깃들 무렵 나는 〈마지막〉으로 철책을 따라 우리 감옥 전체를 돌아보았다. 이 몇 년 동안 나는 몇천 번 이상을 이 철책들을 따라 돌았던가! 이곳 옥사 뒤는 유형 생활을 하던 첫해에 내가 혼자 외로이 상처를 입고 배회했던 곳이다. 그 당시 몇천 일이 남았는지 세던 일을 기억하고 있다. 세상에, 그것은 얼마나 오래 전 일인가! 여기, 바로 이 구석이 우리의 독수리가 포로로 지내던 곳이다. 여기가 바로 뻬뜨로프와 자주 만나던 곳이다. 그는 지금도 역시 내게서 떠나지 않고 있다. 나에게 달려와서는, 마치 나의 생각들을 추측해 보려는 듯 조용히 내 뒤를 따라오며 속으로 무엇에 놀라고 있는 것만 같았다. 마음속으로 나는 거무스름한 우리 옥사 통나무 건물들에 작별을 고했다. 감옥 생활을 시작하던 〈그때〉 이것들은 얼마나 불쾌한 인상으로 나를 절망시켰는지 모른다. 당연히 그때에 비해서 그것들도 이제는 낡았겠지만, 나에게는 그렇게 느껴지지 않았다. 그리고 이 벽 속에 얼마나 많은 젊음이 헛되이 매장되었으며, 여기서 얼마나 위대한 힘들이 덧없이 파멸해 버렸는가! 이제는 모든 것을 말해야만 한다. 실로 이 사람들은 비범한 인물들이었다. 어쩌면 이곳에 세상에서 가장 힘 있고 가장 유능한 사람이 있었을지도 모른다. 그러나 강력한 힘들이 덧없이 파멸해 갔다. 그것도 변칙적이고 불법적이며 되돌릴 수 없이 파멸해 갔다. 하지만 누구의 죄란 말인가?

정말로 누구의 죄인가?

다음날 아침 일찍 막 동이 트기 시작하자, 작업장으로 출발하기 전에 모든 죄수들과 작별하기 위해서 나는 옥사 전체를 돌아다녔다. 그들은 굳은살이 박인 억센 손들을 나에게 반갑게 뻗쳤다. 참으로 친한 동료처럼 손을 따뜻하게 잡아 준 사람도 있었다. 그러나 그런 사람은 적었다. 대부분이 내가 이제는 그들과는 완전히 다른 사람이 된다는 것을 이미 잘 알고 있었다. 도시에 나의 지기들이 있다는 것과 내가 여기서 곧장 〈나리〉들에게로 보내져서, 이러한 나리들과 평등하게 나란히 앉게 될 것이라는 사실을 알고 있었다. 그들은 이 사실을 알고 있었기 때문에 비록 상냥하게 웃으며 작별 인사를 했지만, 동료로서는 거리가 먼, 나리와의 작별이었던 것이다. 어떤 사람들은 나를 외면했고, 나의 작별 인사에 냉담하게 응수했다. 심지어 어떤 사람은 증오가 담긴 시선으로 나를 바라보기도 하였다.

북이 울렸고, 모두 작업장으로 출발했지만, 나는 옥사에 남아 있었다. 이날 아침 수실로프는 누구보다도 일찍 일어나서 나에게 차를 준비해 주기 위해서 무척이나 바쁘게 움직였다. 불쌍한 수실로프! 그는 내가 나의 헐어빠진 죄수복과 루바쉬까와 족쇄 받침과 몇 푼의 돈을 그에게 주었을 때, 울음을 터뜨렸다. 「나는 이것이 필요 없어요, 이런 것은 필요 없어요!」 그는 떨리는 입술을 간신히 억누르며 말했다. 「내가 당신 같은 분을 잃다니, 알렉산드르 뻬뜨로비치, 나는 당신 없이 여기서 누구를 의지하고 남아 있단 말입니까!」 마지막에 나는 아낌 아끼미치와도 작별을 했다.

「당신도 얼마 남지 않았군요!」 나는 그에게 말했다.

「나는 아직 멀었어요. 나는 아직 여기 더 있어야 해요.」 그는 나의 손을 쥐면서 말했다. 나는 달려가서 그의 목을 껴안았고, 우리는 입을 맞췄다.

죄수들이 출발한 뒤 10분 정도 지나서, 다시는 감옥에 되돌아오지 않을 것을 맹세하면서 우리도 감옥에서 나왔다. 그 우리란 나, 그리고 나와 함께 감옥에 들어왔던 나의 동료를 말한다. 족쇄를 풀기 위해서 우리는 곧장 대장장이에게로 가야만 했다. 그러나 이제 총을 든 호송병은 우리와 동행하지 않았다. 우리는 하사와 함께 갔다. 공병 작업소에 있는 우리의 죄수들이 족쇄를 풀어 주었다. 나는 동료를 풀어 줄 때까지 기다렸다가 모루로 다가갔다. 대장장이들은 나를 돌려 세우더니, 뒤에서 나의 발을 들어올리고는 족쇄를 부수었다……. 그들은 분주히 움직였다. 좀 더 능숙하고 기분좋게 해내고 싶었던 모양이다.

「쇠못, 쇠못을 처음에 먼저 돌려야 해……!」 나이 든 사람이 지시했다. 「쇠못을 세워, 그래 그렇게, 좋아……. 이제는 망치로 때려…….」

족쇄가 떨어졌다. 나는 그것을 들어올렸다……. 나는 그것을 손으로 들어올려 마지막으로 한번 보고 싶었다. 지금까지 그것들이 내 발에 있었다는 것이 새삼스레 놀라웠다.

「자, 하느님의 은총과 함께하게나! 안녕히!」 죄수들은 또박또박 한마디씩, 거칠지만 마치 무엇인가에 만족스러운 듯한 목소리로 말했다.

그렇다, 하느님의 은총과 함께! 자유, 새로운 생활, 죽음으로부터의 부활…… 이 얼마나 영광스러운 순간인가!

역자 해설
러시아적인 선(善)을 찾아가는 도정:
악(惡)의 꽃들

『가난한 사람들』을 출판한 이후, 1847년경부터 도스또예프스끼는 외무성의 번역관이었던 뻬뜨라셰프스끼(1821~1866)가 주도하던 비밀 모임에 참여한다. 이 모임에 참여하는 인물들은 두로프, 스뻬쉬네프 등과 같이 이른바 〈잡계급 지식인〉으로 불리던 젊은 인텔리겐치아들로, 이들은 주로 프루동(1809~1865), 푸리에(1772~1837) 등과 같은 공상적 사회주의자들의 사상에 관심을 가지면서 니꼴라이 1세(1825~1855) 치하의 반동 시대를 비판한다. 전제 정치와 농노제의 체제 속에서 암울해지고 있는 러시아의 미래를 사회주의 이데올로기에서 모색하려고 했던 그들은 이상주의자였지만, 동시에 혁명적인 민주주의를 러시아에 전파하면서 농민 봉기와 비밀 문서의 인쇄, 배포를 논의했던 급진주의자들이기도 했다. 이들은 1848년 프랑스 2월 혁명의 영향을 받아 더욱 급진적인 성향을 띠었지만, 1849년 4월 밀고를 당해 뻬뜨라셰프스끼를 위시한 전원이 체포되어 뻬뜨로빠블로프스끄 요새 감옥에 수감된다. 도스또예프스끼의 혐의는 평론가 벨린스끼가 고골에게 보낸 편지 중에서 러시아 정교회와 정부를 비방하는 내용을 이 모임에서 낭독했다는 것이었다. 조사를 받은 사람들 중 2백 18명이 군법 회의에 회부되었고, 그 결과 15명에게 사형이 구형되었으며 같은 해 12월 22일 뻬쩨르부르그의 세묘노프 연병장에서 사형이 집행되려는 순간, 미리 꾸며진 각본대로 황제 니꼴라이 1세의 명령에 따라 집행이 정지되고, 이들은 대신 시베리아 유형에 처해진다. 도스또예프스끼는 4년간의 시베리아 징역형과 그 이후 병역 의무를 진다는 판결을 받게 되었다. 그래서 그는 또볼스끄를 거쳐 시베리아의 옴스끄 요새 감옥에 1850년 1월 23일에 도착하여 제2급 유형수, 즉 형기를 마치고 시베리아에서 병사로 복무해야 하는 유형 죄수의 생활을 시작하게 된다. 그는 1854년 2월 출감해서 세미팔라친스끄 수비대대에 배속되었으며, 알렉산드르 2세(1855~1881) 시대인 1859년 4월에야 병역이 면제되어 그 해 12월, 10년 만에 뻬쩨르부르그로 귀환하게 된다.

러시아 최초로 감옥과 유형 생활을 묘사하고 있는 작품인 『죽음의 집의 기록』은 바로 이 4년간, 죽음의 집에서의 생생한 체험을 담은 살아 있는 그의 기록이다. 도스또예프스끼가 유형 생활 중에 겪은 여러 일들을 기록해 놓은 「시베리아 수기」를 바탕으로 씌어진 이 『죽음의 집의 기록』은 검열에서 통과되어 1860년 9월 『러시아 세계 *Russkii mir*』지에 서론 부분이 실리고, 1861년 1월 같은 잡지에 제1부가 게재되었으며, 제2부는 1862년 『시대 *Vremia*』지에 소개되었다. 총 21장으로 구성된 이 작품 전체는 1862년에 가서야 단행본으로 출판될 수 있었다. 도스또예프스끼는 이 작품이 〈소설 roman〉의 하나로 간주되기를 바라고 있었지만, 제목의 〈기록 zapiski〉[1]이라는 용어가 암시하듯 있는 그대로의 사실을 전달코자 하는 작가적 의도를 담고 있다는 점에서, 그의 다른 어느 작품보다도 전기적(傳記的) 사실과 밀접하게 연관을 맺고 있는 작품이다. 물론 1850~1860년대 러시아 문학의 특징적인 장르인 수기, 인상기ocherk, 회상기memuapy 등은 시 장르에서 소설 장르로 전이되던 시기의 과도기적 장르로, 낭만주의적 상상력에서 벗어나 현실에 바탕을 둔 있는 그대로의 사실들을 반영하고자 하는 당대 러시아 문학의 사실주의적 경향과도 무관할 수는 없다. 그러므로 프리들렌제르의 정의대로,『죽음의 집의 기록』은 중간적 장르promezhtochnii zhanr[2]로도 볼 수 있다. 이러한 장르들은 서술적 자아의 체험이 갖는 객관성을 부각시키기 위해, 다시 말해 실제로 있었던 이야기임을 강조하기 위해 종종 1인칭 서술을 바탕으로 하고 있다. 그러나 자신의 죄다 없어진 현실 체험을 수기 형식을 빌어 문학화하고 있는 도스또예프스끼는 있는 그대로, 겪었던 그대로의 파블라적 사실들을 제시하는 데 그치는 것이 아니라, 형식주의자들의 용어로 가공하여 여기에 창조적 상상력의 예술성을 부가하고 있다. 이러한 예술적 장치는 마치 레르몬또프의『우리 시대의 영웅』에서처럼,『죽음의 집의 기록』을 발견하여 세상에 소개하고 있는 〈나〉와『죽음의 집의 기록』을 썼던 〈나〉라는 서술자의 설정에서부터 시작된다. 1인칭 서술 상황의 단조로움, 즉 1인칭 서술자 자신이 보고 들었던 의식과 인식의 내용을 평면적으로 진술하는 것이 아니라, 〈나〉와 또 다른 〈나〉를 병치시킴으로써 — 검열을 피하기 위한 수단이었다고도 하지만 — 작품 내용의 흐름과는 무관한 또 하나의 서술

---

1 우리는 제목을『죽음의 집의 기록』이라 붙였다. 원래는 〈수기〉 형식으로 쎠어져 있다. 장르상으로 〈수기〉에 포함된다.

2 G. M. Fridlender, Realizm Dostoevskogo(Moskva, Leningrad, Nauka, 1964), p. 93

적 긴장을 야기한다. 『죽음의 집의 기록』의 서론 부분에 나타나고 있듯 〈나〉, 즉 『죽음의 집의 기록』의 발행인은 알렉산드르 뻬뜨로비치 고랸치꼬프라는 귀족 출신의 형사범, 즉 아내를 살해한 죄목으로 10년의 유형 죄수 생활을 마치고 꾸즈네츠끄 시에서 가정교사 생활을 하다가 혼자서 외로운 죽음을 맞이했던 한 인물의 수기를 입수하게 된다. 그가 이 수기를 세상에 알려서 독자들의 판단을 받아 보고 싶었던 이유는 〈지금까지 그 누구에게도 알려지지 않은 완전히 새로운 세계, 색다른 사실들의 기이함, 죽어 가는 민중에 대한 몇 가지 특이한 기록들〉(p. 17)을 담고 있기 때문이다.

그 후 『죽음의 집의 기록』의 제1장, 〈죽음의 집〉부터 시작되는 화자인 〈나〉 알렉산드르 고랸치꼬프의 서술은 아득한 시간의 진공, 몸서리쳐지는 참혹한 주변 세계, 이상스러운 가족들의 심리, 그들이 저지른 죄와 벌에 대한 철학적 명상들, 간간이 삽입되는 서정적 자아의 반추 등을 기억이라는 시간 속에서 다시금 직조한다. 그것은 회상 속에서 다시 체험되는 세계지만, 그 기억 속의 시간은 논리적이고 인과적인 시간적 질서가 아니라, 통찰적인 꿈과 같은 시간 속의 풍경이다. 그러므로 화자인 나는 〈이것은 이미 오래 전의 일이다. 마치 꿈속에서처럼, 나는 지금 이 모든 것을 꿈꾼다〉(p. 24)라고 말하는 것이다. 그의 기억은 꿈과 같은 것이지만, 또한 단조로운 감옥 생활의 시간들을 플롯화할 수 있는, 다시 말해 단조로운 모든 경험과 그날이 그날 같은 모든 일상 생활들을 세공해서 반짝이게 만드는 연마기와 같은 것이기도 하다. 그래서 그런 기억의 세공이 없었다면, 화자 고랸치꼬프가 〈아마도 지금까지 쓴 것보다 세 배, 네 배나 더 많은 페이지들을 써야 할 것이다〉(p. 434)라고 말하듯, 이 유형 생활의 기록은 한 사람의 지루한 내면적 일기에 그치고 말았을지도 모른다. 그러나 바로 이 기억의 힘을 빌어 화자인 〈나〉는 〈우리 감옥 전체와 내가 이 시기에 경험했던 모든 것을 일목요연하고 분명하게 하나의 광경으로 제시〉(p. 434)할 수 있었던 것이다. 그에게서 기억은 서술의 내적 동력이며, 동시에 『죽음의 집의 기록』이 있는 그대로의 사실들에서 벗어나 소설 작품에서와 같은 상상력의 산물일 수도 있다는 생각을 갖게 해주는 예술적 장치이다. 이러한 맥락에서 기억하다, 회상하다라는 동사의 1인칭 현재형인 뽐뉴pomniu가 그처럼 자주 행간에 나타나는 이유를 우리는 가늠해 볼 수 있다. 그러나 그것은 반대로 쉬끌로프스끼가 지적하듯, 단편적인 인상만을 제시하고 플롯의 일관성을 약화시키는 요인으로 비치기도 한다.[3]

『죽음의 집의 기록』의 화자인 〈나〉가 기억 속에서 반추하고 있는 죽음의 집, 〈이상스러운 가족들〉(p. 26)이 살아가고 있는 세계의 풍경을 지탱하고 있는 두 중심축은 인간의 죄와 벌이라는 주제이다. 도스또예프스끼의 창작이 집요하게 추적하고 있는 이러한 음조를 바탕으로 변주되는 다양한 현상과 대상과 인물과 사건들은 〈나〉라는 서술적 자아의 시간 체험에 따라 원근과 안팎의 거리감을 유지하며 『죽음의 집의 기록』의 전체 구도를 형성한다. 이러한 〈역동적인 구성의 원칙〉[4]은 서술적 자아의 인상을 구분짓는 시간의 배분 속에서도 확연히 드러나고 있다. 〈기록〉의 제1부는 요새 감옥에 도착한 첫날의 인상과 그 뒤의 첫 한 달, 그 다음 첫 1년의 인상과 주변 인물들을 거리를 두고 마치 망원경으로 관찰하듯, 그러나 사

---

[3] V.Shklovskii, Za i protiv, p. 232.

[4] K.Mochulskii, Dostoevskii zhizn i tvorchestvo (Paris:YMCA-Press, 1980), p. 153.

건과 인물의 특징적인 뼈대만을 추스려 서술하고 있다. 그에 비해 제2부의 구성은 그 다음해에 일어난 여러 일들, 특히 인상 속에 뚜렷이 인각되어 있는 일들만을 하나의 대상에 대하여 현미경으로 조목조목 들여다보듯 요약 형식으로 묘사함으로써 자칫 1인칭 서술의 전개 방식이 가져다 주기 쉬운 지루한 회상조의 라르고를 빠른 흐름의 알레그로로 전환시키는 역할을 맡고 있다. 또한 『죽음의 집의 기록』은 인상기처럼 이야기 소재에 대한 기술이 표층을 이루고 있지만, 그 심저에는 인간의 범죄와 형벌, 자유와 개성, 나아가서는 인간의 영혼 속에 깃든 선과 악의 형이상학적 해석이 삽입구otstuplenie 형식으로 내재해 있다.

이 『죽음의 집의 기록』의 화자는 요새 감옥에 도착한 어느 겨울, 그 첫날의 인상을 이렇게 시작하고 있다.

> 이곳은 독특한 자기만의 세계를 가지고 있어서, 그 어느 곳과도 더 이상 비교될 수 없었다. 그곳에는 자기만의 특별한 법칙들과, 복장과 풍습과 관습 등이, 그리고 살아 있으나 죽은 집이, 어느 곳에도 존재하지 않는 삶과 특별한 사람들이 있었다.(p. 20)

1장 〈죽음의 집〉에서부터 4장 〈첫인상〉까지는 마치 스케치를 하듯, 옥사와 요새의 마당과 긴 목재 담장, 기이한 죄수복과 덜그럭거리는 족쇄, 삭발한 죄수들의 머리와 얼굴에 찍힌 낙인, 요새 감옥에서의 하루 일과, 이르띠쉬 강변에서의 노역과 평상 위 세 장의 판자로 이루어진 그만의 공간에서 바라본 죄수들의 성격과 특징, 일과를 마친 그들의 소일거리와 밀매, 도둑질, 노름, 고리 대금, 술 주정과 같은 특이한 행태들이 묘사되고 있다. 죽음의 집에 거처하는 사람들과 그들의 주변 세계에 대하여 거리를 둔 채, 부정적으로 바라보고 있는 화자 고랸치꼬프는 자기와 같이 생활하는 2백 50명의 죄수들을 〈음산하며 시기를 잘하고, 무섭도록 허세를 부리며 오만하고 화를 잘 낼 뿐만 아니라 지나칠 정도로 형식주의자들〉(p. 27)로 규정하고 있다. 무기수라고 할지라도 자신들을 단지 이 죽음의 집을 거쳐가는 손님으로, 감옥을 잠시 거쳐가는 기항지 또는 개미집으로만 생각하고 있는 죄수들은 욕설의 변증법자이자 욕설을 학문과 예술의 경지에까지 승화시키고 있는 자유를 상실한 인간들이며, 아무것에도 놀라지 않는 것을 최상의 미덕으로 여기고, 허세와 체면을 중요시하는 인간들인 것이다. 기인(奇人)인 아낌 아끼미치, 특별실 출신의 뻬뜨로프, 악의 화신이자 폭군인 가진에게 당한 수모, 신앙을 수호하기 위해 방화를 한 구교도 노인의 종교적 심성, 소년 죄수인 시로뜨낀, 유대 인 이사이 포미치, 육(肉)에 대한 영(靈)의 승리를 상징했던 강철과 같은 성격의 오를로프, 까프까즈 출신의 누라와 순진무구한 알레이, 그리고 그 밖의 레즈긴, 체르께스, 다게스딴 출신의 죄수들을 화자는 다양한 각도에서 관찰하고 있다. 이제 감옥에서의 노역이 일 자체의 어려움보다는 강제적인 까닭에 더욱 고통스럽다는 것을 알게 되는 화자는, 살인범, 강도, 화폐 위조범, 방화범, 도둑 등과 같은 죄수들과의 부대낌을 통해 죽음의 집의 심연 속으로 다가가고 있다. 이곳에서 화자는 그들을 통해 인내를 배울 수 있게 된다. 그래서 화자는 〈인간은 모든 것에 익숙해질 수 있는 존재〉(p. 22)라는 것을 스스로 체득하게 된다.

그러나 화자의 인식은 이러한 죄수들 가운데에는 두 가지 부류가 있기 때문에, 〈동일한 범죄에 대한 형벌의 불공평성〉(p. 87)이 있을 수 있다는 사실에도 머물게 된다. 첫번째 부류는 자신의 범죄에 대해 뉘우침도 없이 오히려 정당했다고 생각하며 감옥 생활을 하는 죄수들인 반면, 두 번째 부류의 죄수들은 아주 예외적인 경우로, 형벌을 받기도 전에 자신의 죄에 대해 다른 어떤 가혹한 판결보다도 더 무자비하게 스스로를 판결하는 사람들이다. 그러므로 동일한 범죄에 대해서도 형벌은 불공평하게 적용될 수 있다는 사실을 화자 고랸치꼬프는 우리에게 상기시키고 있다. 그러나 그는 대부분의 죄수들이 자신의 죄에 대해 참회의 고통으로 괴로워하기보다는, 자신은 이미 사회로부터 형벌을 받았기 때문에 정화되었고 빚을 다 갚았다고 생각하는 것을 알게 된다. 다시 말해 자신의 죄에 대해 스스로를 정당화하고 있는 죄수들의 심리를 화자는 읽게 된다. 그러한 죄수들의 심리는 법과 제도를 정비하고 형벌을 집행하며 권력을 행사하는 주체가 자신들이 살아온 상황과 처지와는 상반된 계층이라는 사실에 뿌리내리고 있으며, 바로 이러한 맥락에서 죄수들은 자신들의 동료들임에도 불구하고 화자 고랸치꼬프와 같은 귀족 출신의 죄수들에게 끊임없는 적의를 드러내 보이는 것이다. 귀족이 감옥에서 처신해야 하는 법도 서서히 터득하게 되는 화자는 민중의 신뢰와 사랑을 받는 일이 결코 쉬운 일이 아니라는 사실을 또한 새롭게 깨닫는다.

유언비어, 음모, 중상모략, 밀고, 시기, 말다툼이 끊이질 않는, 게르쩬의 표현대로 단테의 연옥과 같은 이 죽음의 집에서도 죄수들은 술을 마실 수 있었으며, 사식을 먹을 수도 있었다. 한푼이라도 벌기 위해 일과가 끝난 뒤에는 자신만을 위한 일에 몰두하고 있던 죄수들은, 도시에서 주문받아 온, 예컨대 보석 세공, 신발 제조, 목공일, 쇠 제조, 도금 등과 같은 일을 해서 돈을 모으는 것이다. 금단의 열매인 돈은 감옥에서 주조된 자유였기 때문에 〈자유를 완전히 박탈당한 사람들에게 돈은 열 배나 더 귀중한 것〉(p. 35)이었다. 이 모두가 죄수들에게는 금지된 불법 행위였지만, 몰수나 체형에도 아랑곳하지 않고 그들이 이 일에 몰두하는 것은 그것이 돈 이상으로 생각하고 있는 어떤 것, 바로 자유를 한순간이나마 향유할 수 있게 해주는 수단이었기 때문이다. 감옥 내에서 가공스러운 의미와 힘을 지니고 있는 돈, 그래서 몇 달 동안을 어렵게 모은 돈이지만 죄수들은 급기야 이 돈으로 술을 구입해 폭음과 주정, 〈증오와 광분과 이성의 혼미와 발작과 경련에까지 도달하고 마는〉 주연(酒宴)의 자리를 마련한다. 다른 죄수들과는 비교할 수 없는 자유를 자신만 누리고 있다는 것을 스스로 확신하고 싶고, 바로 이 엄중히 금지된 향락을 통해 그들은 〈인생의 어떤 환영과 자유에 대한 요원한 환영〉을 현실화하고 싶었던 것이다. 그러나 돈으로 구입한 한순간의 자유는 결국 방탕과 망나니 짓으로 끝을 맺고 말지만, 화자 고랸치꼬프는 죄수들이 꿈꾸는 이 자유가 궁극에는 개성의 문제와도 밀접한 연관을 맺고 있음을 알게 된다. 다시 말해, 한순간의 자유를 위한 〈이러한 돌발적인 폭발의 모든 이유는, 한 개성의 우울하고 경련과도 같은 표명이며 자기 자신에 대한 본능적인 우수이자, 갑작스레 나타나 증오와 광분과 이성의 혼미와 발작에까지 도달하고 마는, 자기의 억눌린 개성을 드러내고자 하는 바람〉(p. 135)에서 비롯되는 것이라고 생각하기 때문이다. 그러나 〈죄수에게서 모든 자의적인 개성의 표현은 죄로 간주〉되고 있음을 상기시키는 화자는, 상호간의 필요 충분 조건처럼 인간의 자유는 개성을 통해서만, 인간의 개성은 자유를 통해서만 실현될 수 있음을 암시한다. 『까라마조프 씨네 형제들』의 대심문관의 전설에서 언급되고 있는 자유의 변증법의 출발점을 이 『죽음의 집의 기록』에서도 찾아볼 수 있다.

감옥에서 첫 1년을 보낸 화자는, 이 죽음의 집에서 벌어지는 모든 풍경들이 이곳에 도착했을 때의 첫인상과는 달리 나타나고 있음을 느끼면서, 보다 내밀한 이 죽음의 집의 중심과 심연을 향하고 있다. 그 중심과 심연이란 죄수들을 죄수로 바라보던 시선에서 벗어나, 인간이라는 현상에 대한 이해로 옮겨 가는 것을 의미하며, 화자인 〈나〉가 주변 세계와 일정한 거리를 둔 채 그것을 관찰하고 선입견으로 재단하는 것이 아니라, 그 세계 자체에 스스로 융화되어 가는 과정을 말한다. 그들은 이제 화자의 의식 속에서 우리로 변모된다. 5~16장과 7~11장의 서술을 통하여 알 수 있는 것처럼, 도덕적으로 타락한 인물인 A라는 귀족, 수실로프, 시로뜨낀, 스꾸라또프, 뻬뜨로프, 루츠까, 이사이 포미치, 바끌루신 등 새롭게 알게 된 사람들과 그들의 심리를 읽게 되는 화자 고랸치꼬프는 아비규환의 연옥을 연상시키는 목욕탕, 성탄절을 맞이하는 죄수들의 분주한 준비와 기대감, 성탄절을 맞아 죄수들이 준비하는 연극 공연의 관람 등과 같은 일련의 에피소드를 통하여 이러한 과정에 도달하게 된다. 특히 화자 고랸치꼬프는 요새 감옥의 지휘관인 여덟 눈의 소령이 법대로라는 구실하에 죄수들에게 행하는 다양한 가혹 행위와 규칙만을 따지는 그의 사고 방식을 보면서, 인간적인 것, 인간적인 이해라는 게 어떠한 것이며 죄수들에게 어떠한 심리적 영향을 미칠 수 있는가 하는 점을 인식하게 된다. 〈법규의 무능한 집행자는 법률의 정신과 의미를 하나도 이해하지 못한 채, 문자 그대로 법률을 집행한다는 것이 오히려 무질서로 일을 끌어들일 수 있을 뿐만 아니라, 다른 결과는 결코 이끌어 낼 수 없다는 것을 이해하지도 이해할 능력도 없는〉(p. 237) 자들로, 바로 소령과 같은 유형의 인물이 여기에 속한다. 화자의 입장에서 볼 때, 건전한 상식이나 냉정한 판단이 결여된 법률의 적용은 인간을 교화시킬 수 있는 능력을 상실한 채 단지 하나의 제도적인 타성에 불과할 뿐이다. 물론 죄수 자신도 자기가 죄수라는 것을, 버림받은 사람이라는 것을 잘 알고 있다. 그러나 어떠한 낙인으로도, 어떠한 족쇄로도 그로 하여금 그가 인간이라는 사실을 잊게 만들 수는 없는 것처럼, 사람은 누구나가 모두…… 〈자기의 인간적 가치에 대한 존중을 요구하는 것〉(p. 183)처럼, 인간은 인간으로 대우될 때만이 그가 상실했던 본연의 인간성을 회복할 수 있다고 화자는 보고 있는 것이다. 인간적 가치의 존중과 인간적인 대접만이 이미 오래 전에 신의 형상을 상실했던 그런 사람들조차도 인간으로 만들 수 있는 것이기 때문이다. 〈몇 마디의 부드러운 말, 그것만으로도 죄수들은 정신적으로 거의 부활하게 된다. 죄수들은 어린아이들처럼 기뻐하고, 어린아이들처럼 사랑하게〉(p. 184) 되기 때문이다.

요새 감옥에서 떨어진 곳에 위치한 군 병원에 입원하는 것으로 시작하는 제2부는, 몇 해에 걸친 유형 생활 중에 일어난 일들이 각각의 독립된 단편처럼 묘사되고 있다. 제1부에서 볼 수 있었던 시간상의 인과적 흐름은 사라지고, 새로 편집한 기억의 풍경들을 서로 다른 주제의 색조로 보여 주고 있다. 화자는 종종 기억의 미로에서 머뭇거리거나 다른 길로 접어드는 까닭에 기록의 일관성을 잃게 되는데, 우리는 행간 속에서 〈그러나 나는 또다시 본론에서 벗어나고 말았다〉와 같은 문장들도 자주 찾아보게 된다. 그러나, 오히려 이와 같은 일탈이 가져다 주는 예술적 효과는 도스또예프스끼의 다른 작품 속에 나타나는 문체적 특징인, 머뭇거림과 주저와 망설임의 만연체와도 비교해 볼 수 있다.

1~3장, 〈병원〉은 병들어 가는 죄수들의 모습과 죽음에 이

르도록 태형과 채찍질을 당한 죄수, 조금이라도 체형의 집행을 늦추기 위해 꾀병을 부리는 죄수, 족쇄가 채워진 채 죽어가는 폐병 환자들과 나란히 병실에 누워 있으면서 화자는 죄수들의 신망을 받고 있는 의사들을 제레뱌뜨니꼬프, 스메깔로프와 같은 요새 감옥의 사령관들과 비교하기도 한다. 죄수들의 체형을 집행하는 형리들의 심리 속에서 인간의 동물적인 속성을 읽기도 하고, 족쇄가 뼈만 앙상하게 남은 환자 죄수들을 얼마나 참혹하게 만드는가에 대해 분개하기도 하며, 무료함 속에서 미래의 시간에 대한 상상의 그림을 그려 보기도 한다. 그리고 감옥에서 죄수들이 기르던, 혹은 우연히 그곳으로 찾아 들어 그들과 같이 살게 된 동물들, 그네드꼬와 샤리끄, 뿔에 도금을 할 뻔했던 염소와 자유를 상징하던 독수리의 이야기와 그들과의 교감을 다루는 6장 〈감옥의 동물들〉은 액자 소설처럼 이야기 속의 또 다른 이야기로 읽힐 수 있다. 아꿀까의 남편에 관한 짧은 이야기가 들어 있는 4장도 마찬가지이다. 어느덧 감옥에도 봄이 다가와 부활절의 성주간을 맞이하는 죄수들은 끼르끼즈의 광활한 초원과 이르띠쉬 강 저편의 아득한 지평선을 바라보며 화자처럼 신의 세계를 보기도 하고, 〈나도 같은 인간이야, 하느님 앞에서는 모두가 평등해〉(p. 353)라고 말하기도 한다. 종교적 근행 속에서 순결한 인간의 면모를 잠시나마 되찾을 수 있는 계절이 다가온 것이다.

아침 예배에서 우리는 성찬식에 참여했다. 사제가 두 손에 성배(聖杯)를 들고 〈……그러나 우리를 강도들처럼 여기소서〉라고 기도서의 한 구절을 읽자, 모든 죄수들은 이것을 말 그대로 자신들을 가리키는 것으로 생각하며, 족쇄를 절그럭거리면서 바닥에 엎드리는 것이었다.〉(p. 353)

그러나 동시에 〈무한히 펼쳐진 푸른 하늘에서 이글거리는 태양, 끼르끼즈 강변에서 퍼져 오는 끼르끼즈 인의 아련한 노랫소리〉(p. 355)를 들으며, 탈옥을 꿈꾸는 그런 계절이기도 하다. 5장 〈여름철〉에서 다루어지고 있는 이러한 내용은 9장의 〈탈옥〉편에서 다시금 자세히 묘사되고 있다. 7장 〈항의〉에서는 죄수들이 감옥의 음식에 불만을 품고, 감옥 내에서 시위를 벌이다 불발로 그친 사건을 다루면서, 화자는 이들과의 사이에는 동료가 될 수 없는 높은 장벽이 있음을 다시금 느끼게 된다. 오히려 8장 〈동료들〉에서 기술되고 있는 것처럼, 화자의 동료는 그가 거리를 두고 대했던 귀족 출신 폴란드 인 죄수들이었는지도 모른다. 한편 일반 죄수들뿐만 아니라 귀족 출신의 죄수들에게까지도 가혹한 체벌을 서슴지 않아 죄수들에게는 그 어느 누구보다도 두려움의 대상이었던 소령도 마침내 재판에 회부되고 퇴역을 당하자, 감옥에는 축제와 같은 분위기가 감돈다. 그러나 그때 화자는 소령에게서 그가 입고 있던 제복의 의미를 새롭게 발견하게 된다. 제복을 입고 있을 때에는 신처럼 행세를 하다가 이제 낡은 문관 외투를 걸치고는 마치 하인처럼 전락해 버린 소령을 통해, 화자는 이러한 유형의 인간들에게서 제복이 지니는 의미가 얼마나 다양한 것인가 하는 점을 인식하게 된다. 『죽음의 집의 기록』의 마지막 장인 〈출옥〉에서는 마치 거울을 응시하듯 초조하게 자유의 순간을 기다리던 자신의 회한과 심리, 그리고 참을성 많지만 어쩌면 냉정하고 무심한 인간으로 변모했을지도 모르는 자신의 모습을 화자는 그리고 있다. 감옥에서 몽상하던 자유가 현실에서 실제로 주어진 자유보다 훨씬 자유로울지 모른다는 생각도 하게 된다. 그럼에도 불구하고, 자유의 순간은 그에게 〈죽음에서의 부활〉의 순간에 다름아니다. 그러나 화자는 거무스레한 통나무 옥사와 작별을 하면서, 이 모든 것이

〈누구의 죄란 말인가?〉라는 반문을 잊지 않는다.

비록 『죽음의 집의 기록』은 1866년에 발표된 그의 대작 『죄와 벌』보다 앞선 작품이지만, 범죄, 그 이후에 수반되는 형벌의 세계라는 표면적인 관점에서 본다면, 라스꼴리니꼬프가 7년 동안의 시베리아 유형 생활을 시작하는 것으로 끝을 맺는 그 작품의 속편으로도 읽힐 수가 있다. 『죄와 벌』이 주로 인간의 범죄라는 측면에서 묘사되었다면, 이 『죽음의 집의 기록』은 인간에 대한 형벌과 그 세계에 대한 인상과 체험을 기록하고 있기 때문이다. 그러나 이러한 인상의 이면 깊숙한 곳에서는 인간이라는 현상에 대한 도스또예프스끼의 이해가 일관되게 나타나고 있으며, 과연 인간의 범죄에 대한 형벌이 죄의식을 불러일으켜 뉘우침에 스스로 이르도록 할 수 있는 제도인가를 돌이켜보게 만드는 의문들을 찾아볼 수 있다. 이에 대한 『죽음의 집의 기록』의 주체 화자 고랸치꼬프의 대답은 부정적으로 흐른다. 〈감옥이나 강제 노동과 같은 제도가 범죄자를 교화시키는 것은 아니다. 이러한 것들은 단지 범죄자를 벌하고, 평온한 사회를 향후에 있을 죄인의 음모로부터 안전하게 할 뿐이다. 감옥의 죄수에게 가장 힘든 강제 노동은 오히려 증오와 금지된 향락에 대한 욕망과 무서운 경솔함을 부추기는 역할을 할 뿐〉(p. 32)이라고 생각하기 때문이다. 그러나 그럼에도 불구하고 이러한 감옥과 형벌 제도가 유지되고 있는 까닭은 무엇이며, 도스또예프스끼가 이 작품을 통해 보여 주고자 의도했던 바는 무엇일까?

이에 대한 유추적인 대답을 우리는 미셸 푸코Michel Foucault의 『감시와 처벌 Surveiller et punir, 감옥의 역사』[5]에서도 찾아볼 수 있다. 푸코에 따르면, 근대의 감옥과 형벌

5 미셸 푸코, 오생근 역, 『감시와 처벌, 감옥의 역사』(서울: 나남, 1994), pp. 119~160

제도는 소령의 제복과 같은 힘을 가진 절대 권력의 유지를 위해, 이 절대 권력에 대한 외경심과 두려움을 갖도록 하기 위해 운용되는 제도이다. 이러한 제도는 죄인들을 교화시키는 것이 아니라, 오히려 새로운 범죄자들을 만들어 내는 제도적 장치로 전락하고, 권력은 이를 정치적 도구로 이용할 뿐이다. 푸코는 바로 이러한 근대적 권력의 은밀한 정체를 밝히기 위해 감옥의 역사를 기술하고 있다. 이미 위에서도 언급한 바 있듯이 도스또예프스끼는 『죽음의 집의 기록』을 통해 니꼴라이 1세, 로마노프 왕조 치하의 러시아를 우회적으로 비판하려는 의도를 지니고 있었다. 푸코의 말을 빌자면, 도스또예프스끼 역시 그 절대 권력의 정체를 드러내기 위해 이러한 『죽음의 집의 기록』에 의존했는지도 모른다. 실제로 도스또예프스끼와 함께 유형 생활을 한 죄수들은 대부분이 지주에게서 도망친 민중narod들이거나 상관들의 가혹 행위로 탈영한 병사들이었지만, 『죽음의 집의 기록』에서는 검열을 의식하여 형사범과 같은 죄수들만을 묘사한 것으로 알려지고 있다. 그러므로 빈곤과 박해와 법의 이름으로 행해지는 절대 권력의 불법 속에서, 민중이라는 사실 자체가 이미 죄수와 다름없는 1840~1850년대의 상황 속에서 러시아 민중들은 과연 스스로에 대해 어떠한 죄의식을 가질 수 있었을까 하는 점을 우리는 쉽게 짐작해 볼 수 있다. 화자 고랸치꼬프가 출옥을 앞두고 자문하듯, 그것은 〈누구의 죄인가?〉라고 물을 수 있는 것이다. 그러나 동시에 죄에 대한 종교적 참회와 고난stradanie이 수반되지 않는 형벌은 일순간의 육체적인 고통일 뿐, 죄에 대한 근원적인 반성을 상실한 비인간적인 학대로 그치고 만다는 사실을 화자 고랸치꼬프는 인식하고 있으며, 그러한 까닭에 자연법이 실정법에 우선해야 한다는 사실을 또한 암시하고 있다. 죄수들을 도와주던 나스따시야 이바노브나, 화자에게 동전을 쥐어 주던 소녀, 죄수들을 위한 각지의 성금과 의연품처럼 기독교적인 이웃에 대한 사랑, 타인에 대한 배려가 인간이 지닌 원죄를 속죄하는 길이라는 화자의 암시도 우리는 읽을 수 있는데, 그러한 까닭에 똘스또이는 자신의 『예술론』에서, 이 『죽음의 집의 기록』을 신과 이웃에 대한 사랑에서 흘러나오는 가장 승화된 기독교적 예술의 하나로 간주했던 것이다.[6] 『죽음의 집의 기록』은 그러므로 악 속에서 러시아적인 선의 의미를 찾아 나가는 기나긴 도정의 한 기록일 수도 있다.

번역 대본으로는 Pravda 출판사의 1983년판 『*Zapiski iz mertogo doma*』를 사용하였다. 그리고 보다 상세한 각주를 달기 위해 모스끄바 Khudozhestvennaia literatura 출판사의 『도스또예프스끼 전집』 제3권(1956년판, 상뜨 뻬쩨르부르그 Bibliopolis 출판사)의 『도스또예프스끼 전집』(1994년판, 파리 Gallimard 출판사)의 불역본 『*Souvenir de la maison des morts*』를 참고하였고, 또한 함일근 선생님의 번역본 『죽음의 집에서의 수기』도 참고하였다. 원문의 흐름을 손상시키지 않고 가급적 도스또예프스끼의 문체에 접근하도록 하기 위해 지나친 의역은 가급적 피했으나, 이러한 과정에서 생기는 오역이나 우리말 문체의 생경함은 전적으로 본인의 책임이다.

이덕형

---

6 똘스또이, 김병철 역, 『예술론/참회록/인생론/신앙론/교육론』(서울, 을유문화사, 1983), p. 148

작품 평론
『죽음의 집의 기록』에서 양심과 고통의 문제[1]
로버트 루이스 잭슨 / 홍지인 옮김

『작가 일기』(1873) 중 「환경」이라는 제목이 붙은 글에서 도스또예프스끼는 죄수들과 함께 했던 시기를 회상하면서 〈그들 중 단 한 사람도 자기가 죄인임을 자각하기를 멈추지 않았다〉고 단언한다. 조용하며 사색적인 죄수들은 자신의 죄에 대해 이야기하지 않았으며, 또 이야기를 한다는 것은 적절치 못하다고 생각했다. 〈그러나 진실로 말하건대, 단 한 사람도 자기 내부의 긴 정신적인 고통을 회피하지 않았다……. 오, 믿어 달라, 정말 그들 중 어느 누구도 스스로를 결백하다고 생각지 않았다!〉라고 도스또예프스끼는 주장하고 있다.

우리가 보기에 그는 자신의 주장을 유난히 강조하고 있는 듯하다. 〈그러나 진실로 말하건대〉, 〈오, 믿어 달라〉고 그는 설득하고 있다. 왜 이렇게 유난히 강조했을까? 십여 년 전에 이미 『죽음의 집의 기록』에서 러시아 죄수들이 자신의 죄와 벌에 대해 보인 태도에 관해 명확히 제시하지 않았던가? 그

---

[1] 이 글은 Robert Louis Jackson, "The Problem of Conscience and Suffering in House of the Dead", *The Art of Dostoevsky* (New Jersey: Princeton Univ. Press, 1981)를 발췌하여 번역한 것이다.

러나 『죽음의 집의 기록』을 꼼꼼히 읽어 보면 죄수들의 대부분은 그 어떤 심층적인 도덕적·정신적 의미에서도 자신을 죄인이라고 생각하지 않았음을 알 수 있다. 그들은 자신들의 범죄로 인해 그 어떤 양심의 고통도 경험하지 못한다. 그러나 1873년 도스또예프스끼는 러시아 민중의 운명에서 고통이 가지는 긍정적 역할을 강조하면서 자신의 유형 경험의 몇몇 측면들을 재해석하고 있다. 그렇다면 『죽음의 집의 기록』에서 그는 죄수들 사이에서의 양심과 고통의 문제에 관해 어떻게 기술하고 있는가?

1

서술자 고랸치꼬프는 죄수들을 그 죄로 비난하지 않는다. 대신 양심의 문제가 그의 마음에 크게 자리하고 있었다. 스스로의 범죄와 형벌에 관해 죄수들이 어떻게 반응하는지에 대해 그는 관심을 가지고 있었다. 회고록의 맨 앞부분에서 그는 20년의 복역 기간을 마치고 감옥을 떠나는 죄수의 조용한 송별 장면을 회상하며 이 질문을 제기한다. 스스로의 죄와 벌에 관한 죄수의 생각은 어떠했을까? 이때 서술자는 답변을 시도하지 않는다. 그러나 조금 후 그는 그곳에 〈매우 쾌활하며, 아무 생각 없는 살인범들이 존재하며, 그들 중에서 양심의 거리낌 같은 것은 전혀 느끼지 않는다고 맹세할 만한 사람들도 있다. 그러나 언제나 거의 말이 없는 비사교적인 유형들도 있다〉고 언급한다. 그렇다면 이 말없는 축들은 자신의 죄에 대해 어떻게 생각했을까? 아니면 전혀 생각지도 않았던 걸까?

고랸치꼬프의 지적에 따르면, 죄수들은 과거 이야기를 잘

하지 않는다. 〈그들은 그것에 관해 말하기를 좋아하지 않았으며, 그리고 분명 그것을 생각하지 않으려고 애쓰는 것 같았다.〉 죄수 한 명이 다섯 살짜리 아이를 살해한 이야기를 하자, 막사 전체의 사람들은 그를 향해 야유한다. 그러나 이는 〈격분〉해서가 아니라, 고랸치꼬프가 지적하기를, 〈단지 그런 얘기를 왜 하느냐는 의미에서였다……〉. 이때 분명 죄수들에게서 죄의식을 찾을 수는 없었다. 이후 고랸치꼬프가 회고한 바에 따르면, 〈가장 끔찍한 행위, 가장 비인간적인 살인에 대한 이야기들을 가장 억제되지 않은, 아이같이 유쾌한 웃음과 함께 들을 수 있었던 곳〉은 감옥뿐이었다. 아이 같은 웃음의 존재는 양심의 문제에 또 다른 차원을 부여한다. 고랸치꼬프는 죄수들을 아이에 자주 비교한다.

이 나이 든 아이들은 자신의 범죄를 어떻게 보는가? 고랸치꼬프는 우선 직접적인 환경에 대해 죄수들이 보인 반응에 관한 논의와 연결시켜서 이 문제에 접근한다. 고랸치꼬프가 주장하기를, 감옥과 징역, 중노동이란 죄수들에게 증오, 금지된 쾌락에 대한 갈망, 극도의 경박함만을 발달시키고…… 그의 영혼을 갉아먹고, 도덕적으로 무감각하게 하며…… 인간으로부터 삶의 활력을 빼앗고 정신을 약화시킨 뒤 도덕적으로 메마른 반쯤 백치 상태의 미라를 교정과 회개의 모델로 제시하는 것이다. 물론 이때 사회에 대해 반항심을 가지는 범죄자들은 이런 형벌 체계를 증오하며 거의 언제나 자신이 결백하다고 생각한다. 더욱이 그는 법에 의해 이미 처벌되었으며, 따라서 자신이 이미 정화되었고, 모든 계산은 끝났다고 생각한다.

그러므로 자신의 죄에 대한 범죄자들의 태도는 사회적 맥락 속에 곧바로 놓인다. 사회에 대한 증오가 범죄 행위에 선행하며, 형벌(특히 고랸치꼬프가 묘사한 비인간적인 종류의)

은 범죄자가 자신의 범죄와 결백을 합리화하는 데 기여할 뿐이다.

그러나 양심의 문제는 해소되지 않는다. 사회적 요인 외의 다른 요인들도 범죄에 작용하기 때문이다. 〈가능한 많은 시각에도 불구하고, 세상이 시작되었을 때부터, 법률이야 어찌 되었든 간에 인간이 존재해 온 이상 언제 어디서나 논의의 여지 없이 죄악이라고 생각되어 온 그런 범죄들이 있다〉고 고랸치꼬프는 계속한다.

오를로프의 예가 그러한데, 좀처럼 볼 수 없는 악인이며 노인과 어린이들을 냉정하게 살해했고 많은 살인 사건들을 실토한 그에게 고랸치꼬프는 특히 관심을 가진다. 고랸치꼬프는, 오를로프 스스로 저지른 일들을 얘기하게 하려고 노력한다. 오를로프는 언제나 솔직히 대답하기는 했지만 언제나 이런 〈신문들〉에 눈살을 찌푸리곤 했다. 〈그런데 그는 내가 그의 양심을 들추고, 그에게서 회개의 감정을 발견하려 한다는 것을 알고서 극도의 냉소와 경멸이 담긴 시선으로 나를 보았다. 마치 내가 무슨 일을 함께 토론할 수 없는 바보 같은 어린애라는 듯이 그는 나를 보았다.〉 오를로프는 동정심 어린 얼굴을 하고 고랸치꼬프를 바라보더니, 〈그 어떤 아이러니도 섞이지 않은 너그러운 유쾌함을 가지고서〉 그를 보며 웃는 것이었다. 그리고 평상시에는 온순하며 수수께끼 같은, 그러나 두려움을 모르며 폭발하기 쉬운 죄수 뻬뜨로프 또한 고랸치꼬프를 순진한 〈아이, 세상에서 가장 단순한 일들조차 이해하지 못하는 어린애〉로 여겼다. 그는 한번은 고랸치꼬프에게 〈당신은 너무 착한 마음을 가졌어. 너무 순진해서 사람들로 하여금 동정심을 느끼게 할 정도로〉라고 말하기도 한다. 범죄를 도덕적 시각으로 접근한다는 것은 이러한 죄수들에게는 어린아이 같은 순진함과 단순함으로밖에 보이지 않았다. 그러나 이러한 죄수들 역시 고랸치꼬프가 여러 번 강조하듯이, 범죄와 인생의 많은 것들을 대개 어린아이 같은 태도로 바라보았다.

〈순진한〉 고랸치꼬프가 죄수들 속에서 양심 혹은 후회 비슷한 것을 찾아내려는 노력은 성공하지 못한다. 그들은 죄수라는 신분이 마치 〈영광스런 지위〉라도 된다는 듯 위엄 있는 자들의 어조를 사용하는 것이었다. 〈후회라고는 찾아볼 수 없이!〉

죄수들에게서 양심이나 후회의 감정을 찾을 수 없음에 대해 고랸치꼬프가 여러 차례 한 단언들은 그의 발견(즉 도스또예프스끼의 발견)이 적어도 처음에는 믿을 수 없었으며 충격적이었음을 암시한다. 그리고 물론, 이러한 믿을 수 없는 발견은 도스또예프스끼로 하여금 러시아 민중의 의식을 형성하는 비극적인 사회, 역사적 조건들을 좀 더 심층적으로 연구하도록 이끌었다.

2

> 내가 태어난 고향을
> 내 두 눈은 보지 못하리
> 무고한 고통을
> 이제 나는 영원히 받을 운명.(pp. 224~225)

고랸치꼬프는 감옥에서 들은 독특한 노래들 중에서도 특히 슬픈 이 노래를 회상하는데, 〈아마도 어떤 유형수가 지었을〉 이 노래는 그 서정적 주인공이 지옥의 영원한 고통과 자신의 결백함을 암시한 점뿐 아니라, 이러한 감정이 절망과 운명이라는 인식과 결합된 점으로 인해 주목할 만하다. 사회에 대해 반감을 가진 죄수들은 〈사회를 증오하고, 거의 언제나 자기가 옳다고 생각하며, 잘못한 것은 사회라고 여긴다〉(p. 32)라고 고랸치꼬프는 지적한다. 그러나 죄수들은 이상하게도 이러한 증오의 감정을 자신의 투옥이나 형벌에 대한 억울함이나 분노 등으로 표출하지는 않는다. 이러한 감정들 대신 발견되는 것은 체념이나 불행의 감정이다.

죄수들에게 죄의식이나 후회의 감정이 없음은 스스로의 제어력을 넘어서는 운명에 자신이 지배받고 있다는 의식, 즉 체념과 연결된다. 숙명에 대한 이러한 인식은 죄수들을 〈불행한 자들〉이라고 부르는 민중들의 표현에서 찾을 수 있다.

일반 민중들이 죄수의 죄를 기꺼이 용서함은 자신들 스스로가 불행하다고 느끼는 것의 또 다른 측면이라고 할 수 있다. 범죄가 개인의 책임 문제가 아니라 운이 나빴기 때문이라는 인식은 죄수에게서 양심적 문제의 본질을 건드린다. 운명이 지배하는 곳에 자유란 있을 수 없으며, 자유가 없는 곳에 책임감이나 내적인 죄의식이란 있을 수 없다.

자신의 죄에 대한 죄수들의 견해를 규정하는 태도는 형벌에 대한 그들의 반응 속에 나타난다. 여기서 불운은 더욱 특정한 형태를 띠며, 권력 앞에서의 죄의식은 더욱 명확히 표현된다.

> 당국에 대한 범죄에 대해서 그들은 아무렇지도 않게 생각했다. 이 경우 특히 그들은 나름의 특수한, 소위 실용적, 혹은 현실적인 견해를 가지고 있는 듯했다. 그들은 운명, 논쟁의 여지없는 사실을 고려하는데, 이때 그 어떤 특별한 설명을 붙이는 것이 아니라 오히려 일종의 신앙같이 무의식적으로 그렇게 한다. 예를 들어, 한 죄수는 당국에 대한

자기 범죄가 무죄라고 생각하지만, 그럼에도 불구하고 자기 범죄에 대해 당국이 전혀 다른 견해를 가지며, 그러므로 그는 처벌되어야만 한다는 것을 실제로는 인정한다. 그러나 그는 자신의 주위 사람들, 즉 일반 평민들은 그를 면책하리라는 점에 대해 조금도 의심하지 않는다. 그의 양심은 평온하며, 그는 도덕적으로 괴로워하지 않는다. 바로 이 점이 중요한 것이다.

이 예사롭지 않은 구절에서 제기된 문제들은, 비록 그것이 직접적으로는 농노 신분 죄수들의 심리와 관계된다 할지라도 의미심장한 함의를 가진다. 도스또예프스끼의 논의의 실제 맥락은 러시아와 러시아 농노, 그리고 러시아의 〈문명〉으로부터 일반 민중들의 의식을 갈라놓는 깊은 심연이다.

자신의 죄와 벌에 대한 범죄자들의 반응이 형성되는 데 중요한 것은 당국, 즉 여기서는 국가에 대한 그의 전반적 관계(농노 혹은 병사로서)의 역사이다. 러시아 농노는 국가의 영원한 희생자였다. 그가 사법 권력과 충돌할 때, 그의 저항 심리는 변화하지 않는다. 범죄자로서 그와 국가의 만남은 그의 일상적 조건의 집약적 체현에 다름아니다. 그는 형벌을 자기 운명의 일부로 간주하기 때문에 그의 외적 자세는 기묘한 체념이 된다. 그러나 그 내면이 결코 평온하지만은 않았다. 죄의식을 느끼지 않으면서도 외적인 체념으로 자신들의 벌을 받아들이는 이러한 불행한 자들은 적에 대해 수동적이지만 오래되고 완강한 투쟁에 참가하는 것이라고 도스또예프스끼는 생각했다. 모든 곳에 존재하며 월등히 우월한 자신의 적에 대한 죄수들의 증오는 특히 수동적이며 승화된, 그래서 불유쾌한 형식 — 고통이나 처벌을 일부러 받아들이는 — 을 띤다.

자신의 적에 대한 죄수의 투쟁은 그 심리에서 지하 생활자와 매우 유사하다. 지하 생활자 역시 처벌과 모욕을 자발적으로 받아들임으로써 자신의 인간다움을 증명할 준비가 되어 있는 극도로 불행한 인간이기 때문이다. 『죽음의 집의 기록』을 보면 평상시에는 〈순종적이며 유순한 죄수〉들도 때로는 참지 못하고 반란을 분출할 때가 있음을 알 수 있다. 그러나 대부분 그들의 반란은 스스로를 두 배로 처벌하고 불행하게 하는 결과만을 낳는, 전형적인 지하 생활자적 형식을 취한다.

따라서, 도스또예프스끼가 그리는 죄수들은 일종의 지하 생활자이다. 그들은 자기 생각을 소리 내어 말하고 있지는 않지만, 스스로가 창조하지 않았으며 그것으로부터 도망칠 수도 없는 유클리드적 세계와의 투쟁의 일부로 자신의 형벌을 외면적으로 수용한다. 그들의 태도는 〈$2 \times 2 = 4$〉라는 〈돌로 된 벽〉 앞에 고개를 숙이지만, 이와 동시에 그것을 받아들이기를 거부하며 이를 가는 지하 생활자의 태도에 비견할 수 있다. 그들은 고통을 대신 선택하고, 자신은 〈죄인이지만 자연의 법칙 앞에서는 무죄〉라는 모순적인 생각으로 자기 상황을 합리화한다.

이 마지막 인용 구절은 그들의 〈벽〉, 즉 피할 수 없는 고통과 모욕, 처벌로 특징지울 수 있는 세계에 대한 죄수 스스로의 모순적인 태도를 매우 잘 요약하고 있다. 한편으로 그들은 자신이 결백하다고 주장한다(그들은 자신에게 판결을 내린 법의 도덕적 권위를 인정하려 하지 않는다). 그러나 다른 한편으로, 그들은 움직일 수 없는 권위를 가진 법(사물을 보는 그의 〈현실적〉 방식, 〈운명과 논의의 여지없는 사실〉에 대한 인정)에 자신이 마주하고 있으며, 그 앞에서 항복해야 함을 인정한다. 이미 지적했던 대로 그들의 항복은 전형적인

지하 생활자적 성격(고통의 반란)을 취한다. 이때 반란은 적, 즉 당국, 죽음의 집, 법, 그리고 운명에 대한 그의 영원한 복종을 의미한다.

러시아 죄수와 농노의 이러한 비극적인 사이코 드라마는 도스또예프스끼가 이후 〈지하 생활자의 비극〉이라는 용어를 붙이게 되는 넓은 역사적 맥락을 형성한다. 여러 해가 지난 후 도스또예프스끼는 자신의 노트에서 다음과 같이 고백한다.

> 나는 내 자신이 러시아 인의 대다수를 차지하는 현실적 인간을 전면에 드러내어 그들의 추하고 비극적인 측면을 폭로한 첫번째 사람이었음에 긍지를 가지고 있다⋯⋯. 나는 고통과 자기 처벌, 더 나은 것에 대한 인식과 그것을 성취할 수 없음으로 구성되어 있는, 그리고 모든 것이 마찬가지이며, 따라서 개선하려고 노력하는 것은 가치 없다는 자기 확신으로 구성되어 있는 지하 생활자의 비극을 파헤친 유일한 사람이다. 무엇이 이들로 하여금 스스로를 교정하도록 바라게 할 수 있을까? 위안? 믿음? 위로해 줄 자도, 믿을 자도 없다!

대다수의 러시아 인에게 영향을 미치는 이러한 지하 생활자의 비극에 대한 모든 것은 바로 죽음의 집에서 도스또예프스끼에게 명확해진 것이다.

자신의 죄와 벌에 대해 죄수들이 보인 반응에 관한 고랸치꼬프의 논의는 죄수의 양심의 본질을 더 깊이 이해하는 데 중요하다. 그가 말하는 양심은 개인적이거나 도덕적인 양심이 아니라 웹스터의 정의처럼 〈옳게 행동하고 선해야 한다는 의무감, 그리고 한 사람이 스스로의 행동이나 의도 또는 성격이 도덕적으로 옳으냐 그르냐를 느끼거나 인식하는 것〉을 말한다. 죄수는 〈자신의 환경의 법정〉을 당국의 법정에 대립시키며, 개인적인 의미에서 그의 양심은 〈평온하다〉. 〈그들 중 단 한 명도 내면적으로는 자기의 죄를 인정하는 자는 없을 듯하다〉고 고랸치꼬프는 언급한다. 죄수들은 스스로의 범죄 행위를 합리화한다. 만일 그의 죄가 동료들에 대해 저질러진 것이 아니라면, 그는 자신의 사회 그룹의 법이 아닌 당국의 법, 지배 계급의 법 앞에서만 유죄이다. 그러나 심지어 그의 죄가 동료들에 대한 것이더라도 죄수는 양심의 고통을 느끼지 않는다. 죄수가 두 종류의 법(당국의 법과 자기 사회 그룹의 법)을 구분하는 것 자체가 사실상 죄를 사하고 개인의 도덕적 책임을 회피하는 결과를 낳기 때문이다.

『죽음의 집의 기록』의 창작 이후 도덕주의자 도스또예프스끼는 러시아 죄수들이 자신의 범죄에 대해 죄의식을 느끼지 않는다는 견해로부터 후퇴한다. 그러나 민중의 의식 속에 두 종류의 법이 존재한다는 사실은 계속해서 그를 괴롭힌다. 『까라마조프 씨네 형제들』에서 도스또예프스끼는 이 문제에 다시 매달린다. 논의를 전개하는 데에 있어서 비록 용어는 달라졌지만, 문제의 본질은 같다. 러시아 범죄자들의 도덕적 책임 회피에 대해 고민하던 이반 까라마조프는 민중의 의식 속의 모든 양가성을 극복할 만한 계획을 생각해 낸다. 《나는 도둑질을 했지만 하느님의 교회를 거스르지는 않았다》며 오늘날 범죄자들은 매우 자주 자신의 양심과 타협한다〉라고 이반은 이야기한다. 이반이 지적하기를, 로마 제국이 기독교 국가가 되고자 희망했을 때, 로마 제국은 〈교회와 협력하기는 했지만, 스스로는 이전과 마찬가지로 다른 많은 영역에서 이교도 국가로 남아 있었다〉. 그러나 〈모든 것이 교회가 된다면, 그때 교회는 범죄자를 교회로부터 떼어낼 것이다……. 범죄자는 사람들로부터뿐 아니라 그리스도로부터도 자신을 분리시켜야 할 것이다. 왜냐하면 그는 자신의 죄로써 인간뿐 아니라 그리스도의 교회에 대립하여 일어섰기 때문이다〉라고 이반은 논리를 펼친다.

조시마 장로는 이반과 달리, 범죄를 제지하며 범죄 후에는 질책의 형태로 작용하는 양심의 능력을 확신한다. 조시마 장로에 따르면 〈기계적 처벌은 마음에 상처를 줄 뿐이다. 반면 공포를 불러일으키는 동시에 모종의 구원을 가져다 주는 유일하게 진정한 형벌은 사람 자신의 양심에 대한 인식 속에서 발견된다〉. 〈그리스도의 법〉은 한 사람의 양심이 깨어남 속에서 발견된다. 〈사회의 기독교적 아들, 즉 교회의 아들로서 자신의 죄를 인정함으로써만 범죄자는 사회 자체, 즉 교회 앞에서 스스로의 죄를 인정할 수 있다. 따라서, 현대의 범죄자는 국가가 아닌 교회 앞에서만 자신의 죄를 인정할 수 있다〉고 그는 주장한다.

이반과 조시마 장로는 타협적인 양심, 또는 러시아 민중의 의식 속에 두 종류의 법이 존재한다는 문제에 접근하는 방법에서 커다란 차이를 보인다. 그러나 두 사람 모두 범죄자가 국가 앞에서는 그 어떤 죄의식도 느끼지 않음을 인정하고 있다. 이반은 범죄자가 그의 행위를 합리화하는 방식 때문에 고민에 빠진다. 그러나 그는 문제를 그것의 명백한 사회적 맥락에서 고찰하는 대신 로마 제국의 예를 통해 암시한다. 이반은 러시아 민중 의식이 형식적으로는 기독교의 진리를 받아들였음에도 불구하고 그리스도의 메시지를 가슴으로 받아들이지는 않았다고 생각한다. 민중 의식이 그리스도의 메시지를 가슴으로 받아들이지 않는다는 것은 개인의 인격의 존엄성과 개인의 자유, 따라서 개인의 도덕적 책임에 대한 기독교적 긍정이다. 양심의 문제에 대한 이반의 접근 속에 내재하여 그로 하여금 엄숙한 신정(神政) 국가의 성채를 찾도록 이끈 것은 바로 이러한 페시미즘적 생각이다.

민중의 의식 속에 있는 양심에 대한 이반의 회의나, 범죄자는 사회의 기독교적 아들로서 자신의 죄를 인정한다는 조시마 장로의 주장은, 도스또예프스끼가 모두 감옥에 있었던 시절 죄와 민중 의식에 대해 고민하던 사고의 고통스런 변증법으로 거슬러 올라간다. 이 시기는 한편으로는 도스또예프스끼가 개인적 양심의 징후를 죄수에게서 발견할 수 없음에 대해 분명 충격을 받았던 때였으며, 다른 한편으로는 그리스도의 가르침의 완전한 정신을 인류가 채택함으로써만 사회적 관계들의 문제 일반이 해결될 수 있다고 깊이 확신하게 된 때였다.

3

〈내가 저지른 행동이 왜 그들에게는 끔찍하게 여겨지는가?〉 시베리아의 감옥에서 라스꼴리니꼬프는 자문한다. 〈그것이 악행이라는 것 때문에? 《악행》이라는 단어의 의미는 무엇인가? 나의 양심은 편안하다.〉 그는 자신이 법률을 위반했음을 인정하지만, 그 어떤 도덕적 의미에서도 자신이 죄가 있다고는 생각하지 않는다. 그는 자신으로 하여금 〈그 판결의 《무의미함》 앞에서 마음을 누그러뜨리고 굴복하도록〉 강요하는 〈눈먼 운명의 명령〉에 대해 강력하게 저항한다. 물론 라스꼴리니꼬프의 이렇게 강력한 저항은 그가 스스로의 패배를 인정함을 암시하기도 한다.

『죄와 벌』의 에필로그에서 인용한 위 구절이 해당 소설의 최종적 메시지라면, 독자는 라스꼴리니꼬프를 『죽음의 집의 기록』에 등장했던 죄수들 — 나이브한 도덕주의자들에게 반대하여 자기의 범죄를 정당화하고, 자신의 형벌을 운명으로 돌리는 — 중 하나로 간주할 수도 있을 것이다. 그러나 사실 라스꼴리니꼬프를 도스또예프스끼의 전형적인 죄수로 보기는 거의 불가능하다. 첫째, 라스꼴리니꼬프는 평민이 아니다. 그는 고등 교육을 받은 예민한 지식인이다. 둘째, 도스또예프스끼가 『죄와 벌』에서 충분하고 명백하게 표현하였듯이, 라스꼴리니꼬프의 양심은 결코 편안하지 않다. 범죄 전에도 그 후에도, 그가 잠들어 있을 때에도. 그 어떤 도덕적 죄의식도 부인하며, 〈악행〉이라는 말의 의미를 오만하게 묻고 있지만, 그럼에도 불구하고 그는 사실 도덕적 문제들에 끊임없이 매달리는 광신적인 도덕주의자이다. 그러므로 이런 두 가지 측면에서 라스꼴리니꼬프는 교육받지 못했으며 선과 악의 문제에 무관심하고, 개인의 양심의 모든 문제들을 집단적인 사회적 의식 속에서 기계적으로 해결하려 하는 전형적인 평민 죄수들과 완전히 다르다.

라스꼴리니꼬프는 자신도 모르게 양심에 의해 움직이는 그런 사람이다. 『죄와 벌』 전체의 메시지는, 인간에게서 양심은 그 본성상 초월적 요소라는 것이다. 그러나, 감옥에 있는 전형적인 농민 죄수들은 〈후회의 조그마한 징후〉나 양심의 고통도 드러내지 않는다. 어떤 사람에게는 양심이 존재하고, 또 어떤 사람에게는 양심이 존재하지 않음을 우리는 어떻게 이해할 것인가? 적어도 도스또예프스끼가 『죽음의 집의 기록』에서 문제에 접근하는 한 해답은, 개인의 양심이란 정신적으로 계발된 교육받은 의식의 자질(결코 일정하지는 않지만)이라는 것이다. 이때 교육은 단지 형식적인 학교 교육이 아니라 기독교 문화와 문명에 내재한 도덕적이며 정신적인 가치를 흡수하는 것으로 이해해야 한다. 이런 의미에서 교육받은 자는 교육받지 못한 민중들보다 훨씬 더 고통받게 되는 것이다.

고랸치꼬프는 동일한 범죄의 처벌에서 불공평성을 논의하며 이 문제를 제기한다. 고랸치꼬프의 견해에 따르면, 예를 들어 자신의 자유를 수호하기 위해 살인을 저지른 사람은 쾌락을 위해 살인을 저지른 사람과 동일한 처벌을 받아서는 안 된다는 것이다. 그리고 또 다른 불평등에 관해 고랸치꼬프는 다음과 같이 서술하고 있다.

> 만일 이러한 불평등이 존재하지 않는다고 하면, 다른 차이점, 가장 최후의 형벌 속에 있는 차이점을 보도록 하자……. 감옥에서 마치 양초처럼 녹아내리고 쇠약해진 사람들이 있다. 그러나 다른 한쪽에는 감옥에 들어오기 전까지 세상에 이렇게 재미있는 인생이 있으며, 이렇게 용맹스러운 동료들의 유쾌한 클럽이 있는지 미처 몰랐다고 생각하는 사람도 있다. 예를 들면, 깨끗한 양심과 따뜻한 마음을 가진 교양 있는 사람이 있는 것이다. 자기 마음의 아픔 때문에, 그는 어떤 형벌을 받기도 전에 고통으로 죽을지도 모른다. 그는 스스로 자신의 죄를 가장 무서운 법률보다 훨씬 더 가혹하고 무자비하게 판결한다. 하지만 이러한 사람과 나란히, 자기가 저지른 살인에 대해서는 결코 한 번도 되새겨 보지 않고서 자신의 일생을 전부 감옥에서 보내는 사람도 있다. 심지어 그는 자기가 정당하다고 생각한다. 그러나 감옥 생활보다도 비교할 수 없으리만큼 훨씬 못한 자유로운 세상에서 벗어나, 오로지 감옥에 들어오기 위하여 일부러 죄를 저지르는 그런 사람도 있다. 그러한 사람은 자유로운 세상에서 멸시의 극한을 겪으며 결코 한 번도 배불리 먹은 적이 없고, 아침부터 저녁까지 자신의 주인을 위해 일을 해야만 한다. 하지만 감옥에서는 집에서

보다 일하기가 쉽고, 빵도 그가 결코 한 번도 먹어 본 적이 없을 만큼 마음껏 먹는다. …… 과연, 이러한 두 가지 종류의 다른 사람들에게 동일한 형벌이 주어져야 하는 것인가? 그러나 해결할 수 없는 문제를 붙들고 있어서 무엇 하겠는가! 북소리가 울린다. 감옥으로 돌아가야 할 시간이다.(pp. 88~89)

서술자는 스스로의 범죄에 대해 생각하지도 않으며, 〈심지어 스스로가 결백하다고 여기는〉, 특히 거슬리는 평민 죄수들의 모습을 그리고 있다. 사실 이 대목에서 독자는 나머지 부분들에서는 대개 억제되어 서술의 배경 속에 묻히고 마는 고랸치꼬프의 분노를 일시적이나마 엿볼 수 있다.

어쨌든 여기서 중요한 것은 고랸치꼬프가 도덕적 감수성과 도덕적이며 정신적인 고통의 능력을 〈계발된 양심과 지성, 심성〉과 동일시했다는 점이다. 물론 고랸치꼬프 자신이 『죽음의 집의 기록』에서 이러한 계발된 양심을 지닌 사람의 주된 본보기로서 나타난다. 끔찍한 감옥 세계 — 그에게는 〈완전히 새로운 환경〉인 — 에 마주친 그는 무엇보다도 먼저 자신의 〈감정과 양심〉의 명령에 따라 행동하기로 결심한다. 바로 이 양심은 그에게 살아남기 위한 길잡이를 제공할 뿐 아니라 스스로의 과거 전체를 되돌아보는 데에도 지배적 역할을 한다. 〈나는 내 이전의 삶 전체를 되돌아보며 아주 세세한 사실들까지 하나하나 되짚어 보았고, 나의 과거에 대해 곰곰이 생각해 보았다. 나는 스스로를 엄격하게 가차없이 심판했다.〉

물론 상류 계층의 혈통이나 단순히 형식적인 교육이 결코 계발된 양심을 보증하지는 않는다. 〈때때로 교육은 구역질나게 하는 야만성이나 냉소주의와 나란히 존재한다〉고 고랸치꼬프는 지적한다. 귀족 혈통에 교육까지 받은 아리스또프라는 자는 〈괴물〉이자 〈도덕적 콰지모도〉로, 모든 도덕 규범에 대한 그의 의식적이며 공공연한 냉소적 부정으로 인해 특히 끔찍한 유형이 된다. 아낌 아끼미치라는 귀족 혈통의 죄수는 또 다른 유형의 예이다. 매우 무식하고 문자 그대로 도덕주의자이며 보기 드물게 정직하고 불의에 대해 유난히 민감한 이 사람은, 스스로의 손으로 직접 정의를 행사하여 까프까즈의 제후를 죽임으로써 감옥에 오게 되었는데, 그는 자신의 죄를 전혀 이해하지 못하고 있었다. 그럼에도 불구하고 고랸치꼬프가 계발된 양심에 대한 잠재력을 교육받고 계몽된 지각과 연결시키는 것은 명백하다.

그러나, 고랸치꼬프는 교육받지 못한 평민 죄수가 선한 감정을 결여했으며 고통을 느끼지 않는다고는 결코 주장하지 않는다. 구교도인 알레이와 수실로프에게서 고랸치꼬프는 감정과 선한 마음을 발견한다. 그리고 평민 죄수들 역시 자유의 박탈로 인해 그들 나름대로 깊이 고통받는다는 것은 분명하다.

그럼에도 상류 계층, 교육받은 자가 감내해야 하는 중노동은 일반 농민 죄수들이 참아야 하는 그것보다 더 크다고 고랸치꼬프는 주장한다. 이는 귀족이나 교육받은 자가 반드시 〈더 세련되고 예민한 방식으로 사물을 느끼거나 그의 발전이 더욱 위대하기〉 때문이 아니라, 야만적인 환경에 그가 던져졌기 때문이라고 할 수 있다.

교육받은 죄수들이 보통 자신의 범죄를 특히 심각하게 인식하는 것과 마찬가지로, 그들은 매질과 같은 형벌을 물리적 단계뿐 아니라 도덕적이며 정신적인 단계에서도 경험한다. 예를 들어, 폴란드 귀족 미레쯔끼는 모욕이나 증오뿐 아니라 모종의 〈내적 고통〉을 당한 사람의 표정으로 자신이 당한 채찍질에 관해 이야기한다. 그는 이 사건을 이야기하면서 얼굴을 붉히고, 고랸치꼬프의 얼굴을 쳐다보지 않으려 한다. 미레쯔끼는 물리적 형벌을 분명 인간으로서 자신의 존엄성을 침해하는 것으로 간주하고 있었다. 그에게 물리적 형벌은 물리적 모욕일 뿐 아니라 도덕적인 모욕이었다. 이와 반대로 민중 죄수들은 자신이 매질당한 것에 관해 〈아무런 적의 없이 유쾌하게〉 이야기하는 것을 고랸치꼬프는 관찰한다. 〈때때로 내 심장을 뛰게 만드는 그런 얘기를 그들은 아무런 분노나 적의 없이 어린애들같이 웃으면서 이야기하는 것이다.〉

어린애 같은 죄수라는 개념은 『죽음의 집의 기록』에서 반복되는 모티프로 고랸치꼬프와 일반 죄수들을 분리시키는 도덕적 거리를 암시한다. 인간적인 대접을 받으면 죄수들은 〈어린애처럼 기뻐한다〉. 축제에 차려 입고, 막사들을 통과해 행진하는 것에 대해 그들이 기뻐하는 모습은 〈마치 어린아이 같았다〉. 크리스마스 연극을 준비하면서 그들은 〈아주 조그만 성공에도 어린애들처럼 기뻐한다〉. 그리고 죄수들은 대개 〈어린애들처럼 쉽게 속아 넘어간다〉.

이와 같은 예들에서 어린애 같은 죄수라는 개념은 그들의 솔직하며 단순하고 꾸밈없는 본성을 암시한다. 그러나 어른에게서 발견되는 이런 어린애 같은 본성은 계발되지 않은 도덕적·사회적 의식을 의미하기도 한다. 예를 들어, 밀고자와 밀고 제도에 대한 죄수들의 반응은 고랸치꼬프의 반응과 명확히 대조되며, 그들의 도덕적·사회적 미숙을 보여 준다. 고랸치꼬프는 귀족인 아리스또프를 〈아무런 내적 규범이나 법적 지각에 구속받지 않는〉 자로 간주한다. 바로 이 사악하고 비열한 아리스또프는 죄수들에 관해서도 정기적으로 감옥 당국에 밀고한다. 아리스또프에 대한 고랸치꼬프의 깊은 혐오는 고랸치꼬프의 도덕적·사회적 의식을 보여 준다. 그러나 아리스또프에 대한 죄수들의 반응은 어떠했나? 그가 자신들을 밀고하고 있다는 것을 모든 사람들은 알고 있었지만, 〈그 악당을 응징하거나 혼내 주려는 생각은 아무에게도 떠오르지 않았다〉. 고랸치꼬프의 지적처럼 밀고를 경멸하는 사람은 없었다. 그러니 밀고자에게 화를 낸다는 것은 생각할 수 없는 일이었다. 〈그는 따돌림당하지 않았다. 사람들은 그에게 다정했다. 따라서 만일 누군가 감옥에서 밀고가 비열한 행위라고 지적한다 할지라도, 아무도 그 말을 조금도 믿으려 하지 않았을 것이다.〉 이 말은 물론 계발된 양심을 가진 교육받은 자의 것이다.

그래서 고랸치꼬프나 미레쯔끼와는 반대로 일반 죄수들은 자신의 죄나 벌로 인해 도덕적으로 고통받지 않으며, 자신의 이웃의 양심에 관해서도 문제삼지 않는다. 그들은 또한 교육받은 귀족 아리스또프처럼 냉소적이거나 비양심적이지도 않다. 오히려 그들에겐 양심이 부재한다. 그들은 천진난만하다. 도덕적·사회적 규범에 관한 관심이 그들에겐 오히려 단순하거나 어린애 같은 것으로 여겨진다. 고랸치꼬프와 미레쯔끼, 그리고 다른 지식인 죄수들은 일반 죄수들, 즉 이 아이 같은 어른들과 함께 살지만, 전적으로 다른 세계 속에 거주한다.

출신 좋은 사람들에게는 경우가 다르다. 그들은 가장 깊은 심연에 의해 민중들과 유리되어 있고, 이러한 점은 〈출신 좋은 사람〉이 갑자기 외부적인 상황에 의해 이전의 특권을 상실하고 민중들과 생활을 같이 해야만 하는 변화가 주어졌을 때에만 〈완벽히〉 지각할 수 있다. 비록 평생을 민중과 일한다 하더라도, 예를 들어 조건으로 제약을 받는 행정적인 형식 때문에 비록 40년 동안이나 매일같이 그들과 일

속에서 접한다 하더라도, 또는 은인의 모습이나 어떤 의미에서 아버지의 모습으로 우호적으로 지낸다고 하더라도, 근본적으로는 결코 민중과 합치될 수 없다. 모든 것은 단지 시각적인 기만일 뿐이고 그 이상 아무것도 아니다. 나의 견해를 읽으면서 모든 사람들이 내가 과장하고 있다고 이야기할 것이라는 것을 알고 있다. 그러나 나는 이것이 옳다고 확신한다. 나는 책이나 사변을 통해서가 아니라 현실 속에서 이것을 확신했고, 이 확신을 검증할 매우 충분한 시간을 가지고 있었다.(p. 393)

이 인용 구절은 현실의 충격과 경고, 은닉된 예언을 담고 있다. 이 구절 다음에는 감옥의 불만에 대한 묘사, 그리고 이 불만의 선두에 선 제한된 수의 사람들의 유형에 대한 논의가 이어진다. 〈그렇습니다, 그들은 귀족들을 좋아하지 않아요. 특히 정치범을 싫어하고 그들을 괴롭히길 좋아하지요. 당연합니다. 첫번째, 귀족과 민중은 전혀 닮은 데가 없는 별개의 사람이니까 말이지요. 둘째, 그들은 이전에는 모두가 농노이거나, 아니면 병사 신분이었지요. 그들이 당신을 좋아하게 될지는 한번 스스로 판단해 보시지요?〉(p. 56)라고 아낌 아끼미치는 지적한다. 이러한 민중의 본질은 귀족에 대한 깊은 적대감뿐 아니라 귀족과 동일시되는 도덕적 코드나 사회적 규범, 형식들로부터의 완벽한 절연으로 정의된다.

감옥은 러시아 민중과 국가의 비극 전체를 도스또예프스끼에게 확신시켰다. 이것은 민중의 소외와 추함의 비극이자 러시아라는 국가가 삶과 역사에 있어 두 줄기 ─ 지배 계급과 하층 계급 ─ 로 분리되는 데서 오는 비극이었다. 도스또예프스끼가 「농부 마레이」에서 진술하듯이, 하층 계급은 〈타락에 시달렸고〉, 〈살아남아 여전히 인간의 형상을 보존하고 있다는 것이 놀라울 정도로 끊임없이 유혹당하고 방탕했으며 괴롭힘을 당했다〉! 유형 이후 도스또예프스끼는 러시아 삶의 상류층과 하류층 사이의 깊은 골을 메우는 것(그러나 혁명적인 수단으로써가 아니라)을 계몽된 러시아의 중심 과업으로 보게 된다. 이때 문학은 〈오물 속의 다이아몬드〉를 찾아냄으로써, 즉 민중들의 이상과 그들의 〈단순한 마음, 순수함, 온순함, 넓은 마음, 친절함〉을 열어 보이면서 그 과업을 수행하고 있다고 그는 믿었다. 그러나 도스또예프스끼에게서 이러한 간격 메움은 또한 러시아 민중 전체를 〈야만성〉과 도덕, 정신적 추함, 증오와 자기 비하, 그리고 임박한 파국으로부터 구원하는 것까지 수반함을 『죽음의 집의 기록』의 고찰은 암시하고 있다. 도스또예프스끼는 〈사실을 무시하는〉 자들은 비평가들이라고 1875년 그의 노트에 썼다. 그가 자신의 작품 속에서 〈참된 삶〉을 묘사하고 있지 않다는 비평가들의 주장은 〈나의 확신을 단념시키지 못했다〉고 그는 적고 있다.

4

도스또예프스끼의 「환경」은 『죽음의 집의 기록』과 13년 이상의 간격을 두고 씌어졌다. 『죽음의 집의 기록』에 대한 그의 기억이나, 그가 그 속에서 묘사한 세계에 대한 기억은 희미해지지 않았다. 그러나 그는 그 세계의 몇몇 측면들을 다소 다른 방식으로 보기 시작했으며, 『죽음의 집의 기록』에서 내리지 않았던, 또는 드러내 놓고 표현하지 않았던 몇몇 결론들을 내리기 시작했다. 「환경」에서 그는 죄수들의 죄의식과 그들의 〈긴 정신적 고통〉에 대해 주장한다. 이때 그는 〈고통을 통한 자기 정화〉의 미덕에 관해 말하며, 〈혹독한 형벌이나 감옥, 중노동은 《죄수의〉 반밖에 구원할 수 없다〉고 〈대담하게〉 주장한다. 「블라스Vlas」(1873)라는 글에서 도스또예프스끼는 러시아 민중의 〈고통에 대한 갈망〉에 대해 이야기한다. 그는 실제로 이 열망이 민중의 중심적 자질이라고 생각했다.

> 러시아 민중의 가장 근원적인 정신적 요구는 고통, 항구적이며 소멸시킬 수 없는 고통에 대한 요구이다……. 고통은 그 역사 전체를 관통한다. 이는 외부적인 불행이나 재난으로 인해서뿐 아니라 민중의 가슴으로부터 용솟음쳐 나오는 것이다……. 러시아 민중은 고통을 즐기는 듯하다……. 예를 들어, 러시아 난봉꾼들의 수많은 유형을 보라. 여기서 우리는 때로 그 스케일의 대담함이나 인간 영혼의 타락의 지독함으로 인해 우리를 소스라치게 하는 과도한 방탕만을 목격하진 않는다. 이 난봉꾼 자신은, 무엇보다도 수난자이다.

『죽음의 집의 기록』에서 도스또예프스끼는 러시아 민중의 역사적 운명에서 고통의 중요성을 명확히 인식한다. 그러나 그는 고통이 러시아 민중의 삶을 도덕적 또는 정신적으로 정화시키는 역할을 해왔거나 하고 있다고 결론짓지는 않는다. 고통을 통한 자기 정화의 개념은 다만 고랸치꼬프 개인의 드라마를 이루는 토대가 되었는데, 바로 이 개념을 도스또예프스끼는 이후 러시아 민중의 드라마에 투영시켰던 것이다. 고랸치꼬프에게(물론 여기서 우리는 도스또예프스끼를 염두에 두고 있다) 감옥은 일종의 도덕적·정신적인 정화였다. 그는 고통과 절망의 구렁에서 흥청거리던 순간들을 고백하고 있다. 그는 자신의 과거를 준엄하게 심판하고, 자신을 감옥으로 보내 부활할 수 있게 한 운명에 감사한다. 고랸치꼬프는 〈정화시키고 단련시키는〉 긴 정신적 고통을 확실히 견디어 내었다. 고통의 지옥을 통과해 정신적인 구원에 도달한 그의 여행은 러시아 민중이 그들 자신의 지옥을 통과하는 여행에 대한 비유로 기능한다. 그러나 『죽음의 집의 기록』에서 도스또예프스끼의 주된 노력은 러시아 민중의 고통을 이상화하는 것이 아니라 그들의 불행으로부터 보상적인 가치를 추출하려는 것이었다. 고통의 문제에 초점을 맞추는 선에서 그는 이 고통의 끔찍한 사회적·도덕적·정신적 결과에 주목하려 했다.

순전히 심리적인 시각에서 볼 때, 자신의 형벌과 운명에 대한 죄수들의 반응은 전반적으로 매우 마조히즘적이라고 성격화할 수 있다. 그러나 이 반응에서 도스또예프스끼가 강조하고 있는 것은 고통을 즐기는 것이 아니라 그 안에 내재하고 있는 사회적·인간적인 저항, 즉 당국과 귀족, 국가에 대한 증오, 그리고 수동적이지만 굽힐 줄 모르는 투쟁이다. 『죽음의 집의 기록』에서 도스또예프스끼가 근본적으로 염두에 둔 것은 도덕적 또는 정신적으로 생산적인 경험으로서의 고통이 아니라 고통의 〈반란〉이다.

감옥에 있던 시절 도스또예프스끼는, 운명에 의해 속박된 러시아 민족의 역사에서 고통은 일반 민중의 삶의 영원한 특징이 되었으며, 그들의 반란은 고통을 고의로 선택함(이는 바로 인류 전체의 역사를 보는 지하 생활자의 견해이기도 하다)으로써 표현되었다는 결론에 필시 도달하였던 것 같다. 그러나 『죽음의 집의 기록』에서 도스또예프스끼는 러시아 민중이 고통을 〈즐겼거나〉, 고통에 대한 요구가 그들의 역사적 운명을 결정했다고 결론짓고 있지는 않다. 그러나, 우리는 『죽음의 집의 기록』 중 고립되었지만 중요한 에피소드를 주목해야 하는데, 왜냐하면 이 에피소드는 인물들이나 러시아 민중의 운명에서 고통의 중요성에 대한 이후 도스또예프스끼의 강조를 예고하기 때문이다. 이 에피소드에서 고랸치꼬프는 밤낮으로 성경을 읽던 한 지식인 죄수에 관해 회상한다. 하루는 그가 작업하러 가기를 거부하고 자신에게 윽박지르던 간수장에게 벽돌을 던진다. 결국 붙잡혀서 심하게 폭행 당한 그는 죽어 가면서, 자신이 아무에게도 악의를 가지지 않았으며 〈단지 고통을 바랐을 뿐〉이라고 고백한다. 이 에피소드 —『죄와 벌』에서 등장하는 미꼴까의 드라마에서 반복되는 — 는 도스또예프스끼의 흥미를 끌었음이 분명하다. 서술자는 『죽음의 집의 기록』에서 이 에피소드에 관해 다시 언급하면서, 그 죄수가 모든 희망을 상실했기 때문에 그렇게 행동했다고 서술자는 주장한다. 〈희망 없이 살아간다는 것은 불가능하므로, 그도 자기 식대로의 인위적인 순교 속에서 출구를 찾아냈다. 그가 말하기를, 자신은 단지 고난을 받아들이려는 마음으로 악의 없이 소령에게 덤벼들었다는 것이다. 누가 알겠는가!〉(p. 389)

도스또예프스끼가 이 심리 작용을 도덕적 용어로 해석하지 않았음은 주목할 만하다. 그러나 1865년 도스또예프스끼는 『죄와 벌』에 관해 M. N. 까뜨꼬프에게 보내는 편지에서 〈범죄자들에게 범죄에 대한 법적 처벌은 입법자가 생각하는 것보다는 훨씬 덜 끔찍하다. 그리고 그 부분적인 이유는 죄수 자신이 도덕적으로 그것(처벌)을 원하기 때문이다. 심지어 가장 교육받지 못한 자들 가운데에서도, 가장 조야한 환경에서도 나는 이러한 것을 관찰할 수 있었다〉고 적고 있다. 편지 원본에는 〈도덕적으로〉라는 단어에 줄이 그어져 있었다. 도스또예프스끼는 도덕적인 것과 더 순수하게 심리적인 설명 사이에서 아직 망설이고 있었던 것일까?

〈인간은 그의 모든 인생을 사는 게 아니라, 자신을 만들어 나간다〉고 도스또예프스끼는 노트에 적고 있다.『죽음의 집의 기록』에서의 도덕적이며 정신적인 태도들은 감옥에 있을 때 엄습했던 증오와 슬픔, 절망을 넘어서려는 도스또예프스끼 스스로의 투쟁이라는 배경 아래서 생겨난 것이다. 도스또예프스끼는 고랸치꼬프를 통해 스스로를 표현했으며, 고랸치꼬프는 또한 러시아 민중의 형상을 복원시켰다. 도스또예프스끼는 자신의 이후 작품 속에서 러시아 민중의 거대한 고통, 표현할 수 없는 증오와 분노, 절망으로 가득 찬 고통을 포착하여 그것을 미덕으로 변형시킨다. 그는 분노를 사랑, 겸양, 자기 희생의 도덕으로 승화, 또는 전환시킨다. 성경을 읽는 죄수가 간수를 공격하고 그 죄수가 자신의 폭력을 고통에 대한 희망으로 설명하는 장면은, 그럼으로써 도스또예프스끼가 도덕적 패러다임으로 전환하려 했던, 러시아 인에게 존재하는 폭력적인 반항과 수동적인 복종의 모순성을 보여 주는 일종의 모델이다.

5

유형 후의 작품에서 도스또예프스끼가 극화하고자 했던 근본적인 사상들 중 하나는, 인간은 자유로우며 환경이나 운명이 책임 회피를 정당화할 수는 없다는 것이다. 고랸치꼬프는 그들의 행위를 변호하기 위해 환경에 호소하는 경솔하거나 또는 부정직한 의사들에 대해 특히 비타협적이다. 고랸치꼬프가 주장하듯 환경은 우리 안의 많은 것을 잠식하지만 모든 것을 삼켜 버리지는 않는다. 그런데, 스스로의 범죄나 무법성에 대해 죄의식을 느끼지 않는 농민 죄수들은 어떠한가?

여기에도 환경이나 운명에 대한 일종의 무의식적인 호소가 있는 것은 아닐까? 도스또예프스끼는 농민 죄수들을 계발된 양심을 가진 의사들과는 다른 범주에 넣는다. 농민 죄수들은 불행한 자들, 즉 불운의 희생자들이다. 그들에게서 양심은 계발된 능력이 아니다. 그리고 도스또예프스끼는 그들의 폭력이나 범죄 행위에 분명히 반대하지만, 그와 동시에 그들을 그 어떤 도덕적 방식으로 고발하거나 비난하지도 않는다.

농민 죄수들은 실제로 환경에 잠식된 사람들로 등장한다. 그들은 객관적으로 자유롭지 못할 뿐 아니라 — 감옥에서의 징역은 농노나 병사로서의 그들의 부자유가 연장된 것뿐이다 — 저항할 수 없는 무력감과 절망감에 억눌려 있다. 자유가 결여된 그들은 책임감 또한 결여되어 있다. 무법성과 범죄의 정당화는 운명에 의해 구속된 세계에서 생존하는 데 불가피한 산물이다.

그러나 기독교 인으로서 도스또예프스끼는 운명에 속박된 세계라는 개념 자체가 거짓이라고 주장한다. 인간의 자유와 도덕적·정신적인 구원을 향한 그의 첫째 걸음은 신이 부여한 자유에 대한 인식임에 틀림없다. 도스또예프스끼는 『죽음의 집의 기록』에서 이 사상을 고수한다. 죄수의 폭력적이며 무책임한, 그리고 종종은 변덕스러운 행동 속에서 도스또예프스끼는 자유에 대한 억제할 수 없는 의지의 본질적인 표출을 본다. 그러나 이 의지는 신이 선사한 의미 있는 세계에 대한 믿음이 아니라 절망에 의해 촉발된 것이다.

도스또예프스끼는 러시아 삶에서 자신이 발견한 절망과 추악함에 대한 궁극적인 해결 방안을 기독교의 종교적이며 윤리적인 교리에서 찾는다. 도스또예프스끼 자신의 종교적 믿음에 대한 명백한 증거들은 『죽음의 집의 기록』 전체의 상징적인 구도와 서술자가 수행한 많은 관찰들 모두에 분명히 나타나 있다. 이와 달리 러시아의 농민 죄수는 기독교 예배의 의식과 상징에만 반응한다. 몇몇 예외적인 경우를 제외하면, 그가 경험하는 믿음은 그의 윤리적·사회적 의식을 형성하지 않는다.

〈죽음의 집〉에서의 고랸치꼬프의 발견에 따르면, 러시아 죄수와 민중은 소위 운명에 의해 속박되어 있다. 도스또예프스끼의 『죽음의 집의 기록』은 이들을 속죄의 과정 속에 위치시킨다. 죄수의 잠재되어 있던 인간성을 부활시키고 존엄성과 자유에 대한 추구를 전면에 부각시키는 임무는 스스로의 죄를 인정하지 못한다는 이유로 죄수를 비난하는 도덕적, 또는 종교적, 교훈적인 접근과 합치할 수 없었다. 그러나 이후 작품에서 도스또예프스끼는 민중의 정신적·종교적 감수성에 대한 이상화를 범죄와 무책임에 대한 비평적이며 심지어는 도덕적인 태도와 결합시키려 한다.

「환경」에서 도스또예프스끼는 죄수들을 불행한 자로 보는 민중의 견해에 담긴 도덕적이며 철학적인 의미를 다시 한번 논의한다. 농민들의 범죄 행위와 관련된 재판에서 너그러운 평결을 내리는 동시대의 농민 배심원들을 비난하면서 그는 이 문제를 제기한다. 도스또예프스끼는 〈과거의 모욕받고 상처받은 자들인 농부들 사이에서뿐 아니라 거의 모든 러시아 배심원들 사이에서 발견되는 면죄에 대한 열광〉에 대해 이야기하면서, 나아가 이러한 관례를, 환경을 근거로 범죄자들에게 면죄부를 발부하는 동시대의 사회적·정치적 사상과 동일시한다. 그에 따르면 〈환경의 교리〉는 개인의 책임감 개념을 저해하는 영향을 가져올 뿐이다.

그렇다면 범죄자를 불행한 자라고 명명하는 민중의 운명론적 시각은 어떠한가? 도스또예프스끼는 이 시각 속에서 이제 다른 의미를 찾아낸다. 그는 운명론을 러시아 민중의 심리적 자질로 보는 견해에 도전한다. 〈민중들은 죄수들을《불행한 자들》이라 부르며 그들에게 자선을 베푼다. 그들은 이로써 무얼 말하고 싶어하는 걸까?〉라고 그는 쓰고 있다. 이 문제에 대한 해답을 심중에 가지고 있던 도스또예프스끼는 『죽음의 집의 기록』에서 질문을 계속한다. 〈여기에는 기독교의 진리나《환경》의 진리가 표현되어 있는 걸까? 바로 여기서 우리는 장애물,《환경》의 선전자들이 성공적으로 이용하는 지렛대를 발견하게 된다.〉 『죽음의 집의 기록』에서 민중들은 《《환경의 진리》편에 서서〉 이 문제를 해결했다. 그러나 「환경」에서 도스또예프스끼는 죄수를 불행한 자로 보는 민중의 개념이 기독교의 진리를 표현한다고 주장한다. 〈아니다, 민중들은 범죄를 부정하지 않으며, 죄수들이 유죄임을 알고 있다〉고 도스또예프스끼는 역설하고 있다. 죄수들을 불행한 자로 명명함으로써 그들은 다음을 시사하는 것이다.

당신들은 죄를 저질렀고 고통받고 있다. 그러나 우리 역시 죄인이다. 우리가 만일 당신들의 입장에 있었더라면 우리는 더 나쁘게 행동했을지도 모른다. 그리고 우리가 더 나았더라면, 당신들은 감옥에 있지 않아도 됐을지 모른다. 스스로의 죄와 일반적인 무책임으로 인해 당신은 짐을 떠맡았다. 우리를 위해 기도해 달라. 우리도 당신들을 위해 기도할 것이다.

스스로를 비난함으로써 민중들은 다음을 증명한다고 도스또예프스끼는 계속해서 말을 잇는다.

그들은 〈환경〉을 믿지 않으며, 오히려 반대로 환경이 자신들에게, 자신들의 끝없는 회개와 자기 완성에 달려 있다고 믿는다. 에너지와 노동, 노력만이 환경을 극복할 수 있다. 노동과 노력에 의해서만 스스로의 존엄성에 대한 감각과 통일성을 성취할 수 있다. 〈스스로를 더 좋게 만듦으로써 환경을 더 좋게 할 수 있다.〉

이때 도스또예프스끼의 입장은 교훈적이며 고무적이다. 그는 자신의 신념을 민중들에게 투영하고 있다. 도스또예프스끼는 죄수들에게서 발견한 것, 즉 양심을 민중들에게서도 찾아낸다. 러시아 농민 배심원이라는 시민과 러시아 인 전체를 상대로 그는 호소한다. 시민이 되기 위해서는 〈스스로를 나라 전체의 의견의 수준으로 끌어올려야 한다〉고 그는 주장한다. 〈이는 환경의 중요성을 인정하고 동감하지만, 단 국가의 건전한 의견과 기독교 도덕이 허용하는 한도까지임을 의미한다.〉 도스또예프스끼는 그의 가장 중요한 진술 중 하나에서 다음과 같이 주장한다. 〈기독교는 환경의 압력을 충분히 인정하며, 죄인들에게 용서를 선언하지만, 그럼에도 불구하고 환경에 대한 투쟁을 인간의 도덕적 의무로 규정하며, 환경이 끝나고 의무가 시작되는 경계선을 제시한다. 기독교는 인간을 책임감 있게 하는 동시에 그들의 자유를 인정한다.〉

그러나 러시아가 얼마나 건강하며, 기독교 도덕에 의해 얼마만큼 계몽되었는가라는 질문을 제기할 수 있다. 러시아 민중은 실제로 얼마나 기독교의 진리를 고수하는가? 도스또예프스끼 스스로도 의혹을 가졌음에 틀림없다. 그는 일종의 결말로 다음과 같이 진술한다. 〈우리 민중들이 환경의 가르침에 유독 마음이 기운다면 어떻게 될까? 그 본성으로 인해, 소위 그 슬라브적인 경향으로 인해?〉 도스또예프스끼가 죽음의 집에서 발견했듯이, 러시아 민중의 심리는 바로 그 본성상 죄를 불행으로, 죄인을 불행한 자로 정당화하는 운명론으로 기운다. 죄인을 불행한 자로 부르는 민중의 관습에서 도스또예프스끼가 발견한 기독교적인 진리는 「환경」에서 그가 운명이나 무책임의 요소들과 싸우기 위해 러시아 민중의 의식 속에 주입 또는 활성화시키고자 모색했던 것이다. 그러나 도스또예프스끼는 죄인이 불행한 자들이라는 개념을 〈잘못 해석함으로써〉 민중 스스로 길을 잃을 수 있음을 인정한다. 〈최종적 의미와 궁극적인 말은 물론 언제나 그들 자신의 것이다. 그러나 일시적으로 그것은 다른 것으로 나타날 수도 있다.〉 물론 그것은 민중의 의식 속에서 구현된 것으로 죽음의 집에서 도스또예프스끼가 발견한 환경의 〈일시적〉인 진리였다.

그리고 나서 도스또예프스끼는 기독교의 진리를 환경의 진리에 대립시킨다. 그는 윤리적인 자유와 속죄, 끝없는 참회, 자기 완성을 향한 기독교의 가르침을 타성, 응결된 환경의 비극적 진리에 대립시킨다. 그는 의무의 자발성을 강조하고 개인의 도덕적 책임을 주장한다. 에너지와 노동, 의무와 형벌의 건전한 엄격함을 강조하는 도스또예프스끼의 단호하고 거의 프로테스탄트적인 윤리는 그의 감옥 시기의 생각들을 반영하고 있다. 여기서 우리는 그 스스로의 자기 지향적인 비평의 양상뿐만 아니라 그의 동료 죄수들의 행위에 대한 엄격한 생각들의 반향 또한 발견할 수 있다. 도스또예프스끼의 이러한 도덕적이며 교훈적인 측면은 『죽음의 집의 기록』에는 드러나지 않았지만, 「환경」에서는 강력하게 표현된다. 러시아 민중의 잠재되어 있는 윤리적 의식을 이상화한 바로 이 에세이에서 도스또예프스끼가 자신의 아내, 러시아 농촌의 베아트리체를 때리는 무자비한 농부의 끔찍하고도 거의 복수심에 불타는 초상을 창조한 것은 물론 우연이 아니다.

『죽음의 집의 기록』을 쓸 당시 도스또예프스끼는 환경의 진리를 수용하지 않았지만 이 진리가 러시아 죄수의 의식 속에 뿌리박고 있음을 인식하고 있었다. 그리고 그는 또한 이 진리의 개가에 들어 있는 심각한 도덕적·철학적 함축을 깨닫고 있었다. 주된 내용에서 일종의 교훈적인 제스처라고 할 수 있는 「환경」은 유형 시기 러시아 삶 속에서 발견했던 냉혹한 진실에 저항하고, 러시아 민중을 발전시키기 위해 새롭고 건전한 토대를 마련하려는 그의 노력을 보여 준다. 1876년 1월분 『작가 일기』의 결론 부분에서 도스또예프스끼는 〈9천만의 러시아 인이 모두 언젠가는 교육받고 인간화되고 행복해지리라는 믿음이 없다면, 나는 생각하거나 살고 싶지도 않다〉고 적고 있다. 그러므로 환경의 진리는 일시적인 진리일 수밖에 없다. 그것은 필연적으로 기독교의 진리, 그 자유와 책임의 사상에 길을 내주어야만 한다.

인간이 스스로의 환경이라는 도스또예프스끼의 개념은 인간의 부자유뿐 아니라 자유에 대해서도 말해 준다. 자유 역시 인간 운명의 일부분이다. 도스또예프스끼가 감옥에서 주목하고 열중했던 것은, 죄수들이 환경의 진리를 인정함에도 불구하고 본능적으로 스스로의 자유를 포기하지 않으려던 의지였다. 그러나 자유에 대한 그들의 의지는 스스로의 도덕적 자유에 대한 인식을 통해서가 아니라, 운명이 지배하는 감옥 세계에 대한 대항(광포하고 종종 초도덕적이며 무분별한)을 통해 표현되었다.

도스또예프스끼 연보

1790년 아버지 미하일 안드레예비치 도스또예프스끼, 우니아뜨교 사제의 아들이며 뽀돌리야의 귀족 가문의 자손으로 태어남. 모스끄바의 내외과(內外科) 아카데미에 들어가 1812년 조국 전쟁 때 부상자들을 돌봄. 1819년에 마리야 네차예프와 결혼.

1820년 첫아들 미하일 태어남. 아버지 미하일 도스또예프스끼는 군대에서 제대한 후 모스끄바에 있는 자선 병원의 주치의 자리를 얻음.

1821년 출생 10월 30일(현재의 그레고리우스력(曆)으로는 11월 11일) 부모가 살고 있던 모스끄바의 마린스끼 자선 병원의 부속 건물에서 둘째 아들 표도르 미하일로비치 도스또예프스끼 태어남. 11월 4일 마린스끼 병원 근처, 상뜨뻬쩨르부르그 뻬뜨로빠블로프스끼 성당에서 어린 표도르에게 세례를 줌. 표도르란 이름은 그의 대부이자 외조부인 표도르 네차예프(1769~1832)에게서 물려받은 것으로 보임.

1822년 1세 12월 5일 여동생 바르바라 태어남.

1825년 4세 3월 15일 남동생 안드레이 태어남.

1829년 8세 7월 22일 쌍둥이 여동생이 태어나나 그중 동생인 베라만 살아남음.

1831년 10세 여름 아버지 미하일 도스또예프스끼가 뚤라 지방의 다로

보예 영지를 사들임. 8월 농부 마레이 사건 발생(『작가 일기』 1876년 2월 호에 이 사건을 소재로 한 단편 「농부 마레이」 발표). 12월 13일 남동생 니꼴라이 태어남.

1832년 11세 4월 어머니 마리야 표도로브나, 세 아들을 데리고 다로보예 영지로 감. 6월 도스또예프스끼 부부, 다로보예 옆에 있는 주민 1백여 명의 체레모쉬냐 마을을 사들임. 9월 도스또예프스끼, 어머니와 형제들과 모스끄바로 돌아옴.

1833년 12세 1월 형 미하일과 드라슈소프가 운영하는 사설 학교에서 반(半)기숙사 생활. 4월 4일 부활절 주간에 소유지가 화재로 잿더미가 됨. 도스또예프스끼 부부, 여름 내내 피해 복구.

1834년 13세 여름 다로보예에서 지내면서 월터 스콧의 작품 탐독. 10월 도스또예프스끼와 형 미하일, 체르마끄가 경영하는 중등 과정의 기숙 학교에 들어감.

1835년 14세 7월 25일 여동생 알렉산드라 태어남.

1837년 16세 1월 29일 단테스 남작과의 결투로 뿌쉬낀 사망. 이 소식에 온 러시아가 충격에 휩싸임. 2월 27일 도스또예프스끼의 어머니 마리야 사망. 봄 도스또예프스끼, 갑작스런 후두염과 목소리 상실로 고생함. 이 병은 그를 평생 따라다님. 5월 아버지와 형 미하일 그리고 표도르 도스또예프스끼, 수도 뻬쩨르부르그로 일주일간 마차 여행(모스끄바와 뻬쩨르부르그 두 도시 간의 철도는 1851년에 개통됨). 두 형제는 뻬쩨르부르그로 가서 중앙 공병 학교의 입학을 목표로 K. F. 꼬스또마로프가 경영하던 기숙 학교에 들어감. 아버지와 두 형제들 작별 이후 더 이상 만나지 못함. 7월 1일 도스또예프스끼의 아버지, 건강상의 이유로 퇴역한 후 아직 어린 두 딸과 시골로 들어감. 9월 두 형제가 공병 학교에 응시하나 표도르 혼자 합격(형 미하일은 신체검사 결과 불합격).

1838년 17세 1월 16일 공병 학교에 입학. 6월 뻬쩨르부르그 근처에서 야영 생활. 돈이 떨어져서 아버지에게 서신으로 줄기차게 돈을 요구함.

1839년 18세 6월 6일 도스또예프스끼의 아버지, 다로보예 농노들에게 살해당함.

1840년 19세 11월 29일 하사관으로 임명됨. 군생활을 지겨워함. 호프만, 실러, 빅토르 위고, 셰익스피어, 라신, 괴테의 책을 읽음.

1841년 20세 8월 소위보로 진급됨. 미완성으로 남아 있는 두 편의 희곡, 「마리 스튜어트Marie Stuart」와 「보리스 고두노프Boris Godunov」를 씀. 알렉산드리야 극장을 자주 드나들며 발레와 음악회를 감상함.

1842년 21세 8월 육군 소위가 됨.

1843년 22세 8월 공병 학교를 졸업하고 공병국 제도실에서 근무. 9월 친구 리젠캄프 박사가 살고 있는 아파트에 자리 잡음. 박사의 환자들과 알게 됨. 돈이 떨어져 P. 까레삔에게 돈을 요구. 12월 발자크의 소설 『외제니 그랑데*Eugénie Grandet*』(1834년판) 번역. 형 미하일에게 공병 학교 친구들과 더불어 번역 작업을 할 것을 제의.

1844년 23세 2월 재정 상태가 극도로 안 좋아짐. 유산 관리인으로부터 일시금을 받고, 토지와 농노에 대한 상속권을 방기함. 8월 제대 신청. 10월 19일 제대함. 『가난한 사람들*Bednye liudi*』 집필 시작.

1845년 24세 1월 『가난한 사람들』 처음부터 다시 쓰기 시작. 3월 소설 『가난한 사람들』 끝냄. 4월 세 번째로 전체 수정. 5월 원고를 친구 그리고로비치Grigorovich에게 읽어 줌. 그리고로비치가 이 글을 가지고 네끄라소프Nekrasov에게 뛰어감. 네끄라소프, 열광하여 그다음 날로 유명 평론가 벨린스끼에게 보임. 작품이 성공을 거둠. 여름 레벨에 있는 형의 집에서 기거하며 두 번째 중편소설 『분신*Dvoinik*』에 착수함. 11월 하룻밤 만에 「아홉 통의 편지로 된 소설Roman v deviati pis'makh」을 씀. 벨린스끼와 뚜르게네프가 도스또예프스끼의 절도 없는 생활을 비난함. 12월 벨린스끼의 집에서 열린 문학 모임에서 『분신』을 낭독함.

1846년 25세 1월 24일 『뻬쩨르부르그 선집*Peterburgskii sbornik*』에 『가난한 사람들』을 발표. 2월 두 번째 작품인 『분신』을 『조국 수기*Otechestvennye zapiski*』에 발표. 봄 뻬뜨라셰프스끼를 알게 됨. 여름 레벨에 있는 형 집에서 「쁘로하르친 씨Gospodin Prokharchin」 집필. 10월 5일 게르첸을 알게 됨. 『여주인*Khoziaika*』과 『네또츠까 네즈바노바*Netochka Nezvanova*』 쓰기 시작. 가벼운 간질 증세. 10월 「쁘로하르친 씨」를 잡지 『조국 수기』에 발표.

1847년 26세 1월 소설「아홉 통의 편지로 된 소설」을 잡지『동시대인 *Sovremennik*』에 발표. 1~3월 벨린스끼와 절연. 6월「뻬쩨르부르그 연대기Peterburgskaia letonisi」를 신문「상뜨뻬쩨르부르그 통보 Sankt-Peterburgskie vedomosti」에 발표함. 7월 7일 센나야 광장에서 갑작스러운 첫 번째 간질 발작. 7월 15일 뻬쩨르부르그 근교에서 도스또예프스끼의 절친한 친구이자 시인인 B. 마이꼬프가 뇌졸중으로 인해 익사함. 가을『가난한 사람들』이 단행본으로 나옴. 10~12월『여주인』을『조국 수기』지에 발표함.

1848년 27세 5월 28일 비사리온 벨린스끼 사망. 가을 뻬뜨라셰프스끼와 스뻬쉬네프와 화해하고 그들의 사회주의 이론에 흥미를 느낌. 12월 뻬뜨라셰프스끼의 집에서 푸리에주의와 공산주의에 관한 강연을 들음.
• 『조국 수기』에 발표한 작품들 :「남의 아내Chuzhaia zhena」(1월) 「약한 마음Slavoe serdtse」(2월),「뽈준꼬프」,『닳고 닳은 사람 이야기』(1장「퇴역 군인」, 2장「정직한 도둑」, 후에 1장은 완전히 삭제하고 제목도「정직한 도둑Chestnyi vor」으로 바꿈),「크리스마스트리와 결혼식Iolka i svad'ba」,「백야Belye nochi」(12월),「질투하는 남편」(「질투하는 남편」을 12월『조국 수기』에 발표하였으나, 1월에 발표한「남의 아내」와 합쳐「남의 아내와 침대 밑 남편」으로 개작함).

1849년 28세 연초에 뻬뜨라셰프스끼 친구들 집에서 금요일마다 열리는 문학 모임에 참석. 1~2월『조국 수기』에『네또츠까 네즈바노바』일부 발표(4월 체포로 인해 작업이 중단됨). 4월 7일 푸리에의 탄생일 기념으로 〈뻬뜨라셰프스끼 모임〉에서 점심 식사. 4월 15일 뻬뜨라셰프스끼 집에서 열린 한 모임에서 도스또예프스끼는, 〈절대 왕정의 입장을 신봉했다는 이유로 고골을 비난하는 내용을 담은〉 벨린스끼의 편지를 두 번째로 읽음. 4월 23일 고발에 의해 새벽 5시에 체포당함. 9월 30일 재판 시작. 11월 13일 벨린스끼의 〈사악한〉 편지를 퍼뜨린 죄목으로 사형을 선고받음. 12월 22일 세묘노프스끼 광장에서 사형수들의 형을 집행하기 직전, 황제의 특사로 형 집행이 중단되고 강제 노동형으로 감형됨.

1850년 29세 1월 11일 또볼스끄에 도착하여 이곳에서 여러 명의 12월당원(제까브리스뜨) 아내들의 방문을 받음. 그중 폰비진의 아내는 그에게 10루블짜리 지폐가 표지에 숨겨진 복음서를 몰래 건네줌. 1월 23일 옴스끄에 도착하여 4년을 지냄. 이 기간 동안 가족에게 편지 쓰기를 금지당한 채 혹독하고 비참한 수용소 생활을 견뎌 냄.

1854년 33세 2월 중순 출옥. 2월 22일 감옥 생활을 묘사한 편지를 형에게 보냄. 3월 2일 시베리아 전선 세미팔라친스끄에 주둔 중인 제7대대에 배치됨. 봄에 세무관 이사예프와 알게 됨. 이사예프 부인에게 반함. 이 기간에 뚜르게네프, 똘스또이, 곤차로프, 칸트, 헤겔 등의 서적을 탐독함. 11월 21일 세미팔라친스끄에 검찰관으로 임명된 브란겔 남작과 가까운 친구가 됨.

1855년 34세 2월 18일 니꼴라이 1세 사망. 8월 4일 세무관 이사예프 사망. 12월 브란겔, 세미팔라친스끄를 떠남.
• 이해에 『죽음의 집의 기록 *Zapiski iz miortvogo doma*』을 쓰기 시작.

1856년 35세 브란겔, 상뜨뻬쩨르부르그에서 도스또예프스끼의 사면을 위해 활동을 함. 11월 26일 마리야 드미뜨리예브나 이사예프가 오랜 망설임 끝에 도스또예프스끼의 청혼을 승낙함.

1857년 36세 2월 6일 마리야 드미뜨리예브나 이사예프와 결혼. 4월 17일 이전의 권리(세습 귀족 신분)를 되찾음. 8월 감옥에서 구상하고 집필에 들어갔던 「꼬마 영웅-*Malenkii geroi*」이 『조국 수기』에 M이라는 익명으로 실림. 12월 간질 증세로 인해 군 복무를 계속할 수 없다는 진단을 받음.

1858년 37세 봄 까뜨꼬프에게 편지를 보내 『러시아 통보 *Russkii vestnik*』지에 중편소설 게재를 요청함. 까뜨꼬프 받아들임. 6월 19일 형 미하일이 정치와 문학 잡지 『시대 *Vremia*』지의 출판 허가를 요청함. 9월 30일 미하일, 잡지 출판 허가받음. 10월 31일 돈 떨어짐. 두 편의 중편과 장편 한 편을 씀.

1859년 38세 3월 18일 하사관으로 제대함. 3월 『아저씨의 꿈 *Diadiushkin son*』이 『러시아 말 *Russkoe slovo*』지에 실림. 4월 11일 소설 『스쩨빤치꼬보 마을 사람들 *Selo Stepantikovo*』을 까뜨꼬프에게 보냄. 7월 2일 세미팔라친스끄를 떠나 뜨베리로 감. 8월 19일 뜨베리 도착. 8월 28일 형 미하일이 도착하여 며칠간 동생과 함께 지냄. 도스또예프스끼, 상뜨뻬쩨르부르그에서 거주할 허가를 얻기 위해 교섭. 뜨베리에 싫증을 냄. 10월 6일 네끄라소프,『동시대인』지에서『스쩨빤치꼬보 마을 사람들』출판에 동의함. 도스또예프스끼는『죽음의 집의 기록』집필 구상. 11월 상뜨뻬쩨르부르그 거주를 허가받음. 그러나 평생 비밀경찰의 감시를 받게 됨. 12월 상뜨뻬쩨르부르그에 도착(10년 만의 귀환). 며칠 후 스뜨라호프Strakhov와 알게 되고 친구가 됨. 후에 그는 도스또예프스끼의 공식 전기를 쓰게 됨. 11~12월『스쩨빤치꼬보 마을 사람들』이『조국 수기』지에 실림.

1860년 39세 봄 여배우 A. I. 쉬베르뜨의 집에 드나들게 되고 그녀의 남동생 내외와도 알게 됨. 3~4월 〈문학 기금〉을 위한 두 편의 연극에 참여(고골의 「검찰관Revizor」과 「코Nos」). 9월『러시아 세계*Russkii mir*』지(67호)에『죽음의 집의 기록』연재 시작. 11월 검열 당국은『죽음의 집의 기록』의 불온한 표현들을 삭제한다는 조건으로 이 책의 출판을 허가함. 가을 형과 함께 문학 서클 〈편집자들의 모임〉 결성. 당대의 유명 인사들이 대거 참여.

• 도스또예프스끼의 작품들이 두 권의 책으로 나옴.

1권 :『가난한 사람들』,『네또츠까 네즈바노바』,「백야」,「정직한 도둑」,「크리스마스트리와 결혼식」,「남의 아내와 침대 밑 남편」,「꼬마 영웅」. 2권 :『아저씨의 꿈』,『스쩨빤치꼬보 마을 사람들』.

1861년 40세 3월 3일(구력 2월 19일)의 농노 해방령이 시행됨. 7월『상처받은 사람들*Unizhennye i oskorblionnye*』마지막 손질.『시대』지에 기고. 9월『상처받은 사람들』출판 허가. 이해에 많은 작가들과 관계를 맺음. 그중에는 곤차로프, 오스뜨로프스끼, 살띠꼬프 쉬체드린도 있음.

•『상처받은 사람들』이 두 권의 단행본으로 출간됨.

1862년 41세 1월『죽음의 집의 기록』의 두 번째 부분이『시대』지에 실림. 1월 16일『죽음의 집의 기록』의 단행본을 내기 위해 바주노프와 계약. 5월 온천에 가기 위해 통행증 신청. 5월 16일 상뜨뻬쩨르부르그에서 화재 발생. 15일간 계속되어 1천여 개의 상점이 잿더미가 됨. 도스또예프스끼, 크게 놀람. 6월 7일 처음으로 외국 여행. 6월 8~26일 베를린, 드레스덴, 프랑크푸르트, 쾰른, 파리 등을 여행. 7월 초 런던에 가서 게르쩬 만남. 〈도스또예프스끼가 어제 나를 만나러 왔습니다. 그는 순수하고, 그다지 명석하지는 않지만 매력 있는 사람입니다. 그는 러시아 민족을 열광적으로 믿고 있습니다.〉(1862년 7월 17일 게르쩬이 오가레프 Ogarev에게 보낸 편지) 7월 7일 체르니셰프스끼Chernyshevskii가 체포되어 뻬뜨로빠블로프스끄 감옥에 감금됨. 7월 8일 도스또예프스끼, 파리로 돌아가기 전 게르쩬에게 자신의 서명이 든 사진을 선물함. 7월 15일 쾰른으로 갔다가 라인 강을 거쳐 스위스로, 그 후엔 이탈리아로 감. 12월 『시대』지에 『악몽 같은 이야기 Skvernyi anekdot』 발표.

1863년 42세 2월 『시대』지에 「여름 인상에 대한 겨울 메모Zimnie zametki o letnikh vpechatleniakh」 연재됨. 4월 『시대』지, 스뜨라호프가 1월에 발생한 폴란드인의 무장봉기 실패에 관해서 폴란드인에게 유리한 기사를 실었다는 이유로 4호로 발행 정지됨. 5월 『시대』지 출판 금지 당함. 8월 외국으로 떠남. 8월 14일 파리에 도착하여 다음 날 먼저 와 있던 수슬로바와 만남. 둘의 관계가 악화되고 그는 노름판에서 돈을 잃음. 9월 수슬로바와 이탈리아로 출발. 바덴바덴에서 머물다가 뚜르게네프를 만남. 노름판에서 3천 프랑을 잃음. 바덴바덴을 떠나 토리노로 감. 그다음 제네바로 가서 도스또예프스끼는 시계를, 수슬로바는 반지를 저당잡힘. 그 후 제네바, 로마, 리보르노로 여행. 9월 17일 로마의 성 베드로 성당 방문. 9월 18일 포럼 산책. 스뜨라호프에게 편지를 보내 『노름꾼 Igrok』에 대한 이야기와 돈이 궁한 사정을 호소함. 스뜨라호프는 도스또예프스끼가 토리노로 가기 전, 그에게서 〈독서를 위한 총서〉의 편집자가 되겠다는 약속을 받아 냄. 10월 수슬로바와 나폴리 체류. 그곳에서 게르쩬 가족을 만남. 그 후 토리노로 돌아옴. 10월 8일 수슬로바와 헤어짐. 수슬로바는 파리로 떠남. 도스또예프스끼는 함부르크로 가서 도박을 하고 돈을 잃음. 수슬로바에게 편지를 보내 350프랑을 받음. 이 시기에 『노름꾼』과 『지하로부터의 수기 Zapiski iz podpol'ia』 쓰기 시작. 10월의 마지막 10일 동안 러시아로 돌아감. 11월 형 미하일, 내무부 장관 발루예프에게 『시대』지를 다른 이름으로 낼 수 있게 해달라고 요청.

1864년 43세 1월 발루예프, 형 미하일에게 『세기 Epokha』지 출판 허가 내줌. 3월 21일 『세기』지 첫 호 나옴. 3~4월 『지하로부터의 수기』를 『세기』지에 발표. 4월 4일 〈오전 문학 모임〉에서 『죽음의 집의 기록』의 일부를 낭독함. 4월 14~15일 아내 마리야 드미뜨리예브나의 건강 상태 악화. 새벽 4시에 병자 성사. 낮 동안 각혈 계속됨. 저녁 7시에 숨을 거둠. 4월 16일 죽은 아내의 머리맡에서 수첩에 자신의 반성을 적음. 〈아내 마샤는 탁자 위에서 쉬고 있다. 마샤를 다시 볼 수 있을까?〉 4월 말 뻬쩨르부르그로 돌아감. 7월 10일 아침 7시, 빠블로프스끄에서 형 미하일 사망. 그의 아내가 『세기』지 발간을 계속해 나갈 것을 허가받음. 9월 25일 친구 아뽈론 그리고리예프 죽음.
• 『죽음의 집의 기록』이 두 권의 독일어판으로 라이프치히 출판사에서 나옴.

1865년 **44세** 3월 31일 친구 브란겔에게 아내의 죽음을 알리는 편지를 씀. 〈그녀는 나를 무척이나 사랑했지. 그리고 나도 그녀를 한없이 사랑했네. 그런데 우린 이제 함께 행복을 나눌 수 없게 되었어……. 내 삶은 갑자기 둘로 나뉘어 버렸어.〉 이 시기에 꼬르빈 끄루꼬프스까야 부인, 후에 유명한 수학자가 된 소피야 꼬발레프스까야와의 우정이 시작됨. 4~5월 꼬르빈 끄루꼬프스까야 부인에게 청혼하나 거절당함. 5월 10일 외국 여행을 위해 여권 신청. 6월 『세기』지 2호에 「악어」 연재 (「기이한 사건 혹은 아케이드에서의 돌발적 사건」이라는 제목으로 연재 시작). 『세기』지, 재정난으로 발행 중단(통권 13호). 여름에 출판업자 스쩰로프스끼와 계약을 맺고 자기의 모든 작품을 양도하고 1866년 11월 1일까지 일정 페이지의 새 소설을 탈고하겠다고 약속함. 계약을 이행하지 못할 경우 스쩰로프스끼는 보조금 지급 없이 이후의 모든 작품에 대한 저작권을 가지기로 함. 도스또예프스끼, 3천 루블을 받고 모든 작품의 저작권을 팔아 버림. 7월 말 비스바덴에 도착. 8월 3일 뚜르게네프에게 편지를 보내 노름판에서 거액을 잃은 사실을 알리고 1백 탈러를 보내 달라고 부탁함. 수슬로바, 도스또예프스끼를 만나러 비스바덴으로 감. 8월 8일 50탈러를 부쳐 주어서 고맙다는 편지를 뚜르게네프에게 씀. 9월 밀류꼬프에게 편지를 보내 어디든 상관없으니 중편소설을 팔아 당장 8백 루블을 보내 달라고 부탁하지만 허탕. 〈나는 호텔에 묵고 있습니다. 빚이 불어나서 위협을 받고 있습니다. 그리고 한 푼도 없는 실정입니다.〉 밀류꼬프는 〈독서를 위한 총서〉, 『동시대인』, 『조국 수기』지에 요청하지만 모두 그가 요구하는 선불금을 거절함. 까뜨꼬프에게 『죄와 벌 *Prestuplenie i nakazanie*』의 구상을 알리는 편지의 초안 작성. 편지에 소설의 줄거리 묘사. 10월 코펜하겐에 도착하여 친구 브란겔의 집에서 10일을 보냄. 15일 상뜨뻬쩨르부르그로 돌아옴. 11월 2일 수슬로바를 만나 다시 청혼함. 11월 8일 브란겔에게 보낸 편지에서 돌아온 첫 주에 세 차례의 간질 발작이 있었음을 알림. 까뜨꼬프가 그에게 선불금 지급. 11월 말『죄와 벌』초고를 태워 버림. 〈새 형식, 새 플롯이 내 마음을 사로잡아 나는 모두 다시 시작했다.〉(1866년 2월 18일 브란겔에게 보낸 편지)『죄와 벌』을 쓰는 동안 센나야 광장 근처로 자주 산책 나감. 어느 날 술 취한 군인이 다가와 목에 걸고 있던 십자가를 팔겠다고 해 그 십자가를 사서 목에 걸고 다님. 1867년 외국으로 떠날 때 상뜨뻬쩨르부르그에 놓고 갔으며 이후 없어짐.

• 도스또예프스끼의 전집이 작가의 검토와 보충을 거쳐 스쩰로프스끼 출판사에서 나옴.

1권 :「여주인」,「쁘로하르친 씨」,「약한 마음」,『죽음의 집의 기록』,『가난한 사람들』,「백야」,「정직한 도둑」. 2권 :『상처받은 사람들』,『지하로부터의 수기』,「악몽 같은 이야기」,「여름 인상에 대한 겨울 메모」등. 도스또예프스끼의 여러 단편들과 중편들이 같은 출판사에서 단행본으로 나옴.『가난한 사람들』,「백야」,「약한 마음」,「여주인」,「쁘로하르친 씨」등.『죽음의 집의 기록』의 세 번째 판이 검토를 거치고 새 장들이 추가되어 나옴.

1866년 [45세] 1월『죄와 벌』,『러시아 통보』지에 연재 시작(12월 호로 완결). 1월 14일 고리대금업자 뽀뽀프와 그의 하녀 노르만이 대학생 다닐로프에게 살해되고 금품을 강탈당함. 도스또예프스끼는『백치 Idiot』를 쓰며 이 사건을 숙고함. 3~4월『동시대인』지에『죄와 벌』에 대한 비호의적인 평이 실림. 4월 4일 러시아 황제 알렉산드르 2세에 대한 까라꼬조프의 암살 계획. 도스또예프스끼는 이 사건에 깜짝 놀람. 6월 여름을 여동생의 가족이 사는 곳에서 가까운 모스끄바의 교외 지역인 류블리노에서 보냄.『노름꾼』의 줄거리와『죄와 벌』5부 작업.『러시아 통보』의 편집자 까뜨꼬프에게 부도덕한 장면이라고 지적당한 2부의 6장을 수정해야 함음(라스꼴리니꼬프와 소냐가 복음서를 읽는 장면). 9월 까라꼬조프에 대한 재판과 판결. 도스또예프스끼는 작가 노트와『악령』의 도입부에서 이 재판에 대해 언급함. 10월 스쩰로프스끼에게 약속한 소설을 제때에 끝내기 위해 속기사를 고용하기로 결심함. 10월 3일 저

녘때 안나 그리고리예브나 스니뜨끼나Anna Grigorievna Snitkina가 찾아와 속기사로 일하겠다고 함. 그다음 날『노름꾼』구술 시작. 29일에 끝냄. 30~31일 원고 정서함. 11월『노름꾼』원고를 스쩰로프스끼에게 가져감. 스쩰로프스끼는 자리에 없고 그의 서기가 원고를 거절함. 도스또예프스끼는 출판사 부근의 경찰서에 소설을 맡김. 11월 3일 어머니 집에 있는 안나 그리고리예브나를 방문함. 그리고『죄와 벌』마지막 부분을 속기해 달라고 부탁함. 11월 8일 안나 그리고리예브나에게 청혼. 그녀의 수락. 이달 말, 도스또예프스끼는 하나뿐인 외투를 저당잡혀 쪼들리는 친척들을 도움.

• 도스또예프스끼 전집 제3권 나옴(스쩰로프스끼 출판사).

수록 작품 :『노름꾼』,『분신』,「크리스마스트리와 결혼식」,「남의 아내와 침대 밑 남편」,「꼬마 영웅」,「네또츠까 네즈바노바」,『아저씨의 꿈』,『스쩨빤치꼬보 마을 사람들』. 스쩰로프스끼 출판사에서 단편, 중단편들이 단행본으로 나옴.『분신』,『지하로부터의 수기』,『노름꾼』,「크리스마스트리와 결혼식」,「악어Krokodil」,「악몽 같은 이야기」등.『상처받은 사람들』세 번째 개정판과『스쩨빤치꼬보 마을 사람들』의 세 번째 판이 같은 출판사에서 나옴.

1867년 46세 2월 15일 저녁 7시, 삼위일체 대성당에서 도스또예프스끼와 안나 그리고리예브나의 결혼식. 3월 30일 도스또예프스끼와 그의 아내, 모스끄바에 도착. 듀소 호텔로 감. 모스끄바에서 보석상 까밀꼬프가 양갓집 아들 마주린에게 살해당하는 사건이 발생. 도스또예프스끼는 이 범죄 사건을『백치』의 마지막에 이용함. 4월 도스또예프스끼 부부, 외국으로 갈 계획 세움. 4월 12일 안나 그리고리예브나, 돈을 빌리기 위해 개인 물품을 저당잡힘. 빌린 돈의 일부를 도스또예프스끼 가족에게 줌. 4월 14일 도스또예프스끼 부부, 외국으로 떠나 4년 넘게 체류. 안나 그리고리예브나 일기 쓰기 시작. 4월 17~18일 베를린 체류. 4월 19일 드레스덴에 도착, 미술관에서 라파엘의 마돈나 감상. 책 사들임. 5월 4일 도스또예프스끼, 룰렛 게임을 하러 함부르크로 출발. 5월 5일 도박을 하여 처음엔 땄으나 그 후에 거액을 잃고 아내에게 여러 차례 돈을 요구하지만 이 돈마저 잃음. 5월 15일 드레스덴으로 돌아옴. 5월 25일 알렉산드르 2세에 대한 폴란드 이민자 베레조프스끼의 암살 음모. 파리 체류. 6월 디킨스, 위고를 읽음. 베토벤, 바그너의 음악회 감상. 이달 여러 번의 간질 발작을 일으킴. 6월 21일 도스또예프스끼 부부, 바덴바덴으로 떠남. 이후 룰렛 게임을 계속함. 6월 28일 뚜르게네프를 만나러 감. 러시아와 서양의 관계에 대한 생각 차이로 말다툼. 7월 10일 도박으로 마지막 남은 돈을 잃음. 물건을 저당잡힘. 7월 16일 도벨린스끼에 대한 기사 쓰기 시작. 8월 11일 도스또예프스끼 부부, 제네바로 떠남. 바젤에 들러 미술관 방문. 8월 13일 제네바 도착. 8월 28일 가리발디와 바꾸닌의 협력으로 제네바에서 평화와 자유 연맹의 첫 번째 회의 열림. 도스또예프스끼, 여러 회의에 참석. 9월 도박으로 또 손해를 봄. 제네바에 싫증을 냄. 경제 사정 매우 악화. 10월 『백치』 집필. 도박으로 돈을 잃음. 물건을 저당잡힘. 12월 6일 『백치』의 최종 원고 작업 돌입. 〈내 소설의 주요 생각은 지극히 완전한 사람을 그리는 데 있다.〉
• 『죄와 벌』 수정판이 두 권으로 바주노프 출판사에서 나옴.

1868년 47세 2월 22일 딸 소피야 태어남. 3월 10일 한 가족(6명)이 땀보프에서 살해되는 사건 발생. 16세의 고등학생이 용의자로 지목됨. 도스또예프스끼는 이 사건을 『백치』 2부에 이용함. 도박 계속. 5월 12일 어린 딸 소피야 죽음. 9월 밀라노 도착. 성당에 감. 11월 피렌체로 출발. 그곳에서 겨울을 남.
• 『러시아 통보』지에 『백치』 게재.

1869년 48세 봄 러시아의 친구들과 활발한 서신 교환. 무신론에 관한 소설을 구상. 7월 프라하에서 사흘을 보낸 다음 베네치아, 볼로냐를 거쳐 드레스덴으로 돌아감. 9월 14일 딸 류보프 출생. 11월 21일 모스끄바에서 혁명 운동가 네차예프를 지도자로 하는 〈민중의 복수〉라는 혁명 단체가 불복종을 이유로 농학과 학생 이바노프를 암살함(소위 네차예프 사건). 도스또예프스끼는 이 사건을 주의 깊게 연구하여 후에 『악령 Besy』에 이용함.

1870년 49세 봄 니힐리즘에 대한 〈악의적인 것〉 작업(『악령』). 6~8월 프랑스-프로이센 전쟁. 도스또예프스끼, 자기 일기와 서신에 유럽의 사건들에 대해 언급.
• 『오로라 L'Aurore』에 『영원한 남편 Vechnyi muzh』 실림. 『죄와 벌』, 전집 제4권으로 나옴(스쩰로프스끼 출판사).

1871년 50세 1월 『러시아 통보』지에 『악령』 연재 시작. 3~5월 파리 코뮌. 도스또예프스끼의 편지와 『미성년Podrostok』의 작가 노트에서 이 사건을 반영했음을 밝힘. 4월 비스바덴에 가서 룰렛 게임. 돈을 잃고 아내에게 편지를 써서 다시는 도박을 하지 않겠다고 약속함. 러시아가 그리워져서 다시 돌아갈 생각을 함. 7월 1일 네차예프의 재판. 재판의 내용이 『악령』 2부와 3부에서 이용됨. 7월 5일 드레스덴을 떠나 뻬쩨르부르그 도착. 7월 16일 뻬쩨르부르그에서 아들 표도르 태어남.
• 바주노프 출판사에서 〈동시대 작가 총서〉의 하나로 『영원한 남편』이 단행본으로 나옴.

1872년 51세 4~5월 딸 류보프의 팔이 부러짐. 도스또예프스끼, 뜨레쨔꼬프에게 주문받은 초상화를 그리기 위해 뻬로프의 모델이 됨. 5월 15일 여름을 지내기 위해 스따라야 루사로 떠남. 며칠 후 딸의 잘 낫지 않는 팔을 수술하기 위해 뻬쩨르부르그로 다시 돌아옴. 10월 30일 『시민 Grazhdanin』지에서 도스또예프스끼와 공동 작업할 것임을 알림. 11~12월 안나 그리고리예브나, 『악령』을 직접 출판하기 위해 교섭. 도스또예프스끼, 『시민』지의 편집 일을 맡음. 12월 말 도스또예프스끼, 『시민』지 1호에 『작가 일기』 제1장 원고 조판 작업. 독감과 폐기종으로 고생하기 시작.

1873년 52세 1월 1일 『시민』지 제1호가 나옴. 편집장을 맡음. 1월 7일 끼르끼즈 대표단이 겨울 궁전으로 알렉산드르 2세를 접견하러 감. 검열당국의 사전 허가를 받지 않은 점을 변명하기 위해 도스또예프스끼도 따라감. 뽀베도노스쩨프(성무권의 담당 검사관)가 왕위 계승자 알렉산드르 알렉산드로비치에게 편지와 『악령』 견본 보냄. 2월 26일 안나 그리고리예브나가 출판한 『악령』 판매 시작. 2월 27일 슬라브 자선 단체의 회원으로 뽑힘. 6월 11일 검열법 위반으로 25루블의 벌금형과 48시간의 구류(끼르끼즈 대표단 사건) 처분받음. 6월 15일 시인 쮸체프 사망. 그에 대한 글을 『시민』지에 기고함.
• 『악령』이 세 권의 단행본으로 나옴. 정치적, 연대기적, 문학적 기사와 중편소설, 일상생활을 묘사한 『작가 일기』가 『시민』지에 연재됨. 『작가 일기』(『시민』지 제6호)에 단편 「보보끄」가 실림.

1874년 53세 1월 『백치』, 두 권의 단행본으로 나옴. 3월 11일 『시민』지 10호에 기고한 글 〈러시아에 사는 독일인들에 대한 비스마르크 왕자의 생각과 관련된 두 단어)로 잡지는 첫 번째 경고를 받음. 3월 21일과 22일 센나야 광장의 보초에게 체포당함. 이때『레 미제라블』을 다시 읽음. 4월 22일 건강상의 이유로『시민』지의 편집장직 사퇴. 그러나 기고는 중단하지 않음. 6월 4일 스따라야 루사를 떠나 엠스에 온천 요법을 받으러 감. 6월 12일 엠스에 도착. 독감에 걸림. 엠스에 싫증을 냄. 뿌쉬낀을 다시 읽고『미성년』작업. 〈엠스가 너무 싫은 나머지 감옥이 더 나을 것 같다.〉 7~8월 제네바에 가서 딸 소냐의 무덤에 감. 8월 10일 스따라야 루사로 돌아옴. 이곳에서 겨울을 나기로 결심함. 10월 12일 네끄라소프에게 보낸 편지에『조국 수기』지에 자기 소설『미성년』이 실릴 것이라고 알림.

1875년 54세   4월 9일 안나 그리고리예브나, 꾸르스끄 지방에 있는 남동생 아내의 땅을 소작하기로 남동생과 합의. 5월 26일 도스또예프스끼, 엠스로 떠남. 처음 왔을 때와 같은 참기 힘든 인상을 받음. 욥기를 읽음. 7월 7일 스따라야 루사로 돌아옴. 8월 10일 아들 알렉세이 태어남. 12월 길에서 일곱 살의 어린 거지와 자주 만나며 그의 생활에 관심을 가지고 질문을 함. 현대의 부모와 아이들에 관한 소설 구상. 12월 27일 비행 청소년을 위한 감화원 방문. 12월 31일 개인 잡지『작가 일기』의 발행 허가가 내려짐.
• 『죽음의 집의 기록』제4판이 두 권의 책으로 나옴.『미성년』이『조국 수기』(1~12월호)에 실림.

1876년 55세   1월 월간『작가 일기』제1호 발행. 단편「예수의 크리스마스 트리에 초대된 아이」발표. 2월『작가 일기』2월호에 단편「농부 마레이」발표. 3월 영적 경험.『작가 일기』3월호에 단편「백 살의 노파」실림. 5월 18일 안나 그리고리예브나, 남동생에게 스따라야 루사에 집을 한 채 사놓으라고 시킴. 7월 도스또예프스끼, 엠스로 떠남. 그곳에서 의사는 〈죽으려면 아직도 멀었다〉고 안심시킴. 10월 도스또예프스끼가『작가 일기』에서 말한 계모 꼬르닐로바의 재판이 열림. 그는 죄수를 두 번 방문함.『작가 일기』는 점점 더 풍부한 통신란이나 다름없게 됨. 11월 도스또예프스끼는 뽀베도노스쩨프의 충고에 대해『작가 일기』의 별책들을 유명해지게 할 것을 제안.『온순한 여자 *Krotkaia*』집필,『작가 일기』11월호에 발표. 12월 6일 까잔 광장에서 대학생들의 시위와 난투극.『작가 일기』에서 이 사건을 상세히 다룸.

• 『미성년』이 3권의 단행본으로 나옴. 『작가 일기』 계속 발간.

1877년 56세 봄 스따라야 루사에 안나 그리고리예브나의 동생 명의로 집을 사들임. 4월 러시아 황제의 성명. 러시아 군대가 터키 영토에 진입. 도스또예프스끼는 성명을 읽고 까잔 성당에 감. 4월 22일 꼬르닐로바의 두 번째 재판에 참석함. 피고는 무죄 석방됨. 검사는 처음 선고는 『작가 일기』의 기사에 따라 취소되었다고 말함. 『작가 일기』 4월호에 단편 「우스운 사람의 꿈」 발표. 도스또예프스끼 가족, 여름을 안나 그리고리예브나의 남동생 소유지에서 보냄. 7월 『안나 까레니나』 8부가 단행본으로 나옴. 전쟁에 대한 똘스또이의 반체제적 견해 때문에 거부되었던 책으로 『러시아 통보』지의 편집부에서 펴냄. 도스또예프스끼, 그 책을 구입. 7월 19일 꾸르스끄 지방으로 떠남. 어린 시절을 보낸 다로보예로 감. 12월 27일 시인 네끄라소프 사망. 충격에 싸인 도스또예프스끼는 밤을 새워 죽은 시인의 시를 낭독함. 12월 29일 연말 공식 회의에서 도스또예프스끼가 과학 아카데미 러시아 문헌 분과의 객원 회원으로 뽑혔음을 알려 옴. 12월 30일 네끄라소프 장례식에서 간단한 연설을 함.

• 『작가 일기』 계속 발간. 『죄와 벌』 4판이 두 권으로 나옴. 『우스운 사람의 꿈』이 『시민』에서 나옴. 『온순한 여자』가 「상뜨뻬쩨르부르그 신문」에 프랑스어로 번역됨. 단행본으로도 나옴.

1878년 57세 연초 도스또예프스끼, 매달 문학인 협회가 주관하는 저녁 모임 참가. 3월 베라 자술리치의 재판. 베라는 정치범을 하찮은 이유로 채찍질한 뜨레뽀프 경찰국장을 저격. 도스또예프스끼, 재판 방청. 5월 16일 세 살의 어린 아들 알렉세이 도스또예프스끼, 갑작스러운 간질 발작으로 죽음. 아들이 죽은 후 그는 자주 블라지미르 솔로비요프를 만남. 6월 23일 솔로비요프와 함께 러시아 영성의 중심지 중 하나인 옵찌나 수도원에 감. 암브로시 장로와 두 번의 대화. 그로부터 『까라마조프 씨네 형제들 Brat'ia Karamazovy』의 영감을 얻음. 12월 계획을 세우고 『까라마조프 씨네 형제들』의 첫 부분 씀. 12월 14일 『상처받은 사람들』의 넬리 이야기를 자선 문학의 밤 모임에서 낭독. 〈문학 기금〉의 저녁 모임에서 뿌쉬낀의 『예언자』를 읽음. 이 겨울 동안 문단에 자주 나옴.

• 『작가 일기』 1877년 12월호가 1878년 1월에 나옴.

1879년 58세 3월 9일 〈문학 기금〉을 위한 연회에서 도스또예프스끼는 『까라마조프 씨네 형제들』의 일부분을 낭독함. 3월 13일 뚜르게네프 기념 오찬 모임에서 뚜르게네프와 도스또예프스끼 사이의 별로 좋지 않은 이야기들이 회자됨. 3월 20일 어린 딸을 괴롭힌 혐의로 고발당한 외국인 브룬스트의 재판. 도스또예프스끼는 이 사건에 매우 깊은 인상을 받아 『까라마조프 씨네 형제들』에 이용함. 도스또예프스끼는 술 취한 남자 때문에 길에 넘어져 얼굴에 상처를 입음. 그의 항의에도 불구하고 가해자는 16루블의 벌금형을 받음. 빅토르 위고의 주재로 열리는 런던 문학 회의에 참여해 달라는 요청을 건강상의 이유로 거절함. 7월 22일 엠스로 떠남. 베를린에서 이틀 머무름. 수족관, 박물관, 티어가르텐 구경. 7월 24일 엠스 도착. 그가 이곳에 머무는 동안 그의 아내는 아이들을 데리고 그녀의 친척인 꾸마닌 부인의 토지 분할 문제를 처리하기 위해 랴잔 지방에 감. 꾸마닌 부인은 2백 제곱미터의 산림과 1백 제곱미터의 경작지를 보유. 8월 6일 형수 죽음. 9월 러시아로 돌아옴. 『까라마조프 씨네 형제들』 작업. 10월 알렉세이 똘스또이의 미망인, 똘스또이 백작 부인이 도스또예프스끼에게 드레스덴 박물관에 있는 라파엘의 「시스티나의 마돈나」 사진을 보여 줌.

• 『까라마조프 씨네 형제들』(소설 3부의 제4권까지) 『러시아 통보』에서 나옴. 1876년에 쓰인 『작가 일기』 단행본 제2판. 『상처받은 사람들』 제5판.

1880년 59세 1월 도스또예프스끼의 아내가 출판한 작품 판매. 1월 17일 도스또예프스끼와 프랑스 외교관이자 작가인 보귀에 사이에 논쟁[보귀에는 후에 유명한 책, 『러시아 소설』(1886)을 씀]. 도스또예프스끼는 다음과 같이 말함. 〈우리는 모든 민족들이 가진 특징을 가지고 있습니다. 그 위에 모든 러시아의 특징도. 그 이유는 우리는 당신들을 이해할 수 있기 때문입니다. 그러나 당신들은 우리에 미치지 못합니다.〉 자선 문학의 밤 행사에 여러 번 참여, 자기 작품의 몇몇 부분을 읽음. 4월 6일 뻬쩨르부르그 대학에서 열린 블라지미르 솔로비요프의 박사 논문 통과 심사에 참석. 5월 11일 모스끄바에서 열리는 뿌쉬낀 동상 제막식에서 슬라브 자선 단체의 대표로 임명됨. 5월 23일 모스끄바 도착. 5월 24일 도스또예프스끼를 축하하는 오찬. 여러 작가들 참석. 6월 6일 뿌쉬낀 동상 제막식. 6월 7일 첫번째 공개 회의, 뚜르게네프 연설.

6월 8일 두 번째 공개 회의. 도스또예프스끼, 대중의 열광을 불러일으킨 뿌쉬낀에 대한 연설을 함. 월계관을 받음. 저녁에『예언자』낭독. 밤에 그는 뿌쉬낀 동상에 가서 자기가 받은 월계관을 바침. 6월 10일 모스끄바를 떠나 스따라야 루사로 감.『까라마조프 씨네 형제들』쓰기 시작. 9월 26일 똘스또이가 스뜨라호프에게 편지를 보내『죽음의 집의 기록』은 뿌쉬낀의 작품을 포함하여 새로운 모든 문학 작품들 중 가장 아름다운 책이라고 말함. 11월 8일 도스또예프스끼,『러시아 통보』지에『까라마조프 씨네 형제들』의 마지막 장들을 보냄. 〈내 소설은 끝났습니다. 이 소설에 바친 3년과 출판한 2년, 나에게는 의미 있는 순간입니다. 작별 인사를 하지 않은 것을 용서하시기 바랍니다. 나는 20년은 더 살면서 글을 쓸 작정입니다.〉 11월 29일 한 편지에서 나쁜 건강 상태에 대해 불평(폐기종으로 고생). 12월 10일 젊은 메레쥐꼬프스끼Merezhkovskii의 방문을 허락. 15세의 젊은 시인은 도스또예프스끼에게 자신의 시를 읽어 줌. 〈제대로 쓰기 위해서는 고통을 감내해야 한다.〉

• 〈뿌쉬낀에 대한 연설〉이『모스끄바 통보』지에 실림.『까라마조프 씨네 형제들』,『러시아 통보』지에 연재(11월 완결).『작가 일기』제2판 1880년.『까라마조프 씨네 형제들』단행본 며칠 만에 동이 남.

1881년 60세 1월『작가 일기』작업. 1월 19일 알렉세이 똘스또이의 미망인 집에서 열린 연극『폭군 이반의 죽음Smert' Groznogo Ivana』에서 수도승 역을 맡음. 1월 26일 상속 문제로 여동생이 찾아와 다투고 간 후 도스또예프스끼 각혈, 5시 반에 의사 폰 브레첼 도착, 진찰 도중 다시 각혈, 의식을 잃음, 6시경 병자 성사를 받음, 7시경 아내와 아이들에게 작별 인사. 1월 27일 각혈 멈춤. 1월 28일 아침 7시 도스또예프스끼는 아내에게 오늘 틀림없이 죽을 것 같다고 말함. 그는 복음서를 아무데나 펼쳐「마태오의 복음서」3장, 14~15절을 읽음. 죽음의 전조가 보임. 아침 11시 또 각혈. 저녁 7시 자식들을 불러 아들에게 자신의 성서를 건네줌. 저녁 8시 38분 도스또예프스끼 사망. 1월 31일 알렉산드르 네프스끼 수도원 묘지에 묻힘, 많은 사람들이 긴 행렬을 이루며 그의 죽음을 애도함.

•『죽음의 집의 기록』제5판 나옴.『상처받은 사람들』의 프랑스어 번역이「상뜨뻬쩨르부르그 신문」에 실림.『죽음의 집의 기록』영어로 번역됨.『상처받은 사람들』스웨덴어로 번역됨.

열린책들 세계문학 105 죽음의 집의 기록

옮긴이 이덕형 1961년 서울에서 태어나 한국외국어대학교 노어과를 졸업하였다. 동 대학원에서 석사 학위를, 프랑스 미셸 드 몽테뉴 보르도 3대학 슬라브어문과에서 박사 학위를 받았다. 현재 성균관대학교 문과대학(러시아어문 전공) 교수로 재직 중이며, 『러시아 문화예술의 천년』, 『비잔티움, 빛의 모자이크』, 『이콘과 아방가르드』 등을 펴냈다.

지은이 표도르 도스또예프스끼 **옮긴이** 이덕형 **발행인** 홍예빈
발행처 주식회사 열린책들 **주소** 경기도 파주시 문발로 253 파주출판도시
전화 031-955-4000 **팩스** 031-955-4004
홈페이지 www.openbooks.co.kr **이메일** literature@openbooks.co.kr
Copyright (C) 주식회사 열린책들, 2000, 2010, *Printed in Korea*.
ISBN 978-89-329-1105-2 04890 **ISBN** 978-89-329-1499-2 (세트)
발행일 2000년 6월 15일 초판 1쇄 2002년 3월 15일 신판 1쇄 2005년 2월 1일 신판 5쇄 2007년 2월 5일 3판 1쇄 2009년 3월 15일 3판 5쇄 2010년 3월 30일 세계문학판 1쇄 2024년 10월 10일 세계문학판 11쇄

이 도서의 국립중앙도서관 출판예정도서목록(CIP)은 서지정보유통지원시스템 홈페이지(http://seoji.nl.go.kr)와 국가자료공동목록시스템(http://www.nl.go.kr/kolisnet)에서 이용하실 수 있습니다.(CIP제어번호:CIP2010000883)

열린책들 세계문학
Open Books World Literature

001 **죄와 벌** 표도르 도스또예프스끼 장편소설 | 홍대화 옮김 | 전2권 | 각 408, 512면

003 **최초의 인간** 알베르 카뮈 장편소설 | 김화영 옮김 | 392면

004 **소설** 제임스 미치너 장편소설 | 윤희기 옮김 | 전2권 | 각 280, 368면

006 **개를 데리고 다니는 부인** 안똔 체호프 소설선집 | 오종우 옮김 | 368면

007 **우주 만화** 이탈로 칼비노 단편집 | 김운찬 옮김 | 416면

008 **댈러웨이 부인** 버지니아 울프 장편소설 | 최애리 옮김 | 296면

009 **어머니** 막심 고리끼 장편소설 | 최윤락 옮김 | 544면

010 **변신** 프란츠 카프카 중단편집 | 홍성광 옮김 | 464면

011 **전도서에 바치는 장미** 로저 젤라즈니 중단편집 | 김상훈 옮김 | 432면

012 **대위의 딸** 알렉산드르 뿌쉬낀 장편소설 | 석영중 옮김 | 240면

013 **바다의 침묵** 베르코르 소설선집 | 이상해 옮김 | 256면

014 **원수들, 사랑 이야기** 아이작 싱어 장편소설 | 김진준 옮김 | 320면

015 **백치** 표도르 도스또예프스끼 장편소설 | 김근식 옮김 | 전2권 | 각 504, 528면

017 **1984년** 조지 오웰 장편소설 | 박경서 옮김 | 392면

019 **이상한 나라의 앨리스** 루이스 캐럴 환상동화 | 머빈 피크 그림 | 최용준 옮김 | 336면

020 **베네치아에서의 죽음** 토마스 만 중단편집 | 홍성광 옮김 | 432면

021 **그리스인 조르바** 니코스 카잔차키스 장편소설 | 이윤기 옮김 | 488면

022 **벚꽃 동산** 안똔 체호프 희곡선집 | 오종우 옮김 | 336면

023 **연애 소설 읽는 노인** 루이스 세풀베다 장편소설 | 정창 옮김 | 192면

024 **젊은 사자들** 어윈 쇼 장편소설 | 정영문 옮김 | 전2권 | 각 416, 408면

026 **젊은 베르테르의 슬픔** 요한 볼프강 폰 괴테 장편소설 | 김인순 옮김 | 240면

027 **시라노** 에드몽 로스탕 희곡 | 이상해 옮김 | 256면

028 **전망 좋은 방** E. M. 포스터 장편소설 | 고정아 옮김 | 352면

029 **까라마조프 씨네 형제들** 표도르 도스또예프스끼 장편소설 | 이대우 옮김 | 전3권 | 각 496, 496, 460면

032 **프랑스 중위의 여자** 존 파울즈 장편소설 | 김석희 옮김 | 전2권 | 각 344면

034 **소립자** 미셸 우엘벡 장편소설 | 이세욱 옮김 | 448면

035 **영혼의 자서전** 니코스 카잔차키스 자서전 | 안정효 옮김 | 전2권 | 각 352, 408면

037 **우리들** 예브게니 자먀찐 장편소설 | 석영중 옮김 | 320면

038 **뉴욕 3부작** 폴 오스터 장편소설 | 황보석 옮김 | 480면

039 **닥터 지바고** 보리스 파스테르나크 장편소설 | 홍대화 옮김 | 전2권 | 각 480, 592면

041 **고리오 영감** 오노레 드 발자크 장편소설 | 임희근 옮김 | 456면

042 **뿌리** 알렉스 헤일리 장편소설 | 안정효 옮김 | 전2권 | 각 400, 448면

044 **백년보다 긴 하루** 친기즈 아이뜨마또프 장편소설 | 황보석 옮김 | 560면

045 **최후의 세계** 크리스토프 란스마이어 장편소설 | 장희권 옮김 | 264면

046 **추운 나라에서 돌아온 스파이** 존 르카레 장편소설 | 김석희 옮김 | 368면

047 **산도칸 – 몸프라쳄의 호랑이** 에밀리오 살가리 장편소설 | 유향란 옮김 | 428면

048 **기적의 시대** 보리슬라프 페키치 장편소설 | 이윤기 옮김 | 560면

049 **그리고 죽음** 짐 크레이스 장편소설 | 김석희 옮김 | 224면

050 **세설** 다니자키 준이치로 장편소설 | 송태욱 옮김 | 전2권 | 각 480면

052 **세상이 끝날 때까지 아직 10억 년** 스뜨루가츠끼 형제 장편소설 | 석영중 옮김 | 224면

053 **동물 농장** 조지 오웰 장편소설 | 박경서 옮김 | 208면

054 **캉디드 혹은 낙관주의** 볼테르 장편소설 | 이봉지 옮김 | 232면

055 **도적 떼** 프리드리히 폰 실러 희곡 | 김인순 옮김 | 264면

056 **플로베르의 앵무새** 줄리언 반스 장편소설 | 신재실 옮김 | 320면

057 **악령** 표도르 도스또예프스끼 장편소설 | 박혜경 옮김 | 전3권 | 각 328, 408, 528면

060 **의심스러운 싸움** 존 스타인벡 장편소설 | 윤희기 옮김 | 340면

061 **몽유병자들** 헤르만 브로흐 장편소설 | 김경연 옮김 | 전2권 | 각 568, 544면

063 **몰타의 매** 대실 해밋 장편소설 | 고정아 옮김 | 304면

064 **마야꼬프스끼 선집** 블라지미르 마야꼬프스끼 선집 | 석영중 옮김 | 384면

065 **드라큘라** 브램 스토커 장편소설 | 이세욱 옮김 | 전2권 | 각 340, 344면

067 **서부 전선 이상 없다** 에리히 마리아 레마르크 장편소설 | 홍성광 옮김 | 336면

068 **적과 흑** 스탕달 장편소설 | 임미경 옮김 | 전2권 | 각 432, 368면

070 **지상에서 영원으로** 제임스 존스 장편소설 | 이종인 옮김 | 전3권 | 각 396, 380, 496면

073 **파우스트** 요한 볼프강 폰 괴테 희곡 | 김인순 옮김 | 568면

074 **쾌걸 조로** 존스턴 매컬리 장편소설 | 김훈 옮김 | 316면

075 **거장과 마르가리따** 미하일 불가꼬프 장편소설 | 홍대화 옮김 | 전2권 | 각 364, 328면

077 **순수의 시대** 이디스 워튼 장편소설 | 고정아 옮김 | 448면

078 **검의 대가** 아르투로 페레스 레베르테 장편소설 | 김수진 옮김 | 384면

079 **예브게니 오네긴** 알렉산드르 뿌쉬낀 운문소설 | 석영중 옮김 | 328면

080 **장미의 이름** 움베르토 에코 장편소설 | 이윤기 옮김 | 전2권 | 각 440, 448면

082 **향수** 파트리크 쥐스킨트 장편소설 | 강명순 옮김 | 384면

083 **여자를 안다는 것** 아모스 오즈 장편소설 | 최창모 옮김 | 280면

084 **나는 고양이로소이다** 나쓰메 소세키 장편소설 | 김난주 옮김 | 544면

085 **웃는 남자** 빅토르 위고 장편소설 | 이형식 옮김 | 전2권 | 각 472, 496면

087 **아웃 오브 아프리카** 카렌 블릭센 장편소설 | 민승남 옮김 | 480면

088 **무엇을 할 것인가** 니꼴라이 체르니셰프스끼 장편소설 | 서정록 옮김 | 전2권 | 각 360, 404면

090 **도나 플로르와 그녀의 두 남편** 조르지 아마두 장편소설 | 오숙은 옮김 | 전2권 | 각 408, 308면

092 **미사고의 숲** 로버트 홀드스톡 장편소설 | 김상훈 옮김 | 424면

093 **신곡** 단테 알리기에리 장편서사시 | 김운찬 옮김 | 전3권 | 각 292, 296, 328면

096 **교수** 샬럿 브론테 장편소설 | 배미영 옮김 | 368면

097 **노름꾼** 표도르 도스또예프스끼 장편소설 | 이재필 옮김 | 320면

098 **하워즈 엔드** E. M. 포스터 장편소설 | 고정아 옮김 | 512면

099 **최후의 유혹** 니코스 카잔차키스 장편소설 | 안정효 옮김 | 전2권 | 각 408면

101 **키리냐가** 마이크 레스닉 장편소설 | 최용준 옮김 | 464면

102 **바스커빌가의 개** 아서 코넌 도일 장편소설 | 조영학 옮김 | 264면

103 **버마 시절** 조지 오웰 장편소설 | 박경서 옮김 | 408면

104 **10 1/2장으로 쓴 세계 역사** 줄리언 반스 장편소설 | 신재실 옮김 | 464면

105 **죽음의 집의 기록** 표도르 도스또예프스끼 장편소설 | 이덕형 옮김 | 528면

106 **소유** 앤토니어 수전 바이어트 장편소설 | 윤희기 옮김 | 전2권 | 각 440, 488면

108 **미성년** 표도르 도스또예프스끼 장편소설 | 이상룡 옮김 | 전2권 | 각 512, 544면

110 **성 앙투안느의 유혹** 귀스타브 플로베르 희곡소설 | 김용은 옮김 | 584면

111 **밤으로의 긴 여로** 유진 오닐 희곡 | 강유나 옮김 | 240면

112 **마법사** 존 파울즈 장편소설 | 정영문 옮김 | 전2권 | 각 512, 552면

114 **스쩨빤치꼬보 마을 사람들** 표도르 도스또예프스끼 장편소설 | 변현태 옮김 | 416면

115 **플랑드르 거장의 그림** 아르투로 페레스 레베르테 장편소설 | 정창 옮김 | 512면

116 **분신** 표도르 도스또예프스끼 장편소설 | 석영중 옮김 | 288면

117 **가난한 사람들** 표도르 도스또예프스끼 장편소설 | 석영중 옮김 | 256면

118 **인형의 집** 헨리크 입센 희곡 | 김창화 옮김 | 272면

119 **영원한 남편** 표도르 도스또예프스끼 장편소설 | 정명자 외 옮김 | 448면

120 **알코올** 기욤 아폴리네르 시집 | 황현산 옮김 | 352면

121 **지하로부터의 수기** 표도르 도스또예프스끼 장편소설 | 계동준 옮김 | 256면

122 **어느 작가의 오후** 페터 한트케 중편소설 | 홍성광 옮김 | 160면

123 **아저씨의 꿈** 표도르 도스또예프스끼 장편소설 | 박종소 옮김 | 312면

124 **네또츠까 네즈바노바** 표도르 도스또예프스끼 장편소설 | 박재만 옮김 | 316면

125 **곤두박질** 마이클 프레인 장편소설 | 최용준 옮김 | 528면

126 **백야 외** 표도르 도스또예프스끼 소설선집 | 석영중 외 옮김 | 408면

127 **살라미나의 병사들** 하비에르 세르카스 장편소설 | 김창민 옮김 | 304면

128 **뻬쩨르부르그 연대기 외** 표도르 도스또예프스끼 소설선집 | 이항재 옮김 | 296면

129 **상처받은 사람들** 표도르 도스또예프스끼 장편소설 | 윤우섭 옮김 | 전2권 | 각 296, 392면

131 **악어 외** 표도르 도스또예프스끼 소설선집 | 박혜경 외 옮김 | 312면

132 **허클베리 핀의 모험** 마크 트웨인 장편소설 | 윤교찬 옮김 | 416면

133 **부활** 레프 똘스또이 장편소설 | 이대우 옮김 | 전2권 | 각 308, 416면

135 **보물섬** 로버트 루이스 스티븐슨 장편소설 | 머빈 피크 그림 | 최용준 옮김 | 360면

136 **천일야화** 앙투안 갈랑 엮음 | 임호경 옮김 | 전6권 | 각 336, 328, 372, 392, 344, 320면

142 **아버지와 아들** 이반 뚜르게네프 장편소설 | 이상원 옮김 | 328면

143 **오만과 편견** 제인 오스틴 장편소설 | 원유경 옮김 | 480면

144 **천로 역정** 존 버니언 우화소설 | 이동일 옮김 | 432면

145 **대주교에게 죽음이 오다** 윌라 캐더 장편소설 | 윤명옥 옮김 | 352면

146 **권력과 영광** 그레이엄 그린 장편소설 | 김연수 옮김 | 384면

147 **80일간의 세계 일주** 쥘 베른 장편소설 | 고정아 옮김 | 352면

148 **바람과 함께 사라지다** 마거릿 미첼 장편소설 | 안정효 옮김 | 전3권 | 각 616, 640, 640면

151 **기탄잘리** 라빈드라나트 타고르 시집 | 장경렬 옮김 | 224면

152 **도리언 그레이의 초상** 오스카 와일드 장편소설 | 윤희기 옮김 | 384면

153 **레우코와의 대화** 체사레 파베세 희곡소설 | 김운찬 옮김 | 280면

154 **햄릿** 윌리엄 셰익스피어 희곡 | 박우수 옮김 | 256면

155 **맥베스** 윌리엄 셰익스피어 희곡 | 권오숙 옮김 | 176면

156 **아들과 연인** 데이비드 허버트 로런스 장편소설 | 최희섭 옮김 | 전2권 | 464, 432면

158 **그리고 아무 말도 하지 않았다** 하인리히 뵐 장편소설 | 홍성광 옮김 | 272면

159 **미덕의 불운** 싸드 장편소설 | 이형식 옮김 | 248면

160 **프랑켄슈타인** 메리 W. 셸리 장편소설 | 오숙은 옮김 | 320면

161 **위대한 개츠비** 프랜시스 스콧 피츠제럴드 장편소설 | 한애경 옮김 | 280면

162 **아Q정전** 루쉰 중단편집 | 김태성 옮김 | 320면

163 **로빈슨 크루소** 대니얼 디포 장편소설 | 류경희 옮김 | 456면

164 **타임머신** 허버트 조지 웰스 소설선집 | 김석희 옮김 | 304면

165 **제인 에어** 샬럿 브론테 장편소설 | 이미선 옮김 | 전2권 | 각 392, 384면

167 **풀잎** 월트 휘트먼 시집 | 허현숙 옮김 | 280면

168 **표류자들의 집** 기예르모 로살레스 장편소설 | 최유정 옮김 | 216면

169 **배빗** 싱클레어 루이스 장편소설 | 이종인 옮김 | 520면

170 **이토록 긴 편지** 마리아마 바 장편소설 | 백선희 옮김 | 192면

171 **느릅나무 아래 욕망** 유진 오닐 희곡 | 손동호 옮김 | 168면

172 **이방인** 알베르 카뮈 장편소설 | 김예령 옮김 | 208면

173 **미라마르** 나기브 마푸즈 장편소설 | 허진 옮김 | 288면

174 **지킬 박사와 하이드 씨** 로버트 루이스 스티븐슨 소설선집 | 조영학 옮김 | 320면

175 **루진** 이반 뚜르게네프 장편소설 | 이항재 옮김 | 264면

176 **피그말리온** 조지 버나드 쇼 희곡 | 김소임 옮김 | 256면

177 **목로주점** 에밀 졸라 장편소설 | 유기환 옮김 | 전2권 | 각 336면

179 **엠마** 제인 오스틴 장편소설 | 이미애 옮김 | 전2권 | 각 336, 360면

181 **비숍 살인 사건** S. S. 밴 다인 장편소설 | 최인자 옮김 | 464면

182 **우신예찬** 에라스무스 풍자문 | 김남우 옮김 | 296면

183 **하자르 사전** 밀로라드 파비치 장편소설 | 신현철 옮김 | 488면

184 **테스** 토머스 하디 장편소설 | 김문숙 옮김 | 전2권 | 각 392, 336면

186 **투명 인간** 허버트 조지 웰스 장편소설 | 김석희 옮김 | 288면

187 **93년** 빅토르 위고 장편소설 | 이형식 옮김 | 전2권 | 각 288, 360면

189 **젊은 예술가의 초상** 제임스 조이스 장편소설 | 성은애 옮김 | 384면

190 **소네트집** 윌리엄 셰익스피어 연작시집 | 박우수 옮김 | 200면

191 **메뚜기의 날** 너새니얼 웨스트 장편소설 | 김진준 옮김 | 280면

192 **나사의 회전** 헨리 제임스 중편소설 | 이승은 옮김 | 256면

193 **오셀로** 윌리엄 셰익스피어 희곡 | 권오숙 옮김 | 216면

194 **소송** 프란츠 카프카 장편소설 | 김재혁 옮김 | 376면

195 **나의 안토니아** 윌라 캐더 장편소설 | 전경자 옮김 | 368면

196 **자성록** 마르쿠스 아우렐리우스 명상록 | 박민수 옮김 | 240면

197 **오레스테이아** 아이스킬로스 비극 | 두행숙 옮김 | 336면

198 **노인과 바다** 어니스트 헤밍웨이 소설선집 | 이종인 옮김 | 320면

199 **무기여 잘 있거라** 어니스트 헤밍웨이 장편소설 | 이종인 옮김 | 464면

200 **서푼짜리 오페라** 베르톨트 브레히트 희곡선집 | 이은희 옮김 | 320면

201 **리어 왕** 윌리엄 셰익스피어 희곡 | 박우수 옮김 | 224면

202 **주홍 글자** 너새니얼 호손 장편소설 | 곽영미 옮김 | 360면

203 **모히칸족의 최후** 제임스 페니모어 쿠퍼 장편소설 | 이나경 옮김 | 512면

204 **곤충 극장** 카렐 차페크 희곡선집 | 김선형 옮김 | 360면

205 **누구를 위하여 종은 울리나** 어니스트 헤밍웨이 장편소설 | 이종인 옮김 | 전2권 | 각 416, 400면

207 **타르튀프** 몰리에르 희곡선집 | 신은영 옮김 | 416면

208 **유토피아** 토머스 모어 소설 | 전경자 옮김 | 288면

209 **인간과 초인** 조지 버나드 쇼 희곡 | 이후지 옮김 | 320면

210 **페드르와 이폴리트** 장 라신 희곡 | 신정아 옮김 | 200면

211 **말테의 수기** 라이너 마리아 릴케 장편소설 | 안문영 옮김 | 320면

212 **등대로** 버지니아 울프 장편소설 | 최애리 옮김 | 328면

213 **개의 심장** 미하일 불가꼬프 중편소설집 | 정연호 옮김 | 352면

214 **모비 딕** 허먼 멜빌 장편소설 | 강수정 옮김 | 전2권 | 각 464, 488면

216 **더블린 사람들** 제임스 조이스 단편소설집 | 이강훈 옮김 | 336면

217 **마의 산** 토마스 만 장편소설 | 윤순식 옮김 | 전3권 | 각 496, 488, 512면

220 **비극의 탄생** 프리드리히 니체 | 김남우 옮김 | 320면

221 **위대한 유산** 찰스 디킨스 장편소설 | 류경희 옮김 | 전2권 | 각 432, 448면

223 **사람은 무엇으로 사는가** 레프 똘스또이 소설선집 | 윤새라 옮김 | 464면

224 **자살 클럽** 로버트 루이스 스티븐슨 소설선집 | 임종기 옮김 | 272면

225 **채털리 부인의 연인** 데이비드 허버트 로런스 장편소설 | 이미선 옮김 | 전2권 | 각 336, 328면

227 **데미안** 헤르만 헤세 장편소설 | 김인순 옮김 | 264면

228 **두이노의 비가** 라이너 마리아 릴케 시선집 | 손재준 옮김 | 504면

229 **페스트** 알베르 카뮈 장편소설 | 최윤주 옮김 | 432면

230 **여인의 초상** 헨리 제임스 장편소설 | 정상준 옮김 | 전2권 | 각 520, 544면

232 **성** 프란츠 카프카 장편소설 | 이재황 옮김 | 560면

233 **차라투스트라는 이렇게 말했다** 프리드리히 니체 산문시 | 김인순 옮김 | 464면

234 **노래의 책** 하인리히 하이네 시집 | 이재영 옮김 | 384면

235 **변신 이야기** 오비디우스 서사시 | 이종인 옮김 | 632면

236 **안나 카레니나** 레프 톨스토이 장편소설 | 이명현 옮김 | 전2권 | 각 800, 736면

238 **이반 일리치의 죽음 · 광인의 수기** 레프 톨스토이 중단편집 | 석영중 · 정지원 옮김 | 232면

239 **수레바퀴 아래서** 헤르만 헤세 장편소설 | 강명순 옮김 | 272면

240 **피터 팬** J. M. 배리 장편소설 | 최용준 옮김 | 272면

241 **정글 북** 러디어드 키플링 중단편집 | 오숙은 옮김 | 272면

242 **한여름 밤의 꿈** 윌리엄 셰익스피어 희곡 | 박우수 옮김 | 160면

243 **좁은 문** 앙드레 지드 장편소설 | 김화영 옮김 | 264면

244 **모리스** E. M. 포스터 장편소설 | 고정아 옮김 | 408면

245 **브라운 신부의 순진** 길버트 키스 체스터턴 단편집 | 이상원 옮김 | 336면

246 **각성** 케이트 쇼팽 장편소설 | 한애경 옮김 | 272면

247 **뷔히너 전집** 게오르크 뷔히너 지음 | 박종대 옮김 | 400면

248 **디미트리오스의 가면** 에릭 앰블러 장편소설 | 최용준 옮김 | 424면 .

249 **베르가모의 페스트 외** 옌스 페테르 야콥센 중단편 전집 | 박종대 옮김 | 208면

250 **폭풍우** 윌리엄 셰익스피어 희곡 | 박우수 옮김 | 176면

251 **어셴든, 영국 정보부 요원** 서머싯 몸 연작 소설집 | 이민아 옮김 | 416면

252 **기나긴 이별** 레이먼드 챈들러 장편소설 | 김진준 옮김 | 600면

253 **인도로 가는 길** E. M. 포스터 장편소설 | 민승남 옮김 | 552면

254 **올랜도** 버지니아 울프 장편소설 | 이미애 옮김 | 376면

255 **시지프 신화** 알베르 카뮈 지음 | 박언주 옮김 | 264면

256 **조지 오웰 산문선** 조지 오웰 지음 | 허진 옮김 | 424면

257 **로미오와 줄리엣** 윌리엄 셰익스피어 희곡 | 도해자 옮김 | 200면

258 **수용소군도** 알렉산드르 솔제니찐 기록문학 | 김학수 옮김 | 전6권 | 각 460면 내외

264 **스웨덴 기사** 레오 페루츠 장편소설 | 강명순 옮김 | 336면

265 **유리 열쇠** 대실 해밋 장편소설 | 홍성영 옮김 | 328면

266 **로드 짐** 조지프 콘래드 장편소설 | 최용준 옮김 | 608면

267 **푸코의 진자** 움베르토 에코 장편소설 | 이윤기 옮김 | 전3권 | 각 392, 384, 416면

270 **공포로의 여행** 에릭 앰블러 장편소설 | 최용준 옮김 | 376면

271 **심판의 날의 거장** 레오 페루츠 장편소설 | 신동화 옮김 | 264면

272 **에드거 앨런 포 단편선** 에드거 앨런 포 지음 | 김석희 옮김 | 392면

273 **수전노 외** 몰리에르 희곡선집 | 신정아 옮김 | 424면

274 **모파상 단편선** 기 드 모파상 지음 | 임미경 옮김 | 400면

275 **평범한 인생** 카렐 차페크 장편소설 | 송순섭 옮김 | 280면

276 **마음** 나쓰메 소세키 장편소설 | 양윤옥 옮김 | 344면

277 **인간 실격·사양** 다자이 오사무 소설집 | 김난주 옮김 | 336면

278 **작은 아씨들** 루이자 메이 올컷 장편소설 | 허진 옮김 | 전2권 | 각 408, 464면

280 **고함과 분노** 윌리엄 포크너 장편소설 | 윤교찬 옮김 | 520면

281 **신화의 시대** 토머스 불핀치 신화집 | 박중서 옮김 | 664면

282 **셜록 홈스의 모험** 아서 코넌 도일 단편집 | 오숙은 옮김 | 456면
283 **자기만의 방** 버지니아 울프 지음 | 공경희 옮김 | 216면
284 **지상의 양식·새 양식** 앙드레 지드 지음 | 최애영 옮김 | 360면
285 **전염병 일지** 대니얼 디포 지음 | 서정은 옮김 | 368면
286 **오이디푸스왕 외** 소포클레스 비극 | 장시은 옮김 | 368면
287 **리처드 2세** 윌리엄 셰익스피어 희곡 | 박우수 옮김 | 208면
288 **아내·세 자매** 안톤 체호프 선집 | 오종우 옮김 | 240면
289 **폭풍의 언덕** 에밀리 브론테 장편소설 | 전승희 옮김 | 592면
290 **조반니의 방** 제임스 볼드윈 장편소설 | 김지현 옮김 | 320면
291 **의무론** 마르쿠스 툴리우스 키케로 지음 | 김남우 옮김 | 312면